LES
ENTRETIENS
DE MONSIEVR
DE VOITVRE
ET DE MONSIEVR
COSTAR
F. Chauueau in.
N. Regnesson sculp.

LES ENTRETIENS DE MONSIEVR DE VOITVRE, ET DE MONSIEVR COSTAR.

A PARIS,
Chez AVGVSTIN COVRBE', en la petite Salle du Palais, à la Palme.

M. DC. LIV.
AVEC PRIVILEGE DV ROY.

A MONSIEVR
CONRART
CONSEILLER SECRETAIRE
DV ROY
ET DE SES FINANCES.

ONSIEVR,

Iusqu'icy j'ay tenu bon contre toutes les prieres de mes chers Amis, qui vouloient absolument que je fusse Auteur;

& je m'en ſuis toûjours admirablement défendu, par les meſmes raiſons qu'vn Philoſophe fort galant homme, avoit autrefois employées pour s'exempter de la faſcheuſe ſervitude du mariage. Dans ma plus grande jeuneſſe, je diſois qu'il n'eſtoit pas encore temps; & dans vn âge plus avancé, j'ay dit qu'il n'eſtoit plus temps. Et certes, il eſt, ce me ſemble, des productions de l'eſprit comme de ces fruits delicats qui ſont preſque toûjours trop verds ou trop meurs, & qu'il eſt mal-aiſé de cueillir & de ſervir bien à propos. Quand l'imagination & la memoire ſont en leur force, le jugement n'eſt encore que demy formé, & il n'arrive guère à ſa derniere perfection, que les autres puiſſances de l'ame ne ſoient ſur

leur declin & sur leur retour. A mesure que nous acquerons l'avantage de bien juger, nous perdons celuy de bien inventer, & nous ne sommes jamais moins heureux à trouver les bonnes choses, que lors que nous devenons plus habiles à éviter les mauvaises. Cela estant, MONSIEUR, *il est bien difficile d'imiter ces sages Princes, qui en défendant leurs Royaumes contre l'invasion de leurs ennemis, ont tenu pour maxime de ne point hazarder toute leur fortune, qu'ils ne fussent en estat de pouvoir hazarder toutes leurs forces; car nous sommes contrains d'exposer au caprice & à la bizarrerie du Genie qui preside à la Renommée, toute la reputation de nos esprits, dans un temps où il leur manque necessairement quelque partie de leur maturité ou de leur vigueur. A la verité, il se rencontre des personnes rares que la Nature a faites tout exprés pour instruire & pour honnorer leur siecle. Ces hommes heroïques sont au dessus des loix ordinaires, & comme leur vertu n'attend pas le cours des années, elle n'est pas sujette aussi à leurs injures & à leurs outrages, & chacun d'eux pourroit dire avec nostre incomparable Malherbe,*

Ie suis vaincu du temps, je céde à ses outrages,
Mon esprit seulement exempt de sa rigueur
A dequoy témoigner en ses derniers ouvrages

Sa premiere vigueur.
Les puiſſantes faveurs dont Parnaſſe m'honnore,
Non loin de mon berceau commencerent leur cours;
Ie les poſſeday jeune, & les poſſede encore
A la fin de mes jours.

Mais, MONSIEVR, *je ne ſuis pas de ce petit nombre chéry du Ciel, qui, pour vſer des termes d'vn Ancien*, a eu la meilleure part au larcin de Promethée, *ou, pour parler avec vn autre*, dont les entrailles ont eſté formées d'vn limon plus pur, plus noble & de plus haut prix, que celles du reſte des hommes. *Ainſi je n'ay pas crû que mon devoir m'obligeât à rien davantage qu'à donner à la Republique vn bon Citoyen, bien guéry des erreurs vulgaires, & affranchy des plus imperieuses & tyranniques passions. I'ay pensé que c'estoit assez que je ne fusse pas vn poids & vne charge inutile de la terre; & qu'en vn besoin, je pûsse rendre compte de mon loisir & de mon repos. L'envie ne me prit jamais de dire comme ce Poëte Latin,* Seray-je toûjours Auditeur, & n'en auray-je point à mon tour? *Au contraire, trouvant des esprits du premier ordre, capables d'attirer & d'arrester mon attention, je ne songeois qu'à me rendre l'oreille plus fine & plus delicate de jour en jour, & n'aspirois qu'à la gloire qu'vn Empereur donnoit aux Grecs de son temps*, d'exceller en la ſcience de bien écouter. *Cette dixiéme Muſe du Roy Numa, qu'il appelloit* la Secrete & la Taciturne, *eſtoit vne de mes patrones, & j'eſtois vn de ſes devots, bien reſolu de luy continuër mes ſacrifices tout le reſte de ma vie, & de ne changer jamais ſon culte, pour celuy de ſes Compagnes. Mais le Deſtin plus fort que les plus fortes reſolutions, eſt venu troubler celle-là, & m'a contraint de me produire au grand jour, & d'abandonner cette ſombre & obſcure tranquillité où je m'aimois tant. Il m'a ſuſcité vne preſſante occaſion de rendre vn devoir à vn Amy mort, à qui j'avois dé-ja rendu les derniers, & enuers lequel je me croyois entierement quite. Ie l'ay fait,* MONSIEVR, *& vous m'aſſeurez que ce n'a* pas esté sans quelque succés, & que le Public a loüé mon zele & approuvé mon intention. Que serviroit-il de dissimuler? j'ay eu de la joye, que d'autres mains que les miennes m'ayent applaudy, & que la satisfaction de ma conscience, qui pouvoit toute seule me payer de ma peine assez dignement, ait esté suivie d'une recompense plus grande & plus glorieuse. Cependant, MONSIEVR, m'en dûssiez-vous quereller, & appeller bassesse de cœur, ce qui seroit peut-estre plus digne d'estre appellé modestie; je vous avouëray franchement que ma bonne fortune a plustost augmenté ma crainte que mon courage & mes esperances. Ie ne sçaurois m'empescher de croire que c'est le seul nom de Monsieur de Voiture, qui *a porté bonheur à mon ouvrage, & que par tout où ses interests ne seront point meslez & confondus aveque les miens, je suis en danger de ne trouver pas la mesme faveur & la mesme bienveüillance. La reputation est de difficile garde; Il est tres-malaisé de soustenir celle qui est au dessus de nostre merite. La condition de ceux qui dèchèent, est la plus fascheuse de toutes, & tel eust bien pû se passer des grandes felicitez, qui n'a pû vivre les ayant perduës. Auprés de ces solides raisons, les vostres,* MONSIEVR, *me paroissent plus belles qu'elles ne sont fortes. Elles me plaisent & ne me persuadent pas, & me témoignent mieux que vous avez bien de l'esprit, qu'elles ne m'asseurent d'en avoir ce qu'il m'en faudroit pour entreprendre ſans temerité ce que vous voulez. Toutefois, encore faut-il chercher quelque invention de vous contenter. Quand je pourrois toûjours me défendre de voſtre éloquence, je ne pourrois pas toûjours me défendre de vos prieres, & je ſens que l'envie de vous plaire, eſt vne tentation ſi violente pour moy, qu'il m'eſt impoſſible de la repouſſer long-temps, & de n'y ſuccomber pas à la fin, ſi elle dure, & ſi vous eſtes auſſi veritable en vos menaces, que vous l'eſtes en vos promeſſes. Il vaut donc mieux ne me laiſſer point forcer, & avant que d'eſtre réduit aux dernieres extremitez, me rendre à compoſition, & la faire aveque vous la meilleure & la plus raiſonnable qu'il ſe pourra. Vous me demandez toutes mes lettres, & me répondez que le Public leur fera le mesme accueil, qu'elles ont receu de mes Amis particuliers pour qui je les avois faites. A n'en point mentir, il y a grand plaisir d'avoir un Répondant de vostre sorte, qui a dequoy payer de son chef, & qui pourroit donner à des choses mediocres, le degré d'excellence qui leur manqueroit, pour estre dignes de la lumiere de la Cour. Et certes,* MONSIEVR, *il faut que je vous declare une pensée que j'ay de vous, & que je garde sur mon cœur depuis que j'ay l'honneur de vous connoistre de bonne sorte. Durant la faveur de Seneque, un de ses freres ne voulut jamais briguer les dignitez, & les charges de la Republique, & s'avisa de cette nouvelle ambition de faire paroi-*

ſtre au monde, qu'vn ſimple Chevalier Romain pouvoit égaler le credit, la puiſſance, & l'autorité des perſonnes Conſulaires. Ie puis dire en quelque façon, que vous avez imité ce brave homme, ayant dédaigné la Langue Latine & la Greque, pour faire honneur à la noſtre, & témoigner à toute la France, que ſans ſe charger la memoire des connoiſſances eſtrangeres on pouvoit diſputer aux plus ſçavans la gloire de bien écrire. Cela eſtant, pourveu qu'il vous plaiſe de corriger & de refaire mes lettres, je ne doute point qu'elles ne plaiſent generalement, & qu'elles n'ayent tout le bon-heur que vous leur avez promis. A cette condition, je ſuis preſt de vous les abandonner toutes, & de les remettre entre des mains,

dont

dont elles pourront recevoir la derniere main. Sinon, contentez-vous d'en avoir quelques-vnes que j'ay reveuës avecque ſoin, & qui ſeront à mon avis de quelque divertiſſement & de quelque inſtruction. Ce ſont celles, qui ont donné lieu à Monſieur de Voiture de faire les excellentes réponſes qui ſe voyent parmy ſes œuvres, & qui ont beſoin de moy pour eſtre mieux entenduës, & pour eſtre en ſuite plus admirées. Ce que je vous offre leur ſervira de Commentaire, & leur donnera du luſtre, de toutes façons. I'ay ſujet d'eſperer que ce cher Amy eſt dans le Ciel, d'où il peut voir le fond de mon ame. Il ſçait ſi en cela j'ay d'autre deſſein que d'honnorer ſa memoire, ſi ce n'eſt pas la ſeule reconnoiſſance que je deſire de mon *present, & l'vnique fruit que se propose mon travail. Il m'a fait plus d'vne fois de si belles leçons de la vanité de la gloire, qu'il me seroit honteux de la rechercher & de courre aprés, principalement en vn âge qui ne me laisseroit pas le temps de la posseder à mon aise, & où je ne devrois songer qu'à celle de l'autre vie. Mais s'il m'a donné la force & le courage d'étouffer & d'esteindre cette passion dans mon cœur, celle que j'avois pour luy n'en est que plus enflammée; & je pretens dans cette occasion de luy en rendre vne belle preuve, & d'ailleurs de satisfaire à vne des choses qu'il me témoigna desirer, quelques mois devant sa mort. Il souhaitoit aussi que les lettres de Monsieur d'Avaux fussent mises avecque les ſiennes; & luy qui ne ſe trompoit guere en ſes jugemens, eſtoit perſuadé qu'elles ſeroient agreables à tous les honneſtes gens qui aiment l'erudition & la politeſſe. Pour moy, je ſuis obligé de publier icy, que je n'ay rien leû de toute ma vie, qui m'ait charmé davantage, qui m'ait paru plus ingenieux & plus galant; & dont, pour tout dire en vn mot, j'aimaſſe mieux eſtre l'Auteur. Ceux qui gardent ce threſor, & qui ne veulent pas ſouffrir qu'il ſorte de leur Cabinet, ſont perſonnes d'vne ſageſſe ſi meure & ſi conſommée, qu'ils ne ſont pas capables de faire des fautes; & ſans penetrer dans leurs raiſons, je me répons qu'elles ſont puiſſantes & inuincibles. Seulement je les ſupplie avec tout le reſpect que je leur dois, de se vouloir souvenir de ce mot d'vn Historien, qui estoit homme de grande condition, & qui eut depuis vn Empereur de sa Maison, & de son nom:* L'honneur du triomphe accordé à Pomponius, fut la moindre partie de sa gloire; & la posterité l'a bien consideré davantage pour les excellens vers qu'il nous a laissez. *Ils me permettront d'aiouster, ce que rapporte ailleurs le mesme Tacite, qu'aprés la mort de Germanicus, les Senateurs ayant ordonné qu'il auroit place parmy les Orateurs celebres, & que sa peinture seroit mise dans vn bouclier d'or, & plus grand que les ordinaires, Tibere ne voulut pas endurer qu'il en eust vn different des autres; & refusa cette marque de distinction & de preference, alleguant que* l'Eloquence ne se mesuroit point à la Fortune, & que c'estoit rendre à ce jeune Prince vn témoignage asſez illustre, que de luy donner rang entre les bons Autheurs de l'Antiquité. *Peut-estre aussi (& cela fait encore plus à nostre sujet) que ces Messieurs auront leû ces paroles dans vn billet d'Auguste à Horace.* Sçachez que je suis en colere contre vous. Ie pretendois que dans la pluspart de vos écrits, vous prendriez plaisir de vous entretenir & de parler avecque moy, & je ne puis comprendre pourquoy vous y avez manqué. Avez-vous apprehendé que ma familiarité vous fust honteuse aux siecles à venir, & que la posterité vous la reprochât? *Nostre Charles neufiéme fit encore quelque chose davantage, & nous lisons un Sonnet qu'il composa pour Ronsard, & qui fut inseré par son ordre dans les œuvres de ce Poëte. Et de plus fraische memoire, le grand Cardinal de Richelieu trouva-t-il mauvais que l'on imprimât une belle lettre dont il avoit honnoré Monsieur de Balzac? Ie veux esperer qu'un de ces jours, Monsieur d'Avaux augmentera le nombre des exemples de ce poids-là, & que nous n'aurons pas fait inutilement de si justes & de si raisonnables vœux. Quoy qu'il en soit,* MONSIEVR, *ce qui dépend de moy ne dépendra plus que de vous, & je vous envoye mon Recueil pour en ordonner ce que vous voudrez. Ne vous rebutez pas d'abord pour y voir en plusieurs endroits du Latin & du Grec semez fort épais. Il ne vous fera point de mal ni à vous ni à personne s'il ne vous plaist, & on peut s'épargner la peine de cette lecture sans rien perdre de considerable de la suite de tout le discours. I'ay traduit soigneusement tout ce que j'ay vû qui pouvoit estre transporté d'vne Langue à l'autre sans se gaster par les chemins; & je n'ay rien laissé sans explication, que certaines applications de passages alleguez hors de leur sens, à qui la version eust osté tout ce qu'ils avoient de grace. Nous nous avisâmes, Monsieur de Voiture & moy, de cette sorte* d'Entretiens, *qui nous sembloit vne image assez naturelle de nos conuer-*

sations ordinaires, & qui lioit vne si estroite communication de pensées entre deux absens, que dans nostre esloignement nous ne trouvions guere à dire qu'vne simple & legere satisfaction de nos yeux & de nos oreilles. Comme j'avois plus de commodité & plus de loisir que ce cher Amy, pour aller trafiquer en païs estrange, il m'en laissoit toute la dépense, tout le soin & tout le travail; & si je rapportois quelques richesses & quelques raretez de mes voyages de long cours, il les faisoit valoir par son industrie & me donnoit part au profit: c'est à dire, pour m'expliquer en termes plus clairs, que si je luy remplissois la memoire, il me formoit l'esprit & le jugement. Comme c'est vne belle chose que la scien-

ce, c'en est vne bien vilaine que la vanité de la faire trop paroistre ; & je vous advertis, MONSIEVR, *des conditions de nostre commerce, afin que vous ne pensiez pas, que je sois tombé dans vne affectation si importune & si odieuse. I'avouë que la pluspart de mes lettres sont bien longues, mais vous avouërez aussi, qu'il ne tiendra qu'au Lecteur qu'elles ne soient bien courtes, parce que les matieres que j'y traite sont tellement differentes & détachées, qu'il n'est point necessaire d'aller jusqu'au bout tout d'vne traite. On y peut faire plusieurs gistes, rien n'empeche qu'on ne s'y repose devant qu'estre las, & il sera permis à chacun d'y reprendre halei-*

ne selon son besoin, son humeur ou sa fantaisie. Vous trouverez sur la fin, quelques Billets de Monsieur de Voiture, qui sembleront possible vn peu trop familiers & trop negligez: Et neantmoins des personnes de bon sens & de bon goust, ont jugé que la meilleure, & la plus saine partie de la Cour, à qui sa memoire est tres-chere, verroit là dedans avecque plaisir, une peinture de ses mœurs, & des particularitez de sa vie & de sa conduite. Vous en jugerez souverainement, MONSIEVR, & ce pouvoir absolu que vous prendrez là dessus, s'étendra s'il vous plaist sur toutes mes actions & sur toutes mes volontez. Puisque de droit naturel le sage est le

Maiſtre des autres, il eſt juſte que vous ſoyez toûjours le mien, & que je ſois toûjours auſſi,

MONSIEVR,

Voſtre tres-humble, tres-obeiſſant & tres-fidele ſerviteur COSTAR.

SONNET

DV NEVEV DE Mr DE VOITVRE

A MONSIEVR COSTAR.

AV comble des honneurs VOITVRE *sceut atteindre,*
Et l'illustre COSTAR *sans se rendre flateur,*
L'a si bien defendu de son Emulateur,
Que son nom dans l'oubly ne sçauroit plus s'éteindre.

Vers les Cieux au contraire il peut voler sans feindre,
Et les Astres pour luy n'ont point trop de hauteur,
Où gravé sur l'airain, depuis ce protecteur,
De l'injure du temps il n'a plus rien à craindre.

La Mort pour vne fois a triomphé de luy,
Mais dans plus d'vn azyle à couvert aujourd'huy,
Triplement immortel il va triompher d'elle.

Immortel dans le Ciel dont son Ame a fait choix,
Immortel en son livre où sa gloire est si belle,
Immortel dans les tiens, vne troisiéme fois.

ENTRE-

ENTRETIENS DE MONSIEVR DE VOITVRE, ET DE MONSIEVR COSTAR.

MONSIEVR COSTAR, A MONSIEVR DE VOITVRE.

LETTRE I.

ONSIEVR,

Enfin nous avons tant fait par nos journées, que nous voicy arrivez en nostre Chasteau, & je vous écris dans ce petit cabinet rond, qui eſt de voſtre connoiſſance, & qui eſt tout tapiſſé de cartes, & tout couronné de livres choiſis. C'eſt là, MONSIEVR, que je me promets de paſſer les plus douces heures que je puiſſe eſperer où vous n'eſtes pas : C'eſt là que je tâcheray de reparer tout de mon mieux les pertes que j'ay faites de vos excellens entretiens : C'eſt là que je me propoſe de trouver en meſme temps le ſilence & la compagnie, l'occupation & le repos, l'inſtruction & le plaiſir ; & en vn mot, tous les remedes dont j'ay beſoin pour adoucir l'amertume de voſtre abſence. Lors que j'y ſuis entré ce matin, je vous avouë que j'ay eſté ſaiſy de quelque ſorte de religion, & qu'il m'eſt ſouvenu de ce vieillard des *Adelphes* de Menandre, qui au retour d'vn long voyage, ſaluë & baiſe ſa terre, & luy rend des honneurs divins, ajouſtant ce mot, *je traite comme vn Dieu, ce qui me nourrit*, ὃ γὰρ με τρέφον, τοῦτ' ἐγὼ κρίνω θεόν.

A la verité c'eſtoit vn peu trop ; mais en gardant plus de meſure, & corrigeant ce qu'il y a de vicieux dans cét excés, il ne me ſera pas défendu de l'imiter en quelque ſorte, & d'avoir quelque veneration pour mes livres, qui nourriſſent mon eſprit de leur ſuc, & de leur ſubſtance, & qui ſont comme ſon domaine, quoy qu'il ne les poſſéde pas ſi bien que ce bon homme poſſédoit ſes bleds & ſes vignes.

Que vous estés heureux, MONSIEVR, d'avoir vn esprit d'vn plus haut ordre, qui n'a que faire de la fertilité des autres, & qui se nourrit délicieusement de ce qu'il produit ! C'est ainsi, à peu prés, que les abeilles vivent de leur miel, c'est à dire, selon le langage des Poëtes, de l'ambrosie & du nectar qu'elles forment dans leurs petites entrailles, ou qu'elles ramassent sur les fleurs, *& qu'elles preparent, assaisonnent, & confisent par une proprieté occulte, & une vertu secrete de leur haleine. MIXTVRA quadam & proprietate spiritus sui, & quasi conditurâ* : ce sont les mots de Seneque. Epist. 84.

Ie pense, MONSIEVR, que vous ne vous offenserez pas de la comparaison des abeilles, vous qui sçavez bien, ou au pis aller, qui voudrez bien que je vous apprenne, que le plus docte des Romains les appelle *les oiseaux des Muses*, Varron. & vn autre, *les nourrices de Iupiter.* Columella.

Pour cette derniere qualité, le droict qu'elles ont de la prendre, est vn droict bien clair : Elles sont fondées en bon titre, puisque nostre Virgile a dit, *qu'elles nourrirent le Roy du Ciel dans les antres de l'isle de Crete.*

Dictæo cæli regem, pavere sub antro. 4. Georg.

Et j'ay ouï prescher à vn de nos plus celebres Predicateurs, que les Poëtes payens avoient dérobé cette invention dans nos sacrez livres, où se trouvent ces paroles sur le sujet du Messie, *il mangera du beurre & du miel, afin de sçavoir rejetter le mal, & choisir le bien.* Mais, MONSIEVR, puisque nous en sommes là, & que vous m'avez ordonné de vous entretenir de cette sorte; me direz-vous bien pourquoy ces mouches sont appellées les oiseaux des Muses? Est-ce parce qu'elles se rassemblent au son des cymbales, & qu'elles témoignent par là de prendre plaisir aux bruits harmonieux & mesurez? N'est-ce point que leur plus grande fureur s'appaise lors qu'elles entendent jouër de quelque instrument de musique, & que cela fait le mesme effet sur elles, que fit la lyre de Timothée sur le grand Alexandre, ou celle de Claudin le jeune, sur vn brave de la Cour de Henry III. aux nopces de Monsieur le Duc de Ioyeuse?

On m'expliqua l'autre jour quelques vers d'vn Idylle du Marin, où j'appris qu'aprés la mort d'Orphée, on vit des abeilles suçant les cordes de sa lyre, & témoignant combien elles trouvoient à dire les douceurs, dont elles avoient esté si souvent charmées.

Da le stemprate corde
Raccontasi, che furo
Sugger dolcezze Hiblee vedute l'api, &c.

Sans doute elles s'imaginoient d'y trouver le goust de leur miel. Et de fait, ce que nous appellons *mélodie*, eſt vn mot Grec, qui ſignifie *vne chanſon emmiellée* : Et vn Lacedemonien, dans Athenée, appelloit vne belle Ode, c'eſt à dire vn bel air *μελιπτέρωτα μοῦσαν*, *vn air qui voloit auec des aiſles de miel* ; Epithete qui ne doit pas ſembler eſtrange à ceux qui ſçauent, comme vous, que les Poëtes ont fait des oiſeaux de toutes les paroles qui ſe prononcent & qui ſe chantent. Lib. 14. Deipnoſophiſt.

Au reſte, ce n'eſt pas ſeulement la muſique qui plaiſt aux abeilles, il ſemble qu'elles ſoient auſſi amoureuſes de l'eloquence, & l'on en a veu plus d'vne fois des eſſeins entiers ſur les lévres de quelques enfans endormis, qui ont eſté depuis de grands Orateurs. Et veritablement, c'eſt à ce ſujet-là que l'on pourroit appliquer ce que dit Quintilien dans vne de ſes Declamations, que *par tout où elles s'arreſtent vn peu, elles y laiſſent vne odeur de miel.* OMNIBVS *quibus inſedere, odorem mellis inſpirant.* Et cette application ſeroit d'autant plus à propos, que les belles paroles ſont comparées à du miel. Ainſi dans le Cantique des Cantiques, les lévres de l'Epouſe ſont comme des rayons de miel *fauus diſtillans labia tua ſponſa* : Ainſi Ælien, dans Suidas, fut ſurnommé, *voix de miel, & langue de miel* *μελίφθογγος*, & *μελίγλωσσος*. Ainſi dans Homere, le miel coule en abondance de la bouche de Neſtor. Ainſi Plaute fait dire à quelqu'vn aſſez plaiſamment, à son ordinaire : *Vos discours & vos langues mesmes sont trempées dans le miel , & vos cœurs le sont dans le fiel , & dans le plus fort vinaigre.*

In MELLE *sunt linguæ sitæ vestræ atque orationes ,*
Corda in FELLE *sunt sita atque acerbo aceto.*

Nous pouvons ajouster à ce que nous avons desia dit sur ce titre *d'oiseaux des Muses* , que les abeilles ont beaucoup d'inclination & de tendresse pour les Poëtes , & que si nous en croyons Moschus , lors qu'elles sceurent la mort de Bion, elles en furent touchées si sensiblement qu'elles ne firent rien que de la cire , & qu'on ne trouva plus de miel dans les ruches :

Μάλων οὐκ ἔῤῥευσε καλὸν γλάγος, οὐ μέλι σίμβλων
Κάτθανεν ἐν κηρῷ, λυπεύμενον.

Moschus poursuit , *Et certes , aprés avoir perdu le miel qui sortoit de vostre bouche , nous n'avons plus que faire de l'autre , & nous n'y trouverions plus aucune douceur.*

οὐκέτι γὰρ δεῖ
Τῶ μέλιτος τῶ σῶ τεθνακότος ἄλλο τρυγᾶσθαι.

Varron nous fournit encore d'vne autre raison: *Comme les Anciens* , dit-il, *ont placé les Muses sur le Mont Olympe , & sur le Parnasse , aussi la Nature a marqué le logement des abeilles sur des montagnes desertes , steriles , & qui ne portoient que des fleurs.* VT *his Diis Helicona atque Olympum attribuerunt homines , sic his floridos & incultos , natura attribuit montes.* Où il est remarquable , en passant , qu'en parlant des

Muses, il se sert du mot de *Diis*, & non pas de celuy de *Deabus*, pour monstrer que *Deus* en Latin signifie (comme il vous souviendra, s'il vous plaist, que je vous le disois autrefois) toutes les divinitez de l'vn & de l'autre sexe, indifferemment.

Mais, pour revenir à nostre sujet, les Muses & les Gens de Lettres, se plaisent sur les montagnes, selon Strabon ὀρειβασία χαίρουσι, & selon vostre Horace, *Le Chœur & la troupe des Escrivains, fuit les villes, & se sauve dans les bois, & c'est avec raison qu'ils ont pris Bacchus pour vn de leurs Patrons, parce que c'est vn Dieu qui ayme l'ombre, le silence & le sommeil,* Lib. 10. Geogr.

Scriptorum chorus omnis, amat nemus & fugit vrbes
Rite cliens Bacchi, somno gaudentis & vmbrâ.

Et n'est-ce pas aussi ce que font les abeilles, au rapport de Columella, qui veut qu'on mette leurs ruches en des lieux fort écartez, & fort solitaires, loin du tumulte & de la compagnie des hommes? *Apibus destinari debent pabulationes secretissimæ, &c.*

Quintilien dit quelque part, qu'elles cherchent sur toutes les fleurs, mais qu'elles ne tirent pas de toutes les fleurs le suc qui leur semble propre à faire le miel, *In omnibus floribus quærunt vtilia operi suo, non ex omnibus carpunt.* Et c'est, MONSIEVR, ce que les Beaux esprits doivent imiter ; lire tout , & ne choisir que le meilleur, le plus delicat & le plus fin, pour s'en nourrir, & pour en faire ce qu'ils desirent.

Lib. 9. hist. animal. cap. 40. *Quand elles vont en queste*, dit Aristote, *elles ne s'attachent qu'à vne sorte de fleurs à la fois ; & deuant que de s'estre déchargées du butin qu'elles y ont fait , on ne les voit point voler à celles d'vne autre espece.* Pourquoy n'en faire pas autant ? Qui ne mangeroit que d'vne sorte de viande en vn repas , en feroit vne digestion bien plus loüable. La diversité des mets n'est que pour la friandise, & pour le plaisir du goust ; & il est en cela de l'esprit comme du corps.

Meleagre, dans l'Anthologie, appelle vne abeille ἀνθοδίαιτον, qui signifie en vn seul mot, *Viuant & se nourrissant de fleurs ;* & il luy demande, *pourquoy elle quitte ce bel émail , dont le Printemps enrichit les préries , pour se venir assoir sur le visage de sa Maistresse.*

> Ἀνθοδίαιτε μέλισσα τί μοι χροὸς Ἡλιοδώρας
> Ψαύεις, ἐκπρολιποῦσ' εἰαρινὰς κάλυκας ;

Ainsi leur moisson ne se fait que de fleurs , & non pas de fruits ; & cela ne represente pas mal quelques-vns de nos Amis qui ont passé toute leur vie à des lectures plaisantes & agreables, songeant plustost à s'embellir qu'à se fortifier l'esprit ; ce qui s'appelle en termes de Pline, *studiorum amœnitates quærere.*

Vous

Vous sçavez par cœur ces vers de Virgile, où il dit, que *les abeilles se vont quelquefois froisser estourdiment contre les rochers ; & qu'on les voit souvent crever sous la charge qu'elles portent ; tant a de pouvoir sur elles l'amour des fleurs & la gloire de faire le miel !*

Sæpe etiam duris, errando in cotibus, alas
Attrivere, vltróque animam, sub fasce dedere,
TANTVS AMOR FLORVM, ET GENERANDI GLORIA MELLIS!

On pourroit faire, ce me semble, vne assez belle devise de ce dernier vers pour Monsieur de *** qui s'est tué à force d'estudier les Poëtes Italiens.

Ces petis animaux ne gastent point les fleurs qu'ils sucent ; elles n'en sont ni plus seiches ni moins entieres ; & generalement parlant, *Apis, nullius opus vellicans, facit deterius.*

Voilà, MONSIEVR, vn bel exemple pour ceux qui volent insolemment les ouvrages des grans Auteurs, & qui ne se contentent pas d'en dérober l'art, mais qui en dérobent les pensées & les paroles.

Les abeilles sont extremément coléres, & Virgile dit, que cette passion en elles est au delà de toute mesure.

— *Illis ira modum supra est.*

Si cela est, elles ont encore cette conformité auec les Poëtes, dont Horace a dit, que *c'estoit vne nation qui s'enflammoit bien viste, & qui prenoit aisément feu*

genus irritabile vatum.

Aussi, se comparent-ils souvent aux mouches à miel ; & sans en chercher d'autres exemples, le mesme Horace se represente comme vne abeille allant à la picorée des fleurs, & les amassant avec beaucoup de soin & de peine.

——Ego apis Matinæ
More modóque &c.

Que diray-je davantage? les beaux poëmes sont appellez *sacrez*, & c'est l'éloge qu'Ovide donne à l'Iliade,

Principium SACRI CARMINIS, *illa fuit.*

Nicandre fait le mesme honneur aux abeilles, dont il dit que les ouvrages sont *sacræz*, ἱερὰ ἔργα μελίσσης. Soit qu'il y ait quelque chose de divin en la production du miel, *aërij mellis cælestia dona* ; soit que le present en soit agreable aux Dieux aussi bien qu'aux hommes, & qu'il soit au nombre des choses qui sont offertes sur les autels. *Mel, Diis & hominibus acceptum, quod fauus venit in altaria.*

Virgil.

Varron.

Hé bien, MONSIEVR, croyiez vous qu'il y eust tant de choses à dire sur vn si petit sujet que l'est vne mouche? Et cependant, ce n'est que par discretion que je m'arreste en si beau chemin, & de peur que vous ne me reprochiez (vous qui vous ſervez ſi ingenieuſement des proverbes) que j'ay *fait d'vne mouche vn elephant.* Si cette penſée vous ſemble bonne, il faut rendre l'honneur à qui il appartient, & confeſſer que je l'ay priſe de Lucien, qui finit ainſi vn long traitté de la mouche: πολλὰ δ' ἔτι ἔχων εἰπεῖν, καταπαύσω τὸν λόγον, μὴ καὶ δόξω, κατὰ τὴν παροιμίαν, ἐλέφαντα ἐκ μυίας ποιεῖν.

Venons maintenant à l'éclairciſſement de vos doutes, ſelon l'ordre du memoire que vous me donnaſtes quand je partis d'auprés de vous.

Il eſt certain que ſon Alteſſe Royale a fort bien entendu ce paſſage de Virgile, où Enée voyant ſa ville ſurpriſe par les ennemis, dit aux Troyens entre autres choſes: *Ces Dieux qui avoient maintenu cét Empire, & qui l'avoient fait ſubſiſter juſqu'à cette heure, ont retiré de nous leur protection, ont quitté noſtre défenſe, & ont abandonné leurs temples & leurs autels.*

Exceſſere omnes adytis, ariſque relictis,
Dî, quibus imperium hoc ſteterat.

Cette opinion de l'abandonnement des Dieux en pareilles occaſions eſtoit ancienne parmy les Grecs; Car dans Eſchyle, en la Tragedie intitulée *les ſept contre Thebes*, le Prince Eteocle voulant renvoyer les femmes dans leurs maiſons, & les faire ſortir des temples où elles eſtoient toutes accouruës au bruit de l'approche des ennemis, il leur repreſente, que *ſi Thebes doit eſtre prise, il n'y a déja plus de Dieux dans les temples, & qu'ils les ont abandonnez: que le Ciel en ces rencontres là n'est favorable qu'à ceux qui sçavent bien obeïr aux ordres de leurs Capitaines, & que l'obeïssance est la mere de la bonne fortune, & la femme de Iupiter Sauveur.*

——Ἀλλ' οὖν θεοὺς
Τοὺς τῆς ἁλούσης πόλεος ἐκλείπειν λόγος, &c.
Πειθαρχία γάρ ἐστι τῆς εὐπραξίας
Μήτηρ γυνὴ σωτῆρος ὧδ' ἔχει λόγος.

Le pere de Mademoiselle Cornelia (je pense que sa qualité d'Ambassadeur de Suede ne luy plaist pas davantage que celle-là) a traduit ces vers de cette sorte.

——*Atqui Deos*
Rumor celebrat vrbe capta excedere, &c.
Felicitatis mater obsequentia est,
Vxórque, vt aiunt, Sospitatoris Iovis.

Remarquez ces mots *rumor celebrat*, qui monstrent que c'estoit vn proverbe dés ce temps-là.

Au reste ce changement des Dieux estoit l'effet d'vne prudence interessée, & non pas d'vne legereté sans fondement & sans raison, comme on le peut juger par ce discours de Neptune dans Euripide, où il dit, que *Troye estant prise, il est resolu de l'abandonner & de quitter les autels qu'il y avoit, sçachant bien qu'ils demeureroient sans sacrifices & sans prestres.*

Λείπω τὸ κλεινὸν Ἴλιον, βωμούς τ' ἐμούς.

Ἐρημία γὰρ πόλιν ὅταν λάβῃ κακή,
Νοσεῖ τὰ τῶν θεῶν, οὐδὲ τιμᾶσθαι θέλει.

Pour rendre ces deux derniers vers mot à mot, il faut dire, *quand la guerre a deſerté vne ville, les affaires des Dieux s'y portent fort mal, & il ne s'y trouve plus perſonne qui daigne les honorer.*

Cette ſuperſtition dont nous parlons, eſtoit commune à toutes les nations. Dans Quinte Curce, la ville de Tyr eſtant aſſiégée par Alexandre, vn habitant ayant rapporté à l'aſſemblée du peuple, qu'il avoit veû en ſonge Apollon, vn de leurs plus grans Protecteurs, qui vouloit les abandonner, & ſe retirer de leur ville, les Tyriens en prirent vne telle épouvante, qu'ils s'adviſerent de lier la ſtatuë de ce Dieu avec vne chaiſne d'or, & d'attacher la chaiſne à l'autel d'Hercule, penſant qu'ils ne pouvoient le mettre plus ſeurement qu'en la garde d'vn Dieu ſi fort.

On voit dans Plutarque en la vie d'Antoine, qu'vn peu devant la derniere bataille qui aſſeura l'Empire du monde à Octave Auguſte, les habitans d'Alexandrie ouïrent en l'air, environ ſur le minuit, vne grande muſique d'inſtrumens, avec vn bruit de pluſieurs perſonnes danſant enſemble, & chantant comme on faiſoit aux ceremonies de la feſte de Bacchus. Cette danſe paſſa tout au travers de la ville, &

ſortit dehors par la porte qui répondoit au camp des ennemis ; & tout le monde fut perſuadé que c'eſtoit Bacchus, à qui Antoine avoit toûjours eu vne ſinguliere devotion, qui l'abandonnoit alors, dans le deſeſpoir de ſes affaires.

Vn meſme preſage arriva aux Iuifs aſſiégez dans Hieruſalem, ſous les auſpices de Veſpaſien, & ſous la conduite de Tite ſon fils aiſné. *Les portes de leur Temple s'ouvrirent ſoudainement, & il fut entendu vne voix plus haute & plus éclatante qu'vne voix humaine, criant, que les Dieux s'en alloient. Et au meſme temps il ſe fit vn grand bruit, comme d'vne foule de gens qui ſortent à la haſte, & avec precipitation.* EXPANSÆ, dit Tacite, *repentè delubri fores, & audita major humanâ vox, excedere Deos, ſimul ingens motus excedentium.*

Lib. 5. hiſt.

Les Romains n'eſtoient pas exempts de cette ſorte de foibleſſe ; & Tite Live conte comme Camille allant donner l'aſſaut general à la ville de Veie, voüa la dixiéme partie du butin à Apollon ; & puis fit cette priere à la Deeſſe Iunon. *Et vous, Reyne Iunon, qui honorez à cette heure les Veiens, de voſtre preſence, & de voſtre protection ; je vous prie de ſuivre la fortune des vainqueurs, & de vouloir bien venir avec nous dans noſtre ville, qui ſera bien-toſt la voſtre, où vous ſerez honorablement receuë dans vn temple digne de voſtre grandeur & de voſtre majeſté.* Il adjouſte, que *les Veiens ne ſçachant pas*

Lib. 5.

qu'vne partie de leurs Dieux avoient esté appellez au partage du butin qu'on alloit emporter sur eux, & que les autres avoient esté tirez de leur ville comme par force, par la vertu des vœux & des oraisons, s'opiniastrerent inutilement & se laisserent forcer. TE *simul Iuno regina, quæ nunc Veios colis, precor vt nos victores in nostram tuamque mox futuram vrbem sequare: vbi te dignum amplitudine tua templum accipiat &c. Veientes ignari jam in partem prædæ suæ vocatos Deos, alios votis ex vrbe sua evocatos &c.*

Selon Pline, Solin, Macrobe, Plutarque & plusieurs autres Auteurs, les Romains avoient certains charmes, & certaines oraisons pour évoquer les Dieux tutelaires de toutes les villes qu'ils assiégeoient, & ne manquoient jamais d'en vser pour deux raisons. La premiere, *parce qu'ils ne croyoient pas pouvoir reduire leurs ennemis tant qu'ils seroient favorisez de leurs Divinitez domestiques.* La seconde, *parce qu'ils s'imaginoient qu'il y auroit quelque impieté de prendre les Dieux en prenant les places, & de les retenir en prison & comme en captivité.* QVOD *aliter vrbem capi posse non crederent, aut etiam si posset, nefas existimarent Deos habere captivos.*

C'estoit par cette consideration qu'ils cachoient si scrupuleusement le nom du Dieu Patron & Protecteur de Rome, que jusqu'icy les plus sçavans doutent encore si c'estoit ou *Iupiter*, ou *la Lune*, ou *Opis consiuia*, ou enfin *Angerone* que les

Sculpteurs repreſentoient toûjours le doigt ſur la bouche, comme pour recommander ce ſilence religieux. Par la fidéle garde d'vn ſecret ſi important, ces myſterieux Politiques ſe promettoient que leur Demon tutelaire n'eſtant pas connu de leurs ennemis, ſeroit à couvert de la violence de leurs enchantemens & de leurs évocations, s'ils en avoient quelques-vnes dans les livres de leurs Preſtres & de leurs Pontifes.

Voilà, MONSIEVR, tout ce que j'en ſçay. Mais ſon Alteſſe Royale, qui ne ſe contente pas des connoiſſances vulgaires, & qui voudroit penetrer juſqu'au principe, & juſqu'à la ſource des choſes, deſireroit que je luy diſſe tout juſtement quel âge a cette opinion ſi ſuperſtitieuſe & ſi fole; & que je luy marquaſſe l'année qu'elle eſt venuë dans le monde. Pour contenter vne curioſité ſi difficile à ſatisfaire, il faut que je conſulte les oracles, & que je m'addreſſe aux *Saumaiſes* & aux *Ménages*, qui ſont *les Garde-treſors de l'Antiquité*, & qui voyent ſi clair dans les plus noires nuits des hiſtoires & des fables les plus eſloignées, qu'il ſemble qu'ils ayent eſté de tous les ſiécles & de tous les régnes.

Tout ce que j'en puis dire de moy-meſme, c'eſt que j'ay leû dans le Scholiaſte d'Eſchyle ſur le paſſage que j'en ay rapporté, qu'vn peu devant la priſe de Troye, les habitans virent leurs Dieux

Dieux, qui emportoient chacun leurs ſtatuës des temples qu'ils avoient dans cette grande ville. Si j'apprens de mes Maiſtres quelque choſe de plus curieux, je vous feray part de leurs revelations, & me tiendray bien glorieux de vous avoir aidé à divertir vn Prince, qui recherche de ſi beaux & de ſi honneſtes divertiſſemens.

Ie viens encore de me ſouvenir là-deſſus d'vn mot de Tacite, qui ne ſera pas deſagreable à ſon Alteſſe Royale: C'eſt dans le premier de ſes hiſtoires, où aprés avoir parlé de la conſpiration d'Othon contre la perſonne de Galba, il ajouſte: *Cependant, Galba n'ayant pas la moindre lumiere de cette entrepriſe, avoit toutes ſes penſées attachées à ſon ſacrifice, & ſollicitoit importunément de prieres & de vœux, les Dieux d'vn Empire qui n'eſtoit déja plus à luy, & qu'ils avoient deſtiné à ſon ſucceſſeur.* IGNARVS *interim Galba & ſacris intentus, fatigabat alieni jam imperii Deos.*

Que dites-vous, MONSIEVR, de la morale de ces Dieux-là? N'eſt-elle pas bien differente de la noſtre, & ne feroit-ce pas parmy-nous vne lâcheté infame, d'abandonner nos amis parce qu'ils ſeroient miſerables, & de les juger indignes de noſtre amitié, ſitoſt qu'ils ſeroient dignes de noſtre compaſſion?

Paſſons au ſecond article de voſtre memoire. Ie croirois bien ce que vous a dit Monſieur le Cardinal de la Valette, que *Pharaon*, parmy les Rois d'Egypte, n'estoit pas vn nom propre, mais vn nom de dignité. En effet, c'est ainsi que les Empereurs Romains estoient appellez *Cesars* & *Augustes* mesme ; & que depuis Alexandre, ces mesmes Rois d'Egypte, prirent le nom de *Ptolomées*. Isidore, dans ses Etymologies, dit sur le mot de *Pharaon*, que *ce n'est pas vn nom d'homme, mais vn nom d'honneur*. PHARAO *nomen est non hominis, sed honoris*. Neantmoins, comme il n'appuye son témoignage d'aucune autorité, & que d'ailleurs il m'a trompé fort souvent, je ne suis pas resolu de m'y fier, & de l'en croire tout seul. Iosephe, dans ses Antiquitez Iudaïques, confirme cette opinion, & ajouste, qu'en la Langue des Egyptiens, *Pharaon* signifie *Roy*.

I'y trouve pourtant vne difficulté qui me semble considerable, car nous lisons souvent dans la saincte Escriture *le Roy Pharaon*, & il n'y a pas d'apparence qu'elle voulust vser de cette repetition, qui seroit comme si nous disions *le Roy Roy*. A la verité, dans la mesme Escriture nous lisons plus d'vne fois *Abba pater*, & *Abbas* en Syriaque, aussi bien que *Pater* en Latin, signifie *pere*, & ainsi c'est vne semblable *tautologie*. Mais les Interpretes y trouvent beaucoup de mystere ; & entre les diverses raisons qu'ils en rapportent, celle-cy me paroist assez vray-semblable, que cette repetition eſt pour nous apprendre, que Dieu eſt noſtre pere à double tiltre, par celuy de creation, & par celuy d'adoption.

Peut-eſtre auſſi trouveroit-on quelque autre ſubtilité en faveur du *Roy Pharaon*. Et veritablement, tout le monde n'eſt pas du gouſt d'vn ſçavant homme de cette Province, qui ſe met en vne veritable colere, lors qu'on dit devant luy *des poires de bſi de heri*, parce qu'il a ſceu qu'en bas Breton *bſi* ſignifie *poires*; & qu'ainſi c'eſt comme ſi l'on diſoit *des* POIRES POIRES *de la foreſt de heri:* Ie voudrois, MONSIEVR, que vous viſſiez comme il s'emporte là-deſſus. Ie ſonge quelquefois ce qu'il feroit, s'il eſtoit à Paris, & qu'il entendiſt crier *meures meures*, *raves raves*, *choux blancs*, *choux blancs*, & cent autres choſes de cette nature.

Pour appaiſer le bon homme, au cas qu'il liſe iamais le paſſage de Ioſephe, il ne faut que luy dire, que chez les Arabes, qui ont emprunté des Egyptiens beaucoup de leurs mots, *Pharaon* ſignifie *vn Crocodile*, & que le *Crocodile*, parmy les Anciens déſignoit *l'Egypte*. Ie luy conteray à ce propos, qu'Auguſte prit pour ſa deviſe vn Crocodile, aprés avoir reduit ce Royaume ſous ſes loix. Et ſi je veux auſſi je l'entretiendray de ce Peintre ingenieux, qui ayant peint vne bataille navale entre les Egyptiens & les Perses, & ne sçachant comment representer que c'estoit sur le Nil qu'elle s'estoit donnée, l'eau de ce fleuve estant toute semblable à l'eau de la mer, fit suppléer son invention au defaut de l'art, peignant vn *Crocodile* qui taschoit de surprendre vn asne pendant qu'il buvoit sur le rivage, *argumento declarauit, quod arte non poterat, asellum enim, &c.*

Plin. lib. 35. cap. 11.

Cela estant, MONSIEVR, le *Roy Pharaon* ne signifiera plus *le Roy Roy*, mais *le Roy Crocodile*, ou *le Roy des Crocodiles*: & cette derniere façon de parler ne devra pas nous sembler fort bizarre, puisque nous avons leû dans Malherbe, *la Reyne des fleurs de lys*, & que le *Crocodile* est le symbole de l'Egypte, comme *les fleurs de lys* sont les armes de la France.

Au reste, cét *Abba Pater* m'a fait rire de souvenir, & il est juste que vous ayez vostre part des choses plaisantes qui se sont conservées dans ma memoire, aussi bien que des serieuses. Ce Page, à qui l'on reprochoit souvent *qu'il auoit esté changé en nourrice*, & que vous trouvastes vne fois chez-nous pestant & jurant contre les bourreaux qui luy avoient fait ce meschant tour, & contre ceux mesmes qui le blasmoient en cela d'vn malheur qui n'estoit point arrivé par sa faute: Ce mesme bel esprit, pour distinguer deux Recollects qui estoient venu rendre vne visite à son Maistre, & qui passerent quelques semaines chez-luy, appelloit l'vn *le Pere Pere*, & l'autre *le Pere Frere*. Iugeant qu'il n'estoit pas raisonnable de les égaler ensemble, il s'avisa de donner au *Bini* de la *Paternité*, & de doubler celle du premier.

A vostre avis, MONSIEVR, ce jeune drôle, qui dans vne Comedie de Plaute dit si obligeamment à son oncle, *Mon oncle, qui estes extrémement mon oncle*. MI *patrue patruissime*, s'il eust esté en la place de nostre Page, n'en auroit-il pas fait autant que luy? Ie pense aussi que cét expedient auroit paru bien ingenieux à cét Eschollier Italien, qui estudiant à Rome, & dediant ses Theses au feu Cardinal Infant, luy donna le titre de *Cardinal Infantissime*, trouvant celuy d'*Infant* trop modeste. I'y pourrois ajouster ce Sommelier courtois, & civil, qui écrivant à Monsieur Pauquet (qui n'estoit pas encore Monsieur le Prieur) mit en l'inscription de sa lettre, *à Pauquet Pauquet*, n'osant pas mettre *à Monsieur Monsieur*, comme il avoit fait pour moy. Riez-en tant soit peu, MONSIEVR, & puis remettez-vous dans vostre serieux, pour lire ce que je vay vous dire en suite.

Les loüanges que Ciceron donne à l'éloquence de Crassus, meritent bien les reflexions que 1. de Orat.

Mr d'Avaux y a faites ; & j'avouë qu'il paroist estrange d'abord, de voir admirer en vn grand homme que son discours n'ait rien du tout de puérile, rien de fardé, rien de trop peint & de trop fleury ; *tam sine pigmentis , fucóque puerili*. Mais cependant, je m'assure que Monsieur d'Avaux confessera que cét éloge n'est pas petit, s'il luy plaist de considerer combien il est difficile à vn esprit fertile, qui produit tant de choses differentes , d'éviter toute sorte d'affectations, de vaines subtilitez & de faux brillans; de se contenter des beautez naturelles & naïves, & des ornemens viriles & chastes ; & dans vne si grande abondance de pensées , qu'vne riche invention luy presente, ne choisir que les solides , & celles qui sont veritablement grandes sans estre superbes & fastuëuses , & qui sont hardies & courageuses , sans estre insolentes & temeraires.

Et puis, Ciceron avoit dit auparavant de Crassus, que *c'estoit vn torrent de paroles excellentes , toutes fortes, toutes efficaces , toutes de grand poids.* TANTVM *est flumen gravissimorum optimorúmque verborum :* & que ses pensées estoient les plus saines du monde, & les plus épurées de toute sorte d'erreurs ; les plus veritables tout-ensemble & les plus extraordinaires; c'est à dire, qu'elles reduisoient l'esprit par leur verité, aprés l'avoir estonné par leur nouveauté, & qu'elles gagnoient en mesme temps de l'admiration & de la creance ; *tam integræ sententiæ, tam veræ, tam novæ &c.*

Remarquez, MONSIEVR, ce *tam veræ, tam novæ.* Le premier ornement d'vne pensée c'est la verité ; mais il faut que ce soit vne verité qui paroisse extraordinaire, qui soit cachée aux yeux du peuple, & que les esprits communs n'eussent point apperceuë si quelqu'vn du premier ordre ne la leur eust découverte. Car autrement, Aristote a raison de dire quelque part dans ses Topiques, *qu'il y a quelquefois des choses qui sont ridicules pour estre trop vrayes :* de sorte que *ce tam veræ* pourroit estre vicieux, s'il n'estoit accompagné de *tam novæ.*

En cherchant cét endroit-là, j'en ay trouvé vn autre, qui confirme admirablement ce que Monsieur de Chavigny a observé, que le mot de *charité* se prenoit activement en François, & passivement en Latin. C'est où Cesar traittant de la belle raillerie, donne ce beau precepte, *qu'il faut espargner les amours & les affections des peuples, & qu'il ne faut pas legerement & sans beaucoup de raison, se laisser rien échapper contre ceux qui sont vniversellement aimez.* PARCENDVM *est autem maximè* CHARITATI *hominum, ne temerè in eos dicas, qui diliguntur.*

Charitas hominum signifie là *ceux qui sont chers aux hommes*, & non pas *ceux qui chérissent les hommes ;* au mesme sens que Tacite se sert du mot Lib. 2. Annal.

amores sur le sujet de Germanicus qui mourut dans la fleur de sa jeunesse, & qui estoit les delices de tout le monde; il dit, qu'on avoit remarqué, *que les amours du peuple Romain avoient toûjours esté courtes & malheureuses;* BREVES *& infaustos populi Romani amores.*

Le mesme Ciceron écrivant à Brutus, employe encore *charitas* de la mesme sorte. *Je n'ignore pas,* dit-il, *combien il est dur de punir les enfans, des revoltes & des rebellions de leurs peres; mais nos loix ont sagement ordonné d'en vser ainsi, afin que l'amitié naturelle que chacun a pour ses enfans, nous rendist plus affectionnez aux interests de la Republique, & nous détournast des mauvais desseins que nous pourrions former contre son repos & sa liberté.* NEC *verò me fugit, quàm sit acerbum parentum scelera, filiorum pœnis lui. Sed hoc præclarè legibus comparatum est, vt* CHARITAS LIBERORVM, *amiciores parentes Reipublicæ redderet.*

Charitas liberorum, c'est *l'amitié dont les enfans sont aimez.*

Il faut encore rapporter là ce que dit Mammertin, en son Panegyrique pour l'Empereur Iulien. *Si les autres Empereurs estoient aimez de leurs suiets, cét amour n'estoit pas imprimé bien avant dedans leurs cœurs; il n'estoit (si je l'ose dire) que superficiel & à fleur de peau: c'estoit vn amour soudainement & fortuitement produit, dont les nœuds estoient fort lâches, parce que ce n'estoit pas l'admiration des vertus du Prince,*

qui

qui les auoit estreins & serrez: Mais nostre zele & nôtre passion pour vostre service, est vne suite necessaire de l'opinion veritable, ferme & constante que nous avons conceuë de la grandeur de vostre merite. CÆTERORVM *Imperatorum* CHARITATES, *in summis hominum habitavere pectoribus, subitâ & fortuitâ benevolentiâ provocatæ, non virtutum admiratione devinctæ. At verò noster affectus, veri certique judicii est.*

Remarquez, s'il vous plaist, *Imperatorum charitates*, pour dire *le bon-heur que les Empereurs avoient d'estre chéris de leurs peuples.*

Le passage d'Ælius Lampridius, n'est pas tout à fait comme on vous l'avoit allegué; il dit seulement qu'Alexandre Severe avoit *in larario* dans son Oratoire parmy ses Dieux domestiques, *les images d'Apollonius, de Christ, d'Abraham, & d'Orphée.* Sans mentir, voila nostre Seigneur en bonne compagnie! Pour nostre bon pere Abraham, passe; mais par quelle fortune Apollonius & Orphée, se sont-ils rencontrez là?

Ce qu'il dit, quelques pages aprés, est bien plus remarquable & de plus grande instruction. Il rapporte, que ce Prince voulut bâtir vn temple à Iesus-Christ, & le recevoir entre ses Dieux; mais qu'il en fut empéché par ses Prestres, qui ayant consulté leurs livres sacrez là-dessus, trouverent que si l'Empereur executoit son dessein, tous les hommes se feroient Chrestiens, & tous les autres temples des Dieux qu'ils adoroient, seroient absolument abandonnez. *Christo templum facere voluit, eúmque inter Deos recipere. Quod & Adrianus cogitasse fertur &c. sed probibitus ab iis qui consulentes sacra, repererant omnes Christianos futuros, si id optato euenisset, & templa reliqua deserenda.*

Ces Prestres connurent bien que nostre Dieu estoit vn Dieu jaloux, & qu'il n'estoit pas comme les leurs, qui se souffroient bien l'vn l'autre, témoignant par-là qu'ils n'avoient rien à vn Empire dont ils vouloient bien la division, & faisant paroistre qu'ils estoient de faux Dieux: comme cette mauvaise femme de l'Escriture fit juger au sage Salomon qu'elle estoit vne fausse mere, lors qu'elle consentit au partage de l'enfant dont elle estoit en dispute avec vne autre. Ie ne sçay pas, MONSIEVR, ce que vous voulez faire de ce passage; mais pour moy, je m'en sers pour opposer aux Iuifs, qui n'osant nier que Iesus-Christ n'eust fait beaucoup de miracles, les attribuoient à quelques mauvais esprits qui operoient par luy, & dont il n'estoit que l'organe. Car puisque ces miracles se faisoient pour l'establissement d'vne doctrine, qui estoit la plus contraire du monde aux mauvais esprits, & qui en abolissoit entierement le culte; n'estoit-il pas ridicule aux Iuifs de se persuader, que les mauvais Demons voulussent favoriser des actions qui faisoient renverser les Idoles, qui détruisoient la Magie, & abolissoient la force & la puissance de l'Enfer?

Pour vostre *Libertinus à pugione*, dans le mesme historien; vous sçavez, MONSIEVR, que le poignard estoit la marque de la souveraine puissance de vie & de mort, que les Empereurs avoient. Ordinairement ils faisoient porter ce poignard par leur Prefect du Pretoire, qui estoit quelque chose de bien plus que nos Capitaines des Gardes, puisque leur charge estoit appellée *vn Empire auquel il ne manquoit que la pourpre.* Or cét Affranchy, dont il est icy question, avoit cette charge sous Commodus, & c'estoit luy que ce Prince avoit preferé à ses deux autres compagnons d'Office, pour luy faire porter son poignard; & c'est pour cela qu'il est appellé *à pugione.*

Philostrate, parlant de *Bassus* qui exerçoit la mesme dignité sous Marc Aurele, dit *que le poignard luy avoit esté confié*, τὸ ξίφος πεπιστευμένος.

Quelquefois les Empereurs portoient eux-mesmes ce poignard, comme il se voit dans Tacite; où Vitellius se déposant soy-mesme de l'Empire, *tire le poignard qu'il portoit à son costé, comme vn titre du droict qu'il avoit sur la vie des Citoyens, & le remet entre les mains du Consul Cecilius Simplex, qui estoit present à cette action.* ASSISTENTI *Consuli* (*Cæ-*

cilius ſimplex erat) exſolutum à latere pugionem, velut jus necis vitæque civium, reddebat.

Galba, dans Suetone, portoit ſon poignard pendu au cou, *dependente à cervicibus pugione ante pectus &c.* Et ſi nous en croyons Xiphilin, on ſe moquoit à Rome de voir ce Prince, tout caſſé & tout vſé de vieilleſſe, & d'ailleurs tout noüé de gouttes, portant vne arme qu'il ne pouvoit manier, & qui ne luy ſervoit que d'vn fardeau inutile & embarraſſant. Et certes, il ne ſied bien qu'à vn jeune Prince, de répondre, comme fit noſtre *Charles neufiéme*, aux principaux Seigneurs de ſa Cour, qui ſollicitoient ſi ardemment la charge de Conneſtable, aprés la mort d'Anne de Montmorency, *Ie n'ay que faire de perſonne pour porter mon épée, je la porteray bien moy-meſme.* Cét exemple de Galba confirme bien la verité de ces beaux vers:

Ceux à qui la chaleur ne bout plus dans les veines,
En vain dans les combats ont des ſoins diligens:
Mars eſt comme l'Amour: ſes travaux & ſes peines
Veulent de jeunes gens.

Ie ſuis au bout de voſtre memoire; mais je ſuis auſſi au bout de mon Latin, & je n'en ſçay point qui puiſſe ſatisfaire à la derniere queſtion que vous m'avez propoſée. Vous voulez ſçavoir ce que veut dire le peuple Romain, de crier à Pertinax, à ſon avénement à l'Empire, aprés la mort de Commodus, *speratum ad leonem.* Vous le voulez, MONSIEVR, mais on n'a pas en ce monde tout ce qu'on veut, & je vous confesse que ie ne voy goutte dans cette obscurité ; & mesme que je ne rougis point de cét aveuglement, puisque le grand Monsieur de Saumaise n'y voit pas plus clair que moy, luy que j'ay entendu appeller *l'Argus des belles lettres & des connoissances curieuses.*

Neantmoins, aprés s'estre bien travaillé là-dessus, il s'est avisé de changer ce qu'il ne pouvoit expliquer, & de lire *desperatum ad leonem,* pretendant que le peuple demandoit qu'on jettast aux lions le corps de Commodus, qu'il nomme *desesperé,* parce que c'estoit la qualité des Gladiateurs, qui comme luy combatoient les bestes farouches, & que les Grecs appelloient παραβόλους, & Claudien *audaces, les audacieux & les temeraires.*

Mais, MONSIEVR, j'y trouve beaucoup de difficultez. Premierement, on ne voit guere en ce sens-là le mot de *desesperé.* Et puis je ne me souviens pas qu'on ait jamais exposé aux lions, les corps morts des criminels. Il est bien fait mention de quelques autres supplices, comme *de les traisner par la ruë avecque des crocs ; de les jetter dans les cloaques, & dans la riviere ; d'abattre leurs statuës,* ou quelque autre chose de semblable : Mais il n'est parlé de lions que pour les *Delateurs* qui survivoient aux méchans Princes, & pour les autres ministres de leurs violences. Il me sembleroit plus supportable, de croire que *Speratus*, seroit le nom d'vn de ces gens-là. Et de fait voicy tout le passage de Lampridius: *Rogamus Auguste; parricida trahatur. Hoc rogamus, parricida trahatur. Exaudi Cæsar Delatores ad leonem, exaudi Cæsar. Delatores ad leonem exaudi Cæsar. Speratum ad leonem, &c.*

Vous en jugerez, MONSIEVR, & serez peut-estre bien aise d'apprendre en passant, que ce titre de *desesperez* estoit donné aux Chrestiens, comme il paroist dans Tertullien & dans Lactance, dont le dernier à dit, *Et desperatos vocant qui corpori suo minimè parcunt.* ILS *les appellent* DESESPEREZ, *parce qu'ils n'épargnent point leurs corps, & qu'ils l'offrent volontairement à la douleur & à la mort.* Cependant, l'Escriture dit de ces courageux DESESPEREZ, *qu'ils ont l'ame pleine de grandes & de hautes esperances, & qu'ils pretendent à vne immortalité glorieuse.* ET *si coram hominibus tormenta passi sunt,* SPES ILLORVM *immortalitate plena est.*

Apologet. cap. 50. De Iustitia lib. 5. cap. 9. — Sap. cap. 3.

Le Iurisconsulte Vlpien nous traite encore plus injurieusement; & les mots d'*imposteurs* & de *Chrestiens* sont chez-luy des termes de mesme signification. Et il dit quelque part, *vt vulgari* IMPOSTORVM *verbo vtar,* EXORCIZAVIT. Et aprés cela, dira-t-on encore que les Iurisconsultes par-

Leg. 1 de extraord. cond.

lent toûjours si proprement?

Avant que de finir ce volume, trouvez bon MONSIEVR, que je vous fasse à mon tour deux ou trois questions de grande importance. Vn curieux qui a fait tout le tour du monde, & qui revient fraichement de la Nouvelle France, m'a voulu persuader que l'Amour y regnoit aussi absolument, que par tout ailleurs; mais que cependant le baiser n'y estoit point du tout connu; & que quand nos François leur voulurent découvrir cette invention, ils la trouverent estrange & extravagante. A ce conte-là, MONSIEVR, ces *Sauvages* ne sont pas *Grecs*, puisque dans cette belle Langue, ils n'ont qu'vn mot pour signifier *aimer* & *baiser*, & que φιλεῖν sert à tous les deux. Dites-m'en vostre avis, MONSIEVR, dois-je croire ce grand voyageur?

A propos de *Nouvelle France* & de *voyageur*. Quintus Metellus Celer estant Proconsul dans les Gaules, il aborda en Allemagne vn vaisseau de gens dont la langue & l'habit estoient inconnus. Pline & Pomponius Mela content cette histoire, & ajoustent qu'ils furent pris pour des Indiens. Les Geographes n'ont point encore contredit cette opinion. Ie ne sçay si vous en serez, mais avant que je le sçache, je vous declare, MONSIEVR, que je n'en puis estre. On ne sçavoit que c'estoit alors d'vne longue naviga-

Lib 2. hist. cap. 67.

tion, & celle-là l'euſt eſté extrémement, s'ils euſſent pris le chemin ordinaire. De dire que le vent les y euſt pouſſez par hazard, il n'y auroit guere d'apparence; Il euſt fallu qu'ils en euſſent changé plus de cent fois; ou qu'ils euſſent eu *les outres* d'Vlyſſe. Il eſt encore moins vray-ſemblable, qu'ils euſſent paſſé par le détroit *d'Anian*, & traverſé la mer glacée; ce que les Holandois ne pûrent faire il y a vingt-cinq ou trente ans; ayant eſté contrains de s'arreſter au deçà du détroit de *Vegas*, & de la *Nouvelle zemble*; parce qu'vne partie du temps la mer y eſt toute priſe, & que les tenebres y ſont preſque continuëlles. Pour moy, je penſe que ces eſtrangers inconnus venoient de *Mexique*, ou de *la Nouvelle France*, d'où vn meſme rhomb de vent les pouvoit avoir jettez en quinze jours, car cette contrée eſt en droite ligne de *l'Ocean Germanique*.

Ie ne ſçay pas ſi j'ay raiſon; mais je ſçay bien que ie n'en aurois point de continuër davantage vn entretien ſi ſerieux: j'aime mieux vous parler de quelque choſe de plus plaiſant, & qui vous ſoit de plus grand vſage.

Dans l'*Anthologie*, vn Païſan ſe loüe fort de la moderation de Mercure, qui ſe contente de laict & de fruits, & ſe plaint d'Hercule, qui veut qu'on luy ſacrifie force bœufs & force moutons. Et ſur ce qu'on luy répond: *Mais ce*

Dieu

Dieu conserve si bien vos troupeaux. Et *qu'importe*, replique-t-il, *que mes troupeaux soient mangez par les loups, ou par celuy qui les garde?*

—— τί δὲ πλέον εἰ δὲ φυλακτὸν
ὄλλυται ὑπὸ λύκων εἴθ᾽ ὑπὸ τοῦ φύλακος.

Cette Epigramme se peut rapporter sur cet Apologue d'vn Asne de fort bon esprit; que son maistre pressoit plus qu'à l'ordinaire, à cause des soldats qui le poursuivoient. *Hé pourquoy me hâter tant*, dit-il, *me feront-ils porter deux basts? Nenny*, luy répondit son maistre. *Et qu'y a-t-il donc à perdre pour moy de me laisser prendre?* luy replique doctement cet Asne.

Ie connois bien des Docteurs, principalement de ceux que Monsieur de Chavigny appelle si plaisamment *des Docteurs en chambre*, qui ne feroient pas à toutes heures de si bonnes reparties. Vous, MONSIEVR, qui avez le don d'application, vous ne tarderez pas long-temps à trouver l'occasion d'alleguer bien à propos mon Epigramme & mon Apologue.

I'ay trouvé vn vers Grec qui n'a point d'Auteur, & qui meriteroit bien d'en avoir. Il vous semblera plaisant, & vous aurez sujet de le dire souvent si vous en avez envie, Κάνθων πολύχρυσος ὄγκην θέλει ἀείδει. Ie l'ay traduit ainsi, *Un asne chargé d'or ne laisse pas de braire.* Ie pense, Dieu me soit en aide, que c'est vn vers Alexandrin. Vous me

E

croirez si vous le voulez, mais c'est le premier que j'aye jamais fait. On dit que c'est la Nature qui fait les Poëtes. Ie voy bien que la Fortune en fait aussi, quand il luy en prend fantaisie.

Vn Sophiste Grec, nommé *Achilles Tatius*, dit de la queuë du paon, que *c'est une prérie de plumes*, πτερῶν λειμῶν. N'est-ce point vn peu trop dire; & celuy qui a dit de la teste de Monsieur de *** qui est peinte de tant de couleurs, que *c'est une prérie de cheveux*, a-t-il rencontré moins heureusement?

Lib.12. c.32. I'achéve par vne historiette tres-jolie: elle est d'Athenée qui ne voudroit pas mentir. Il conte qu'il y avoit deux belles filles à Syracuse, qui ne trouvoient point de party, parce qu'elles estoient pauvres; Mais qu'il arriva vne fois que deux jeunes hommes de bonne maison, & qui estoient freres, les virent à la promenade, & s'apperceurent aux plis de leurs robes, qu'elles estoient καλλίπυγοι, c'est à dire *qu'elles avoient de fort belles fesses*: ce qui leur donna aussi-tost envie de les épouser, & de se contenter pour tout dot de cette beauté secrete & cachée. L'Auteur ajouste, que ces deux filles se voyant si bien pourveuës, en reconnoissance de cette grace qu'elles crurent venir du Ciel, firent bâtir vn temple à Venus, sous le titre de *Venus aux belles fesses*.

Ie souhaite, MONSIEVR, vne pareille fortune

à cette Demoiſelle dont vous avez ſi bien loüé le derriere. Et puiſque je fais des vœux pour les perſonnes que vous eſtimez, vous pouvez juger combien j'en fais pour vous, que j'eſtime & que j'honore plus que tout le monde enſemble, & de qui je ſuis autant qu'on le peut jamais eſtre,

Le tres-humble &c.

MONSIEVR DE VOITVRE,
A MONSIEVR COSTAR.

LETTRE II.

Malè eſt Cornifici tuo Catullo,
Malè eſt me-hercule & laborioſè.

TOVT de bon, MONSIEVR, je n'ay eu de ma vie l'eſprit ſi agité qu'à cette heure: Cependant, vous m'écrivez des folies, & vous eſtes auſſi gay & auſſi enjoüé, que ſi nous eſtions encore tous deux dans le Cours, & que nous n'euſſions ni l'vn ni l'autre aucune cauſe d'ennuy. Au lieu de me parler du ſujet de mon déplaiſir, & de me dire ce que vous en jugez, (car il y a lieu d'exercer ſes conjectures là-deſſus, auſſi bien que ſur le plus obſcur paſſage de Tacite) vous m'alléguez Lampridius, & Athenée, *quàm ineptè!* Et en vn temps où je dispute en moy-mesme, sçavoir si Madame de *** m'ayme, ou si elle ne m'ayme pas, & que cela est devenu vne chose problematique, vous me venez entretenir de *Pharaon*. Lors que nous revenions ensemble d'Arcueil, si je vous eusse esté discourir des Rois d'Egypte, songez le grand plaisir que je vous eusse fait, & la belle attention que vous m'eussiez donnée!

Neantmoins, je vous avouë que je n'ay point esté fasché de lire tout ce que vous m'écrivez. Ce que vous m'avez mandé de vostre Sçavant de Province, de vostre Page, & de vostre Sommelier, m'a fait rire, malgré moy;

Tityósque vultu
Risit invito

Vostre *Patruissime* m'a semblé fort plaisant aussi; Plaute a souvent de méchantes bouffonneries; mais sans mentir, il dit aussi quelquefois de bons mots. Et voicy comme j'accorde Horace & Ciceron, dont l'vn dit qu'il *est méchant bouffon*, & l'autre qu'il est *passim refertus vrbanis dictis*. L'autre jour j'y lisois d'vn vieillard, qui ayant surpris quelqu'vn auprés du lieu où il avoit caché son thresor, le fouïlla, luy fit monstrer la main droite, & puis la main gauche, & n'y trouvant rien, dit: *çà la troisiéme: cedo tertiam*. Cela represente plaisamment vn vieillard soupçonneux, qui s'imagine qu'vn homme a vne troisiéme main pour le voler.

Ie ne vous puis dire l'extréme plaisir que vous me faites de m'écrire de la sorte que vous m'écrivez. I'estudie mieux dans vos lettres, que dans tous les livres du monde ; & i'y trouve de plus belles choses.

Pour ces Messieurs de *Quintus Metellus Celer*, je ne les connois point. Vous me mandez qu'ils furent *pris pour Indiens;* pour moy je croy qu'ils furent *pris pour dupes.* Au reste, vous parlez des vens, comme feroit Christofle Colomb. Vous avez bien la mine d'avoir pris tout cela, mot à mot dans vn livre; car je jurerois que vous n'avez jamais sceu qu'à cette heure, ce que c'est qu'vn *rhomb de vent.* Et pour ce qui est du *destroit de Vegas*, je ne voudrois pas asseurer que vous le connussiez fort.

A ce que ie voy φιλεῖν, signifie *basiare* & *amare:* c'est que *baiser* & *aymer*, *convertuntur.* Mais je m'asseure que Madame de *** démentoit ce passage d'Aristenete.

Vostre Pasteur, ses moutons, & Hercule m'ont bien plû ; & l'Asne mesme est joly, comme vous le faites parler. Dites-moy si c'est dans les Fables d'Esope que vous l'avez trouvé. L'application de l'Apologue & de l'Epigramme, me semble dangereuse; & allez-vous en vn peu prêcher cela à Ruël. Mais revenons à nos moutons.

Il eſt vray qu'Hercule en mangeoit volontiers & grande quantité : les Argonautes en allant à Colchos, le laiſſerent dans vne Iſle. On en rend pluſieurs raiſons, toutes aſſez belles; les vns diſent, que c'eſt qu'il rompoit toutes les rames en ramant ; les autres, qu'il peſoit trop ; quelques-vns, que les Argonautes eurent peur qu'il remportât ſeul toute la gloire; & d'autres, que *ce fut parce qu'il mangeoit trop*.

Il me ſouvient d'avoir leû dans vn Poëte Grec, (c'eſt à dire Grec & Latin) qu'il remuoit les oreilles en mangeant; & pource que cela m'a ſemblé plaiſant, j'en ay retenu les vers que voicy:

Illum ſi edentem videris, ſtrepunt genæ,
Intus ſonat guttur, ſonat maxilla, dens
Stridet caninus, ſibilant nares, movet
Aures, ſolent armenta ſicut haud minus.

Ie ſuis faſché que je ne pris garde à vous, quand vous mangiez ce biſcuit de canelle à Gentilly; car ſans doute les oreilles vous alloient.

Ie trouve, au reſte, voſtre verſion du Grec en vers François fort heureuſe : Mais dites le vray, combien de fois avez-vous invoqué Apollon pour cela ?

Le mot d'*Achilles Tatius*, que *la queuë du paon eſt vne prérie de plumes*, eſt joly ; mais peut-eſtre vn peu trop hardy; & il me semble que Tertullien a mieux rencontré, qui ajouste, aprés avoir dit beaucoup de choses de la robe du paon, *elle n'est jamais la mesme, mais elle est toûjours differente, quoy qu'elle soit toûjours la mesme, quand elle paroist differente; & en vn mot, il semble que le paon change de queuë toutes les fois qu'il la remuë.* NVMQVAM *ipsa, semper alia, etsi semper ipsa quando alia: toties denique mutanda, quoties movenda.*

Que voulez-vous que je fasse à Vlpien qui appelle les Chrestiens *imposteurs?* Trebatius & Papinianus estoient de mesme sentiment. Nous perdrions nostre cause dans le Digeste: mais le Code nous est plus favorable. Adieu, MONSIEVR, je suis, en verité,

Vostre tres-humble, &c.

MONSIEVR COSTAR,

A MONSIEVR DE VOITVRE.

LETTRE III.

MONSIEVR,

Comme vous estes la meilleure & la plus noble partie de moy-mesme, il est certain que je dois estre plus sensiblement touché de vos maux que des miens propres. Mais toutes les fois qu'il me prend envie de vous plaindre, il me semble que je voy vostre Faune, qui allonge vn grand cou, par dessus la teste de quatre ou cinq petis Satyres, dont il est accompagné, & qu'il me crie d'vne voix enroüée, tout le contraire de ce qu'il dit vne fois de vous aux Dryades ses voisines.

Peut-estre n'est-il pas si mal qu'il vous l'écrit.

Ie suis d'avis, MONSIEVR, de croire le Faune qui ne me trompa jamais, plûtost que vous qui m'avez vne fois attrapé en pareille occasion. Vous me mandez que vostre esprit est fort agité: cela pouvoit estre quand vous me l'avez mandé, mais il se fait bien des changemens en huit jours dans l'esprit d'vn Amant, & je m'asseure qu'il a fallu moins de temps pour calmer tout à fait l'agitation du vostre. Et certes, MONSIEVR, vostre raison fait si viste tout ce qu'elle doit faire, que la mienne viendroit trop tard à son secours. C'est vn vray *feu sainct Elme* que cette raison si pure, si vive & si lumineuse. Elle ne paroist pas plûtost qu'elle fait tomber les vens, qu'elle dissipe les nuages, & appaise les flots irritez.

Horat. lib. 1. Carmin. od. 12.

—— simul alba nautis
Stella refulsit:
Defluit saxis AGITATVS *humor:*

Conci-

Concidunt venti, fugiúntque nubes:
Et minax, &c.

Aprés cela, MONSIEVR, il me feroit beau voir m'affliger avec vous de soixante lieuës. Quand mes plaintes arriveroient à Paris, elles vous trouveroient peut-estre *chantant, sautant, gambadant, voltigeant* dans l'Hostel de ***, comme vous faisiez à la Barre, lors que vous estiez *Demy-dieu* avec Monsieur de Chaudebonne. Il n'y a pas vn homme sur la terre, plus heureux que moy en cela. L'année passée je m'avisay d'écrire de toute ma force vne lettre de consolation à vne jeune Dame, éloignée d'icy de sept ou huit journées, qui avoit vne affliction que je ne croyois pas qui dûst finir qu'avec sa vie: Et cependant, celuy qui luy rendit ma lettre, la trouva dansant *les olivettes* avec sa petite sœur. Depuis ce temps-là, je ne me joüe plus à faire de si loin le consolateur, & moins aueque vous, MONSIEVR, qu'avec tout le reste du monde. Vous me renvoyriez, à peu prés, comme fit Tibere ces Ambassadeurs de Troye, qui luy venoient faire compliment long-temps aprés les autres sur la mort de son fils Drusus. Il leur en fit vn, comme vous sçavez (si vous ne l'avez oublié) sur celle du brave Hector, qu'ils avoient perdu, il n'y avoit guére plus de mille ans. *Quin & Jliensium legatis, paulò seriùs consolantibus, quasi obliteratâ jam doloris* Suet. in Tib. ca. 52.

F

memoriâ, irridens: SE QVOQVE, RESPONDIT, VICEM EORVM DOLERE, QVOD EGREGIVM CIVEM HECTOREM AMISISSENT.

Il y a deux choses dans ce chapitre de Suetone, qui sont assez remarquables, & par où nous pouvons entrer en matiere. La premiere, qu'il appelle Drusus, *fils naturel* de Tibere, pour le distinguer de Germanicus, qui estoit son fils adoptif. *Filiorum neque* NATVRALEM *Drusum, neque* ADOPTIVVM *Germanicum, patriâ charitate dilexit.* Il se voit par là que les Iurisconsultes ne mettoient point encore de difference entre *fils naturel* & *fils legitime*, comme ils ont fait depuis; opposant la Loy à la Nature, & appellant *enfans legitimes*, ceux qui viennent d'vn mariage contracté selon les Loix & les Ordonnances; & *naturels*, ceux qui n'ont esté faits que pour satisfaire aux desirs de la nature, & non pas aux devoirs de l'honneste societé qui lie le mary aveque la femme, *quos sola natura genuit, non honestas conjugii.* On les nomme *Champis* en Poitou, comme qui diroit, *faits dans les champs;* Et il n'y a pas encore deux jours, qu'vn Gentilhomme de ce païs-là me disoit d'vn de ses voisins, qui luy contestoit quelques honneurs dans l'Eglise, *C'est vn Coquin, je prouveray qu'il est Champy de quatre races.*

Isidor.

Mon autre remarque, c'est que Suetone rapportant cette réponse de Tibere, l'attribuë autant à ſon mauvais naturel, qu'à ſon bon eſprit; & croit ſur ce fondement, qu'il n'avoit aucune tendreſſe de pere, pour Druſus, qu'il avoit engendré ; non plus que pour Germanicus qu'il avoit choiſy. Et ce qui le confirme davantage dans cette opinion, c'eſt que l'Empereur ſe remit aux affaires comme auparavant, preſque auſſi-toſt que les obſeques de ſon fils furent achevées : *tantùm non ſtatim à funere, ad negotiorum conſuetudinem rediit.*

Cependant Tacite, qui eſt aſſez ſujet à donner de mauvais ſens à toutes les actions des Princes, & à celles meſmes des autres hommes qui ſont dans les hautes charges & les grands emplois, bien-loin de blaſmer la dureté de Tibere dans cette occaſion, ſemble admirer la force & la conſtance de ſon ame. Ie m'aſſeure, MONSIEVR, qu'il ne vous déplaira pas de l'entendre parler là-deſſus. *Tant que dura la maladie de ſon fils, il ne laiſſa voir ſur ſon viſage aucune marque de crainte, ſoit qu'il n'en euſt point veritablement, ou qu'il affectaſt de faire monſtre & parade de la fermeté de ſon ame. Mais bien davantage; Druſus eſtant mort, il n'attendit pas qu'il fuſt enſevely pour entrer dans le Senat. Et là, trouvant que les Conſuls, pour marque de leur deüil, ne s'eſtoient pas mis en leur place de dignité, il leur fit reprendre leur rang, & leurs ſieges ordinaires ; Et par un diſcours ſuivy, qui ne fut interrompu d'aucun ſouſpir, il consola les Senateurs, qui estoient tout fondus en larmes.* CÆTERVM *Tiberius, per omnes valetudinis ejus dies, nullo metu, an vt firmitudinem animi ostentaret, etiam defuncto necdum sepulto, curiam ingressus est. Consuléque, sede vulgari per speciem mœstitiæ sedentes, honoris locique admonuit: & effusum in lacrymas Senatum, victo gemitu, simul oratione continuâ erexit.*

Lib. 4. Annal.

Ie n'ignore point, leur dit-il, *qu'on ne puisse trouver quelque chose à dire, que ma playe estant encore toute récente, & ne commençant qu'à saigner, j'aye bien le cœur de me venir exposer aux yeux de cette Compagnie. Les autres hommes, quand la fortune les a traitez de la sorte, ont bien de la peine pour la pluspart à endurer seulement l'entretien de leurs plus proches, & à souffrir mesme la clarté du jour. Ie ne les condamne pas pourtant de foiblesse, & n'ay pas assez de dureté pour blasmer en eux de si justes ressentimens: Mais pour moy, j'aime mieux chercher de plus forts remedes à mon mal, entre les bras & dans le sein de la Republique.* NON *quidem sibi ignarum, posse argui quòd tam recenti dolore subierit oculos Senatus. Vix propinquorum alloquia tolerari, vix diem aspici à plerisque lugentium, neque illos imbecillitatis damnandos, se tamen fortiora solatia, è complexu Reipublicæ petivisse.*

Ensuite, il fit entrer ses neveux, & leur ayant parlé d'vne façon fort touchante, il conjura les Peres Conscripts, de les vouloir aimer & de les assister de leurs bons avis. L'Auteur ajouste, *que ces paroles furent ſuivies de beaucoup de larmes & d'vne infinité de vœux & de favorables acclamations ; & que s'il euſt pû s'arreſter là, il auroit remply les eſprits de tous ceux qui l'écoutoient, de compaſſion pour ſon accident, & d'admiration pour ſon éloquence, & pour ſon courage.* MAGNO *ea fletu, & mox precationibus fauſtis audita ; ac ſi modum orationi poſuiſſet, miſericordiâ ſui gloriáque animos audientium impleverat.*

Mais (pourſuit-il) *remettant encore en avant les propoſitions vaines & ridicules de reſtablir la Republique, de rendre au peuple ſa liberté, & de remettre l'adminiſtration des affaires entre les mains des Conſuls, il détruiſit dans les eſprits toute la créance qu'il y venoit d'acquerir, & rendit meſme ſuſpects ſes beaux & ſes veritables ſentimens.* AD *vana & toties irriſa revolutus, de reddenda Republicâ, vtque Conſules, ſeu quis alius regimen ſuſciperent ; vero quoque & honeſto fidem dempſit.*

Il ne paroiſt point, par tout ce que j'ay rapporté, que Tibere manquaſt d'affection pour ſon fils. Mais il paroiſt que Suetone ne pratiquoit pas l'avis de Seneque, *de juger courageuſement des actions de courage.* MAGNO *animo, de rebus magnis judicandum eſt.*

I'ay fait encore vne obſervation là-deſſus, qui peut-eſtre ne vous ſera pas deſagreable. Tibere ne craignit point de ſe laiſſer voir, incontinent aprés ſa perte, & n'eut point de peur qu'on ne remarquaſt pas aſſez de triſteſſe ſur ſon viſage, parce qu'il avoit le témoignage de sa conscience pour luy. Mais quand il perdit Germanicus, dont il avoit conceu vne jalousie secrete, alors il ne voulut voir personne, & Tacite en rend deux raisons. *Tiberius, atque Augusta publico abstinuere, inferius majestate suâ rati, si palam lamentarentur; an ne omnium oculis vultum eorum scrutantibus,* FALSI *intelligerentur?* TIBERE *& l'Imperatrice, ne voulurent pas se laisser voir en public, croyant qu'il estoit indigne de leur Majesté de pleurer devant le monde; Ou plûtost, n'estoit-ce point de peur que les yeux de la Cour si subtils & si penetrans, estudiant leur visage, n'y apperceussent des marques de leur dissimulation & de leur feinte?* I'ay pensé ajouster; & ne reconnussent, *qu'ils rioient sous vn masque de pleureur,* comme dit Publius Mimus, en parlant d'vn heritier:

Hæredis fletus, sub persona, risus est.

Le mesme Tacite, au premier des histoires, nous décrivant les bassesses que fit le Senat, lors qu'Othon ayant fait massacrer Galba, fut proclamé Empereur par les soldats. *Chacun,* dit-il, *se précipita de courir au Camp. Ils se poussoient, ils se renversoient, c'estoit à qui paroistroit devant les autres. Ils accusoient & blasmoient Galba avec toute sorte d'aigreur: ils élevoient jusqu'au ciel le choix judicieux des legions, ils baisoient la main d'Othon, & faisoient d'autant plus de démonstrations d'amour & de joye, qu'ils sçavoient en leur cœur qu'elles estoient fausses & contrefaites.* RVE-

RE *cuncti in castra, anteire proximos, certare cum præcurrentibus, increpare Galbam, laudare militum judicium, exosculari Othonis manum;* QVANTOQVE MAGIS FALSA ERANT QVÆ FIEBANT, TANTO PLVRA FACERE.

Il employe encore le mesme mot de *faux* & de *contrefait* au premier livre des Annales; où il parle des complimens que les Romains furent rendre à Tibere aprés la mort d'Auguste. *Ruere* dit-il, *in servitium Consules, Patres, Equites: quanto quis illustrior, tanto magis* FALSI *& festinantes, vultúque composito, ne læti excessu principis, neu tristiores primordio, lacrymas, gaudium, questus, adulationes miscebant.* C'ESTOIT *à qui courroit le plus viste, prester le serment de sa servitude, & faire les protestations de son esclavage; les Consuls, les Senateurs, les Chevaliers s'y faisoient remarquer par dessus les autres. Plus chacun estoit considerable; plus sa naissance ou sa condition le relevoit au dessus du peuple; & plus faisoit-il l'empéché & le zelé, composant son visage de sorte, & gardant ce temperament, qu'on ne pust attribuër sa joye au contentement qu'il avoit de la mort du Prince qu'il venoit de perdre; ni sa tristesse au déplaisir de la promotion de son successeur. Et pour cet effet, il mesloit ensemble les regrets & les conjoüissances, les plaintes & les flateries, avec toute l'addresse qui se peut imaginer.*

Tout cela veut dire, MONSIEVR, que celuy qui s'efforce de faire paroistre vne passion qu'il n'a pas dans le cœur, ne croit jamais jouër assez bien son rôlle; parce qu'il a sa conscience contre luy. Au contraire, quiconque a vne joye ou vne tristesse veritable, s'imagine que pour la témoigner, il n'a point besoin de toutes ces mines & de toutes ces grimaces, & ne sçauroit s'empécher de croire qu'on luy voit jusqu'au fond de l'ame. Et c'est sur ce fondement que le jeune Pline a dit, *que la flaterie estoit plus inventive que la verité, la servitude que la liberté, & la crainte que l'amour.* INGENIOSIOR *ad excogitandum adulatio veritate, servitus libertate, metus amore.*

Mais, MONSIEVR, ne suis-je point trop grave & trop serieux; n'est-ce pas pis encore que l'autre jour, lors que je vous entretenois du Roy Pharaon, & que je m'attiray cette exclamation injurieuse, *quàm ineptè!* Il me semble pourtant que je ne la meritois pas, & que je ne faisois rien de mal à propos, de vouloir ramener la joye dans vostre esprit, d'où vous l'aviez chassée si injustement. Mais ce qui vous fascha peut-estre, c'est que vous fustes forcé de rire & que vous estes ennemy de toute contrainte. Si cela est, vous estes vn peu bien delicat, & je n'ay point ouï dire que ce Titye mesme que vous allgéuez avec tant d'esprit, *Tityósque vultu Risit invito*, se soit jamais plaint de la violence que luy fit Orphée, de l'obliger de rire en dépit de luy.

Et

Et au reste, MONSIEVR, pourquoy vous ériger en Tityus ? Ce n'est pas parce que Virgile dit de luy, que son corps tenoit neuf arpens, *Nec non & Tityum &c. per tota novem cui jugera corpus, Porrigitur.* Ie vous ay vû couché tout de vostre long sur des gazons au bord du canal de Monsieur de ***, & je me souviens que vous ne teniez pas du tout tant de place ; Au contraire, ce fut alors, que je reconnus que la divine Artenice vous avoit donné le titre *del Re Chiquito*, avec autant de justice que *el precio de mas galan.* Lib. 6. Æneid.

Ce n'est pas aussi, graces à Dieu, que vous souffriez le mesme supplice. Hé ! quel dommage seroit-ce, que de si bonnes entrailles que les vostres, fussent déchirées comme celles du pauvre Titye !

Porrectúsque novem Tityus per jugera terræ Tib. lib. 1. Eleg. 3.
Assiduas atro viscere pascit aves.

Ie ne voy donc (& le Ciel en soit loüé) aucune conformité entre vous deux, si ce n'est que vous prétendiez à la qualité que vostre Horace luy donne,

INCONTINENTIS *nec* TITYI *jecur, &c.* Lib. 3. Carm. od. 4

Ou si ce n'est que, selon vous, aussi-bien que selon Lucrece, tout Amant inquiété, est vn veritable Titye.

Sed Tityus nobis hic est, in amore jacentem Lib. 3.

Quem volucres lacerant, atque exest anxius angor.

Mais je m'asseure qu'à cette heure ce nom-là ne vous convient plus, & je le juge par les jolies choses que vous me dites ensuite.

Il y a long-temps que j'ay ry la premiere fois de ce que vous trouvez si plaisant dans vne Comedie de Plaute. Ce mesme vieillard, qui aprés avoir fait monstrer à Strobilus ses deux mains, l'vne aprés l'autre, pour voir s'il n'emportoit rien, luy crie tout en colere, *çà la troisiéme*, se plaint dans la mesme piece, qu'on a fait entrer chez-luy cinq cens Cuisiniers, qui ont chacun six mains, & qui sont de la race de Geryon.

—— mihi intromisisti in ædes quingentos coquos
Cum senis manibus, genere Geryonaceo.

Puisqu'il donne six mains à ces Cuisiniers, il pouvoit bien croire que celuy qu'il foüilloit en avoit trois, non pas pour travailler, à la verité, mais pour le voler. Car c'est ainsi, à peu prés, que Martial dit d'vn grand larron de son temps: *Il est borgne, mais quand il est question de dérober, il voit des deux yeux.*

Tunc furit, atque oculo luscus, vtroque videt.

Quoy que cette imagination de Plaute, soit fort bouffonne; il me déplaist pourtant, qu'il fasse tant d'honneur à ces Cuisiniers, que de les faire descendre en droite ligne de Geryon, qui estoit vn des meilleurs & des plus sages Rois que l'Espagne ait jamais eus. Outre la veneration naturelle, que j'ay pour toutes les testes couronnées, j'en ay encore vne particuliere pour la memoire de ce Prince, quand je songe que les Poëtes ne l'ont representé avec trois corps, que parce qu'au rapport de Iustin, & de quelques autres historiens dignes de foy, il estoit si parfaitement vny avec ses freres, qu'il sembloit, qu'ils n'eussent tous trois qu'vne ame en commun, qui réglast & qui conduisist tous leurs mouvemens. O le bon temps, MONSIEVR! & que cet exemple fait de honte aux Polynices, & aux Eteocles, ces deux freres de qui la guerre ne finit point dans le tombeau; & aux deux Iumeaux fondateurs de Rome, *qui*, pour vser des termes de S. Cyprien, *aprés s'estre soufferts dans vn mesme ventre, ne se pûrent souffrir dans vn mesme Empire.* ROMANOS *geminos vnum non capit regnum, quos vnum vteri cepit hospitium.* Quelle infamie pour la race des Otthomans, (dont Monsieur de B. admiroit la politesse & l'humanité) de commencer tous leurs regnes, par le meurtre de leurs freres, & de ne s'imaginer pas qu'ils pussent asseurer & affermir leur domination par des moyens plus innocens? Mais quelle horreur à des Chrestiens, comme estoient les fils de Louis le Debonnaire, de qui l'irreconciliable inimitié fut le sujet de la cruelle bataille de Fontenay prés d'Auxerre,

Lib. 44.

Stace; Lucain.

qui épuiſa tout ce qu'il y avoit dans la Champagne, de bon & de noble ſang?

L'Hiſtoire ancienne & la moderne, ſont toutes pleines de pareilles tragedies, & elles ſont ſi ordinaires, qu'aprés que Tacite a conté l'empoiſonnement de Britannicus, il ajouſte, que la pluſpart des hommes pardonnoient ce crime à Neron, & ne le trouvoient point ſurprenant, quand ils ſe ſouvenoient que dans l'antiquité la plus eſloignée de la corruption & de la licence des derniers ſiecles, les freres de cette qualité n'avoient jamais pû conſerver d'vnion ni d'intelligence, & qu'il eſtoit abſolument contre la nature de l'autorité ſouveraine, de pouvoir ſouffrir la ſocieté: *Cui ſceleri plerique hominum ignoſcebant, antiquas fratrum diſcordias & inſociabile regnum exiſtimantes.* (Lib. 13. Annal.)

Il a dit ailleurs plus generalement, *qu'il n'eſtoit rien de plus approchant de l'impoſſible, que de mettre enſemble la concorde & la puiſſance.* ARDVVM *eodem loci, potentiam & concordiam eſſe.* (Lib. 2.)

(Lib. 15.) Et quelque autre part, aprés avoir détruit l'opinion de quelques Auteurs qui avoient écrit de Caius Piſon, que ſi-toſt qu'il auroit delivré la terre de la tyrannie de Neron, il épouſeroit Antonia fille de l'Empereur Claude, & repudieroit ſa femme qu'il avoit toûjours tendrement aimée: il ajouſte: *Si ce n'eſt que la paſſion de regner eſt ſi ardente & ſi bruſlante, qu'elle conſume toutes les au-tres.* NISI *ſi cupido dominandi cunctis affectibus flagran-tior eſt.*

Quinte Curce a encore exprimé ce ſentiment auec plus de force. *Homines cùm ſe permiſere fortu-næ, etiam naturam dediſcunt.* QVAND *les hommes ſe ſont livrez & abandonnez à la Fortune, ils deſaprennent, & oublient juſqu'aux leçons meſmes que la Nature leur a fai-tes:* C'eſt à dire, qu'ils eſtouffent & font mourir toutes les bonnes ſemences qu'elle avoit jettées dans leurs ames, & toutes les belles inclinations qu'ils avoient apportées en venant au monde. Lib. 5.

Mais, MONSIEVR, c'eſt aſſez de Morale & de Politique. Vous dites *que j'ay bien la mine d'avoir pris mot à mot dans vn livre, ce que je vous ay écrit de ces Meſſieurs de Quintus Metellus Celer, & que vous jureriez que je n'ay jamais ſceu qu'à cette heure ce que c'eſt qu'vn* RHOMB *de vent.*

Dorénavant, MONSIEVR, ne vous fiez plus à la mine; elle vous a trompé ce coup-là. Comment vous offrez-vous de jurer d'vne choſe ſi douteuſe, vous qui ne jurez pas meſme en perdant quinze cens piſtoles, & qui poſſedez en perfection vne vertu ſi rare en vn grand joueür? Ce raiſonnement eſt tout à moy, je veux bien que vous le ſçachiez. Pour n'avoir pas paſſé comme vous, le détroit de Gibraltar, je ne laiſſe pas de connoiſtre celuy de *Vegas;* & on peut ſçavoir ce que c'est qu'vn *rhomb de vent*, sans estre aussi hazardeux que vous l'avez esté, & sans en aller défier *trente-cinq* sur l'Ocean Atlantique.

I'ay laissé *trente-cinq* au lieu de *trente-deux* pour donner occasió aux railleries, qui sont dans sa réponse. C'estoit vne faute du copiste.

Ie suis bien-aise, que ma remarque sur le mot de φιλεῖν, soit à vostre goust, & j'approuve fort que vous ayez écrit ce mot Grec sans aucun accent. C'est la meilleure & la plus seure invention du monde pour ne s'y méprendre pas. *Ingeniosus homo es.*

L'Apologue de cet Asne que j'ay fait parler si joliment à vostre gré, se trouve dans Phædrus: en voicy les vers,

Lib. I. Fab. 15.

Asellum in prato timidus pascebat senex,
Is hostium clamore subito territus,
Suadebat Asino fugere, ne possent capi.
At ille lentus, quæso num binas mihi
Clitellas, impositurum victorem putas?
Senex negavit. Ergo quid refert mea,
Cui serviam? Clitellas dum portem meas?

Eussiez-vous crû, MONSIEVR, qu'vn Asne eust jamais si bien parlé Latin? Auprés de celui-là l'Asne d'Apulée, quoy qu'il soit tout d'or, ne fait rien que braire, & on luy pourroit appliquer bien à propos mon vers Alexandrin, qui vous a semblé assez beau pour croire qu'Apollon en est de moitié. Ie vous l'avouërois si cela estoit; mais je vous asseure qu'il n'est point venu à mon aide, ou qu'il y est venu de ſa franche volonté, & ſans en eſtre convié : car je n'euſſe oſé luy donner cette peine, n'ayant pas encore aſſez de privauté avec luy. Ie ſouhaiterois que noſtre Aſne euſt voulu faire la verſion des vers d'Epicharme que vous m'alléguez à propos d'Hercule. Son ſtile eſt bien plus pur, & ſon genie bien plus beau, que celuy de vôtre Traducteur.

Il eſt vray que ce Demy-Dieu dont nous parlons, mangeoit comme vn diable. Selon Athenée, au meſme lieu d'où vous avez tiré voſtre belle poëſie, il luy falloit vn beuf à chaque repas; Et Philoſtrate, en ſon tableau de *Theodamas*, rapporte que les habitans d'vne ville de l'Iſle de Rhodes, nommée Lyndus, luy ſacrifioient vn beuf, qui tiroit à la charruë, & ſolemniſoient ce ſacrifice avec toutes les imprécations dont ils pouvoient s'aviſer contre luy, en memoire de ce qui s'eſtoit paſſé autrefois en leur païs. Et c'eſt vne hiſtoire que Lactance rapporte de cette ſorte. Hercule eſtant vne fois arrivé à Lyndus, ayant grand' faim, trouva vn païſan qui labouroit la terre, (c'eſt ce Theodamas dont parle Philoſtrate) il luy demanda vn de ſes beufs pour de l'argent; & ſur le refus qu'il luy en fit, il les luy prit tous deux. Ce païſan ne s'en pouvant venger que par des injures, ne ceſſa de luy en dire tant que ſes beufs demeurerent à tuër, à

Chap. 21. de l'Inſtitution Chrétienne.

roſtir & à manger. Hercule y prit tant de plaiſir, qu'en cette conſideration, les habitans du lieu luy dreſſerent vn autel quelque temps aprés, qu'ils ſurnommerent βοζυγον, *le joug des beufs*, & luy firent des ſacrifices qui ne ſe celebroient pas avec *euphemie*, comme l'appellent les Grecs, c'eſt à dire avec loüanges & benedictions ; mais au contraire, avec execrations, injures & blaſphemes, juſques-là méme qu'on tenoit pour profanes, ceux à qui durant la ceremonie, il eſtoit échappé vne bonne & favorable parole.

En ce cas-là, MONSIEVR, Hercule eſtoit de l'humeur de la Fortune, que l'on n'honnore jamais tant que lors qu'on l'injurie, & qu'on l'accuſe de tous les changemens & de tous les deſordres qui arrivent dans le monde, *cùm conviciis colitur*, c'eſt vn mot de Pline.

Ce *mange-beuf* (c'eſt ainſi qu'il fut ſurnommé, Βουφάγος & Βουθοίνης) eſtoit en telle reputation de voracité, que les Anciens luy conſacrerent vn oiſeau qu'ils appelloient *gourmand* ; c'eſt celuy que nous nommons *la Foulque*, les Latins *Gavia* ou *Furica*, & les Grecs λάρος.

Lib. 12. Epig. 41. On pouvoit dire de luy ce que Martial dit de *Tucca*, *qu'il ne ſe contentoit pas d'eſtre gourmand, & qu'il vouloit qu'on le ſceuſt & qu'on en parlaſt.*

Non eſt Tucca ſatis, quòd es guloſus,
Et dici cupis, & cupis videri.

En

En effet, il apparut vne fois au Peintre Parrhaſius au meſme eſtat où il eſtoit, *quand les oreilles luy alloient*, & voulut eſtre peint en cette meſme poſture où Theodamas l'avoit vû. Athen. li 12 *Dans Pline vn Peintre d'Athenes, nommé Demon, ſe vante d'avoir fait ce tableau.* lib. 35. cap. 10.

Pour ce que vous me dites de ſa peſanteur, je ne ſçay qu'en croire: car j'ay vû dans Clement Alexandrin (ce qui peut-eſtre ne vous déplaira pas) qu'il eſtoit petit, & meſme qu'il eſtoit greſle. Et d'ailleurs, je ne ſçay ſur quoy eſtoit fondée cette crainte des Argonautes, ſi l'hiſtoire ancienne dit vray, *qu'il avoit paſſé des trajets de mer infiniment longs, dans la meſme gondole où il buvoit d'ordinaire.* ANTIQVA *hiſtoria eſt, Herculem, poculo tanquam navigio immenſa maria tranſiſſe.* Aprés cela, on ne pouvoit pas craindre qu'il enfonçaſt la *nef d'Argos*, qui apparemment eſtoit auſſi bonne & auſſi bien faite, que cette grande taſſe. Homere décrit celle de Neſtor avec autant de ſoin que le Bouclier d'Achille. Et veritablement, on dit qu'elle luy ſervoit de rondache à la guerre, & qu'elle luy couvroit tout le corps. Et cependant, Ronſard aſſeure quelque part qu'il la buvoit tout d'vne haleine, Macrob. lib Saturn. 5. cap. 21.

Que le vieillard Gerinean Neſtor
Boivoit d'vn trait, & que nul de la bande
N'euſt ſceu lever, tant ſa maſſe eſtoit grande.

Pour revenir à Hercule, je penſe que ce que diſent vos Scholiaſtes eſt vne pure médiſance, *qu'il rompoit toutes les rames quand il ramoit.* Car vous ſçavez, MONSIEVR, qu'il filoit fort adroitement chez Omphale, & meſme qu'il y filoit doux : & on ne lit point qu'il ait jamais rompu ni de rouëts, ni de fuſeaux, ni de quenoüilles.

Vous me demandez ce que je veux qu'on faſſe à Vlpien, qui appelle *les Chreſtiens impoſteurs.* I'entens qu'on le chaſtre, comme tant d'autres Auteurs qui ne l'ont pas ſi bien merité ; & qu'on traite auſſi de meſme Trebatius, puiſque vous dites qu'il n'eſt pas plus reſpectueux pour nous, & que d'ailleurs, il n'eſt pas de ma connoiſſance. Car je ne penſe pas que ce ſoit celuy que Ciceron raille ſi plaiſamment en pluſieurs lieux de ſes Epiſtres ; & auquel il dit, entre autres choſes, ſur ce qu'il ſe plaignoit que Ceſar ne luy faiſoit point de bien, quoy qu'il luy euſt eſté preſenté de ſa main. *Ce ſont des lettres de recommandation que je vous ay données, & vous vous eſtes imaginé que c'eſtoit une cedulle, ou une lettre de change pour eſtre acquittée à iour nommé.* TANQVAM *enim ſyngrapham ad Imperatorem, non epiſtolam attuliſſes ; ſic pecuniâ ablatâ domum redire properabas.*

Lib. 7. epiſt. famil. epiſt. 17.

Mais ſi l'on dit de bons mots des Iuriſconſultes ; de leur coſté ils en diſent auſſi de fort agreables, comme celui-cy. Vatinius, qui eſtoit l'horreur du peuple, & qui avoit donné lieu au Proverbe, *une haine Vatiniene*, faiſant combattre des Gladiateurs dans la place des ſpectacles, avoit receu pluſieurs coups de pierres. Il fit ordonner par les Ediles, qu'à l'avenir, il ne ſeroit plus permis de jetter dans l'aréne, autre choſe que des pommes. En ce temps-là, quelqu'vn eſtant venu conſulter le Iuriſconſulte Caſellius, *ſi ſous le nom de pommes*, qui eſtoit exprimé dans l'Edict, *les pommes de pin y eſtoient compriſes, il répondit qu'ouy, pourveu qu'elles fuſſent jettées à la teſte de Vatinius.* FORTE *iis diebus Caſellius, conſultus à quodam, an nux pinea pomum eſſet? reſpondit: Si in Vatinium miſſurus es, pomum eſt.*

Macrob. li. 2. Saturn. cap. 6.

Si les volumes que je vous écris eſtoient pleins de mots qui fuſſent de ce prix-là, je m'aſſeure qu'ils ne vous ſeroient pas ennuyeux. On montroit l'autre jour à vn Gentilhomme de cette province, vne de mes lettres qui eſtoit aſſez longue; *Vrayment*, dit-il, *cet homme-là ſçait bien faire de longues lettres, mais en ſçauroit-il bien faire de* SVCCINCTES?

A propos de choſes ſuccinctes; Plutarque dit de Phocion, qu'il avoit dans tous ſes diſcours *vne brieveté de General d'armée, & d'homme de commandement*, στρατηγικὴν βραχυλογίαν. Et c'eſt ce que Tacite appelle *Imperatoriam brevitatem*. Ie ne ſçay qui a dit plus generalement, *qu'vn Maiſtre ne parloit à ſes valets qu'en monoſyllabes.* Le Latin eſt plus joly: *Quilibet dominus, ſervo monoſyllabus eſt.*

Lib. 1. hiſt.

Cœl. Rhodig.

Vn Affranchy de l'Empereur Claude faisoit encore pis; & on conte de luy, *qu'il ne commandoit jamais rien à ses gens que de la main ou de la teste, & que s'il arrivoit qu'il eust plusieurs choses à leur faire entendre, il se donnoit la peine de les écrire, pour n'estre pas obligé de s'abbaisser jusqu'à leur parler.* NIHIL *vnquam se domi, nisi nutu aut manu significasse, vel si plura demonstranda essent, scripto vsum, ne vocem consociaret.*

Tacit. lib. 13. Annal.

Asseurément vn homme de cette humeur n'avoit point de ces braves esclaves, dont Seneque rend ce témoignage. *In conviviis loquebantur, in tormentis tacebant.* LES *esclaves de nos peres prenoient la liberté de parler durant le repas, & devant la compagnie; mais en eschange ils ne disoient mot à la question, & se taisoient en la presence des Iuges & des Bourreaux.*

La brieveté donc est l'éloquence des Generaux d'armée; mais je ne sçay, si vous avez remarqué dans Ciceron vne sorte d'éloquence bien extraordinaire; & s'il vous souvient de ce qu'il écrit quelque part à son cher confident Atticus. *En cette occasion-là j'empruntay quelque chose de vostre éloquence, car je ne dis mot.* HOC *loco ego sumpsi quiddam de tuâ eloquentiâ: nam tacui.*

Lib. 13. ep. ad Attic.

C'est vne chose commune que de parler éloquemment, mais se taire éloquemment, c'en est vne bien plus rare. Neantmoins, Pline le Ieune a dit, *que ce n'estoit pas quelquefois vne moindre vertu à vn Orateur, de sçavoir se taire à propos, que de sçavoir*

Lib. 7. ep. 6.

bien parler. MVLTVM *me intra ſilentium tenui : accepi enim non minùs interdum oratorium eſſe tacere, quàm dicere.*

Il faut pourtant y apporter quelque tempérament, & j'approuve fort l'avis de Theophraſte à ce jeune homme, qui dans vn feſtin n'ouvroit la bouche que pour manger, εἰ μὲν ἀμαθὴς εἶ, φρονίμως ποιεῖς· εἰ δὲ πεπαίδευσαι, ἀφρόνως. *Si vous ne ſçavez rien, vous eſtes bien ſage ; mais ſi vous ſçavez quelque choſe, vous l'eſtes bien peu.* Diogen. Laërt.

Le mot de Salomon eſt beau : *le ſot reſſemble à vn ſage quand il ne dit mot.* STVLTVS *etiam, ſi tacuerit, ſapiens videbitur.* C'eſt, à peu prés, comme vn boiteux quand il eſt aſſis ; on ne s'apperçoit pas qu'il a les jambes mauvaiſes.

Il faut oppoſer à ce ſilence diſcret & conſideré, le caquet inſupportable d'vn certain Anaximene, de qui Theocrite dit dans Stobée, *qu'il avoit vn fleuve de paroles, où il n'y avoit pas vne goutte de ſens & de jugement,* λέξεων μὲν ποταμὸς, νοῦ δὲ σταλαγμός.

Ne vous allez pas imaginer que ce Theocrite ſoit celuy que Virgile a jugé digne de ſon imitation, & qu'il a daigné copier en pluſieurs endroits de ſes Eclogues. C'en eſtoit vn autre qui a écrit l'Hiſtoire Libyque, & quantité de lettres, au rapport de Suidas. Antigonus le fit mourir à cauſe d'vne méchante bouffonnerie qui luy échappa. Comme on l'amenoit devant luy, ses amis, pour le rasseurer, luy promettoient que le Roy luy donneroit sa grace, si-tost qu'il

Macrob. 7. Saturnal. paroistroit devant ses yeux; *S'il faut pour cela*, répondit-il, *que je paroisse devant ses yeux, il n'y a point de salut pour moy*. Il vouloit luy reprocher par là qu'il estoit borgne, *sic importuna urbanitas maledicacem luce privavit*. Et c'est cet homme-là qui blasmoit les autres de manquer de sens & de jugement.

Ayez agreable, MONSIEVR, de consulter pour moy ce sçavant homme, chez qui vous me menastes vne fois. Au defaut de son nom, que j'ay oublié, je vous donneray d'autres marques pour le reconnoistre. C'est celuy qui avec vne chopine de biere, & vn haren soret par jour, se vantoit de disputer de felicité avec le *grand & grand* Cardinal de Richelieu, pour vser de la repetition de nostre Malherbe. Ie voudrois bien sçavoir de ce sobre Docteur, qui sçait si bien son Herodote, s'il est vray ce qu'on m'a voulu persuader, qu'il dit quelque part, en quel païs a commencé la Polygamie. Pour moy, je ne m'en souviens pas, & n'ay ni le loisir ni la patience de lire cet historien tout entier, pour m'en éclaircir. Tout ce que je sçay de cette matiere, c'est que la Polygamie a esté de tout temps en vsage parmy les Iuifs; & qu'il ne fut pas au pouvoir des Loix Romaines de l'abolir. La pluſpart des peuples du Levant, & du Midy, ont pratiqué cette couſtume. Darius dans Quinte Curce avoit trois cens ſoixante & cinq concubines, & dans Plutarque, Surenus General de l'armée des Parthes, & celuy meſme qui défit Craſſus, en avoit dix mille. Mais pourtant l'vn & l'autre n'avoient chacun qu'vne ſeule femme. Quelques hiſtoriens Eccleſiaſtiques, comme Socrate, Nicephore & d'autres, ſe ſont perſuadez, que l'Empereur Valentinien avoit voulu introduire cette loy parmy les Romains, afin d'avoir droict d'épouſer vne jeune perſonne dont il eſtoit amoureux, ſans eſtre obligé de repudier Severe ſa femme. Mais le Cardinal Baronius refute cette opinion. Neantmoins, elle ne devroit pas ſembler ſi eſtrange, puiſqu'au rapport de Suetone, Helvius Cinna Tribun du peuple, fut tout preſt de propoſer la meſme loy, par l'ordre de Iule Ceſar. Quoy qu'il en ſoit, ce qui me ſurprend le plus en cela, c'eſt que cette Polygamie eſtant vne marque de l'intempérance des peuples, & de l'amour naturel qu'ils ont pour les femmes, cependant, les femmes ſont ordinairement eſclaves dans tout le Levant, & dans tout le Midy. Et aucontraire, dans tout le Septentrion, ces nations courageuſes, & *qui comme le fer & les armes ſemblent eſtre reſervées pour l'vſage de la guerre.*

In Iul. cap. 52.

SICVT *ferrum atque arma bellis reſervantur*, ont pris plaiſir de tout temps à ſe ſoumettre à l'empire des Reynes, quoy que les hommes n'y ſoient ni amoureux, ni galans.

Il faut que le plaiſant & l'agreable ſuccéde au ſerieux. Ce vers que j'ay trouvé dans Athenée, n'eſt-il pas joly? Οἶνός τοι χαρίεντι πέλει μέγας ἵππος ἀοιδῷ. *Le vin eſt le grand cheval des Poëtes.* A ce conte-là, ils ne ſont pas montez ſur leurs grands chevaux s'ils n'ont bien bû. Ils parlent toûjours à cheval, car le diſcours du Poëte eſt opposé à celuy de l'Orateur, qu'Horace appelle *vn diſcours à pied, ſermonem pedeſtrem.* Mais lors qu'ils ſont à jeun, ils ne ſont montez que ſur des bidets.

C'eſt vne des perfections de ce *grand cheval*, que de bien mordre. On luy attribuë *la vertu de diſſiper les ſoins mordans, Diſſipat Evius curas edaces.* Mais pour cela, il faut qu'il morde luy meſme, & qu'il ſoit piquant. Cela eſtant, MONSIEVR, que veut dire Plaute quand il appelle du vin vieux, *du vin edenté, vinum edentulum?*

Horat.

Pour moy, je l'explique *du vin qui a autant d'âge qu'vn homme à qui les dens ſont tombées de vieilleſſe.* C'eſtoit le gouſt des Romains. Parmy eux *les plus decrepits n'euſſent pas voulu boire de vins qui n'euſſent eſté plus anciens qu'eux.* NEC *cuiquam adeò longa erat vita, vt non ante ſe genita potaret.*

Plin.

La

La vieillesse de leur vin estoit precieuse.

—Albani veteris pretiosa senectus. Iuuen. sat. 13.

Les Grands buvoient des vins qui avoient esté faits du temps que les Consuls estoient chevelus, & que les premieres guerres de la Republique naissante, n'estoient pas encoré terminées.

Ipse capillato diffusum Consule potat, Idem sat. 5.
Calcatámque tenet, bellis socialibus, uvam.

Et Martial encherit là-dessus de cette sorte: *Vous me demandez de quel Consulát est ce vin? Il est devant les Consuls.*

De Sinuessanis, venerunt Massica, prælis:
Condita, quo quæris Consule? nullus erat.

Ie serois bien fâché d'avoir esté de ce temps-là: car je ne serois pas de celui-cy, pour vous en dire des nouvelles, & pour gouster les fruits de vostre chere & precieuse amitié. Ie pourrois finir bien à propos en cet endroit, & tomber dans *le serviteur tres-humble*, d'vne cheute aussi juste, que l'est celle de vos merveilleux Rondeaux. Mais j'aime mieux perdre cette belle occasion, que de vous priver du plaisir que vous auriez d'apprendre les excellentes choses que Pline a dites sur le sujet des insectes, *Nusquam alibi spectatius naturæ rerum artificium.* C'EST *là que l'artifice de la Nature éclate le plus, & qu'elle est plus digne d'attirer & d'arrester les yeux des Speculatifs.* Il ajouste: *In magnis siquidem corporibus, aut certè majoribus,* Lib. 11. ca. 1.

facilis officina, sequaci materia, fuit. DANS *les grands corps, ou pour le moins dans ceux qui ont plus de masse & plus d'estenduë, le travail estoit plus aisé, la matiere suivant & obeissant d'elle-mesme, & luy fournissant un fonds & un espace pour s'estendre tout à son aise.* IN *his tam parvis, atque tam nullis, quæ ratio, quanta vis!* MAIS *dans des choses si petites & si approchantes du rien, quelle addresse falloit-il, quelle invention, quels efforts?* VBI *tot sensus collocavit in culice? Où a-t-elle trouvé moyen de placer tant de sens, tant d'organes & tant de puissances en un moucheron? Où a-t-elle pû mettre tous les nerfs, toutes les membranes & tous les esprits qui estoient absolument necessaires pour les fonctions de la veuë, du goust & de l'odorat? Et sur tout, où a-t-elle pû former comme dans un atome cette voix si forte pour un petit corps si foible, & ce bourdonnement si estrange & si effroyable en quelque sorte?* VBI *visum in eo prætendit? ubi gustatum applicavit? Vbi odoratum inseruit? Ubi verò truculentam illam & proportione maximam vocem ingeneravit? &c.*

Neantmoins, nous nous arrestons à admirer ces vastes épaules des elephans qui portent de hautes tours. La fureur des taureaux, des tygres & des lions, sont pour nos esprits, des sujets d'estonnement, & nous ne considerons pas que la Nature n'est nulle part si grande & si entiere, que dans ses plus petites productions. SED *turrigeros elephantorum miramur humeros &c. cùm rerum natura nusquam magis, quàm in minimis tota sit.*

Que ces pensées sont belles, & que je les admirerois, si je ne gardois mon admiration pour celles que vous avez eües, sur le sujet de la petite taille de Monsieur Godeau! Ce souvenir augmentant mon estime, me rend encore avec plus de chaleur & plus de passion,

MONSIEVR,

Vostre tres-humble, &c.

MONSIEVR DE VOITVRE,
A MONSIEVR COSTAR.

LETTRE IV.

MONSIEVR,

I'auray pour ce coup cette *imperatoriam brevitatem*, dont vous me parlez, car il faut que je parte presentement, pour aller à Sainct Germain, & cela sera cause que je ne vous diray qu'vn mot. Ie ne seray pas pour cela ἄφθογγος, selon vostre Theophraste: dans les festins que nous faisons ensemble, ou plûtost que vous me faites, je ne dois parler que pour dire graces,

Tantùm laudare paratus.

De vous dire au vray quels peuples ont introduit la Polygamie, je vous jure ma foy que je n'en sçay rien; & je ne m'en mets pas en peine.

Tros, Rutulús-ve fuat, nullo discrimine habebo.

En tout cas, je vous en croiray bien plustost qu'Herodote, qui dit qu'*aux Indes il y a des fourmis, moindres, certes, que chiens, mais plus grandes que renards.* Car voila le texte, au moins du mien; mais je ne sçay si l'Herodote que j'ay, est semblable au vostre.

A propos, vous m'avez esté mettre en scrupule de Theocrite, & j'en estois si en repos que rien plus. Mais pour revenir à l'autre dont nous parlions, dites-moy ce qu'il veut dire, quand il dit *que Venus envoya* LA MALADIE DES FEMMES *aux Scythes, qui avoient violé son Temple d'Ascalon.*

Vostre vers d'Athenée, que *le vin est le grand cheval des Poëtes*, est fort plaisant. Mais dites la verité, n'avez-vous pas tasché d'en faire vn vers Alexandrin? Ce μέγας avec ἵππος me plaist, & revient heureusement à cette phrase Françoise, *monter sur ses grands chevaux*, comme vous l'avez ingénieusement remarqué. Mais ce *grand cheval* jette souvent son homme par terre, & on peut dire de luy qu'il mord & qu'il ruë.

Pour l'*Edentulum* de Plaute, je ne croy pas, non plus que vous, qu'il veüille dire qu'il ne mordît point; car ce seroit vn defaut: Mais que c'est vne façon de parler bouffonne, pour dire, qu'il estoit bien vieux, qui estoit vne perfection.

Ie consens que l'on chastre Vlpien, puisque vous le voulez ; & mesme Papinien : aussi-bien n'engendrent-ils que des procés. Mais si vous m'en croyez, on pardonnera à Trebatius, à cause du mot que vous m'avez appris de luy, *consultus à quodam, an nux pinea pomum esset, respondit : Si in Vatinium missurus es, pomum est.*

Celuy de Pline me semble beau, *rerum natura nusquam magis, &c.* Quand je vis l'Elephant, je dis qu'il sembloit que ce fust vne figure qui n'étoit qu'ébauchée par la Nature, & qu'il y avoit plus de façon en vne mouche.

Au reste, ostez je vous supplie ces *Monsieur*, que vous semez çà & là dans vos lettres, *ad populum phaleras ;* ou bien je vous en mettray à chaque ligne, & vous diray,

Vis te Sexte coli, volebam amare,
Sed si te colo Sexte, non amabo.

C'est à dire, j'en seray moins

Vostre &c.

MONSIEVR COSTAR,

A MONSIEVR DE VOITVRE.

LETTRE V.

MONSIEVR,

La briéveté d'Empereur, que vous avez euë ce voyage, c'est cette *briéveté entiere, parfaite & accomplie* dont parle Quintilien, *brevitas integra*, qui est toute pleine de suc & de sens, qui est aussi esloignée du defaut que de l'excés, & qui fuit le luxe & le faste, sans negliger les ornemens. Elle est entre les differens caracteres, ce qu'est l'or entre les monnoyes, qui a beaucoup de prix quoy qu'il ait peu de masse, & peu d'estenduë; & c'est ainsi que, pour vser des mots de Pline, *la Nature a resserré toute sa majesté dans les pierreries.* IN *arctum coacta rerum naturæ majestas.* En effet, vous m'avez rendu en pistoles ce que je vous avois presté en deniers; & sans lasser mes yeux vous m'avez remply l'esprit de cent belles choses.

Vous dites que dans les festins que nous faisons ensemble, vous ne devez parler que pour dire graces. En ce cas-là, ces festins ressemblent à celuy que nous fit vne fois ce *Monsignore*, où l'on chanta des graces en musique, qui valoient mieux que tout le disner. Le Panegyrique de Pline, qui n'est qu'vne action de graces, estoit plus estimable que le Consulat, qui en estoit le suiet, & Auguste fit vne Epigramme sur vne Venus d'Apelle, qui fut trouvée plus belle que la peinture qu'il avoit loüée. *Mais pourtant l'ouvrage du Peintre, quoy que surpassé par vn autre art, n'en fut que plus celebre & plus illustre, dans la memoire des hommes.* TALE *opus dum laudatur, victum quidem, sed & illustratum fuit.* Pline. Il en seroit de mesme de mes lettres, si elles meritoient d'estre connuës de nôtre siecle, & de passer jusqu'à vn autre.

Puisque vous ne vous souciez pas, quels peuples ont introduit la Polygamie, & que vous en jurez vostre foy ; je vous donne la mienne qu'il ne m'arrivera plus à l'avenir de m'en mettre en peine. Car je ne veux point avoir de curiosité, qui ne me serve à satisfaire la vostre ; & ne voulant plus estre sçavant que pour vous, à quoy bon rechercher des connoissances que vous méprisez ?

Il est vray que vous avez vn autre Herodote que le mien : Celuy que j'ay, ne sçait que la langue de son païs & de son pere ; Il ne sçait point les estrangeres, & n'a jamais dit vn mot de François.

Vous faites bien de ne croire pas cet Auteur.

Pourveu qu'il die de jolies choses, il ne se soucie pas d'en dire de veritables. Il se propose de plaire plustost que d'instruire, & n'écrit pas pour estre crû, mais seulement pour estre admiré. Plutarque a fait vn traité exprés de ses menteries & de sa malignité, & dit, à peu prés, de luy, ce que Malherbe disoit d'vn Poëte de la Cour de Henry troisiéme: *Il a composé vn livre de Sonnets, mais on en pourroit faire deux de ses fautes seules*. Encore, Plutarque passe plus avant; & si la version d'Amiot est bonne, & que ce passage ne soit point vn *des deux mille* que Monsieur de Meziriac a condamnez, il pretend, que *qui voudroit poursuivre toutes les bourdes de cette histoire, en feroit plusieurs gros volumes*.

Neantmoins, fiez vous-y pour ce coup; & je ne pense pas qu'il vous trompe, lors qu'il vous parle des fourmis des Indes. Strabon, Pomponius Mela, Philostrate, Ælien, & plusieurs autres, rendent ce mesme témoignage de celles d'Ethiopie. Solin asseure *qu'elles sont de la taille des plus grands chiens, & qu'elles ont les pieds semblables aux pattes & aux griffes des lions*. Et cela estant, si elles sont si grandes en Ethiopie, que sera-ce donc aux Indes, où toutes sortes d'animaux sont plus grands qu'ailleurs? *Maxima, in Indiâ, gignuntur animalia*. Celuy qui parle ainsi, dit des fourmis des Indes, qu'elles sont de la grandeur des loups d'Egypte, qu'il s'en est trouvé qui avoient des cornes,

Pline liure 7. chap. 2. Id. lib. 11. cap. 31.

cornes, qu'elles tirent l'or des mines de ce païs-là, & que ceux qui habitent ces contrées, viennent l'enlever dans les fortes chaleurs de l'Esté, lors que ces cruelles bestes sont retirées dans leurs tanieres. Il ajouste, que s'il arrive que les fourmis les sentent & s'apperçoivent de leur venuë, elles accourent avec tant de vîtesse, qu'ils ont bien de la peine à se sauver, quoy qu'ils soient montez sur des chameaux qui courent admirablement. *Tanta illis pernicitas, feritásque cum amore auri.*

Et certes, cela ne doit pas sembler incroyable, s'il est vray que dans ces regions-là, il se rencontre des lezards de vingt-quatre pieds de long; des baleines de quatre arpens; des tortuës dont vne seule écaille couvre vne maison; & des sauterelles d'vne longueur si prodigieuse, que *leurs cuisses servent de scies aux charpentiers.* CRVRIBVS *& feminibus, serrarum vsum præbent, cùm inaruerint.* Lib. 8. c. 38. Lib. 9. c. 3. cap. 10. Lib. 11. cap. 29.

Il s'en conte vne infinité de choses de cette nature, qui ne sont point démenties par les Relations qui nous sont envoyées de ce païs-là.

Neantmoins, je serois toûjours d'avis que vous ne fussiez, en cette rencontre, ni trop crédule, ni trop peu, & que vous y gardassiez, la moderation que vous sçavez si bien observer en toute autre chose (j'en excepte toûjours l'amour &

le jeu.) Et certes, il est fascheux d'avoir l'esprit en suspens; mais c'est vne assiette bien seure pour le jugement, & qui d'ailleurs n'est pas incommode.

Vous voulez sçavoir, ce qu'entend ce fabuleux historien, *par la maladie des femmes*, dont Venus irritée chastia la profanation, & l'impieté des Scythes, qui avoient violé l'vn de ses Temples. Il est bien malaisé de vous contenter là-dessus. On pourroit s'imaginer, que ce seroit cette sorte de mal, qui tient quelque chose de celuy qui prend à toutes les femmes reglément à certain temps. Mais je n'y voy pas beaucoup d'apparence, car ce mal estoit fort connu par toute la terre, il estoit de tous les siecles & de tous païs: au lieu que les maux que les Payens attribuoient à la colere des Dieux, estoient particuliers & extraordinaires, pour lesquels il falloit consulter les oracles, & non pas les Medecins; & avoir recours aux prieres & aux sacrifices, plûtost qu'à la vertu des simples, & à l'industrie de la main des hommes. *Venus est accoustumée de se joüer cruellement; & son divertissement d'atous-les-jours, c'est d'apparier des ames fort discordantes, & de les mettre sous vn joug d'airain.*

Horat. lib. 1. Carm. Od. 33.

Sic visum Veneri; cui placet impares
Formas, atque animos sub juga ahenea
SÆVO *mittere cum* IOCO.

Si ses jeux sont si cruels & si inhumains, combien ses vengeances sont-elles horribles? Et se fust-elle contentée de punir les Scythes impies d'vne legere incommodité & d'vne douleur supportable, qui est souvent l'effet de cette belle melancolie qui fait les grands hommes?

Ie suis presque asseuré que cette maladie n'avoit pas son siege dans le corps. Car je me souviens d'avoir leû quelque part, qu'vn Scythe fut tué *pour avoir enseigné aux Grecs* LA MALADIE DES FEMMES. C'estoit donc vne chose, qui s'enseignoit & qui se pouvoit apprendre. Sur ce fondement, je penserois bien, qu'Herodote voudroit parler du luxe immoderé, de la mollesse & des delices extrémes, où le beau sexe est plus sujet que le nostre, & où les Scythes se plongerent aprés s'estre relâchez de la vigueur de leur discipline. Ils devinrent si effeminez, si abbatardis & si énervez, qu'ils surpasserent en cela toutes les Nations du monde, & qu'ils connurent bien qu'vne corruption si monstruëuse & si generale, ne pouvoit venir que du Ciel; & pour cela ils s'efforcerent de l'appaiser par toutes sortes de vœux & d'offrandes. Si vous voulez des preuves autentiques de cette verité, je vous les fourniray à lettre veuë.

Au reste, c'estoit vne maxime de la Theologie des Payens, que les Dieux offensez se vengeoient de cette ſorte. Et certes, ſi Platon a dit, que *les immortels envoyoient le bonheur aux hommes, par l'entremiſe de la Vertu;* ne pourroit-on pas dire, qu'ils leur envoyent toutes les miſeres par l'entremiſe des vices? Et n'eſt-ce pas le ſens de ces paroles de *Iuvenal? Nous ſouffrons maintenant les maux qui naiſſent d'vne longue paix: Le luxe, les delices & les voluptez, plus cruelles ſans comparaiſon que ne ſont les guerres, nous gourmandent & nous tyranniſent, & il ſemble que les Dieux les ayent ſuſcitées pour venger toute la terre, de l'inſolence de nos victoires.*

Sat. 6. *Nunc patimur longæ pacis mala: ſævior armis*
Luxuria incubuit, victúmque vlciſcitur orbem.

Tacite parlant de cette lâche proſtitution des Seigneurs Romains, ſous le regne de Neron, n'en cherche point la cauſe ailleurs, que *dans la colere des Dieux.* IRA *illa numinum in res Romanas fuit.*

Generalement parlant, ils ne rendoient guére d'autres raiſons de leurs imprudences, de leurs fautes & de leurs malheurs. Enée dit dans Virgile. *En cet accident, je ne ſçay quelle divinité ennemie m'inſpira vne frayeur qui m'oſta le ſens & qui me confondit le jugement.*

Æneid. 2. *Hîc mihi neſcio quod trepido, malè numen amicum*
Confuſam eripuit mentem.

Et ailleurs, *Quelle puiſſance maligne nous a jettez dans les piéges que nous tendoient nos ennemis?*

Æneid. 10. *Quis Deus in fraudem, quæ dira potentia noſtra*
Egit?

Et Catulle: *Quel Dieu malinovqué te suscite vne querelle si furieuse?*

Quis Deus, tibi non benè advocatus
Vecordem, parat excitare, rixam?

Vn esclave dans Terence, se plaignant de s'estre chargé d'vne commission qui luy avoit mal reüssi, *Il falloit bien*, dit-il, *quand je l'ay prise, que j'eusse fâché mon bon Genie.*

Memini relinqui me Deo irato meo.

Quinte Curce rapporte du grand Alexandre, qu'aprés le meurtre de Clitus, vn de ses plus chers confidens, qu'il avoit tué dans vne débauche, *il se persuada que c'estoit par la colere des Dieux qu'il avoit commis ce crime, & que ce malheur estant arrivé parmy le vin & la bonne chere, ne pouvoit venir d'ailleurs que de l'indignation de Bacchus, auquel il avoit oublié de sacrifier comme de coustume.* SCRVTANTEMQVE *num irâ Deorum ad tantum nefas actus esset, subit anniversarium sacrificium* LIBERO PATRI *non esse redditum stato tempore: Itaque inter vinum & epulas cæde commissâ, iram Dei fuisse manifestam.* Lib. 8.

Enfin Tacite, parlant de l'ascendant que Sejan gagna sur l'esprit de Tibere, s'explique ainsi. *Par vne infinité d'artifices, il sceut si bien s'acquerir l'esprit de l'Empereur, il s'en rendit tellement le maistre, & il le captiva de telle sorte, qu'encore que ce Prince fust extrémement caché & qu'il se tinst couvert à tous les autres, il se produisoit à luy sans crainte, sans déguisement &* Lib. 4. Annal.

sans reserve. Et cependant, il parut bien que ce ne fut pas par addresse & par souplesse d'esprit qu'il gagna cette creance, car il fut trompé comme les autres par les fourbes & les dissimulations de l'Empereur : Mais ce fut VN EFFET DE LA COLERE DES DIEVX *contre la Republique Romaine, à qui sa faveur & sa disgrace, son agrandissement & sa cheute, furent également funestes.* TIBERIVM *variis artibus devinxit adeò, vt obscurum adversùm alios, sibi vni incautum intectúmque efficeret : non tam solertiâ (quippe iisdem artibus victus est) quàm* DEÛM IRA *in rem Romanam, cujus pari exitio viguit, ceciditque.*

Voilà la maniere dont les Dieux se vengent, & non pas par des maladies vulgaires, dont les remedes seroient aisez, si la Medecine ne les consideroit elle-mesme, comme des remedes à de plus grands maux.

N'en faites pas le fin, je vous ay fait plaisir de vous apprendre qu'il y avoit deux Theocrites. Vous estiez homme, pour croire que celuy que je vous avois allegué estoit le faiseur d'Idylles; & s'il vous fust arrivé de faire cette méprise chez Monsieur le Cardinal de la Valette, en presence du *Felon*, vous estiez perdu.

I'ay découvert que vous sçaviez pour le moins trois mots Grecs, φιλεῖν, μέγας & ἵππος. Voilà de fort beaux commencemens. Vous aurez grand tort si vous en demeurez-là.

Ie ſerois bien faſché, ſi Achilles Tatius, ou Ariſtenete, ou quelque autre de ces diſeurs de jolies choſes, vous euſt oſté l'honneur de dire le premier, que ſi le vin eſt le grand cheval des Poëtes, ſelon Athenée, on peut ajouſter que ce *grand cheval jette ſouvent ſon homme par terre.* En effet, il n'eſt pas aiſé à dompter, Alexandre n'en pût jamais venir à bout, luy qui dompta Bucephale; & Perſe a eu raiſon de dire *indomitum falernum.*

Vous me faites plaiſir de conſentir qu'on chaſtre Vlpien; & la raiſon que vous en dites m'a ravy: Tout ce qu'on en retrancheroit ne vaudroit pas ce mot-là. Mais comment avez vous pris *Trebatius* pour *Caſellius*? Eſt-ce à cauſe de la grande reſſemblance de leurs noms? C'eſt encore pis que ce Rheteur de belle memoire, qui ne manquoit jamais en ſalüant ceux qu'il rencontroit, de confondre les noms de *Cinq* & de *Dix*, & d'appeller *le Maigre*, celuy qui s'appelloit *le Gras.*

Mart. epig. 22. lib. 5.

Quintum pro Decimo, pro Craſſo Regule Macrum
Ante ſalutabat, Rhetor Apollonius, &c.

Ordinairement on rend en François, Quintus, Decimus, Craſſus *&* Macer, *ſans y rien changer. Mais i'ay penſé que ſi ie ſuivois cette regle & cette couſtume, l'oppoſition qui fait toute la grace de cette Epigramme, ne paroiſtroit pas.*

Cecy eſt bien de plus grande conſequence. Si nous allions chaſtrer l'vn pour l'autre, regardez quelle pitié. Souvenez-vous là-deſſus, s'il vous plaiſt, afin que cet exemple vous faſſe ſage, de la faute que firent autrefois les Preſtres de Cybele, quand ils prirent la nuit vn bon vieillard qui ne pensoit à rien moins, pour vn jeune garçon qui estoit couché avec luy, & auquel ils vouloient oster ce qui l'empéchoit d'estre propre au service de cette Deesse.

Id. lib. 3. epig. 41.

Excidúntque senem, spondæ qui parte jacebat:
Namque puer, pluteo vindice, tutus erat.

Le mot de Pline ne me semble plus si beau, depuis que vous m'avez appris le vostre, à propos de l'elephant. I'avois oublié de vous rapporter sur ce passage, celuy de Sainct Augustin qui s'est rencontré dans vne mesme pensée. *Le Seigneur,* dit-il, *produit des animaux, qui dans de tres-petis corps ont des sens si subtils & si delicats, que nous regardons avec plus d'estonnement & plus d'application l'agilité d'vne mouche qui vole par l'air, que la grandeur & la lourde masse des bestes de voiture, marchant pesamment sur la terre; & nous admirons davantage, ou pour le moins avec plus de fondement, les travaux des fourmis, que les charges des chameaux.* CREAT *minima corpore, acuta sensu animantia, vt majore attentione stupeamus agilitatem muscæ volantis, quàm magnitudinem jumenti gradientis, ampliúsque miremur opera formicarum, quàm onera camelorum.*

Lib. 3. de Genesi ad litteram cap. 4.

Sainct Hierosme en dit vn peu moins; mais toûjours serez-vous bien aise de le sçavoir. *Le Createur n'est pas seulement admirable dans la production du Ciel & de la Terre, du Soleil & de l'Ocean, des elephans*

Ad Heliodor. epist. 3.

phans & des chameaux, mais aussi dans les fourmis, dans les mouches, dans les vermisseaux & dans les insectes de cette sorte; dont la varieté est tellement grande, que nous n'avons pas assez de noms differens pour les distinguer autrement que par la veuë. En vn mot, nous remarquerons avec vne extréme veneration, la mesme puissance & la mesme industrie dans tous les effets de la Nature. CREATOREM *non in cœlo tantùm miramur & terra, sole & oceano, elephantis, camelis; sed & in minutis quoque animalibus, formicis, culice, muscis, vermiculis, & istiusmodi generis, quorum magis scimus corpora quàm nomina, eandémque in cunctis veneramur solertiam.* La réduction de cette comparaison, est, *que l'ame vrayement Chrestienne, doit s'efforcer d'imiter en cela nostre Dieu, & s'appliquer fortement aux plus petites choses, comme aux plus grandes, afin d'approcher le plus prés qu'elle pourra, de la perfection où elle doit toûjours aspirer.* ITA *mens Christo dedita, æquè & in majoribus & in minoribus intenta est.* Ce sentiment s'accorde bien avec celuy de l'Ecclesiaste, *de se plaire à tout ce qu'on fait, aux actions qui paroissent moins importantes, comme à celles qui le sont le plus.* MINIMVM *pro magno placeat tibi.*

Si je voulois m'estendre là-dessus, je commencerois vn sermon, au lieu de finir vne lettre.

Hé bien, ne merité-je pas qu'on me donne de bons avis? ne sçay-je pas en faire mon profit? N'ay-je pas fait vne assez longue lettre sans y mettre plus d'vn *Monsieur?* Ie ne trouve pas mauvais que vous alléguyez là-dessus *ad populum phaleras*, pourveu que vous ajoustiez ce qui est ensuite, *Ie vous voy jusques dans le fond des entrailles:* EGO *te intus*, *&* *in cute novi*. Il n'est rien que je souhaitasse davantage, car vous connoistriez que j'ay pour vous vne estime infinie, & que je suis de la plus belle sorte qui se puisse imaginer,

Vostre &c.

MONSIEVR DE VOITVRE,

A MONSIEVR COSTAR.

LETTRE VI.

MONSIEVR,

Ce qu'a produit mon voyage de Saint Germain, c'est que le Roy m'a donné celuy de Florence, pour aller porter la nouvelle au Grand Duc de l'accouchement de la Reyne. Cet employ me doit estre en quelque sorte avantageux, & mesme agreable : mais je suis fasché de ce qu'il m'ostera quelque temps le moyen de

16 7bre 1638

voir de vos lettres, & de vous voir vous meſme; car je croy que vous ſerez à Paris devant que je ſois de retour. Ie ne ſçay ſi je ſeray encore icy quand vous me ferez réponſe à ce billet: mais ne laiſſez pas pourtant de m'écrire, car il peut arriver mille choſes qui retarderont, ou qui empécheront mon partement. En tout cas, je vous dis adieu, & je vous prie de croire que je vous aime de tout mon cœur, & que je n'ay jamais eu de bon-heur au monde que j'eſtime tant, ni qui me donne plus de joye que voſtre amitié. C'eſt

Voſtre, &c.

MONSIEVR COSTAR,
A MONSIEVR DE VOITVRE.

LETTRE VII.

MONSIEVR,

Ce ne ſera pas pour ce voyage, que je me réjouïray, de celuy que vous allez faire. Quelque avantageux qu'il vous ſoit, je ne ſçaurois en eſtre bien-aiſe de plus d'vn mois. Car il faut que je vous avouë, que je m'aime encore vn peu plus que je ne vous aime, & que j'ay vn ſenſible regret de perdre tant de bonnes heures que j'eusse passées à m'entretenir aveque vous. Pour le moins, je vous supplie que je sçache quand vous serez arrivé à Florence. Il me semble qu'il ne tiendra qu'à vous que je ne reçoive de là quelques témoignages de vostre souvenir, & que je ne puisse vous y écrire les vœux que je feray pour vostre retour. Si j'estois à Paris, je ne croy pas que j'eusse le cœur de vous laisser partir tout-seul, & que je pûsse m'empescher de vous faire compagnie où vous allez. Il y a bien des personnes en ce lieu-là qui me doivent estre fort cheres, comme vous sçavez: Cependant, je ne m'imagine pas la moitié tant de peine à les quitter toutes, qu'à me separer de vous seul. Croyez bien cela, MONSIEVR, c'est la plus grande consolation que vostre éloignement me laisse. Quand vous reviendrez, j'espere que vous me trouverez bien plus digne de vostre conversation, que je ne l'ay esté jusqu'à cette heure, car mes visites & mes divertissemens ne m'emporteront qu'vne partie de mes aprés-disnées, & j'emploiray tous les matins à des choses qui vous aideront peut-estre à passer assez agreablement quelques-vns des vostres. Adieu, mon tres-cher MONSIEVR. I'attens impatiemment quelle réponse vous ferez à la lettre de Mad. de ***. Ie ne puis assez m'estonner de vos cruautez pour cette aimable personne. *Factum ædepol duriter, immisericorditer, & tantùm non illiberaliter. Si illa digna hac contumeliâ est maximè, at tu indignus qui faceres tamen.* Ie hazarde ce Latin. Si j'estois asseuré que vous le deussiez recevoir, il iroit bien accompagné. Adieu encore vne fois, MONSIEVR. Quelle ingratitude seroit la vostre, si vous ne me conserviez vos bonnes graces, comme vous me l'avez promis! C'est

Vostre, &c.

MONSIEVR DE VOITVRE,

A MONSIEVR COSTAR.

LETTRE VIII.

MONSIEVR,

Lors que j'avois des moutons à acheter, & à écrire des poulets en Castillan & en Portugais, je n'avois guére plus d'affaires que j'en ay à cette heure. Il faut que je prenne congé du Roy, & de Monsieur : que je sollicite Monsieur de Bulion pour vne ordonnance, & que je me fasse payer à l'Espargne : que ie die adieu à tous mes amis; & que tout cela ſoit fait dans trois jours. Cependant, il n'eſt rien que je ne laiſſe pour prendre le loiſir de vous écrire ; car il me ſemble que je n'ay point d'affaire plus importante, & que ce voyage ne me pourroit eſtre heureux, ſi je le commençois ſi mal, que de partir ſans vous dire adieu. Ie ne ſçay pas ſi cette *embarquacion* me ſera heureuſe; mais jamais je ne ſortis de France ſi volontiers, & je prens plaiſir à aller défier ſur la mer Mediterranée ces trente-deux vens, que vous ſçavez que je défiay autrefois ſur l'Ocean.

A propos, vous en mettez trente-cinq, vous qui faites tant le grand marinier, avec voſtre *Rhomb*, & voſtre *Détroit de Vegas*.

Heu quianam tanti turbarunt æthera venti!

Ceux qui ont fait le tour du Monde, n'en connoiſſent que trente-deux ; les trois de ſurplus ſont de voſtre teſte: je ne croyois pas qu'il y en euſt tant. Mais celuy qui me ſemble le plus inſupportable en vous, eſt le vent Grec, & la ſuffiſance que vous prenez, pour ſçavoir mieux que moy où il faut mettre vn grave, ou vn circonflexe. Il a bien eſté dit, *Tu n'ajouſteras ny oſteras vn iota;* mais il n'eſt pas parlé des accens. Et cependant, pource que j'en ay oublié vn, vous ſoufflez comme ſi vous aviez gagné vne grande victoire : *ô ventum horribilem!* Lors que vous accommodâtes ſi mal la pauvre Philomele, qu'aprés Terée perſonne ne l'a traitée ſi cruellement que vous, je n'en fis pas tant de bruit ; & cela vous eſtoit moins pardonnable qu'à moy.

Mais, mon Dieu, que vous m'avez dit à propos voſtre *Duriter*....... & tout le reſte de ce paſſage! Sans mentir, il faut que je vous aime bien, pour lire ſans envie tout ce que vous m'écrivez, & pour prendre tant de plaiſir à connoiſtre que vous avez plus d'eſprit que moy. Pour vous dire le vray, ce que je regrette le plus en partant d'icy, c'eſt que je n'auray plus de vos nouvelles. Il me ſemble que les figues, les raiſins, & les melons d'Italie, & le preſent que me fera le Grand Duc, ne me pourront dédommager de la perte que je fais de vos lettres. Mais je croy que vous aimez mieux, que je vous loüe de voſtre poëſie que de voſtre proſe : Car Ariſtote dit, que *ſur tous les ouvriers, le Poëte eſt amoureux de ſon ouvrage.* En verité, vos œuvres poëtiques ſont admirables! & je veux mourir ſi vous ne faites des vers comme Ciceron! Ie ſuis

Voſtre &c.

MONSIEVR COSTAR,

A MONSIEVR DE VOITVRE.

LETTRE IX.

MONSIEVR,

En verité, vous estes vn homme admirable, & je ne puis comprendre comment vous pouvez fournir à tant de choses differentes, tout à la fois. Vous n'avez pas moins d'embarras, que quand vous aviez à acheter vn petit troupeau de moutons, force poules & force *chats de voliere:* Vous estes accablé d'affaires de tous costez, & parmy tout cela, vous trouvez encore du temps pour vous moquer de vos amis, & pour en faire des railleries. Et moy, qui n'ay rien du tout qu'à m'affliger de vostre éloignement, j'y employe les jours entiers & vne partie des nuits, & je ne sçaurois faire que cela. *Homini homo quid præstat?*

En la belle humeur où vous estes, vous ajoûteriez de bon cœur ce qui est en suite, *Stulto intelligens quid interest?* Et veritablement, vous auriez raison, si ces trois vens dont vous parlez, estoient de ma teste. Mais afin que vous ne vous y trompiez plus, je vous declare, qu'ils ſont de celle de Monſieur Pauquet, qui en copiant ma lettre a pris trente-cinq, pour trente-deux; & s'eſt imaginé poſſible qu'il vous feroit plus d'honneur, & qu'il rendroit voſtre action plus belle, s'il multiplioit les vens que vous aviez eu le courage d'aller défier ſur l'Ocean Atlantique. Il ne falloit donc pas, MONSIEVR, m'accuſer d'avoir du vent dans la teſte, ſans en eſtre plus aſſeuré. Puiſque vous n'avez pû m'en donner vous meſme par tant de témoignages d'eſtime, & d'affection, qu'il vous a plû de me rendre; & qu'il n'y a pas encore deux mois que vous diſiez de moy, dans vne illuſtre compagnie, *que les loüanges eſtoient des viandes venteuſes, dont je n'avois pas accouſtumé de me repaiſtre l'eſprit*; y a-t-il apparence que je me fuſſe tellement gaſté en ſi peu de temps, & qui pis eſt, dans la province, où l'on ne prend pas ordinairement cette ſorte de maladie, quand on a pû s'en garentir dans le mauvais air de Paris?

Pour ce vent Grec, que vous m'avez reproché, je ne ſçay pourquoy vous l'appellez *horrible*, & *inſupportable*. Celuy que Catulle appelle ainſi, eſtoit bien d'vne autre nature: le mien eſt doux, & ne trouble point, comme vous dites, la ſerenité de l'air. Il eſt plus propre à faire lever des fleurs, qu'à exciter des tempeſtes. Et de

M

fait, il vous fait dire de fort jolies choſes. Serieuſement, MONSIEVR, vous eſtes injuſte de ne ſouffrir pas que je prenne ſur vous le ſeul avantage que j'y puiſſe prendre, & que je le faſſe vn petit valoir. Et n'eſt-ce pas comme vous en vſiez autrefois avec vos Poëtes Eſpagnols?

Au reſte, Philomele dont vous prenez le party, n'a garde de vous auouër. Il eſt vray qu'en vous alléguant ce mot qui eſt dans la Rhetorique d'Ariſtote, αἰσχρόν γε ὦ φιλομήλη, je pris vne longue pour vne bréve, & vſay en cela de l'ancien privilége des Bretons. Mais je luy rendis avec vſure ce que je luy avois oſté, & me corrigeay ſi viſte de ma faute, qu'il me ſemble que vous devriez vous corriger de la guerre que vous m'en faites. Mais, MONSIEVR, ne vous en contraignez point, cette guerre n'eſt point *vne guerre pleureuſe*, comme celle de voſtre Horace, *bellum lacrymoſum*. Elle me fait rire de bon cœur; & d'ailleurs vos railleries ſervent de relief aux choſes obligeantes dont vos lettres ſont toutes pleines. Ie ſuis bien-aiſe que mon poëme d'vn vers vous plaiſe toûjours, & que vous me trouviez quelque reſſemblance avec Ciceron, que vous aimez tant. Cette conformité ne me ſera peut-eſtre pas inutile auprés de vous. Adieu, MONSIEVR, conſervez ſoigneuſement vne ſanté auſſi précieuſe que la vôtre, qui eſt le bien de tant d'excellentes perſonnes. Ne vous allez pas expoſer à la Françoiſe au Soleil d'Italie, comme vous fiſtes autrefois à celuy d'Eſpagne. Les temeritez ne ſont pas toûjours heureuſes, & ſouvent, aprés que la Fortune les a favoriſées, il luy prend fantaiſie de les châtier. Vous pourriez peut-eſtre negliger mes avis ſans imprudence, mais vous ne ſçauriez ſans inhumanité rejetter les prieres tres-ardentes que vous fait là-deſſus

Voſtre, &c.

MONSIEVR DE VOITVRE,

A MONSIEVR COSTAR.

LETTRE X.

MONSIEVR,

I'eſtois hier logé dans vn des plus beaux Palais du monde: j'avois pour mon appartement vne grande ſale, deux anti-chambres, & vne chambre tapiſſée de tapiſſeries relevées d'or, & j'eſtois ſervy par vingt ou trente Officiers; & aujourd'huy, je ſuis dans vne des plus méchantes hôtelleries où j'aye jamais eſté de ma vie, & je n'ay plus qu'vn valet pour me ſervir. Pour me conſoler d'vn ſi grand changement de fortune, & faire que je ſois aujourd'huy auſſi heureux que j'eſtois hier, j'ay demandé de l'ancre & du papier, & je me ſuis mis à vous écrire. Que je meure, ſi parmy les honneurs que j'ay receus dans le perſonnage que je viens de jouër, & les divertiſſemens que l'on m'a fait avoir, j'ay eu tant de plaiſir que j'en ay à cette heure ! Outre la joye que j'ay de vous entretenir, je ſuis bien-aiſe encore de vous faire voir que ce n'eſtoit pas le grand profit que je faiſois, de changer mes lettres avec les voſtres, qui me faiſoit entretenir ce commerce : puiſqu'à cette heure que je ne puis avoir de réponſe, je ne laiſſe pas de prendre plaiſir à vous écrire, & à vous aſſeurer de la paſſion que j'ay de vous ſervir. Elle eſt, je vous jure, auſſi grande que vous le meritez, & que le merite l'affection que vous avez pour moy. I'eſpere partir de Rome dans trois ſemaines ; & ſi je trouve vn vaiſſeau, je m'embarqueray pour Marſeille. Vous qui connoiſſez ſi bien les vens, ſi vous avez quelque autorité ſur eux, je vous ſupplie de les enfermer tous en ce temps-là *præter Iapyga.* Mais celuy-là, il n'y a pas de danger qu'il ſoit vn peu fort : j'aime mieux avoir la mer vn peu grosse, & aller plus viste, car j'ay haste de retourner à Paris, & de vous y revoir. C'est

Vostre, &c.

MONSIEVR COSTAR,

A MONSIEVR DE VOITVRE.

LETTRE XI.

MONSIEVR,

Peut-estre que jamais aucun poulet, soit Castillan ou Portugais, ou Andalousain, ou Flamend, ou François mesme, ne vous donna tant de joye que j'en ay receu de vostre derniere lettre. Elle m'apprend que vous n'avez negligé ni vostre santé, ni moy, & que vous avez eu tout le soin de vostre conservation, & tout le souvenir de vôtre pauvre amy, qu'il en pouvoit attendre legitimement. Il faut necessairement que vous m'aimiez bien, puisque vous avez pû me l'écrire de si loin, ayant vn si beau pretexte de n'en rien faire; & je puis esperer sans temerité, que rien ne pourra vaincre vne affection qui s'est trouvée plus forte que vostre paresse; & qu'aprés cette preuve de vostre bienveüillance, il n'en est point de si difficile que je n'aye droit de me promettre à l'avenir. Ie prens donc à la lettre ce que vous me mandez, & n'ay point de peine à vous imaginer aussi heureux dans vne méchante hostellerie, où vous me rendiez des témoignages de vostre excellente amitié, que dans ce Palais superbe où vous estiez servy magnifiquement, par vingt ou trente Officiers d'vn Souverain. Ie sçay, MONSIEVR, que vous estes moins sensible à vos bonnes fortunes, qu'à vos bonnes actions, & que vous estes plus touché du bien que vous faites, que de celuy qui vous arrive. Et à le bien prendre, vn regne de theatre, & vn fantosme de grandeur, qui devoit si-tost disparoistre, ne pouvoit rien avoir de fort agreable pour vn esprit aussi solide que le vostre, accoustumé de tout temps à recevoir de veritables honneurs; & ce que je considere le plus, des honneurs propres & incommunicables à tous les autres. Mais, MONSIEVR, vous ne me dites rien de Madame la Grand'Duchesse. On m'asseuroit l'autre jour, qu'il n'y avoit pas en la Chrestienté *vne Chrestienne plus belle à voir*, ny qui eust l'esprit plus joly & mieux tourné. Cela estant, Dieu sçait, si vous aurez laissé échapper vne si belle occasion de vous *rehabiliter en ga-*

lanterie. Ie me perſuade que vous luy aurez dit en prenant congé d'elle, que vous ne fiſtes jamais rien avec plus de triſteſſe: que vous retourniez en France plus affligé que ſi l'on vous en banniſſoit, & que ſi vous en ſortiez pour toûjours: Que voſtre fortune eſtoit bien bizarre d'avoir voulu que vous viſſiez la plus adorable Princeſſe de la terre, pour ne la voir qu'vn demy-quart d'heure ; que la ſeule conſolation qui vous reſtoit, c'eſtoit d'emporter ſa belle peinture dans voſtre cœur ; & qu'afin que ce fuſt avec plus de ſatisfaction, vous la ſuppliyez de vous en donner congé, & de conſentir à vne choſe qu'auſſi-bien elle ne pourroit pas empécher. Si elle vous a fait là-deſſus quelque agreable repartie, vous n'aurez pas manqué de luy proteſter, que vous la mettrez au deſſous de ce portrait, qu'elle vous aura permis de conſerver au plus bel endroit de voſtre ame. A voſtre retour, MONSIEVR, je ſçauray ſi j'ay deviné, & ce me ſera vn divertiſſement merveilleux de vous entendre faire le recit de cette aventure. Au reſte, quoy que vous diſiez, voſtre ſejour de Rome ne ſçauroit eſtre ſi court que vous le penſez. Quelquefois les jours n'y ſont pas moins longs que ceux de Seville, & on y trouve des enchantemens qu'on ne défait pas en peu de ſemaines. Quand vous vous ſerez embarqué pour venir à Marſeille, trouvez bon,

MONSIEVR, que je n'excepte pas, comme vous voulez le vent *Iapyx*, du nombre de ceux que vous m'ordonnez d'enfermer. Possible que vous avez oublié que c'estoit vn vent Calabrois, qui n'estoit favorable qu'à ceux qui vouloient naviger en Grece. Hé ! qu'iriez vous faire en ce païs-là, où Athenes est à cette heure plus barbare que Fez & Maroc, & tout le reste de la Barbarie? Ie ne laisseray donc en liberté que quelques zephyrs, qui estans des esprits doux, aimeront asseurément le vostre, & seront peut-estre bien-aises de prendre cette occasion de se venir establir sur les bords de la Seine, où ils souspireront plus à leur aise, & dans vn Empire plus paisible, que n'est celuy de la mer Mediterranée. C'est sur cet agreable rivage, que je vous attendray avec beaucoup d'inquietude & d'impatience, *vt mater juvenem &c.* Cette comparaison a esté employée pour vn Prince, qui n'estoit pas les amours de son peuple à meilleur titre que vous serez toûjours les miennes. C'est

Vostre, &c.

MON-

MONSIEVR COSTAR, A MONSIEVR DE VOITVRE.

LETTRE XII.

MONSIEVR,

Où en suis-je reduit? il me sera fort difficile de ne vous faire qu'vne courte lettre, & absolument impossible de vous en faire vne longue; car nôtre Messager va partir dans vn moment, & j'ay miserablement passé en de tres-fascheuses occupations, trois précieuses heures que je vous avois destinées. Pour m'achever, il m'a fallu écrire à Monsieur de ***, d'vne terre qu'il veut acheter en cette province, & d'vn malheureux petit Chasteau, qui m'a fait plus de peine à décrire, qu'il n'en a fait à bastir: Et vous sçavez, MONSIEVR, comme je m'entens en ces choses-là; c'est à peu prés comme vous à representer le Valentin. Et encore si je me pouvois tirer de pareils embarras, d'aussi bonne grace; mais cela n'est pas donné à tout le monde; & je ne sçay que vous avec qui les Graces, aussi-bien que les Muses, soient toûjours en humeur de badiner & de folastrer, tant que vous voulez. Avec les autres, elles sont fantasques comme des mules ; & la plus-part du temps, ceux qui les recherchent davantage, ce sont ceux qu'elles fuyent le plus. A propos de caprice & de fantaisie ; cette Dame en a d'estranges contre vous. Ie ne sçay où elle a emprunté vne certaine fierté que je ne luy vis jamais, & qui asseurément n'est pas à elle. Si on la luy a prestée pour long-temps, vous estes fort à plaindre, & je le suis aussi de ne vous y pouvoir servir. Au pis aller, vous avez vn certain dépit qui ne vous manque point aux bonnes occasions, & qu'il vous faudra opposer au sien. Adieu, MONSIEVR, vous avez sceu la mauvaise affaire qui a rappellé Monsieur de *** à la Cour, & qui l'y retiendra necessairement dix ou douze jours. Ie m'en suis affligé au commencement ; Mais enfin j'ay songé que nous pouvions servir les Grands, quand nous les aimons, de nos soins, de nostre peine, de nostre industrie, & que nous ne les servions point de nostre tristesse & de nos inquiétudes. Et ainsi ne pouvant appaiser les Dieux irritez, j'ay crû qu'il estoit plus sage de jouïr de leur colere, comme parle vostre Iuvenal, *frui Diis iratis*. C'est à dire, afin de m'expliquer plus clairement, que j'ay jugé à propos, en attendant que le Roy s'appaise, d'aller chercher du divertissement par tout où j'en pourray trouver. Il ne sera que bien médiocre, tant que je n'auray point l'honneur de vous voir, & que je ne pourray vous témoigner de bonne sorte avec quelle passion je suis

Vostre, &c.

MONSIEVR DE VOITVRE, A MONSIEVR COSTAR.

LETTRE XIII.

QVID *igitur faciam? eám-ne, infectâ pace vltrò ad eam veniens?* Me conseilleriez-vous cela? *an potiùs ita me comparem.* Ie ne veux pas dire le reste pour l'amour de vous. Sans mentir, MONSIEVR, j'aurois bien besoin de vostre secours à cette heure, & que vous fussiez icy pour me dire de temps en temps *hei noster:* mais vous n'estes pas assez courageux pour me donner vn conseil hardy, & il faut que je le prenne de moy-mesme. Pour vous en parler franchement, cette Dame est trop colere.

Non est sana puella, nec rogare qualis sit, solet hæc imago nasum.

Peut-estre ne sera-t-elle pas si cruelle à Paris qu'à ***. Elle est là, plus considerable qu'icy; selon que je vous ay ouï dire:

Hanc provincia narrat esse bellam.

Au reste, jamais vous ne fistes mieux que de m'écrire au temps que vous avez fait, car si vous eussiez tardé seulement encore deux jours, j'allois estre tout aussi en colere contre vous, que j'ay esté contre elle, & je me preparois à vous écrire des lettres de ce stile que vous sçavez. Encore, pour vous dire le vray, ne suis-je pas trop satisfait de celle que vous m'avez écrite ce voyage; il ne s'en peut pas voir de plus courte, ni de plus froide. Hors que vous m'avez asseuré que vous-vous portiez bien, qu'y avez vous mis, qui me pûst estre agreable?

Qua solatus es allocutione?

Ce qui m'en plaist, c'est que je juge que vous passez fort bien vostre temps, puisqu'il vous en reste si peu pour moy. Mais n'estes-vous pas le plus heureux homme du monde, que lors que vous l'esperiez le moins, la Fortune vous ait esté donner trois semaines ou vn mois? ********

Adeó-ne hominem venustum esse, aut fœlicem, quàm tu vi sies?

Que vous semble de ce *venustum?* Ie croy qu'il veut dire là, *qui habet Venerem propitiam*, car l'autre explication n'y vient pas. Adieu, MONSIEVR, je vous asseure que je suis de tout mon cœur, & autant que vous le sçauriez desirer,

Vostre &c.

MONSIEVR COSTAR,

A MONSIEVR DE VOITVRE.

LETTRE XIV.

MONSIEVR,

Entre tous les bien-heureux qui sont sur la terre, en est-il vn plus heureux & plus satisfait que moy?

O quantum est hominum beatiorum Catulle.
Quid me lætius est, beatiúsve?

Vous-vous souvenez bien de cette aimable personne, pour qui vous eustes la bonté de vous employer vne fois auprés de Monsieur de Chavigny; la Fortune, lors que je l'esperois le moins, m'a donné le moyen de luy rendre vn service de la derniere importance; & si considerable à son gré, qu'elle croit me devoir quelque chose de plus que la vie; & qu'elle ne pense pas en avoir assez pour reconnoistre vne si grande preuve d'affection. En verité, MONSIEVR, je suis si ravy, & si transporté, d'vne si bonne aventure, qu'il s'en faut peu que je ne m'écrie avec ce jeune fou de la Comedie Latine, *C'est à cette heure que je par-*

donnerois ma mort à qui me tueroit, tant j'ay de frayeur, que quelque accident ne vienne troubler la pureté de ma joye, & mesler quelque amertume parmy les douceurs que je gouste. NVNC *est profectò cùm me patiar interfici, ne hoc gaudium aliqua contaminetur ægritudine.*

In Eunuch.

Bon Dieu, MONSIEVR, que Madame la Marquise de Sablé a le goust bon & delicat; & qu'elle se connoist bien en veritables plaisirs, quand elle dit, que tous les autres sont plats, fades & insipides, au prix de ceux que l'on trouve à faire du bien! Puisse-t-elle estre toûjours de ces sages voluptuëuses, & ne manquer jamais dequoy assouvir vne avidité si belle, si loüable, si extraordinaire; & dequoy satisfaire abondamment, vne si noble, & si royale inclination. Mais MONSIEVR, encore faut-il que je vous conte mon histoire. *************************.

N'est-il pas vray, que je dois pardonner à la Fortune tous les mauvais tours qu'elle m'a faits jusqu'à cette heure; puisque par cette derniere action, elle s'est venu reconcilier aveque moy, de si bonne grace, & qu'elle a fait toutes les avances? Ce n'est pas que je ne songe à l'avis du Sage Hebreu, qui défend de se reposer sur la foy d'vn ennemy reconcilié; & que je ne me souvienne du mot de Seneque, *C'est de la bonne fortune, dont il se faut le plus défier, la mauvaise est moins fourbe, moins legere & moins inconstante.* NVLLI *fortunæ minùs bene quàm optimæ creditur.* Mais, MONSIEVR,

Arriere ces penſers que la crainte m'envoye,
Ie ne connois que trop l'inconſtance du ſort:
Mais de m'oſter le gouſt d'vne ſi chere joye,
C'eſt me donner la mort.

Neantmoins, ſi je rejette les penſées que la crainte me voudroit donner, je ne rejette pas celles que noſtre amitié m'oblige d'avoir, & quitte de bon cœur les agreables imaginations dont je m'entretenois l'eſprit, pour entrer dans vos intereſts, & pour prendre vos ſentimens. Il me faſche que vous ayez ſujet de me tenir ce langage; *Quid igitur faciam?* & que je ne puiſſe vous répondre que ce qui eſt en ſuite, *Vous me demandez conſeil en amour, & c'eſt vne paſſion qui n'en reçoit point.* HERE, *quæ res in ſe neque conſilium, neque modum habet vllum, eam conſilio regere non potes.* Prétendre d'avoir vne conduite réglée en des choſes incapables de régle, d'ordre & de meſure, c'eſt proprement vouloir eſtre fou aveque raiſon. *Incerta hæc, ſi tu poſtules, ratione certâ facere, nihilo plus agas, Quàm ſi des operam, vt cum ratione inſanias.* Car de vous mutiner, de vous emporter, de vous laiſſer échaper, *an potiùs ita me comparem*; & d'ajouſter, que c'eſt ſeulement pour l'amour de moy, que vous ne dites pas le reſte; Hé MONSIEVR, *il ne faudra qu'vne fauſſe larme des yeux de Thaïs, pour* Terent. in Eunuch.

esteindre tout ce feu qui paroist dans vos paroles. HÆC *verba me-hercule, una falsa lacrymula restinguet.* Vous voudriez que je fusse auprés de vous, pour vous crier à diverses reprises, *Hei noster, &c.* Comme je vous connois, j'aurois bien-tost sujet de dire tout bas: *Il est déja fort ébranlé, une parole de cette belle bouche luy fait tomber les armes des mains. Il se rend, il se laisse vaincre, qu'il a peu duré! qu'il a fait peu de resistance!* LABASCIT, *victus uno verbo, quàm citò!* Et veritablement, je n'en serois pas marry. Ie me trompe fort si vostre Thaïs n'est innocente, & si elle ne pourroit faire cette plainte, avec autant de raison que cette autre Demoiselle que vous connoissez. *Que je suis malheureuse! Peut-estre que cet homme aura peu de foy à mes paroles, & qu'il jugera de mon esprit & de mon humeur, par les inclinations des autres qu'il a servies auparavant. Mais moy, qui connois mon cœur, je suis bien asseurée que rien ne m'y touche de si prés que mon cher Phædria, & que je n'ay point eu pour luy de déguisement, de dissimulation ni d'artifice.*

Me miseram! forsitan hic mihi parvam habeat fidem:
Eunuch. act. 1. scen. 2. *Atque ex aliarum ingeniis nunc me judicet.*
Ego pol, quæ mihi sum conscia, hoc certò scio,
Neque me finxisse falsi quidquam, neque meo
Cordi esse quemquam cariorem hoc Phædriâ.

Que si elle sçavoit son Horace comme nous, elle emprunteroit ces paroles de sa Lydie. *Encore que celuy qui brusle pour moy, soit plus beau qu'un astre,*

&

& que vous soyez plus leger qu'vne tendre écorce qui flote sur l'eau, & qui est le jouët des vens; & que d'ailleurs, les golfes les plus agitez, ne representent qu'à demy, combien vous estes mutin, je choisirois de bon cœur de vivre & de mourir aveque vous. L. 3. Carm. Od. 9.

Quanquam sidere pulchrior
Ille est, tu levior cortice, & improbo
Iracundior Adriâ,
Tecum vivere amem, tecum obeam libens.

Il est vray qu'elle est vn peu colere, mais pour cela faut-il la fuïr si long-temps? & ne vous souvient-il plus du mot de nostre Publius Mimus. *Iratum breviter vites &c.* Ie vous avouë qu'elle n'a pas demandé à son nez comme elle estoit faite, *nec rogare qualis sit &c.* Mais elle en a demandé des nouvelles à ses yeux & à sa bouche, qui luy en ont dit de si avantageuses, qu'il n'y a pas dequoy s'estonner, qu'elle en soit vn petit fiére, & qu'elle soit de l'avis de sa province qui la croit jolie. *Hanc Provincia &c.* Appaisez-vous donc, je vous prie: aussi bien je ne sçaurois plus m'empécher de rire de cette correction de Turnebe que nous trouvâmes si ridicule, & que vous rendez si plaisante: c'est à dire, que vous alléguez si ingenieusement, qu'il semble que cette faute n'ait esté faite, qu'afin que vous eussiez lieu d'écrire la plus jolie chose du monde. Vn homme comme vous, qui sçait si bien faire son profit des ſotiſes des autres, perdroit beaucoup ſi on s'aviſoit de n'en dire plus. Mais on ne s'en aviſera pas, nous ne ſommes pas ſi-toſt menacez de ce malheur; & devant qu'vn tel changement arrive il s'en fera bien d'autres ſous le ciel de la Lune. Vn des premiers que je ſouhaitte, c'eſt celuy de la mauvaiſe humeur où vous eſtes contre ma pauvre petite lettre, que je vous fis ſi à la haſte. Quelque petite qu'elle fuſt elle ne manquoit pas d'agrémens, & ſans le chagrin où vous eſtiez, elle euſt trouvé grace devant vos yeux. I'eſpere que celle-cy ſera plus heureuſe, & que vous ſerez bien-aiſe d'apprendre d'elle, que nous partons d'icy mécredy prochain, & qu'ainſi je ſeray bien-toſt parmy mes livres & mes papiers. Ce ſera alors que je vous feray de longs entretiens, & que je vous rendray compte de mes eſtudes. Depuis que je ſuis ſorty de Paris, je n'ay rien leû que mes tablettes, où je n'ay trouvé que deux ou trois mots, dignes de vous.

Le premier eſt de Platon, qui pour exprimer vn homme bien irrité, dit, qu'il ne l'eſt pas moins qu'vn Poëte contre vn Comedien qui reciteroit mal ſes vers. ὀργισθῆναι ὥσπερ ποιητὴς ὑποκριτῇ κακῶς διαθέντι τὰ αὐτοῦ ποιήματα. Vous rapporterez cette comparaiſon ſur ce que dit Simonide, dans Diogene Laërce, à ces ouvriers qui chantans mal ſes vers, s'offençoient de ce qu'il ſautoit ſur leurs

In Charmide.

tuiles tout fraîchement faites, & encore toutes molles, *I'ay autant de droit de gaster vostre besogne, que vous la mienne.*

Sophocle disoit à Eschyle, qui ne composoit ses Tragedies qu'aprés avoir bien bû : ὦ Αἰσχύλε εἰ τὰ δέοντα ποιεῖς, ἀλλ' οὐκ εἰδώς γε ποιεῖς, *Tu fais bien, mais c'est sans sçavoir ce que tu fais. Tu ne dis bien que quand tu és en estat de ne sçavoir ce que tu dis.*

Selon Hésiode, *il est toûjours feste pour vn paresseux*, ἀεργοῖς αἰὲν ἑορτά. Il n'est point pour luy de jours ouvriers.

Au contraire, le Chancelier Bacon dit de l'Envie, *qu'elle ne chaume point les festes.* INVIDIA *festos dies non agit.* Elle travaille sans relasche, ou plustost, elle se travaille incessamment & ne se donne jamais de repos.

Et à propos d'envieux, & de jaloux, cette pensée de Iean second sur le sujet d'vn baiser n'est-elle pas bien mignonne?

Rivales oculi mei
Non ferunt mea labra.

Mes yeux portent envie à ma bouche, de ce qu'elle leur dérobe vn plaisir dont elle jouït, & qu'elle leur oste la veuë des belles lévres qu'elle baise.

I'ay leû dans le Targum de Fagius, qui est vne paraphrase Chaldaïque, que le grand Pontife des Iuifs, priant pour les biens de la terre, *demandoit à Dieu qu'il luy plûst détourner ses oreilles, des prieres des voyageurs.* Il vouloit dire qu'ils faisoient toûjours des vœux pour le beau temps. Et en effet, les prieres de ces gens-là ne s'accordent pas avec celles des plantes, qui selon Ovide, invoquent Iupiter sous le titre de *donneur de pluyes.*

—— *pluvio supplicat herba Iovi.*

On ne verroit jamais Iupiter transformé en vne pluye douce & delicieuse, se couler dans le sein de la terre pour y apporter la fécondité,

Virgil. *Iupiter & læto, descendet plurimus imbri,*

où vous remarquerez, MONSIEVR, que le Poëte parle-là d'vne pluye, qui donne la joye & l'allegresse, *lætus imber*, comme il parle ailleurs d'vne pluye triste, qui semble ennuyer le Ciel, & rendre toute la Nature mélancolique.

——— *Pluvio* CONTRISTAT *frigore cœlum.*

Lib. 11. Confess. c. 14. Sainct Augustin, dit du temps : *Si on ne me demande point ce que c'est que le temps, je le sçay fort bien; Si on me le demande, je n'en sçay rien.* QVID *ergo est tempus? Si nemo ex me quærat, scio: Si quærenti velim explicare, nescio.* Il y a plusieurs choses de cette nature, que nous pensons avoir bien comprises, tant que nous ne sommes point obligez de les faire entendre aux autres.

Sainct Hierosme se sert d'vne façon de parler assez extraordinaire, pour signifier qu'il donne volontiers aux pauvres, mais qu'il n'a pas le cœur de penser leurs playes: *Clemens sum pecuniâ, non manu.* Ie *suis secourable de ma bourse, mais je ne le suis pas de ma main.*

Le mesme voulant exprimer vn homme qui faisoit grand' part de ses biens aux pauvres: il est, dit-il, *sumptuosus misericordiâ.* Il *dépense en compassion, sa pitié luy couste beaucoup.*

Favorin, dans Diogene Laërce, témoigne, qu'Aristote disoit souvent ὦ φίλοι, ὀδεὶς φίλος, qu'on a tousiours expliqué: *ô mes amis, il n'y a point d'amy:* & c'estoit vn mot que Monsieur de Puisieux avoit souvent en la bouche, depuis sa retraite de la Cour, où ayant vescu long-temps dans de tres-grands & de tres-illustres emplois, il avoit trouvé peu de reconnoissance & peu de fidelité. Casaubon, avec beaucoup d'esprit, ce me semble, en ajoustant vn *iota* sous cét *omega*, a trouvé vn sens plus subtil & plus conforme à la doctrine d'Aristote, qui signifie par ces quatre paroles, que *qui a des amis, n'a point d'amy.* Et certes, dans le neufiéme de ses Morales, il prouve par beaucoup de raisons, que la pluralité d'amis détruit l'amitié. C'est aussi le sentiment de Plutarque & de Ciceron, dans les traitez particuliers qu'ils ont faits de cette Vertu. Et si nous en croyons Lucien, dans son Toxaris, il estoit aussi infame à vn homme parmy les Scythes, d'avoir plusieurs amis ensemble, qu'il l'estoit à vne femme parmy les autres nations, de souffrir plusieurs Amans, tout à la fois. I'ay vû chez-vous vn Gentilhomme qui apprehendoit extrémement ce reproche, & il me sembloit que sa crainte n'estoit pas fort juste, & que nous eussions pû dire de luy, ce que Ciceron disoit de quelqu'vn de son temps, *Grands Dieux qu'il est impertinent, & qu'il se peut bien asseurer de n'avoir jamais de rivaux ny de compagnons dans l'amour qu'il a pour soy-mesme! O Dij quàm ineptus, quàm se ipse amans sine rivali!* Plutarque l'auroit comparé à vn manchot qui craindroit de devenir vn Briarée, ou à vn borgne qui auroit peur d'avoir autant d'yeux qu'en avoit l'Argus de la fable.

Il me semble, MONSIEVR, qu'en voilà assez pour vous payer de vostre explication du *Venustum* de Terence. I'y ajousteray pourtant par-dessus le marché, cette *Venus venusta* de Plaute, qui est à peu prés comme si l'on disoit que *Iupiter est jovial, Mars Martial, Saturne Saturnien, les Graces gracieuses*, & ainsi du reste. Si ce mot vous plaist, en récompense faites moy entendre ces paroles de l'Eu-
Act. 3. scen. 2. nuque —— *Hem alterum, ex homine hunc natum dicas*, afin que ce que vous me distes vne fois soit encore plus vray qu'il ne l'estoit alors, que je n'ay pas moins profité depuis que je suis à vous, que Monsieur Pauquet depuis qu'il est à moy. C'est parler proprement, car c'est en effet estre à vous, que d'estre autant que je le suis,

Vostre, &c.

MONSIEVR DE VOITVRE,

A MONSIÉVR COSTAR.

LETTRE XV.

MONSIEVR,

Voyez ſi je ne procede pas de bonne foy aveque vous, puiſqu'vn ſi beau prétexte que celuy d'vn ſi grand voyage, & qui ſe fait avec tant de diligence (car en ſix jours, nous avons eſté de Paris à Grenoble, en caroſſe) ne m'empeſche pas de vous faire réponſe. Ie receus voſtre derniere lettre vn quart-d'heure avant que de partir: Ie prens part à vos proſperitez, comme ſi c'eſtoient les miennes, & tandis que je ſuis malheureux dans toutes les choſes que je deſire, je me tiens heureux de voſtre heur. En effet, je ne puis pas dire que la Fortune me ſoit tout à fait ennemie, puiſqu'elle vous eſt favorable, & je luy pardonne tout le mal qu'elle me fait, en reconnoiſſance du bien que vous en recevez. Vous ſerez eſtonné de ce que vous allez entendre: & ſans mentir, j'ay honte de vous le dire. Mad. de

Il alloit en Piedmont, voir Monſieur le Cardinal de la Valette.

*** m'eſt plus cruelle que jamais, plus fiére qu'elle ne l'eſtoit dans ſes lettres, & ce qui eſt pitoyable & honteux tout-enſemble, cette reſiſtance me pique, & je ſuis plus amoureux d'elle que vous ne me l'avez jamais veu.

O indignum facinus, nunc ego &
Illam ſceleſtam eſſe, & me miſerum ſentio;
Et tædet, & amore ardeo, & prudens, ſciens,
Vivus, vidénſque pereo, nec quid agam ſcio.

C'eſt vne des raiſons qui m'a fait entreprendre ce voyage, *vt defatiger:* mais j'ay peur qu'il m'arrivera comme à celuy-là. Vous qui eſtes plus ſage, & qui la connoiſſez mieux, donnez-moy quelque conſeil là-deſſus; & dites-moy ſi vous jugez qu'elle demeurera opiniaſtre dans la reſolution qu'elle ſemble avoir priſe. Mais parlez-m'en franchement, & en vne rencontre comme celle-là, ne vous ſervez point de voſtre complaiſance ordinaire, ce me ſera, peut-eſtre, vn remede de croire qu'il n'y en a point: Vous eſtes plus obligé que perſonne, de me tirer de ce mal; Car outre que vous me devez plus aimer que perſonne ne m'aime, c'eſt vous qui, en quelque ſorte, m'avez cauſé tous les déplaiſirs que j'ay à cette heure, & qui me la fiſtes voir la premiere fois:

——— te cum tua
Monſtratione magnus perdat Iupiter.

Ce

Ce n'eſt pas tout de bon que je le dis, mais c'eſt qu'il m'a ſemblé qu'il eſtoit aſſez à propos. Ie ne voy pas plus clair que vous dans le mot ſur lequel vous me conſultez, quoy que i'y aye ſongé en chemin. A la verité ce n'a pas eſté beaucoup, car je ne ſçaurois penſer bien fort qu'en elle. Adieu, oſtez luy viſtement mon cœur, afin que vous l'ayez tout entier; ou faites au moins, qu'elle le poſſede avec juſtice. Ie ſuis

Voſtre, &c.

MONSIEVR COSTAR,

A MONSIEVR DE VOITVRE.

LETTRE XVI.

MONSIEVR,

Salvum te adveniſſe & gaudeo, & nî crederes, dolerem. Satin' omnia ex ſententia? Ecquid exceptus es à Cardinali tuo, ut & te & illo dignum fuit; id eſt te, leporum omnium diſertiſſimo patre, (quod olim abs me dictum habes in memoria) & illo elegantiſsimo Principe ac perpaucorum hominum? Cui mandaveram curam percontan-

di quoad redires, is heri scripsit ad me rediisse te, nec sibi vnquam tui videndi factam esse copiam, quamquam primò bene mane surrexisset, de meo ingenio te judicans. Postridie verò ad te adiisset, inclinante in meridiem die, hora modò non vndecima. Quod si ita est, crediderim vel hac deambulatione quàm non laboriosa ad langorem te datum, vt illum alterum, quem nosti probè, & eadem de causa, quod mihi est gravius. Quî autem istuc acciderit demiror, & nequeo satis decernere. Téne levem illum olim & parùm firmum amatorem, nunc quæ te fugit, hanc sectari, miseréque & impotenter amare? Illam autem, tam leni, & tam victo animo, vsque adhuc, factam repente acerrimam, & obfirmare se posse & perpeti, ne redeat in gratiam. Quæ est ista perversitas? Quàm vterque vestrûm est dissimilis sui? Dii boni, quid hoc morbi est? adeón' homines immutarier ex amore, vt non cognoscas eosdem esse? *Omnium rerum heus vicissitudo est. Sed hæc mittamus, ac potiùs quod ad hanc rem opus est, prospiciamus. Scripsi ad illam sedulò quod visum est hac de re. Redditas illi meas litteras, certò rescivi, hic dies est vndevigesimus, si bene memini; Rescripsit tamen nihil. Quid faciam absens, rectè est; Nam nihilo minus esse, pudet dicere. Cum eâ injuriam hanc expostulem? Renuntiem illi amicitiam meam? Scribam quæ illam mordeant? Mala multa ingeram? vt si nihil promoverim, molestus certè sim & animo morem geram. O me infelicem! Itáne patiar (*mi dulcissime Victure*) fieri te miserum, qui me olim in adversis amoris mei, tam comiter adjuve-*

ris? Non poteſt. Expectabo quid velis. Audaciſsimè quidvis oneris impone, & feram; Memorem me dices & gratum: Intelliges me virum eſſe; & ſolum eſſe hominem amico amicum prædicabis. Ita me promerentem diligas, ut ſceleſtam illam, quæ naſum ſuum non rogavit, qualis eſſet, *odi peſsimè. Nec temerè ſanè, quando ſcribis obſtare illam (adeo tibi cordi eſt) ne me eximium habeas, & ſim apud te primus. Scilicet mei fundi calamitas eſt: Nam quod me capere oportuerat hæc intercipit. Oportuerat autem, quoniam malè reſpondes amori meo, ſi quiſquam tibi charior eſt, quàm ego ſum.* Ie ne penſois pas ſçavoir tant de Latin, parlons François s'il vous plaiſt. Vous dites que je luy oſte viſtement voſtre cœur, afin que je l'aye tout entier. Ie vous jure que s'il ne tenoit qu'à cela, je penſe que je me réſoudrois à luy arracher le ſien, pour poſſeder tout ſeul vne choſe, que j'eſtime tant. En effet, il n'y a point d'injuſtice que je ne fiſſe pour cela. *Il eſt permis de violer les loix pour regner.* Celuy à qui l'on donne ce mot, n'eſtoit pas ſi excuſable que je le ſuis, & ſon ambition eſtoit moins belle que n'eſt la mienne. Mais de peur de me faire dire que je ſuis *vn Charlatan*, j'aime mieux viſtement changer de diſcours, & vous dire comme j'entens noſtre paſſage de Terence.

Thraſon avoit abordé Thaïs, avec ce beau compliment: *Ecquid nos amas de fidicina iſtac?* qui eſtoit vne eſpece de reproche par la regle *Iſtæc commemoratio quasi exprobratio videtur immemoris beneficî.* Et Gnathon, sans attendre qu'ils se soient entretenus, les interrompt pour dire à cette femme, *Eamus ergo ad cœnam ;* comme si c'estoit luy faire grand plaisir que de luy parler d'aller disner, & comme si c'estoit vne chose qui luy fust aussi agreable qu'à luy, qui estant Parasite de son métier, ne s'imaginoit point de volupté plus sensible que celle d'vn bon repas. Là-dessus Parmeno s'écrie : *Hem alterum, ex homine hunc natum dicas.* Vous *diriez que cét homme là a fait celui-cy. S'il ne l'avoit fait, il seroit impossible qu'il fust si sot & si impertinent qu'il est.*

Mais comment expliquez-vous ce qui est en la Scene d'auparavant. *Tuum obsecróne hoc dictum erat ? vetus credidi. T. Audieras ? G. sæpe : & fertur in primis.*

Trouvez-vous que cela soit fort obligeant ? & si vous estiez d'humeur à prendre plaisir de vous voir flater, seriez-vous bien-aise, que l'on dist d'vn de vos beaux mots : *c'est vn vieux quolibet, qui est en la bouche de tout le monde ?*

Ie me souviens encore d'vn autre de l'Andrienne, en l'Acte cinquiéme, Scene quatriéme, *P. Pater non rectè vinctus est. S. haud ita jussi.* Et en la Scene cinquiéme de l'Acte quatriéme. *Ch. Jocularium in malum insciens pænè incidi.*

Ie vous écriray ce que j'en pense quand j'auray ſceu vos ſentimens. En voilà aſſez pour vne fois ; & pour vn homme qui a à ſe tirer d'vn plus faſcheux paſſage que ne ſont ceux-cy. En verité, je voudrois vous pouvoir eſtre d'auſſi grande conſolation, que vous me le fuſtes aprés *la journée d'Arcueil.* Mais pour cela il faudroit que vous m'aimaſſiez autant que je vous aimois dés ce temps-là.

Vous ſcavez bien que Monſieur de Lingendes eſt Eveſque de Sarlate : Mais je ne ſçay ſi vous avez eſté l'en feliciter. Ie vous ſupplie d'obtenir cela ſur voſtre pareſſe pour l'amour de vous & de moy.

Il y a deux jours que je ſuis revenu de la Rochelle, où nous avions eſté voir quelques vaiſſeaux de l'armée navale. Il me ſemble que je ſuis obligé de vous écrire vn mot que me dit Monſieur Pauquet ; Comme nous admirions tous, le beau bled qui eſtoit venu ſur les ruines des baſtions de cette ville, il s'écria comme ſurpris d'vn enthouſiaſme — *Hanc dedit vltio meſſem.* Hé bien, MONSIEVR, Tyron en diſoit-il de meilleurs ? Pour le moins, ſuis-je aſſeuré qu'il n'appliqua jamais ce vers là, avec tant d'eſprit. Ie ſuis

Voſtre, &c.

MONSIEVR DE VOITVRE,

A MONSIEVR COSTAR.

LETTRE XVII.

DOMINE,

Sans mentir, avec tout vostre Latin, vous estes vn grand niais ; & vous faites bien voir *que les plus grands Clercs ne sont pas les plus fins.* Ie fus admirablement bien avec Mad. de *** dés le premier demy-quart d'heure que je la vis. A peine nous eusmes-nous fait chacun deux ou trois reproches, que nous-nous embrassâmes de meilleur cœur que jamais. L'Amour esternua plus de deux cens fois ce jour-là, tantost à droit & tantost à gauche, & en a esté enrumé plus de trois semaines. Elle m'en donna *mille, deinde centum, deinde mille altera, deinde secunda centum.* Voyez donc où vous en estes d'avoir allegué si mal à propos l'Epigramme de Catulle: Car pour vous dire le vray, je trouve qu'elle a le nez fort bien fait; & je suis de l'avis de sa province ; *Sic meos amores?* Il ne faut pas se laisser attraper comme cela à ce que les Amans disent dans leur colere : Et quoy que Phædria die en entrant sur le Theatre , *meretricum contumelias*, à vne Scene de-là, il donneroit sur les oreilles, à quiconque luy diroit que Thaïs ne fust pas vne fort honneste femme. Ne vous souvenoit-il plus de nostre Terence, *Amantium iræ* ; & ailleurs, en mettant les choses en leur ordre, *injuriæ, suspectiones, inimicitiæ, induciæ, bellum*, & puis à la fin *pax rursum*. Selon que nous vous connoissons niais, & la croyance que je sçay que vous avez de cet esprit fier & resolu, nous jugeâmes, que vous y seriez attrapé , & que vous écririez vne lettre qui nous donneroit du plaisir. Mais afin que vous luy en sçachiez gré , & que vous ayez regret de luy avoir voulu arracher le cœur ; je vous asseure que j'eus de la peine à la faire resoudre à vous faire cette trahison. C'est cela qui a esté cause que vous n'avez pas eû plus souvent de ses lettres ; & elle s'en est empéchée pour ne vous pas mentir plus d'vne fois. Mais il faut avouër que si vous manquez de jugement , en récompense, vous avez bien de l'esprit. Vostre lettre m'a plû admirablement. Il y a des applications les plus heureuses du monde, & pour mieux dire, les plus ingénieuses ; particulierement ce *dî boni*, & ce *fundi calamitas* : Mais *quod me capere oportuerat, hæc intercipit*, de quel endroit l'entendez-vous?

Pour vostre explication de *Hem alterum*, je ne l'approuve pas; car Gnathon estant vraysemblablement plus vieux que Thrason, ou du moins de mesme âge, quelle apparence, qu'il voulust dire qu'il semblast que Thrason eust fait l'autre?

Haud ita jussi: c'est vn equivoque sur *rectè*. *Iocularium in malum, visu dignum.*

Ie verray Monsieur de Lingendes, puisque vous me le commandez; car cela me le rend bien plus considerable que d'estre Evesque.

Le mot de Monsieur Pauquet me semble admirable: Ie vous ay toûjours bien dit qu'il avoit plus d'esprit que vous. Sans mentir, je croy que c'est luy qui fait vos lettres: Ie voudrois bien qu'il voulust faire mes réponses. Mais dites-moy, d'où est cet hemistiche, je ne l'ay jamais leû; & il ne me semble pas qu'il puisse jamais avoir esté dit, que pour le bled des bastions de la Rochelle. Ie suis

Vostre, &c.

MON-

MONSIEVR COSTAR,

A MONSIEVR DE VOITVRE.

LETTRE XVIII.

HEM *quid dixti pessime? an mentitus es? etiam rides?* Eunuch. act. 5. scen. 7.
Itán' lepidum tibi visum est, scelus, nos irridere?

Ie ne fus de ma vie si confus; & afin que rien ne manque à vostre divertissement, je ne sçaurois m'empécher de vous dire, que jamais *Domine* ne fut en plus grande colere que je le suis. Sans mentir

——— in me quidvis harum rerum convenit, Heauton-tim. act. 5. scen. 1.
Quæ sunt dicta in stultum, caudex, stipes, asinus, plumbeus.

Ie me suis là laissé tromper bien vilainement.

Quot res dedere, vbi possem persentiscere, Ibid.
Ni essem lapis?

Ne sçavois-je pas, & ne me l'aviez vous pas dit vous mesme, que vous estiez encore plus corrompu que je n'estois judicieux? Mais aussi qui se fust défié d'elle? *Quid credas, aut cui credas?* Mad. de *** qui est la moins fine de toutes les femmes qui ont de l'esprit, qui est si bonne, qui sçait que je l'aime si cherement, avoir consenty à cette fourbe ! vn homme plus défiant & plus ſoupçonneux que moy mille fois, y euſt eſté pris, & euſt donné dans le panneau. Ie luy pardonne pourtant : *Amans quod ſuaſit ſuus Adoleſcens mulier fecit. mirandúmne id eſt ? An quia non delinquunt viri ?* Moy meſme l'année paſſée eus-je la force de vous reſiſter ; & ne fuſtes-vous pas aſſez méchant pour débaucher la fidelité que je luy devois, & pour me forcer de la trahir vn demy-quart-d'heure ? Non je ne me veux point de mal de n'avoir point fait de difficulté de la croire, & je luy veux beaucoup de bien d'en avoir eu à me tromper ; principalement aprés *baſia mille, dein ſecunda centum.* Mais eſt-il poſſible que dés la ſeptiéme minute vous ayez obligé l'Amour à eſternuer à droit & à gauche, comme il avoit fait autrefois pour le Septimius & pour l'Acme de Catulle ? *Hui quàm citò !* Hé Dieu le croiſſe, le pauvre petit, afin qu'il vous faſſe plus de mal, & qu'il me venge mieux de voſtre malice. Il faut qu'elle ait eſté bien grande, pour m'avoir fait faire des médiſances d'vne perſonne ſi aimable. Aujourd'huy en revanche, au lieu de dire *imago tua*, je diray avec Petrone, *mulier omnibus ſimulachris emendatior* ; & au lieu de parler de ſon nez, je parleray de ſes yeux & de cette belle bouche *illo purpureo ore*, vous ſçavez le reſte : ou bien je diray, *oſculum quale Praxiteles habere Dianam credidit.* ou bien meſme, je repeteray,

Hecyra act. 4. ſcen. 4.

videt oscula, quæ non est vidisse satis. Et de fait, vous me témoignez assez que vous ne vous en contentez pas; & je vous jure que je m'en réjouïs, estant asseuré comme je le suis de vos bonnes intentions. Voyez comme je suis peu vindicatif, & comme j'oublie promptement les injures que vous me faites. Aussi le dois-je en verité; & quand je ne vous serois jamais obligé que du plaisir que j'ay de vous voir heureux, cela vaudroit mieux que tout ce que j'ay souffert, & que tout ce que je puis souffrir de vos mauvaises ou de vos belles humeurs; je ne sçay lequel je dois dire.

Pour vos deux passages de Terence, j'approuve l'explication que vous y donnez; & approuve encore pour le moins autant, que vous ne m'ayez point du tout parlé de ma troisiéme difficulté: C'est comme cela qu'il faut faire quand on n'a rien à répondre.

Vous me pardonnerez, si j'ay encore envie de trouver bon le sens que je donnois à *Hem alterum, ex homine hunc natum &c.* l'égalité ou l'inégalité de l'âge ne fait rien-là: c'est ce qu'on appelle *façon de parler proverbiale.* Nous disons bien, *s'il estoit un peu plus jeune, je croirois qu'il seroit son fils.* Parmeno a sous-entendu cette exception. Voilà sans doute la signification de ces paroles: Et si j'estois à cette heure auprés de vous, je vous obligerois de l'avouër.

I'eſtudie admirablement icy ; & ſi cette humeur de ſolitude nous dure, comme il y a quelque apparence, vous me reverrez bien plus habile homme & plus digne de voſtre amitié. Pourtant, quand j'y ſonge, vne converſation & vne promenade avec vous, vaudroit mieux que tous les profits & tous les acqueſts que je feray dans la province. *Cum vnâ, me-hercule, ambulatiuncula, atque vno ſermone noſtro, omnes fructus provinciæ non confero.* Celuy-là eſt de Ciceron, mais il n'entendoit pas ainſi ce *fructus provinciæ.*

Lib. 2. Ep. ad Famil. ep. 12.

Ie m'en allois finir, ſi je ne me fuſſe ſouvenu du mot de Monſieur Pauquet. S'il avoit plus d'eſprit que moy, comme vous dites, il ne m'euſt pas laiſſé fourber comme il a fait ; & s'il faiſoit vos réponſes, je n'aurois pas le ſujet que j'ay de me plaindre, car il m'aime trop, pour m'affliger ainſi à faux. Ie voudrois qu'il vous plûſt avouër ce qu'il m'écriroit de voſtre part, il vous obligeroit de m'aimer plus que tout le reſte du monde, aprés cette belle perſonne à qui je cede de bon cœur la premiere place. Au reſte, je ne ſçay, non plus que vous, d'où eſt cet hemiſtiche que vous me demandez, ſinon que la Gazette nous apprit il y a quelques années, que Monſieur le Duc de Lorraine avoit fait faire des medailles, où eſtoit gravée vne eſpée qui coupoit trois fleurs de lis, avec ces mots, *Hanc dabit vltio meſſem.* Avouëz la verité, l'application en vaut bien mieux que l'invention. Ie suis

Vostre, &c.

MONSIEVR DE VOITVRE,

A MONSIEVR COSTAR.

LETTRE XIX.

MONSIEVR,

Vous serez bien estonné que je vous sollicite de m'aider dans vne affaire, que j'ay delà les Monts, & que j'implore vostre secours contre les Romains. Ce n'est pas la premiere fois, comme vous sçavez, qu'ils ont troublé le repos de ceux qui ne leur demandoient rien : Mais il me semble qu'ils n'ont jamais esté si injustes avec personne, qu'ils le sont aveque moy ; & ils n'ont pas donné plus de peine à Annibal, qu'ils m'en vont donner, si vous ne me secourez : *quorsum hæc ?* Ie m'en vay vous le dire. Il y a parmy-eux vne Academie de certaines gens qui s'appellent *les Humoristes*, qui est à peu prés, comme qui diroit *bizarres*. Et en effet, ils le sont tant, qu'il leur a pris fantaisie de me recevoir dans leur Corps, & de m'en faire donner avis par vne lettre que m'a écrite vn de leur Compagnie. Il faut que je leur en fasse vne autre en Latin, pour les remercier ; & voilà ce qui me met en peine. I'en suis sorty pourtant dés le moment que vous m'estes venu dans l'esprit, car il me semble que voilà vostre vray fait ; & vn homme qui est en Poitou, & qui écrit des Lettres Latines de gayeté de cœur, ne me sçauroit pas refuser cela. Ils ont pour devise, vn Soleil qui tire des vapeurs de la mer qui retombent en pluye, avec ce mot de Lucrece, *fluit agmine dulci.* Voyez, je vous supplie, si vous trouverez quelque chose à leur dire sur cela, & sur l'honneur qu'ils m'ont fait, & sur le peu que je vaux. Enfin, faites du mieux que vous pourrez. En tout cas, Monsieur Pauquet ne nous sçauroit manquer, qui en sçait plus que vous & que moy : Ie m'en remets entierement à vous deux ; car je ne suis point du tout capable de cela, & vous le ferez s'il vous plaist.

Mé dulcis dominæ Musa Lycimniæ
Cantus, me voluit dicere lucidum
Fulgentes oculos, & bene mutuis
Fidum pectus amoribus.

Elle s'en est allée depuis huit jours, la pauvre Lycimnia. Ie l'aime sans mentir plus que moy-mesme, & je ne l'aime pas plus que vous. Ie suis

Vostre, &c.

MONSIEVR COSTAR,

A MONSIEVR DE VOITVRE.

LETTRE XX.

MONSIEVR,

Ie vous défie avec tout voſtre grand eſprit, de comprendre la peine où voſtre lettre m'a mis. Ie n'en ay pas dormy de toute la nuit, ou pour le moins je n'en ay pas repoſé, & je ne penſe pas que l'Amour meſme en pûſt faire paſſer vne ſi mauvaiſe. I'avois crû qu'il n'y avoit rien au monde, qui me fuſt ſi difficile, que de vous refuſer quelque choſe, & je trouve, que ce que vous me demandez, me l'eſt encore davantage. Mais MONSIEVR, avez-vous bien penſé à qui vous vous addreſſiez? A cauſe que vous m'avez appellé *Domine*, & que je vous ay fait vn malheureux centon des mots de Terence, vous me prenez pour vn Citoyen Romain, & me tenez capable de faire vne piece Latine de cette importance, & pour Monſieur de Voiture. Ie vous jure que la penſée ſeule me fait tranſir de frayeur: *ad tuum nomen, toto corpore contremiſco, metu limatuli illius, &*

polituli judicii tui, quo me verecundiorem in loquendo sæpe fecisti. Il y a dix ans que je n'ay écrit en cette langue. Ie ne voy goute en vostre sujet; & le Soleil dont vous me parlez ne m'y donne pas plus de lumiere, *lucem mihi non aperuit in hac luce.* Ie n'ay pas beaucoup de livres icy. Enfin je ne sçay où j'en suis, & si vous n'estes bien juste, je suis bien malheureux: Car peut-estre pour m'avoir plus estimé qu'il ne falloit, vous m'aimerez moins que vous ne devez; & cette disgrace m'arrivera par vne fortune plus bizarre, que les bizarres mesmes, dont vous vous plaignez. Monsieur Pauquet & moy en sommes bien affligez: consolez nous en, MONSIEVR, je vous en conjure par *Lycimnia.* Si vous m'eussiez envoyé la copie de la lettre que vous ont faite les Humoristes, & que vous m'eussiez mandé les premieres pensées qui vous sont venuës là-dessus, cela m'eust peut-estre ouvert l'esprit. I'ay fait quelquefois valoir de petites choses, mais de rien je ne puis rien faire. Neantmoins il y a quatre jours d'icy à mardy que nostre Courier part. I'y songeray continuellement: aussi-bien il me seroit impossible de penser à autre chose: Mais je ne vous conseille pas de vous y fier: *nam vereor ne operosè nihil agam.* Quoy qu'il en soit, je n'en seray pas moins

Plin. lib. 2. cap. 9.

Vostre, &c.

MON-

MONSIEVR COSTAR,

A MONSIEVR DE VOITVRE.

LETTRE XXI.

MONSIEVR,

Depuis quatre jours, vne personne qui m'eust vû, & qui eust bien sceu son Perse; je pense qu'il faut ajouster, & qui eust esté d'humeur d'alléguer, eust trouvé vne belle occasion de me dire

Murmura quid tecum, & rabiosa silentia rodis,
Atque exporrecto trutinaris verba rabello.

Et cependant, vous allez voir ce qu'ont produit ces fortes meditations. Ie ne sçay si le premier Sonnet que vous fistes, & dont il vous a plû me faire rire, vous cousta autant: Mais je m'asseure qu'il ne pouvoit moins valoir que le Latin que je vous envoye, & que je ne pourrois jamais dire si à propos ce mot de Ciceron, *hanc epistolam cur non scindi velim, causa nulla est.* Vous verrez bien-tost que j'ay raison, & cela vous fera souvenir de cette epigramme d'vn vers:

Pauper videri vult Cinna, & est pauper.

R

Monsieur Pauquet soustient que vous ne m'en serez pas moins obligé ; & qu'au contraire, vous m'en devrez sçavoir plus de gré ; & voicy son texte,

Narrasti nihil, inquis, & à te prodita causa est.
Tanto plus debes, Sexte, quòd erubui.

Pour moy, je n'en demande pas tant. Ie vous supplie seulement d'oublier ces fautes-là, tout le plustost que vous pourrez, & de vous souvenir des sujets que vous avez d'estre bien-aise que je sois autant que je le suis

Vostre, &c.

VINCENTIVS VICTVRVS ACADEMICIS HVMORISTIS S. P. D.

DIFFICILE *admodum* (VIRI OMNIVM ORDINVM ORNATISSIMI) *magno cuique affectui, paria verba reperire : Nec si gaudium vehementius, plus nimio loquax est, ideò & satis eloquens. Intelligo, mihi credite, bona mea; novi delatum mihi honorem, qui ferè non ambitus beneficium sit, sed meritorum testimonium, qui non tam donum sapiat, quàm pretium, qui non egestatem aut tenuitatem exprobret, sed quo (quâcunque tandem inspexerim) nihil ad gloriam illustrius, ne voto quidem concipe-*

re potuissem. Etenim cæterorum honorum gradus, multi sine virtute, etiam assequuntur; tot tantorúmque virorum, ea, de se, judicia consequi, sola virtus potest: meritò necne, de me tam præclarè senseritis, neutram in partem decernere meum est. Errat aliquando fama, eligit aliquando. Quidquid sit, felicitatis rationem nemo reddit. At agere vobis gratias, eásque immortales, id verò meum est, atque adeò sentiendo copiosius quàm dicendo, tum tacens, tum loquens, tum in cœtu hominum, tum ipse mecum, omni loco, habitu & tempore. Referrem etiam, si possem, (ILLVSTRISSIMI VIRI) *nec per me staret quin quanta ornamenta in me conjicitis, tanta vobis ex mea laude rependerem. Sed quidni tandem possim nomen quod vrget, clementissimis alioqui creditoribus, aliqua conditione, dissolvere? Ac profectò flamma crescit in pectore. Quantùm expectationis adjecistis, tantùm aspirare ingenii, & me qualem credidistis, facere videmini. Scilicet Sol ille vester, quem pro* stemmate *geritis, aspectu, quàm conjunctione felicior est. Minora quidem sydera, instar breviorum arcuum, spatia evadere, & vires deferre posse, non credunt, qui de natura cœlorum rectè philosophantur. At facem illam ingentem, omnia luce sua collustrantem, instar tormenti grandioris, influxus suos, tanquam ictus, in me, quamlibet remotissimum, jacere quid prohibeat? Quæ cùm ita sint, sic cogito. Si quis veterum, olim, hortorum Deo vel Pomonæ redditurus fructuum primitias, acerbos & immaturos illis obtulisset, non ausim affirmare propitios habiturum. At si* Soli, *eosdem illos appendisset, quanquam non-*

dum adhuc certos, deformatósque, non crediderim infensum, infestúmque tantum numen habiturum hoc nomine; præsertim si munus suum ornaret his verbis, Crudi sunt hi fructus, immaturi sunt, maturescent verò vtcunque volueris. Tuum est, illis, id quod deest, vt te digni sint, insuper addere. *Vos (*ILLVSTRISSIMI VIRI*) non absimili modo compellare placet. Non is sum quem vobis adjunctum lætemini. At si vobis Magistris, & Doctoribus vtar, si exempla vestra non invideritis mihi, is fiam quem neminem vestrûm pœniteat: Addo, & talem fecisse quàm invenisse erit multò gloriosius. Affulgete modò benevoli faventésque. Quod si facitis, in colenda vestra benignitate, Persis ipsis, in colendo Sole (quando de hoc mentio sæpe facta est) indiligentiorem me, aut segniorem nunquam fore, promitto, spondeo, voveo. Valete, & vestra beneficia amate.*

MONSIEVR DE VOITVRE,

A MONSIEVR COSTAR.

LETTRE XXII.

MONSIEVR,

I'ay envie d'aller demeurer avec vous en Poitou, car je trouve que vous & Monsieur Pauquet, avez beaucoup plus d'eſprit depuis que vous y eſtes. Pour moy, je viens, au contraire, d'vn païs où le mien s'eſt enroüillé pour avoir eſté quinze jours, ſans voir de bons livres, ni de vos lettres; & n'avoir veû que des Dames qui ne ſçavent pas vn mot de Ciceron, de Virgile, ni de Terence. Sans mentir, tout ce que vous m'écrivez me ravit; & hors voſtre abſence, il n'y a point de prix, auquel je ne vouluſſe acheter vos lettres. Toutes les fois qu'il m'arrive de rencontrer par hazard quelque choſe à vous mander, je ne me réjouïs pas tant de ce que je vous écris, que de ce que je ſçay que vous m'y répondrez, & je dis en moy-meſme,

Nardi parvus onyx, eliciet cadum.

Tout de bon, ſi je ne prenois autant de part à voſtre gloire qu'à la mienne, je ſerois extrémement jaloux de vous: mais je ne voy pas qu'il m'importe que ce ſoit vous ou moy qui ſoyez ſçavant, & qui ayez de l'eſprit, j'en ſeray tout autant eſtimé à Rome: & je mets ſi peu de difference entre ce qui eſt à vous, & ce qui eſt à moy, que je me ſuis réjouy de voſtre Latin, comme ſi je l'avois fait. Il me ſemble que par là je ſuis digne de l'Academie des Humoriſtes, & qu'vn homme qui a vn amy comme vous, merite d'étre receu par tout. Quoy que Quintilien die, *Nemo ſperet vt alieno labore ſit diſertus*, j'ay cette eſperance en vous ; Ie croy que par vostre moyen je feray eloquent toutes les fois que j'en auray besoin ; & si je mets peine à ne pas oublier le Latin, ce n'est plus pour m'en servir, mais seulement pour entendre ce que vous m'écrivez, & ce que vous faites. I'attens avec impatience la dépoüille de la recolte que vous avez faite en Poitou, & que vous m'envoyiez le plus beau, & le meilleur de ce que vous avez appris. La societé que nous avons ensemble, est extraordinaire, *confers enim rem & industriam* ; & moy, sans rien contribuër de mon costé, j'ay part au profit. Les Iurisconsultes appellent cela *societatem leoninam*, & elle ne pourroit pas subsister par les Loix.

Ie ne sçay quel passage vous voulez dire, sur lequel je n'ay rien répondu, mandez-le moy, s'il vous plaist, je pensois avoir répondu à tout. Ie demeure en quelque façon d'accord de vostre explication de *Hem alterum* ; mais ce sens-là ne me semble guere digne de Terence : I'eusse bien voulu pour l'amour de luy, y en trouver vn autre. Mais à propos de ces Dames que je vous disois, qui ne sçavent pas vn mot de Ciceron, que vous semble de ce que dit Saluste, de Sempronia, qu'elle estoit *litteris Græcis, ac Latinis docta* ? En vn autre endroit il dit de Sylla, *litteris Græcis atque Latinis iuxtà, atque doctissimè eruditus*. Encore d'vne femme, qui peut faire des fautes en sa Langue, ſi elle n'y a eſté enſeignée ; je ne m'en eſtonne pas tant : Mais qu'il remarque cela en vn homme, & en vn grand homme, je le trouve aſſez eſtrange : Et imaginez-vous, je vous ſupplie, quelle loüange ce ſeroit au Duc de Veimar, qui diroit dans ſon éloge, qu'il eſtoit fort ſçavant dans l'Allemand. Adieu, MONSIEVR, je ſuis

Voſtre, &c.

En reliſant ma lettre, ie viens de m'appercevoir d'vn équivoque, qui eſt au commencement. *Ie viens d'vn païs, où le mien;* ce *mien*-là, ſe pourroit rapporter à *païs*, & je veux dire *mon eſprit:* quoy que je ſçache que vous ne prendrez pas l'vn pour l'autre, neantmoins, ce ne laiſſe pas d'eſtre vne faute. *Vitanda eſt imprimis ambiguitas, non hæc ſolùm quæ incertum intellectum facit, vt, Chremetem audivi percuſſiſſe Demeam : ſed illa quoque, quæ etiamſi turbare non poteſt ſenſum, in idem tamen verborum vitium incidit, vt ſi quis dicat, Viſum à ſe hominem librum ſcribentem. Nam etiamſi librum ab homine ſcribi pateat, malè tamen compoſuerat, fecerâtque ambiguum, quantùm in ipſo fuit.* I'ay mieux aimé vous écrire cecy, que de corriger ce que j'avois écrit.

MONSIEVR COSTAR,

A MONSIEVR DE VOITVRE.

LETTRE XXIII.

NON *est quòd mihi invideas hoc cœlum? Non est quòd cupias huc venire, quò fias disertior. Vrbem,* MI VICTVRE, *cole & in Aulæ luce vive, est enim sola digna illustribus ingeniis. Hoc vnum cura & perfice (si te eloquentiæ tuæ pœnitet, & in eo plus vni tibi quàm cæteris omnibus credis) vt aliquis scribat tibi quam sæpissimè literas, quales à te accepi ex quo è tuo complexu sum avulsus: Expertus possum affirmare, nihil esse tanti. Verùm qui tibi præstet hoc officium, haud facilè reperies, nisi est aliquis apud nos alius Victurus, apud quos extitisse vnum mirabile est. Ne vivam nisi verè, sincerè, & ex animo loquor, epistolæ tuæ non emendant modò me, sed planè transformant & retexunt; mentem, vt sic dicam, afflant, concutiunt & accendunt, aut certè in ea excitant igniculos, quos illic latere non senseram. O suavem illam, quam proximè misisti! haud scio vtrumne magis insignem amoris notis, an luminibus ingenii. Non me-hercule Suffenus vllus libentiùs vnquam sua recentia poëmata legit, quàm illam ego, hanc identidem in manus quotidie, seu potiùs singulis horis, quanquam eandem, non quasi eandem*

dem sumo, adeò novitate perpetuâ florent, quibus debetur æternitas. Nardi parvus ille onyx tam benè mihi visus est olere, ut non modò non cum eo comparanda sint

——— violaria &

Myrtus & omnis copia narium,

Sed ne quidem unguentum illud Catullianum, quod ejus puellæ

Donarant Veneres Cupidinésque.

Non si totum Isocratis myrothecium, atque omnes ejus discipulorum arculas, haberem in potestate, eásque consumerem, sperem posse conficere quicquam, quod non facilè nardus tua superaret. Itaque ut ad convivia nostra, cadum totum, eúmque falerni, conferrem, non idcirco dicerer magister cœnæ. Cave igitur, nostram societatem, leoninam *appelles amplius, in qua si obsonas & potas de meo, oleo unguenta de tuo. Odorari te arbitror, unde ista desumpserim, nempe ex illo Terentii nostri*

Obsonat, potat, olet vnguenta de meo.

Et quoniam hujus feci mentionem, locus qui tibi exciderat, is est:

G. Tuum obsecróne hoc dictũ erat? Vetus credidi. Scen. 1. act. 3. Eunuch.
T. Audieras? G. Sæpè & fertur in primis.

Quærebam abs te, qui elegantiarum es arbiter, hóccine erat assentari, palpari & blanditias dicere, an potiùs cavillari, & insulsitatis arguere militem, ut qui vulgaribus & è media plebe petitis scommatis uteretur, & vernarum dicteriis, hoc est sordidissimis dentibus, morderet adversarios. Venit aliquid in mentem hac de re, & nisi fallor, satis

S

commodè, sed priusquam expromam, certum est scire quid sentias.

Quod significas meam gratiarum actionem, me téque dignam fuisse, id verò seriò triumpho & gaudeo. Hanc anteà fastidiosè probabam, spem omnem laudum abjeceram, venia sufficiebat: Nondum enim refrixerat novæ inventionis odium, quo incredibiliter laboro, vt alii ferè amore immodico. Nunc autem, quæ tibi placuit, quæ vsui & voluptati fuit, effusissimè diligam, & minùs verebor posthac argutum acumen tuum, & miniatulas illas cerulas liturásque. Certè quantum patientur solicitudines meæ, quas in dies tua merita exacuunt, ne quid aut ex benevolentia, aut ex judicio tuo perdam.

Venio nunc ad Semproniam & Syllam Sallustii. De illa disertè habetur, Litteris Græcis & Latinis docta; *de hoc autem, en ipsissima verba,* Litteris Græcis, ac Latinis juxtà, atque doctissimè eruditus.

Pauquetus meus, imò noster, suspicatur horum, hanc esse sententiam. Græcè sciebat nihilo seciùs quàm Latinè, nec magis hac quàm illâ linguâ, expeditè loquebatur. *Non pigebit eum in consilium interdum adhibuisse, quando Cicero Tironem ait fuisse scriptorum suorum κανόνα. Quidquid sit, primùm compertum est, in Rhetoricis Romanos, patriâ linguâ doceri solitos circa tempora Ciceronis & Sallustii. Ecce enim Suetonius* lib. de claris Rhetoribus cap. 2. *vbi Lucii Plotii Galli meminit:* De hoc *(inquit)* CICERO AD MARCVM TITINNIVM, sic refert. Equidem memoria teneo, pueris nobis primùm Latinè docere cœpisse Lucium Plotium quendam: ad quem quum fieret concursus, quòd studiosissimus quisque apud eum exerceretur, dolebam mihi idem non licere. Continebar autem doctissimorum hominum auctoritate, qui existimabant Græcis exercitationibus, ali meliùs ingenia posse.

Idem & postea factitatum: Namque Ælius Spartianus de Adriano *sic habet.* Quæsturam gessit Trajano quater, & Articuleio Consulibus, in qua cùm orationem Imperatoris in senatu agrestiùs pronuntians, risus esset, vsque ad summam peritiam & facundiam Latinis operam dedit. *Quæ mihi videntur de Rhetoricis tantùm intelligenda. Addo sæpe fieri mentionem Grammaticorum Latinorum, namque sic Julius Capitolinus de* Marco Antonino. Vsus præterea Grammaticis, Græco, Alexandro: quotidianis Latinis, Trosio Apto, & Pollione, & Eutychio Proculo Siccensi. *vbi nota quod subjungit,* Oratoribus vsus est Græcis, Aninio Macro, Caninio Celere, & Herode Attico: Latino, Frontone Cornelio.

Idem Ælius Spartianus de Vero Imperatore. Audivit Scaurum Grammaticum Latinum, Scauri filium; qui Grammaticus Hadriani fuit: Græcos Telephum Hephæstionem, Harpocrationem: Rhetores, Apollonium, Celerem Caninium, Herodem Atticum: Latinum, Cornelium Frontonem.

Idem de Còmmodo. Habuit litteratorem Græcum Onesicritum : Latinum , Capellam Antistium. Orator ei Ateius Sanctus fuit. *Hîc vides Grammaticos ab Oratoribus secerni. Rursus, inveni apud Suetonium* libro de illustribus Grammaticis, statim sub initium, antiquissimos doctores Livium & Ennium fuisse, qui vtrâque linguâ domi, forísque docuerint.

Idem cap. 10. de Atteio Philologo. De eodem Asinius Pollio, in libro quo Sallustii scripta reprehendit, vt nimiâ priscorum verborum affectatione oblita, ita tradit. In eam rem adjutorium ei fecit maximè quidam Atteius Prætextatus, nobilis Grammaticus Latinus, declamantium deinde adjutor atque prçeceptor. *Nota* declamantium deinde.

Eodem capite leges, Præceptorem Appii Pulchri, & Claudiorum fratrum fuisse. *Sunt & alia multa hujus generis exempla, sed forsan libentiùs audies Quinctilianum.* A sermone Græco puerum incipere malo : quia Latinus, qui pluribus in vsu est, vel nobis nolentibus se perhibet, &c.

Ne id quidem omittendum est, quod Horatius noster Mæcenatem suum sic compellat,

Doctè sermones vtriusque linguæ.

Habes quæ hac de re conquirere potui. Hui quàm aveo scire quonam animo, vacuóne & tranquillo, an solicito & mœsto; ista leges. Sciam enim eodem tempore quid me facere oporteat.

Nam si periculum vllum in te est, periisse me vnà haud dubium est. Terent. in Hecyra.

Facilè conjicies, mi suavissime VICTVRE, *quò pertineat hæc oratio. Audiimus, quidem serò, audiimus tamen. Sed reprimo me, ne scindam dolorem tuum, & vulneribus vim faciam, quibus forsan necessitas, tempus, & satietas lu- ctus, cicatricem obduxere. Enimverò nihílne libri, nihil litteræ, nihil doctrina prodest? Hei mihi quàm timeo ne etiam obfuerint, néve absque iis foret, firmior esses! Tam exculto siquidem animo, nihil durum, nihil inhumanum subesse ac residere potest. Vtinam coram adessem, sic vi- deres, quasi ea quæ oculis cernuntur, συμπάθειαι amoris mei, & fatereris, non posse plus quemquam à seipso, quàm te à me amari. Quod si ita est, noli ampliùs animum meum in tuo cruciare & macerare: Atque adeò si tibi Ly- cimnia hæret adhuc in medullis, illinc extrahe dolorem, molestissimum scilicet tam elegantis fœminæ comitem; né- ve sinas ibi dominari mœrorem, vbi vnam amicam tuam vincere & regnare æquum fuit: Simul cogita, turpe fu- turum, si te illi hominem tantùm, non virum præbeas. Hoc aspersi, vt aberrationem aliquam à molestiis quære- rem. Angor enim, mihi crede, casu tuo, ídque intimis sen- sibus, nec longè à luctus tui acerbitate, meus abest luctus. Vale, mellitissime* VICTVRE, *valetudinem tuam cura dili- gentissimè, ne tantum semen vrbanitatis, leporis, & elegan- tiarum, intereat & exarescat, quod in te vno servatur. Vale, etiam atque etiam vale.*

N'allez pas dire, s'il vous plaist, comme vous

Cecy fut écrit sur la nouvelle de la mort du Cardinal de la Valette.

fistes l'autre jour, que je vous écris des lettres Latines de gayeté de cœur. Car je vous jure que je n'ay point eu de gayeté en écrivant celle-cy. I'ay esté touché de vostre perte autant que je le devois; & aprés cette épreuve, je vous diray bien plus asseurément que je n'ay fait jusqu'à cette heure, que je vous aime avec toutes les tendresses que peut avoir vn cœur bien sensible pour vne personne infiniment aimable comme vous l'estes. Si j'estois auprés de vous, ce vous seroit peut-estre quelque consolation de reconnoistre cette verité, & vous ne seriez pas marry que je vous fisse souvenir là-dessus de cette pensée de vostre Lucain. *Vn homme heureux ne sçauroit bien connoistre s'il est aimé ; ce n'est que dans l'adversité qu'il recueille les fruits de la bienveillance qu'il s'est acquise, & qu'il en reçoit de solides témoignages.*

Tunc tibi vera fides, quæsiti Magne favoris
Contigit ac fructus; FOELIX SE NESCIT AMARI.

En verité, je me suis trouvé beaucoup plus fort dans tous mes déplaisirs que je n'ay esté dans le vostre. Ie ne sçay si ce n'est point que dans mes propres afflictions, je m'imagine quelque gloire à ne m'y laisser pas vaincre, & que dans celles qui vous arrivent, il me semble qu'il y a de la generosité à les ressentir aussi vivement que vous, & que ce seroit plustost inhumanité que courage, de n'avoir pas cette foiblesse. Ne vous affligez donc plus, MONSIEVR, ou bien

Quoſcunque luctus fleveris, flebis meos.

Ce n'eſt pas en ce ſens-là qu'Hecube l'entend dans la Troade de Seneque: Mais vous ne le trouverez pas pour cela plus mal allégué, non plus que moy voſtre *Nardi parvus onyx*, ſans faire pourtant de comparaiſon avec vne choſe qui n'en reçoit point.

Vous me demandez voſtre part de la recolte que j'ay faite cette année. Ie ſuis fâché qu'elle n'eſt plus grande: mais je vous prie de conſiderer que je ſuis icy dans la pouſſiere de l'Eſchole,

——— tenuíque in pulvere ſulcos
Ducimus: & tenui littus verſamus aratro.

En effet, la Philoſophie & la Theologie, à qui je donne mes meilleures heures, ſont des terres qui ne produiſent guére que des épines, & ce ſont des fleurs que vous demandez. Neantmoins, j'en aurois bien peu, ſi je n'en avois pour vous: Et ſans en aller chercher plus loin; dans la Tragedie que je viens de vous alléguer, il me ſemble qu'il y a des choſes qui vous peuvent plaire; comme quand Hecube dit parlant de Priam,

——— Ille tot Regum parens
Caret ſepulchro Priamus: & flammâ indiget
Ardente Trojâ.

Ce Prince qui eſtoit pere de tant de Rois, & qui poſſedoit vn ſi vaſte Empire, n'a pas ſeulement vn ſepulchre,

& il ne luy reste pas assez de terre pour couvrir son corps. Dans l'embrasement de Troye il manque de feu, & ses os demeurent sans estre bruslez. Vn autre exprime la mesme pensée en ces termes.

——— Priamúmque in littore truncum
Cui non Troja rogus

Son corps est exposé aux bestes, sur le rivage de la mer, & la grande Troye embrasée ne peut pas seulement luy fournir vn miserable bucher.

Ce que dit Lucain de Pompée revient à cela, c'est dans le livre 10.

——— Tumulúmque è pulvere parvo
Aspice Pompeii, non omnia membra tegentem.

Considerez le tombeau du grand Pompée, il n'est fait que d'vn peu de terre qui ne le couvre pas tout entier.

Ces mots de Seneque *caret sepulchro*, enchérissent bien sur ce passage de Iuvenal.

Sat. 10. *Vnus Pellæo juveni non sufficit orbis.*
Æstuat infelix angusto limite mundi
Vt Gyari clausus scopulis, parvâque Seripho.
Quum tamen à figulis, munitam, intraverit, vrbem
Sarcophago contentus erit.

Ce jeune Prince de Macedoine ne s'imagine pas qu'vn homme seul, soit assez grand pour son courage. Il apprehende que sa valeur ne demeure sans employ, qu'elle ne devienne bien-tost oisive & sans action, reduite à la necessité de se reposer faute de matiere. Malheureux qu'il est! il se fasche que les bornes du Monde soient si étroites : il n'y n'y est pas assez au large, il n'y trouve pas où se pouvoir estendre à son aise. Il est contraint & gesné dans vn si petit espace, & toute la terre habitable ne luy est que comme vne Isle de Giare ou de Seriphe. Mais cependant, il ne sera pas plustost retourné dans la superbe ville de Babylone, qu'il se verra forcé de se contenter d'vn cercueil de cinq pieds de long: & il n'occupera qu'vne partie d'vne cave, qui toute entiere n'est pas fort grande.

Il me semble pourtant, que Seneque n'égale pas la majesté de nostre Virgile:

Hæc finis Priami fatorum &c.
——— tot quondam populis, terrísque superbum
Regnatorem Asiæ: jacet ingens littore truncus.
Avulsúmque humeris caput, & sine nomine corpus.

Telle fut la fin de la destinée de Priam: de ce grand Prince qui commandoit à tant de peuples &c. Ce n'est plus qu'vn grand tronc estendu sur le sable du rivage, & separé de sa teste: ce n'est plus qu'vn corps qui n'a plus de nom.

Agamemnon, dans la mesme piece, dit cecy, entre autres choses,

———— magna momento obrui
Vincendo didici. Troja nos tumidos facit
Nimiùm, ac feroces. Stamus hoc Danai loco,
Vnde illa cecidit.

C'est par ma victoire mesme que j'ay appris qu'il ne faut qu'vn moment pour renverser le faste des grandes choses qui avoient esté l'ouvrage de plusieurs siecles. La prise

de Troye nous rend insolens, elle enfle nos courages au delà de toutes bornes, & nous ne considerons pas que nous marchons sur les ruines d'vne ville qui fut la terreur des nations; & qu'ainsi sa cheute nous doit avertir de l'instabilité des choses les plus solidement fondées.

Il ajouste. *I'avouë que l'autorité du commandement avoit esleué mes desirs & mes pensées plus qu'il ne falloit: Mais les faveurs de la Fortune, qui rendent superbes les plus moderez, ont produit en mon ame vn effet contraire, & ont reprimé l'orgueil qu'elles donnent à tous les autres. Priam, vous estes le sujet de ma gloire & de ma fierté, & vous l'estes aussi de ma moderation: vous me rendez superbe & timide également; & si vostre défaite me hausse le cœur, vostre exemple me l'abbat.*

——— fateor, aliquando impotens
Regno, ac superbus, altiùs memet tuli:
Sed fregit illos spiritus hæc, quæ dare
Potuisset alii, causa, fortunæ favor.
Tu me superbum, Priame, tu timidum facis.

Ces beaux raisonnemens & ces belles considerations morales, me font souvenir de ce mot, *Qu'il ne faut point que les Rois parlent à leurs peuples, que comme on les fait parler dans les Tragedies.*

A propos de *magna momento obrui*; aidez-moy, s'il vous plaist, à entendre la finesse & la subtilité d'vn bon mot, que Pline le Ieune rapporte, & qu'il trouve extraordinairement beau. Valerius Licinianus qui avoit esté Senateur à Rome, & qui

Epist. 11. lib. 4.

avoit eu de grandes charges & de grands emplois, fut banny par Domitien, & relégué en Sicile, où il fut réduit à enseigner la Rhetorique. Il fit vne harangue à l'ouverture de ses leçons, & commença par là. *Quos tibi Fortuna ludos facis? facis enim ex Professoribus Senatores, ex Senatoribus Professores. O fortune, quels sont tes jeux & tes passe-temps? Tu esleves vn Maistre d'Eschole à la dignité de Senateur, & tu abaisses vn Senateur à la vile & indigne profession d'vn Maistre d'Eschole!*

Pline ajouste, *qu'il y a dans ces paroles tant de fiel & tant d'amertume, qu'on pourroit croire qu'il auroit choisy tout exprés cette sorte d'employ pour avoir sujet de les dire.* CVI *sententiæ, tantùm bilis, tantùm amaritudinis inest, vt mihi videatur ideò professus, vt hoc diceret.*

Vous semble-t-il, MONSIEVR, qu'il y ait dequoy? Pour moy, je n'y voy rien de plus beau qu'en ce mot de Montagne. *La Fortune, du fils d'vn Roy de Macedoine, & d'vn successeur d'Alexandre, & qui mesme en portoit le nom, en fait vn Greffier & vn Menuisier à Rome. Elle fait d'vn Tyran de Sicile, vn Maistre d'Eschole à Corinthe.*

Pline, dans la mesme Epistre, dit plus joliment de ce Licinianus, *Il enseigne là les enfans, & se venge de la Fortune autant qu'il peut, par ses declamations & par ses harangues.* IBI *nunc profitetur, séque de Fortuna, præfationibus vindicat.*

Agamemnon avoit dit auparavant,

Quo plura poßis, plura patienter feras.

Plus nous avons de pouvoir & d'autorité, & plus la patience nous est necessaire. Plus nous sommes en estat de venger & de repousser les injures, & plus devons-nous apprendre à les mespriser & à les souffrir.

On pourroit rapporter là ce que dit Cesar dans Sallufte; & ce que je m'asseure que vous aurez lû plus d'vne fois, & que vous relirez encore icy aveque plaisir. *Qui demißi in obscuro vitam agunt, si quid iracundia deliquere, pauci sciunt: fama atque fortuna eorum pares sunt. Qui magno imperio præditi, in excelso ætatem agunt; eorum facta cuncti mortales novere. Ita in maxima fortuna, minima licentia est: neque studere, neque odisse, sed minimè irasci decet. Quæ apud alios iracundia dicitur, ea in imperio, superbia atque crudelitas appellatur.* CEVX *qui menent vne vie obscure & qui sont cachez dans la foule, s'ils se laissent vaincre à la colere, leurs fautes ne sont connuës que de peu de gens, parce qu'ils n'ont de reputation qu'autant qu'ils ont de fortune, & que l'vne & l'autre se suivent ordinairement: Mais ceux qui exercent les hautes charges & les grands emplois, ne sçauroient faire d'actions qui ne soient exposées à la veuë de tous les hommes: Et ainsi, moins leur fortune a de bornes, & plus en doivent-ils donner à leurs paßions. Il ne faut point qu'ils agissent ni par haine ni par amour; mais sur tout la raison veut qu'ils ne suivent jamais les mouvemens de leur colere: Autrement, ce qui ne s'appelleroit que promptitude dans les hommes du commun, prend les noms odieux d'insolence & de cruauté dans les Magistrats.*

Ces mots, *in maxima fortuna, minima licentia est,* sont difficiles à traduire : il veut dire, que *plus les hommes sont en fortune, & moins se doivent-ils donner de licence. Plus leur fortune leur permet, & moins se doivent-ils permettre à eux-mesmes ; & quand leur puissance n'a point de limite, c'est lors qu'ils sont obligez d'en donner de plus estroites à leurs desirs.*

On peut rapporter là ce que dit Seneque en la consolation à Polybe. *Cæsari multa non licent, quia omnia licent.* IL *y a bien des choses qui ne sont pas permises à Cesar, parce que tout luy est permis.*

Andromaque dit, qu'il n'y a plus que la consideration de son fils qui la retienne au monde :

——— Cogit hic aliquid Deos
Adhuc rogare.

Il n'y a plus que luy qui me contraigne à faire des vœux, & à prier les Immortels.

Elle ajouste :

Hic mihi malorum maximum fructum abstulit,
Nihil timere.

Ce petit me prive du plus grand bien que produisent les maux de la vie, quand ils sont extrémes, c'est de n'avoir plus rien à craindre.

Vous avez vû quelque chose de semblable dans Quintilien, en la preface du livre sixiéme, où il dit, sur le sujet de la perte de son fils ; *Sed vel propter hoc nos contumaciùs erigamus, quòd Fortunam vt per-*

ferre nobis difficile est, ita facile contemnere. Nihil enim sibi adversus me reliquit, & infelicem quidem, sed certissimam tamen, attulit mihi ex his malis securitatem. CETTE *mesme consideration me donne le moyen de me mutiner contre la Fortune, de la braver & de la morguer impunément. Plus il m'est difficile de la souffrir, plus m'est-il aisé de la mespriser, car elle ne s'est plus rien reservé contre moy; elle a épuisé toute sa puissance, & en me ravissant tout ce qui me restoit à perdre, elle m'a procuré vn repos & vne tranquillité, malheureuse, à la verité, mais ferme, constante & inesbranlable.*

Andromaque poursuit,

Miserrimum est timere, cùm speres nihil.

C'est le comble de la misere de n'avoir plus rien à esperer, & d'avoir encore quelque chose à craindre.

Cette mesme Princesse dit au petit Astyanax,

——— spiritus magnos fuge,
Animósque veteres: sume quos casus dedit.

Défais-toy de ce grand cœur que la Nature t'avoit donné, & prens-en vn qui convienne mieux à ta fortune presente.

Lib. 2. annal. C'est ainsi que Germanicus, dans Tacite, se voyant prés de la mort, conjure sa femme *de se dépouïller de ce noble & de ce magnanime orgueil, qu'elle avoit toûjours témoigné, & d'humilier vn peu son courage devant la Fortune, afin de n'irriter pas davantage sa cruauté.* EXVERET *ferociam, sævienti Fortunæ submitteret animum.*

La mesme Andromaque dit à Vlysse,

Si vis, Vlysse, cogere Andromacham metu, vitam minare.

Vlysse, si tu veux m'espouvanter, menace-moy de la vie. Elle n'a plus pour moy que de l'horreur, en l'estat où tu m'as reduite.

Sur ce qu'elle avoit fait des sermens horribles qu'Astyanax estoit mort, Vlysse dit,

Auspicia metuunt, qui nihil majus timent.

On ne craint d'offenser les Dieux, que lors qu'on ne craint point de maux plus pressans.

Il ajouste:

Si pejerat, timere quid gravius potest?

Quand elle se parjureroit, que luy peut-il arriver de pis? Que luy peut faire davantage le Ciel irrité?

Il se dit à soy-mesme,

Nunc advoca astus, anime, nunc fraudes, dolos
Et totum Vlyssem.

Maintenant, mon ame, rappelle toutes tes ruses, toutes tes fourbes & tes artifices, & en un mot, Vlysse tout entier, & sans estre partagé.

Andromaque fait cette apostrophe à Hector:

——— Testor immites Deos &c.
Non aliud, Hector, in meo nato mihi
Placere, quàm te. Vivat, ut possit tuos
Referre vultus.

J'atteste les Dieux impitoyables. En l'humeur où ils sont contre moy, vous ne devez pas croire qu'ils me favori-

sent d'vn faux témoignage. Je les atteste donc, cher Hector, si ce n'est pas vous seul que j'aime en mon fils, & si je souhaite sa conservation pour autre raison, qu'afin qu'il soit comme vostre image & vostre peinture, & que vous puissiez trouver vne seconde vie en luy.

La mesme, priant Vlysse de sauver la vie au petit Astyanax, luy dit, entre autres choses,

——— *quóque te celsum altiùs*
Superi levarunt, mitiùs lapsos preme.

Ie ne vous écris cecy que pour l'intelligence de ce qui suit.

Misero datur quodcunque fortunæ datur.

Ce vers est assez malaisé à expliquer. Ie n'oserois me hazarder de vous dire ce que j'en pense.

Lipse le corrige, & dit

Miseræ datur quodcunque fortunæ, datur.

C'est à dire. *Hoc solùm datur revera, quod miseræ fortunæ datur.* ON *ne donne, à proprement parler, que ce qu'on donne aux miserables. Donner à ceux qui sont en fortune, ce n'est pas liberalité, c'est vne sorte de trafic & de marchandise.*

Polixene, à la persuasion d'Helene, se pare comme pour des nopces, croyant que Neoptoleme l'alloit épouser ce jour-là. Andromaque dit là dessus:

Hoc deerat vnum Phrygibus eversis malum,
Gaudere

La seule douceur qui reste aux miserables, c'est de pou-

voir

voir pleurer en liberté leurs miseres; & l'extrémité de la douleur, c'est d'estre contraint en cet estat-là de témoigner de la joye.

Ciceron dit quelque part, *qu'il y a plus de misere à n'avoir point de sentiment des grandes afflictions, qu'à en estre touché autant que l'on doit.* In *tam gravi vulnere idipsum carere omni sensu doloris, miserius est quàm dolere.* C'est encore bien pis, d'estre forcé de s'en réjouïr. *Exacto per scelera die, novissimum malorum fuit, lætitia,* Tacite parlant du jour que Galba fut massacré, où les Senateurs furent contrains de s'aller réjouïr avec Othon. Lib. 1. hist.

Sur ce qu'Andromaque estoit revenuë de son evanouïssement, & n'estoit pas morte, comme on l'avoit crû, à la nouvelle du sacrifice que les Grecs vouloient faire de Polixene, sur le tombeau d'Achille, Helene dit,

——— *Prima, mors miseros fugit.*

Tout le monde & toutes choses abandonnent les affligez, *& la mort la premiere.* Elle fuit ceux qui la cherchent, & cherche ceux qui la fuïent, & il n'arrive guere qu'elle vienne quand on l'appelle.

C'est ce que je vous dis vne fois de Boëce, & que vous trouvâtes si joly,

Et flentes oculos, claudere sæva negat.

Et la cruelle qu'elle est, ne veut point fermer des yeux qui ne sont ouverts qu'aux larmes.

Le Chorus dit,

Dulce mœrenti populus dolentum.

C'est le plaisir des affligez de voir alentour d'eux un peuple de miserables.

Cependant il y a de la malignité à se consoler de la sorte, & Seneque le Philosophe ne le permet pas à son sage, *Malevoli solatii genus est, turba miserorum.*

Ad Marc. cap. 12.

Le mesme Chorus ajouste en confirmation de ce qu'il avoit dit,

Est miser nemo, nisi comparatus.

Les maux de la vie, non plus que les biens, ne se jugent guere que par comparaison. Ce n'est pas presque estre miserable, que de ne l'estre que comme les autres.

Le mesme dit:

Ilium est illic, ubi fumus altè
Serpit in cœlum, nebulæque turpes.
Troës hoc signo, patriam videbunt.

Ce n'est plus à la hauteur de ses tours que l'on reconnoist Ilion, c'est à l'espaisseur de la fumée que jette son embrasement, qui couvre & obscurcit de vilains nuages, toute la face du Ciel. C'est à ce signe que les Troyens remarquent leur ville, & c'est la seule chose qu'ils en puissent voir.

Ce n'est pas en ce sens-là qu'Ovide entend ce qu'il dit d'Ulysse,

Non dubia est Ithaci prudentia: sed tamen optat
Fumum, de patriis, posse videre focis.

La sagesse d'Ulysse est generalement reconnuë: & cependant il souhaite ardemment de pouvoir retourner chez luy,

& de voir fumer les foyers de ſon Ithaque.

Il a pris cela d'Homere au premier de l'Odyſſée,

—— Αὐτὰρ Ὀδυσσεὺς

Ἱέμενος καὶ καπνὸν ἀποθρώσκοντα νοῆσαι

Ἧς γαίης θανέειν ἱμείρεται.

C'eſt à dire, ſelon la traduction de Monſieur Grotius,

—————— *Nec fata recuſat,*

Fumum de patriis poſſit dum cernere tectis

Dux Laërtiades.

Ce n'eſtoit pas auſſi l'intention de Lucien, quand il diſoit, *que les hommes trouvoient la fumée de leur païs, plus belle que le feu d'ailleurs.* In Encom. patr.

Ni celle de Theſée dans Philoſtrate au tableau d'Ariadne: *Il aimoit Ariadne*, dit-il, *mais la fumée d'Athenes.* (Il parle à demy mot, pour ſignifier que l'amour de ſon païs où il vouloit retourner, l'emporta ſur ſa paſſion, & le contraignit d'abandonner lâchement la belle Ariadne.)

S'ils euſſent eu des cloches en ce temps-là, Philoſtrate euſt dit, *Mais les clochers d'Athenes.*

Celuy qui apporte la nouvelle de la mort du petit Aſtyanax, parlant de ſa conſtance, lors que les Grecs l'alloient précipiter, dit:

———— *Non flet è turba omnium,*

Qui fletur.

De tant d'hommes qui eſtoient là, il n'y avoit que celuy pour qui tout le monde pleuroit, qui ne pleuroit point.

Monsieur Pauquet dit, qu'il n'avoit que faire de pleurer, puisque chacun pleuroit pour luy.

Ovide avoit eu la mesme pensée sur le sujet de Polixene,

—— & populus lacrymas, quas illa tenebat,
Non tenet.

Elle ne se laisse pas eschaper une seule larme, & le peuple qui la voit en ce déplorable estat, ne sçauroit retenir les siennes.

Cela me fait souvenir de ces vers de Martial:

Vrere quam potuit contempto Mutius igne,
Hanc spectare manum, Porsena non potuit.

Scevola avoit le cœur de souffrir ce que le Roy Porsena n'avoit pas seulement le courage de regarder. Ce Prince retire sa veuë du brasier ardent, & l'autre n'en retire pas sa main.

Parlant de Polixene preste d'estre sacrifiée, il dit,

—— Ipsa dejectos gerit
Vultus pudore: sed tamen fulgent genæ,
Magisque solito splendet extremus decor,
Vt esse Phœbi dulcius lumen solet
Iam jam cadentis.

Voyant le cousteau du Sacrificateur, elle a encore en cet estat-là plus de pudeur que d'effroy. Son sang au lieu de se retirer au cœur qui en avoit besoin, luy monte au visage, & en augmente la beauté. Les derniers rayons de ses beaux yeux sont encore plus doux & plus attrayans qu'auparavant, & ressemblent à ceux du Soleil, quand il se couche en un bel endroit.

Ipſa dejectos gerit vultus pudore, &c.

Il ne devoit pas oublier ce qu'Euripide avoit remarqué, *qu'elle eut ſoin en tombant, que ſa cheute fuſt honneſte:*

— — ἡ δ' ϗ θνήσκουσ' ὅμως
Πολλὴν πρόνοιαν εἶχεν εὐσχήμως πεσεῖν.

Euripide ajouſte, *& de cacher ce qu'il faloit dérober aux yeux des hommes.*

Κρύπτειν θ' ἃ κρύπτειν ὄμματ' ἀρσένων χρεών.

Hermogene dans ſa Rhetorique, pretend qu'il ſe devoit arreſter à cette premiere expreſſion, & que pour s'eſtre voulu trop expliquer, il s'eſt laiſſé tomber d'vne penſée grave & majeſtueuſe, en vne ſale & deshonneſte, & il appelle cette faute *vn cacozele.*

Ovide n'a pas obmis cette circonſtance, mais il l'a exprimée vn peu baſſement.

Tunc quoque cura fuit, partes velare tegendas,
Cùm caderet, caſtique decus ſervare pudoris.

Aureſte ce qu'Euripide dit de Polixene, Suetone le dit de Iule Ceſar, que ne pouvant plus reſiſter aux Conjurez qui l'aſſaſſinoient, il ſe couvrit le viſage de ſa robe, *& de la main gauche la tira juſqu'au deſſous des genoux, afin de tomber plus honneſtement.* SIMVL *ſiniſtrâ manu, ſinum ad ima crura deduxit, quò honeſtiùs caderet, &c.*

Stupet omne vulgus, & ferè cuncti magis
Peritura laudant.

(Quelques-vns lisent *vt ferè*, & je pense qu'ils ont raison)

Tout le peuple paroist saisy de douleur & abbatu d'affliction, comme c'est sa coustume de redoubler son estime & son amitié, quand il se voit sur le point de perdre les choses.

C'est sur ce fondement que Tacite dit du jeune Neron frere de Drusus: *Aderántque juveni modestia ac forma, principe viro digna, notis in eum Sejani odiis,* OB PERICVLVM GRATIORA. *Il avoit vne mine digne d'vn Prince, & dans vne si grande jeunesse, beaucoup de sagesse & de retenuë: & mesme le danger visible où l'exposoit l'inimitié de Sejan, dont tout le monde avoit connoissance, rendoit encore plus aimables toutes ses belles qualitez.*

Lib. 6. Annal.

Il dit quelque chose de plus de Britannicus. *Neque enim segnem ei fuisse indolem ferunt, sive verum, seu* PERICVLIS COMMENDATVS, *retinuit famam sine experimento.* ON *tient qu'il n'avoit pas l'esprit mauvais, & que ses inclinations n'estoient point au dessous de sa naissance, soit que cette réputation fust veritable, ou que ses infortunes la luy eussent acquise, sans qu'il eust rien fait pour la meriter.*

Lib. 12.

Voilà le fondement de cette proposition. Et puis, l'horreur que l'on avoit du persecuteur, estoit cause que pour le rendre plus détestable, on prestoit à ce jeune Prince maltraité, d'excellentes qualitez, qui luy manquoient peut-estre, ou pour le moins dont il n'avoit pas eu le loisir ni l'occasion de rendre des preuves.

Miserentur ac mirantur.

Ils sont touchez de pitié, & ne le sont pas moins d'admiration.

Ordinairement l'envie suit l'admiration : Mais il est extraordinaire de voir ensemble l'admiration & la pitié.

——— Nec tamen moriens, adhuc
Deponit animos, cecidit, ut Achilli gravem
Factura terram, prona, & irato impetu.

Elle est sur le point de perdre la vie, & n'a rien encore perdu de son courage ni de sa resolution. Elle se jette plustost par terre qu'elle n'y tombe, & c'est avec tant d'impetuosité & tant de fureur, qu'il semble qu'elle veüille qu'Achille sente le contre-coup de sa cheute ; & que pour le moins un peu de temps la terre en soit plus pesante à ses os & à ses cendres.

Ie trouve cette imagination-là fort jolie & fort à propos. Ie vous supplie, MONSIEVR, de m'apprendre ce qui en est, & ce que j'en dois croire : c'est à dire ce que vous en jugez, car c'est toute la mesme chose. Ie dis pour cecy & pour tout le reste, pour aujourd'huy, & pour l'avenir ; *Ita enim magis credam cætera tibi placere, si quædam displicuisse cognovero.* Plin. Iun.

Habes ponderosissimam epistolam, quanquam non maximi ponderis, neque tamen garriendi finem faciam, donec *me charta defecerit. Dominum G G. vidisti. Scis eum esse de quo verè possis dicere*, Dii boni quàm ineptus est, quàm se se amans sine rivali! *Aptum tamen, imò verò & suavem per hos dies se mihi præbuit. Etenim cùm hîc pranderet, fortè de Academiæ vestræ principibus, incidit sermo. Hîc ille conversus ad me:* Nostin' vincentem Victurum? *(inquit). Novi, inquam. Tum ille: O venustum hominem! qui sales eius! qui lepor! quæ vrbanitas! Cùm illud sæpe animadverteram, tum maximè Aureliis apud Dominam ***. Commodùm advenerat eam visurus, adhuc squalidus scilicet, neglectus, pulvere sordidatus sordidúsque. Jlla, vt erat facetissima: Tú-ne es, ait, tam bellus, tam pulchrè semper & nitidè vestitus? tam comptus, tam pumicatus, tam de capsula totus? Narrabat te multa respondisse adeò lautè, & lepidè, vt nihil suprà. Denique speculum adiisse & exclamasse;* Vera prædicas, ita me benè Deus amet, vt non credo fœdiorem vnquam hoc speculum, & immundiorem imaginem reddidisse. *Dici vix potest quàm de hoc verbo te diligat, & quidem cum summa admiratione: Eo tuli æquiùs cæteras ejus ineptias. Quàm vellem hîc esset, quicum familiariter & doctè ridere possem tam ridiculum caput! Verùm, si concipienda vota sunt, illud vnum optem, in quo omnia continentur; vt brevi revertar ad te, hoc est me ipse totum recuperem. Tunc rhedâ tuâ concursabimus, colloquemur inter nos, vt ipsi nobiscum, jocabimur vnà, imò etiam liberè suspirabimus, ego* Phyllida, *tu* Lycimniam, *sive aliud quid vrimur*, non præter

ter solitum leves. *Quæ si bona aliquando nactus ero, nunquam sanè dimisero. Ac revera, nisi fructus suavitatis tuæ præteriti temporis omnes exegero, næ ego hac restitutione fortunæ sim indignus. Vale & salve.*

MONSIEVR DE VOITVRE,

A MONSIEVR COSTAR.

LETTRE XXIV.

BENE *exolvisti, mi* COSTARDE, *quod mihi de te promiseram, te pro onyce, cadum redditurum, & cadum quidem similem illi Sulpitiano, spes donare novas largum, amaráque curarum eluere efficacem. Illa enim tua epistola, quam tu ponderosam, ego magni ponderis nomino: nescio quomodo me invitum & renitentem in tanta dolendi causa, gaudere compulit; & quod non tempus, non litteræ, non ipsa quæ poterat esse luctus satietas, fecerant; tua lepida, faceta, lepidissima, facetissima, omnibus Atticis, Romanis, nostris salibus condita, fecit allocutio.*

Me voilà desia au bout de mon Latin: Aussi, MONSIEVR, à dire le vray, je ne sçay pas mesme assez de François, pour vous bien expliquer, & vous faire entendre comme je voudrois, les veritables ressentimens que j'ay du soin que vous prenez de moy, & de l'affection que vous me témoignez. Ie n'ay rien veû dans vostre lettre qui ne m'ait touché le cœur, & tout m'y plaist extrémement, hors les loüanges que vous m'y donnez: car, pour en parler franchement, vous faites vn peu trop valoir

Et crassum vnguentum, & sardo cum melle papaver.

Quand mesme mon *nardus*, vous auroit plû (c'est vne belle question s'il faut dire mon *nardus*, ou ma *nardus*) quand, dis-je, il vous auroit plû, le reste de la lettre, s'il m'en souvient bien, ne valoit guere, & elle avoit esté écrite à la haste.

Quid, quod olet gravius mistum diapasmate virus.

Pour le passage de Terence, que vous me reprochez d'avoir passé, sans en rien dire, je pense que je l'ay fait parce que je n'y voyois point de difficulté. Gnaton veut faire entendre à Thrason, qu'ayant ouï dire plusieurs fois cette bonne repartie, sans que l'on en dit l'Auteur, il avoit crû alors, que c'estoit vn de ces bons mots, que l'on choisit sur plusieurs qui se sont dits dans la suite des temps, & dont on se souvient pour estre excellens: & ne veut pas dire que luy entendant raconter que c'estoit luy qui l'avoit dit, il ne le crût pas, mais qu'auparavant cela, il l'avoit crû vn dit ancien: *audieras?* Gn. *sæpè & fertur in primis.* Ie ne voy pas ce qui vous a là embarrassé. Pour moy, j'ay peur que vous ne l'entendiez pas, puisque vous y faites tant de finesse,

& que vous ne ſoyez de ceux,

Qui faciunt næ intelligendo, vt nihil intelligant.

Mais ſans mentir, c'eſt vne grande hardieſſe, & meſme vne ingratitude, de parler ainſi à vn homme qui m'écrit tant de belles choſes. En verité, j'apprens plus dans vos lettres, que je n'ay appris dans tous les livres que j'ay jamais leus; & ſi je ſuis *Magiſter cœnæ*, vous eſtes *Magiſter ſcholæ*; & pour le dire en meilleur Latin *Ludi Magiſter*: & c'eſt comme ce que diſoit Ciceron de Hirtius & de Panſa, *Hirtium & Panſam habeo dicendi diſcipulos, cœnandi magiſtros*. Mais je vous prie continuez à me donner de grandes leçons, c'eſt à dire, faites toûjours de grandes lettres,

Parcentes ego dexteras
Odi.

Mais il n'en faut pas demeurer là, car *ſparge roſas*, y vient encore bien; & ne penſez pas vous en excuſer ſur la pouſſiere & la ſterilité de la Philoſophie & de la Theologie; Ces ſciences-là deviendront fleuries entre vos mains, *pro carduo, & pro palivro foliis acutis, ſurget mollis viola, & purpureus hyacinthus.*

Quidquid calcaveris hîc, roſa fiet.

Vous faites florés par tout: Mais ne croyez pas me contenter en m'envoyant de celles de Seneque, il me ſemble que c'eſt comme ſi on m'en envoyoit des Halles: Ie les veux cueillies plus à l'écart, *per devia rura*, & vn peu plus naturelles,

Et flores terræ quos ferunt solutæ.

Pour vous dire le vray, je n'ay pas grand goust pour cet Auteur-là. Vostre Latin m'a plû davantage que le sien, & j'ay pris plus de plaisir aux choses que vous m'avez dites de vous mesme, qu'à celles que vous m'avez alleguées de luy. Mais dans le contentement d'avoir de vos lettres, il arrive bien souvent que le plaisir que j'ay à les lire, augmente le regret que j'ay de ne vous point voir, & me fait mieux sentir quelle perte c'est pour moy, que d'estre loin d'vn homme qui écrit de ces choses-là, & qui m'en diroit de pareilles tous les matins, s'il estoit icy,

——— medio de fonte lepôrum,
Surgit amari aliquid, quod in ipsis floribus angat.

Pour ce qui est de Pline, je m'estonne de ce qu'il fait tant de cas du bon mot de son Senateur, & m'estonne aussi de ce que vous louëz tant celuy de Montagne,

nimium patienter vtrumque,

Pour l'amour de vous, je ne veux pas dire le reste. Monsieur Pauquet dit de meilleurs mots que ces Messieurs-là. Celuy que vous m'avez mandé de luy, m'a fait rire de bon cœur. I'ay veû toutes les lettres que vous avez écrites icy, & à Angoulesme : elles m'ont semblé admirables. Ie ne puis m'empescher de vous dire, que la demy-page où vous me parlez de Monſieur de GG*** m'a ſemblé tout comme ſi Petrone l'avoit écrite. Adieu, MONSIEVR.

Ie vous avois deſia écrit cette lettre; mais ayant veû par celle que vous avez écrite à Madame la Marquiſe de Sablé, que vous ne l'aviez pas receuë, je m'en ſuis reſſouvenu du mieux qu'il m'a eſté poſſible; ſi vous la recevez deux fois, au moins je ſuis aſſeuré que vous ne la lirez qu'vne. Ie ſuis

Voſtre, &c.

MONSIEVR COSTAR,

A MONSIEVR DE VOITVRE.

LETTRE XXV.

MONSIEVR,

Voſtre lettre m'a donné double plaiſir: premierement j'ay ry de bon cœur de beaucoup de plaiſantes choſes que j'y ay veuës; & puis j'ay reconnu que vous eſtiez en eſtat de pouvoir rire. DVPLICITER *delectatus ſum tuis litteris, & quòd ipſe riſi, & quòd te intellexi jam poſſe ridere.* Ce ſont les premieres lignes d'vne Epiſtre de Cice- Lib. 9. à Pætus.

ron, comme vous sçavez. Recommençons donc à nous réjouir, je vous en supplie, & à nous entretenir à nostre ordinaire. Ie n'avois pas crû que vous dûssiez dire du bon vin que je vous ay servy, *qu'il avoit la vertu de dissiper les chagrins, & d'adoucir les amertumes de la vie.* AMARA *curarum eluere efficax.* Ie m'imaginois qu'il avoit la proprieté de celuy qu'Horace appelle *vn vin d'oubliance, obliviosum Massicum*, & qu'aprés en avoir bû vous aviez oublié que je fusse au monde. En effet MONSIEVR, deux grands mois se sont passez sans que vous ayez eu la bonté de me donner de vos nouvelles; & aprés m'estre fait à moy-mesme toutes les excuses, dont je pouvois m'adviser pour vous, enfin je tenois vostre cause desesperée, & ne sçavois plus que dire pour défendre vostre silence. Dans ce temps-là j'ay eu deux ou trois fois envie de vous écrire, mais j'ay toûjours resisté aux tentations qui m'en sont venuës, & il me sembloit que vostre volonté & vostre exemple me devoient servir de regle & de loy, & que comme il n'estoit pas raisonnable que je fusse plus paresseux que vous ne vouliez, il n'estoit pas juste aussi que je fusse plus diligent que vous ne l'estiez. Voilà le temperament que je suis resolu d'y apporter, en cas que vous ne me donniez point vn ordre contraire. Si vous m'envoyez quelque excellent, ou quelque excellente *nardus*, en recompenſe *je vous verſeray à pleine taſſe des vins eſtrangers, qui diſputeront de prix & de bonté avec le nectar des Immortels.*

Vina novum fundam calathis, Arviſia nectar.

Ou ſi vous trouvez que ce ſoit eſtre trop vain, d'appeller cela *novum nectar*, je me contenteray de vous dire,

Nardo vina merebere.

Ou pluſtoſt je vous apporteray des fleurs à poignées. *Ie les reſpandray ſur vous à pleines mains, quand ma profuſion devroit paſſer pour eſtre indiſcrete.*

——— ſpargere flores
Incipiam, patiárque vel inconſultus haberi.

Cet *inconſultus*, veut dire que je ſouffriray que vous me reprochiez que je vous envoye des fleurs des Halles, & que je ne m'entens pas à les choiſir. Il eſt vray que je ne me ſouvenois plus, que de tous les Eſpagnols, Seneque eſtoit celuy que vous haïſſiez davantage, & que vous appelliez forcé, ce que i'y trouvois de fort, & fardé ce qui me paroiſſoit beau.

Neantmoins, je ſuis aſſeuré que vous ne deſapprouverez pas vn de ſes mots dont je vay vous faire part. Vous connoiſſez vne jeune Dame nommée Calvina, que vous avez veuë chez Tacite. Son frere l'appelloit ſa Iunon ; Et parce que Iunon eſt la femme auſſi-bien que la ſœur du Maître des Dieux, les médiſans de Rome ne jugeoient pas favorablement de leur amitié. Et Seneque dit là-dessus, *Ie ne sçay ce qu'on trouve à dire à cela; Silanus a une sœur qui est si bien faite, si jolie & si galante, que tout le monde luy donneroit le nom de Venus; & il a crû plus modeste de luy donner celuy de Iunon.* SOROREM *suam festivissimam omnium puellarum, quam omnes Venerem vocarent, maluit Iunonem vocare.*

Cependant, puisque vous le voulez ainsi, Seneque ne sera plus mon Iardin de fleurs, & j'en iray cueillir ailleurs. Vous n'aymez que les odeurs douces, & je me tourmentois à vous en chercher de fortes, comme est celle du thym, qui est la friandise des abeilles, & dont elles font le meilleur miel.

———ego, apis Matinæ
More modóque
GRATA *carpentis* THYMA *per laborem plurimum, &c.*

Mais, MONSIEVR, me voilà bien empesché où aller: Car où sont, je vous prie ces *champs écartez*, ces *devia rura*, où vous m'envoyez? S'ils vous sont inconnus, il faut necessairement que ce soient des deserts & de miserables landes. Vous avez couru tous les beaux païs, & particulierement tous les païs Latins: Et si vous ne voulez souffrir que je vous entretienne de vos voyages, & des choses que vous avez veuës, il faudra que je demeure muet. Ie vay pourtant éprouver si je pourray vous obeïr.

Eschyle

Eſchyle appelle l'eau, *le chaſtiment du feu.* En ce cas-là c'eſt vne mere qui chaſtie ſon fils, s'il eſt vray que *Thetis*, c'eſt à dire *l'eau*, ſoit la mere vniverſelle, & que toutes les choſes ayent eſté tirées de ſon ſein, Ὠκεανόν τε θεῶν γένεσιν, καὶ μητέρα Homer.
τηθύν. Mais pourquoy ne dirons-nous pas auſſi, que le feu eſt le chaſtiment de l'eau? Vulcain dans Homere ne punit-il pas la temerité du Scamandre qui s'eſtoit débordé contre Achille, & ne bruſle-t-il pas vne partie de ſes ondes, pour le forcer de ſe rejetter dans ſon lict, à la haſte & en deſordre?

A la verité c'eſt vne choſe plus extraordinaire, de voir vn enfant chaſtier ſa mere, mais ſi nous en croyons Socrate, dans Ariſtophane, cette action eſt plus contraire à la couſtume qu'à la raiſon. Car ſi l'on chaſtie les enfans, nos parens retombent ſouvent en enfance. Si l'on chaſtie ceux que l'on aime, qui devons-nous tant aimer que nos parens? Si l'on chaſtie les fautes qui meritent le moins d'excuſe, celles de nos parens ſont les moins pardonnables, parce qu'ils ſont obligez d'eſtre plus ſages & de faire profit de leur long âge & de leur experience.

Voilà, MONSIEVR, comme la raiſon eſt vne arme bien dangereuſe à qui ne la ſçait pas manier. Si on ne la met à la chaiſne, ſi on ne l'arreſte par la religion & par les loix, elle trouble tout; elle ne laiſſe rien en ſa place, il n'y a rien de ſi bien eſtably qu'elle n'entreprenne de renverſer.

In Prometh. vincto. Le meſme Eſchyle donne cette epithete à la nuit, ποικιλείμων, *bigarrée comme vne prairie.* Cela s'accorde bien avec ce vers, qui appelle *les fleurs les eſtoiles de la terre.*

Colum. *Pingit & in varios, cœleſtia ſydera flores.*

Au contraire, rien ne nous empécheroit d'appeller les eſtoiles, les fleurs du Ciel, & de dire que le Soleil en eſt la roſe.

Promethée dit dans cette Tragedie, qu'il a appris aux hommes les arts & les diſciplines ; & ajouſte que devant luy, *ils voyoient & ne voyoient pas, ils entendoient & n'entendoient pas :*

Οἳ πρῶτα μὲν, βλέποντες ἔβλεπον μάτην
Κλύοντες οὐκ ἤκουον.

Ceux qui n'ont pas les yeux ſçavans, ne font point de reflexion ſur ce qu'ils regardent, c'eſt comme s'ils ne voyoient point. Il en eſt de meſme de l'ouïe. Cette penſée là ne me déplaiſt pas.

C'eſt ce que veut dire cét autre vers Grec,

Ὁ γραμμάτων ἄπειρος, οὐ βλέπει βλέπων.

Qui n'a point de lettres, ne voit point ce qu'il voit. Et au contraire, Διπλοῦν ὁρῶσιν οἱ μαθόντες γράμματα. *Les ſçavans voyent le double des autres.*

Promethée attaché ſur le Caucaſe, parle avec beaucoup de mépris de Iupiter, & au milieu de ſon diſcours, eſtant preſſé de ſa douleur, il ſe laiſſe échaper vn *Helas*. Surquoy, Mercure prend occaſion de luy dire. *Ce Jupiter que tu meſpriſes ſi fort, ne connoiſt point ce mot là.*

Ὤμοι. Ερ. τόδε Ζεὺς τοῦτος οὐκ ἐπίσταται.

Cela me fait ſouvenir de Menandre, qui dit quelque part, *qu'il croyoit que les riches ne diſoient jamais* HELAS, *& que ce mot ne ſortoit point de leur bouche. Mais qu'il s'eſt deſabuſé.*

Ὤμην ἐγὼ τοὺς πλουσίους, ὦ Φανία,
Οἷς μὴ τὸ δανείζεσθαι πρόσεστιν, οὐ στένειν
Τὰς νύκτας, οὐδὲ στρεφομένους ἄνω κάτω,
Οἴμοι λέγειν, &c.

Ie vous demande congé de vous dire encore vn petit mot de Grec. Sophocle appelle l'Aurore, *la paupiere du jour*, comme ſi le Soleil en eſtoit la prunelle, In Antigona.

—— ὦ χρυσέας
Ἁμέρας βλέφαρον
—— ô aureæ
Diei palpebra.

Ie vous défie de me dire vn Poëte Eſpagnol, qui ait écrit là-deſſus quelque choſe de plus joly.

Vous avez veû ſouvent dans les Latins, vn petit peuple d'Amours. Philoſtrate, dans ſon tableau du Nil, appelle cela *vne volée de Cupidons.*

Ailleurs, parlant de Critheis amoureuſe du fleuve Meles, il dit qu'elle luy va declarer ſa paſsion, & puis s'addressant à elle, *Belle Nymphe*, luy dit-il, *on ne peut pas dire que vous écriviez vostre amour sur l'eau, au mesme sens qu'on le dit de la pluspart des Amans. Car le fleuve la reçoit & la paye d'vne affection mutuelle.*

Dans le tableau des Satyres, il les décrit au tour d'vn jeune garçon endormy, dont ils sont amoureux; Il leur fait faire divers gestes qui témoignent leur passion, & puis il ajouste qu'il y en a vn plus habile & plus asseuré que les autres, qui prend le flageolet que cet enfant avoit laissé tomber, le porte à sa bouche, & en suce l'anche encore toute tiede & toute moite, s'imaginant, qu'il le baisoit par là; & puis il jure à ses compagnons, *qu'il a gousté de son haleine.* Cette pensée est assez délicate pour vn bouquin; mais l'Amour est vn grand Maistre qui sçait donner de la politesse aux esprits du monde les plus rudes & les plus grossiers.

Expliquant le tableau du Nil, il dit que le peintre avoit representé vne troupe de petits enfans de la hauteur d'vne coudée qui se joüoient à l'entour du Dieu de ce fleuve; mais qu'il n'avoit point peint les Crocodiles & Hippopotames, que l'on y met d'ordinaire pour le distinguer des autres fleuves, *parce que la veuë de ces monstres eust effrayé ces petits garçons & les eust forcé de fuir*, & cependant ils estoient necessaires en ce lieu-là, pour signifier que les Egyptiens mesuroient par coudées l'accroissement de leur riviere, d'où ils jugeoient de la fertilité de l'année. Il m'a semblé que ce jugement estoit remarquable & qu'il pouvoit trouver son lieu quelque part.

Il m'a fait souvenir de l'artifice de Timante, qui au rapport de Pline, representant dans vn petit tableau Polypheme endormy, pour faire comprendre la grandeur de ce Geant dans vn si petit espace, peignit force Satyres à l'entour de luy qui mesuroient son pouce avec des perches. Il adjouste : *Atque in omnibus eius operibus intelligitur plus semper quàm pingitur, & cùm ars summa sit, ingenium tamen vltra artem est.* DANS *tous ses ouvrages il laissoit toûjours plus de choses à penser qu'il n'en laissoit voir, & quelque grand que son art parust, son esprit & son invention alloient bien plus loin.*

I'ay leû depuis quelques mois le livre que le Chancelier Bacon a fait du progrez des sciences, où j'ay trouvé beaucoup de choses admirables.

Au commencement il applique à l'eloquence de son Prince, ce mot de Tacite, *Augusto profluens, & quæ principem deceret eloquentia fuit.* AVGVSTE *avoit cette eloquence qui sied bien aux Princes ; vne expression facile & vn discours coulant abondamment & sans peine.*

Surquoy il ajouste. *Et certes à juger sainement, tout discours estudié ou forcé, ou qui s'assujetit à l'imita-*

tion de quelque autre, a je ne ſçay quoy de ſervile, & de dépendant. Mais voſtre Majeſté a une facilité de s'expliquer qui eſt véritablement Royale, & qui ſent le commandement & ſouveraineté. SANE *ſi rectè rem perpendamus, omnis oratio aut laborioſa, aut affectata, aut imitatrix, quamvis alioquin excellens, neſcio quid ſervile olet, nec ſui juris eſt. Tuum autem dicendi genus, verè regium eſt.*

En effet, il ſemble qu'vn Souverain, à qui tout obeït, doive avoir la parole à commandement, & qu'il faille que ce mot de cet Auteur que vous n'aimez point, ſoit encore plus vray des Princes, qu'il ne l'eſt des autres hommes, *Cùm res animum occupavere, verba ambiunt.* PENDANT *que noſtre eſprit eſt occupé à penſer aux choſes, les paroles y doivent accourir en foule, le rechercher, le ſolliciter, le briguer, afin qu'il leur donne de l'employ.*

I'ay auſſi trouvé fort belle l'objection qu'il ſe fait à luy meſme ſur le ſujet de la dignité des ſciences. *Scientiæ nimium appetitum fuiſſe primum peccatum, vnde hominis lapſus : hodiéque hærere ſerpentinum quid in ea, ſiquidem ingrediens, tumorem inducit,* SCIENTIA INFLAT.

L'appetit déréglé de la ſcience a eſté la premiere cauſe de noſtre cheute, & la ſcience depuis ce temps-là, a retenu quelque choſe de la nature du ſerpent, puiſque viſiblement les eſprits qui s'en piquent, en deviennent enflez, ſelon le mot de l'Apoſtre, LA SCIENCE FAIT ENFLER.

Il m'a ſemblé que ce mot de *piquer*, n'eſtoit pas-là mal à propos pour exprimer ſa penſée.

Ce qu'il répond eſt excellent. *La ſcience qui a cauſé la perte de l'homme, n'eſt pas cette ſcience pure & originelle des ouvrages de la Nature, dont l'eſprit d'Adam eſtant éclairé, donna ſi à propos le nom à tous les animaux de la terre: Mais c'eſt cette ſcience vaine & préſomptueuſe du bien & du mal, qui luy fit deſirer de ſecouër le ioug de l'autorité divine, & de s'impoſer à ſoy-meſme vne loy dont il fut le legiſlateur. Et de fait la veritable ſcience n'a garde d'enfler l'eſprit, puiſqu'elle n'eſt pas meſme capable de le remplir.* SCIENTIAM *quæ lapſum peperit, non fuiſſe puram illam, primigeniámque ſcientiam naturalem, cujus lumine, homo animalibus in paradiſo adductis, nomina ex natura impoſuit; ſed ſuperbam illam boni & mali, per quam excutere Deum, ſibique ipſe legem figere ambivit. Neque certè vis vlla ſcientiæ, quanta quanta ſit, inflat mentem, cùm nihil implere animum, ne-dum diſtendere poſſit præter Deum, Deíque contemplationem.*

Il pourſuit, *Deum fabricatum eſſe animum humanum, inſtar ſpeculi, totius mundi capacem, ciúſque non minus ſitientem quàm oculum luminis.* L'ENTENDEMENT *humain, eſt vn miroir capable de repreſenter tout le monde enſemble, mais c'eſt vn miroir volontaire, qui aime auſſi ardemment les images des obiets, & qui en eſt auſſi inſatiable, que l'œil l'eſt de la lumiere.*

Pour monſtrer que la ſeule experience ſans la connoiſſance de l'Hiſtoire, & generalement ſans les bonnes lettres, ne suffit pas pour faire vne prudence consommée, il dit:

Sicut interdum fit, vt nepos, vel pronepos, avum vel proavum magis referat quàm patrem: eodem modo haud rarò evenit, vt negotia præsentia magis quadrent cum exemplis vetustioribus, quàm cum recentioribus. COMME *il arrive que par vn caprice de la Nature, vn enfant ressemblera à son ayeul, ou mesme à son bisayeul, & ne tiendra rien de son pere; de mesme par vn caprice de la Fortune, il arrive qu'vne affaire aura du rapport avec ce qui se sera fait aux siecles les plus esloignez, & n'en aura point avec celles du temps present. Et en ces rencontres-là, l'âge, l'observation & l'experience, ne servent de rien, &c.*

Il ajouste. *Postremò vnius ingenium, tantum cedit amplitudini literarum, quantum privati reditus ærario.*

De quelque grande estendue que soit vn esprit, celle des bonnes lettres & de la connoissance des Histoires & de la Politique, l'est bien davantage; comme les richesses d'vn particulier ne sçauroient iamais égaler vn thresor public, ni l'Espargne, & les finances d'vn grand Prince.

En effet, comme il dit ailleurs, *les lettres vnissent tous les siecles, comme le commerce tous les païs.* Ainsi nous avons pour Conseillers tous les sages qui ont vescu, & nous pouvons profiter de la prudence, & des fautes de tous les hommes qui ont esté par toute la terre, depuis que le Monde est creé.

Le Genie des bonnes lettres, permit que Caton le Censeur

ſeur devinſt amoureux ſur ſes vieux jours de la langue Greque, & voulut qu'il luy fiſt reparation de l'injure qu'il luy avoit faite, & qu'il fuſt chaſtié par là des blaſphemes qu'il avoit vomis contre les ſciences. Ce qu'il avoit hay & condamné dans ſa jeuneſſe, il l'aima en vn âge plus avancé, lors que ſa prudence eut acquis ſa derniere maturité. DE *Catonis Cenſoris judicio, hoc dictum eſto, meritiſſimas eum blaſphemiæ in litteras luiſſe pœnas, cùm ſeptuagenario major repueraſcens, Græcam linguam cupidiſsimè addiſceret, &c.*

Il appelle *des Empyriques d'Eſtat*, ceux qui n'ont que de l'experience ſans ſcience, *Empyrici Conſiliarij.*

Sur le ſujet de ceux qui n'ont que de belles paroles ſans raiſonnement, il dit, que *leur diſcours eſt comme la premiere lettre des Edits, ou des Arreſts. Elle eſt grande; elle eſt faite hardiment; il y a pluſieurs traits de plume; En vn mot il y a bien de la façon; mais avec tout cela ce n'eſt qu'vne lettre, & le commencement d'vn mot. Auſſi dans le diſcours de ces gens-là, il y a beaucoup de belles figures, beaucoup de traits d'éloquence, & cependant ce ne ſont que des paroles.* TANQVAM *prima litera diplomatis, quæ quamvis variis calami ductibus, & floſculis variegata ſit, litera tamen eſt vnica.*

Il dit, *qu'ils reſſemblent à Pigmalion, & qu'en effet les paroles ne ſont que les images des choſes; de ſorte que ſi elles ne ſont animées de raiſons, qui ſont leur vie, les aimer c'est proprement aimer des statues sans action & sans mouvement.* Ac *mihi sanè videtur perappositа huiusce vanitatis adumbratio & quasi emblema, Pigmalionis illa insania. Quid enim aliud sunt verba quàm imagines rerum; vt nisi rationum vigore animata sint, adamare illa idem sit ac statuam deperire.*

A propos des ergotismes & des subtilitez de l'Eschole, il dit, *Que si l'esprit de l'homme s'employe à la consideration des choses de la Nature, il agit à proportion de la matiere qu'il a choisie, & de l'obiet qu'il s'est proposé, qui est finy & limité. Mais que s'il se replie sur soy mesme, & qu'il n'agisse que sur ses meditations & ses fantaisies, son travail n'aura point de fin, & ne produira que des toiles d'araignée, dont la tissure est admirable, mais qui sont absolument inutiles.* MENS *humana, si agat in materiam, naturam rerum, & opera Dei contemplando, pro modo materiæ operatur, atque ab eadem determinatur: sin ipsa, in se vertatur (tanquam aranea texens telam) tum demum interminata est; & parit certè telas quasdam doctrinæ, tenuitate fili, operisque admirabiles, sed quoad vsum frivolas & inanes.*

Comme tout curieux est causeur, tous les credules sont menteurs. Qui croit aisément, prend plaisir à en faire accroire. Tacite dit: ILS INVENTOIENT DE FAVSSES NOUVELLES ET LES CROYOIENT LES PREMIERS: *pour monstrer que ce sont deux choses que l'on voit souvent ensemble, la facilité à se mesprendre, & la volonté de tromper.* VT *carmine habetur,* PERCONTATOREM FVGITO,

NAM GARRVLVS IDEM EST. *Innuendo, qui curiosus est, eundem esse & futilem ; pariter fit, ut qui facilè credat, idem libenter decipiat*, FINGEBANT SIMVL, CREDEBANTQVE, *inquit Tacitus. Adeò finitimæ sunt, voluntas fallendi, & facilitas credendi.*

Dans la Republique des lettres (qui s'appelle ainsi parce que chacun y a sa voix, & que le gouvernement y est populaire) il faut qu'il y ait beaucoup de Senateurs qui deliberent, qui proposent & qui conseillent ; mais il n'y faut point de Dictateurs qui commandent souverainement. Autrement il ne faudra point esperer de grands progrez, & cette forme de gouvernement n'est pas propre à la conqueste. ILLA *credulitas, quæ certos scientiarum auctores, Dictatoriâ quadam potestate munivit, ut edicant, non Senatoriâ ut consulant, ingens damnum scientiis intulit.*

Dans les arts mechaniques, chacun y contribuë ses inventions ; & de beaucoup d'esprits il ne s'en fait qu'un. Mais dans les sciences, il n'y a qu'un esprit qui travaille, & qui se rende maistre de tous les autres. Chacun se sousmet à luy. (comme par exemple dans la Philosophie, Aristote ; dans la Theologie, sainct Thomas ; dans les Mathematiques, Euclide ; dans la Medecine, Hypocrate : & ainsi du reste) *In artibus mechanicis, ingenia multorum in unum coierunt : In artibus & scientiis liberalibus, ingenia multorum sub uno succubuerunt, &c.*

L'eau ne sçauroit jamais monter plus haut que sa source, ni la doctrine tirée des principes d'Aristote, s'eslever au dessus de luy. (Car toutes les conclusions sont comprises dans les principes. Qui ne seme que les mesmes graines, n'aura que les mesmes fruits) *Ut enim aqua non ascendet altiùs quàm caput fontis, à quo promanat; ita doctrina ab Aristotele deducta, supra doctrinam Aristotelis nunquam assurget.*

C'est une bonne maxime, que celuy qui apprend, doit croire; mais il y en faut adjouster une autre dont la pratique est également necessaire. Il faut que celuy qui a appris, se serve de son jugement. IDEOQVE *etsi non displiceat regula,* OPORTET DISCENTEM CREDERE: *Huic tamen conjungendum est,* OPORTET IAM EDOCTVM, IVDICIO SVO VTI. *A parler sainement, l'antiquité des siecles est la jeunesse du monde. Ceux que nous appellons les anciens sont les jeunes à le bien prendre. Nous contons mal d'aller ainsi en retrogradant & de commencer par nous.* SANE, *ut verum dicamus,* ANTIQVITAS SÆCVLI, IVVENTVS MVNDI, *nostra profectò antiqua tempora, &c.*

Nous avons trop mauvaise opinion de nous, ou trop bonne de ceux qui nous ont precedez. Nous ne croyons pas que tant d'excellens hommes, qui ont esté depuis tant d'années, nous ayent laissé quelque chose à faire, & qu'il nous en reste encore quelqu'une à inventer & à découvrir. Lucien se mocquant des Dieux des Païens, leur demande, d'où vient qu'ayant esté autrefois de si grands faiseurs d'enfans, ils n'en ont point fait depuis tant d'années, & si ce n'est point qu'ils soient obligez à la loy PAPPIA, *qui défendoit aux Septuagenaires de se marier, & qui les declaroit incapables d'engendrer en cet âge-là? Nous pourrions faire la mesme demande à ceux qui se défient des forces de nostre esprit; Car il semble qu'ils croyent que le temps soit affoibly, qu'il soit enervé, qu'il soit cassé & usé de vieillesse, & qu'il n'ait plus la force de rien produire.* ALIUS *error est, suspicio quædam & diffidentia, quæ nihil nunc posse inveniri autumat, quo mundus tamdiù carere potuit; ac si illa objectio conveniret erga tempus, quâ Lucianus impetit Jovem, cæteròsque Ethnicorum Deos. Miratur enim, cur tot olim genuerint liberos, nullos autem suo sæculo. Interrogátque jocans, ecquid septuagenarii jam essent, aut lege Pappiâ contra senum nuptias lata constricti? Sic videntur homines subvereri, ne tempus effœtum jam factum sit, & ad generationem ineptum.*

L'inconstance & la legereté des hommes est ridicule en ce point. Devant qu'une chose soit faite, ils s'estonnent qu'on se la puisse imaginer faisable; & quands ils la voyent achevée, ils s'estonnent encore davantage que l'on ne l'ait pas plustost faite. Ainsi, devant qu'Alexandre entreprist la conqueste de l'Asie, ce dessein sembloit impossible. Et cependant ceux qui ont esté aprés luy, l'ont estimé si aisé, que Tite Live a osé parler de luy en ces termes: NIL ALIUD QUAM BENE AUSUS EST, VANA CONTEMNERE. QUE TOUT CE QU'ON POUVOIT DIRE DE LUY, C'EST QU'IL N'AVOIT PAS ESTE PEUREUX ET QU'IL S'ESTOIT GARDÉ DE CES FOLES CRAINTES DE FEMMES ET DE PETITS ENFANS, ET QU'EN EFFET IL AVOIT SCEU MESPRISER BIEN A PROPOS UNE VAINE MARQUE, OU PLUSTOST UN FANTOSME DE

GRANDEVR ET DE PVISSANCE. *Quin potiùs levitas hominum atque inconstantia, hinc optimè perspici potest; qui donec res aliqua perfecta sit, eam mirantur fieri posse: posteaquam facta semel est, iterum mirantur, eam jam pridem factam non fuisse. Ita Alexandri expeditio in Asiam, habita est initio pro vasto & arduo admodum negotio, quam tamen postea placuit Livio, in tantum elevare, vt diceret* NIL ALIVD, *&c.*

Le temps est à peu prés comme les fleuves, qui ne nous apportent que ce qui est de plus leger & de moins solide; ce qui a plus de poids va au fons.

(Les opinions des Anciens qui sont venuës jusqu'à nous, ne sont pas peut-estre les plus veritables & les plus saines. Les livres que nous avons d'eux ne sont pas les meilleurs qu'ils ayent composez. Il ne nous est resté de Velleius, par exemple, que quelques malheureux lambeaux d'vne Histoire tres-infidele, & nous avons perdu vn beau traité qu'il avoit fait de la Vertu.) *Tempus siquidem simile est fluvio, qui levia, atque inflata ad nos devehit, solida autem & pondus habentia submergit.*

Il faut espouser la Science, & non pas en vser comme d'vne garce pour le seul plaisir, ni comme d'vne servante que nous gagerions pour nostre service: Ce nous doit estre vne femme; & en la prenant, il faut que nous nous proposions la fin generale du mariage, la generation & la compagnie.

(C'est à dire, de nous entretenir l'esprit, &

de produire de nouvelles connoiſſances) *Non tanquam ſcortum ad voluptatem, aut tanquam ancilla ad quæſtum, ſed tanquam ſponſa ad generationem, fructum atque ſolatium honeſtum.*

Si je m'apperçois que ces penſées-là vous ayent plû autant qu'à moy, je vous en écriray la ſuite aux autres voyages : Auſſi bien je m'eſtois reſolu de rire avec vous, & ces matieres-là ſont trop ſerieuſes. Ce que j'ajouſteray le ſera moins.

Entre les loix des douze tables, il y en avoit vne qui condamnoit *à vint cinq aſſes*, celuy qui auroit donné vn ſouflet à vn Citoyen. Vn jeune fou, qui s'appelloit Lucius Neratius, s'en alla vn jour par la ville, ſuivy d'vn gros valet, qui portoit vn ſac plein d'argent ; & tous ceux qu'il rencontroit en ſon chemin, il leur donnoit ſur les oreilles, & les payoit tout content. Ce qui fut cauſe que cette loy fut abolie, & que les Préteurs en ordonnerent autrement. C'eſt d'Aulugelle, que je tiens cette plaiſante hiſtoire. Voicy ſes mots. *Lucius Neratius fuit egregiè homo improbus, atque immani vecordiâ. Is pro delectamento habebat, os hominis liberi, manus ſuæ palma verberare : Eum ſervus ſequebatur, crumenam plenam aſſium portitans : & quemcumque depalmaverat, numerari ſtatim, ſecundùm duodecim tabulas, quinque & viginti aſſes, jubebat. Propterea Prætores, poſteà hanc aboleſcere & relinqui cenſuerunt, &c.*

A propos de ſotes loix, vous ſçavez que chez

les Locriens, personne n'estoit receu à en proposer vne nouvelle, qu'il n'eut la corde au cou pour en estre estranglé sur l'heure, si elle ne passoit à la pluralité. Mais je ne sçay si vous avez leû, qu'il ne se trouva jamais qu'vn borgne qui voulut courir ce hazard. Il proposa que celuy qui creveroit vn œil à vn homme qui n'en auroit qu'vn, auroit les deux yeux crevez. Sa raison estoit, que son ennemy le menaçoit de luy crever le bon œil qui luy restoit, sur l'asseurance qu'il avoit que par la loy du Talion, qui estoit receuë chez eux, il ne pourroit estre condamné qu'à la perte d'vn des siens. Cette loy passa, mais ce ne fut pas sans vne grande contestation.

Il y a dans le mesme Aulugelle, qu'vn Censeur fut prest de marquer d'infamie vn homme, qui en sa presence avoit baaillé *trop haut & avec trop de bruit, clarè nimis ac sonorè, jugeant que cette action estoit d'vn esprit plongé dans l'oisiveté, incapable de tout soin & de toute application.* Le Latin est plus fort. TANQVAM *illud indicium vagi animi foret, & hallucinantis.* L'Auteur ajouste, *que cet homme ayant juré qu'il avoit fait tous ses efforts pour se retenir, & qu'il n'avoit pû s'en défendre, parce qu'il estoit sujet de tout temps à cette infirmité, que les Romains appelloient* OSCEDO, *le Censeur receut son excuse, & ne passa pas jusqu'à la condamnation.* SED *cùm ille deierasset, invitissimum se sc, ac repugnantem oscitatione victum, tenerique eo vitio, quod*

OSCEDO

OSCEDO *appellatur ; tum notæ jam destinatæ exemptus est.*

Vous ne connoissiez pas peut-estre cette maladie, ou pour le moins vous ne sçaviez pas son nom.

A ce que je voy, il n'est pas Magicien qui veut. Pline m'apprit l'autre jour que Néron fit tout ce qu'il pût pour le devenir, & qu'il ne pût jamais en avoir contentement. C'est au chapitre second du livre trentiéme, où aprés avoir dit que la Magie se pratique en plusieurs sortes, par l'eau, par le cours des astres, avec des flambeaux, &c. il adjoûte ; *Et de toutes ces choses, Néron en a esprouvé l'imposture & la vanité, tout fraichement en nos jours ; car il n'eut pas moins de passion de se rendre habile en cet art, qu'en celuy de chanter & de joüer de la lyre, sur le theatre. La Fortune qui l'avoit eslevé au comble des choses humaines, luy inspirant une ardeur estrange de se plonger jusqu'au fond des plus grands vices, & des extrémes déreglemens, dont la Nature estoit capable. Il voulut donc sur tout commander aux Dieux, & n'entreprit jamais rien avec plus de courage & plus de chaleur, & personne ne se porta & ne s'attacha jamais plus violemment à aucune science, que ce Prince à celle-là.* QVÆ *omnia ætate nostra, princeps Nero, vana falsaque comperit : quippe non citharæ tragicique cantus libido illi major fuit, fortunâ rerum humanarum summa gestiente in profundis animi vitiis. Primúmque imperare Diis concupivit, nec quicquam ge-*

nerosiùs voluit: Nemo vnquam vlli artium validiùs fauit.

Il poursuit. *Il ne manquoit pour son dessein, ni de richesse, ni de puissance, ni d'esprit; de sorte que l'ayant abandonné, c'est vne grande & indubitable preuve de la fausseté de l'art.* IMMENSVM *& indubitatum exemplum est falsæ artis, quam dereliquit Nero.*

A la verité c'est vne défaite ordinaire dont vsent les Magiciens, de dire que les Divinitez ne veulent point obeïr à ceux qui ont le corps couvert de certaines taches rousses, en façon de lentille, & que les Démons ne se laissent point voir à ces gens-là. Mais Néron estoit fort bien fait, & n'estoit point sujet à ce defaut. SVNT *quædam Magis perfugia, veluti lentiginem habentibus, non obsequi numina, vt cerni non possint. Fortè hoc in illo? Nihil membris defuit.*

Quoy que Pline en dise, peut-estre que Néron avoit de ces sortes de lentille : car Suetone dit de luy, *qu'il avoit le corps plein de taches, corpore maculoso & fœdo.*

Il y a dans ce passage de Pline beaucoup de choses assez remarquables : Mais ce qui suit est bien meilleur. *Tyridate Roy d'Armenie, qui faisoit profession de magie, vint trouver Néron jusqu'à Rome. Il fit ce grand voyage par terre, & ne voulut point se mettre sur mer, parce que les Magiciens tiennent pour maxime, que c'est vn crime de cracher dans la mer, & de violer la sainteté de cet élément par les autres necessitez naturelles.*

Magus ad eum Tyridates venerat &c. Navigare noluerat, quoniam expuere in maria, aliisque mortalium necessitatibus violare naturam eam, fas non putant.

I'ay trouvé qu'Hesiode estoit aussi de cette opinion; Car il dit expressément, *qu'il ne faut point pisser dans les rivieres, ni dans les fontaines.* Il adjouste, *qu'il n'y faut point faire son ordure, car ce dernier* (continue-t-il) *ne vaut guere mieux.*

Μηδέποτ' ἐν προχοῇ ποταμῶν ἅλαδε προρεόντων,
Μηδ' ἐπὶ κρηνάων οὐρεῖν, μάλα δ' ἐξαλέασθαι·
Μηδ' ἐναποψύχειν. τὸ γὰρ οὔτι λώϊόν ἐστιν.

Ie croy que le bon homme a voulu que la posterité rit de cette naïveté. Ne luy refusez pas, MONSIEVR, le contentement qu'il a desiré en reconnoissance de tant d'autres que vous avez receus de luy.

Le mesme Pline, m'a enseigné vn excellent remede pour la fiévre quarte, sinon qu'il est vn peu difficile à pratiquer. C'est au livre septiéme de son Histoire, où il dit, *que Quintus Fabius Maximus estant Consul, donna bataille aux Allobroges, & aux Auvergnats, sur le bord du Lisere, & qu'ayant laissé sur la place cent trente mille hommes des ennemis, il se trouva guery sur l'heure de la fiévre quarte. Q. Fabius Maximus, Consul, apud Isaram prælio commisso, adversus Allobrogum, Arvernorúmque gentes, ad 6. Idus Augustas 130 M. perduellium cæsis, febri quartana liberatus est in acie.* Chap. 50.

Ie garde cette recette pour le premier de mes amis qui sera General d'armée.

I'ay leû cet Auteur d'vn bout à l'autre depuis que je suis icy. Ie me promets bien de vous en entretenir. I'avois vne traduction que j'allois quelquefois voir, pour me sauver la peine de chercher de certains mots que l'on ne trouve pas ordinairement. I'y ay rencontré de plaisantes choses que ie n'y cherchois pas.

Il traduit, *Vestales, les Nonains Vestales. Iuvenes Principes, Messieurs les Infans. Principes fœminæ, les Princesses. Capitolii cellam ipsam intravit. Il entra dans le sancta sanctorum du Capitole.*

Nave primus in Græciam ex Ægypto advenit Danaus. Le premier qui chevaucha la mer en navire, fut Danaus.

Lyciscus, Lagonem puerum subdolæ ac fucatæ vernilitatis (fecit). V N *fin froté page ou lacquay.*

Tutelarii ædis, les Marguillers.

Et ailleurs où Pline dit du Lion, *ægritudinem fastidii tantùm sentit* : c'est à dire, comme je pense, qu'il est sujet à se dégouster, & que c'est sa seule maladie : mon Traducteur met, *les Lions ne sont jamais malades que d'orgueil.*

Il y en a cent autres de cette force : mais j'ay d'autres choses à vous dire.

Sçavez vous bien qu'Heliogabale sçavoit son Terence, presque aussi bien que nous, & qu'il s'en ſervoit avec beaucoup d'eſprit. Prenez la peine de voir dans Ælius Lampridius, comme il allégua vne fois, *Erubuit, ſalva res eſt.*

Ce vilain homme receut vne fois fort plaiſamment vn brave Capitaine qui luy eſtoit venu offrir ſon ſervice. Il s'appelloit Maximin, & fut depuis Empereur. Il eſtoit d'vne force & d'vne taille de Geant, & ſous le regne de Severe, il avoit vaincu à la lucte ſeize Athletes ſans reprendre haleine, ſans ſe rafraiſchir, *vno ſudore*, de ſorte que les vns le nommoient l'Hercule, les autres l'Achille, les autres l'Ajax de ſon temps. Saluant Heliogabale, *Maximin*, luy dit ce ſage & ſerieux Prince, *on m'a conté que vous aviez autrefois laſſé juſqu'à trente ſoldats de ſuite, & des plus robuſtes de l'armée, pourriez-vous bien laſſer autant de femmes?* Iul. Capitol. in Max.

N'eſt-ce pas là vne belle reception à vn grand General d'armée?

Ælius Lampridius dit, qu'Alexandre Severe ſe faiſoit ſervir tous les jours des levrauts, & ne manquoit jamais d'en manger; & qu'vn Poëte de ce temps-là fit quatre beaux vers, dont voicy le ſens. *Si vous voyez noſtre Prince ſi beau, quoy qu'il ſoit originaire de Syrie, ſçachez que c'eſt parce qu'il mange des levrauts, & que cette viande a la vertu d'embellir le teint.*

Pulchrum quod vides eſſe noſtrum regem,
Quem Syrum ſua detulit propago;
Venatus facit & lepus comeſus

Ex quo continuum capit lepôrem.

L'Empereur répondit luy-mesme à cette raillerie. *Je ne suis pas fasché de l'opinion que vous avez, que vostre Prince soit beau. Ie voy bien que vous suivez en cela le mot du peuple, & le proverbe commun. Seulement je souhaiterois que vous mangeaßiez des levrauts außi bien que moy, afin que vostre ame en devinst plus belle, & qu'elle fust nette de toute envie & de toute malignité.*

Pulchrum quod putas esse vestrum regem
Vulgari miserande de fabella,
Si verum putas esse, non irascor.
Tantùm tu comedas velim lepusculos,
Ut fias animi, malis repulsis,
Pulcher, ne invideas livore mentis.

Sans mentir voilà vne belle Poësie ! à vostre avis, MONSIEVR, Ciceron & moy faisons nous plus mal ?

Au reste il faut icy rapporter ce que dit Pline, *que la chair du lievre fait dormir selon Caton, & qu'elle rend le teint beau sept jours de suite, selon le quolibet du peuple.* SOMNOS *fieri, lepore sumpto, in cibis Cato arbitratur. Vulgus & gratiam corpori in septem dies, frivolo quodam joco.*

C'est peut-estre sur cette opinion du vulgaire, que l'Antiquité l'avoit dedié à Venus, comme Philostrate le témoigne en son tableau des Amours. Car s'il est vray qu'il produise la beauté, il est encore plus certain que la beauté produit l'amour.

Que s'il provoque le ſommeil, comme le dit Caton au paſſage que nous avons allégué de Pline, il ſemble qu'il ne ſoit pas fort propre à l'amour.

Amour fait bien plaindre & gemir,
Il a fait mourir force monde,
Mais il n'en fit jamais dormir.

Monſieur Pauquet dit qu'il ne voit pas pourquoy Venus aimoit les lievres: Mais qu'il y a apparence qu'elle aimoit bien les jeunes levrons.

Ie viens de lire dans Eraſme, ſur le proverbe *Leporem non edit*, ces excellens vers du Poëte anonyme, & ceux d'Alexandre Severe. Aprés les avoir rapportez, il ajouſte: *Lecteur, ſi tu t'apperçois que les loix de la poëſie ne ſoient pas bien obſervées icy, ſouviens toy que c'eſt vn Empereur qui a fait ces vers, & que les Princes ſont au deſſus des Loix.* SI *vides, Lector, parum obſervatas metri leges, memineris Imperatorem ſcripſiſſe, cujus eſt præſcribere leges, non parêre.* Mais il ne s'eſt pas apperceu que Lampridius diſoit, *que la réponſe d'Alexandre Severe avoit eſté faite en vers Grecs: reſpondiſſe ille dicitur Græcis verſibus in hanc ſententiam.*

A propos de ces mots,

Quem Syrum ſua detulit propago,

Monſieur de Saumaiſe fait vne correction qui me ſemble admirable. C'eſt à la fin de la vie de cét Alexandre, dont nous parlons; où l'Hiſtorien ayant nommé les principaux Confidens de ce bon Prince, Vlpien, Paul, & plusieurs grands personnages, il ajouste. *Hi sunt qui* BONVM PRINCIPEM SVVM FECERVNT : *& item amici mali, qui Romanos pessimos, etiam posteris tradiderunt, suis vitiis laborantes.*

Considerez bien, MONSIEVR, *bonum Principem suum fecerunt*, & vous avouërez que ces mots n'ont point de sens raisonnable. Car je vous prie, que voudroit dire cecy? *Ce furent eux qui gagnerent & qui s'acquirent entierement ce bon Prince; au lieu que ce furent les méchans Amis qui corrompirent des Princes, Romains de naissance, & les rendirent tres-meschans, infectant l'ame de ces Empereurs de leurs dangereuses maximes, & de leurs vicieuses habitudes.* Il n'y a point là d'opposition: *Ces bons & ces sages hommes gagnerent l'esprit de ce bon Prince, & les autres empesterent des Empereurs nez à Rome, par leur familiarité, & leur communication.* Monsieur de Saumaise, au lieu de *suum*, soustient, qu'il faut lire *Surum*, *Surien* ou *Syrien*, car il s'écrit des deux façons: Et ainsi le sens est, *que les bons Amis & les sages Conseillers, firent vn excellent Prince d'vn homme né en Syrie, parmy les delices & les voluptez; & qu'au contraire les pestes de Cour, avoient débauché des Empereurs, qui estoient nez à Rome, sous vne bonne discipline, & parmy de beaux exemples.*

Ie m'asseure, MONSIEVR, que vous me sçaurez gré de vous avoir appris cette ingenieuse observation.

En

En voicy encore vne autre du mesme Monsieur de Saumaise, qui m'a semblé plaisante. Dans de vieilles gloses, sur le mot d'*Echo* on lit *vocissimus*, qui est vn mot de nulle signification. Ce sçavant homme, sans rien changer, se contente d'en faire deux, *vocis simus*, comme qui diroit *le singe de la voix* ; ce qui est dit fort agreablement de *l'Echo*. Peut-estre que *simus* vous surprendra, & que vous ne l'avez jamais veû en cette signification. Mais les Doctes en rapportent des exemples, & trouvent quelquefois *simus*, pour *simius*, ou *simia*. Communément il signifie *camus*, comme vous sçavez : Et Pline dit là-dessus vne chose qui vous fera rire. *Les Dauphins*, dit-il, *sont camus, rostrum simum habent* ; *& c'est pour cela qu'ils entendent merveilleusement le nom de* SIMON, *& qu'ils sont bien aises d'estre appellez ainsi.* QVA *de causa nomen* SIMONIS *omnes miro modo agnoscunt, malúntque ita appellari.*

En ce cas-là, MONSIEVR, il n'y avoit point de Dauphins au monde, qui n'entendissent le Latin. On parle d'vn Grand d'Espagne, qui disoit ordinairement, *Qu'ay-je fait à Dieu, pour avoir nom Simon?* Ce Seigneur n'estoit pas du goust des Dauphins de Pline.

Vopiscus en la vie d'Aurelien, conte que cet Empereur, assiegeant la ville de Thyané, offensé de la resistance que les assiegez luy faisoient, *jura que s'il y entroit, il n'y laisseroit pas vn chien.* L'ayant réduite à se rendre, & ses soldats luy en demandant le pillage, & le faisant souvenir de ce qu'il avoit dit, il répondit, *qu'il vouloit tenir sa parole, & qu'il leur commandoit de tuer tous les chiens qu'ils rencontreroient dans la ville.*

Du temps de Scipion, quoy que ce fust vn siecle plus poly, les Romains ne faisoient pas toûjours de si bonnes équivoques, comme j'ay veû dans Appien, qui rapporte *qu'ils promirent aux Carthaginois de conserver leur Cité;* & puis, qu'ils envoyerent incontinent aprés, Scipion pour raser leur ville; alléguant *que ce mot-là ne signifioit pas l'enceinte des murailles, mais la communauté des Citoyens.*

Celle de Q. Fabius Labeo, est plaisante, & n'est pas du tout si cruelle. Ayant défait Antiochus, il luy accorda de luy laisser la moitié des vaisseaux que ce Prince avoit sur la mer: & pour les luy rendre inutiles, sans manquer à sa parole, il s'advisa de les faire couper par le milieu, & de les partager avec luy de cette sorte. Vous rirez en lisant cette fourbe, si vous estes en mesme humeur que je suis en vous l'écrivant.

Amasis Roy d'Egypte, fait pis que cela dans Herodote. Il traite avec les habitans de la ville de Barcé, & jure d'entretenir les conventions accordées, *tant que la terre où ils estoient demeureroit ferme.* Ces pauvres gens s'imaginant que ces paroles marquoient vn temps qui n'auroit point de fin, se reposerent là-dessus: Et cependant, ce perfide Prince ayant fait creuser auparavant, & recouvrir d'vn peu de terre tout le lieu de leur entreveuë, fit abattre aussi-tost ce qui soustenoit cette terre: de sorte que declarant tout haut qu'il estoit dégagé de sa parole, il surprit la ville de ces pauvres gens, qui s'estoient endormis sur la foy d'vne fausse paix, & d'vn traité captieux. Que dites-vous, MONSIEVR, d'vne si étrange subtilité? Les Logiciens Hibernois n'en trouverent jamais de plus grandes; mais à la verité elles sont plus innocentes, & ne choquent point la bonne Morale.

Cependant on voit par tout de pareils exemples. Dans l'Histoire des Turcs, Sultan Solyman éleva si haut Hibraym son favory, qu'il en prit à la fin de la jalousie, & resolut de s'en défaire. Mais il estoit retenu par vn serment étrange, qu'il luy avoit fait en ces termes: *Ie ne te feray jamais mourir tant que je vivray*. Vn Prestre Mahometan, le tira de ce scrupule, en luy conseillant d'aller dormir, & de commander qu'on estranglast Hibraym pendant ce temps-là, *alléguant que le sommeil estoit vne mort*.

Si nous croyons Mithridate dans Saluste, les Romains traiterent à peu prés de mesme, le Roy Persée, fils de Philippe, qu'ils firent mourir pendant qu'il dormoit, *parce qu'ils luy avoient juré sur les autels des Dieux de Samothrace, qu'ils ne luy osteroient jamais la vie*, croyant par cet artifice s'estre dégagez de leur serment. *Persen deinde Philippi filium, post multa & varia certamina, apud Samothracas Deos, acceptum in fidem, callidi & repertores perfidiæ, quia pacto vitam dederant, in somniis occidêre eum.*

Nostre Louïs onziéme en vsa plus galamment, mais d'vne méchante galanterie pourtant, avec Louïs de Luxembourg Connestable de France. Il luy écrivit *qu'il avoit besoin d'vne teste comme la sienne.* Le Connestable crût que cela vouloit dire *de son conseil*, & le Roy le prenoit à la lettre. Et en effet si-tost qu'il fut arrivé, il luy fit couper le cou.

I'ay oublié vne sote finesse des Locriens dans Polybe, qui ne laissa pas cependant de produire son effet. Les Negotiateurs qui furent envoyez de leur part pour faire la paix avec les Siciliens, mirent vn peu de terre dans leurs chaussures, & cacherent quelques testes d'oignons sur leurs épaules; & jurerent en suite, *qu'ils conserveroient l'vnion & l'intelligence qu'ils venoient de promettre, tant que la terre qu'ils avoient sous les pieds, demeureroit en sa place, & tant qu'ils conserveroient les testes qu'ils avoient sur leurs espaules.*

Ces paroles furent suivies de beaucoup de caresses, & de demonstrations d'amitié: Mais si-tost qu'ils eurent perdu les Siciliens de veuë, ils jetté-rent bien loin cette terre & ces oignons, & entrerent en Sicile à force ouverte, contre leurs ennemis desarmez, protestant que le terme de leur accord estoit expiré.

Il paroist que dans tous les siecles il y a eu des fourbes & des niais.

Quand vous verrez Monsieur de*** qui est veritablement genereux, & qui aussi est bien aise de le paroistre; dites-luy s'il vous plaist que le genereux d'Aristote ne parle ni ne marche viste, parce qu'il ne trouve rien qui soit capable de le toucher & de l'émouvoir bien fort, & que cette promptitude est vne marque d'vne ame agitée. Et s'il aime encore Plaute comme autrefois, vous luy pourrez dire ce mot, *que c'est vne action servile de courre & de se presser,*

Servile esse duco, festinantem currere.

Que s'il vous répond qu'Alexandre alloit fort viste de toutes façons, vous luy repliquerez qu'on remarque qu'il tenoit ce vice de Leonidas son Gouverneur, & qu'il fit tout ce qu'il pût pour s'en corriger.

I'ay veû depuis peu *des soldats aimables*. I'ay crû que c'estoit vne assez grande nouveauté pour vous le mander. C'est dans l'Histoire Auguste, où il est dit d'Alexandre Severe, qu'aiant faire la guerre aux Parthes, son armée estoit si bien disciplinée, *que leur passage avoit plus l'air & la façon d'vn voyage de Senateurs, que d'vne marche de soldats.* VT *non milites, sed Senatores transire dicerentur.*

L'Auteur ajouste. *Dans vne si grande estenduë de païs qu'ils traverserent, les Capitaines furent toûjours modestes, & les soldats toûjours* AIMABLES. *Centuriones verecundi, milites* AMABILES *erant.* Ils estoient bien differens de ceux, qui dans Tacite *sont plus redoutables à leurs hostes, qu'ils ne le sont à leurs ennemis. Hospitibus tantùm metuendi.*

Vous connoissez ce frere René, dont Monsieur de Malleville a dit si agreablement,

Ce n'est pas que Frere René
D'aucun merite soit orné:
Qu'il soit docte, ou qu'il sçache écrire,
Ni qu'il dise le mot pour rire:
Mais c'est seulement qu'il est né
Coiffé.

In Comment. ad Canon. 61. Concilii in Trullo.

I'ay trouvé dans vn de nos Auteurs Ecclesiastiques (c'est Balzamon, dans vn Commentaire sur vn Concile), qu'vn Clerc accusé de magie, fut surpris portant dans son sein vne de ces coiffes, qu'vne Sage-femme luy avoit donnée, l'ayant asseuré que tant qu'il la porteroit, elle auroit la vertu de fermer la bouche à tous ceux qui entreprendroient de l'ouvrir contre luy.

Si Frere René eust gardé la sienne, Monsieur de Malleville n'auroit jamais pû faire ce beau

Rondeau dont je viens de vous parler, & pour lequel vous m'avez dit ſouvent que vous donneriez de bon cœur vne douzaine des voſtres ; & meſme le tréziéme par deſſus.

Vous n'en aurez pas davantage pour aujourd'huy. Voilà toutes les fleurs que j'ay pû cueillir à l'écart, qui ne valent pas voſtre *Neſcio quomodo invitum & renitentem. Parcentes ego dexteras Odi. Sparge roſas. Quidquid calcaveris hîc roſa fiet. Pro carduo & pro paliuro. Et flore terræ quem ferent ſolutæ ; & medio de fonte lepôrum, &c.*

Ne nous contraignons point, MONSIEVR, laiſſez moy vous loüer tout mon ſaoul. Ie me geſnerois trop, s'il falloit que je m'en paſſaſſe. Et vous de voſtre coſté, ne vous laſſez point de me corriger & de m'inſtruire, de me faire connoître les beaux endroits des livres, & de me faire entendre les difficiles.

Adieu, MONSIEVR. A voſtre tour ne ſoyez point chiche de vos parfums,

——————— Funde capacibus
Vnguenta de conchis.

Vous eſtes la terre qui les produit ; Vous ne devez pas en eſtre avare. Mais moy je ne fais pas les bons vins que je vous envoye : ils ne ſont pas meſme de mon crû. I'achete ce que vous appellez *les tonneaux de Sulpitius, cadi Sulpitiani.* De ſorte que ſi j'eſtois bien ſage, je vous en donnerois peu pour avoir dequoy vous en donner plus long temps, & je songerois à ce mot: *Les faux amis se retirent quand les tonneaux sont vuides, & qu'il n'y a plus que de la lie dans le vaisseau,*

——————Diffugiunt cadis
Cum fæce siccatis, amici.

Neantmoins cela ne fut jamais dit pour des amis faits comme vous; & quand je me serois entierement ruiné par cette sorte de profusion, & de dépense, je m'asseure que vous ne laisseriez pas encore de m'aimer, & de me tenir pour

Vostre, &c.

I'AY vne petite historiette à vous conter; mais il me semble que je la diray mieux en Latin.

Habitat hîc in proximo, mulier adolescens, elegans sanè, modesto simul ac venusto vultu: huic sermo blandus, nec absurdum ingenium. Erat vir nobilis, in Aula diu versatus, naturâ & assuctudine factus alliciendis fœminarum animis, id est peritus obsequi, assentari, facetus, dicax, & (quod vnum haud scio an potentissimum expertus sum) nugator non ineptus. Hanc vt fortè vidit commotus est; vt loquentem audiit, flagravit & incensus est totus: Nec diu cunctatus, quæ prima data est occasio, eam conveniendi domi & privatim, arripuit; & vt est inverecundus, audax & benè ac gnaviter impudens, vulnus suum, crudum adhuc & tumescens, aperit & recludit.

dit. Simul multo cum gemitu, & crebris cum lacrymis, remedium expoſcit. Tum illa, hactenus ſpectatæ probitatis, his vocibus violari & pollui aures ſuas, conqueritur, neque ſe vltrà paſſuram; identidem illud Virgilianum, Pictavienſibus ſcilicet verbis, ſubjungens:

Sed mihi vel tellus, optem, priùs ima dehiſcat, &c.
Antè pudor quàm te violem, aut tua jura reſolvam.

Pergit tamen pervicax amator, & muliebrium artium non rudis. Quid moror? Labaſcit illa, vincitur, conditiones accipit: negat ſe tam fero & inhumano ingenio natam eſſe, vt quid amor ſit, neſciat. Denique ſe miſericordem fore ſpondet, ſi fidem ejus intellexerit. Tum ille ad pedes advolvi, dextram oſculari, vberrimo fletu irrigare ora, obſequium, ſeu potiùs addictum ſervitium ſpondere, vovere, & quando ſe inter cultores admiſerit, religioſiſſimum futurum, quoad vita ſuppetet, Deos Deáſque adjurat. Addit ſubinde vereri ſe, vt ſatis ſit adversùs rumores malevolorum invidorúmque valida: Non defuturos obtrectatores qui malignè interpretentur, poſtquam increbuerit ventitare ſe ad illam frequentiùs: proinde occurreret huic malo, ſpes amantis ne traheret ac differret; ſtatímque concederet, quæ poſt longas & odioſas moras conceſſura eſſet aliquando. Sic imponi poſſe famæ, & hoc vno modo vitari ſuſpiciones. Nam & multò antè expleturos vota ſua, & amoris fructum percepturos, quàm is in aures hominum venerit. Atque adeò ſi nocentem in-

nocentémque idem exitus maneat, prudentioris fœminæ esse meritò malè audire. Arrisit illa, & leviter increpitâ petulantiâ juvenis, abnuendo annuens, lasciva primùm oscula, papillarum oppressiunculas, prænuntias libidinis blanditias, postremò gaudium ipsum, summámque voluptatem, malè repugnans, sibi extorqueri passa est. Ita fortunatissimus & venustissimus amator, quemadmodum Cæsar aliquando venerat, viderat, vicerat, vidit, venit, lusit.

MONSIEVR DE VOITVRE,

A MONSIEVR COSTAR.

LETTRE XXVI.

MONSIEVR,

Quo me Bacchi rapis tui
Plenum, quæ in nemora aut quos agor in specus,
Velox mente nova?

Que vous me faites voir de païs, & que vous me monstrez de terres qui m'estoient inconnuës, & lesquelles je n'eusse jamais découvertes!

——— Ut mihi devio
Ripas, & vacuum nemus mirari libet!

Vostre grand Facteur m'éveilla pour me donner vostre lettre : & je ne vous puis dire l'étonnement que j'eus de trouver tant de thresors à mon réveil, & de voir tant de choses qui m'estoient nouvelles:

——————— *non secus in jugis*

Ex somnis stupet Evias,

Hebrum prospiciens, & nive candidam Thracem.

A dire le vray, cela est beau, aprés avoir joüé vne partie de la nuit, & dormy l'autre, de se réveiller sçavant.

Me fabulosæ vulture in Appulo,

Ludo fatigatúmque somno,

Fronde nova puerum palumbes

Texere.

Vous remarquerez, s'il vous plaist, en passant, ce *fatigatum somno*, & vous m'en direz vostre avis.

Continuez donc, je vous prie, à avoir soin de moy, & ne soyez pas plus ménager que la derniere fois,

Nec parce cadis mihi destinatis.

Traitez moy toûjours aussi bien:

Et Chia vina, aut Lesbia

Vel quod fluentem nauseam coërceat,

Metire nobis Cæcubum.

Mais parmy ces vins Grecs, meslez y aussi quelque chose du vostre. I'aimeray bien autant vos pensées que celles d'Eschyle & de Sophocle ; & ne croyez pas en estre quitte pour me faire tranſcrire par Monſieur Pauquet trois ou quatre feüilles de vos recueils. Il me ſemble que vous avez fait comme ce *caupo* de Ravenne: Vous me l'avez envoyé *merum*, & je le demandois *mixtum*. Au reſte vous avez admirablement bien trouvé ces *devia rura* que je demandois, & vous m'avez ſervy à mon gouſt. Le vin d'Eſpagne eſt trop fort pour moy.

——— Generoſum & molle requiro
Quod curas abigat, quod cum ſpe divite manet
In venas, animúmque meum, quod verba miniſtret,
Quod me Lucanæ juvenem commendet amicæ.

I'ay honte, aprés cela, de vous rendre *villum pro vino*. Mais que voulez vous?

Nos alicam, mulſum poterit tibi mittere dives.

Mais parmy la bonne chere que vous me faites, les difficultez que vous me propoſez me ſurprennent, & il me ſemble que c'eſt

Inter pateras & levia pocula ſerpens.

Aprés m'avoir bien traité, vous me donnez la queſtion:

Tu lene tormentum ingenio admoves
Plerumque duro.

Ne ſçavez-vous pas bien que c'eſt à vous à m'inſtruire, & à m'éclaircir de mes doutes, au lieu de m'en propoſer? que vous eſtes le maiſtre, & que *Davus ſum non Oedipus?* Mais je m'en tireray fort bien en n'y répondant rien: & je vous monſtreray que je ſuis de ceux de qui on diſoit, *in conviviis loquebantur, in tormentis tacebant.* Ie vous diray ſeulement, que dans mon Terence, pour *rem ſi videas, cenſeas*, j'ay trouvé *rerum.*

Au lieu donc de ſatisfaire à vos queſtions, je vous en feray d'autres : Et vous demande en demandant, comment vous entendez ce mot de Quinte Curce, qui dit qu'Alexandre, en la ſeconde bataille, comme je croy, qu'il donna contre Darius, attaqua le frere de Darius dans la meſlée, lequel ce dit-il, *armis, & robore corporis, multùm ſupra cæteros eminebat.* Les vns diſent, qu'*armis* veut là dire *humeris* : les autres, qu'il ſignifie *armes*, & qu'il veut dire *que par la richeſſe de ſes armes, & la taille & force de ſon corps, il ſe faiſoit remarquer ſur tous les autres.* Ceux qui ſouſtiennent la premiere opinion, diſent que l'Auteur a eu viſée à cet hemiſtiche de Virgile, *quàm forti pectore & armis ;* qu'*eminere* ne revient pas à l'autre ſens ; que s'il euſt voulu dire qu'*il eſtoit remarquable par ſes armes*, il n'euſt pas mis ſimplement *armis*, mais *fulgore armorum.* Les autres répondent, que quoy qu'*eminere* veüille dire proprement *ſurpaſſer de hauteur*, il ſignifie auſſi fort ſouvent *eſtre remarquable ;* que ſi *armis* ſignifioit les eſpaules, il faudroit que ce mot *eminebat*, ſe priſt là en deux differentes ſignifications : Car en la premiere il ne revient pas bien à *robore corporis* : & on ne peut pas dire, *qu'il eſtoit par deſſus les autres de toutes les espaules , & de la force de son corps* : Mais qu'au reste *armis* est vn mot qui ne se dit proprement que *de brutis*, & ne se donne aux hommes que par les Poëtes ; & qu'il n'est pas croyable que Quinte Curce pouvant mettre *humeris* , eust esté faire vne équivoque si fascheuse que celle-là, en mettant *armis*. Songez-y, s'il vous plaist, & en dites vostre opinion, car cela a esté fort contesté icy, & on en attend vostre avis.

I'ay trouvé parfaitement beau tout ce que vous me mandez de Bacon. Mais ne vous semble-t-il pas qu'Horace, qui disoit

Visam Britannos hospitibus feros,

seroit bien estonné d'entendre vn Barbare discourir comme cela?

Vostre *aureæ diei palpebra*, m'a extrémement plû ; & il me semble qu'entre vn grand nombre de parrains qu'a eu l'Aurore , il n'y en a point qui l'ait nommée si agreablement qu'Euripide.

Au reste, la loy du borgne Locrien , à mon avis estoit extrémement juste : & il avoit grand interest de la proposer : Et pour moy , quand je n'eusse esté que bigle, je m'y fusse hazardé. Ne croyez-vous pas que *bigle* vient de *binus oculus*, comme vn *œil double* , qui regarde en deux endroits?

Pour *Lucius Neratius* , s'il eust donné ses soufflets avec vn peu plus de choix, il me semble que son argent n'eust pas esté mal employé , & que ce ſeroit vne des plus agreables dépenſes que l'on pourroit faire.

Ce fut, ſans doute, vne grande & remarquable ſaignée, que celle qui guérit de la fiévre quarte Fabius Maximus. Croyez-vous qu'aprés cela, les Allobroges luy ſouhaitaſſent encore vne fois ſes fiévres-quartaines?

Ie vous veux envoyer pour la fiévre qu'ils appellent *ſemi-tertiana*; ou ſi j'oſe parler Grec devant vous, *Émitritæus* (Monſieur Pauquet, je vous prie ne dites pas à voſtre Maiſtre, que j'ay écrit *Emitritæus* ſans *h*). Ie veux, dis-je, vous envoyer pour cette fiévre-là, vne recette cent fois plus aiſée que la voſtre.

Inſcribas chartæ quod dicitur ABRACADABRA
Sæpius, & ſubter repetas (mirabile dictu!)
Donec in anguſtum redigatur littera conum.

C'eſt à dire *Abracadabra*, & deſſous *Abracadabr*, & à la troiſiéme ligne *Abracadab &c.*

Abracadabra
Abracadabr
Abracadab &c.

Vous fuſſiez-vous jamais aviſé de cela? & ne faut-il pas bien ſçavoir la Medecine & la vertu des choſes, pour avoir découvert la proprieté de ce mot-là?

Sans mentir, les vers d'Alexandre Severe m'ont fait rire extrémement de bon cœur. Vous qui ſçavez le Grec, n'avez-vous pas bien du regret que l'original en ſoit perdu? Peut-eſtre que l'Iter de Iules Ceſar, & la Sicile d'Auguſte, eſtoient de cette ſorte-là. La Fortune n'eſt-elle pas bizarre d'avoir fait perir les œuvres de Cinna & de Varius, & d'avoir conſervé juſqu'à nous cette Epigramme, dont ſon Auteur, aprés l'avoir faite, pouvoit dire, auſſi bien qu'Horace,

Exegi monimentum ære perennius,
Quod nec imber edax, aut Aquilo impotens, &c.

L'équivoque d'Aurelien me plaiſt. Mais encore ne laiſſay-je pas d'avoir pitié des pauvres chiens. I'euſſe mieux aimé qu'il euſt juré de n'y laiſſer pas vn chat.

Pour ce qui eſt de vos *Eſtoiles de la terre*, vous n'eſtes pas le premier qui avez traduit cela en François, & qui vous eſtes aviſé que l'on pouvoit nommer *les eſtoiles, les fleurs du Ciel:* Car le Romant de la Roſe dit,

Qu'il vous fut avis que la terre
Vouſiſt emprendre eſtrif & guerre
Au Ciel, eſtre mieux eſtellée,
Tant eſt par ſes fleurs rebellée.

Et le Marin,

Il Ciel fiorito, el Terren ſtellato.

C'eſt peut-eſtre là du Grec pour vous, *le petit ignorant*. A propos de cela, Monſieur Lycimnius eſt icy. Mais il n'y a pas amené ſa femme. Elle

me

me mande qu'elle en eſt bien faſchée, qu'il eſt en tres-mauvaiſe humeur, & qu'il ne l'a pas voulu. Ie ne ſçay qu'en croire : Car afin que vous le ſçachiez, Mademoiſelle Lycimnia eſt plus coquette & plus trompeuſe que nous. Si vous avez trouvé en Poitou quelque belle, & fidele maiſtreſſe,

Gaude ſorte tua, me libertina, neque vno
Contenta Phryne macerat.

Sçachez, s'il vous plaiſt, que *libertina* veut là dire ce que nous diſons en François *libertine*, & ne vous y trompez pas. * * * * * * * * *
* * * * * * * * * * * * * * * *

Que le petit conte Latin du bas de voſtre lettre, m'a plû, & m'a ſemblé admirablement écrit! Si voſtre Hiſtoire ou la mienne, eſtoient écrites comme cela, on ne liroit plus Petrone. Adieu, MONSIEVR, je vous jure ma foy, que je meurs d'envie de vous revoir, & que nous nous promenions au Cours enſemble. Ie ſuis de tout mon cœur

Voſtre, &c.

MONSIEVR COSTAR,

A MONSIEVR DE VOITVRE.

LETTRE XXVII.

MONSIEVR,

La defense d'ajouster vn *iota*, n'a point esté faite pour ceux qui le sçavent mettre aussi à propos que vous. Ce *Bacchi*, au lieu de *Bacche*, est à la verité vne faute dans les vers que vous alléguez, mais c'eust esté dommage que vous eussiez voulu l'éviter; & si toutes les licences que prennent les Poëtes, ressembloient à celle-là, ils auroient tort d'en vser si sobrement; & en pechant contre leurs regles, ils feroient mieux qu'en les observant. Mais il n'est pas donné à tout le monde de pouvoir faillir de la sorte.

Ce que vous dites en suite, ne m'a pas semblé trop obligeant. En effet, en parlant des choses que je vous écris, vous les comparez à l'Hebrus, & à la Thrace blanche de nêge,

Horat. Od. 25. lib. 3. *Hebrum prospiciens, & nive candidam*

Thracen.

Il n'y avoit plus qu'à dire le reste,

——— *ac pede barbaro*

Lustratam Rhodopen.

& me faire entendre que c'est moy qui suis ce Barbare. Ne vous souvenez-vous pas, MONSIEVR que l'Hebrus dont vous me parlez, est appellé dans le mesme Auteur, *le compagnon de l'hyver, hyemis sodalis*, & qu'il a les fers aux pieds, ou du moins vne nêge glacée qui luy tient lieu de chaisnes & de liens, Od. 25. lib. 1

——— *Nivali compede vinctus.* Epist. 3. lib. 1.

Mais encore passe pour Hebrus, car s'il est froid, au moins il est pur,

——— *Ut nec*

Frigidior Thracam, nec purior ambiat Hebrus.

Mais je ne puis souffrir vostre *nive candidam Thracen.* Sans mentir, MONSIEVR, vous estes vn beau loüeur de nêge. Gardez s'il vous plaist ces loüanges pour quelque Rheteur comme le Sabineus de Martial, qui estoit assez froid *pour rafraischir les estuves de Néron, & pour rendre tiedes en vn moment les bains les plus boüillans, quand il y entroit pour s'y laver.*

Si temperari balneum cupis fervens,
Faustine, quod vix Iulianus intraret,
Roga lavetur hic rhetor Sabineus,
Neronianas is refrigerat thermas.

Ces loüanges ne ſeroient pas mauvaiſes auſſi pour cet Hegeſias que vous connoiſſez, qui au gré de Plutarque, fait vne rencontre ſi froide ſur le ſujet de l'embraſement du temple de Diane le meſme jour de la naiſſance du grand Alexandre, qu'elle euſt eſté capable d'eſteindre cet incendie : ἐπιπεφώνηκεν ἐπιφώνημα, κατασβέσαι τὴν πυρκαϊὰν ἐκείνην, ὑπὸ ψυχρίας, δυνάμενον.

Que vous ſemble, MONSIEVR, de cette hyperbole? N'eſt-il pas vray, que ſi les froides rencontres avoient cette proprieté, on ne verroit pas tant de maiſons bruſlées, & que trois ou quatre Hegeſias à Rome, où les embraſemens eſtoient ſi ordinaires, n'euſſent pas eſté les plus inutiles Citoyens de la Republique?

I'en ay encore vne ſur ce meſme ſujet, & à peu prés de la meſme force. Ie l'ay trouvée dans vn fragment d'vn Comique Grec, appellé Machon, en voicy le ſens. Vne Courtiſane nommée Gnathæna, traitant le Poëte Diphilus, prit ſoin de le faire boire frais; & comme il s'eſtonnoit qu'elle pûſt avoir vn ſi bon puis, elle luy répondit, que ce n'eſtoit pas que ſon puis fuſt plus profond que les autres; Mais c'eſt, continua-t-elle, que nous y jettons force prologues de vos Comedies : c'eſt la meilleure invention du monde pour le rafraiſchir.

. Νὴ τὴν Ἀθηνᾶν, καὶ θεούς, ψυχρόν γ', ἔφη

Γνάθαιν', ἔχεις τὸν λάκκον ὁμολογουμένως.
Ἡ δ' εἶπε, τῶν σῶν δραμάτων γὰρ ἐπιμελῶς
Εἰς αὐτὸν ἀεὶ τοὺς προλόγους ἐμβάλλομεν.

Monſieur Grotius traduit ainſi ce beau compliment:

Ita me, inquit, Pallas amet, & quicquid eſt Deûm,
Gnathæna, gelidus admodum eſt puteus tibi,
At illa: Quidni? namque in eum nos ſedulò
Prologos tuarum fabularum immittimus.

Au jugement de Iupiter, les loix de Platon, & les ſyllogiſmes de Chryſippe, avoient la meſme vertu que les prologues de Diphilus. Car il ſe plaint dans Lucien, que depuis qu'on avoit baſty le Temple de Diane à Epheſe, celuy du Soleil à Delphes, celuy d'Eſculape à Pergame, & quantité d'autres, *ſes autels eſtoient devenus plus froids, que les loix de Platon, & que les argumens de Chryſippe.*

Le Furius d'Horace eſtoit encore vn de ces eſteigneurs d'incendie, luy qui faiſoit cracher au pere des Dieux, *de la nége chenuë ſur les Alpes hiverneuſes.*

Iupiter, hybernas, cana nive conſpuit Alpes. Sat. 5. lib. 2.

Cependant Macrobe rapporte pluſieurs vers, que Virgile a pris de luy, auſſi-bien que d'Ennius & de Pacuve. A ce conte-là, cecy n'eſt pas toûjours vray:

Nil ſecurius eſt, malo Poëtâ. Mart. epig. 64. lib. 12.

Rien n'est plus en seureté que les vers d'vn mauvais Poëte : Et Monsieur de Balzac diroit là-dessus du plus haut ton, à son ordinaire : *On pille les cabanes aussi-bien que les Palais : l'avarice cherche les grands gains, mais elle ne mesprise pas les petits : Il n'y a pas mesme de seureté pour les gueux, & ceux qui n'ont rien ne laissent pas de faire des pertes.* Ce qui vous fera souvenir du Codrus de Iuvenal, *qui n'avoit rien, comme tout le monde sçavoit, & qui pourtant ne pût conserver son rien, & ne laissa pas de le perdre tout entier.*

Sat. 3. *Nil habuit Codrus, quis enim negat? & tamen illud*
Perdidit infelix totum nil.

Voicy ce que dit Macrobe sur le sujet des vols de Virgile : *Nous avons aussi cette obligation particuliere à Virgile, qu'ayant bien voulu prendre quelques pensées & quelques expressions des anciens, & les inserer dans son ouvrage, de l'éternité duquel il avoit des asseurances infaillibles, il est cause que le nom de ces grands Auteurs, n'est pas entierement effacé de la memoire des hommes.* HVIC *etiam gratia, hoc nomine, est habenda, quòd nonnulla ab illis, in opus suum, quod æternò mansurum est, transferendo, fecit, ne omnino memoria veterum deleretur.*

N'est-ce pas là donner de belles couleurs à vn larcin ? Ie m'asseure que vous n'aviez veû personne jusqu'icy, qui crût qu'vn larron fist honneur à celuy qu'il vole, & qu'on luy en dûst sçavoir gré. Scaliger excuse encore autrement ce mesme coupable. *Virgile*, dit-il, *n'a rien pris d'Homere qu'à bon dessein : Il paroist qu'il a eu intention de le rendre beaucoup meilleur.* VIRGILIVS *non alio animo, ab Homero quædam accepit, quàm vt meliora faceret.*

N'est-ce pas à peu prés, comme si quelque riche adoptoit par pitié vne belle fille, qui seroit née pauvre, & qu'il verroit mal habillée? Elle seroit bien nourrie chez luy: elle y seroit honorablement entretenuë, & luy auroit sans doute plus d'obligation qu'à son propre pere.

A propos de voleurs de vers; vous sçavez bien que *Laverna* estoit la Deesse des Larrons; & peut-estre aussi n'ignorez-vous pas que son image n'étoit qu'vne teste sans corps, & ce qui est remarquable, sans mains & sans bras. Mais je doute que vous sçachiez que ce mot signifie quelquefois larron, de la mesme sorte que Bacchus se prend pour le vin, Vulcain pour le feu, Cerés pour le bled, & ainsi du reste. Pour moy je ne l'ay veû que depuis peu dans ces vers d'Ausone:

Hic est ille Theo poëta falsus
Bonorum malè carminum LAVERNA.

Voicy ce Theon qui prend à faux le titre de Poëte, & qu'on peut appeller vne Laverne des bons vers de son siecle, c'est à dire vn voleur & vn brigand.

Pour vostre *ludo fatigatúmque somno*, à quoy vous voulez que je pense, je ne l'ay point trouvé difficile à entendre, je l'ay trouvé seulement difficile à appliquer aussi ingenieusement que vous l'avez fait. Vous luy faites signifier, *aprés avoir joüé & dormy tout vostre saoul*. Mais le vray sens est, *abatu du travail du jeu, & accablé de sommeil*.

Ce mot *fatigare* dit quelquefois *importuner & sans effet*, comme dans ce passage de Tacite, où il parle de Galba, qui faisoit des sacrifices pendant qu'Othon se faisoit declarer Empereur: *Ignarus interim Galba & sacris intentus*, FATIGABAT *alieni imperii Deos*. Quelquefois il me semble qu'il signifie *vaincre & obtenir*; comme quand Tite Live dit d'Annibal: *Inde* FATIGATVS *Campanorum precibus, sequenti die cum omni apparatu oppugnandæ vrbis, Cumas redit, populatóque agro Cumano, mille passus ab vrbe castra locat*.

Lib. 1. Hist.

Fatigatus, id est exoratus & victus assiduis precibus. C'est aussi, si je ne me trompe, en ce mesme sens qu'Horace a dit:

Quem vocet divum populus ruentis
Imperî rebus? prece quâ FATIGENT
Virgines sanctæ minus audientem
Carmina Vestam.

Dites-m'en s'il vous plaist vostre avis.

Lib. 10. Moral. c. 6.

A propos de jeu, j'ay remarqué pour l'amour de vous, qu'Aristote traitant de la beatitude, prouve par six fortes raisons qu'elle ne consiste pas dans le jeu. I'ay jugé que c'estoit vne chose digne d'observation, qu'il ait crû que l'on pou-

voit

voit en douter raisonnablement, & qu'il se soit mis en peine de le prouver tout de bon.

Puisque nous sommes sur le jeu, je vous prie de considerer cette comparaison de Quintilien: *Comme les petits corps des enfans ne se blessent pas souvent, quoy que leurs cheutes soient fort frequentes, & comme ils ne se lassent guere de se traisner sur les mains & sur les genoux; & incontinent aprés, lors qu'ils sont plus forts, de se jouër & de courre tout le long du jour, parce qu'ils ne pesent point, & qu'ils n'ont rien qui les charge: Ainsi je pense que leurs esprits, ne faisant point d'efforts, & n'agissant point d'eux-mesmes dans leurs estudes, mais seulement se laissant conduire & former à leurs Precepteurs, ne se fatiguent pas comme font les nostres.* VT *corpora infantium, nec casus quo in terram toties deferuntur, tam graviter affligit, nec illa per manus & genua reptatio, nec post breve tempus continui lusus, & totius diei discursus, quia pondus illis abest, nec se ipsi gravant: sic animi quoque, credo, quia minore conatu moventur, nec suo nisu studiis insistunt, sed formandos se tantummodo præstant, non similiter fatigantur.*

Cette raison vous semble-t-elle bonne? *quia pondus illis abest.* Leurs petits corps pesent moins à la verité que ceux des hommes faits. Mais en échange, ils ont moins de force, & cela revient à la mesme proportion.

Pour vostre Tavernier de Ravenne, je n'ay point eu tort de l'imiter, & de ne rien messer du mien parmy les vins que je vous ay envoyez.

Mart epig. 19. lib. 1.

——— *Scelus est jugulare falernum,*
Amphora non meruit, tam pretiosa, mori.

C'est vn crime d'égorger du vin de falerne; & vne bouteille si precieuse ne meritoit pas de mourir par l'eau.

Vous eussiez dit au prochain voyage,

Catull. carmin. 24.

At vos quò lubet, hinc abite lymphæ
Vini pernicies.

Si j'estois comme vous qui meslez du sucre parmy les vostres, & qui en faites de l'hypocras, vous auriez raison de les aymer mieux mixtionnez, que tout purs: mais moy je les gasterois, & ressemblerois à ce frippon *qui mesloit de la lie parmy les bons vins.*

Horat. sat. 4. lib. 2.

Surrentina vafer qui miscet fæce falerna
Vina.

Au lieu que vous estes comme cet Aufidius, dont il est écrit: *Aufidius temperoit par la douceur du miel, la force du vin de falerne.*

Aufidius forti miscebat mella falerno.

Martial reproche à je ne sçay quel badin de son temps, *qu'il gastoit son bon vin par ses mauvais contes.*

Epig. 6. lib. 8.

——— *Verbis mucida vina facis.*

Et je me souviens bien de cet autre impertinent, qui fit dire de luy. *On nous servit de fort bonnes choses, mais le maistre du logis à force de nous prosner la nature & les proprietez de chaque viande, nous dégousta de telle sorte, que pas vn n'eut le courage de toucher à rien;*

non plus que si quelque Canidia dont l'haleine est plus empestée que celle des serpens de la Libye, eust soufflé dessus les plats.

Suaves res, si non causas narraret earum, &
Naturas dominus: quem nos sic fugimus ulti,
Ut nihil omninò gustaremus: veluti illis
Canidia afflasset, pejor serpentibus Afris. Horat. sat. ult. lib. 2.

Vous avez raison de condamner les vins forts; c'est le precepte d'vn sage voluptueux. *Il vaut mieux se laver les entrailles de vin doux.*

——— Leni præcordia mulso
Prolueris meliùs. Idem. sat. 4. lib. 2.

Ie vous prie de m'apprendre si le mot de *villum*, dont vous vous estes servy, se trouve ailleurs que dans nostre Terence. Car je ne me souviens point de l'avoir jamais veû que là & en ce seul endroit.

——— Quid ego nunc agam?
Nisi dum hæ silescunt turbæ, interea in angulum
Aliquò abeam, atque edormiscam hoc VILLI --- Act. 5. scen. 2. Adelph.

Ce que vous appellez

Inter pateras, & levia pocula serpens,

c'est proprement

—— Inventa per devia rura lacerta. Iuven. sat. 14.

Pourquoy m'aviez-vous demandé *des champs écartez, devia rura?* on est sujet à y trouver ces difficultez que vous appellez des lesards & des serpens.

Dans ce mesme passage de Iuvenal, il est parlé de la cicogne qui nourrit ses petits de serpens,

——— *Serpente ciconia pullos*

Nutrit.

Ie me souviens là-dessus de ce que Pline dit, que les Thessaliens avoient les cicognes en telle veneration, à cause qu'elles faisoient la guerre aux serpens, & qu'elles rendoient ce service aux hommes, que c'estoit vn crime capital parmy eux que d'en tuer vne, & que ce meurtre estoit puny de mesme peine que l'homicide. Vous direz peut-estre que ce sont des contes de la cicogne, & que Pline en dit souvent de ceux-là. Il en dit presque autant du beuf. (*C'est au livre 8. Chap. 45.*)

Nous regardons le bœuf, comme le compagnon de nos peines, qui partage aveque nous le travail de l'agriculture; & nos peres l'avoient en telle consideration, qu'il se trouve vn exemple d'vn Citoyen condamné par le peuple Romain, avec toutes les formes; parce qu'il avoit tué vn de ses bœufs à la priere d'vn jeune garçon qu'il aimoit, qui vouloit manger d'vn certain ragoust de village, qui se faisoit des boyaux de cet animal. L'Histoire dit qu'il fut envoyé en exil, comme s'il eust fait mourir son laboureur. SOCIVM *laboris agrique culturæ habemus hoc animal, tantæ apud priores curæ, vt sit inter exempla damnatus à populo Romano die dicta, qui concubino procaci, rure omasum edisse se negante, occiderat bovem, actúsque in exi-*

lium, tanquam colono suo interempto.

Plutarque qui ne ment guere, encherit encore là-dessus; & rapporte quelque chose de plus plaisant. Il dit que les Atheniens sous le regne d'Erectheus, ayant esté contrains d'immoler vn bœuf, celuy qui tua la victime, s'enfuit sur le champ hors de tous les confins de l'Attique, & que la coignée dont il la frappa, fut appellée en jugement comme homicide.

Pour revenir à vos plaintes, vous trouvez estrange que je vous propose des difficultez parmy les pots & les verres: vous appellez cela vous mettre à la question, & alléguez là dessus,

Tu lene tormentum ingenio admoves
Plerumque duro.

Et cependant vous m'en faites de bien plus difficiles à vostre tour; & me donnez occasion de vous rendre vos mesmes paroles, & d'y ajouster,

Reges dicuntur multis vrgere culullis De arte poët.
Et torquere mero.

Comme si je ne sçavois pas qu'vn de vos plus grands plaisirs, c'est de faire des nœuds, & d'exercer vostre addresse à les deslier: Et que vous estes en cela d'vne autre humeur que les Graces, dont Horace dit, *qu'elles sont paresseuses à rompre & à défaire des nœuds.*

Segnésque nodum solvere, Gratiæ.

Mais vous ne vous en estes plaint que pour avoir

ſujet de me dire : *Vous eſtes le Maiſtre, & ie ſuis Davus, & non pas Oedipe. Ie ſuis du nombre de ceux qui dans Seneque parloient à table, & ſe taiſoient à la queſtion. In conviviis loquebantur, in tormentis tacebant.* Et veritablement ce mot-là meritoit bien que vous fiſſiez le faſché pour l'amour de luy.

Au reſte, avec voſtre *Davus*, je voy bien que cette diſpute à qui ſera de nous deux le Maiſtre du feſtin, n'eſt pas vuidée, & que nous ſommes encore à ſçavoir à qui Venus aſſignera la royauté :

Quem Venus arbitrum dicet bibendi.

Il eſt vray que ſi cet avantage doit demeurer à celuy des deux à qui cette Deeſſe ſera la plus favorable, il faudra que je vous le cede tout entier.

Tibull. lib. 4. ad Cherintum.

Te naſcente, novum, Parcæ cecinere puellis
Servitium, & dederunt REGNA SVPERBA *tibi.*

Remarquez ce *regna ſuperba*, il eſt fait pour vous tout exprés.

A propos de Venus, j'ay encore trouvé quelque choſe qui peut confirmer voſtre explication de *venuſtus amator.* C'eſt dans Plutarque en la vie de Sylla, où il dit de luy qu'aprés avoir triomphé de Mithridate, & s'eſtre vengé de tous ſes ennemis, il voulut que les Romains le ſurnommaſſent *l'heureux*. Et puis cet Auteur ajouſte, αὐτὸς δὲ τοῖς Ἕλλησι γράφων καὶ χρηματίζων, ἑαυτὸν Ἐπαφρόδιτον ἀνηγόρευσε. *Græcis cùm ſcriberet, vel reſponderet,* EPAPHRODITON, *id eſt* VENERI GRATVM, *appellabat ſe.*

Vous voyez qu'Ἐπαφρόδιτος en Grec, qui revient à nostre *venustus*, se prend pour le *fœlix* des Latins. S'il estoit parlé en cet endroit, d'vn autre que de Sylla, on pourroit peut-estre prendre ce mot à la lettre, comme l'a traduit l'Interprete; Mais vous sçavez que Sylla n'estoit pas Coquet ny Galant, ou du moins qu'il n'affectoit pas d'en avoir la reputation parmy les Grecs. I'adjouste que qui voudroit rendre *venustus* en Grec, ne le pourroit faire plus proprement ni plus à la rigueur, que par ἐπαφρόδιτος.

Ie viens à vostre passage de Quinte Curce. Monsieur l'Abbé de Lavardin à qui je l'ay monstré, croit qu'*armis* ne peut avoir là que sa signification ordinaire, & qu'*eminere* ne veut dire que *paroistre entre les autres*. Ie suis de son opinion; & toutes les raisons de ceux qui soustiennent cette explication, me semblent excellentes. Ie ne pense pas mesme que dans ce lieu de Virgile que les autres alléguent, *armis* signifie *espaules*, & *pectore poictrine*. Ce seroit vne estrange loüange. *Quàm se se ore ferens &c. Qu'il a bonne mine! & qu'il a la poictrine & les espaules fortes!* La force des espaules n'est que pour les fardeaux. Pour celle des bras, elle seroit estimable; & Phædra dans Seneque dit bien de Thesée.

Inerant lacertis mollibus fortes tori. In Hippolyto scen. vlt. act. 2.

Mais je n'ay veû nulle part *fortes humeri*. A la verité *armi* se disent quelquefois des hommes, & comme ce mot se trouve dans Virgile lors qu'il parle d'vn sanglier:

Æneid. 10. verſ. 701. *Subſtitit, infremuítque ferox & inhorruit* ARMOS.

Il s'y trouve aussi où il parle d'vn Troyen:

——— LATOS *huic haſta per* ARMOS

Æneid. 11. verſ. 64. *Haſta tremit, duplicátque, virum transfixa, dolorem.*

Il y a pourtant apparence, qu'où il fait mention d'Enée, au quatriéme de l'Eneide, il faut traduire, *Quàm forti* PECTORE *&* ARMIS! *Qu'il a de cœur, & qu'il a executé de glorieux faits d'armes!*

Ainsi au huitiéme de l'Eneide, *fortia bello* PECTORA, & ailleurs *violentáque* PECTORA *Turni*, ne se peut expliquer que par *corda*: &, *haud furto melior, ſed fortibus* ARMIS. *O fama ingens, ingentior* ARMIS *vir Trojane. Ambo animis, ambo insignes præſtantibus* ARMIS. *Fulminat Æneas* ARMIS. Tout cela dis-je ne se sçauroit entendre *de humeris*.

Æneid. 10.

Ie suis tres-aise que vous me permettiez d'admirer Bacon. Il est vray ce que vous dites: ce Poëte que vous alléguez, qui a parlé des Anglois avec tant de mépris, eust esté bien estonné de voir celuy-cy; & se fut écrié sans doute, comme Pyrrhus avoit fait, quand il vit la disposition de l'armée Romaine: *Ces Barbares ne sont point Barbares.* Iuvenal croit que nous leur avons appris la rhetorique & la chicane:

Sat. 15. *Gallia causidicos docuit facunda Britannos.*

Et

Et en voilà vn en revanche, qui nous apprend des choses qui valent bien mieux. Dés le temps de Domitien, ils commençoient d'aimer l'eloquence,

De conducendo loquitur jam rhetore Thule. Idem ibid.

Et la poësie mesme,

Dicitur & nostros cantare Britannia versus. Mart. Epig. 4. lib. 11.

Il faut avoüer la verité, que vous avez vn plaisant vin; & que les railleries que vous faites sur mon borgne Locrien, sur mon donneur de soufflets, & sur mon remede de la fiévre-quarte, sont fort agreables. Vous avez le don d'application. Les proverbes deviennent en vostre bouche, & sous vostre plume, les plus jolies choses du monde,

Tantùm de medio sumptis accedit honoris.

Ie suis de vostre avis, que *bigle* se dit, *quasi binus oculus*. Mais ne croyez-vous pas aussi, que *besicles*, que l'on prend quelquefois à Paris pour des *lunettes*, sont dites *quasi bis oculi*, *de doubles yeux*, ou *de seconds yeux*?

Puisque nous sommes sur les etymologies, je vous en veux apprendre vne bien plaisante, que je tiens du Docteur Crassot en sa Morale, où il parle de la monnoye. *Saturne*, dit-il, *ayant débarqué en Italie, y fit forger de la monnoye, & apporta cette belle invention aux hommes; qui en reconnoissance & pour en conserver la memoire, graverent dessus, vn vaisseau.* Et delà parmy nous une des faces de nostre monnoye a retenu le nom de PYLE, qui signifioit autrefois NAVIRE, comme il paroist par celuy de PYLOTE qui nous est resté. SATVRNVS, in Italiam navi devectus, æreum decussit numum: in cujus memoriam, bona posteritas PVPPIM signavit in ære. Hinc numi nostratis altera facies, Gallicè PYLE, quo vocabulo antiquitus significabatur NAVIS, hinc etiam apud nos, gubernatori nomen PYLOTE.

Croyez-vous, MONSIEVR, que cela vaille la peine, que le bon homme a prise de le faire venir de si loin? Et trouvez-vous que Vigenaire ait plus de raison de faire descendre *pantoufle* en droite ligne de πᾶν, & de φέλλος, comme qui diroit *tout liege*, & *mandille* de μανδύη, qui estoit la *penule*, des Latins, dont ils se servoient à la campagne & pendant le mauvais temps, comme vous aurez vû en cent lieux, & entre autres en celui-cy de Iuvenal,

———— Fremeret sæva cum grandine vernus
Juppiter, & multo stillaret penula nimbo.

Et devant que de passer outre, quel sens donnez-vous à ces paroles de Varron? *Non quærenda est homini qui habet virtutem, penula in imbri.* *Vn homme qui a de la vertu, n'a que faire de casaque pendant la pluye.* Est-ce qu'il s'envelope de sa vertu comme faisoit le bon Horace, *& mea virtute me involvo?*

Pour revenir à nostre monnoye, sçavez-vous d'où vient nostre escu au soleil? C'estoit justement ce que la loy nomme *solidus*, & que l'on appelloit au commencement *escu-sol.* Mais les monnoyeurs voyant ce mot *sol.* & n'appercevant pas le point qu'on y ajoustoit, crurent qu'il signifioit *Soleil*, & graverent en sa place vn soleil. Ie dois cette rareté à Bodin, que Monsieur Dupleix appelle souvent *Baudet*, & quelquefois tres-injustement. En sa Repub. liure 6. chap. 3.

Disons encore vn mot de nostre *pyle*. Il y a long temps qu'on se mesle de jouër *à croix-pyle*, ou pour le moins à quelque chose de semblable, à ce que témoigne Macrobe. *Æs ita fuisse signatum hodiéque intelligitur in aleæ lusu: cùm pueri denarios in sublime jactantes*, CAPITA *aut* NAVIM, *lusu teste vetustatis, exclamant.* Saturn. lib. 1. cap. 7.

Que vous m'avez obligé de m'apprendre cette proprieté occulte d'*Abracadabra!* Cette recette est des moins fascheuses & des plus aisées que je vis jamais; ce n'est pas la peine d'aller tuer cent trente mille Allobroges, comme fit celuy dont je vous parlois. Albert le Grand m'en a enseigné vne autre qui merite bien que vous la sçachiez, quoy qu'elle ne soit pas du prix de la vostre. *Si vne femme grosse*, dit-il, *prend l'habit d'vn homme, & que l'homme le reprenne sans le laver, la fiévre-quarte le quittera tout aussi-tost.* SI *induit vestimentum viri mulier fœta, deinde induat ipsum vir, priusquam abluat ipsum, recedit ab ipso febris quartana.* Si vne femme prenoit l'habit de garçon pour vne si bonne œuvre, je ne croy pas qu'elle en fust blasmée, ni devant Dieu, ni devant les hommes.

Ie ne sçay pourquoy vous trouvez à dire, que la Fortune nous ait conservé les poësies d'Alexandre Severe, & qu'elle ait fait perir celles de Varius & de Cinna. Pour moy je luy sçay aussi bon gré de nous avoir gardé tant de choses ridicules, que je luy en sçay d'avoir fait durer les plus admirables, puisque nous avons autant de besoin de nous décharger la rate, que de nous remplir l'esprit. Il est certain que ce bon Empereur, est vn méchant faiseur de vers, & que c'estoit par punition des Dieux, qu'il se mesloit d'vn mestier dont il s'acquitoit si mal.

Nec satis apparet cur versus factitet: vtrum
Minxerit in patrios cineres, an triste bidental
Moverit incestus.

Cependant il avoit fort leû son Virgile, & l'appelloit d'ordinaire *le Platon des Poëtes.*

L'Empereur Adrien estoit aussi du mesme mestier; & Spartien rapporte, qu'vn Poëte de sa Cour ayant fait pour luy cette Epigramme,

Ego nolo Cæsar esse,
Ambulare per Britannos,
Scythicas pati pruinas.

Il en composa vne d'vn vers de plus, qu'il luy envoya:

Ego nolo Florus esse,
Ambulare per tabernas,
Latitare per popinas,
CVLICES *pati* ROTVNDOS.

Vous me ferez grand plaisir d'en rire, & particulierement de *culices rotundos*, que je mets aveque le *merdis albis* du Dieu des Iardins.

Mentior at si quid, MERDIS *caput inquiner* ALBIS. Horat. sat. 8. lib. 1.

On dit aussi, qu'estant prest de mourir, sa verve le prit, & qu'il prononça cette Elegie :

Animula vagula, blandula,
Hospes, comésque corporis,
Quæ nunc abibis in loca,
Pallidula, rigida, nudula
Nec vt soles dabis jocos?

Vn bel esprit de ma connoissance l'a traduite admirablement ainsi :

Mignardelette, Amelette
Compagne hostesse du corps,
En quels lieux, ma doucelette,
Nuë, tremblante, pauvrette,
Ores t'en vas tu dehors,
Me frustrant de cette joye,
Que par toy je recevoye?

Qui vaut mieux à vostre avis, de l'original, ou de la copie?

O quel Poëte perdit là le peuple Romain! Et pour vous monstrer que ce n'estoit pas ce qu'il avoit de meilleur, que l'imagination, & la vivacité de l'esprit, il donna de belles preuves de son jugement. Il ordonna que les Precepteurs liroient dans les Escholes, Antimaque au lieu d'Homere; & jugea hautement pour Ennius contre Virgile, & passant jusqu'à la Rhetorique & à l'Histoire, pour Caton contre Ciceron, & pour Cœlius contre Salluste.

Il n'y a qu'heur & malheur au monde. Midas eut des oreilles d'asne, qui ne les avoit pas si bien meritées. C'est vne question qui ne seroit pas laide, qui des deux desoblige plus *Marcus Tullius*, ou celui-cy, ou le Pedant Ruffus, qui le nommoit *Allobroge*, dans vn temps que les Savoyards n'estoient pas du tout si polis, que l'est Monsieur de Vaugelas.

Iuven. sat. 7. ——— *Qui toties Ciceronem* ALLOBROGA *dixit.*

Là-dessus il ne faut pas que j'oublie à vous faire rire d'vn de nos Medecins de * * *, qui nous parloit l'autre jour de Virgile avec grand mépris : & comme nous l'en tourmentions, *Il faut que je vous avouë la verité*, nous répondit-il, *je n'ay jamais rien leû de luy que son Tityre en vers Limosins, de la traduction d'vn Advocat de Limoges*. S'il en disoit toûjours de mesme, il me semble que ses malades ne seroient pas trop à plaindre, & qu'vn de ses mots, vaudroit bien vne ordonnance d'vn autre.

Ie plains aveque vous ces pauvres chiens de Thyane. Leur malheur vint de ce qu'on ne sçavoit pas à Rome le quolibet du chat, & qu'il n'y estoit non plus connu que celuy *des choux de nostre Iardin*.

C'estoit par ma foy vn bel esprit que vostre Roman de la Rose. Mais je voudrois bien sçavoir, si dans quatre cens ans *la terre brillante de fleurs, &c.* & *lors qu'aveque deux mots que vous daignates dire, &c.* seront aussi malaisez à entendre que *Voussist emprendre estrif, &c.*

Ie croy qu'oüy, si celui-cy dit vray,

Ut sylvæ foliis &c. De arte poët.

Debemur morti nos, nostráque &c.

——— Mortalia facta peribunt;

Nedum sermonum stet honos, & gratia vivax.

Voicy comme j'ay traduit ces vers:

Les langues vivantes changent de mots comme les forests changent de feüilles, &c. Nous sommes le tribut que la Nature doit necessairement payer à la mort; & nous & tout ce qui vient de nous, sommes sujets à cette charge, &c. Tous les ouvrages d'une main mortelle, periront infailliblement, & il ne faut pas s'imaginer que nos paroles puissent estre exemptes de la rigueur d'une loy si universelle, qu'elles soient toujours en honneur, que leur grace & leur beauté seules, soient eternelles parmy des choses perissables & passageres.

C'est vous, MONSIEVR, qui me faites voir des païs inconnus, & des terres presque étrangeres à tout le monde, & éloignées de tout commerce. *La nef d'Argos ne fut iamais où vous m'avez mené, non plus que celle de l'impudique Medée. Iamais les Pylotes Phœniciens, ny les compagnons infatigables du sage Vlysse, ne tournerent de ce côté-là.*

Epod. 16. *Non huc Argòo contendit remige pinus:*
Neque impudica Colchis intulit pedem:
Non huc Sidonij torserunt cornua nautæ,
Laboriosa nec cohors Vlyssei.

Vostre excellente recette d'*Abracadabra*, me fait visiblement connoître que vous trafiquez par tout jusqu'aux païs les plus froids, & que vous estes de ces marchans, qui vont jusque sous le pole, & que les nêges & les glaces perpetuelles ne rebutent point.

Od. 24. lib. 3. *———Nec Boreæ finitimum latus*
Durataeque solo nives
Mercatorem abigunt.

I'ay entendu admirablement & du premier coup, *il ciel fiorito*, plût à Dieu que vous devinassiez aussi bien mon Grec! Oh que c'est vne belle chose que de sçavoir beaucoup de langues! I'ay appris depuis peu, que c'estoit vn proverbe Turc, *qu'vn homme valoit autant d'hommes qu'il sçavoit de langues;* & je sçay il y a long-temps que le pere Ennius se vantoit d'avoir trois cœurs, parce qu'il sçavoit parler *Græcè, Oscè & Latinè.* (A Gell. lib. 17. cap. 17.)

A ce conte-là, Mithridate qui sçavoit vint-deux langues,

langues, avoit bien des cœurs, luy qui n'en avoit pas vn bon. Mais à vostre avis, surquoy se fondoit le bon homme? N'est-ce point que de son temps les Romains ne parloient que du cœur? Et de fait, encore long-temps aprés, Caton le Grondeur ayant harangué les Atheniens, leur laissa cette opinion, *Que le parler des Grecs, venoit des levres, & celuy des Romains du cœur.* τὰ ῥήματα τοῖς μὲν Ἕλλησιν ἀπὸ χειλέων, τοῖς δὲ Ῥωμαίοις ἀπὸ καρδίας φέρεσθαι.

I'ay ry de bon cœur de Monsieur *Lycimnius*. Cela m'a fait souvenir d'vn hostelier d'Argenteuil, qu'on apelloit le *Maucoiffé*, parce qu'on avoit donné autrefois à sa femme le sobriquet de *Maucoiffée*. Les Romains disoient bien à leurs femmes lors qu'ils les épousoient, *où je seray Caius, vous serez Caia;* mais les femmes ne disoient point à leurs maris, *où je seray Caia, vous serez Caius.* Cela n'est ni beau ni honneste, qu'vn mary ne soit connu que par sa femme; & Homere croit injurier Paris, quand il l'appelle *le mary de la belle Helene.* Cependant Philippe de Castille, qui épousa Marie Reine d'Angleterre, n'eut jamais que la qualité *de mary de la Reine:* & plus plaisamment encore Sigismond Archiduc d'Austriche, & qui depuis fut Empereur, ayant épousé Marie Reine de Hongrie, fut surnommé *le Roy Marie.* Mais c'estoit pour d'autres raisons, comme vous sçavez. Ie pourrois ajouster icy celuy à qui les bonnes graces de la Reine Marguerite, acquirent le glorieux titre *de Roy Margot*.

Au reste je ne suis point resolu de croire ce que vous me mandez de *Licymnia*. I'y ay déja esté attrapé vne fois, & i'en ay eu nom *Domine*.

Nec semel irrisus. Vous sçavez le reste.

Peut-estre qu'à l'heure que je parle, le petit Amour éternuë. Pour le moins suis-je asseuré que cette Dame n'aime rien, ou qu'elle n'aime que vous.

Vous envieriez ma bonne fortune, & me diriez encore de meilleur cœur que vous ne faites, *Gaude sorte tuâ*, si vous connoissiez le rare merite d'vne excellente personne que nous avons dans ce voisinage. *Celle qui fut cause de l'embrasement de Troye, ne brusla pas d'vn plus beau feu le cœur de Paris.*

——————— *Non pulchrior ignis*
Accendit obsessam Ilion.

Mais j'ay toûjours dans l'esprit ces beaux vers, que nous avons si souvent recitez ensemble.

Terret ambustus Phaëton avaras
Spes: & exemplum grave præbet ales
Pegasus, terrenum equitem gravatus
Bellerophontem:
Semper vt te digna sequare: & vltra
Quàm licet, sperare, nefas putando,

Disparem vites.

Phaëton frappé de la foudre, est la terreur des ambitieux, & les doit empescher d'élever trop haut leurs desirs & leurs esperances. Ils doivent prendre exemple sur Bellerophon, que Pegase ne put souffrir, &c.

Devant que de finir cette lettre, j'ay bien de petites questions à vous faire. La Noblesse de ce païs est en perpetuelle dispute sur la pureté de nostre Langue. Ie suis l'arbitre de tous leurs differens, & j'ay tous les jours quelque querelle à accorder. Iusqu'à cette heure ils m'en ont crû, & j'espere que je pourray conserver l'autorité que j'ay acquise parmy eux, s'ils voyent que vous confirmiez les sentences que j'ay données. Voicy vne partie des choses qui sont contestées. Si on dit à la Cour, *il mange mal,* pour dire, *il fait mauvaise chere & ne tient pas bonne table.*

Lequel est mieux dit *courre*, ou *courir.* Celuy qui est pour *courre*, soustient qu'il le faut dire toûjours, & ne permet l'vsage de l'autre mot qu'vne fois l'année pour le plus.

* * * * * * * * * * * * *
* * * * * * *

Ie vous supplie, MONSIEVR, & autant que je le puis, de me répondre, en répondant à toutes ces questions provinciales, quoy qu'elles ne soient pas dignes de vous, & que j'observe mal le precepte, *qu'il ne faut point faire intervenir de Dieu à la*

Gg ij

fin de la piece, s'il ne s'y trouve vn nœud dont le dénouëment soit digne de son addresse.

Nec Deus intersit, nisi dignus vindice nodus
Inciderit.

En recompense je vous feray au prochain voyage, la meilleure chere que je pourray,

—— Gustus, elementa per omnia quæram.

Spartien. C'est à dire que j'épuiseray tous les lieux communs que j'ay depuis l'*A* jusqu'au *Z*, à l'imitation de l'Empereur Geta, qui vouloit qu'on le traitât selon les lettres de l'Alphabet, & qu'on luy fist autant de services, qu'il y en a. Dans le premier, par exemple, *anser* & *anas* y entroient, & peut-estre mesme *asellus* pour achever de couvrir la table.

Ce qui me met en peine, c'est qu'il y a danger de traiter vn homme dont l'ordinaire est si excellent que le vostre:

Iuven. sat. 11.
———— Superbum
Convivam metuo, qui me sibi comparat ———

Ie ne me connois point en bons morceaux,

Pers. sat. 6.
———— nec
Sum, tenuem, sollers, turdorum, nosse, salivam.

Et je voy que vous méprisez des vins qui me semblent delicieux:

Horat. Od. 14. lib. carm. 2.
———— & mero
Tingis pavimentum superbum
Pontificum potiore cœnis.

Neantmoins je vous serviray toute sorte de choses, & en abondance :

——— *Cupiens variâ fastidia cœnâ* Id. Sat. 6. lib. 2.

Vincere tangentis malè singula dente superbo.

Adieu, MONSIEVR,

Si (Mimnermus uti censet) sine amore jocisque

Nil est jucundum : vivas in amore jocisque.

Vive, vale en est encore. C'est

Vostre, &c.

MONSIEVR DE VOITVRE,

A MONSIEVR COSTAR.

LETTRE XXVIII.

MONSIEVR,

Vous eussiez mieux fait de laisser passer Hebrus ; & vous verrez ce que c'est que d'arrester les rivieres & de s'opposer à leur cours. Celle-cy est douce & tranquille, & coule paisiblement sans faire tort à personne : cependant vous declamez contre elle, comme si elle avoit emporté *sata læta, boúmque labores*. Vous dites mille choses contre son honneur.

——— *Et fera diluvie quietum*

Irritas amnem.

Mais vous qui ne l'avez pû souffrir *cum pace labentem*, vous l'allez voir

——— *nunc lapides adesos*

Stirpésque raptas, & pecus, & domos

Volventem vnà, non sine montium

Clamore vicinæque sylvæ.

Vous jugerez bien à peu prés, MONSIEVR, si dans mon allégorie, vous estes designé par le bétail ou par les montagnes. Mais pour revenir à ce que nous disions, Hebrus est vn fleuve delicieux, mais peu hanté & peu connu du vulgaire, *ignotus pecori*, & aux habitans de Poitou; & vous ne sçaviez pas sans doute,

——— *atque auro turbidus Hebrus*,

ni ce que Pline dit que l'on trouve de l'or dans son gravier. Mais dites le vray, vous n'aviez pas oüi dire non plus, que la teste & la lyre d'Orphée furent jettées dedans cette riviere,

——— *Caput Hebre lyrámque*

Excipis.

A vostre avis vous deviez-vous plaindre que je vous misse sur son rivage, veu principalement ce que l'on en dit,

Flebile nescio quid queritur lyra.

Et puis,

——— *Respondent flebile ripæ.*

Regardez le grand tort que je vous faisois: vous eussiez peut-estre ouï tout cela. Et s'il est vray ce que dit Pausanias, que les rossignols qui estoient vers le tombeau d'Orphée, chantoient plus melodieusement que les autres: Imaginez-vous s'il fait bon où je vous avois placé, & quelle musique il doit y avoir.

La plainte que vous faites de mes nêges, ne me semble guere plus raisonnable; & vous n'estes pas, à ce que je voy, de ces delicieux, dont Pline dit (I'entens le vieux, car pour l'autre, je ne le daignerois alléguer) *Nives potant, pœnásque montium, in voluptatem vertunt.* Et vous ne les appelleriez pas vos Maistresses, comme cet autre,

Setinum, dominásque nives, densíque trientes.

Mais quand vous ne seriez pas de ce goust-là, au moins ne vous en deviez-vous pas tant fascher.

Aspice quàm densum tacitarum vellus aquarum
Defluat in vultus Cæsaris, inque sinus.
Indulget tamen ille Iovi.

Vous ne devriez pas estre, ce me semble, de plus mauvaise humeur que Domitien: & vostre Catulle vous devoit apprendre que je ne vous avois pas si mal logé, quand il dit,

Ego viridis algida Idæ
Nive amicta loca colam.

Ne sçavez-vous pas, *dedit nivem sicut lanam*, & que

c'eſt elle qui conſerve les plus tendres fleurs, contre la rigueur de l'hyver? Sans mentir (car il ne vous faut pas trop effaroucher, ni vous faire toûjours la guerre) vous m'en avez envoyé les plus belles du monde & de toutes les ſortes,

Et quas Oſſa tulit, quáſque altus Pelion herbas
Othríſque & Pindus, & Pindo major Olympus.

Ie n'ay pas aſſez de nez pour tout cela. Vn nez de Rinocerot, celuy de Papilus, & celuy de Monſieur B.

Et omnis copia narium,

n'y ſuffiroient pas. Vn homme qui envoye tout cela, ne devroit pas ſoupçonner que l'on pûſt mettre *pede barbaro* pour luy, ni que cela vinſt bien à ſon pied. Vn barbare auroit-il toute la dépoüille de la Grece & de l'Italie?

Barbarus has ſegetes?

Mais quand je vous aurois appellé ainſi, je veux bien que vous ſçachiez (car je ne me ſçaurois tenir de vous apprendre toûjours quelque choſe) que cela n'eſt pas ſi offenſant que vous croiriez; & ſans vous alléguer que *barbarico poſtes auro* eſt interpreté par Servius, par *multo auro*, je vous diray que *barbaricâ lege jus meum perſequerer* dans Plaute, eſt expliqué par les interpretes *Romanâ lege*. & dans le meſme Auteur, *Quid vrbes barbaras, juras*, c'eſt à dire *Italas*.

Selon que vous alléguez le Furius d'Horace

entre

entre ces deux diſeurs de nêges dont vous parlez, je croy que vous ne l'entendez pas: car Horace ne veut pas dire là qu'il dit des choſes froides; mais il ſe veut mocquer de ce vers qu'il avoit fait,

Iuppiter hibernas, cana nive conſpuit Alpes.

Ie ſuis trompé ſi Quintilien n'allégue auſſi ce meſme vers, en vn endroit où il blaſme les mauvaiſes metaphores. Et Horace pour dire quand il fait froid, dit ingenieuſement & ſatyriquement,

——— *& cùm*
Furius hibernas cana nive conſpuit Alpes,

Ie ne ſuis pas de voſtre avis ſur l'explication que vous donnez à *ludo fatigatúmque ſomno*, en expliquant *fatigatus*, *laſſatus* pour *ludo*, & *oppreſſus* pour *ſomno*, car je croy qu'vn mot qui ſe rapporte à deux autres, doit avoir vne meſme ſignification pour tous les deux. Et pour moy je prendrois-là *fatigatum ſomno*, pour *fatigatum ſomni inopiâ:* comme *ſommeil* ſe prend en François pour le *ſomme* en effet, & pour *l'envie de dormir. Ie n'en puis plus de laſſitude, & de ſommeil.*

Prenez garde au reſte, que tous les paſſages que vous alléguez de *fatigatus*, où vous luy donnez vne autre ſignification que la ſienne ordinaire, ont vn plus beau ſens en le laiſſant en ſa ſignification propre: & j'aime mieux, *fatiguoit les Dieux d'vn autre empire*, que *importunoit*; & ainſi des autres.

I'ay trouvé auſſi-bien qu'Ariſtote, que la beatitude n'eſtoit pas dans le jeu. Et de fait, je ne jouë plus, & il y a ſept mois que je n'ay joüé, qui eſtoit vne nouvelle aſſez importante que j'avois oublié à vous dire.

Nec luſiſſe pudet, ſed non incidere ludum.

Ie ſuis de voſtre avis en ce que vous reprenez de Quintilien. Sa raiſon eſt bonne pour les cheutes des enfans, mais non pas pour leurs jeux & leurs courſes.

La rigueur dont les Theſſaliens puniſſoient les *Cicognicides*, me ſemble aſſez raiſonnable; mais je ne ſçay ſi c'eſt à cauſe que les cicognes mangent les ſerpens, ou pource qu'elles nourriſſent leurs peres en vieilleſſe, ou pour avoir eſté les inventrices des clyſteres, qui eſt vne loüable & vtile invention. Veritablement, hors qu'elles ſont mocqueuſes, comme vous ſçavez,

O Iane à tergo, &c.

ce ſont des oiſeaux de fort bonnes mœurs, & qui ont d'excellentes qualitez.

Ie ne m'eſtonne pas non plus de ce que dit Pline, de l'eſtime en laquelle les Romains avoient le bœuf. Encore aujourd'huy, parmy beaucoup de peuples, le bœuf ſalé eſt en veneration. Mais ſçavez-vous ce que dit Suetone, de cet honneſte homme de Domitien: *Inter initia, vsque adeò ab omni cæde abhorrebat, vt absente adhuc patre, recordatus Virgilij versum,*

Impia quæ cæsis, gens est epulata juvencis,

edicere destinaverit, ne boves immolarentur. Voyez le bon Prince, qu'il avoit l'ame douce, & vous y fiez.

Ie croy que vous ne connoissez pas trop bien Sylla, de dire qu'il n'estoit pas coquet, & je gagerois que vous ne l'avez jamais vû. *Animo ingenti, cupidus voluptatum, sed gloriæ cupidior, otio luxurioso esse, tamen ab negotiis nunquam voluptas remorata.* Regardez si là-dessus on peut juger qu'il n'estoit ni coquet ni galant.

Ie vous supplie de dire à Monsieur l'Abbé de Lavardin, que je le remercie tres-humblement du jugement qu'il a donné en ma faveur sur le passage de Quinte Curce; & que je ne me réjouïs pas plus de ce qu'il a jugé pour moy, que de ce qu'il a bien jugé; Car je prens desormais assez d'interest en luy, pour estre fort aise de ce qu'il est bon juge de ces choses-là.

Ie me réjouïs de ce que vous taschez à rencontrer aux etymologies. Vous avez quasi trouvé celle de *besicles*, & cela n'est pas mal pour vn commencement: mais il vient de *bini circuli*, ou *bis circuli.* Celle de Monsieur Crassot dont vous vous mocquez, ne me déplaist pas, & je ne me recule pas trop non plus de celle de Vigenaire. Mais je vous rendray *des mulles* pour *ses pantoufles*, & vous demeurerez bien d'accord que ce mot-là vient de *mullæi*, qui estoient *calcei regum Albanorum, rubri coloris.*

Voilà, MONSIEVR, ce que je devois vous avoir écrit il y a long-temps ; mais j'ay eu tant d'affaires, & telles, que je sçay bien que vous me pardonnerez quand je vous les diray.

Res misera est, pulchrum esse hominem nimis.

Au reste, soyez vn peu plus hazardeux, & que Pegase & Bellerophon ne vous fassent point de peur. Ie vous asseure que ce ne sont que fables que tout cela.

Aude hospes contemnere opes, & te quoque dignum
Finge Deô.

Au premier voyage je vous envoiray la decision sur les mots de vostre Noblesse. Ie n'ay pas de temps à cette heure. Ie suis

Vostre, &c.

I'oubliois à vous expliquer le passage de Quinte Curce, au moins comme je l'entens, & veritablement il est tres-difficile. *Il n'y avoit pas* (ce dit-il) *de terre sous la muraille pour appliquer des échelles, & Alexandre n'avoit pas de vaisseaux. Et puis quand il en eust eu, lors que l'on eust voulu planter des es-*

chelles dessus, les vaisseaux estant branslans & flotans, cela n'eust pas pû se faire assez diligemment, & ceux de la muraille eussent eu le temps de repousser à coups de traits, ceux qui eussent voulu monter, & ceux qui estoient dedans les navires.

MONSIEVR COSTAR,

A MONSIEVR DE VOITVRE.

LETTRE XXIX.

MONSIEVR,

Devant que de vous répondre, il faut s'il vous plaist que je vous fasse part de ma joye, & que je vous entretienne d'vne longue visite que j'ay renduë à Monsieur de Balzac depuis trois semaines. Il m'arresta huit jours chez luy, & lors qu'il voulut bien me donner congé, la goutte me prit & m'y retint encore autant. Vous sçavez que cette incommodité n'empéche pas que je ne me tienne fort bien en carosse, que je n'y aille mesme aussi viste qu'vn Basque pourroit faire, lors que vostre Cocher se met en fougue contre ses chevaux : & vous n'aurez pas oublié qu'autrefois en cet estat-là, je ne riois pas moins au Cours aveque vous, que ceux qui avoient de bonnes jambes. Cette derniere fois, la goutte ne m'a pas tenu plus de rigueur. Nous nous sommes promenez, & avons ry, *Quicquid erat domi cachinnorum* ; & l'avantage que j'ay tiré de mon mal, c'est d'avoir eu pretexte de ne sortir pas si-tost d'vne maison, où j'eusse souhaité de pouvoir demeurer toute ma vie, si elle n'estoit à cent lieuës de vostre ruë sainct Honoré, & si je n'avois fait vœu de me rejoindre à vous pour ne m'en separer jamais. En verité, MONSIEVR, cet illustre Hermite habite là vn agreable desert ! l'avois crû que la peinture qu'il nous en avoit donnée estoit vn tableau fait à plaisir ; Mais j'ay reconnu qu'il estoit tiré sur le naturel, & si je l'ose dire, que ce chef-d'œuvre de l'art estoit encore surmonté par la Nature. Aussi, *nulli potest facilius esse loqui, quàm rerum naturæ pingere, lasciuienti præsertim, & in magno gaudio fertilitatis, tam variè ludenti.* IL *n'y a point d'homme qui doive pretendre de sçavoir aussi-bien parler, que la Nature sçait peindre, principalement lors que dans la joye de se voir si feconde & si fertile, elle prend plaisir à s'égayer & à se jouër de mille differentes sortes.*

Catulle.

I'y ay vû *ce bois où en plein midy il n'entre de jour que ce qu'il en faut pour n'estre pas nuit, dont tous les arbres sont verds jusqu'à la racine, & qui pour le fruit qui leur manque, ſont chargez de tourtes & de faiſans en toutes les ſaiſons de l'année.*

I'ay vû *ce canal qui fait reſver les plus grands parleurs auſſi-toſt qu'ils s'en approchent.* Ie me ſuis promené ſur le bord de *cette belle riviere, qui cultive tout ce qu'elle arrouſe, & qui eſt à proprement parler vne fontaine continuée depuis ſa ſource juſques à la mer.* I'ay conſideré vint fois *ces collines, qui ſont vertes de haut en bas, d'vne foreſt qu'elles portent, & dont la pente eſt ſi droite, qu'il ſemble que les arbres n'y ſont pas plantez, mais qu'on les y a attachez, ou qu'ils y grimpent, tant ils y ont apparemment peu de priſe.* Enfin j'ay reſvé ſouvent où l'eſclave d'Alger tendit ſon bonnet de pluche bleuë, & fut pris d'abord pour le Dieu de la Charante. Ce fut là que je luy dis vn ſoir, (vous voyez bien à qui ce *luy*-là ſe rapporte) que comme les Financiers avoient baſty tout alentour de Chilly du temps de Monſieur le Mareſchal d'Effiat, il falloit que les beaux eſprits bâtiſſent alentour de Balzac; & particulierement vous, Monſieur Chapelain, & moy. Car je me mets au rang des beaux eſprits ſans ceremonie & ſans façon. Et de fait, je vous ay choiſi vne place admirablement belle; c'eſt vn coſtau qui ne cede en rien à celuy dont Pline a dit, (I'entens le Pline que vous ne dédaignez pas d'alléguer) *que la Nature devenuë jardiniere, s'eſtoit elle-meſme divertie à l'hiſtorier en verdure, de ſes propres mains: quodam to-*

piario opere, Natura ſpectabilem reddidit.

Vous verrez vn des plus beaux valons du monde, & qui dure prés de deux lieuës,

Pompa maggior de la Natura, &c.

Voſtre baſtiment, ſelon noſtre ſupputation, ne vous reviendra qu'à vn peu plus de quinze mille eſcus; & quand vous en aurez vû le plan que je vous envoiray au premier voyage, vous avouërez que voſtre argent ne pourroit eſtre mieux employé. Et veritablement, quoy qu'il vous couſte, vous ne ſçauriez acheter trop cher le voiſinage & la compagnie d'vn homme ſi rare, & qui vous aime ſi parfaitement. Il m'a conté tous les feſtins que vous luy avez faits autrefois. Il m'a parlé du cheval chargé de confitures ſeiches, que vous luy envoyâtes vn matin; des quatre cens eſcus que vous luy preſtâtes, & de la promeſſe que vous écrivites au dos de la ſienne en la luy renvoyant. *Ie confeſſe devoir à Monſieur de Balzac huit cens eſcus, pour l'honneur qu'il m'a fait d'avoir agreable que je luy en preſtaſſe quatre cens.* Il me monſtra la belle lettre que vous aviez faite ſur la priſe de Corbie, dans laquelle à mon gré le Heros dont vous parlez eſt mieux loüé & plus judicieuſement qu'il ne l'a eſté de ſa vie. Entre autres, il y a quatre ou cinq endroits que nous admirâmes, & qu'il eſt reſolu d'alléguer quelque part dans ſes ouvrages, c'eſt à dire de les immortaliſer mal-

gré

gré vous & voſtre pareſſe, & d'en inſtruire la poſterité. Ie luy fis voir les deux dernieres lettres que vous m'aviez écrites. Elles le ſurprirent extrémement, & tant d'applications ingenieuſes ne luy plûrent guere moins, qu'elles me plaiſent à moy-meſme.

Au reſte nous buuions à chaque repas, à vôtre ſanté, trois coups reglément : le premier eſtoit à *Monſieur de Voiture*, le ſecond *Vincenti Victuro*, & le troiſiéme *Victuro Vincenti*.

Aprés tant de témoignages d'eſtime & d'affection, il me ſemble que vous ne ſeriez pas excuſable ſi vous ne le veniez voir pendant que je ſuis icy. Le voyage eſt long, mais je vous répons qu'il ne vous ſera point ennuyeux. Sans parler des connoiſſances que vous avez peut-eſtre à Eſtampes & à Orleans, vous verrez à Blois Madame de la B. à Tours Mademoiſelle L. & cette autre dont j'ay oublié le nom. A Saumur, Mademoiſelle des *** vous viendra trouver, ſi vous luy donnez avis de voſtre paſſage. A Toüars vous vous délaſſerez chez Madame de ***. Icy nous irons voir dans ce voiſinage Mademoiſelle de K K. A Balzac vous verrez vne Niece qui eſt belle & ſpirituelle, qui diſcerne fort bien la vraye galanterie d'avec la fauſſe ; & à qui il ne manque rien pour vous, que de l'aimer vn peu davantage. Si tout cela ne vous perſuade, il ne me ſerviroit de rien de vous loüer nos melons, nos figues, & nos muſcats, & de vous dire que ce ſont des confitures ſans ſucre, & des remedes friands & delicieux.

Mais je m'amuſe, & je ſuis preſſé. En effet j'ay impatience que vous ſçachiez que Monſieur de Balzac m'a obligé d'écrire à Monſieur Chapelain, & de luy demander ſon amitié. Ie l'ay fait de tres-bon cœur, & avec vn tres-bon ſuccez. Il m'a récrit vne lettre extrémement obligeante, & qui me donne ſujet d'eſperer avec le temps beaucoup de part en ſes bonnes graces. Il y a cecy entre autres choſes. *Vn homme qui a le cœur de Monſieur de Balzac entre ſes mains ; qui partage celuy de Monſieur de Voiture avec ſes plus cheres inclinations, & qui a l'approbation de Monſieur l'Abbé de Sainct Nicolas, ſe peut promettre l'affection de tous les honneſtes gens, &c.*

Ie vous ſupplie, MONSIEVR, ſi vous voyez qu'il s'abuſe, en ce qu'il dit là de vous, de ne le vouloir pas détromper, & de luy témoigner qu'il vous fait plaiſir de m'aimer & de prendre confiance en moy. Ie vous en conjure par (n'eſt-ce plus Lycimnia qu'il faut dire?) Il y a de la honte pour moy, & pour vous auſſi, que je n'en ſçache pas davantage. Cela eſt bien plus offenſant encore, que la querelle que vous me faites pour le fleuve *Hebrus*.

Veritablement vous feriez vn ingrat, ſi vous ne defendiez les eaux d'Helicon. De tous ceux qui y font allez, il n'y en a guere à qui elles ayent fait tant de bien qu'à vous; & qui d'ailleurs s'en soient mieux portez : c'est à dire qui ayent eu moins besoin de cet excellent ellebore qui par vne singuliere providence de la Nature, croist sur la mesme montagne, si celui-cy dit vray. *Nigrum elleborum vbique provenit, sed melius in Helicone &c.* Ie ne m'estonnerois donc pas que vous vous broüillassiez avec moy pour Hipocrene; Mais d'où vous vient cette amitié pour ce petit Hebrus, qui n'arrouse que des terres tres-infertiles, & qui ne produit guere que des glaçons par tout où il coule, ou plustost qui ne coule que la moindre partie de l'année. Le Chevalier Marin luy donne vne couronne de glaçon: Plin. lib. 25. cap. 5.

Si scote l'Hebro da le corna estreme
La canicie del gel, che l'incorona.

Quand j'aurois eu de l'inclination pour luy, cette couronne de glaçons l'auroit refroidie.

Ie ne sçaurois m'empescher de le haïr, quand ce ne seroit qu'il est du païs de la Bise, & de tous les autres vens qui nous apportent la gelée. En effet dans Homere, dans Hesiode, & dans Theocrite, l'Aquilon est appellé Thracien. Et pour ne parler que de vos connoissances, ne vous souvenez-vous pas de Horat. Od. 25. lib. 1.

Thracio bacchante magis sub interlunia vento.

Od. 13. Epod.

——— Nunc mare, nunc ſylvæ
Threïcio Aquilone ſonant.

Pour ſes compagnons, il me ſuffira d'alléguer vn

Euſtath.

Scholiaſte Grec, qui appelle la Thrace, *la boutique où ſe font les vens*, ἀνέμων ἐργαστήριον.

Mais j'ay encore vn plus juſte ſujet de cole-

Horat. Od. 25. lib. 1.

re contre *ce grand camarade de l'Hiver: Hiemis ſodalis.* Il noya vne fois vn petit garçon fort bien fait. Cet enfant ſe joüant ſur ſa glace, elle luy fondit ſous les pieds, & le petit tomba dans l'eau juſqu'à la teſte qu'vn gros glaçon luy coupa inhumainement. La pauvre mere l'ayant trouvée dreſſa vn bucher pour la bruſler, & s'écrioit en luy rendant ce dernier office: *Ah mon cher fils, que ton deſtin eſt bizarre! Tu peris tout enſemble par le feu & l'eau, & deux elemens à la fois te ſervent de ſepulture!* C'eſt dans l'Anthologie que j'ay appris cette hiſtoire lamentable.

Et puis vous direz que je ne connois pas vôtre Hebrus. Il ne faudroit point avoir oüi par-

Oreſte & Adrien. voyez Lampridius in Heliogabalo.

ler d'Adrianopolis qui fut baſtie deſſus par vn fou, & rebaſtie par vn autre. Ie liſois encore l'autre jour dans Zozime vne grande bataille que Conſtantin gagna au bord de cette riviere. Et puis ne ſçay-je pas ce que celui-cy en dit:

Le Chevalier Marin.

*Lunga la riva d'*HEBRO
Con le Ninfe compagne
La vezzoſa Euridice &c.

Et cet autre:

*Non fù sù l'*HEBRO *mai*
Si fieramente lacerato, e morto
Da le Donne di Tracia il Tracio Orfeo,
Come &c.

Guarini dans le Pastor fido.

Et quant à la teste & à la lyre d'Orphée, vn homme qui sçait son Virgile par cœur, ne pouvoit pas avoir oublié ces beaux vers:

Tum quoque, marmorea, caput, à cervice revulsum, Georg. 4.
Gurgite cùm medio portans Oeagrius HEBRVS
Volveret, &c.

Sans parler de ceux-cy,

Sù la riviera d'Hebro
Le sacrileghe Donne
Trasser le membra, lacerate e sparse,
E nel gorgo del fiume
Sciolto dal busto suo, gittaro il capo
Lo qual per lunga traccia si vedea
Lasciar del sangue suo squallide l'onde
E col capo gittaro
Sciolta ancor quella LIRA,
Che pur dianzi trahea gli arbori, e i sassi &c.

Le Chevalier Marin.

Mais il ne s'ensuit pas que ces reliques se soient conservées jusques à cette heure, où elles avoient esté jettées. Et mesme selon quelques Grecs, elles aborderent en l'Isle de Lesbos, & les Lesbiens firent à la teste vn magnifique tombeau, & la lyre fut portée au Ciel & mise entre les estoiles; ou selon Lucien, consacrée à Apollon & gardée religieusement dans le temple que ce Dieu avoit dans la mesme Isle, jusqu'à ce que Neanthus, fils du Tyran Pittacus, ayant gagné les Prestres à force d'argent, la tira de là, s'imaginant qu'il feroit avec elle tous les miracles que l'on contoit d'Orphée, & qu'il se feroit suivre des bestes, des arbres & des rochers. Mais il luy en prit autrement, car ayant eu la temerité de la toucher vne nuit qu'il s'estoit dérobé de ses gens; il ne fut suivy que des chiens du voisinage, qui se jetterent sur luy, & qui le mangerent jusques aux os, irritez par la rudesse & par la discordance des sons qu'il tiroit de cette divine lyre. Bel exemple, MONSIEVR, & de grande instruction!

Ie vous avouëray bien qu'il y a de l'or dans vostre Hebrus (quoy que je n'aye vû nulle part ce demy vers, *atque auro turbidus Hebrus;* & que Virgile ait seulement dit, *atque auro turbidus Hermus*, dequoy j'ay bien voulu vous avertir en passant). Mais ne m'avouërez-vous pas aussi, qu'il n'y a point de fleurs sur son rivage, puisque l'hiver n'en part guere, & que c'est sa compagnie ordinaire? Et vous sçavez que ce n'est que de fleurs & de fruits que nous trafiquons ensemble, & que l'or & l'argent n'entrent point dans nostre commerce. Vous avez donc raison de dire qu'il est *ignotus pecori*, puisque le pauvre *pecus* n'y trouveroit rien à paistre. Mais vous avez tort de croire qu'il ſoit inconnu *aux habitans de Poitou*, qui le connoiſſent trop pour l'eſtimer, & pour craindre ſon débordement, dont vous voulez leur faire peur. Les rivieres ne ſont pas du tout ſi coleres que vous l'eſtes, & ſi aiſées à émouvoir. Ce n'eſt que de la mer qu'il eſt dit, *qu'elle entre en fureur contre les innocens meſmes : iratum, etiam innocentibus mare.* Et encore n'a-t-elle pas enduré vne fois en ſa vie, trois cens coups d'étrivieres ſans s'en reſſentir ? Aprés cet exemple de patience, y a-t-il apparence que le petit Hebrus me vouluſt noyer pour luy avoir reproché ſes nêges ? Veritablement le Scamandre dans Homere ſe déborde contre Achille, comme je vous le diſois l'autre jour ; mais il avoit quelque raiſon. Ce Heros *aux jambes de Baſque*, (c'eſt à mon avis comme il faudroit traduire πόδας ὠκύς) combloit ſon canal & l'empeſchoit d'aller à la mer. Achille pourtant ſceut bien le faire retirer. Il implora le ſecours de Vulcain qui ne luy manqua point au beſoin, & vne partie de cette inondation, s'en alla bien-toſt en fumée. Ie ne ſuis point ſi vindicatif, je ne veux point bruſler celuy qui m'a voulu noyer. Cependant MONSIEVR, cela eſt de plus grande importance que vous ne penſez, de noyer le monde. Voila ce que c'eſt de ne ſçavoir point de Grec ; vous auriez peut-eſtre ſceu qu'Helene dans Euripide, appelle cette ſorte de mort, *la plus miſerable de toutes* : & que les

Herodote.

Il. φ.

Grecs ne croyoient pas que les ames des noyez passassent jamais jusques dans les champs Elysées. Et de fait Synesius écrit de ses compagnons, que dans vne forte tempeste, se voyant hors d'esperance de se sauver, ils se tuerent tous à coups de poignard, afin que leurs ames sortissent par leurs playes, & qu'elles ne fussent point abysmées dans l'eau. Il rapporte en ce mesme endroit vn vers d'Homere, qui parlant de l'ame d'Ajax qui s'estoit perdu dans la mer, vse du mot ἀπολώλει, *deleta est, interiit.* Mais aprés tout, ce n'est que par metaphore que vous avez voulu me noyer, & vous n'estes pas plus dangereux que celui-cy:

Lib. 2. epist. 54.

Mr Grotius.

O Dî Deæque, carminum, ceu fluminum
Scatebræ sonant: in ore fontes duodecim
In gutture est Ilissus; quid dicam amplius?
Nisi quis illi properè os obturaverit,
Hæc cuncta merget sub diluvio carminum.

Tout ce fleuve si enflé, si impetueux & si rapide, n'est que vostre *flumen ingenii*, dont je ne craindray les débordemens, que quand on craindra en Egypte, en Armenie & chez les Ethiopiens, ceux du Nil, de l'Euphrate & du Niger. Au pis aller, s'il entraine les pierres, les souches & les bestiaux, *Lapides adesos, stirpésque raptas, & pecus, &c.* je me sauveray sur les montagnes & dans les bois, & prendray pour moy ce qui suit, *Non sine montium clamore, vicinæque sylvæ.*

Voyons

Voyons à cette heure, si je me tireray de vos nêges aussi aisément. Ie n'auray point de peine à vous avouër que c'est vn grand plaisir de boire à la nêge, & que c'estoit vn homme de bon goust que cet alteré qui découvrit le premier cette delicatesse, & *qui fit vne friandise des bonnes tables, de ce qui n'estoit auparavant que le supplice des montagnes.*

Non potare nivem, sed aquam potare rigentem
De nive, commenta est ingeniosa sitis. Mart. lib. 14. Epig. 117.

Et m'estonne que Pline, qui nous a dit le nom de celuy qui trouva cette admirable invention de mettre l'eau dans le vin, *Vinum aquâ misceri invenit Staphylus, Sileni filius*, ne nous ait point appris comment s'appelloit ce voluptueux.

I'approuve aussi ce Trimalcion de Petrone, chez qui *Alexandrini pueri, aquam nivatam in manus infundebant.* Et pour vous aider à louër la nêge, je diray *qu'elle est le souhait de Cerés & de Pomone; que c'est la plus subtile & la plus pure partie des eaux du Ciel; & que si la terre allaicte les graines & les semences, la nêge allaicte la terre.* LIQVOREM *sensim præbent, purum præterea levissimúmque, quando nix aquarum cælestium spuma est, &c. Humor ex his non vniversus ingurgitans, diluénsque, sed quomodo sititur distillans, velut ex vbere alit omnia, quâ non inundat.* Plin. lib. 17. cap. 2.

Ie diray que les premieres nêges, c'est à dire les nêges fraichement tombées, sont mises en comparaison aveque les lys:

Marr. *Nivésque primas, liliúmque non tactum.*

& qu'il n'y a rien en la Nature qui represente si bien la blancheur d'vne belle gorge:

Le Tasse. *Mostra il bel petto le sue* NEVI *ignude,*
Ond' il foco d'Amor si nutre, e desta.

Le Marin. *Scopria del vago seno*
Le palpitanti e tepidette NEVI.

Hesiode. Homere. I'adjousteray que les Poëtes Grecs, appellent le Ciel, *de nége,* νιφόεντα & ἀγάννιφον: Et enfin que le crystal se fait de la nége:

Stat. lib. 1. 2. Sylu. *Raráque longævis* NIVIBVS *crystalla gelari.*

Avienus in descript. Orb. Et, *Hîc venæ dites,* NIVEVM *gignunt* CRYSTALLVM. Mais quoy que c'en soit, la Thrace pour en estre toûjours blanche, *&* *nive candidam Thracen*, ne m'en semble pas plus belle, & les jours n'y sont pas plus beaux qu'ailleurs; au contraire

—— *fit nive nigra dies.*

Encore passe, si c'estoit vne nége d'or, comme celle que Iupiter envoya aux Rhodiens, à la naissance de Minerve, selon que Pindare nous l'apprend, & Philostrate aprés luy. Mais Iupiter n'accouche pas tous les jours, & il ne se fait pas souvent des largesses de cette sorte. Ie ne suis donc pas de l'humeur de celuy que vous alléguez, qui disoit *dominas nives.* Si je voulois des Maistresses, je n'en voudrois point qui fussent si froides. Le Bembe commence vn Sonnet ainsi:

Viva mea neve, &c.

Mais la Dame dont il parle n'estoit nêge qu'en blancheur; car si elle l'eust esté en froideur, & si elle eust ressemblé à l'Adonis du Marin, que Falsirene appelle *statua di neve*, elle eût esté detestable, & il ne l'eust pas appellée *cara*, comme il fait en suite.

Pour vostre Domitien, lors qu'il negeoit sur sa teste, il regardoit des combats de Gladiateurs, & des batailles navales. I'en souffrirois bien autant à moins que cela.

Le petit Attis de Catulle dit à la verité, *nive amicta loca colam*. Mais c'est en se plaignant, & du mesme ton qu'il dit auparavant,

Ego Mænas, ego mei pars, ego vir
Sterilis ero?

Le Psalmiste compare la nêge à la laine, mais s'il eust eu comme vous de belles paroles à louër, il eust cherché quelque comparaison plus noble. Vous deviez pour le moins les faire de soye, il ne vous en eust pas plus cousté,

Lana nimis tristis, vix tonsis apta ministris, Mart.
Quales non primo de grege mensa vocat.

Vous me direz peut-estre que je suis bien plus dégousté que Diane, dont il est dit,

Munere sic NIVEO LANÆ *(si credere dignum est)*
Pan Deus Arcadiæ, captam te Luna fefellit, &c.

Mais remarquez, MONSIEVR, que Virgile n'en croit rien, ou pour le moins qu'il le juge difficile à croire.

Ie conclus que vous louëz bien plus judicieusement les fleurs que je vous ay envoyées le dernier voyage : Car alléguant pour elles, *& quas Ossa tulit, quásque altus Pelion, &c.* c'est assez me dire qu'elles ne sont pas des halles. On n'y en apporte point de si loin ; *Ossa, Pelion & Pindus* n'y sont point connus. Puisque vous les avez euës agreables, voicy des Roses que je vous envoye d'vne façon qui vous semblera peut-estre nouvelle ; car je les ay cueillies dans le jardin d'vn Curieux, où il n'entre pas qui veut.

Venerunt aliquando Rosæ : proh veris amœni
Ingenium ! vna dies ostendit spicula florum,
Altera pyramidas, nodo majore tumentes :
Tertia jam calathos : totum lux quarta peregit
Floris opus. Pereunt hodie nisi manè legantur.

Il me semble qu'il n'y a point de jasmin d'Espagne qui sente si bon que ces roses-là, & qu'elles sont venuës en vn païs où le Printemps doit estre beau. Si celles d'Italie eussent toûjours ressemblé à celles-là, on n'y eust pas donné la preéminence aux violettes, comme on m'a voulu faire croire que Pline disoit quelque part ; Mais je n'y vois guere d'apparence. Les Romains se connoissoient trop bien en fleurs, & ils ne faisoient guere de ces injustices. Venus doit estre creuë là-dessus. C'est sa planette qui preside à la naissance des fleurs, comme Iupiter à celle des fruits, Mercure à celle des graines & des semences, Saturne à celle des racines; & ainsi des autres. Cependant, c'est de la rose dont on a dit,

Hunc Venus ante alios sibi vendicat ipsa colorem:
Diligit & florem Cypris vbi que suum. Cornel. Gall.

Et vn Sophiste Grec conte, qu'au temps de la dispute des trois Deesses pour la pomme d'or, Iunon & Pallas contraignirent Venus de quitter son ceston, devant qu'elles se presentassent à Paris, alléguant que c'estoit vn charme. Mais que luy ayant permis de prendre quelque autre ornement en la place de cette ceinture, elle alla dans vne prairie sur le bord du Scamandre, où ayant cueilly des roses, elle s'en fit vne couronne. L'Autéur ajouste, que les Deesses qui l'attendoient sur le mont Ida, la voyant revenir en cet estat, la trouverent si belle, qu'elles se confesserent vaincuës, & n'attendirent pas la sentence de leur Iuge. Libanius.

Qu'on lise tant que l'on voudra, on ne trouvera rien d'approchant pour les violettes. Sans doute, l'Amour estoit en embuscade dans les plis de ces roses-là; car ce sont de ses tours ordinaires, à ce que le Tasse m'apprit l'autre jour.

Che d'entro de sue foglie il crudo Amore
Fabrica lacci, e tien la rete ascosa,
S'alcun la calca, porge il capo fuore,
E d'agli pena acerba & dolorosa:

Quando vn la tocca, o per maggior diletto
L'odora, il traditor battendo l'ale
Con l'odore esce, & entragli nel petto.

L'application de *omnis copia narium*, me fait voir que vous avez bien plus de nez que vous ne dites, & que les Papiles & les B. B. mesmes sont camus auprés de vous. Elle est parfaitement jolie. Il faut avouër, que si je vous amasse quelques fleurs de costé & d'autre, vous en produisez en courant, & qu'elles naissent sous vos pas quelque part que vous alliez :

Claud. de rapt. Pros.

Quáque volas vernus sequitur color : omnis in herbas
Turget humus : dulci violas ferrugine pingis,
Sanguineo splendore rosas, &c.

A propos de nez, vous sçavez bien que les Anciens en ont fait le siege de la moquerie, *cum subdolæ irrisioni dicaverunt*, dit nostre Pline ; & en ce sens vous estes encore *nasutissimus*. Mais j'ay découvert depuis peu, que Theocrite loge aussi la colere en ce mesme lieu. Vn de ses Bergers s'excuse de jouër de la flutte, & dit qu'il éveilleroit le Dieu Pan, qui s'endort ordinairement sur le haut du jour aprés le travail de la chasse. Il ajoûte que ce Dieu ne veut point qu'on luy fasse de bruit ; & pour exprimer qu'il est extrémement colere, il dit qu'il a vne cruelle bile au nez,

Idyll. 1.

Καί οἱ ἀεὶ δριμεῖα χολά, ποτὶ ῥινὶ κάθηται.

Depuis je me suis ressouvenu de ce mot de Perse,

Disce: sed ira cadat naso rugosáque sanna:
Et de cet autre de Martial,

——— ne tu
Fumantem nasum vivi tentaveris vrsi.

I'ay cherché la raison de ce mouvement, & vous jugerez, MONSIEVR, si je l'ay bien rencontrée. N'est-ce point que les animaux estant émeus de colere, l'air qui est enfermé dans les poulmons, devenu chaud, & boüillant, s'eslance avec impetuosité, & faisant effort pour sortir par les conduits ordinaires, ouvre les narines & les élargit, comme il paroist visiblement aux chevaux qui sont en fougue: Le Tasse.

Ogni cavallo &c.
GONFIA LE NARI, *e fumo, e foco spira.*

Ce sentiment estoit si bien receu chez les Hebreux, que l'on m'a asseuré qu'ils n'avoient qu'vn mesme mot pour signifier la colere & le nez. Mais outre la colere & la moquerie, je remarque encore quelques autres passions, qui prennent au nez, qui le grossissent & qui l'enflent: Vlysse au retour de Troye estant revenu chez luy; aprés s'estre fait connoistre à Penelope, & avoir passé quelque temps auprés d'elle, va voir Laërtes son pere qui estoit à la campagne. Il l'aborde comme vn estranger qui eust passé païs; & aprés quelques discours communs, il luy dit des nouvelles d'Vlysse. Le bon homme à ce mot-là Hom. Odyss. Ω.

témoigne vn extréme ressentiment, dont ce bon fils est si touché, qu'il ne peut plus se retenir davantage : ce que le Poëte décrit en ces termes:

Τοῦ δ' ὠρίνετο θυμὸς, ἀνὰ ῥῖνας δέ οἱ ἤδη
Δριμὺ μένος προὔτυψε, φίλον πατέρ' εἰσορόωντι.

Μένος, signifie ordinairement *colere*, mais là il se prend pour vn violent desir qui emporte l'ame, & auquel on ne sçauroit resister.

Pour vostre *pede barbaro*, quand je n'approuverois pas vostre explication, le soin que vous avez pris de la chercher, me satisferoit ; & aprés le *Barbarus has segetes*, que vous avez allégué avec tant d'esprit & si avantageusement pour moy, je serois barbare si je continuois à poursuivre la reparation de cette injure pretenduë, & ce seroit lors, que le prenant à la lettre, *Barbaricâ lege, jus meum persequerer*. Ie me contenteray donc de vous dire icy, qu'il y a plus d'apparence que le *barbaricum aurum* de Virgile signifie *Phrygium* ou *Asiaticum*, que *multum*. Car en ce dernier sens je doute qu'on en trouvât des exemples ; & au premier il s'en trouvera par tout. En ce cas-là, le Poëte n'a pas songé qu'il faisoit parler Enée, qui vraysemblablement ne croyoit pas son païs barbare. C'est vne faute que j'ay remarquée dans tous les Tragiques Grecs. Eschyle fait dire à vn Persan qui apporte au Palais de son Prince la nouvelle de la défaite de Xerses par les Grecs. *O Perses apprenez*

nez que toute l'armée des Barbares a esté taillée en pieces. Et vn peu aprés, contant à la Reine Atossa les particularitez du combat: *Les Barbares avoient bien plus de vaisseaux que les Grecs.* Et en suite, *l'effroy saisit les Barbares.* Atossa mesme, parle ainsi vn peu aprés: *vne mer d'afflictions a inondé les Barbares.* Et ailleurs, *les Barbares qui demeurerent en la journée de Marathon.*

Quand ce mot ne signifieroit qu'*Estranger*, il seroit toûjours bien mal en tous ces lieux-là. Mais voicy trois passages d'Euripide, où il semble qu'il doive signifier à peu prés ce que nous appellons *Sauvage.* Le premier c'est dans l'Oreste, où Tyndarée reprenant aigrement Menelas de ce qu'il parloit à Oreste, qui venoit de tuer sa mere, Menelas luy dit, *que quelque miserable qu'il soit il n'en est pas moins son neveu. Ah je voy bien,* répond le vieillard, *que vous avez pris les mœurs des Barbares en demeurant parmy eux.* Menelas replique: *Ce que je fais n'est point vne action de Barbare; c'en est vne d'vn veritable Grec, de n'abandonner point ses parens dans leur mauvaise fortune.*

Le second c'est dans l'Iphigenie, où cette Princesse voulant persuader à sa mere qu'elle la devoit laisser immoler, puisque de là dépendoit la prise de Troye, ajouste aprés plusieurs autres raisons: *Il est juste que les Grecs commandent aux Barbares, & non pas les Barbares aux Grecs, car nous som-* In Aulide.

mes naturellement libres, & eux naturellement esclaves.

Le troisiéme est dans la Medée, où Iason pour répondre aux reproches de cette Princesse, luy fait valoir les obligations qu'elle luy avoit, & cellecy la premiere. *Ie vous ay tirée d'entre les Barbares, pour vous amener en Grece, qui est vn païs de politesse, où la Iustice regne, & où les loix sont les maistresses, & non pas la force & la violence comme chez vous.*

Ie voy bien qu'on pourroit dire qu'il suffit que dans leur opinion, les estrangers passassent pour gens rudes & grossiers, qui avoient peu d'humanité; & qu'au reste *naturellement esclaves*, dit seulement là, nez dans la servitude & sous la domination des Monarques Seigneuriaux. Mais à vôtre avis, MONSIEVR, se peut-on contenter de cette réponse? Ie vous prie d'y vouloir songer, & de m'apprendre si je la dois recevoir pour bonne.

I'entendois comme vous, le *Furius hybernas*, & ne concevois pas qu'on le pûst jamais entendre autrement. Quoy que je l'aye allégué hors de son sens, vous ne deviez pas croire que je ne sceusse pas celuy qu'il luy falloit donner. Ie ne juge pas si mal de vos *dominas nives*, d'*omnis copia narium*, & de tant d'autres à qui vous faites dire par force tout ce que vous voulez, & des choses qui me ravissent. Ie connois Furius par nom & par surnom: Ie sçavois son païs: je l'avois vû chez Mesſieurs Aulugelle & Macrobe, & l'euſſe eſté voir chez luy, s'il en euſt eu vn, tant je luy ſçavois bon gré d'avoir dit que *Jupiter crachoit les nêges chenuës ſur les Alpes hiverneuſes*, auſſi-bien qu'au Marin d'en avoir preſque autant dit du vent Corus, & des monts Ripheens,

Vedi la doue ſputa il fiero Cauro
Sù le balze Rifee gelida bruma.

Cette façon de parler luy a tant plû, qu'il l'a encore repetée ailleurs parlant du Septentrion:

——— *quando più ſputa*
Gelo il Settentrion, &c.

Pour revenir à Furius, vous ne voulez pas que je le mette entre les Sabinées & les Hegeſies ? Il me ſemble pourtant que c'eſt veritablement ce ſtile, à qui Longin & Hermogene donnent la qualité de *froid*. Ie pourrois auſſi rapporter quantité de paſſages de Demetrius Phalereus, & de Theophraſte: mais

Jam ſatis eſt: ne me Criſpini ſcrinia lippi Horat.
Compilaſſe putes.

Criſpinus, en ce lieu-là ſignifie Phylarque.

Ie ne ſçaurois ſi toſt quitter Furius. Vn ſçavant de ſon temps diſoit de luy, *qu'il avoit des-honoré la Langue Latine: dedecoraſſe linguam Latinam*. Cependant outre les vers que Virgile luy a fait l'honneur de luy dérober, & qu'il a jugé dignes de l'eternité, en voicy quelques-vns qui ne me déplaiſent pas.

Sanguine diluitur tellus, cava terra luteſcit,
Increſcunt animi, vireſcit vulnere virtus.

Ie ne trouve pas mauvais ce dernier mot, *leurs playes renouvellent leur vertu, la veuë de leur ſang échauffe plus leur courage, que la perte qu'ils en font ne les affoiblit.* C'eſt ce que dit Virgile,

Æneid. 7. ——— *Magis effuſo crudeſcunt ſanguine pugnæ.*

Le Taſſe. Et cet autre,

Aguzzavano al ſangue il ferro, e l'ire.

Il me ſemble auſſi que *terra luteſcit*, eſt aſſez hardy, & qu'il ne l'eſt point plus qu'il ne faut.

Il dit en ſuite:

Sicut fulca levis, volitat ſuper æquora claſſis
Spiritus Eurorum virides cùm purpurat vndas.

Purpurat vient bien avec *virides*, & repreſente fort agreablement la couleur de la mer vn peu agitée. Ie dis vn peu, car il ne veut pas dire tout à fait, *æquora nigreſcunt ventis*, & ce n'eſt pas, je penſe, vne tempeſte qu'il décrit, mais vn vent favorable qui donne en pouppe à vn vaiſſeau. Ie ne deſapprouve pas auſſi la comparaiſon de l'oiſeau de mer, & je l'aime mieux en cette occaſion, que celle *d'vn cheval de bois;* ce qui eſt tiré d'Homere, où Penelope dit des navires,

——————— ἁλὸς ἵπποι
Ἀνδράσι γίγνονται.

Il eſt vray que le meſme Homere dit ſouvent des rames,

—— τά τε πτερὰ νηυσὶ πέλονται.

Neantmoins les aisles appartiendroient encore mieux aux voiles. Et de fait ce Dedale, qui s'ajuste si adroitement des aisles dans Ovide, & ailleurs; au rapport de Pausanias en ses Arcadiques, fut l'inventeur des voiles dont nous nous servons. Ce qui vray-semblablement a donné lieu à la fable.

Au reste est-il plus ridicule, de dire comme Furius, *que la nêge soit le crachât de Iupiter* quand il a le rheume, que de croire comme ont fait quelques Philosophes, *que le miel soit vne décharge de la pituite des astres, ou la sueur du ciel, ou l'excrement de l'air quand il se purge.* AVT *cœli sudor, aut quædam siderum saliva, aut purgantis se aëris succus?*

Ie suis ravy de la grande nouvelle que vous m'apprenez à propos du jeu. Ie confesse que je desesperois de vostre guerison, & que je croyois que vous seriez (sans comparaison de qualitez) comme le Scurra Volanerius d'Horace, *qui estant devenu gouteux jusqu'à en avoir les mains toutes noüées, & toutes crochuës, donna de bons gages à vn homme qui n'avoit point d'autre charge dans sa maison, que de remuer le cornet pour luy, tout le long du jour.*

——— cui postquam justa chiragra
Contudit articulos, qui pro se tolleret atque
Mitteret in pyrgum talos; mercede diurna
Conductum pavit.

Ie pensois que ce que Monsieur de Balzac avoit dit, seroit toûjours vray. *Quid agit noster Victurus? Assiduus est vt semper in foro aleatorio, neglectáque Academiâ, vetere scilicet & verâ, novam, & sanctissimum nomen ementitam elegit, in qua totos dies circa exilia quædam puncta, & minutissimos apices philosophatur, in contumeliam Platonicarum Idearum.*

Ie vous appliquois cette subtile & ingenieuse Epigramme de Palladas.

Πάντων μουσοπόλων ἡ Καλλιόπη θεός ἐστιν
Σεῖο δ' Καλλιόπη, ταβλιόπη λέγεται.

In Saturnal. Sur tout j'apprehendois quand je lisois dans Lucien, *qu'il y avoit de certains petits rochers, contre lesquels on faisoit des naufrages sur terre, & où l'on s'échoüoit sans aller sur mer.* Ce qui me faisoit craindre que vostre maladie ne fust incurable, c'est que je sçavois cet axiome des Astrologues. *Quiconque aura son ascendant en l'onziéme partie des balances, ne pourra se defendre d'estre toute sa vie vn insigne jöueur de dez.* QVI *habuerit horoscopum in vndecima parte libræ, erit aleator populari notatione conspicuus.* Et d'autre costé je voyois grande apparence, qu'estant si galant, vous estiez né sous la planette de Venus, à qui les balances appartiennent. Cent fois pour l'amour de vous j'ay donné au diable le Demon *Theuth*, à qui Platon attribue cette maudite invention des dez, qu'Herodote donne aux Lydiens. Ce nom là ne vous semble-t-il pas joly, & ne croyez-

In Phædre.

In Clio.

vous pas comme moy, que Platon a raiſon de vouloir qu'vn Demon ait eſté l'auteur d'vne manie ſi prodigieuſe ?

Rien ne m'effraye davantage de tout ce que i'ay leû là deſſus, que ce que Tacite rapporte des Allemans de ſon temps, qu'aprés avoir perdu tout leur bien, ils joüoient leur liberté, & ſe faiſoient eſclaves les vns des autres, *juſques-là que le plus fort & le plus robuſte ſe laiſſoit quelquefois enchaiſner, & vendre par le plus foible ; & ce que nous appellerions folie, ils le nommoient vne religieuſe obſervance de leur parole & de leur foy.* ALEAM *(quod mirere) ſobrii inter ſeria exercent, tanta lucrandi, perdendive temeritate, ut cùm omnia defecerint, extremo ac noviſſimo jactu, de libertate & de corpore contendant: Victus voluntariam ſervitutem adit. Quamvis junior, quamvis robuſtior, alligari ſe ac venire patitur. Ea eſt, in re prava pervicacia, ipſi fidem vocant.*

Remarquez, s'il vous plaiſt, ces mots, *quod mirere*; d'abord ils m'ont fait de la peine; Mais je me ſuis apperceu qu'il les falloit rapporter à toute la ſuite, & que Tacite ne s'eſtonnoit pas que les Allemans joüaſſent à jeun, & s'addonnaſſent à cet exercice, comme à quelque choſe de bien ſerieux; Mais que ſans eſtre yures, & hors de leur ſens, ils ſe portaſſent à des extremitez ſi déraiſonnables & ſi eſtranges.

Venons maintenant aux Cicognes. Vous avez

raiſon de dire qu'elles ſont de fort bonnes mœurs; ce ſont les meilleures filles & meilleures meres qui furent jamais.

Alc. *Aërio inſignis pietate ciconia ni do, &c.*

C'eſt pour cette raiſon que dans les medailles d'Adrien on y voit vne Cicogne gravée avec cette inſcription, *Pietas augusta.* C'eſt auſſi ſur ce meſme fondement qu'autrefois les Rois, au rapport de Suidas, portoient vne cicogne au haut de leur ſceptre, afin d'avoir toûjours devant les yeux, l'objet d'vne ſi haute vertu, dont elle eſtoit le ſymbole. En Egypte tous les bons enfans eſtoient repreſentez par les cicognes; & c'eſt ce qu'a voulu dire ce Cynique, qui écrivant à ſa femme nouvellement accouchée d'vn fils, ne luy promet pas d'en faire vn grand Orateur, ni vn excellent Mathematicien, mais *vne bonne Cicogne.* Cette verité ſe trouve par tout, & elle eſt ſi publique, qu'on en a fait vn proverbe Grec; & que Caſſiodore & Sainct Baſile, ſans conter ceux que j'ay oubliez, ou que je n'ay jamais ſceus, ſe ſervent de cet exemple pour exhorter les hommes à la reconnoiſſance envers leurs parens. Neantmoins, je ne croy pas que ce fuſt pour leur pieté qu'elles fuſſent ſacrées parmy les Theſſaliens. Les hommes ne ſont pas ſi grands adorateurs, d'vne vertu dont ils ne tirent point d'avantage, & ce n'eſt guere que pour leur intereſt, qu'ils rendent

Crates Hipparchia

rendent tous ces honneurs. Et de fait quoy que les viperes fassent mourir leurs meres, & qu'elles soient d'aussi dangereux exemple, que les cicognes sont de bonne edification, quoy que parmy elles, lesfemelles tuent les masles aprés le service qu'elles en ont tiré, & que selon S. Basile elles soient toutes adulteres ; si est-ce que chez les Arabes, si Pausanias dit vray en ses Beotiques, elles estoient inviolables, parce qu'elles gardoient les baumes de leur païs, aussi-bien que les nacres & les conques de la mer rouge: In Hexaëmeron orat. 7.

——————— *rubris* Lucan.

Æquoribus custos pretiosæ vipera conchæ.

Ie croy donc que les Thessaliens ne respectoient les cicognes que pour la raison que je vous en avois dite: car pour celle que vous rapportez de l'invention des clysteres, elle ne seroit pas de petite consideration: Mais ce ne sont pas elles, à qui nous en sommes obligez, c'est à l'Ibis des Egyptiens, qui n'est pas la mesme chose.

Quæ rostro, clystere velut sibi proluit alvum Alc.
Ibis, Niliacis, cognita littoribus.

Et je croirois bien que les sages du païs en ont fait vne Deesse en reconnoissance de ce bien-fait, & qu'ils n'ont pas seulement consideré la chasse qu'elle donnoit aux serpens, & particulierement aux dragons volans qui leur venoient des deserts de la Libye. Et de vray, MONSIEVR, pourquoy Cic. 2. de nat. Deor.

pensez-vous qu'au lieu des divinitez ordinaires qui estoient adorées par tout ailleurs, ils prissent pour leurs Dieux, tant de bestes de toute sorte?

Iuven. *Omnigenûmque Deûm monstra & latrator Anubis*
Contra Neptunum & Venerem, contráque Minervam, &c.

C'est sans doute, parce que les sçavans tiennent que les animaux nous ont appris la plusspart des commoditez de la vie.

Guarini. *D'vn herba hor mi soviene*
Ch' è molto nota à la silvestre capra
Quand' hà lo stral nel saettato fianco
ESSA A NOI LA MOSTRO, NATVRA A LEI.

Or c'estoit la coustume de l'Antiquité, de consacrer les inventeurs des bonnes choses. Et remarquez s'il vous plaist, que les fondateurs des Estats, les legislateurs, & ceux qui delivroient la terre de monstres & de Tyrans, n'estoient contez qu'entre les Heros, comme fut Thesée, Minos & les autres: Mais que Cerés & Bacchus, par exemple, furent deifiez, parce que l'vn

Virgil. *Poculáque inventis Acheloïa miscuit vvis.*

Et l'autre

Idem. *Chaoniam pingui glandem mutavit arista.*

Voilà vne difference notable, & qui est ce me semble juste: Car les bienfaits des premiers ne servoient guere qu'à leur païs, ou pour le plus à leur siecle, semblables à ces bonnes pluïes qui font pousser les fruits, ou qui en avancent la maturité, mais qui ne sont vtiles qu'à quelques contrées, & dont on ne se sent que fort peu de temps. Au lieu que les derniers ressemblent aux influences des Cieux & des astres, qui regnent eternellement, & qui s'estendent d'vn bout de la terre à l'autre.

Pour Domitien, qui vouloit defendre l'immolation des bœufs, comme vous le rapportez de Suetone, je vous diray qu'il n'aimoit pas le sang des bestes, & que ce n'estoit que le sang humain dont il estoit alteré. Cela me fait souvenir de ce païs, *où il estoit defendu de tuer des chevreaux, & où il estoit permis de vivre de chair humaine,*

——— Nefas illic fœtum jugulare capellæ,
Carnibus humanis vesci licet. ---

Iuven. sat. 15.

I'observe icy que vostre Auteur écrit expressément que ce fut au commencement de son regne, que ce méchant Prince eut ces bons mouvemens-là. INTER INITIA *vsque adeò ab omni cæde abhorrebat, &c.*

C'est ainsi que Tibere, qui dans Tacite *s'abandonne sur la fin de sa vie à toutes sortes d'ordures & de cruautez, si tost qu'il luy fut permis de satisfaire impunément ses méchantes inclinations, & qu'il n'eut plus ni honte ni crainte pour le retenir;* DANS SES PREMIERES ANNEES, *non seulement il se commandoit, mais se*

Postremo in scelera simul ac dedecora prorupit, postquam remoto pudore & metu, suo tantùm ingenio vtebatur. (Tac. lib. 6. Annal. sub finem.)

Plin. *commandoit imperieusement. Imperiosus sui*, INTER INITIA *principatus*.

Hostis generis humani. C'est ainsi que Néron, appellé *l'ennemy du genre humain* par celuy mesme qui avoit donné ce nom aux Pyrates & aux Corsaires, s'écria vne fois, *Mortalium omnium hostes.* (Plin.) comme vous sçavez, quand il luy fallut signer vn arrest de mort, dans le commencement de son regne : *Que j'ay de regret de sçavoir écrire ! Quàm vellem nescire litteras !* Suet. Senec.

On tient mesme qu'il eut en pensée de décharger l'Empire de toute sorte d'impositions & de subsides. *Dubitavit Nero an cuncta vectigalia omitti juberet: idque pulcherrimum donum generi mortalium daret.* Mais tout cela *inter initia*. En verité ces changemens sont prodigieux ! *Ex his initiis fiunt tyranni, ex his carnifex animus.* Plin.

Voilà donc ce Domitien qui estoit, dit Tertullien, (hardiment à son ordinaire) *portio Neronis, de crudelitate*, & qui se rendit si semblable à ce detestable Prince, qu'on l'appelloit communément *Neron le Chauve*, comme le témoigne celuicy : *Et Titus imperii felix brevitate; secutus* In Apolog. sub init.

Frater, quem CALVVM *dixit, sua Roma* NERONEM. Auson.

Et cet autre,

Cùm jam semianimum laceraret Flavius orbem,
Vltimus, & CALVO serviret Roma NERONI. Iuven. sat. 4.

Au reste comme vostre Auteur trouve estrange qu'il fut si bon aux bœufs, luy qui devint si cruel aux hommes; Apollonius dans Philostrate s'estonne (& je l'en trouve plaisant) qu'il fist publier presque en mesme temps deux Edits; l'vn qui portoit defense de chastrer les enfans, & l'autre, commandement d'arracher les vignes. *Il vouloit*, dit-il, *qu'on chastrât la terre, & ne vouloit pas qu'on chastrât les hommes.*

Vn Medecin Grec écrivit vne fois à Alexandre, qu'il le prioit de se souvenir toutes les fois qu'il boiroit du vin, que c'estoit le pur sang de la terre qu'il buvoit, & qu'il n'en falloit pas abuser. Quelques Poëtes ont dit, que c'estoit le sang des Dieux, blessez en la bataille des Geans. Les Severiens dans Sainct Epiphane, tiennent qu'il a esté engendré du serpent, & que c'est pour cette raison que le bois de la vigne est si tortu : Et les Encratites, dans le mesme Auteur, s'imaginoient que c'estoit le fiel du Diable. Peut-estre que ces gens-là en avoient trop bû quand ils en parloient de la sorte. Mais que direz-vous d'Apollonius, qui n'estoit qu'vn beuueur d'eau?

Pline l'appelle Androcydes.

Lib. 1. tom. 3. hæres. 47.

Lib. 2. to. 1. hæres. 47.

Vous avez bien jugé, de dire que je n'avois iamais vû Sylla. Possible que si je l'avois vû, je ne vous en dirois pas des nouvelles à cette heure. Il est certain qu'il estoit Coquet, & vous pouvez ajouster au passage que vous m'avez allégué de Sallustе, ce qu'en dit Plutarque en sa vie : où il conte qu'vn peu devant que mourir, il devint extrémement amoureux d'vne belle veufue, qui s'estoit approchée de luy au theatre, & qui luy avoit fait vne petite afeterie qui luy plût.

Le Tasse. *O maraviglia! Amor ch' à pena è nato,*
Già grande, vola, e già trionfa armato.

Ils se parlerent des yeux tant que le spectacle dura, & peu de temps aprés il l'épousa, ne pouvant resister à sa passion, qui estoit

Le mesme. —— *Amor di breve vista.*

Mais tout cela ne fait pas, que quand il prenoit la qualité d'*Epaphroditos*, ce mot signifiât *Sylla le Coquet*, & c'est dequoy il est question.

Monsieur l'Abbé de Lavardin, m'a chargé de vous dire, pour répondre à vostre compliment, qu'il est encore plus aise d'avoir jugé en vostre faveur, qu'il ne l'est d'avoir bien jugé, & que depuis qu'il est icy, rien ne luy a donné tant de courage de continuer ses estudes, que l'interest que vous témoignez y prendre. Il veut que j'adjouste qu'il se sent encore capable de quelque chose de plus, pour avoir vostre approbation, & pour meriter quelque part en vostre amitié, qu'il vous demande de tout son cœur.

Ie me réjouïs de la disposition que vous me trouvez à deviner les genealogies des mots, & à devenir avec le temps vn celebre Etymologiste. Ie ne suis pas tout à fait si content de vos *mulles*, que vous l'estes de mes *pantouffles*. En tout cas je voudrois qu'on les eust appellées ainsi, non pas à cause des Albaniens, mais en consideration des Patriciens de Rome, dont ils devinrent la chaussure : Sur quoy on allégue ces mots de Marcus Caton : *Qui Magistratum Curulem cepisset, calceos* MVLLÆOS *allucinatos, cæteri perones, &c.* Où en passant, j'aimerois mieux lire *lunatos*, parce que je l'entendrois bien ; car je n'ay vû nulle part *allucinati* ; & pour *lunati*, je sçay que les Senateurs Romains portoient vne lune sur leurs souliers ; & Plutarque en fait vn traité exprés dans les Questions Romaines. Scaliger cite encore là-dessus, ce passage d'vn Ancien qu'il nomme Titinnius, & que je n'ay jamais vû que dans Festus, *Iam cum* MVLLÆIS *te ostendisti, quos tibiatim calceas.* (Ce *tibiatim*, est ce que quelques autres disent *suratim* ; *vsque ad suram.*) In Orig.

Ne seroit-ce point de cette sorte de souliers, dont Horace parle quand il dit,

Nam vt quisque insanus nigris medium impediit crus
Pellibus.

Ie sçay bien que vos *mullæi*, estoient rouges, & que Turnebe veut qu'ils s'appellassent ainsi à *mulli colore, cùm purpurei essent* ; & que ces souliers rouges que Iule Cesar portoit, à ce que dit Dion, sont communément tenus pour de vrais *mullæi*. Mais je pourrois répondre que Scaliger, contre Exercit.325.

Cardan, parlant des couleurs, dit que *mulleus color, est rubeus, subniger.* Toutefois je ne defens pas cette explication-là, & ie voy bien qu'Horace eust aussi-tost mis *rubris*, & que la loy du vers ne l'en eust point empesché. Si l'on ne dit qu'il a mis *niger*, de la mesme sorte que le sang est appellé *noir* dans tous les Poëtes Grecs & Latins. Pour revenir à nos *mulles*, considerez qu'elles ne sont ni rouges (si ce ne sont quelquefois celles de chambre), ni ne montent jusqu'à my-jambe, ni n'ont jamais fait parmy nous aucune distinction de qualité.

Neantmoins j'aime autant qu'elles viennent de là que d'ailleurs, & il m'est indifferent que vous les fassiez descendre des Rois d'Alba; ou mesme si vous le voulez, du Roy Muleasses, à cause de la conformité du nom.

Pour ne sortir pas si-tost des Etymologies, trouvez bon que je vous en propose quelques-vnes. D'Orleans, vn des Commentateurs de Tacite, derive nostre *gaber* de *Gaba*, qui estoit, dit-il, chez les Romains, le meilleur bouffon de son siecle. A vostre avis, MONSIEVR, ne merite-t-il pas luy-mesme d'estre gabé?

Le Docteur qui a découvert si à vostre gré l'origine de *pyle* & de *pylote*, dit qu'*acariastre*, vient de α, & de κάρη, comme qui diroit *sans cervelle.* Croyez-vous qu'il ait encore raison pour ce coup? Ay-je

Ay-je mieux rencontré de tirer *bal* & *baler*, de βαλλισμός, qui signifie danse? Ou Vigenere qui fait venir *medaille* de *metallum*? En ce cas-là on luy auroit laissé le nom de sa matiere pour la distinguer de la monnoye, qui s'appelloit *numus* à νόμῳ *lege*. Mais vous m'obligeriez bien davantage de m'apprendre ce que veut dire *quincunx*, quand on dit que les arbres sont plantez *en quincunx*. Ie n'entens pas trop mal la division de l'*as* des Romains en douze onces, & je sçay que *quincunx*, en signifie cinq. Mais avec toute cette profonde erudition, je ne satisfis pas mieux l'autre jour à cette difficulté, & me contentay de rapporter ce lieu de Budée. *Quincuncialis autem ordinum ratio in arbustis & vineis, &* IN QVINCVNCEM *arbores dispositæ, cur dicantur, comminisci non potui*. Par où je prouvay, que si j'estois ignorant, je l'estois avec vn grand homme.

Ie vous remercie de vostre explication du passage de Quinte Curce, que je n'eusse peut-estre jamais entendu sans vous. Et afin de vous donner quelque nouvelle occasion de gloire, je m'en vay vous en écrire deux, qui meritent bien que vous y songiez.

Le premier est de Salluste, au commencement de la conjuration de Catilina, que voicy. *Igitur vbi animus ex multis miseriis, atque periculis requievit, & mihi reliquam ætatem à Republicâ procul habendam decrevi : non fuit consilium socordiâ atque desidiâ bonum otium conterere. Neque verò colendo agrum, aut venando,* SERVILIBVS OFFICIIS *intentum, ætatem agere.* CELA *estant, si-tost que je commençay de respirer, aprés tant de miséres & de perils, & que j'eus pris resolution de passer les restes de ma vie, loin du maniement & de l'administration des affaires publiques, je ne crû pas qu'il fust à propos de passer les heures de mon loisir dans une oisiveté languissante & inutile, ni d'employer le reste de mes jours à des* EXERCICES SERVILES, *comme sont les soins de l'agriculture, ou les divertissemens de la chasse.*

Pourquoy *la chasse* & l'*agriculture* sont-elles appellées-là *servilia officia*? Il est certain que les gens de qualité chassoient : Et pour le ménage des champs, bien loin d'estre vne occupation servile, *il n'est rien de meilleur*, dit Ciceron, *ni rien qui soit plus digne d'vn homme qui est né libre.* NIHIL *est agriculturâ melius, nihil homine libero dignius.* Vous vous souvenez bien de ces Dictateurs que l'on tiroit de la charuë, qui alloient mettre les ennemis sous le joug, comme ils y mettoient leurs bœufs tous les matins, & terminoient de grandes guerres en si peu de temps, qu'il paroissoit qu'ils avoient haste d'aller reprendre la besogne qu'ils avoient laissée aux champs. Vous sçavez aussi par cœur, *gaudente terrâ vomere laureato, & triumphali aratore* &c. *C'estoit lors, que la terre prenoit plaisir d'estre labourée par les triomphateurs des nations, & d'estre fenduë par vn coutre chargé de lauriers.*

Lib. de offic.

Florus.

Plin.

Monſieur de Balzac me propoſa cette enigme, dont je trouvay vne ſolution qui le contenta, & que je vous veux laiſſer deviner. Mais je n'entendis pas ſi-toſt, cet endroit de l'action de graces qu'Auſone fait à Gratien. *Dives Seneca, nec tamen Conſul, arguetur rectiùs quàm prædicabitur, non erudiiſſe indolem Neronis, ſed* ARMASSE SÆVITIAM. *Seneque comblé de richeſſes, mais qui ne fut jamais honoré du Conſulat, ſera repris avec plus de raiſon, qu'il ne ſera loüé par la poſterité*, D'AVOIR ARME' LA CRVAVTE' *de ſon Prince, au lieu d'inſtruire ſa jeuneſſe à la ſageſſe & à la vertu.*

Il dit cela pour relever l'obligation qu'il a à ſon Prince, de luy avoir donné le Conſulat. Au reſte il n'y a rien devant ni aprés, qui aide à comprendre pourquoy & à quel propos il parle ainſi; Outre que voilà vne médiſance que Suilius meſme, ennemy declaré de ce Philoſophe, n'a jamais oſé faire, encore qu'il l'accuſaſt *corrupiſſe eum cubicula principum fœminarum.* &, *Intra quadriennium regiæ amicitiæ ter millies ſeſtertium paraviſſe.* D'AVOIR *violé la ſainćteté de quelques mariages illuſtres, & de s'eſtre fait riche de ſept millions en quatre ans qu'il avoit eu la confidence du Prince.*

Puiſque vous le voulez, je croiray à l'avenir que les fables de Pegaſe & de Bellerophon, ne ſont pas ſi veritables que je le penſois, & je me repreſenteray perpetuellement le beau ſens mo-

ral que vous avez donné à ce vers de Virgile :
Aude hospes contemnere opes, &c.

Qui eust vû comme nostre amy a vescu dans cette nouvelle inclination, & ce qui s'y est passé de part & d'autre ; I'ajouste, & qui eust sceu aussi bien que moy, sa Ierusalem, se fust souvenu sans doute de cette stance qui est en la bouche de tout le monde :

Ei che modesto è sì, com' essa è bella,
Brama assai, &c.

Ie luy manderay que dorénavant il se propose vn meilleur exemple, & qu'il vous ait toûjours devant les yeux : plût à Dieu que je parlasse proprement, & que luy & moy eussions ce bon-heur dont nous avons joüy si long-temps. Si cela estoit, je ne serois pas reduit à vous écrire de cent lieuës, que je suis encore plus que je ne fus jamais,

Vostre, &c.

Vous qui oubliez le nom de vos Maistresses, vous pourriez bien avoir oublié qui est vn Monsieur Girard Official d'Angoulesme. Il m'a prié de vous dire qu'il est vostre tres-humble serviteur, & il me l'a tellement persuadé, que j'ose vous en asseurer ; Et je vous diray de plus, qu'il est parfaitement honneste homme, & qu'il merite bien que vous me commandiez de luy faire vn compliment de vostre part.

MONSIEVR DE VOITVRE,

A MONSIEVR COSTAR.

LETTRE XXX.

MONSIEVR,

Toute voſtre lettre m'a extrémement plû; Mais je n'ay pû lire ſans jalouſie les contentemens que vous avez eus ſur les bords de la riviere de Charante : & moy qui en toute autre occaſion, me réjouïs de vos avantages, plus que des miens propres, & qui ne vous envie pas voſtre eſprit, voſtre ſcience ni voſtre reputation, je vous porte envie d'avoir eſté huit jours avec Monſieur de Balzac. Ie ſçay que vous aurez bien ſceu profiter de ce bon-heur-là, car ſur tous les hommes que je connois, vous eſtes celuy qui ſçavez le mieux jouïr d'vne bonne fortune;

——— *& Deorum*
Muneribus ſapienter vti.

Vous prendrez ce *ſapienter* comme il vous plaira, en ſa propre ſignification, ou en la metaphorique. Car ſi on fait de beaux diſcours à Balzac, on y fait aussi de bons disners ; & je ne doute pas que vous n'ayez sceu gouster admirablement l'vn & l'autre. Monsieur de Balzac n'est pas moins elegant dans ses festins, que dans ses livres. Il est *Magister dicendi & cœnandi*. Il a vn certain art de faire bonne chere, qui n'est guere moins à estimer que sa Rhetorique ; & entre autres choses il a inventé vne sorte de potage, que j'estime plus que le Panegyrique de Pline, & que la plus longue harangue d'Isocrate. Tout cela a esté merveilleusement bien employé en vous, car de ce costé-là, ce n'est pas assez de dire que vous estes *sapiens*, vous estes *sapientipotens*, comme dit Ennius. Ie ne dis pas que vous ne le soyez aussi de l'autre: *nec enim sequitur, vt cui cor sapiat, ei non sapiat palatus*. C'est Ciceron au moins qui dit cela, afin que vous ne croiyez pas que ce *palatus* soit de moy. Sans mentir vostre goutte vous est venuë là comme à souhait, & je ne sçay si vostre santé vous rendra jamais vn si grand service, ce tour-là tout seul merite que vous vous reconciliez avec elle, ou qu'au moins vous ne l'appelliez plus vne fluxion, & que vous ne feigniez pas de la nommer par son nom. Mais avouëz-le, n'avez-vous pas fait comme ce Cœlius, *sanas liniendo, obligandóque plantas, incedénsque gradu laborioso?* Car pour vous dire le vray, vne goutte qui vous prend si à propos, & qui vous arreste huit jours à manger des figues & des melons, m'eſt vn peu ſuſpecte. Au reſte je ne trouve nullement bon, que vous ayez fait vne ſi grande amitié avec le Maiſtre du logis, & qu'il vous aime tant qu'il le témoigne par toutes ſes lettres. C'eſt tout ce que j'ay pû faire que de ceder à Monſieur Chapelain, & de ſouffrir d'eſtre nommé le ſecond.

Non jam prima peto Mneſtheus, neque vincere certo,
Quamquam ô!

Mais je ne ſouffriray jamais d'eſtre le troiſiéme. Voyez-vous, MONSIEVR, ce *quamquam ô*, eſt dit dans mon eſprit avec plus d'indignation & d'amertume, qu'il n'eſt dans Virgile; prenez y donc garde & vous, & luy, & l'autre, & vous conduiſez bien delicatement, car enfin je ne ſçay ſi je pourray ſouffrir tout cela, & ſi je ne perdray pas patience. Tout de bon, il n'y a rien dont je fuſſe ſi jaloux, que de l'amitié de Monſieur de Balzac. Et ſans mentir il eſt vn des deux hommes du monde, avec qui j'aimerois le mieux paſſer le reſte de ma vie: vous jugez bien qui eſt l'autre. Sans parler de ſon eſprit, qui eſt au deſſus de tout ce qu'on en peut dire, il n'y a pas ſous le Ciel vn meilleur amy, vn meilleur homme, plus ſociable, plus agreable ni plus genereux: *Vir* (car je le diray mieux, ce me ſemble, en Latin) *facillimis, jucundiſſimis, ſuaviſſimis moribus, ſummæ integritatis, humanitatis, fidei; liberaliſſimus, eruditiſſimus, vrbaniſſimus, in omni genere officii ornatissimus.* L'amitié que nous conservons ensemble san's nous en rien écrire, & l'asseurance que nous avons l'vn de l'autre, est vne chose rare & singuliere ; Mais sur tout de tres-bon exemple dans le monde, & sur laquelle beaucoup d'honnestes gens qui se tuent d'écrire de mauvaises lettres, devroient apprendre à se tenir en repos, & à y laisser les autres.

Ce que vous dites de bastir autour de Balzac comme autour de Chilly, m'a semblé fort bon, & seroit en verité bien à propos ; mais nous autres beaux esprits nous ne sommes pas grands edificateurs, & nous nous fondons sur ce vers d'Horace :

Ædificare casas, &c.
Si quem delectet barbatum insania verset.

Au moins Monsieur de Gombaut, Monsieur de l'Estoille, & moy, avons resolu de ne point bastir, que quand le temps reviendra que les pierres se mettent d'elles mesmes les vnes sur les autres, au son de la lyre. Ie ne sçay si c'est qu'Apollon se soit dégousté de ce mestier-là, depuis qu'il fut mal payé des murailles de Troye ; mais il me semble que ses favoris ne s'y addonnent point, & que leur genie les porte à d'autre chose qu'à faire de grands bastimens. Ie vous remercie donc de vostre costau ; & je serois bien fou de faire bastir en vn lieu où j'ay desia vne si belle maison

maiſon toute faite. Ie me ſuis imaginé que ce paſſage, *Nulli poteſt facilius eſſe loqui, quàm &c.* eſtoit du jeune Pline, & j'ay trouvé plaiſant que vous ne me l'oſiez plus nommer. Mais à voſtre avis, n'euſt-il pas mieux dit, *Nulli poteſt facilius eſſe loqui, quàm rerum naturæ facere?* car premierement, il y a plus d'oppoſition entre *loqui* & *facere*, qu'entre *loqui* & *pingere*, ce qui donne quelque grace : & puis c'eſt quelque choſe de plus grand de dire: *Nulli facilius eſt loqui, quàm rerum naturæ facere.* IL *n'eſt ſi aiſé à perſonne de dire, qu'à la Nature de faire*: que ſi l'on diſoit, *Il n'eſt ſi aiſé à perſonne de dire, qu'à la Nature de peindre.* Ne m'avouërez-vous pas que cela eſt d'vn petit eſprit, de refuſer vn mot qui ſe preſente & qui eſt le meilleur, pour en aller chercher avec ſoin, vn moins bon, & plus eſloigné? Il eſt de ces eloquens dont Quintilien dit : *Illis ſordent omnia quæ natura dictavit.* Et en vn autre endroit : *Quid quod nihil jam proprium placet, dum parum creditur diſertum, quod & alius dixiſſet.* Il a penſé bien rafiner avec ſon *pingere*, & n'a rien fait qui vaille. En vous écrivant cecy, je me ſuis aviſé que je ſerois bien attrapé ſi ce paſſage eſtoit du vieux Pline ; Mais ſi cela eſt, à ſon dam, je ne m'en deſdiray point, pourquoy parle-t-il comme ſon neueu ? *Non ſapit patruum* en cet endroit-là, luy qui à l'égard de l'autre a accoûtumé d'eſtre *patruus patruiſſimus*, comme dit Plaute, ou Terence. Lequel eſt-ce des deux? Ie croy que c'eſt le premier.

Dites-moy je vous ſupplie, qui eſt le roſier qui a porté les roſes que vous m'avez envoyées. Sans mentir ni *Pæſtum*, ni l'Egypte, ni la Grece, ni l'Italie n'en ont jamais produit de ſi belles. Ce pourroit bien eſtre vous; *Tu cinnamomum, tu roſa* (vous avez la mine de croire que cela eſt du Cantique des Cantiques, & c'eſt de Plaute). I'ay de la peine à m'imaginer que ces vers ſoient d'vn moderne, mais s'ils en ſont, je ſerois bien faſché que ce fuſt vn autre que vous, ou Monſieur de Balzac qui les euſt faits. Qui que ce ſoit, il en doit eſtre bien glorieux, & ces roſes en verité, valent beaucoup de lauriers; Mais dites-moy je vous prie de qui elles ſont; *Dic mi anime, mea roſa, mea voluptas.*

Avec vos roſes vous m'avez envoyé des épines, en me propoſant les deux paſſages que vous me donnez à expliquer. Premierement pour celuy de Salluſte, il faut conſiderer que la chaſſe eſtoit vn exercice loüable parmy les Scythes, les Numides, les Grecs meſmes, & particulierement les Lacedemoniens: Mais je ne me ſouviens pas d'avoir guere vû de marques, que parmy les Romains ce fuſt l'exercice des honneſtes gens.

Pour l'agriculture, il faut diſtinguer les temps. Dans la vieille Rome, les hommes Conſulaires,

& ceux qui avoient esté Dictateurs ; du maniement de la Republique retournoient à la charuë, & c'estoit le mestier des Papyriens, des Manliens, & des Deciens ; Mais ils le quitterent lors qu'ils eurent gousté les delices de l'Asie & de la Grece ; & vous pouvez bien juger que ces gens qui se faisoient pincer le poil des bras & des cuisses, qui se frisoient & qui se parfumoient, estoient bien esloignez de piquer des bœufs. Il me semble que c'est dans la vie des Graques, que j'ay leû qu'vne des causes qui poussa l'vn d'eux à mettre en avant la loy *Agraria*, fut, qu'ayant voyagé par l'Italie, il n'avoit trouvé par les champs que des esclaves qui labouroient les terres, au lieu qu'autrefois c'estoient des Citoyens Romains. Or puisque cela estoit ainsi dés ce temps-là, nous pouvons juger que du temps de Salluste, il estoit encore plus ordinaire, que les serfs fussent employez au labourage : de sorte que la chasse & l'agriculture, qui sont *quæstuosæ artes*, il les appelle *servilia officia, quia aut à servis exercebantur, aut exerceri poterant*.

Pour l'autre, je pense que quand Ausone dit, *arguetur potiùs &c.* il ne veut pas dire que Seneque ait jamais incité Néron à estre cruel ; mais qu'au lieu de le louër d'avoir appris à son Disciple assez de Philosophie pour estre clement, on le reprendra de luy avoir appris assez de subtilité &

de Rhetorique pour defendre sa cruauté : De sorte qu'*armare* en cet endroit ne s'entend pas des armes offensives, mais defensives. Et de fait je pense que Tacite dit, que quand cet honneste homme-là eut tué sa mere (c'estoit vne terrible cicogne) , Seneque l'aida à écrire au Senat sur ce sujet , & à trouver des pretextes pour pallier l'horrible action qu'il avoit faite. Ce passage m'a fait lire la harangue d'Ausone toute entiere : sans cela je ne me fusse jamais avisé d'y mettre le nez ; & tant que je sçache tous les bons Auteurs par cœur , je ne lirois pas vne ligne de ces autres-là. Mon Dieu, quel jargon ils ont ; de quelle sorte ils écrivent , & qu'vn homme qui est accoustumé à Ciceron , est estonné quand il se trouve parmy ces gens-là !

Pour ce que vous vous plaignez que je n'ay pas bien entendu vostre *Furius*, c'est vostre faute & non pas la mienne ; & vous avez tort de vous en plaindre. De la sorte dont vous en parliez , je ne le pouvois pas entendre autrement , car pour dire le vray, cette sote façon de parler ne doit pas estre appellée *froide ;* c'est plustost *genus dicendi tumidum, inflatum ,* & vne espece de cacozele , *nam & tumida & abundantia , & accersita sub id nomen cadunt. Frigidus* , & *frigidè* , à proprement parler , veut dire , *sans grace , cùm pro risu & gratia , res in diversum exit ;* ce qui (avec vostre permission) ne convient pas à ce vers de *Furius* , qui doit estre plustost repris pour avoir voulu mettre là de grands mots mal à propos, & s'estre servy parmy cela d'vne metaphore basse & ridicule.

De toutes les lettres que j'ay receuës de vous, il n'y en a point qui m'ait semblé si belle ni si agreable, que la derniere. Mais l'endroit qui m'y a plû davantage, est celuy où vous me parlez de Monsieur l'Abbé de Lavardin. Les honnestetez qu'il veut bien que vous me disiez de sa part, me font croire, ou qu'il est extrémement civil, ou qu'il a assez bonne opinion de moy, & lequel que ce soit des deux, je m'en réjoüis extrémement ou pour son interest ou pour le mien. Ie vous supplie MONSIEVR, de me faire la grace de luy dire de ma part que je reçois l'honneur qu'il me fait, avec tout le respect & toute la reconnoissance qui est deuë à vne personne de sa condition & de son merite: mais que je ne me contente pas de recevoir des civilitez de luy; que je pretens à bien davantage, & que j'ay fait vn grand dessein de gagner quelque jour l'honneur de son amitié.

Ie ne fus pas plus estonné quand j'entendis les Religieuses de Loudun parler Latin, que je l'ay esté de vous voir dire tant d'Italien. En verité vous l'alléguez comme si vous l'entendiez, mais j'espere que je seray vengé à vous l'entendre prononcer, car pour l'ordinaire l'Italien appris en

Poitou n'a pas l'accent extrémement Romain, & quelque chose que vous y puissiez faire, *sapies Poitavinitatem.*

A propos de ce que je vous disois tantost de l'agriculture sur ce passage de Salluste, je me suis souvenu d'vn vers de Martial, qui confirme extrémement ce que je disois, que pour l'ordinaire les Romains la faisoient faire par leurs serfs.

Vt Setina meos consumat gleba ligones,
Et sonet innumera compede Tuscus ager.

Que Sylla fut galant ou non, je m'en rapporte à ce que vous en direz; & sans mentir je n'en suis pas jaloux. Mais ce mot que Ciceron dit de luy, n'est-il pas bon? *Itaque Sylla (cujus judicium probare debemus) cùm dissentire Philosophos videret, non quæsivit quid bonum esset, & omnia bona coëmit.*

Vostre *quod mirere* dans le passage de Tacite parlant du jeu des Allemans, est bien remarqué & bien entendu. Mais il faut sçavoir ce que S. Ambroise dit là-dessus (Ie ne sçay par quel hazard je sçay ce que dit S. Ambroise): *ferunt Hunnos*, ce dit-il, *cùm sine legibus vivant, aleæ solius legibus obedire, in procinctu ludere, tesseras simul & arma portare, in victoria sua captivos fieri.*

Dites-moy ce que veut dire *Tabliope*. Autrefois on appelloit vn *trictrac*, vn *tablier*.

Au reste j'approuve vostre *ballismos*, & mesme la *medaille* de Vigenere. Mais croiriez-vous que

Cordonniers vienne de ce *qu'ils donnent des cors*? Ie le fis l'autre jour croire à vn bien honneste homme.

Pour ce qui est des mots sur lesquels vous me consultez; je vous diray ce que j'en ay appris, aprés m'en estre informé. On dit, *C'est vn Cordon bleu. Il y avoit plusieurs Cordons bleus.* Mais non pas, *Il est Cordon bleu.*

C'est parler mal que de dire *Il mange mal*, en la signification que vous dites.

Procure & *donaison* ne valent rien.

Recouvert & *recouvré*, se disent.

Il a des finesses les nompareilles, ne se dit point.

Vous me demandez lequel est mieux dit *vn sauls* ou *vne saulc*, ni l'vn ni l'autre ne vaut rien. Il faut dire *vn saule*. On dit pourtant quelquefois au pluriel *des saux*, en poësie.

Courre est plus en vsage que *courir*, & plus de la Cour. Mais *courir* n'est pas mauvais, & la rime de *mourir*, & de *secourir*, fera que les Poëtes le maintiendront le plus qu'ils pourront. On en peut vser deux ou trois fois la semaine.

Bienfaiteur n'est pas bon. *Bienfacteur* ne se dit guere, dites s'il vous plaist *Bienfaicteur*.

I'ay quelquefois ouï dire *netir* en des lieux où l'on parle mal: Mais *roler* & *regeste*, de ma vie je ne les ouï dire.

Il faut dire *Pentecoste* & *convént*. *Des capres*, *des*

moules, *des noisettes*, *vne linotte*, (Ne croyez-vous pas que ce mot-là peut venir de λινον ? Ie n'en sçay pas l'accent, mais je sçay bien que c'est à dire vne chanson.)

Le poinct du jour, & *la pointe du jour*, masle ou femelle. Vous en vserez comme il vous plaira, & selon l'humeur où vous serez.

Quelques-vns disent encore *chaire*, sans que l'on se moque d'eux, mais il vaut mieux dire *chaise*.

Iesuiste & *Jesuite*: *Iesuite* plus communément.

Depuis vn an ou deux, on commence à prononcer *arbre* & *marbre*. *Chypre* & *chile*.

Fourbe & *fourberie* se disent, mais avec quelque diversité de signification. *Simplesse* se dit encore quelquefois.

Vostre *Presidial* de charpente m'a fait rire, & tous ceux à qui je l'ay dit. *Le gros porte*, a fait le mesme effet.

Rélation, comme *réparation*. *Difformité* : *déformité* est mort depuis dix ou douze ans.

Deux cens hommes, sans vous arrester à l'exemple de *deux mille hommes*. *Il buvoit*. *Il falloit*.

Aprés tout je ne pretens pas rien apprendre aux Gentils-hommes de Poitou. Ie connois icy de si honnestes gens de ce païs-là, que cela me donne bonne opinion de tous les autres, & je ne croy pas que ce soit mal parler que de parler comme eux.

I'ou-

I'oublierois bien plustost mille Maistresses, que je n'oublierois Monsieur de Chivés & Monsieur Girard, *par nobile fratrum*: & je vous oublierois quasi aussi-tost vous mesme. Si vous avez quelque commerce avec eux, je vous supplie de me faire la faveur de les asseurer, que je suis toûjours leur tres-humble serviteur, avec autant de passion que jamais, & que je les supplie de ne vous pas aimer mieux que moy, & de ne me pas faire l'infidelité que m'a faite Monsieur de Balzac, en me quittant pour de nouveaux venus. Monsieur Chapelain a esté touché comme il devoit, de tout ce que vous me mandez de luy. Ie luy ay fait voir toute vostre lettre, qu'il a toute admirée aveque moy. Adieu, MONSIEVR, & soyez toûjours asseuré, s'il vous plaist, que je n'aimeray & n'estimeray jamais rien plus que vous. Ie suis de tout mon cœur

Vostre, &c.

MONSIEVR COSTAR,

A MONSIEVR DE BALZAC.

LETTRE XXXI.

MONSIEVR,

Ie vous declare d'abord que je ne pretens pas de vous faire vne belle lettre. Il y a long-temps que j'ay appris le mot de Latin qui defend de porter du bois dans la forest, *In ſyluam ne ligna feras;* & je veux vous monſtrer comme je me ſers bien de ce que je ſçay. Ce ne ſeroit pas aſſez dire, ſi je n'ajouſtois que je vous ſupplie, mais ſerieuſement & de tout mon cœur, de ne me point faire de lettre qui vous couſte plus d'vn quart-d'heure. Apprenez-moy ſeulement, MONSIEVR, l'eſtat de voſtre ſanté, vos occupations & vos divertiſſemens: Aſſeurez-moy bien de l'honneur de vos bonnes graces; & ſur tout faites-moy paroiſtre que vous croyez comme il faut, que j'ay pour vous toute l'admiration & toute l'amour que je dois à vn ſi grand homme & à vn ſi aimable eſprit.

Ie vous envoye deux gros paquets: Mais ne

vous en effrayez point. Ils ne vous feront point de mal si vous ne voulez; & si j'en suis crû, vous attendrez à m'en donner vostre avis à la premiere visite que je vous rendray. I'en excepte pourtant vne lettre que Monsieur de Voiture m'a écrite, où il ne me parle guere que de vous. Afin que vous l'entendissiez, je vous en ay fait copier deux autres, la premiere de luy, & l'autre de moy.

Dans l'autre paquet, vous y trouverez tout le Latin que vous aviez desiré, & dont je n'avois pû me souvenir qu'à demy. I'y en ay ajousté d'autre, qui ne m'a pas semblé plus mauvais.

Ie me suis parfaitement acquité de toutes les commissions qu'il vous avoit plû me donner. Monsieur Chapelain, comme vous sçavez, m'a receu en ses bonnes graces. I'ay fait part de cette bonne nouvelle à tous mes amis, & les ay priez de m'aider à l'en remercier, & de luy répondre de mon zele & de ma fidelité. Il y a prés de trois mois que je ne luy ay écrit: Mais en verité, MONSIEVR, c'est par respect aussi-bien qu'à vous, & j'ay de la peine à m'en empescher. Ie vous supplie, aux occasions, de le faire souvenir de moy, & de luy témoigner qu'il vous obligera, de me bien aimer.

Monsieur de Nancelle a esté si touché du compliment que vous avez voulu que ie luy fisse de vostre part, que s'il estoit en estat de pouvoir monter à cheval, je pense qu'il ne pourroit se defendre de vous venir voir cét Esté. Mais le pauvre homme ne se sert plus de ses jambes. Il est condamné au supplice de la chaise,

——————— *sedet æternúmque sedebit*
Infelix Theseus &c.

Hé bien, MONSIEVR, ne tiens-je pas bien la parole que je vous avois donnée de vous écrire sans soin & sans meditation. Il n'y a que le cœur qui parle en tout cela, & l'esprit y a peu de part. Il faut bien que j'aye vne grande confiance en vostre bonté, & que je me sente bien d'vne autre sorte que la pluspart de ceux qui vous le protestent, vostre tres-humble, tres-obeissant, & tres-passionné serviteur. Cependant je finis sans m'en appercevoir, & j'avois resolu de vous dire auparavant ce que l'on m'a mandé de Paris depuis quinze iours, que le pauvre Monsieur des P. P. y est devenu extrémement amoureux, & d'vne Dame que vous estimez beaucoup. On m'a defendu de la nommer, mais si je croyois que vous eussiez grande envie de le sçavoir, je ne ferois point de scrupule de violer vn secret si peu important, pour avoir la satisfaction de vous plaire.

A propos d'Amant, l'eloquent de Monsieur de G.G. m'a chargé de vous faire ses tres-humbles baise-mains. Ie le trouvay l'autre jour par hazard à T.T. comme il alloit à la Cour : c'est toûjours le plus divertissant homme de la terre, & je vous souhaiterois vn voisin fait comme luy. Ses cheveux qui sont d'ordinaire peints en vn fort beau rouge, estoient parfaitement verds, & c'estoit de luy que l'on pouvoit bien dire, *viridisque senectus*, & y ajouster ce que le Chevalier Marin a dit du Dieu Vertumnus :

Di serpollo ha la barba,
Di finocchio la chioma.

Entre les autres excellentes choses qu'il dit à Maistresse, je retins cecy *

Adieu, MONSIEVR, il faut que je vous laisse rire de cela tout vostre saoul. Asseurez-vous que je seray toute ma vie plus que tous les hommes de la terre, vostre Adorateur.

* *

COSTARDVS B. P. S.

GRATIVS-NE *sit quod pectus tuum, probè alioqui tectum clausúmque reseras, & aperis ; an molestius quod illic viderim multa quæ te vrunt & mordent non me-*

diocriter, haud facilè dijudicaverim. Quidquid sit, equidem gaudeo, me tibi eum visum fuisse, cui rectè committeres, si quid patereris, aut parares occultiùs, neque veritus fueris, ne tanquam vas futile, rimas agerem ac perfluerem. Sapienter putasti, mi dulcissime B. In eo sum aër & littus, & solitudo mera, neque usquam quod sciam, tutiùs recondideris, & ut ita dicam infoderis, si quid continere graveris, & extra animum proferre libuerit. Jam quod de me tibi præstare possum, idem & de te mihi spondeo. Splendidæ illæ amicitiæ, quas ut plurimùm colimus, aut fucosæ sunt, aut si fortè ornamento sint & præsidio, certè hunc domesticum fructum non habent. Ergo pateant aures nostræ querelis amicorum, curis, angoribus, sollicitudinibus; pateant mentes solatiis, consiliis, ac, si etiam locus est, officiis. Apage, aulicæ illius prudentiæ, hoc est degeneris & corruptæ præceptum,

Nulli te facias nimis sodalem,
Gaudebis minùs: at minùs dolebis.

Revera, ipsæ apes pungunt, & ubi mel, ibi etiam aculeos inveneris. Sed ex adverso

Sæpè creat molles, aspera spina rosas.

Et in mediis ipsis doloribus quos gignit amoris συμπάθεια, emergit & existit aliqua jucunditas, individua virtutis, & honestorum omnium comes, quam vel molestiis omnibus, benè emptam existimabit, quisquis recti & decori gustum, atque adeò sinceri amoris sensum aliquem habet. Nimirum sunt quædam tristes voluptates, quæ ut tristes sint, voluptates sunt tamen. Ejusmodi sunt eæ, quas tum capimus cùm amici ad nos deferunt metus suos, & quidquid animo malè est. Sed hæc hactenus. Præclarum enim philosophari, sed paucis. Nunc garriamus & jocemur vnà si commodum est. Paralyticum tuum de facie tantùm novi. Donec rescivero, sit, necne tibi cordi, in ejus casu lugebo nihil, præter communem hominum sortem. Citò enim exarescerent lacrymæ meæ, (quarum alioqui præ fontibus tuis largis illis & copiosis, tenuis mihi & angusta venula est) si plorandi causas tam longè arcesserem. Si vita ejus, imò si mortalitas expleta sit: si divus factus sit, hoc est si non sit ampliùs vivus, (hæc enim sunt eadem in vobis Christianis Philosophis) audio tantam vim exquisitorum & preciosissimorum florum habere, vt sperem inde sustentari posse diutissimè domus tuæ tenuitatem. Verùm malè metuo nimbum istum Provincialium hospitum, quem narras, & qui te tam sollicitum habet. Deus bone quid turbæ erit! Ædes vestræ vix capient. Quid comedent? quid ebibent? quid te erit vno miserius, quem totos quindecim dies exedent edacissimi homines, & quod caput est, subinde post dura illa, seu potiùs atrocia quadragesimæ jejunia? O quàm aptè & ad rem, dicere nobis, cum sene illo Terentiano, poteris:

Nam vt alia omittam, pitissando modo mihi
Quid vini absumpsit? sic, hoc dicens, asperum
PATER est: hoc aliud lenius, sodes vide.
Relevi dolia omnia, omnes serias: &c.

Ad Dominam T. rescripsi: Sed amabo, mi jucun-

dissime B. epistolam meam orna & commenda verbis tuis, mea enim mihi turpissimè & flagitiosissimè defuerunt, quæ quidem in meritis illius in me, & mea in illam observantia ac flagrantissimo studio commemorandis, illustrandísque superfutura credideram. Adjuva me obsecro, néve committas, vt illi potiùs parum gratus quàm parum disertus fuisse videar. Ejus tu mihi voluntatem adjunxisti, fove, tuere, auge etiam si potes, ac velut egregius artifex, operi tuo summam manum impone. Novi humanitatem ejus; novi æquitatem tuam: sed scis quàm sit amor omnis timidus & anxius. Si est quod cuiquam invideas vsum consuetudinis meæ, erit sanè cuivis quod invideat tibi judicium meum & benevolentiam. Sic enim tibi persuade charissimum te mihi esse omnium hominum, propter incredibiles suavitates ingenii & elegantiam morum, quibus vt te primùm vidi statim captus, quoad vivam, quanquam non liberè, tamen libentissimè retinebor. Ad valetudinem tuam conservandam, quam ad omnes res adhibes, eam adhibe prudentiam. Insuper illud memineris vindemiolas tuas (hoc est fructus labiorum tuorum, vt cum Regio Psalte loquar) servare diligentiùs, vt hoc subsidium senectuti pares. Ignosce candori ac simplicitati meæ. Tu si idem in me peccares, debere tibi beneficium profiterer. Vale.

COSTAR-

COSTARDVS B. ſuo S.

DVAS à te intra eandem hanc hebdomadam litteras accepi, quibus (haud ſcio an vnquam illuſtriùs) ſingularem tuum amorem ſignificas. Etenim apud me omnia occulta tua, ſpes, gaudia, metus etiam nonnullos exprômis, nihil fingens, nihil diſsimulans, nihil obtegens, planè liberè ac familiariter. Sanè durus ſim ac propè ferreus, niſi hæc me moveant, vt quæ maximè. Túque necesse eſt, me parvo animo, addo & pravo, ſuſpiceris, ſi credis commiſſurum eſſe, vt in quo me provocas, in eo me vinci vnquam ac ſuperari patiar. Non faciam profectò, neque tibi concedam, vt vel tui ipſius commodi cupidior ſis, quàm ego & fui, & pergam eſſe quoad tu voles: Cur autem non ſemper velis, cauſa nulla eſt. Ingentem ſolitudinem tuam narras; huius tædet me, mihi crede; In ea contabeſco, ea me terret & ſollicitat. Timeo enim, quod & tu ipſe vereris, lieni tuo, ſeu potiùs à liene tuo: & Plautinum illud identidem ſuccurrit:

Nam jam quaſi zonâ liene cinctus ambulo.
Geminos in ventre habere videor filios.
Nihil metuo, niſi ne medius diſrumpar miſer.

Illud mihi ſatis bellè venit in mentem. Quid enim benè cogitata non mihi ipſi gratuler? Verùm ad te redeo, neque enim longiùs licet excurrere. Equidem vicem tuam doleo. Téne quem natura finxit bipedum omnium loquacissimum, juxtà ac diſertiſſimum, non habere ampliùs qui-

cum dies noctésque obloquaris, colloquaris, interloquaris, nisi pedissequos & ancillas tuas moneas, objurges, & invicem respondentes, vel ut meliùs dicam, responsantes & gannientes audire placuerit. O hominem parum felicem! si vera prædicat ille, cujus singulos versus singula testimonia (quod de Euripide Q. Cicero dixit) existimo,

Miserum est tacere cogi, qui cupiat loqui.

Extra jocum, invitus legi, & molestissimè tuli, discessas abs te sororem & neptem tuam esse, téque tandiù in earum desiderio futurum. Si benè te novi, non satis tua te virtus & literæ sustentaverint. Loquuntur libri, non audiunt. At tibi auribus opus est, iísque quemadmodum sunt meæ, sitientibus tui, hoc est urbanis & eruditis. Quid quod oculos juveniles requiris, quos habebas tùm cùm nigri adhuc capilli, frons angustior & genæ rubicundiores erant? O tibi præteritos &c. *Quare si mihi, interdum non imprudenti, auscultes, urbem sæpiùs candidâ illâ equâ tuâ, vel illo eleganti mulo vicinæ tuæ, nobilissimæ & lectissimæ feminæ perveheris.* Doctos Sossos, disertas Sulpitias, *unà cum suavissimo nostro Cœnobita, frequenter invises. Ibi* πολλὰ χαίρειν τῇ λύπῃ *dices, &*

Sossis amicus, tristitiam & metus
Trades protervis in mare Creticum
Portare ventis.

Musis, *fortasse habet Horatius tuus; meus autem* Sossis. *Notátque Interpres, sic legisse in vetere codice manuscripto. Scilicet, ut Quinctiliano, Cicero, est eloquentiæ potiùs quàm hominis nomen; & gloriatur Plinius Junior suam & Taciti appellationem, suo sæculo, quasi literarum propria vocabula, non Auctorum fuisse, sic nos* Sossos & Musas *promiscuè & sine delectu usurpamus. Scripsit ad me nuper, nihil unquam legi scriptum* Σοαπέστερον. *Ride, mi senex, apertissimo ore, sed ostio probè occluso. Quaslibet enim offensiones pro te suscepturus, si necesse sit; hanc quæ tibi inutilis foret ac mihi permolesta, jure deprecor. Præsulem mihi tuum, illius in te merita, conciliant, quanquam rumores de administratione ejus, tristiores, sed* ἀδεσπότοις *acceperamus. Te illi chariorem fieri quotidie, tibi gratulor ita vehementer, ut tu mihi quoque gratulari debeas, nec egisse gratias sufficiat. Potentem hunc amicum diligentissimè cole. Inde fructus uberrimos capies aliquando, sed hunc interea præceperis, quòd ab omnibus iis observaberis, qui te, non dicam aspernabantur, id enim paulò durius, sed non satis intelligebant. Nec mirum; semper enim expertus sum, ut de egregio artifice, nisi artifex judicare non potest, sic nisi qui sit sapiens, posse perspicere sapientem. Ego hîc* μουσοπάτακτος, *bibliothecâ meâ pascor, & studiis fruor, sicut tu desidiâ & otio, quo congelasse te, libenti, imò etiam gaudenti animo, didici. Etenim si sapis, valebis & nugaberis. Hoc me abhinc paucos dies docuit vir prudentissimus, quem auctorem vehementer sequor. Is ex graviori morbo, in quem à nimiâ & pertinaciori ingenii contentione, in Philosophicis, inciderat, se se colligens & recreans, sumpsit pro lemmate* Valere & nugari. *Sunt autem, ut scis, felicissimæ nugæ, & vel seriis ipsis anteponendæ, cujusmodi sunt illæ de quibus* Catullus,

——— Namque tu ſolebas
Meas eſſe aliquid putare nugas.

Ac velut plerique operosè nihil agunt, ſic non pauci otioſè multùm perficiunt, & parùm movendo, interdum longiùs & altiùs promovent. Tu is eris, ſi Deus votis meis & precibus annuerit, & in te cadet hic verſus facetiſſimus:

Ille ego ſum nulli nugarum laude ſecundus.

Ad me quod attinet, ego ſic voco manſuetiores meas muſas, ad quas me refero à lectione Ariſtotelis & Divi Thomæ, pari impetu, quo ferè à labore ad libidinem, cæteri prolabuntur.

Ad hæc ſi properas gaudia, cum tuâ
Velox merce veni: non ego te meis
Immunem meditor tingere poculis
Plenâ dives vt in domo.

Intelligis? Si vis cœnemus unà, ſymbolam afferas neceſſe eſt. Si pergis negare te quicquam collaturum, Regem convivii locupletiorem quàm ego ſum, quæras licet. Victurus *deliciæ meæ, ſcis quàm ſit delicatus & piger; non gravatur tamen, nec recuſat hunc laborem, eâ mercede ſuſcipere. Hic proximè ſcribebat ad me, ſe ſe vbi quid invenerat, lepidè aut magnificè dictum, ſtatim mihi excerpere, ac ſecum ſic Horatianis verbis loqui,*

Nardi parvus onyx eliciet cadum.

Ingenioſè quidem ille & venuſtè vt omnia, ſed amantiſſimè, quod mihi eſt charius. Luget nunc Cardinalem ſuum veriſſimis ac juſtiſſimis lacrymis, quibus ſanè pectus meum effodit, quoties cogito : sed tantisper aberravi dum rescripsi epistolis tuis jucundissimis, præsertim extremæ illi Latino-Græco-Italo-Hispano-Gallicæ.

Vale mi humanissime vetule. Tu me amato ita, si hoc idem me in te facere senseris. Vale.

Exciderat mihi, te monere ac rogare, uti meliùs, hoc est minùs velociter scriberes. Legere enim possum, divinare non possum. Neque velim in eo tibi placeas, quòd vitium hoc Ciceronis habes, cujus hæc sunt verba ad Quinctum fratrem: Scribis enim te meas litteras superiores vix legere potuisse : in quo nihil eorum, mi frater, fuit, quæ putas : neque enim occupatus eram, neque perturbatus, nec iratus alicui : sed hoc facio semper, vt quicunque calamus in manus meas venerit, eo sic vtar tanquam bono. *Alioquin non stultè Erasmi illa Echo dicenti tibi ac pronuntianti, Italico more,* Ego sum Ciceronianous, *respondebit* ὄνου. *Aliud quidnam volui dicere? Teneo. Nunquam Athenæ ipsæ, magis Atticæ fuerunt, quàm tu mihi visus es. Gaude & iterum vale.*

MONSIEVR DE VOITVRE,

A MONSIEVR COSTAR.

LETTRE XXXII.

MONSIEVR,

Ce n'eſt pas que je trouve mauvais que vous ſoyez auſſi pareſſeux que moy; mais pource que vous ne l'avez pas accouſtumé, & qu'il y a long-temps que je n'ay point receu de vos lettres, j'ay peur que vous n'ayez pas eu la derniere que je vous ay écrite, dans laquelle je vous répondois à tous vos mots de Poitou, & vous diſois mon avis ſur les paſſages de Salluſte & d'Auſone. Si vous voulez dorénavant autant de temps pour faire vos réponſes, que j'ay accouſtumé d'en prendre, je n'ay rien à dire contre cela : neantmoins il me ſemble qu'il n'eſt pas juſte qu'il y ait vne meſme regle pour vous & pour moy, & nous ne ſommes

Nec cantare pares, nec reſpondere parati.

L'autre jour je dis à Monſieur de Chavigny le paſſage de Terence, *Hem alterum*, & que vous me l'aviez proposé, & l'explication que vous y donniez, & que pour moy je n'y en trouvois pas. Le lendemain, il me dit qu'il croyoit qu'il y falloit mettre vn interrogant. *Ex homine hunc natum dicas? Croiriez-vous que celui-là soit né d'vn homme? Ne prendriez-vous pas ce brutal-là pour vne beste?*

Pour moy cela ne me déplaist pas; & je doute seulement si vn homme qui parle tout seul, peut vser d'interrogant, comme s'il parloit à vne troisiéme personne. Mandez-moy, s'il vous plaist, vostre avis là dessus; car je luy ay dit que je vous écrirois le sien, & nous attendons vostre réponse. Faites la sincere, mais toûjours en loüant l'invention, si vous n'approuvez pas l'explication. Consultez aussi Monsieur de Balzac sur cela: Ie monstreray à Monsieur de Chavigny vostre réponse & la sienne, si vous me l'envoyez. Mais écrivez sans affectation, comme s'il ne la devoit point voir. Ie luy dis l'autre jour les vers que Monsieur de Balzac a faits pour Monsieur Guiet; Il les trouva admirablement beaux, & me parla de luy avec vne estime tres-haute & vne affection extréme, me loüant son esprit, son humeur, ses ouvrages, ses potages (car il dit aussi qu'il en a mangé) comme j'ay accoustumé de les loüer moy mesme & d'aussi bon cœur. C'est en verité vn homme de tres-rare esprit, & qui aime passionnément tous ceux qui en ont, & peut-estre qu'il témoignera à nostre amy, qu'il se souvient de luy, lors qu'il s'y attendra le moins. Adieu, MONSIEVR, je suis

Vostre, &c.

MONSIEVR COSTAR,

A MONSIEVR DE VOITVRE.

LETTRE XXXIII.

C'est la réponse à la lettre XXX.

MONSIEVR,

Ie suis ravy que vous ayez jalousie des contentemens que j'ay receus à Balzac. Ie ne suis pas de l'humeur de celuy qui disoit: *Ie ne veux que de ces sortes de biens qui sont l'obiet de l'envie du peuple*. NOLO *habere bona, nisi quibus populus inviderit*. Pour moy je dirois, *Ie n'aime que les plaisirs qui sont enviez par les sages*. NOLO *habere bona, nisi quibus sapiens inviderit*. Ce *sapiens* n'est pas dit au mesme sens, que vous alléguez pour moy le *sapientipotens* d'Ennius, & que la pluspart des Interpretes entendent le *sapiens Nomentanus*, de nostre Horace, qui estoit, comme vous sçavez, (I'entens Nomentanus) vn de ceux que le vieux Lucilius appelle si doctement, *ven-*

Petrone.

Satyr. 3. lib. 2.

tres,

tres, comme qui diroit, *des panſes & des bedenes.* Ce n'eſt pas auſſi en la ſignification où il eſt dit *ſapientem paſcere barbam*, pour dire *nourrir vne* LONGVE *barbe*, car jamais homme ne fut moins que vous le *longus homo* de Catulle, qui veut dire *inſulſus* auſſi bien que le μέγας d'Ariſtophane. Au contraire vous eſtes *merum ſal*, comme cette mignone dans Lucrece, Carm. 45.

Parvula pumilio, χαρίτων μία, *tota*, *merum ſal.*

Mais, MONSIEVR, à cette heure que j'y ſonge: pourquoy appeller vne femme vne des Graces parce qu'elle eſt petite? Les Graces n'eſtoient-elles pas de belle taille? Elles eſtoient filles de Iupiter, ſelon la plus commune opinion, ou du Soleil, ſelon quelques-vns; & ces Dieux-là ne firent jamais que de grands enfans, quoy qu'il me ſemble vous avoir fait remarquer vne fois, que ce fut la Terre qui produiſit les Geans, & non pas le Ciel, pour monſtrer que les grands & vaſtes corps, ſont ordinairement terreſtres & materiels.

Voicy encore vne ſeconde raiſon contre Lucrece. Les graces & les bienfaits doivent toûjours eſtre les plus grands qu'ils ſe puiſſent faire. Ou l'on doit donner beaucoup, ou ſi l'on donne peu, il faut que ce ſoit magnifiquement, ſelon le precepte du Philoſophe Eſpagnol que vous n'aimez pas, *danda ſunt parva magnificè.* Encore

Rr

passe d'avoir fait les Graces petites. Ie connois beaucoup de petites femmes tres-agreables. Mais je ne puis souffrir l'injure qu'Homere leur fait, d'en marier vne à Vulcain, & l'autre au Sommeil. A vostre avis, MONSIEVR, qui des deux est la mieux pourveuë? Pindare dit du premier, *qu'il fut fait sans grace*, ἄνευ χαρίτων. Ne vous semble-t-il pas qu'il y ait de la cruauté, & mesme de l'impertinence de marier la Grace, avec vn Dieu qui n'a point de grace?

Mercure dans Lucien, trouve aussi estrange que moy, que ce gros vilain ait tant de bonnes fortunes (car il estoit aussi mary de Venus), pendant qu'Apollon si beau, si bien fait & si adroit, est tellement malheureux en amour, que Daphné aime mieux devenir arbre que d'estre sa femme. Venus dans l'Adonis du Marin se desespere d'estre contrainte de coucher avec vn Dieu si sale, si noir & si enfumé, & d'estre reduite à baiser vne bouche de Forgeron, plus propre à souffler le charbon, qu'à recevoir ces douces faveurs:

——— à baciar l'hispido labro,
Labro, assai più, nel' horride fornaci,
Atto à soffiar carbon, ch' à porger baci, &c.

Cette pauvre Grace dont nous parlons, en pouvoit autant dire que Venus. Neantmoins, elles avoient toutes deux dequoy se consoler, s'il estoit vray ce que disoit vne Reine des Amazones, Antianira.

ἄριστα χωλὸς οἰφεῖ, le boiteux baiſe le mieux. Opinion qu'Athenée a confirmée,& dont Ariſtote a rendu vne pertinente raiſon dans ſes problemes. Mais je ne ſçaurois m'empeſcher de plaindre la malheureuſe que le Sommeil avoit épouſée, ce pareſſeux qui n'eſt point du tout animé, & qui a, comme dit Ariſtophane, vne ame ſans ame, ψυχὴν ἄψυχον, c'eſt à dire ſans mouvement & ſans action.

Scaliger condamne, auſſi-bien que moy ce mariage, & ne peut ſouffrir que le Sommeil épouſe la Grace qui ne doit jamais dormir. Cette faute me fait bien connoiſtre la verité du mot d'Horace, que le bon Homere s'endort quelquefois. Il dormoit ſans doute, quand il a fait dormir la Grace. Il a dit ailleurs, *que le long ſommeil produit le chagrin*, ἀνίη καὶ πολὺς ὕπνος : Quelle amitié a donc ce Dieu avec les Graces qui ſont toûjours riantes, & à qui, au rapport de Plutarque, on a donné des noms qui ſignifient joye & gayeté, pour monſtrer que les graces & les bienfaits, ſont les choſes du monde qui apportent le plus de contentement, & à ceux qui les donnent, & à ceux qui les reçoivent? Virgile a dit, *& ſomno mollior herba*, voyez l'excellente qualité pour le mary d'vne Deeſſe toûjours jeune. C'eſtoit vn grand bien pour luy que Paſithée (c'eſt ainſi qu'elle s'appelloit) fut *ſolutâ zonâ*, comme le ſont toutes les Graces.

Horat. *Et ſolutis Gratiæ zonis.*

Autrement

——— *Quærendum aliunde foret &c.*

Quod poſſet zonam ſolvere virgineam.

Ovide dit que ſa demeure eſtoit au païs des Cimmeriens. Malheureux climat, où l'on ne vit jamais vne fleche d'Apollon, & où il envoye peu de lumiere & point du tout de chaleur. N'eſt-ce pas vn lieu bien froid pour des Graces qui vont toutes nuës?

Horat. *Nudis juncta ſororibus.*

O combien cette pauvre Deeſſe paſſe de nuits froides & veufves, *viduas noctes!* & qu'elle ſe peut bien appeller *Vedova, e maritata*, auſſi bien que cette Princeſſe dans l'Adonis du Marin. Car il n'y a point de Dieu qui découche ſi ſouvent de chez luy, & qui veille tant que celui-cy; quoy que j'en aye dit auparavant, au moins ſi c'eſt luy, comme le veulent les Poëtes, qui ait la charge de faire dormir tout le monde.

Virg. 5. Æneid. *Ecce Deus, ramum Lethæo rore madentem &c.*

M à'l ſonno, che de' miſeri mortali

Le Taſſe. *E co'l ſuo dolce oblio, poſa, e quiete,*

Sopì co' ſenſi i ſuoi dolori, e l'ali

Diſpiegò ſoura lei placide, e chete.

Homere l'appelle λυσιμέριμνος, *le deſlieur des ſoins & des inquietudes qui nous preſſent & qui nous ſerrent le cœur.* Ne vous ſemble-t-il pas, MONSIEVR, que c'est-là vn estrange employ pour vn paresseux, d'avoir tant de nœuds à défaire ? Orphée le nomme le *Medecin de toutes douleurs*, πάσης λύπης ἰατῆρ' ἀγχιμήθιον. Vn Medecin qui a tant de pratiques, ne demeure guere au logis, & le pis est, que si quelque Galant est suspect à ce Dieu, il a la vertu de l'endormir tant qu'il veut, car il est tout puissant ; & s'il fait ronfler Iupiter & Mars quand il luy plaist, il ne respecte pas davantage l'Amour & sa mere ; & l'on voit encore aujourd'huy à Rome dans la vigne du Cardinal Ludovisio, vne Venus endormie, & les Ducs de Mantoüe ont gardé long-temps ce Cupidon Thespien, fait de la main de Praxitele, & dont Pausanias parle en ses Attiques, qui dormoit sur vne dépoüille de lion. Cependant, je me souviens que Mercure le décharge quelquefois de cette peine, car sans en chercher d'autres exemples, c'est luy dans Ovide qui ferme les cent yeux d'Argus.

Parva mora est, alas pedibus, virgámque potente
Somniferam sumpsisse manu &c.

Voilà cette *virga somnifera* dont il est parlé par tout. En revanche, voicy vn Poëte qui fait exercer au Sommeil, l'office des songes, & qui dit que Morphée se faisant vn corps d'air & de vapeurs, & prenant la figure de la mere des Amours & de la Deesse de la Beauté, se vint presenter à l'imagination d'Adonis.

Le Marin. *A pena hà queste note vltime espresse,*
Che l'amico Morfeo, che l'è vicino,
Fabrica d'aria, e di vapori intesse
Simulacro leggiadro e peregrino, &c.

Ce sont pourtant deux charges bien differentes, & le Tasse donne aux songes (au moins à ceux que Dieu envoye) de belles aisles dorées : les fait descendre du Ciel, & sortir par vne porte de crystal, qui s'ouvre vn peu devant celles du Palais du Soleil, qui est tout proche de là :

Canto 14. *Non lunge à l'auree porte, &c.*

Cette fiction m'a semblé jolie & bien digne de son Auteur. Mais quoy qu'il en soit, que le Sommeil fasse les songes, ou qu'il ne les fasse pas, toûjours ce que je disois est vray, qu'il est trop occupé la nuit pour en faire passer de bonnes à sa femme. Il prend plus de plaisir pendant ce temps-là à demeurer dans de beaux yeux, qu'entre les bras de la belle Pasithée:

Le Marin. *E'l sonno istesso, in sì begli occhi ascoso,*
Abbandonar non sà tanta bellezza ;
Anzi par che di lor fatto geloso,
Di starsi ivi a diletto habbia vaghezza ;
E con nido sì bel, non le dispiaccia
Cangiar di Pasithea l'amate braccia.

A la verité il est amy des Muses & plus que tous les autres Dieux, si nous en croyons Pausanias en ses Corinthiaques; qui dit au mesme endroit, qu'à

Trezene il y avoit vn autel où l'on ſacrifioit aux Muſes & au Sommeil tout enſemble. Ce qui témoigne que dés ce temps-là, on n'avoit pas l'eſprit bien éveillé, ſi on n'avoit dormy de bon ſomne, ſept ou huit heures. Mais ſi les Muſes euſſent eſté à marier, je m'aſſeure qu'elles euſſent choiſi vn autre party, & qu'elles n'euſſent point voulu de leur grand amy pour mary.

Il eſt certain que le Sommeil eſt vn preſent des Dieux,

Tempus erat, quo prima quies, mortalibus ægris Virgil.
Naſcitur, & DONO DIVÛM *gratiſſima ſerpit.*

Il ſe donne gratuitement. Il ne veut pas eſtre acheté, & vn Poëte Grec a dit que c'eſtoit pour cela qu'il fuyoit ordinairement les lits ſuperbes & magnifiques, & qu'il haïſſoit l'or & les broderies. Mais avec tout cela, ſi j'euſſe eſté en la place de Paſithée, j'euſſe mieux aimé qu'vn autre mary m'euſt couſté bien cher, que d'avoir celui-là pour rien. Quelques-vns le font deſcendre d'Aſtrée, & diſent qu'il eſt fils de la Iuſtice, Senec. trag. in Herc. Furen.

——— *Matris genus Aſtrææ*,

Voulant ſans doute ſignifier par là, que ce n'eſt que dans les lieux où la Iuſtice regne que l'on gouſte le repos & la douceur du ſommeil. Mais la plus commune & la plus veritable opinion luy donne l'Erebe pour pere, & la Nuit pour mere; & Pauſanias en ſes Eliaques, parle d'vne ſtatuë qu'il avoit veuë en Olympe, où la Nuit estoit representée sous la forme d'vne femme qui tenoit en sa main droite vn enfant fort blanc de corps & de visage, qui dormoit profondément ; & en sa main gauche, vn autre qui dormoit aussi, & qui estoit fort noir & fort défait.

Il ajouste, qu'ils avoient tous deux les pieds tors, & que le second estoit la Mort, & le premier le Sommeil.

Ie ne sçaurois deviner pourquoy le sculpteur avoit fait là de mauvais pieds à la Mort, elle qui va si viste, & qui a tous les jours affaire en tant de differens lieux. Encore passe, devant le larcin de Promethée, mais depuis qu'il eut volé le feu du Ciel, la Mort qui marchoit si lentement, commença de doubler le pas, & de se presser,

Horat. Od. 3. lib. 1.

Post ignem æthería domo
Subductum, &c.
Semotique prius, tarda necessitas
Lethi corripuit gradum.

Cependant, MONSIEVR, me voicy bien loin, & en ne pensant faire qu'vne petite promenade, j'ay fait insensiblement vn grand voyage, & je me trouve en vn païs fort écarté. Retournons vîtement à Balzac, & ne nous engageons pas plus avant. Il est vray ce que vous dites, c'est vn lieu où l'on fait vne merveilleuse chere, & où c'est vn grand malheur que de n'avoir pas vn grand appetit

petit. Le *rex convivii*, eſt tout enſemble vn maiſtre diſneur, & vn *magiſter cœnandi*. Il a cela de commun avec Ciceron, auſſi bien que tant d'autres eminentes qualitez, d'eſtre à table *homo multi joci*; & il a cela par deſſus luy d'eſtre *multi cibi*. Penſez-vous que noſtre *caput cœnæ* fuſt *ſermo bonus*, comme il eſt dit au meſme lieu, d'où vous avez tiré voſtre *palatus*? C'eſtoit tout le rebours du feſtin dont parle Aulugelle; Nos meilleurs mets eſtoient *cupediæ ciborum*, *non argutiæ quæſtionum*. Si vous euſſiez eſté là, vous nous euſſiez vûs *remuer les oreilles* en mangeant, tout de meſme qu'à Hercule chez ce Poëte Grec & Latin que vous m'alléguates vne fois si à propos. Ce potage dont vous parlez eſt vne raviſſante choſe (ſi vous me permettez d'vſer de cette epithete, qui ſeroit encore plus propre pour exprimer noſtre faim). Il y fait entrer des ingrediens, *quæ nemo coquus in jus vocavit hactenus*, pour vſer des termes de Varron; Et je ne trouve pas trop eſtrange, que vous l'eſtimiez preſque autant que le Panegyrique de Pline. O la belle invention qu'eſt celle-là! Vlyſſe tout habile homme qu'il eſtoit, ne faiſoit rien qui la valuſt, quoy qu'il ſe vante dans Homere, de ſçavoir parfaitement faire la cuiſine. Achille meſme & Patrocle, dans le meſme Auteur, ne travaillerent pas ſi heureuſement quand ils traiterent Vlyſſe & Ajax, quoy qu'Elien & Athenée s'estendent fort sur les loüanges de leur industrie dans cette occasion. I'y pourrois ajouster ce Roy de Thebes qui fut grand-pere de Bacchus, que le mesme Athenée fait passer pour vn excellent faiseur de sausses & de fricassées. Il y a eu vn Empereur, sous le regne de qui vne friandise comme celle-là, eust esté dignement & richement recompensée. *Il donnoit à ceux qui mangeoient chez luy, comme pour theme & pour sujet de leur meditation, quelque ragoust extraordinaire à inventer, & quelque nouvelle sausse à découvrir. Si leur invention estoit approuvée, il reconnoissoit ce service de quelque present de grand prix, comme par exemple d'vne robe de soye qui estoit alors fort rare, & fort honnorable. Que s'ils avoient mal rencontré, il leur ordonnoit pour leur peine, de ne manger jamais d'autre chose qu'ils n'eussent reparé leur faute & recouvré leur honneur.* PROPONEBAT *præterea his quasi themata, vt jura nova dapibus condiendis invenirent: cujus placuisset commentum, ei dabat maximum præmium, ita vt sericam vestem donaret, quæ tunc & in raritate videbatur, & in honore. Si aliquis autem displicuisset, jubebat vt semper id comesset, quamdiu tamen melius invenisset.* Qu'en dites-vous, MONSIEVR, ne vous semble-t-elle pas juste cette ordonnance-là? N'est-il pas vray que voila vn Prince qui sçavoit bien distribuer les peines & les recompenses? Au reste, afin que vous le sçachiez, cette soye se vendoit encore au poids de l'or sous Aurelien, comme vous pourrez voir

Lampridius in Heliogabalo.

dans Vopiſcus. *Et cùm ab eo vxor ſua, &c.* Cela eſtant, vous n'avez pas eſté le premier qui ayez mis preſque à vn auſſi haut prix l'art de faire bonne chere, que celuy de bien parler; & ſi nous voulons remonter plus haut, nous verrons vn General d'armée, lors meſme que la Republique Romaine eſtoit la plus floriſſante, ne tirer pas moins de gloire d'vn feſtin qu'il avoit bien ordonné, que d'vne puiſſante armée qu'il avoit défaite, & d'vn grand Royaume qu'il avoit conquis. Plutar. in P. Æmilio.

Vous avez raiſon de ſoupçonner vne goutte qui me vint ſi à propos. Moy-meſme qui ne ſuis pas la moitié ſi ſoupçonneux que vous l'eſtes, je n'en euſſe pas moins fait; & le Parthenopée & le Tongilius de Martial, ne ſont pas accuſez avec plus de fondement, de feindre, l'vn la fiévre, & l'autre le rume:

O ſtulti FEBREM *creditis eſſe, gula eſt.* Epig. 40. lib. 2.
Non eſt hæc TVSSIS, *Parthenopæe, gula eſt.* Epig. 87. lib. 11.

Ie vous croiray. Ie la nommeray dorénavant par ſon propre nom, en reconnoiſſance de ce bon office qu'elle m'a rendu. Mais vous ne devez point vous eſtonner que j'y euſſe tant de peine auparavant. Lucien aprés l'avoir appellée *vne Deeſſe invincible, inexorable, ſans miſericorde, la Reine des maladies qui n'obeiſſent point à la Medecine, &c.* luy donne enfin l'epithete de δυσώνυμος, *difficile à nommer*; Et ſe moque en ſuite fort plaiſamment, à ſon ordinaire, de la foiblesse de ceux qu'elle persecute, qui se flatant eux mesmes & trompant les autres, se veulent persuader que ce n'est qu'vne foulure de nerfs, vne entorse, ou vne blessure. Et je me souviens sur ce sujet d'vn passage assez difficile, que j'ay à vous proposer. Il est de Seneque, dans vne de ses Epistres. *Si les pieds*, dit-il, *nous font quelque douleur, si nous sentons quelques élancemens aux jointures & aux articles, nous dissimulons autant que nous le pouvons la cause de nostre mal. Nous disons tantost que c'est vne entorse, tantost que c'est vne lassitude qui nous est venuë d'vn exercice trop violent. Et enfin tant que la maladie est douteuse & dans ses premiers commencemens, nous y cherchons des noms plus doux & plus favorables; Mais lors que nos talons sont fort enflez & fort tendus, & que la fluxion a fait que* NOS PIEDS SONT DEVX PIEDS DROITS, *alors il faut confesser necessairement que c'est la goutte que nous avons.* PEDES *dolent; punctiunculas sentiunt, adhuc dissimulamus; & aut talum extorsisse nos dicimus, aut in exercitatione aliqua laborasse. Dubio & incipiente morbo, quæritur nomen: qui talaria cœpit intendere, &* VTROSQVE PEDES DEXTROS FECIT, *necesse est podagram fateri.*

Epist. 53.

Si vous ne prenez la peine de m'expliquer ces derniers mots, *vtrosque pedes dextros fecit*, je cours fortune d'estre longtemps sans les entendre. Mais de quelque sorte qu'il les faille prendre, toûjours [illegible] là que je n'ay failly qu'aprés de grands

& d'anciens exemples. I'ay oüi dire à Monsieur de Lizieux, que la goutte estoit comme les enfans des Princes qu'on ne baptisoit qu'à sept ou huit ans. En ce cas-là la mienne ne devoit point encore avoir de nom, car elle n'estoit que ψελλισμὸς τῆς ποδάγρας, *vne goutte begayante*, qui est vn mot qui fut dit autrefois par vn Grec, parlant de ce Capitaine Romain, dont on comparoit le visage à vne meure toute parsemée de farine. Ie sçavois qu'vn Poëte dans l'Anthologie faisoit la goutte vne fille naturelle de Bacchus & de Venus,

Plutar. in Sylla.

Συκάμινόν ἐσθ' ὁ Σύλλας ἀλφίτῳ πεπασμένον. (Plutar.)

Λυσιμελοῦς Βάκχου, καὶ λυσιμελοῦς Ἀφροδίτης,
Γεννᾶται θυγάτηρ, λυσιμελὴς ποδάγρα.

Cela estant je ne voulois pas qu'on crûst que j'eusse eu vne si estroite alliance avec des divinitez de si mauvaise reputation. Mais à cette heure aprés vn si bon effet, je ne feray plus de scrupule d'appeller goutte ce que je me contentois de nommer vne fluxion; & ne feray point comme les autres qui ne la confessent que sur la gesne & à la torture. Au contraire à mon premier loisir je veux composer son Panegyrique, aussi bien que ce Sophiste Grec dont parle Philostrate en la vie d'Apollonius, qui avoit fait son eloge. Mais en attendant, aidez-moy à entendre cette epigramme. Elle est de Palladas, qui dit de la goutte, *qu'elle est vne Deesse qui a les pauvres en horreur, & la seule de toutes les divinitez mal-faisantes, qui au lieu de respecter les richesses comme les autres, s'attaque plus particulierement à elles, & semble en vouloir abattre & dompter l'orgueil. Tu sçais*, adjouste-t-il, *goûter les douceurs & les commoditez de la vie, tu aimes les bons vins & les parfums, qui ne se trouvent jamais parmy la misere & la pauvreté, aussi les fuis-tu, comme des païs trop rudes, & comme vn sejour mal plaisant, & ne mets jamais les pieds que dans ceux des personnes aisées & accommodées*. Tout cela n'a que faire d'interprete. Mais que veut dire cecy ὁπλοφορεῖν τ᾽ οἶδας, *vous sçavez porter les armes*. Ne seroit-ce point à cause du baston que les goutteux portent, & qui est leur troisiéme pied, selon le dire de Lucien, comme on le pourroit appeller l'œil des aveugles. En effet le baston est vne sorte d'armes, & devant qu'on en eust forgé de fer & d'acier, les naturelles estoient les mains, les ongles, les dens & les pierres; & les artificielles, estoient les bastons, comme celui-cy le témoigne:

Le sçavant Monsieur Mesnage approuve cette explication, & la confirme par ce mot de Callimaque, εἶπεν ὁ δ᾽ σκίπωνα γεροντικὸν ὅπλον ἀείρας.

Arma antiqua manus, vngues dentésque fuerunt
Et lapides, & item silvarum fragmina, rami.

Lucret. lib. 5

Ie ne suis guere content de cette raison, & je souhaiterois bien que vous m'en trouvassiez vne autre.

La jalousie que vous me témoignez, est vne des choses qui m'a autant plû dans vostre lettre. Ie feray tout ce qu'il me sera possible pour vous l'augmenter, & quoy que vous puissiez dire, je n'en apprehende point les effets. Si elle croist avec le temps, peut-estre qu'elle vous pourroit obliger à venir icy en personne defendre vostre bien & empescher mes vsurpations. Et Dieu sçait s'il y a beaucoup de choses au monde, que je desirasse davantage.

Ie ne répons rien à ce que vous ajoustez en suite, car Monsieur de Balzac y a répondu luy mesme.

A ce que je voy, le plan que j'avois pris le soin de vous faire si bien tirer, ne vous servira de rien, & je vous voy l'esprit fort esloigné de la dépense à laquelle je vous conviois. Vous dites pour vos raisons, que les Poëtes ne sont pas ordinairement de grande edification. Mais il faut distinguer de Poëtes. Auguste l'estoit, témoin sa *Sicile*, & il ne laissa pas de faire Rome toute de marbre, qui n'avoit esté bastie que de briques & de pierres ordinaires.

L'Empereur Adrien fit des vers jusqu'à l'article de la mort, comme je vous le disois l'autre jour; & cela ne l'empécha pas de bastir presque par toutes les villes de l'Empire, *in omnibus pæne vrbibus aliquid ædificavit*. Néron faisoit aussi des vers, & il prit mal à Lucain d'en sçavoir faire de meilleurs que luy; & cependant il brusla Rome tout exprés, pour avoir le plaisir d'en rebastir vne toute neuve.

Spart. in Adr.

Domitien retiré à Lion s'affectionna fort à ce mestier, & Quintilien témoigne qu'il y estoit né fort heureusement ; & cependant, il fit & refit tant de temples, que Martial soustient hardiment, que *s'il pressoit les Dieux de luy payer ce qu'ils luy devoient, il les reduiroit à faire banqueroute, & que quand il mettroit tous leurs biens à l'enquant, & qu'il leur feroit vendre tout ce qu'ils ont, il n'en trouveroit pas son argent.*

Grandis in æthereo, licèt auctio fiat olympo,
Cogantúrque Dei vendere, quidquid habent,
Conturbabit Atlas, &c.

Ie pense aussi avoir observé, que Ciceron, dans le mesme temps qu'il composoit, *O fortunatam natam &c.* bastissoit à *Tusculum* & en quelques autres endroits. Ie croy mesme que qui chercheroit bien, trouveroit que Lucain qui avoit vne maison de plaisance toute de marbre, *hortos marmoreos ;* Silius qui estoit Consul, Ausone & plusieurs autres, estoient bastisseurs. Ie croy bien que Catulle ne l'estoit pas extrémement, & en voicy vne raison pertinente, *Les araignées faisoient leur toile dans sa gibeciere.*

Contentus famâ jaceat Lucanus in hortis Marmoreis &c. Iuven. sat. 7.

——————— *Nam tui Catulli*
Plenus sacculus est aranearum.

Martial non plus ne remuoit guere la truelle, car il estoit sujet à avoir de mauvaises robes, *malas lacernas ;* Et quoy qu'il die quelque part qu'il

ne

ne demande du bien que *pour donner & pour* BASTIR: *vt donem Pastor &* ÆDIFICEM, il y a apparence qu'il n'en passa jamais son envie. Bien moins encore Saleius & Saranus, qui estoient les *M M.* & les *N N.* de ce temps-là. Ie croy aisément que tous ces Messieurs n'ont jamais basty, si ce n'est quelque Ode, *la maçonnant à la mode*, comme a fait Ronsard; ou bien *ils edifioient des noms*, pour parler Ennius, *ædificabant nomina*, ce que Pindare appelle *eslever vne tour aux vertus hautes & sublimes*, ou, *des colonnes d'or à vn superbe portail.* Od. prem. du liure 2. Au 5. des Isthm. Au 6. des Olymp.

A la verité l'Arioste & le Tasse ont fait de tres-riches Palais; sans parler de celuy de l'Amour, dans l'Adonis du Marin; Mais ils n'en logeoient pas moins en chambres locantes, & ce n'est pas ce que nous appellons *ædificare casas.* Ce sont ces gens là, MONSIEVR, qui, comme vous dites, eussent attendu à bastir, quand les pierres se fussent venuës mettre d'elles mesmes les vnes sur les autres. Veritablement, c'est dommage que cela ne soit plus, que les pierres n'aiment plus la musique ni la poësie, & qu'elles soient devenuës si pierres & si insensibles à ces charmes-là. A cette heure il n'y en a pas vne qui se remuât de sa place, pour toute la symphonie de Sainte Cecile, bien loin de se ranger & de se placer industrieusement, & de faire vne muraille comme celle

Che d'animati sassi, Guarini.

Canoro fabro alla gran Thebe eresse.

Au reste j'ay remarqué qu'Homere n'avoit rien sceu de cette admirable histoire, & que le bruit de ces pierres ingenieuses & adroites n'estoit point venu jusqu'à luy. Car dans l'onziéme de l'Odyssée, il donne bien la gloire aux deux freres Zethus & Amphion, d'avoir fait vne ceinture de muraille à Thebes, & de l'avoir fortifiée. Mais il ne donne point aux pierres l'honneur qu'elles meriterent en cela. Euripide dans ses Phœnisses, touche en passant cette merveille, comme vne chose receuë bien auparavant. Et Philostrate en ses plates peintures, en fait vne description assez plaisante. Il dit entre autres choses, que les pierres se faisoient murailles toutes seules, & qu'elles se battoient à qui auroit la presseance & la plus belle place. Mais, MONSIEVR, si elles estoient si ambitieuses, & si elles avoient tant d'envie de paroistre, comment s'en trouva-t-il qui voulussent servir de fondement? Ie voudrois que Philostrate eust ajousté, qu'elles se tailloient en se choquant l'vne contre l'autre, & que ce choc faisoit l'office du marteau & de la main de l'artisan.

φιλόπμεῖ, c'est le mot dont il se sert.

Il vous est arrivé ce que vous craigniez; vous avez pris l'Oncle pour le Neveu. Ce mot, *Nulli potest facilius esse loqui, quàm rerum naturæ pingere &c.* est de Pline l'historien; & je ne sçay si je me

Lib. 21. c. p. 2.

trompe, mais il me semble que lors que vous dites qu'en cela *non sapit patruum*, vous luy estes vn peu trop *patruus*. Il parle des fleurs, & aprés avoir dit, *Inenarrabilis est eorum subtilitas*, il ajouste, *quando nulli potest facilius esse loqui, quàm rerum naturæ pingere, lascivienti &c.* A vostre avis, MONSIEVR, le *pingere* ne vient-il pas mieux là que vostre *facere*? Vous sçavez que la Nature prend quelquefois plaisir d'imiter par jeu son imitateur ordinaire.

Di natura arte par, che per diletto
L'imitatrice sua scherzando imiti.

Le Tasse.

Le Marin dit dans son Acteon, qu'elle se rend quelquefois disciple de son escholier.

Ben par, ch'ivi Natura
De' cittadini intagli
Imitando i lavori, habbia voluto
Discepola de l'Arte, altrui mostrarsi.

Que si dans les Grotes naturelles, elle imite quelquefois les Sculpteurs, on peut dire que dans les prairies & sur les costaux, elle imite les Peintres, & qu'il semble qu'elle veüille representer les cieux sur la terre, & les estoiles dans les fleurs.

La Pittrice del mondo,
Dico l'alma Natura,
Miniando le piagge
Di verde, e perso, e di vermiglio, e rancio.
Parea ritrar volesso

Le Marin dans son Europe.

Ne fior le stelle, e ne la terra il Cielo, &c.

Pline veut donc dire que le pinceau de la Nature l'emporte sur la plume des plus excellens Escrivains, & qu'elle sçait mieux peindre que l'homme ne sçait décrire : le mot de *facere* n'exprimeroit sa pensée qu'imparfaitement.

Les Roses qui vous ont semblé si belles, selon l'opinion de Monsieur de Saumaise, sont du veritable Florus qui a fait l'Epitome de l'Histoire Romaine, & qui fit pour Adrien ces plaisans vers que je vous rapportay la derniere fois, *Ego nolo Cæsar esse, &c.* Et puis dites que les esprits ne sont pas journaliers comme les visages. Vous me donnez bien de la vanité, de me soupçonner d'estre le Rosier qui a porté de si merveilleuses roses ; c'est tout ce que vous pourriez faire vous mesme. Si j'en pouvois produire de semblables, vous ne seriez pas à le sçavoir, & vous en auriez des bouquets en toutes les saisons de l'année.

In Not. in Æl. Spart.

Venons à nostre passage de Sallustte: *Neque verò colendo agrum aut venando servilibus officiis, &c.* vous dites premierement que vous n'avez pas remarqué que la chasse fust l'exercice des honnestes gens parmy les Romains. Ie m'en vay vous dire ce que j'en sçay. Dans nostre Horace elle est appellée *l'exercice ordinaire des Romains*. ROMANIS *solenne viris opus*. Et au mesme lieu, il est dit d'vn Grand, *qu'il avoit des chiens qu'il faisoit souvent chasser ; & des*

Epist. 18. lib. 1.

bestes de voiture chargées de toiles & de filets.

——— quotiésque educet in agros
Ætholis onerata plagis jumenta, canésque &c.

Et ailleurs il fait le conte d'vn Ridicule, *qui faisoit passer dés le grand matin par la place quantité de valets chargez d'épieux; & d'autres qui menoient force chiens en laisse, afin d'avoir la gloire de ramener en triomphe à la veuë de tout le peuple, vn sanglier sur vn mulet, qu'il avoit pourtant détourné sans limier, & pris sans l'aide des piqueurs, en plein marché pour son argent.*

— Qui mane plagas, venabula, servos, Epist. 6. l. 1.
Differtum transire forum, populúmque jubebat:
Vnus vt è multis populo spectante referret
Emptum mulus aprum.

Ie conclus de là, qu'il falloit que cet exercice fust approuvé, puisque Gargilius en faisoit vanité, & recherchoit la reputation de l'entendre & d'y estre heureux.

Ailleurs nous lisons,

——— Leporem sectatus, equóve Sat. 2. lib. 2.
Lassus ab indomito.

Vous voyez-là qu'il met ensemble, *travailler vn cheval*, & *courre le lievre*, comme il fait aussi dans vne Ode du livre troisiéme, où il se plaint que la jeunesse de son temps fuïoit toute sorte de peines & de fatigues:

——— Nescit equo rudis Od. 24. lib. 3.
Hærere ingenuus puer

Venarique timet.

Par où il témoigne que le *venari* estoit vn exercice loüable & ordinaire ; qualité que Ciceron luy donne au premier des Offices. *Suppeditant autem & campus noster, & studia venandi, honesta exempla ludendi.* Il dit aussi ailleurs, *Iam verò immanes, & feras belluas nanciscimur venando, ut & vescamur his, & exerceamur in venando, ad similitudinem bellicæ disciplinæ.* Ie ne vous allégue pas ce passage d'vne Epistre du livre second ; où ce grand homme aussi excellent Capitaine qu'excellent Poëte, pour faire valoir ses exploits militaires qui avoient pacifié & asseuré la Cilicie, répond si agreablement à son amy, qui luy avoit demandé quelques Pantheres de ce païs-là, pour en donner du plaisir au peuple. *Ie vous en fais chercher avec toute sorte de soins par les veneurs de ce païs. Mais il est estrange combien il s'y en trouve peu, & l'on dit que celles qu'on y voit, se plaignent fort que dans toute l'estenduë de mon Gouvernement, il ne se parle ni de guerre ni d'embusche que contre elles. Aussi m'a-t-on asseuré qu'elles ont pris resolution d'abandonner nostre Province, & de se refugier en Carie.* DE *Pantheris, per eos qui venari solent, agitur meo mandato diligenter, sed mira paucitas est, & eas quæ sunt, valdè aiunt queri, quòd nihil cuiquam insidiarum in mea provincia, nisi sibi fiat. Itaque constituisse dicuntur in Cariam, ex nostrâ provinciâ decedere.*

2. de Nat. Deor.

Il n'y a pas d'apparence que la Cilicie estant

vne province Romaine, il n'y eust point du tout de Romains qui fussent de ces chasses-là. Ie pourrois ajouster ce que Plutarque dit de Pompée, qu'aprés avoir défait Domitius & pris le Roy Iarbas qui estoit de son party, il passa quelques jours à la chasse des Lions & des Elephans, & qu'il disoit là dessus, *qu'il falloit que les bestes du païs ennemy reconnussent aussi bien que les hommes, la vertu & la valeur des Romains.*

Tout ce que je viens de rapporter est à peu prés du temps de Sallustе. Mais si nous descendons plus bas, nous verrons que Martial décrivant à vn Senateur Romain, les plaisirs qu'il aura l'Hiver à la campagne, luy dit entre autres choses, *qu'il aura le divertissement de forcer des lievres*.

Leporémque forti callidum rumpes equo. Epig. 50. lib. 1.

Nous verrons qu'il tasche ailleurs de détourner vn homme de qualité de cette mesme chasse, à cause du danger que l'on court de s'y blesser.

Quid te fræna juvant temeraria? sæpiùs illis Epig. 14. lib. 12.
Prisce datum est, equitem rumpere quàm leporem.

Nous voyons aussi que Pline le Ieune va à la chasse du sanglier, & qu'il y porte des tablettes, *afin que s'il en revient les mains vuides, il ait la consolation d'avoir remply ses tablettes.* VT *si manus vacuas, plenas tamen ceras reportet.* Et puis il conseille à Tacite, à qui il écrit, de faire comme luy. *Vous éprouverez que ce n'est pas la seule* DIANE *qui se trouve sur les montagnes, & qu'on y rencontre* MINERVE *aussi.* EXPERIERIS, *non* DIANAM *magis montibus, quàm* MINERVAM *inerrare.*

Dans ce Panegyrique que vous n'estimez pas plus qu'vn bon potage, vous y lirez comme l'Orateur loue son Prince d'aimer la chasse, & comme il adjouste (ce qui est encore plus remarquable) : *Ce plaisir estoit celuy de nos peres, c'estoit le premier mestier de ceux qu'on destinoit pour commander les armées. On vouloit qu'ils s'exerceassent à combatre de vîtesse & d'agilité avec les bestes qui courent le mieux ; de force & de hardiesse, avec les plus courageuses ; de finesse & d'invention, avec celles qui rusoient ; & ce n'estoit pas vne petite victoire en pleine paix, d'empescher le dégast des bestes à la campagne, de les chasser de leurs forts comme d'vne place difficile à prendre ; & de defendre de leur violence le travail des laboureurs & des vilageois. Les Princes mesmes qui ne pouvoient pas acquerir cette gloire legitimement, estoient bien aises de l'vsurper, de se l'attribuer à faux titre & de se faire valoir par là.* OLIM *hæc voluptas erat, his artibus futuri duces imbuebantur; certare cum fugacibus feris, cursu; cum audacibus, robore; cum callidis, astu; nec mediocre pacis decus habebatur submota campis irruptio ferarum, & obsidione quadam liberatus agrestium labor. Vsurpabant gloriam istam illi quoque principes, qui obire non poterant &c.*

Considerez ce mot *olim*, & ce qu'il dit tout en suite, que les Princes les plus voluptueux, & les

les plus ennemis du travail, recherchoient cette loüange & affectoient cette gloire. Dion Caſſius rend le meſme témoignage ; & conte auſſi qu'Adrien eut l'honneur de ſe rompre vne épaule en chaſſant, & de s'y froiſſer vne cuiſſe.

Spartien en rapportant cet accident vſe de ces mots, *venando, jugulum & coxam fregit.* Si ie n'euſſe ſceu la verité de la choſe, j'euſſe crû à l'ouïr dire que ce pauvre Prince ſe fuſt rompu le cou.

Capitolinus m'a appris, que les deux Antonins chaſſoient ; & Lampridius, que c'eſtoit vn des divertiſſemens d'Alexandre Severe. Mais je ne ſçay de qui je tiens que l'Empereur Baſile, ſurnommé le Macedonien, fut emporté fort loin par vn cerf ; & enfin ſecouru par vn de ſes gens, qui coupa la ceinture par où il eſtoit accroché à vn andoüiller.

Ie vous fais grace de ſept ou huit paſſages encore, que je rapporterois ſi je voulois. Mais je me contenteray de celui-cy. Pollux en la preface du livre cinquiéme de ſon Onomaſtique, qu'il dédie à l'Empereur *Commodus*, appelle la chaſſe *vn exercice de Roy & de Heros.* Que vous en ſemble, MONSIEVR, euſt-il oſé parler de la ſorte à vn Empereur Romain, & à vn *Commodus*, qui pis eſt, ſi la chaſſe n'euſt eſté parmy les Romains, *qu'vn plaiſir de faquin & de valet?*

Pour l'agriculture, il eſt certain que du temps

de Sallufte, & depuis, elle n'eftoit guere exercée que par des efclaves ; & vous pouviez ajoufter au mot de Martial que vous alléguez, celui-cy de voftre Pline. *At nunc eadem illa* (il parle du labourage) *vincti pedes, damnatæ manus, inscripti vultus exercent &c. Sed nos miramur ergastulorum non eadem emolumenta esse, quæ fuerint Imperatorum.* MAIS *cet employ est maintenant le supplice des miserables esclaves dont les pieds sont dans les fers, les mains condamnées à une peine sans relasche, & les visages marquez d'un fer chaud. Et nous sommes surpris que ce travail ne reüssisse pas à de malheureux Captifs, comme il faisoit à des Generaux d'armée.*

Neantmoins dans le fiecle de Sallufte, Ciceron defendant *Roscius Amerinus*, à qui l'on reprochoit que fon pere l'occupoit au ménage des champs, & qu'il témoignoit par là le peu d'eftime qu'il faifoit de fon efprit, répond qu'il connoift beaucoup d'honneftes perfonnes dans fon voifinage & ailleurs, qui ne donnoient point à leurs enfans d'autre exercice que celui-là. *Quasi verò mihi difficile sit, multos nominatim proferre (ne longiùs abeam) vel tribules vel vicinos meos, qui suos liberos quos plurimi faciunt, agricolas assiduos esse cupiunt.*

Il appelle en fuite cette vie-là *tres-douce & tres-honnorable, suavissimam & honestissimam.* En l'Oraifon pour le Roy Dejotarus, il louë ce Prince d'eftre *un excellent laboureur*, & quelque chofe de pis. *Non solùm Tetrarcha nobilis, sed optimus pater familias, & DILIGENTISSIMVS AGRICOLA, & pecuarius habebatur.*

Ne vous semble-t-il pas, MONSIEVR, que ce soit vne belle vertu Royale, que de bien sçavoir & bien pratiquer l'art du labourage, & *de s'entendre à gouverner le bestail, pecuarius?* Neantmoins si le pere de la Poësie, *qui ne dit & ne fait rien mal à propos, qui nil molitur inepté*, a donné la qualité de *divin* à vn gardeur de pourceaux, δῖος ὑφορβὸς, pourquoy *roy* & *laboureur*, ne s'accorderont-ils pas? Iliad. ξ.

Quoy qu'il en soit, dans le passage mesme de Salluste, il paroist que la chasse & l'agriculture n'estoient point exercices indignes de gens de condition, puisqu'il dit qu'il ne pût se resoudre d'y passer le temps & d'y employer son loisir. *Non fuit consilium socordiâ atque desidiâ, bonum otium conterere, neque verò colendo agrum, aut venando, servilibus officiis intentum, ætatem agere.* Car si cette occupation eust esté infame, il n'eust pas seulement deliberé là dessus.

Aprés tout cela pourtant vostre explication me semble tres-bonne: *Ie ne voulus point donner mon temps à la chasse & à l'agriculture, qui sont exercices de valets, c'est à dire dont les valets sont capables, & qui peuvent estre les plaisirs, mais non pas les occupations ordinaires d'vn homme de qualité, destiné à quelque chose de plus eslevé.*

Celle de Monsieur de Balzac, que je devinay devant qu'avoir examiné le passage, estoit qu'ayant dit vne page auparavant, *l'esprit est fait pour commander, & le corps est fait pour servir: l'vn nous est commun avec les Dieux, & l'autre avec les bestes.* ANIMI *imperio, corporis servitio magis vtimur; alterum nobis cum Diis, alterum commune cum belluis est.* Ce mot de *servilibus officiis*, avoit du rapport à *corporis servitio*, & signifioit exercices de cette partie servile qui est en nous.

Le sens que vous donnez au passage d'Ausone est admirable, & l'art de deviner ne me semble pas comparable à celuy que vous avez de découvrir les Auteurs les plus cachez, & de percer leurs plus épaisses tenebres.

Cependant cet Ausone qui parle si estrangement à vostre gré, estoit le premier esprit de son temps, au jugement de Scaliger. L'Idylle qu'il a fait de la Moselle, n'est pas d'vn Poëte ordinaire, & merite qu'on luy pardonne toutes ses fautes. Pour exprimer que l'eau de ce fleuve est extrémement claire, il dit, *qu'il n'a point de secret, que ses ondes couvrent & découvrent en mesme temps le gravier sur lequel il roule:*

Secreti nihil amnis habens &c.
——————— *lucétque latétque*
Calculus.

Et à propos des costaux revestus de vignes, qui

ſemblent ſe mirer dans cette riviere:

Tota, natant, criſpis, juga, motibus, & tremit abſens
Pampinus, & vitreis vindemia turget in vndis.

On voit nager les collines qui ſont ſur ſes bords, & il ſemble que l'agitation de l'eau leur donne vn mouvement que la Nature leur a refuſé. Le pampre y tremble viſiblement, quoy qu'il n'y ſoit pas, & lors meſme que les vens ſe repoſent & qu'ils retiennent leur haleine, le raiſin groſſit dans ce beau cryſtal, & flate agreablement le vigneron qui l'y apperçoit.

Il y en a cinquante autres de cette force. A la verité, ſa proſe eſt tant ſoit peu differente de celle de Ciceron; Mais ſouvenez-vous, s'il vous plaiſt, de la loüange que Tacite donne à Seneque. *Cet homme avoit vn eſprit fleury & vne eloquence qu'il avoit ſceu accommoder aux oreilles de ſon ſiecle.* FVIT *illi viro ingenium amœnum, & temporis illius auribus accommodatum.* En effet il faut parler & eſtre eloquent à la mode, & ce n'eſt pas ſeulement dans la vie, c'eſt dans la Rhetorique & la Poëſie, que les vertus d'vn ſiecle deviennent les vices d'vn autre.

Voſtre *Poitavinitatem* m'a fait rire de bon courage; Mais pourtant j'eſpere qu'à mon retour, vous connoiſtrez que je ne ſçay pas moins prononcer, qu'entendre l'Italien. Vous ne ſçaviez pas que nous avons dans noſtre voiſinage vn homme de condition, qu'on a pris cent fois pour Toſcan à Florence, pour Venitien à Venise, & à Rome pour vn Romain naturel.

Stupiron quei, che favellar l'udiro,
Le Tasse. *Et in diverse lingue esser si presto,*
Ch' Egittio in Menfi, ò pur Fenice in Tiro
L'hauria creduto, e quel popolo, e questo.

Cet *omnia bona coëmit* que vous alléguez parlant de Sylla, n'est pas de Ciceron, comme vous pensez. Il est de Cassius écrivant à Ciceron: Mais peut-estre que vous croyez qu'il faisoit toutes les lettres qu'on luy écrivoit.

Vous avez bien deviné que ταβλιόπη venoit de *tabula*, d'où est tiré nostre mot ancien de *tablier*, pour dire *trictrac*, que les Italiens appellent aussi *tavoliere*. Les Grecs modernes, qui avoient grand commerce avec les Romains, tiroient beaucoup de mots d'eux, ausquels ils se contentoient de donner seulement vne terminaison Greque, comme de *Sudarium* par exemple, ils en faisoient σουδάριον: Et vn Interprete de la Bible, appellé Nonnus, qui estoit Egyptien, & qui ne sçavoit point de Latin, trouvant ce mot dans l'Evangile de S. Iean, & voyant qu'il n'estoit pas Grec, dit hardiment que *c'est vn mot Syriaque*. I'ay fait trois ou quatre remarques d'equivoques aussi plaisantes que celle-là; mais c'est icy la seule dont je me souvienne.

Vostre etymologie de *Cordonnier*, est si plaisante, qu'il n'en ſera jamais ry ſelon ſon merite. Ie voudrois connoiſtre l'homme à qui vous faites accroire de ces choſes-là. N'eſt-ce point celuy à qui vous perſuadates, l'année des Enigmes, que celuy de *l'arc en ciel*, ſignifioit *vn chauſſe-pied*, ou *vn gueridon*, ou *vne lanterne*. Ie ne ſçay lequel.

Pour tous les mots ſur leſquels je vous avois conſulté, vous ne m'en avez appris que deux, *courre* & *capres*. Le dernier me ſemble ſi peu Pariſien, que je crains que cette *r*, ne ſe ſoit gliſſée par ſurpriſe & ſans que vous vous en ſoyez apperceu. Ie vous prie de m'en éclaircir.

Voilà, MONSIEVR, où j'en eſtois, quand j'ay receu voſtre derniere lettre. Vous n'euſſiez pas eu ſujet de me faire les reproches que j'y ay leus, ſans trois differentes viſites que j'ay renduës depuis cinq ſemaines aſſez loin d'icy. A l'avenir je ſeray auſſi diligent & auſſi ſoigneux que je l'ay toûjours eſté; & ſi vous me faites de belles réponſes, je vous en feray de bien promptes.

Iamais interrogant ne fut mis ſi à propos que celuy dont vous me parlez ſur ces mots de Terence. *Hem alterum. Ex homine hunc natum dicas?* A mon gré *omne tulit punctum*, quiconque a placé ſi ingenieuſement *ce poinct-là*. Ie voudrois bien que ce fuſt vous, & il me faſcheroit qu'il y euſt encore vn autre homme en France qui trouvaſt de ces choſes-là. I'avouë ce que vous dites, qu'il eſt vn peu estrange que Parmenon, parlant tout seul & parlant d'vn autre, interroge vne seconde personne,

Ex homine hunc natum dicas?

Neantmoins, puisque Pamphile dans l'Andrie se dit à soy-mesme : *Obstupui : censén' vllum me verbum potuisse proloqui? &c. Pensez-vous que j'aye pû seulement ouvrir la bouche &c.* il eust pû dire la mesme chose d'vn autre : *Censésne hunc vllum verbum potuisse proloqui?*

La seconde personne en François aussi bien qu'en Latin, se prend quelquefois pour l'impersonnel, & nous vsons indifferemment de ces deux façons de parler : *Ne diriez-vous pas? Ne diroit-on pas? Diriez-vous? Diroit-on?* Et tous ceux-qui parlent seuls, s'entretiennent tout de mesme qu'en compagnie ; s'interrogent, se répondent, deliberent, admirent, &c.

Que si pourtant vous ne vous rendez pas à cet exemple, vous pourrez entendre ces mots, *Ex homine hunc natum dicas : per concessionem*, en ce sens : *Dic nebulonem hunc hominem esse, ac non potiùs belluam :* (Car afin que vous le sçachiez, *bellua*, en Latin se prend de mesme qu'en François, comme il se voit *in Phormione*, où Geta dit : *Sed quid pertimui autem bellua*) & cette concession-là sera comme celle-cy, *Huic mandes si quid rectè curatum velis* ; ce que Demea dit en luy mesme dans les Adel-

Act. 4. sc. 3.

Act. 3. sc. 3.

Adelphes. Ma ſeule difficulté eſtoit, qu'il me ſembloit que *natum ex homine*, ſignifioit pluſtoſt *eſtre humain, qu'eſtre raiſonnable*, & qu'on mettoit toûjours enſemble n'avoir pas eſté engendré d'vn homme, & l'avoir eſté d'vne roche ou d'vne tigreſſe; comme quand Didon dit d'Enée,

Non tibi diva parens: generis nec Dardanus auctor,
Perfide, ſed duris genuit te cautibus horrens
Caucaſus, hircanæque admorunt vbera tigres.

Mais je me ſuis ſouvenu de beaucoup de lieux de cet Auteur, où, *homo*, eſtoit pris au ſens que vous luy donnez icy. En voicy quelques-vns:

——————— *Vah*
Cenſen' HOMINEM *me eſſe?* Adelph. act. 4. ſc. 2.
Sçay-je ce que je dis? Suis-je en mon bon ſens?
Vir ego tuus ſum? tu virum, me aut HOMINEM *deputas adeò eſſe?* Hecyr. act. 4. ſc. 1.
——————— *Si non re ipſa tibi iſtuc dolet,* Adelph. act. 4. ſc. 7.
Simulare certè eſt HOMINIS.
Tu inquam mulier, quæ me omnino lapidem, haud HOMINEM *putas.* Hecyr. act. 2. ſc. 1.

Cela eſtant, je m'arreſte à cette nouvelle explication, & m'en vay la marquer dans mon Terence toute à cette heure ſi-toſt que je vous auray donné le bon ſoir, & que je vous auray proteſté qu'on ne ſçauroit eſtre plus que je le ſuis,

Voſtre, &c.

Monſieur de Balzac me doit envoyer vn Laquais ſur la fin de cette ſemaine. S'il tarde davantage, je luy envoiray le mien, qui eſt *cet Abbé*, dont il me parle dans ſa lettre. Ie n'oſerois vous promettre que vous en ayez ſi toſt réponſe. Nous ſommes à deux journées d'Hiver l'vn de l'autre ; & autant que je ſuis pareſſeux, il eſt *cunctator*. Ie ne ſçay pas ſi *cunctando reſtituet rem*, c'eſt à dire s'il reſtituera le paſſage que vous croyez corrompu. Vous en jugerez, & ſouverainement à voſtre ordinaire.

Monſieur Girard a receu voſtre compliment comme vous le pouviez deſirer. Il m'en a écrit vne grande lettre que je ne vous envoye point, quoy qu'elle ſoit pleine de vos loüanges. Mais il parle de moy avec tant de tendreſſe, que je ne ſçay ſi vous n'en auriez point de jalouſie : Ie n'ay pas voulu m'y hazarder.

Ie vous ſupplie, MONSIEVR, de me conſerver les bonnes graces de Monſieur Chapelain, & de luy faire valoir la diſcretion que j'ay de ne le perſecuter point de mes mauvaiſes lettres. Ie vous en envoye deux Latines, dont Monſieur de Balzac me parle dans la ſienne. I'ay ſur le cœur ce que vous trouverez-là, *Tibi perſuade chariſſimum te mihi eſſe omnium hominum, &c.* Mais prenez bien cela, s'il vous plaiſt. Quand Ciceron dit, *Ariſtoteles princeps Philoſophorum*, il ajouſte auſſi-toſt, *Platonem ſemper excipio.* Ie vous prie de croire, MONSIEVR, que j'en fais autant en eſprit, quand il m'échappe de ces ſortes de complimens * * * * * * * * * *

* *

MONSIEVR COSTAR,

A MONSIEVR DE BALZAC.

LETTRE XXXIV.

MONSIEVR,

Ie n'ay que la moitié aux loüanges dont vôtre lettre eſt toute pleine : Monſieur de Voiture y a l'autre, & ce ſeroit à luy, & non pas à moy à porter la parole pour tous deux, & à dire comme le Docteur de Padouë de Monſieur Drouët. *Ego, ſeu potiùs nos.* Neantmoins comme je le connois, il me trompera s'il l'entreprend, & s'il ne m'allégue pour s'en exempter, le commencement de cette harangue d'Auſone qu'il a leuë depuis deux mois, *Grand Prince nous vous rendons de tres-humbles actions de graces, & s'il eſtoit en noſtre pouvoir, nous reconnoiſtrions vne ſi particuliere faveur, &*

ne ſerions pas ſatisfaits de vous en remercier. Mais ni voſtre fortune ne demande de revanche, ni la noſtre n'eſt capable de vous la donner. A GO *tibi gratias, Imperator Auguſte, ſi poſſem, etiam referrem: ſed nec tua fortuna deſiderat remunerandi vicem, nec noſtra ſuggerit reſtituendi facultatem.* En effet, MONSIEVR, c'eſt combattre de liberalité avec les Rois, & de valeur avec les Heros des Amadis, qui avoient le corps & les armes fées, que de diſputer avec vous de belles paroles. Il eſt bien plus ſeur & plus aiſé de ceder & de ſe ſouſmettre. I'ajouſte qu'il eſt plus honneſte, & que la modeſtie eſt vne grande vertu parmy celles du ſecond ordre.

Mart. *Cedere majori, virtutis fama ſecunda eſt.*

Ce n'eſt pas que je veuïlle, de crainte de vous contredire, avouër tout le bien qu'il vous a plû dire de moy; ce ſeroit vne plaiſante humilité, & je reſſemblerois à peu prés à vn homme de ma connoiſſance, qui paſſe indifferemment devant tout le monde, de peur qu'on ne le croye ceremonieux. Mais c'eſt que je hais davantage encore l'autre extremité, & que je ne ſçaurois me reſoudre de répondre, comme fit la P. I. à la feuë Reine Mere qui loüoit ſon mary devant elle, *Voſtre Majeſté me pardonnera, Madame, ce n'eſt qu'vn ſot.* Rions, MONSIEVR, je vous en ſupplie, & permettez-moy de vous entretenir ſans contrainte, & avec cette liberté que vous me donniez à Balzac.

Ie suis bien aise que vous approuviez les petits festins que nous nous faisons tour à tour, Monsieur de Voiture & moy ; & qu'il vous semble que nous nous traitions avec assez d'abondance & de politesse. Mais il me fasche que vous trouviez à dire qu'ils soient trop secrets, & que vous nous vouliez persuader de tenir table ouverte, & *de manger* (pour vser des termes d'Alexandre Severe) *dans les Cirques & sur les Theatres.* Lamprid.

A la verité c'est vn grand reproche dans Athenée que de manger seul , & la qualité de *monophage* n'y est guere moins injurieuse , que celle *d'anthropophage*, & *de mangeur de petits enfans.* Si Plutarque & Isidore en sont crûs , le mot de *cœna* vient de κοινὰ, qui signifie *commune* en langue Dorique : & Iuvenal parlant des Grands de son temps qui mangeoient seuls, & ne laissoient pas d'y faire grande dépense, s'écrie tout en fureur , mais veritable fureur, & non pas seulement fureur poëtique : *Mais qui pourroit souffrir vn luxe si sordide & si vilain ?* διὰ τὸ κοινωνίαν καλεῖσθαι. Plut.

——— Sed quis ferat istas
Luxuriæ sordes ?

Il ajouste au mesme lieu : *Quelle gourmandise enragée , de se faire servir en son particulier des sangliers tout entiers , que la Nature n'avoit faits que pour des festins ?*

———— Quanta est gula, quæ sibi totos

Ponit apros! animal propter convivia natum.

Mais tout cela ne s'entend pas de ces bons repas dont vous parlez,& dont parle Horace quand il dit: *Je donne à disner à trois hommes qui ont le goust fort contraire. Que faut-il que je leur serve, que faut-il que je ne leur serve pas? En verité je m'y trouve bien empéché, ce qui est l'appetit de l'vn, est l'aversion des deux autres.*

Epist. 2. lib. 2.

Tres mihi convivæ, propè dissentire videntur,
Poscentes vario multum diversa palato,
Quid dem? quid non dem? renuis tu quod iubet alter;
Quod petis, id sanè est invisum acidúmque duobus.

Il n'avoit que trois hommes à traiter, & voyez, MONSIEVR, comme il est en peine. Que seroit-ce donc si nous avions tout vn peuple à servir? Vn peuple qui a cent testes, & pour le moins autant de gousts differens, qu'il a de differentes testes. Et puis nous allons au reel & au solide, & nous considerons que quand mesme il n'y avoit que Luculle qui disnât chez Luculle, il faisoit cent fois meilleure chere, que Crassus lors qu'il faisoit des festins publics à tous les habitans de Rome. Celui-cy avoit jeusné long-temps pour avoir dequoy soustenir cette dépense; & ce jour là mesme, il ne repaissoit que ses yeux & sa vanité. C'est assez de trois, au nom des trois Graces, à vne table comme la nostre, & pleust à Dieu que vous voulussiez tout de bon, estre, non pas le troisiéme, mais le premier! & pourquoy non, MONSIEVR,

Plerumque gratæ divitibus vices
Mundæque parvo sub lare pauperum
Mensæ sine aulæis & ostro
Sollicitam explicuere frontem. Od. 29. lib. 3.

Quelquefois les Grands veulent changer d'ordinaire, & prennent plaisir de manger hors de chez eux; & souvent vn disner proprement servy dans vne petite maison sans tapisserie & sans pourpre, charme leurs ennuis, dissipe leurs chagrins & leur déride le front.

Quand ce seroit à mon rang, *apponerem cœnam dubiam*, non pas au sens que l'a dit le Phormion de Terence. Mais comme je l'entens, c'est à dire vn disner, dont les meilleurs mets seroient beaucoup de beaux doutes & de belles questions. Pour vous, je m'asseure que vous ne nous donneriez que l'ame des viandes, des gelées & des blan-mangers: ou pour le moins *des poissons des mers les plus esloignées, des oyseaux d'vn air & d'vn climat estrangers, & des fleurs d'vne autre saison.* REMOTORVM *littorum piscem, peregrini aëris volucrem, alieni temporis florem.* Pacat. Theod. Le vin seroit asseurément *immortale falernum*, c'est à dire là, *ayant la vertu de rendre immortel.* Et certes, si nous sçavons encore les noms de ceux qui estoient du banquet de Platon, ou de Xenophon, & s'il est vray qu'ils viuront eternellement dans la memoire des honnestes gens; n'ay je pas plus de raison de me promettre vne glorieuse immortalité, si j'ay l'honneur de manger à vostre table & de vous voir à la mienne? En ce cas-là ce falerne auroit plus de force que n'avoit le nectar, que Minerve, dans Homere, apporte à Achille, qui luy redonna bien les forces sur l'heure, mais qui n'empescha pas son ame de sortir par le talon quelque temps aprés; au moins si ce Heros n'est point mort de la goutte, comme la Deesse Podagre s'en vante dans Lucien. Menippe aussi, qui dans le mesme Lucien estant monté au Ciel y a de longues conferences avec Iupiter, y boit de grands coups de nectar toutes les fois que le pere des Dieux détourne la teste: & toutefois il ne laissa pas de se pendre, si nous en croyons Laërce, qui est bien pis que de mourir comme font les autres hommes. C'est sans doute que ni l'vn ni l'autre n'avoit bû cette precieuse liqueur à la table des Dieux, & que le lieu y fait tout, comme vous sçavez.

In Tragopod.

Quelqu'vn a dit des Tragedies d'Euripide, que *c'estoient les restes des festins d'Homere* qu'il avoit emportez chez luy, & dont il avoit sceu nourrir toute la posterité avec beaucoup de delicatesse & de friandise, τεμάχια τῶν τοῦ Ὁμήρου δείπνων. Damis, disciple d'Apollonius, parlant des bons mots de ce sage, qu'il avoit recueillis soigneusement, les appelle

Philostrate.

pelle *des miettes ramassées dessous la table des Dieux*. Si cela est, MONSIEVR, quel avantage puis-je esperer, si je suis receu à des festins somptueux comme sont les vostres, où il me sera permis d'emporter des pieces toutes entieres, & non seulement des restes & de miserables miettes. Ce que j'ay à observer religieusement en cela, c'est de ne profaner point le nectar comme fit Tantale, qui en fut puny par vne faim & par vne soif eternelle, & c'est ce que je vous jure solennellement. A la verité dans ces disners-là, le precepte d'Horace n'y sera pas observé :

——— Ut coëat par
Iungatúrque pari.

Mais si vous n'y vouliez recevoir que de vos pareils, vous seriez reduit toute vostre vie à disner tout seul,

——— Vacuísque toris tantùm ipse jacere, Iuven.

De mon costé il ne faut pas que je sois de l'humeur de nostre amy de Bilbilis, qui disoit,

Hæc mihi quam possum reddere cœna placet.

Car aprés que vous m'aurez regalé magnifiquement, je n'ay pas la vanité de croire que je puisse jamais vous le rendre : Mais aussi ne suis-je point de ces pauvres qui sont glorieux, ni vous de ces riches qui sont dédaigneux.

Et potes archaicis conviva recumbere lectis, Horat.
Nec modica cœnare times, olus omne patella.

Entrons maintenant en matiere. Vous dites, MONSIEVR, & fort agreablement à vostre ordinaire, que j'ay mis à sec le petit Hebrus. Ce n'est pas vne chose trop aisée à faire, car quoy que j'en aye dit, c'est vne belle grande riviere, & Ovide la conte entre celles que ce petit estourdy de Phaëton brusla autrefois, & la fait entrer en comparaison avec le Nil, le Rhin, le Rhosne, le Tybre & le Pô. Lucien aussi en parle honorablement, & l'appelle ποταμὸν μέγιστον: & dit au mesme lieu (ou plustost Mercure chez luy) qu'elle passoit par Philippopolis, la plus belle ville de Thrace, & qu'elle arrousoit vn païs tres-fertile & tres-agreable.

Petrarque, dans ce quatrain, que le Tassoni appelloit *la legende des fleuves*, n'y a pas oublié l'Hebrus, & l'a conté entre ceux qui luy sembloient les plus celebres, *Non Tesin, Pò &c. Eufrate, Tigre, Nilo &c. Rodano, Hibero, Reno &c.* HEBRO.

L'Amour dans le Marin, estant chez Neptune, remarque l'Hebrus entre les autres fleuves qui venoient rendre à la mer leurs tributs ordinaires; & ce qui est plus considerable, il le voit couronné de lierre, comme le Tybre l'estoit de palmes, & le Meandre de feüilles de vigne.

Di pampini il Meandro, e d'hedre L'HEBRO
E d'auree palme incoronato il Tebro.

Si Monsieur de Voiture se fust souvenu de ces

vers-là, j'estois perdu, car il m'eût allégué là-dessus,

Me doctarum hederæ præmia frontium
Diis miscent superis.

Et,

Prima feres hederæ victricis præmia.

Et ce mot d'Ovide parlant des couronnes de lierre :

Ista decent lætos felicia serta poëtas. 1. Trist. Eleg. 6.

Et puis il m'eust dit en grondant : *Regardez que je vous faisois grand tort de vous mettre en vn lieu où croissent les feüilles dont on fait des couronnes heureuses, qui sont des marques des prix gagnez, & des victoires remportées, & qui servent de recompense aux sçavantes testes, & les font recevoir parmy les Dieux & les Dieux d'enhaut, ce qui est digne d'observation.*

C'eust esté bien pis s'il eust sceu que dans le mesme Idylle d'où j'avois tiré ce *lungo la riva d'Hebro* (que je luy avois rapporté), il y a que la belle Euridice y cueilloit des fleurs & en faisoit des guirlandes *fabricava ghirlande &c.* Vous jugerez par là, MONSIEVR, que si je disois toûjours tout ce que je sçay, je dirois souvent beaucoup de choses contre ma propre cause, & qu'il ne tient qu'à moy quelquefois que je ne defende ce que j'attaque, & que je ne louë ce que je blasme en me joüant.

Vous me demandez, comment j'ay laissé-là la nege du Montgibel, qui vit en toute seureté au milieu des flammes. C'est, MONSIEVR, que j'en avois suffisamment pour ma provision, & que je ne sçavois plus qu'en faire. Et afin que vous voyez que cette nege ne m'estoit pas inconnuë, n'est-il pas vray, que Scaliger reprend ces mots que vous alléguez, *Scit nivibus servare fidem;* & cette autre façon de parler, qui est au mesme endroit, *lambere pruinas*, & qu'il les appelle de fausses subtilitez? Neantmoins le Marin n'a pas laissé de les dérober, & a jugé qu'elles en valoient bien la peine. C'est en sa Proserpine, où il dit

E le fiamme, a le nevi,
Serbano fede, in guisa,
Che da tanto calor, securo il ghiaccio,
Trà le fauille, indura:
E l'innocente arsura,
Sempre difesa da secreto gelo,
De le rupi vicine,
Lambisce le pruine.

Et le Tasse auoit dit devant luy, décrivant le costau où estoit assis le Palais d'Armide:

——— *Fin là, di nevi, e di pruine*
Sparsa ogni strada, ivi hà poi fiori ed herba:
Presso al canuto mento, il verde crine
Frondeggia, e'l ghiaccio, fede à i gigli serba,
Et à le rose tenere &c.

Et devant tous les trois, Tacite, parlant de la Iudée, avoit dit, *præcipuum montium Libanum erigit, mirum dictu, tantos inter ardores, opacum*, FIDVMQVE NIVIBVS. Mais, MONSIEVR, à propos de froid & de Montgibel, comment entendez-vous, ce *frigidus* d'Horace:

—————— *Ardentem, frigidus, Ætnam*

Insiluit

Est-ce à dire *de sens froid*, ou *par melancolie*, qui est à la verité vn froid, & mesme vn froid noir?

Pour la nege de pourpre d'Albinovanus; je m'en estois desia servy dans vne lettre que je vous envoye, en vn lieu où j'avois à expliquer *le Printemps de pourpre* dans Tibulle, *la lumiere de pourpre*, dans Virgile, *l'amour de pourpre* dans Ovide, & les Cygnes de mesme couleur & de mesme estoffe dans le bon Horace.

Au reste je ne me suis point estonné qu'vn poëte fist la nege rouge, moy qui me souvenois qu'vn Philosophe l'avoit fait noire. A vostre avis, MONSIEVR, est-ce de cette nege d'Anaxagore que Ciceron parle, quand il dit tout au commencement d'vne Epistre à son frere, *I'ay bien ry de cette nege noire*. RISI *nivem atram*. Ie le voudrois en conscience; Mais moy (le croiriez-vous?) vne fois en ma vie j'ay bien ry d'vne nege blanche: I'entendois Monsieur de *R R*. qui depuis est devenu Monsieur de *L L*. qui disoit à la Reine en luy monstrant ses cheveux blancs; *Voyez, Madame, tant de neges qui sont fonduës sur ma teste, depuis que je suis au service de vostre Majesté.* Il me sembloit que des neges fonduës n'estoient guere plus blanches que de la bouë ordinaire. Qu'en dites-vous, MONSIEVR, eussiez-vous pris ce bon Prelat pour vn de ceux *qui changent le noir en blanc.* QVI *nigra in candida vertunt*, selon le proverbe Latin?

La distinction que vous faites sur l'vsage de la nege, est tres-veritable, & vous pouviez ajoûter à ce vers,

Et faciunt nigras nostra falerna nives,

ces autres du mesme Auteur,

Sextantes, Calliste, duos infunde falerni,
Et super æstivas, Alcime, funde nives.

Et,

Nec nisi post niveam, Cæcuba potat, aquam.

Et plusieurs passages de Seneque, comme Epist. 78. quand il dit: O *qu'vn pauvre malade est à plaindre! Pourquoy? Parce qu'il n'oseroit boire à la nege.* O INFELICEM *ægrum! Quare? quia non vino nivem diluit.*

Et ailleurs. *Quoy ce delicat souffrira la faim & la soif à la guerre, & dans les chaleurs de l'Esté, luy qui se met en fureur contre vn Page, qui n'aura pas mis assez de nege dans son verre?* PERPETIETVR *hic famem & æstivæ expeditionis sitim, qui puero malè diluenti nivem irascitur?*

Et quelque autre part, il parle *de manger la nege mesme, pour temperer l'ardeur que l'on sent dans les entrailles.* NIVEM *rodunt, solatium stomachi æstuantis.*

Il ſe plaint auſſi quelquefois, *que cette façon de boire n'a eſté inventée, qu'afin de trouver moyen de faire de la dépenſe en eau, & de rendre les elemens meſmes capables de quelque luxe.* VT *gratuitam mercemur aquam &c. excogitatum eſt, quemadmodum etiam aqua caperet luxuriam.* Iuvenal gronde auſſi là-deſſus les Grands de ſon ſiecle, & dit à ceux qui leur faiſoient la Cour, & qui alloient manger chez eux:

Non eadem vobis, poni modò vina querebar, Sat. 5.
Vos aliam potatis aquam.

Monſieur buvoit avec de la nege, & on ne donnoit au bas bout que de l'eau commune. Cette invention de boire frais eſtoit dés le temps de Lucilius, comme le témoigne ce vers,

Cui nil dempſit nix, & ſacculus abſtulerit nil.

Nous voyons auſſi dans Athenée οἶνον χιόνι μεμιγμένον. Lib. 3. Deipnoſoph.
Enfin j'aurois dequoy remplir tout le papier que vous m'allez envoyer, ſi je voulois copier tous les endroits des livres ſur cette matiere. Cet accommodement, dont on vſe communément en Italie, pour ne ſe priver pas du rafraiſchiſſement de la nege, & l'empécher d'eſtre mal faiſante, fut trouvé par Néron; & Pline luy en donne la gloire: C'eſt ce que j'avois oublié, quand j'écrivis à Monſieur de Voiture, la derniere lettre que vous avez veuë. Il faut pourtant ajouſter icy, que Néron y faiſoit plus de façons que l'on n'en fait à cette heure, & qu'il faiſoit boüillir l'eau

Lib. 31. cap. 3.

devant que de la mettre rafraiſchir à la nege, afin d'en oſter toute la crudité; & de là vient cette *decocta Neronis*, ou ſimplement *decocta*, dont il eſt parlé par tout.

Iuver. ſat. 5. *Frigidior Geticis petitur* DECOCTA *pruinis &c.*

Neantmoins avec tout cela, Avienus, dans les Saturnales de Macrobe, dit que l'on tenoit communément que l'eau rafraiſchie de la ſorte, n'eſtoit pas moins mauvaiſe, que celle qui ſe tiroit de la nege meſme. *Aqua, quæ obſita globis nivium, perducitur ad nivalem rigorem, non minus in potu noxia eſt, quàm ex ipſa nive aqua reſoluta.* (Lib. 7. cap. 12.)

Ie voudrois bien ſçavoir, s'il vous plaiſoit, le nom de ce galant homme qui ſe plaignoit de ſi bonne grace des baiſers du Nort. C'eſtoient ceux là qui eſtoient veritablement *des baiſers de nege & des baiſers d'Hiver.* OSCVLA *nivalia, hibernæ baſiationes*, dont parle noſtre Martial. (Epig. 94. lib. 7.) On ſe morfond bien auprés de ces femmes-là, puiſque leurs baiſers meſmes enrument. Si celui-cy dit vray que

——— Sono baci baciati
Guarini. *Gli incontri di duo cori amanti amati,*

les Amans en ce païs-là ont ſouvent le cœur de glace, & je ne conçois pas ce qui ſeroit capable de la fondre. Le Baron d'Herbeſtain en ſon Hiſtoire de Moſcovie, dit qu'en ces lieux-là, au fort de l'Hiver, la ſalive tombe toute glacée de la bouche. Si cela eſt, les baiſers humides y ſont bien froids.

Si

Si j'avois icy Lipſe, je vous rendrois bon conte de cette mode qui vint à Rome de boire chaud, car il en a fait vn traité. Tout ce que je vous puis dire, c'eſt que ce bon dégouſté qui diſoit, *Celuy qui me loüe tant l'eau chaude, en puiſſe boire toute ſa vie,* Lib. Elect. cap. 4.

Et potet calidam qui mihi laudat aquam,

trouvoit cette mode bien impertinente. Dans les bonnes tables, on tenoit communément au buffet, de l'eau froide & de l'eau chaude, afin qu'il y en euſt pour tout le monde, comme cecy le témoigne, Mart.

Quando vocatus adeſt caldæ, gelidæque miniſter? Iuven. ſat. 5.

Et,

Frigida non deerit, non deerit calda petenti. Mart. lib. 14

Et,

——————— *calidúmque trientem* Perſ. ſat. 3.

Excutit è manibus.

Il eſt parlé là d'vn homme à qui le friſſon prend en diſnant, & qui ſe laiſſe tomber le verre de la main.

Apulée auſſi, parlant du vin de coucher que Fotis luy apporta, fait mention d'eau chaude, *Arripit poculum, ac deſuper aquâ calidâ iniectâ, porrigit.* Mais je m'aviſe qu'Apulée eſtoit Africain, & que quand il bûvoit chaud il eſtoit dans vne ville de Theſſalie.

Il vaut donc mieux revenir à Rome, & rapporter vn paſſage de Tacite, où il conte de cette ſorte l'empoiſonnement de Britannicus. *Illic epulante Britannico, quia cibos potúſque ejus, dilectus ex miniſtris, guſtu explorabat, ne omitteretur inſtitutum, aut vtriuſque morte proderetur ſcelus; talis dolus repertus eſt. Innoxia adhuc, ac præcalida, & libata guſtu potio, traditur Britannico. Dein poſtquam fervore aſpernabatur, frigidâ in aquâ affunditur venenum, &c.* Il me ſemble qu'il veut dire que l'Officier du gobelet, ſous couleur de rafraiſchir, & de temperer cette eau boüillante que le Prince avoit renvoyée, y meſla de l'eau froide, où il avoit auparavant jetté du poiſon, & que ce Gentilhomme ſervant qui avoit deſia fait l'eſſay, ne le refit point de nouveau. L'entens-je bien, MONSIEVR? Ie vous ſupplie que je le ſçache.

Lib. 13. Annal.

Cependant je remarque que cette mode eſtoit ancienne. Car Varron croit que *calix* fut dit par les premiers Romains, *quòd caldum in eo biberent*. Il y a apparence que ces bonnes gens-là faiſoient par ſanté, ce que leurs neveux firent aprés par friandiſe. Encore que ce ſoit vne grande queſtion, ſi les premiers avoient raiſon, & que j'aye oüi dire que les Medecins ont ordonné aux Chartreux de Rome, de boire à la nege.

Lib. 4. de Ling. Lat.

Devant que de finir cecy; répondez, s'il vous plaiſt, à mon argument. *On a bû chaud fort long-temps à Rome; On boit ſec en France:* Ergo *Ariſtote n'a pas bien defini la ſoif, vn appetit de froid & d'humide.*

Nous en voicy à Borée ou autrement Aquilon, car il me semble que c'est le mesme, n'en déplaise à Spartien qui en fait deux. C'est en la vie d'Élius Verus, où il rapporte que ce Prince faisoit quelquefois attacher des aisles à ses valets de pied, comme on les peint aux Cupidons, & que quelquefois il leur donnoit les noms des vens, appellant *l'vn* BOREE, *vn autre* NOTVS, *vn autre* AQVILON *ou Circius*. EOSQVE *ventorum nominibus sæpe vocitavit*, BOREAM *alium, alium* NOTVM, *& item* AQVILONEM, *aut Circium, &c.*

Quoy qu'il en soit, je m'estonne du decret des Atheniens en faveur d'Aquilon. Il me semble que de luy donner droit de bourgeoisie parmy eux, c'estoit vne grande faute pour vn peuple si prudent. Il n'y a point de plaisir d'avoir vn Citoyen de cette humeur, aussi turbulent & aussi seditieux. Ces insulaires que rapporte Tzetzés, qui ne voulurent point laisser prendre terre chez eux à Cesar, parce qu'il estoit trop ambitieux, trop entreprenant & trop ennemy du repos, n'eussent pas esté de l'humeur des Atheniens. Ie m'imagine aussi que les Atheniens ne donnerent à ce vent, droit de bourgeoisie dans leur ville, qu'à la charge de n'y demeurer jamais; & que s'il y fust entré, ils luy eussent bien fermé leurs portes & leurs fenestres; & mesme leurs chassis s'ils en eussent eu. Monsieur de * * * dit d'vn homme qui

S'estant embarqué sur la mer d'Angleterre pour se promener, il fut jetté par la tempeste aux Isles fortunées.

luy déplaist, qu'il voudroit luy avoir donné pension aux Indes. Voilà comme deuoient faire les Atheniens. Ils estoient obligez d'honnorer Borée pour ses grands services, mais ils le devoient honorer de loin. Passe pour luy bastir des temples, car il estoit Dieu. Les Scythes l'adoroient aussi bien que les autres vens, & quand ils juroient par luy, ils s'empeschoient bien de se parjurer. Et puis à Rome mesme, la Fiévre avoit trois temples, & je ne sçay si la Santé en avoit plus d'vn. Et generalement parlant, par toute la terre, les hommes ont adoré également ce qu'ils ont le plus craint, & ce qu'ils ont le plus desiré; Et si la reconnoissance est celle qui a fait le plus de Dieux, toûjours est-il vray que la frayeur a fait les premiers,

Petr. *Primus in orbe Deos fecit timor.*

Quand Iupiter n'envoyoit aux hommes que des pluyes salutaires, & de favorables influences; il n'avoit point d'autels ny de sacrifices : & c'est le tonnerre qui luy a fait brusler de l'encens & immoler des victimes :

Horat. *Cœlo tonantem credidimus Iovem*
Regnare.

Ie croirois bien ce que vous dites, que Borée jetta vne fois de la poussiere aux yeux à vne grande armée qui venoit fondre sur les bras des Atheniens. Ie le trouve bien plus propre à cela, que la Deesse de la persuasion; & je pense, MONSIEVR, que vous l'avouërez avec moy, quelque interest que vous ayez de tenir le contraire, & quoy que vous soyez nostre *Unico eloquente*. En effet Auster vn de ses freres, ou plustost vn de ses compagnons d'office, a fait vne fois en sa vie bien pis que cela, si nous en voulons croire *le veritable Herodote*. Il conte que ce vent de midy qui apporte ordinairement de l'eau, s'avisa vne fois d'emporter toutes celles des Psylliens, & de tarir toutes leurs fontaines. Dequoy ce peuple se sentant mortellement offensé luy declara aussi-tost la guerre, comme à vn voleur public. Mais que toute leur armée s'en alla au vent, parce que le vaillant Auster venant à leur rencontre, excita contre eux vne telle tempeste dans le sable & dans la poussiere, que ces pauvres gens y perirent tous, & firent vn malheureux naufrage en terre ferme. pas trop ferme pourtant à cette heure que j'y songe,

Strano naufragio, onde sommerso huom pare Le Marin.
Nocchiero in terra, e Peregrino in mare.

Mais, MONSIEVR, je ne pense pas que cette fable soit vraye, car Plutarque écrit, que Caton allant en Afrique, mena aveque luy des Psylliens pour se garantir luy & son armée, de la morsure des serpens. Ils n'estoient donc pas tous morts; Car s'il est vray qu'vn homme mort ne mord plus, comme dit le proverbe Grec, il ne l'est pas moins qu'vn homme mort n'en sçauroit empescher d'autres d'estre mordus, ou pour le moins d'en mourir: *ergo &c.* Avouëz, MONSIEVR, que ce seroit grand dommage que je ne sceusse point de Logique. Encore depuis ; Auguste avoit des Psylliens dans son armée quand il passa en Egypte contre Antoine ; à ce que m'a appris Suetone : *Cleopatræ*, dit-il, *quam servatam triumpho magnopere cupiebat, etiam* PSYLLOS *admovit qui venenum ac virus exugerent : quod periisse morsu aspidis putabatur.* I'en ay veû encore depuis peu chez Lucain, qui dit *que leur langue avoit une vertu qui égaloit celle des simples les plus merveilleux, & qu'il sembloit qu'ils eussent traité avec la mort, & qu'elle leur eust donné une paix, qu'elle n'accorda jamais à personne,*

Lib. 9. ——— *Gens unica terras*
Incolit, à sævo serpentum innoxia morsu
Marmaridæ Psylli. par lingua potentibus herbis, &c.
Pax illis cum morte data est &c.

Il y en a aussi vn, qui a nom Atyr, chez le Consul Silius, *& qui desarmoit les serpens, & leur ostoit ce qu'ils avoient de dangereux & de funeste :*

Nec non serpentes diro exarmare veneno
Doctus Atyr &c.

Et ainsi, Auster ne fut pas du tout si méchant que nous le fait *le fidele Historien. O que la Grece est une menteuse insolente dans ses histoires les plus serieuses !*

——— *O quantum Græcia mendax* Iuven.
Audet in historia!

Toutefois je ne m'en estonne pas, puisque quelqu'vn dit dans Lucien, que les beaux esprits fussent morts de faim en ce païs-là, s'ils n'eussent sceu conter des fables, & qu'il ne s'y trouvoit pas vn homme qui eust voulu écouter pour rien, ceux qui ne disoient que des veritez. En ce cas-là s'il falloit donner de l'argent pour estre veritable, je leur pardonne, c'est tout ce qu'on pourroit faire, pour avoir le plaisir de mentir agreablement.

Ie me doute que c'est quelque autre Auteur comme Herodote, où vous avez leu que *Borée fut appellé solennellement, le Gendre des Atheniens, à cause d'Orithye sa femme qui estoit Atheniene.* Ce n'est pas qu'il n'y ait des exemples de Republiques, qui ayent esté belles-méres de quelques particuliers, & qu'il ne s'en dise à peu prés autant des filles de Scipion, qui furent mariées des deniers publics. Sur quoy Seneque s'écrie: *O felices viros puellarum, quibus populus Romanus* LOCO SOCERI *fuit!* Mais, MONSIEVR, vostre Auteur ne vous a-t-il point dit combien les Atheniens donnerent en mariage à *leur Gendre le vent de Bise?* Car ils se jouërent vne fois à en choisir vn autre pour leur Deesse Minerve, qui leur cousta assez bon. Le pere Seneque (Ie voulois dire Seneque le pere) en In consolat. ad Helu.

conte l'hiſtoire de cette ſorte. Les Atheniens allant au devant d'Antoine qui les venoit voir, luy donnerent en le haranguant la qualité de Dieu Bacchus, ſçachant qu'il vouloit paſſer pour cela, & qu'il imitoit autant qu'il le pouuoit, en ſes actions, en ſes habillemens & en ſon train, *Il più giolivo, il più giocondo Dio Dico Bacco gentile.* (Cet Italien n'eſt pas de Seneque, afin que vous ne vous y trompiez pas.) Ils luy offrirent en ſuite leur Deeſſe en mariage, & le ſupplierent de la vouloir épouſer. Antoine leur répondit qu'il le vouloit bien ; mais qu'il entendoit qu'ils luy donnaſſent mille talens pour ſon dot. Vn d'eux luy repliqua de bonne grace : *Seigneur, quand Iupiter épouſa voſtre mere Semele, il la prit pour rien. La liberté de cette raillerie* (ajouſte l'Auteur) *demeura impunie, à la verité; mais les Atheniens ne laiſſerent pas de faire les frais de ces nopces, & furent contrains de payer mille talens.* HVIC *quidem impune fuit, ſed Athenienſium ſponſalia mille talentis æſtimata ſunt.*

Il y a apparence qu'Orithye ne leur avoit pas tant couſté, cette dépenſe les euſt fait ſages. Auſſi ne la donnerent-ils pas à Borée ; elle fut enlevée par ce vent.

Orithyam adamans fulvis complectitur alis.
Dum volat, arſerunt agitati fortiùs ignes.
Nec priùs aërii curſus ſuppreſſit habenas,
Quàm Ciconum tenuit populos & mœnia raptor.

Re-

Remarquez, MONSIEVR, que ce ne fut ni en Suede ni au Pont Euxin, pour monstrer que j'ay eu raison d'estre de l'avis de celuy qui l'appelle *Thracien*. Au reste, j'en suis d'ccord avec vous, Orithye estoit bien endurante de souffrir vn mary qui avoit l'haleine si froide :

——— *Soffi gelidi brumali* Le Marin.
Del nevoso Aquilon.

C'estoient ces baisers-là qui enrumoient, plûtost que ceux de vos Polonoises. Et de fait, il est luy-mesme toûjours tellement morfondu, qu'il en est enroüé, & qu'il est appellé par tout, *raucus Aquilo.*

At cùm December canus, & bruma impotens Mart. lib. 1. Epig. 50.
AQVILONE RAVCO *mugiet.*

Et puis il est fascheux & de fort mauvaise humeur,

——— *horridus ira* Ovid.
Quæ solita est illi, nimiùmque domestica vento.

Neantmoins aprés tout cela, il fit deux enfans à la fois à cette belle Dame :

Illic & gelidi conjux Actæa Tyranni Idem.
Et genitrix facta est, partus enixa gemellos.

Et ainsi, comme vous voyez, il ne pouvoit pas estre compris dans le titre *de frigidis*. Il y a bien des *calidi* qui n'en firent jamais tant. Aprés cet exemple, je ne trouve pas si estrange que Lucien fasse dire à Toxaris, que le vent est le principe de la vie ζωῆς αἴτιον, & qu'il dife ailleurs que le premier feu ne fut fait que de vent, & que ce fut Iunon qui engendra Vulcain toute feule, αὐτὴ τῆς πρὸς τὸν ἀνδρα ὁμιλίας, ὑπηνέμιον, αὐτὴν παῖδα γεννῆσαι τὸν Ἥφαιστον. Ie m'eftonne bien moins encore de ce que Virgile affeure de ces cavalles,

In Sacrific.

——— *Quæ ſæpe ſine vllis*
Conjugiis, vento gravidæ, mirabile dictu &c.

Et le Taffe, d'Aquilin cheval de combat du bon Comte Raimond,

Queſto ſu'l Tago nacque, ove tal' hora
L'avida madre del guerriero armento,
Quando l'alma ſtagion, che n' innamora,
Nel cor le inſtiga il natural talento,
Volta l'aperta bocca incontra l'ora
Raccoglie i ſemi del fecondo vento,
E de' tepidi fiati (ò me raviglia)
Cupidamente ella concepe, e figlia.

Et voicy comme je raifonne. Borée a bien fait deux enfans à la fois, & on n'ofoit douter à Athenes de cette verité, fans paffer pour vn fou & pour vn impie, felon que le témoigne Philocles dans Lucien; donc des vens tiedes, humides & doux, auront bien pû engendrer Aquilin &c. & produire le premier feu qui fut pere de tous les autres: Ie penfe qu'il faut dire le grand pere, parce que c'eft Vulcain qui a efté le premier feu, & c'eft luy qui forge la foudre, laquelle felon

ἀσεβὴς καὶ ἀνόητος.

Lucrece, alluma les premieres flammes qui furent veuës sur la terre, & qui depuis multiplierent si fort,

Fulmen detulit in terras mortalibus ignem
Primitus, inde omnis flammarum diditur ardor.

A ce conte-là, la mesme foudre, qui est l'instrument ordinaire de la colere des Dieux, l'a esté de la plus grande liberalité qu'ils ayent faite aux hommes.

C'est parler bien proprement, que de dire comme vous faites, que l'Aquilon fait des courses par toute la terre. *Venti ingruunt inanes, iidémque cum rapina remeant.* Ils viennent tout nuds & s'en retournent chargez de butin, c'est à dire, que ie croy, de bonnes & de mauvaises vapeurs. Le Marin appelle les vens *peregrini dell'aria*, & quoy qu'il ne parle que des vens frais, il suffit qu'il eust pû donner cette mesme qualité à ceux qui font la gelée, si son sujet l'eust permis. Plin. lib. 2. cap. 28.

Vous avez raison, MONSIEVR; Tertullien se contredit dans le passage que vous rapportez, & il n'y a pas dequoy s'estonner, *si vn homme qui parle toûjours des pierres & du fer, die souvent des choses qui s'entrechoquent.* NEC *mirum, si, qui semper ferrum & lapides loquitur, interdum loquatur pugnantia.* Il est impossible, *qu'en vn mesme païs tout l'air ne soit qu'vn nuage continu, & que rien n'y souffle que les Aquilons.* VNVS *aër sit nebula, & omne quod ibi flat, A-*

quilo sit. Aussi nostre Ovide dans la description du Deluge, dit que Iupiter voulant amasser toutes les nuës ensemble & en tirer la pluie, dont il avoit besoin pour noyer le monde, son premier soin fut de faire arrester l'Aquilon, & de s'asseurer de sa personne & de celle de tous ses officiers :

Lib. 1. Metamor.

Protinus Æoliis Aquilonem claudit in antris,
Et quæcumque fugant inductas flamina nubes.

Et ailleurs, Aquilon mesme, parlant de ses proüesses, & contant ce qu'il sçait faire, dit entre autres choses, *qu'il sçait pousser & dissiper les tristes nuées, & ramener par force la serenité:*

Apta mihi vis est: hac tristia nubila pello.

Homere l'appelle tousiours αἰθρηγενέτης, *le faiseur de beau-temps*, & lors mesme qu'il excite des tempestes, comme dans le cinquiéme de l'Odyssée: pour monstrer que c'est vne epithete qui luy est propre, & qui est inseparable de luy, comme *l'agilité d'Achille* πόδας ὠκὺς Ἀχιλλεὺς, soit qu'il marche ou qu'il coure, soit qu'il soit assis ou qu'il soit couché. Cela monstreroit presque aussi-bien, qu'Homere a eu tort : mais ce n'est pas dequoy il est icy question.

I'ay appris par cœur les vers du Docteur Varron, & je vous en remercie tres-humblement. Ceux qui ont nommé les Aquilons, *des fous, des violens, des insolens, des effrontez & des possedez.* In-

SANOS, *impotentes, petulantes, protervos & bacchantes,* les eussent nommez de bon cœur, *les phrenetiques enfans des Septentrions*, PHRENETICOS *Septentrionum filios*, si la pensée leur en fust venuë. Quelle pitié, qu'on ne puisse lier ces furieux & ces phrenetiques, qui batent si cruellement nos arbres tous les automnes & qui les dépoüillent tout nuds,

Frigidus & sylvis Aquilo decussit honorem. Virg. 2. Georg.

Voilà, MONSIEVR, tout ce que j'ay à dire sur vostre premier plat, que je ne sçaurois assez dignement loüer. Il passe de bien loin tous ceux que Mutien appelloit *patinarum paludes*. Le *Pentapharmacum* d'Elius Verus, & d'Adrien, ne luy est point comparable en abondance & en friandise; ni le *Clypeus Minervæ* de Vitellius, ni cette *patella* dont parle le *docte Varron, quæ provocabat Neapolitanas piscinas*. Enfin je ne sçache que le *pourceau de Troye*, que j'ay vû dans Macrobe, qui merite d'en approcher. Il estoit plein de tout ce que l'air, les eaux & la terre ont de plus delicat & de plus exquis; & prix pour prix cet admirable pourceau valoit bien le cheval de mesme nom, que vous avez allégué de si bonne grace, sur le sujet de mes gros paquets. Et puis, dites que vous estes ce bon homme de la campagne, *qui dapibus mensas, onerabat inemptis*. Si cela est, MONSIEVR, je vous répondray que ce que vous n'achetez point, ne se peut payer, & que ce qui ne vous couste rien

Plin. Spartian. Suet. in Vitell. cap. 13. Saturn. lib. 3. cap. 13.

eſt abſolument hors de prix. Que ſeroit-ce donc, comme vous me mandez, ſi vous aviez viſité vos reſervoirs ? Vous eſtes bien-heureux d'en avoir tant, & de ſi beaux. Pour moy je ſuis cet Achille d'Homere, qui n'a jamais rien de preſt quand on le vient viſiter, & qui ne fait point de proviſions. Ce m'eſt vn grand bien, que ma memoire, ne ſoit pas ſi vſée, que vous voulez me perſuader que la voſtre l'eſt. Auſſi ſeroit-ce vne eſtrange choſe, ſi elle s'vſoit dé-ja, elle qui m'a ſi peu ſervy. Pour vous quand il ne vous en reſteroit que pour vous ſouvenir de vos amis, vous n'auriez pas ſujet de regretter cette perte. Vous n'avez que faire de coffres pour garder les richeſſes eſtrangeres & acquiſes ; vous eſtes la mine meſme qui produiſez l'or.

Si *Ioannes Mommaur*, ou *Petrus Valens* preferoient l'anemone à la roſe, ils auroient bien oublié le proverbe, ῥόδον ἀνεμώνῃ συγκρίνεις, qui eſt dit contre ceux qui comparent, & qui mettent en meſme rang des choſes extrémement inégales. Neantmoins vous avez bien jugé, que la beauté de cette rencontre d'ἄνεμος & d'anemone ſeroit capable de les éblouïr.

Ie ſuis bien aiſe que vous donniez à la Roſe la ſouveraineté ſur toutes les fleurs, & que vous ayez eſté plus hardy que ce Grec, qui ſe contente de l'en juger digne, & de dire que ſi Iupiter

Achilles Tatius.

vouloit donner vne Reine aux fleurs, il n'en choisiroit point d'autre que la Rose. En effet, il est croyable qu'elle a dé-ja cette qualité, car elle en a toutes les marques. Elle porte la couronne d'or & le manteau de pourpre. Elle est toûjours assise sur vn throsne entouré d'épines, comme le sont tous les autres throsnes. Ses Courtisans ordinaires sont les Zephirs; & toutes les autres fleurs sont ses sujetes.

——— la Rosa
Bella figlia d'Aprile,
Si come a lei sembiante,
Verginella, e Reina,
Dentro la reggia del ombrosa siepe,
Sù lo spinoso trono
Del verde cespo assisa,
De' fior lo scettro in maestà sostiene,
E corteggiata intorno
Da lasciva famiglia
Di Zefiri ministri,
Porta d'or la corona, e dostro il manto.

Le Marin en son Europe.

Vn autre luy donne le Soleil pour galant:

Al subito apparir del primo raggio
Che spunti in Oriente
Si desta, e si risente,
E scopre al Sol, che la vagheggia, e mira
Il suo ver miglio & odorato seno.

Guarini.

Le mesme qui luy a donné vn sceptre, luy met

aussi la foudre en main, mais vne agreable foudre qu'elle ne lance qu'en riant & qu'en se joüant,

Philostrate appelle les roses γῆς ἀστραπὰς καὶ ἔρωτος λαμπάδας.

Dove festeggia e ride
Folgorando tra l'herba.

Au reste c'est vne Reine qui ne se laisse guere voir au commencement, & qui quelque belle qu'elle soit, n'est jamais plus aimée que quand elle se monstre le moins.

Le Tasse.

Che mezo aperta ancora, e mezo ascosa,
Quanto si mostra men, tanto è più bella.

Cela estant, je ne sçay pourquoy vn Poëte Latin a dit qu'elle a trop de pudeur & de modestie,

Colum. lib. 10.

——— *Nimium rosa plena pudoris.*

Car c'est par cette honte, qu'elle fait honte à toutes les fleurs ; & son rouge estant le plus beau du monde, elle n'en sçauroit jamais avoir trop. Et de fait, si tost qu'elle perd sa pudeur & sa modestie, elle perd tous ses autres avantages.

Ecco poi nudo il sen gia baldanzosa
Dispiega ; ecco poi langue, e non par quella,
Quella non par, che desiata innanti
Fù da mille Donzelle, e mille Amanti.

On luy donne encore ces autres belles qualitez,

L'occhio di primavera,
La porpora de' prati,
La fenice de fiori.
Il fior de gli altri fiori.

Fior

Fior pupilla d'Amor, thesor di Maggio.
Miniere di rubini apron le rose.

Ce Sophiste que vous n'avez leû qu'avec vos yeux de dixhuit ans, l'appelle *l'œil des fleurs : Mais vn œil qui brille & dont il sort des feux & des éclairs.* Il la fait *toûjours riante aux zephyrs, & dit qu'elle ne respire qu'Amour.* ὀφθαλμὸς ἀνθέων κάλλος ἀστράπτον. τῷ ζεφύρῳ γελᾷ. ἔρωτος πνέει.

Anacreon l'appelle *le desir & la passion du Printemps*, ῥόδον ἔαρος μέλημα. Il dit que l'Amour s'en fait des couronnes quand il vient danser avec les Graces, que les Graces mesmes s'en parent, pour en avoir plus de grace, & que c'est leur principal ornement χαρίτων τ'ἄγαλμα, que sa vieillesse mesme est belle χαρίεν δ' ἔχει γῆρας, *& que les Dieux lors qu'ils voulurent produire les roses, ne répandirent pas sur la terre vne rosée ordinaire, mais vne pluie d'eaux de senteurs.* Les Poëtes Grecs donnent à l'Aurore des doigts de roses, les Poëtes Italiens luy en couvrent le visage, & luy en mettent jusque sur le front : Μακάρων θεῶν δ' ὅμιλος ῥόδον ὡς ἔδειπτο νέκταρ ἐπιτέγξει, &c.

Con la fronte di rose e co' piè d'oro.

Et outre cela luy en attachent des bouquets sur les cheveux.

Ella intanto s'adorna, e l'aurea testa
Di rose colte in Paradiso infiora

Ausone décrivant vn matin, est en doute, *si c'est l'Aurore qui donne aux roses, de son rouge, ou si elle leur en dérobe, pour en relever son teint.*

Ambigeres raperétne rosis Aurora ruborem,

An daret.

Il adjouste, *qu'elles n'ont qu'vne mesme rosée, qu'vne mesme couleur, qu'vn mesme matin qui est l'espace de leur courte vie.*

Ros vnus, color vnus, & vnum mane duorum
Sideris & floris.

Peut-estre, poursuit-il, *que nous ne leur trouverions qu'vne mesme odeur, si nous sentions d'aussi prés cette fleur celeste.*

Forsan & vnus odor: sed celsior ille per auras
Difflatur: spirat proximus iste magis.

Enfin il les trouve si semblables, que vous diriez qu'il soit tenté d'appeller la Rose, *l'Aurore de la terre*: & l'Aurore, *la Rose du Ciel.*

Le Marin a esté plus hardy, & il a osé dire:

Egli nel cerchio suo, tu nel tuo stelo
Tu Sole in terra, & egli Rosa in cielo

Le mesme dit ailleurs, que Venus porte vne rose dans son cachet:

La Rosa, che'l suggello, hà nell' impronta,
Mostra onde vegna, e di chi sia la carta.

En parlant de Venus il l'appelle *Dea della Rosa.*

Aprés tout cela, MONSIEVR, je me tiendrois bien malheureux si j'avois l'aversion de ce Prince dont vous parlez, qui s'évanoüissoit en voyant des roses, & je ne la craindrois guere moins, que Iean II. celle de ce Duc de Moscovie, qui s'évanoüissoit en voyant des femmes, comme m'a appris Monſieur le Baron d'Herbeſtain.

Auſſi ſeroit-ce vne honte à vn homme de lettres de n'aimer pas la Roſe, qui eſt entre les fleurs *la mignone & la favorite des Muſes*, χαρίεν φυτόν τε μουσῶν. Anacreon. Mais ce ſeroit eſtre tout à fait ἄμουσος, de ne ſe plaire pas à celles dont voſtre petit Amour eſt lapidé dans cette figure que vous décrivez de ſi bonne grace. L'invention en eſt jolie, & j'en voudrois connoiſtre l'Auteur. Ces corbeilles & ces ſacs pleins de roſes, ſe trouvent-là bien à propos. Neantmoins il me ſemble que l'imagination d'Auſone eſt encore plus agreable, de nous repreſenter toutes ces Heroines infortunées en Amour, qui veulent faire ſouffrir à leur petit Tyran, les meſmes peines qu'elles ont ſouffertes.

——— Hæc vltio dulcis
Vt quo, quæque perit, ſtudeat punire dolorem:
Hæc laqueum tenet: Hæc ſpeciem mucronis inanem
Ingerit. Illa cavos amnes, rupémque fragoſam,
Inſaníque metum pelagi & ſine fluctibus æquor.
Nonnullæ flammas quatiunt: trepidóque minantur
Stridentes nullo igne faces, &c.

Il dit en ſuite, que Venus ſurvint là-deſſus, qui chaſtia Cupidon, des malices qu'il luy avoit faites à elle meſme, & luy donna le fouët avec des verges de roſes,

———— roſeo Venus aurea ſerto
Mœrentem pulſat puerum, &c.

Le pauvre petit est encore fouëté avec des roses dans l'Adonis du Marin, & par les mesmes mains de sa mere.

Canto I. *Con flagello di rose insieme attorte,*
C'havea groppi di spine, ella il percosse,
E de' bei membri, onde si dolse forte,
Fè le vivaci porpore più rosse.

Les Muses dans Anacreon ne sont pas si inhumaines; elles se contentent de l'enchaisner avec des roses, & de le donner à garder à la Beauté. Tout cela n'estoit que des roses au prix du fouët qu'il auoit eu auparavant, ou qu'il eut depuis; car je ne sçay pas la chronologie de la fable, & je crains de m'y méprendre.

Vous me demandez ce que je dis des Arabes, qui ont osté la Rose à Venus pour la donner à Mahomet. Ie dis, MONSIEVR, qu'il falloit qu'ils fussent bien Arabes pour avoir le courage d'oster cette belle fleur à la Deesse de l'Amour & de la Beauté,

Guarini. ——— *Sì bella e si vezzosa*
Che parea rosa, che donasse rosa.

I'adjouste qu'ils n'avoient point de nez de faire sortir vne chose de si bonne odeur, de la sueur d'vn rousseau, qui vray-semblablement

Reniero *Sentoit plus fort, mais pas si bon que rose.*

Passe pour luy faire suer du miel, que les Poëtes appellent communément *roux*; Il eust eu cela de commun avec les chesnes du siecle d'or,

Et duræ quercus sudabant roscida mella.

Si leur Prophete eust ressemblé à Alexandre, dont le corps estoit naturellement embaumé, ils luy eussent fait suer du musc & de la civette; ou seulement s'il eust esté comme Vitellius, dont Vespasien dit dans Philostrate, qu'il employoit tant d'eaux de senteurs à se parfumer tous les jours, qu'il y avoit apparence que s'il eust esté blessé, sa playe eust rendu plus de parfum que de sang. C'est sans doute, que ces Arabes estoient accoûtumez à voir dans leur païs les sueurs precieuses des arbres qui portent le cinname, l'encens & la myrrhe. Virgil.

———— Sit dives amomo Ovid.

Cinnama quæ costúmque suam, sudatáque ligno

Thura ferat, floresque suos Panchaica tellus

Dum ferat & myrrham &c.

I'approuve bien davantage ce que vous dites, que quand Iupiter crache si blanc sur les Alpes, c'est qu'il est alteré. Si ce n'est qu'on vous pourroit dire qu'on ne crache pas si gros en cet estat-là.

Dorénavant je feray bien plus de conte des choux capus, que je ne faisois, puisque c'est le pere des Dieux qui les a fait venir luy-mesme à la sueur de son corps.

Ie voudrois bien qu'il voulust encore pisser des

rivieres de nectar, comme autrefois, ſelon vôtre Poëte, & il me faſche qu'il ait ſi bien gardé ſon eau depuis ce temps-là. Et à propos de ces fictions, je ne ſçay ſi on vous aura conté que la derniere fois que le Roy fut à Chalons, on tendit dans ſa chambre vne tapiſſerie extrémement riche, qui venoit de la feuë Reine de Navarre, où eſtoient repreſentez Luther & Calvin, qui donnoient vn lavement au Pape, dont le bon Prince eſtoit tellement émeu, qu'on le voyoit ailleurs travaillé d'vn grand dévoyement par haut & par bas, ſe purger de quantité de Royaumes & de Souverainetez, de Dannemarc, de Suëde, du Duché de Saxe, &c.

Que dites-vous, MONSIEVR, de cette inſolence? Peut-on s'en faſcher ſans en rire, & en rire ſans s'en faſcher? Souvenez vous là-deſſus du decret des Atheniens: *Il eſt permis aux habitans de Chio d'eſtre de ſales vilains.*

Paſſons à celuy qui appelloit la mer vne larme de Saturne. A ce conte-là Saturne pleuroit bien amerement. Hé, MONSIEVR, quel dommage s'il n'euſt jetté cette larme, & quelle pitié s'il en euſt jetté plus d'vne? Il prit bien aux hommes, de ce qu'il n'eſtoit pas *illacrymabilis* comme ſon fils Pluton, ni comme la goutte que Lucien nomme μόνη θεῶν ἀπεδεκτος οὖσα. Mais c'euſt eſté bien pis, s'il euſt reſſemblé à cette pleureuſe d'Aurore. Il ne falloit point que Iupiter fiſt tant de façons pour noyer le monde au temps du deluge: Il n'avoit qu'à faire pleurer ſon pere de l'autre œil, car je croy qu'il en avoit deux, & qu'il n'eſtoit pas comme la Philenis de Martial,

Oculo Philænis ſemper altero plorat.
Quo fiat iſtud quæritis modo? luſca eſt.

Mais eſt-il poſſible qu'il n'y ait que les larmes de Saturne qui ayent eſté vtiles au monde, & que celles des autres Dieux ayent eſté autant de larmes perduës? Car Diane dans Homere en verſe en abondance, lors que Iunon luy arrache ſon arc, & qu'elle luy en bat les jouës. Venus en a ſouvent: *J turgidetti e roſſeggianti lumi.* Hercule dans Virgile, *lacrymas effundit inanes;* Et pour eſtre *inanes*, elles n'en ſont pas moins *lacrymæ*. Iupiter & Neptune dans Lucien s'en baignent tout le viſage, & en vn mot il n'y a point de divinité de l'vn & de l'autre ſexe, qui en ſoit exempte, quoy qu'en dient quelquefois les Poëtes, comme celuicy:

Tum verò gemitus (neque enim cœleſtia tingi (Ovid. 2. Metam.)
Ora licet lacrymis) alto de corde petito
Edidit.

N'eſt-il pas vray, MONSIEVR, que tant de larmes de Dieux, & particulierement de belles Deeſſes devroient eſtre pour le moins de l'eau d'Ange, puiſque celles de nos Dames, ſont commu- (Cette meſme Diane que nous venons de voir baignée de larmes dans Homere,) nément precieuses,

touchée de la mort d'Hippolyte, dãs Euripide, regrete de n'avoir pas la liberté de pleurer. κατ' ὄσσων, dit-elle, δ' οὐ θέμις βαλεῖν δάκρυ.

E le nascenti lagrime à vederle
Erano à i rai del Sol cristallo, e perle &c.
Non sà se pianga, ò nò; ben può vederle
Humidi gli occhi, e gravidi di perle.

L'affliction de Phaëtuse & de ses sœurs, a produit l'ambre, & a causé ce bien aux hommes,

* *Inde fluunt lacrymæ &c.*

* Ovid.

Et Iunon, Diane, & Venus pleureront sans que le monde s'en sente? Quel privilege a l'Aurore par dessus elles, de pleurer tous les matins, comme elle fait, de la manne, de l'argent & des diamans?

Le Marin.

A risvegliarsi incomminciò l'Aurora &c.
E per abbeverar di manna frescà
I sitibondi prati,
Dell' Indico Orizonte
Lo stellato balcone aprir volea.

Le Tasse.

Qual' à pioggia d'argento, e mattutina
Si rabbellisce scolorita rosa.

Ausone.

Rara pruinosis canebat GEMMA *frutetis,*
Ad primi radios INTERITVRA *die.*

Selon ce dernier Auteur, le Soleil qui seche la rosée en se levant, boit tous les jours des diamans & des perles; & mesme selon l'autre, de l'argent potable. Mais, MONSIEVR, l'estoile du matin est aussi vn des arrousoirs de la Nature:

Luci-

——— Lucifero verſando
Stille di nettar puro
Dal vaſo innargentato
Il ſitibondo prato
Bagna di vivi e rugiadoſi humori.

Et cependant elle n'a point perdu de Memnon comme l'Aurore, & je ne ſçache point qu'elle ait aucun déplaiſir. Si ce n'eſt qu'à la verité elle eſt vn peu touchée dans l'Adonis du Marin, quand elle voit pleurer l'Amour que Venus avoit fouëtté:

Pianſe al pianger d' Amor la mattutina
Del Rè de' lumi ambaſciadrice ſtella,
E di pioggia argentata e chriſtallina
Rigò la faccia rugiadoſa e bella.

Ie demande la meſme choſe de la Lune, qui a les yeux humides comme les deux autres,

Egià ſpargea rai luminoſi, e gelo
Di vive perle la ſurgente luna.

Qu'a-t-elle à pleurer, je vous prie, elle qui n'a point d'enfant, point d'amant, & qui paſſe ſi bien ſon temps à la chaſſe? Ie m'eſtonne encore davantage de la Nuit. Les Poëtes ne nous diſent rien de ſes infortunes; & cependant elle a ſes larmes, c'eſt à dire ſa roſée, comme le matin. Et puis elle a vn grand voile noir, comme ſi elle portoit le deuïl.

Voilà en verité, de grandes difficultez & d'importantes questions ! En voicy d'autres, & à peu prés sur la mesme matiere, car c'est des eaux que je vay vous entretenir, ou pour le moins *de his qui in aquis pereunt.* Il me tarde que nous ne voyïons ce que *Petrus la Sena* en aura dit. En attendant, ayez agreable, MONSIEVR, que je vous propose mes doutes. D'où pouvoit venir cette imagination, que les ames des noyez se perdoient? Est-ce que l'eau esteint le feu, & que nos ames en sont? *Igneus est ollis vigor?* Par cette mesme raison, puisqu'on tue aussi le feu en l'estouffant, il faut dire la mesme chose de tous les pendus : & toutefois on ne le dit pas. Cette sorte de mort est seulement appellée *vilaine.*

Virg. *Et nodum* INFORMIS LETHI *trabe nectit ab alta.*

vne mort servile & infame mesme aux esclaves.

Eurip. in Helena.

Ἀσχήμονες μὲν ἀγχόναι μετάρσιοι,
Κἂν τοῖσι δούλοις δυσπρεπὲς νομίζεται.

Plin. *Vne mort contre nature.* LAQVEI *pœna præpostera, incluso spiritu cui quæritur exitus.* En effet c'est pervertir l'ordre des choses, que de fermer le passage ordinaire à vne ame que l'on veut faire sortir, & de la reduire à se sauver par vne porte de derriere, qui n'est pas faite pour cela.

S'il eust esté vray que les ames se fussent noyées, & si cette opinion eust esté de tout temps receuë dans la Grece, les Argonautes eussent esté bien hardis ; & Horace n'auroit pas eu trop de tort de dire *d'el primo sprezzator d'Austro, e di Coro.*

Illi robur & æs triplex

Circa pectus erat, qui &c.

& d'ajouster,

Quem mortis timuit gradum? &c.

En ce cas-là, la mort se fut bien recompensée sur ces ames, de celles que luy déroboit Pythagore, qui disoit *que nous eschappions à la mort par la meilleure partie de nous mesmes, & que nous ne luy laissions à ronger que quelques nerfs & quelque peau décharnée,*

——— Qui nihil vltra

Nervos atque cutem, morti concesserat atræ.

Ie ne croy pas que ce fut le sentiment des Latins. Vlysse dans Homere, descendant aux enfers y voit Ajax Telamonien qui s'estoit tué luy mesme, & j'ay remarqué qu'il n'y voit point Ajax Oileus, qui s'estoit noyé. Mais dans Virgile, Enée rencontre en ce mesme lieu, Palinurus, Orontes, & Leucaspis, qui s'estoient perdus dans la mer; aussi bien que les autres Troyens qui estoient morts par le fer ou par le feu.

Cernit ibi mæstos & mortis honore carentes

Leucaspin, &c.

Ecce gubernator se se Palinurus agebat, &c.

Et ce dernier, qui luy parle, ne desespere point d'estre comme les autres Morts, pourveu qu'il luy plaise de prendre le soin de sa sepulture, & c'est la seule chose dont il le prie:

Quod te per cœli jucundum lumen, &c.
Eripe me his invicte malis, aut tu mihi terram
Injice, námque potes, &c.

On allégue deux passages de Seneque, pour monstrer que les Romains n'estoient pas exemts de cette superstition des Grecs. Le premier est
Chap. 40. dans le troisiéme livre de la colere, où il fait le conte d'vn Vedius Pollio qui nourrissoit ses Lamproyes, de chair humaine. Il dit qu'vn jour qu'Auguste mangeoit chez luy, vn Esclave cassa quelques crystaux, & qu'aussi-tost il se vint jetter aux pieds de l'Empereur, pour le prier non pas de luy sauver la vie (dit l'Auteur), mais seulement d'empescher qu'on ne le noyast. D'où l'on infere qu'il n'eust pas apprehendé si fort cette sorte de mort, s'il n'eust crû qu'elle eust eu vne suite plus fascheuse que n'avoient les morts ordinaires. Mais il ne faut que voir le passage, pour juger que l'apprehension de cet Esclave estoit d'estre mangé par les Lamproyes, & que ce n'étoit que de cela seul qu'il avoit horreur. Voicy les mesmes mots de Seneque: *Confugit ad Cæsaris pedes, nihil aliud petiturus, quàm vt aliter periret, nec*
Lib. 54. *esca fieret.* Dion conte la mesme histoire, & n'y change que cette circonstance, qu'Auguste ne pût obtenir la grace de ce malheureux; au lieu que Seneque dit qu'il le sauva, qu'il fit combler le vivier, & casser tous les crystaux de Vedius.

Le second passage, est de la Tragedie d'Agamemnon, où Eurybates décrivant vne grande tempeste dans laquelle les Grecs penserent tous perir, au retour de Troye, dit ce qui suit; que dans cet extréme danger, Pyrrhus envioit la mort de son pere, Vlysse celle d'Ajax, Menelas celle d'Hector, & Agamemnon celle de Priam, & qu'enfin ils reputoient heureux tous ceux qui estoient morts au siege:

Quid fata prosunt! invidet Pyrrhus patri,
Ajaci Vlysses, Hectori Atrides minor,
Priamo Agamemnon, quisquis ad Trojam jacet,
Fœlix vocatur.

Mais premierement, il n'est parlé là que des Grecs, & il n'est ici question que des Romains; & l'objection prouveroit seulement que Seneque avoit cette connoissance, & non pas qu'il eust cette opinion. Et puis il ajouste en suite, que ces braves disoient,

Ignava, fortes, fata, consument viros!
Perdenda mors est! &c.

D'où il paroist, que leur déplaisir n'estoit que d'estre contrains de mourir d'vne façon lasche & obscure: & c'est ce que dit aussi Enée dans Virgile en vne pareille occasion. O *térque quatérque beati,* &c. *Méne Iliacis occumbere campis Non potuisse?* &c. Et Achille dans Homere, lors que le Scamandre se déborda contre luy,

Ὡς μ' ὄφελ' Ἕκτωρ κτεῖναι, ὅς ἐνθάδε γ' ἔτραφ' ἄριστος,
Il. φ Τῷ κ' ἀγαθὸν μὲν ἔπεφν', ἀγαθὸς δέ κεν ἐξενάριξε
Νῦν δέ με λευγαλέῳ θανάτῳ εἵμαρτο ἁλῶναι.

Les grands hommes veulent, que leur mort mesme serve à leur immortalité, & qu'il soit de leur vie comme des pieces de theatre, dont il faut s'il se peut, que le dernier acte soit le plus beau.

Le Tasse s'est servy là-dessus de la comparaison du flambeau, & si agreablement ce me semble, que de commune qu'elle estoit il la rend nouvelle & particuliere,

Come face rinforza anzi l'estremo
Canto 9. *Le fiamme, e luminosa esce di vita:*
Tal riempendo ei d'ira, il sangue scemo,
Rinuigorì la gagliardia smarrita;
E l'hore de la morte homai vicine
Volse illustrar con generoso fine.

Ie trouve que ce *luminosa esce di vita*, est excellent, & qu'il revient admirablement bien à *volse illustrar &c.*

Mais à propos du Tasse & de noyé, où a-t-il pris qu'Vlysse avoit fait naufrage sur l'Ocean, & qu'il avoit esté submergé?

Ei passò le colonne, e per l'aperto
Mare spiegò de' remi il volo audace,
Mà non giovogli esser ne l'onde esperto;
Perche inghiottillo l'Ocean vorace.
E giacque c'ol suo corpo anco coperto

Il suo gran caso, c'hor trà voi si tacc.

Il faut necessairement que ce soit dans l'Enfer de Dante, qu'il ait appris cette infortune, de la bouche mesme d'Vlysse, qui conte comme il se noya aprés avoir passé les colonnes d'Hercule.

Si cela est, que deviendra donc l'histoire de Telegonus son fils qui le tua sans le connoistre, & l'autorité de celuy qui le fait mourir de la goutte?

Telegoni iuga patricida &c. (Horat. Od. 29. lib. 3.)
Lucien.

A ce que je voy, MONSIEVR, les Poëtes ne s'accordent pas mieux que les Philosophes, & il n'y a verité, ni mensonge qui soient vniversellement consentis. L'aventure qui vous arriva chez Monsieur de *** & que vous contez si plaisamment, en est vne belle preuve. Il faut bien regarder devant qui l'on parle mal des Barbares. Vous l'avez dit quelque part, MONSIEVR, *ils ne sont pas tous à Fez ni à Maroc :* Et quelquefois vn habit François & fait à la mode, cache vn homme qui est plus Sarazin que les Sarazins, *ipsis Saracenis Saracenior.* Ne vous moquez point de ce Latin, MONSIEVR, il est de sainct Louïs, & cet autre mot, *ipso Nerone Neronior.*

C'est à moy à me plaindre de vostre memoire, & non pas à vous, car elle découvre mes larcins. Il est vray que ce que j'ay dit de la consecration des Heros & des Dieux, est du Chancelier Bacon. Mais vous avouërez que j'y ay ajousté *qual-*

che delicatura gentile; & si on vouloit que je restituasse le bien d'autruy, on seroit obligé à me rendre mes ameliorations, par la regle, *habetur & in fure, ratio impensarum.*

Vous avez bien deviné aussi, que ces *inondations de vers*, estoient d'vn Poëte Grec que j'avois veû chez Monsieur Grotius. Mais ce ne fut pas le jour que ie l'ouïs crier, *hola ho, quelqu'vn de nos gens*, & que Madame l'Ambassadrice sa femme, répondit aux galanteries d'vn de vos amis, par tant de beaux complimens, traduits sur le champ de Flamend en François. Ie me promets que la version de l'Anthologie qu'il a entreprise, & que vous me faites esperer bientost, sera vn peu meilleure que celle-là, & que l'on pourra dire de luy, *ex Græcis malis, Latina fecit non mala.* Car d'en faire *optima*, il ne le sçauroit jamais, s'il n'est tres infidele interprete. Dans tout ce grand Iardin de fleurs, on n'y trouveroit pas dequoy faire vn beau bouquet. C'est vn verger où il n'y a guere que de ce que Martial appelle *Melimela*, & *fatuæ mariscæ.* L'Epigramme que vous rapportez de l'Exorciste puant, vaut tout le reste de ce gros livre.

Ie vous abandonne toute la Stance d'Olinde & de Sophronie, que vous trouvez trop subtile & trop rafinée pour la dignité du Poëme epique; pourveu qu'il vous plaise seulement en sauver

vn

vn vers que je ne sçaurois haïr, si vous ne me l'ordonnez expressément,

Brama assai, poco spera, e nulla chiede.

Car il me paroist beau, & d'vne beauté ajustée, à la verité, & parée curieusement, mais pourtant qui ne va pas, selon mon jugement, jusqu'à l'afféterie, & jusqu'à l'extravagance.

Pour tout l'ouvrage, si j'ose me declarer, il y a beaucoup d'endroits admirables & qui paroissent d'vn grand esprit; Mais je croy que Quintilien eust dit de luy ce qu'il a jugé d'Ovide, *que pour vn sujet heroïque il se jouë vn peu trop, & paroist plus amoureux de son esprit, que la bienseance ne le souffre.* LASCIVVS *in heroïcis, & nimium amator ingenii sui.*

Quoy que vous en disiez, cette invocation que vous faites au Sommeil, n'est pas d'vn homme qui eust besoin de dormir; & celuy que vous appellez le plus doux des Dieux, eust esté le plus cruel, s'il vous eust exaucé dés le premier vers. Le Poëte qui disoit,

Quæ possent vnquam satis expurgare cicutæ, Horace.
Ni melius dormire putem quàm scribere versus.

n'eust jamais dit cela, s'il en eust fait d'aussi beaux que vous. Ils sont plus doux que le sommeil mesme que vous desiriez; & ce n'est pas assez de dire,

Tale tuum carmen, nobis diuine poëta, Virg.
Quale sopor fessis in gramine &c.

Ceux que vous m'avez envoyez sont incomparables. Si Monsieur B. les avoit vûs, il s'écrieroit, sans doute, *les Iesuites ne feroient pas mieux;* Et Scaliger, *Si Iupiter devenoit Poëte, il ne s'exprimeroit pas plus elegamment.* Et luy, qui proteste qu'il eust mieux aimé estre l'Auteur de l'Ode d'Horace qui commence, *Quem tu Melpomene;* & de cette autre, *Donec gratus eram tibi*, que d'estre Roy d'Arragon, y eut asseurément ajousté (pour vser des termes de Monsieur de la Tibaudiere) *les Lusitains*, & tout le reste de *l'Iberie*, s'il eust eu à parler de vos vers. Serieusement, MONSIEVR, ils sont au dessus des loüanges, ou au moins de toutes autres que des vostres: & comme il n'y a que vous au monde qui les pûst faire, il n'y a que vous aussi qui les puisse dignement louër. Ie les ay leus trente fois avec vn ravissement & vn transport incroyable. Puissiez-vous passer, MONSIEVR, cinquante ans de vie aussi heureuse que m'a esté ce temps-là. Si cela est, il n'y aura point d'homme sur la terre dont vous deviez envier la felicité, & vous serez celuy que vous avez si excellemment décrit,

Eversámque rotam, lacerum calcabis & orbem
Instabilis Divæ, & voto excelsior omni
Sub pedibus, fascésque & sceptra jacentia cernes.

Quelle douceur! Quelle majesté! *Qui spiritus! Qui sonus! Qui numeri! Quæ efficacia!* Ie mesle icy le François avec le Latin, & encore je n'ay pas trop de tout, pour vous témoigner mon admiration.

* *

Vous voulez que je choisisse de l'*Oisif* ou du *Contemplatif*, dont vous faites vne si belle peinture. Ie serois volontiers le dernier sans ce demy vers,

——— *Solàque audebis vivere mente.*

Car on fait trop bonne chere à Balzac, pour y vouloir vivre du seul esprit. Pour l'*Oisif*, j'aime bien *nullis otia jussis*, & *Securas sed sponte mea componere luces;* & sur tout, *longas etiam producere cœnas.* Mais je ne puis gouster *muta quies* où vous estes, & il faut s'il vous plaist, que vous me promettiez que j'y auray l'honneur de vous entendre parler & lire trois heures le jour. A cette condition, je m'exposeray à tout danger: Et quand mon tireur d'horoscope, n'auroit pas dit vray, & que la goutte me reprendroit encore chez vous, il me seroit aisé de m'en consoler,

Ægram animam, & duros poteris lenire dolores.

* *

L'entousiasme contre *Theon* est la plus belle colere que j'aye veuë de ma vie. I'aimerois bien mieux me pouvoir fascher comme cela, que d'avoir la vertu de ne me fascher jamais. L'*ataraxie* des Pyrrhoniens n'eſt pas tant à ſouhaiter, qu'vn ſi noble trouble & qu'vne fureur ſi divine ; & il n'y a point de tranquillité d'eſprit que je miſſe à ſi haut prix. Cecy m'a ravy, & vous n'eſtiez pas plus tranſporté en le compoſant, que je l'étois en le liſant,

Túnc palam &c.

* *

* * * * * * * * * * * * * *

Mais ſur tout il n'y a rien de pareil à l'invention de la Deeſſe Angine, qui vient prendre à la gorge ce froid Orateur, pour venger la querelle des Muſes & d'Apollon, irritez de la profanation qu'il avoit faite des vers de Virgile:

—————— placidas ſed dedecet ira ſorores,
Et mea tela hoſtis melior manet: Ergo age fauces,
Vates vlta pios, occlude, Angina, profanas,
I, verſus defende bonos, &c.

Pardonnez-moy, MONSIEVR, ſi je n'entreprends pas de louër de ſi excellentes choſes, & ſi je doute que vous pûſſiez vous meſme les égaler par vos paroles. Avouëz que vous ſeriez bien empeſché ſi vous eſtiez en ma place : mais vous n'y ſerez jamais, car perſonne ne ſera jamais en la voſtre, & vous ſerez eternellement inimitable. Le meilleur eſt, que vous l'eſtes auſſi en bonté, en douceur, & en generoſité, & que Monſieur de Voiture n'a rien dit de vous, ni en

Latin ni en François, que je n'éprouve tres-veritable.

Ie garderay jusqu'à la mort cette lettre de trente-cinq pages, si pleine d'estime, de tendresse & d'amitié, qu'il vous a plû m'écrire de vostre main, & je feray dire de moy,

—— Ille est quem tradere fastis
Non dubitat, totique insignem ostendere Mundo
BALZACII MANVS, *haud moles structura caducas.*

Il ne vous doit pas déplaire, que j'aye mis là *Balzacii manus* au lieu de *Damœtæ manus*. Outre que ce changement me sert, il rend plus vray ce que vous dites, & le vers n'en est pas moins beau.

I'ay écrit à nostre cher amy ce que vous m'aviez mandé de luy. Vous verrez dans ma réponse dont je vous envoye la copie, comme je defens contre sa Critique le bon homme Pline (c'est pour le distinguer du jeune), & ce que je luy dis sur le passage d'Ausone, & sur celuy de Salluste.

I'ay trouvé, comme vous, le discours de Monsieur Ménage tres-sçavant & tres-ingenieux ; & la lettre Latine qu'il vous a écrite, digne de vous & de luy. Ie suis bien aise que les miennes ne vous ayent pas semblé barbares, & que vous trouviez que Scot, Bannez, & sainct Thomas, n'ont pas gasté la pureté de mon stile : Cependant, MONSIEVR, ils ne sont guere moins contraires au bon Latin, que le *breviaire*; & desirer beaucoup de politesse d'vn homme qui n'a guere à cette heure d'autre conversation qu'avec eux, c'est pretendre que

Virgil. ——————— *Ferat rubus asper amomum.*

& cela n'est arrivé qu'au siecle d'or. I'iray voir au mois de Iuillet les precieux restes de cet âge bien-heureux, que vous conservez dans vostre petit Royaume. Ce sera lors que vous sçaurez qui est ce B. que vous desirez connoistre; & que nous nous entretiendrons de toutes nos inclinations en mangeant des figues & des melons, & des omelettes à l'ambre de la façon du *Docteur Minet*. I'ay grande impatience de le voir icy, puisqu'il me doit apporter tant de richesses. Ie me les promets infailliblement, sans examiner si je suis digne d'vne si particuliere faveur:

Pollicitus namque es, nec habent promissa regressum.

Ie vous proteste que je ne sçay qui est cet homme, qui a dequoy *débaucher Danaë*, & qui a fait dessein sur ma liberté. Mais je vous répons, MONSIEVR, que quand il seroit *conversus in pretium Deus*, il ne seroit pas capable de me donner la moindre tentation contre mon devoir, & que je ne suis prenable que par l'amitié.

Monsieur l'Abbé de Lavardin se sent tres-obligé à vostre courtoisie de la faveur de vostre souvenir. Il est vostre tres-humble serviteur. Et puisque vous l'avez estimé devant que de l'avoir veû, il se promet que vous l'aimerez quelque jour. Il admire tout ce qui vient de vous, & croyez sur ma parole qu'il a vne clarté & vne delicatesse de jugement, *vna finezza di giudicio*, qui vous doit rendre ses loüanges fort considerables & fort cheres.

Monsieur de Nueillan a receu vostre compliment avec grande joye. Il voudroit bien que les vœux que vous faites pour luy, fussent exaucez, & ne le voudroit guere que pour estre plus prés de Balzac. Ie vous en estimerois bien heureux. C'est vn des hommes du monde le plus agreable, le plus égal, & le plus commode; & soit qu'il soit dans le serieux ou dans la raillerie, il n'y a point de tristesse qui puisse durer longtemps où il est. Ie ne vous parle point de cent lettres de galanterie, qu'il vous pourroit faire voir, où vous remarqueriez des douceurs, des mignardises, & vn je ne sçay quoy semblable à celuy des beautez, que tout le monde sent & que personne ne peut exprimer. Il ne m'a pas fait la faveur de me les monstrer; Mais j'ay oüi dire qu'il ne fut jamais de poison mieux preparé, ni d'appas plus subtils & plus dangereux pour la liberté des Dames. A la verité, il y employe beaucoup de temps, & il n'y a point de poulet qui ne luy couste huit jours; mais aussi il n'y a point de

Maiſtreſſe qui luy couſte huit poulets. Si j'en puis attraper quelqu'vn je vous l'envoiray, & je m'aſſeure que vous ſerez de mon avis.

I'ay eu des nouvelles du Dieu Vertumne. Il n'a plus *di ſerpollo la barba.* Mais ſelon ce qu'on m'en a mandé, c'eſt à peu prés à cette heure, ce que je vous ay écrit du Mont Etna,

Preſſo al canuto mento, il verde crine
Frondeggia.

Ie ne ſçaurois juger d'où luy eſt venuë cette fantaiſie. Il me ſemble qu'il eſtoit mieux tout perroquet que demy cygne. (c'eſt vne imitation, comme vous voyez, de

Tam ſubitò corvus, qui modò cycnus eras.)

Toûjours valoit-il mieux mettre le vert au menton, & la couleur de la maturité plus prés de la teſte. Mais il n'en a demandé conſeil à perſonne.

Noſtre pauvre amy, que vous ne trouvez pas mauvais que j'aye condamné à vne perpetuelle ſeance, ne laiſſe pas de rire encore. Il me parle ce voyage d'vn Maiſtre és arts de noſtre connoiſſance, qui s'eſt marié dans ſon voiſinage, & que la regle d'*indeclinabile cornu*, qu'il ſçavoit fort bien, n'a point empeſché de faire cette folie. Il me dit en ſuite, que ſa femme n'a point fait mentir le Deſpautere, & qu'elle a eſté mere trois mois aprés ſes nopces, d'vn enfant à qui on donne plus

de

de quatre peres. Ce Maiſtre és arts au reſte eſt tres-petit, & faiſoit toutes choſes pour paroiſtre grand. Ie répons à Monſieur de Nancelle, là deſſus, que ce voiſin ſe doit conſoler & qu'il n'a plus que faire de pont-levis, puiſqu'au contraire

Ne tanto ſcoglio in mar, nè rupe alpeſtra,
Nè pur Calpe s'inalza, ò'l vago Atlante,
Ch'anzi lui non pareſſe vn picciol colle
SI LA GRAN FRONTE, E LE GRAN CORNA, ESTOLLE.

Si vous connoiſſiez l'homme, vous jugeriez que je ne me ſers pas plus mal de mon Taſſe, que de mon Virgile.

L'*Abbé* m'a conté la vie que vous faites. Ie ſuis bien marry que vous ſoyez malade tous les jours; mais je ſuis bien aiſe auſſi, que vous ayez le plaiſir de guerir tous les jours, & de gouſter vn bien qui eſt inſipide à ceux qui ne le perdent jamais. Il me faſche que vous jeuſniez tous les ſoirs, mais je me réjouïs que tous vos diſners ſoient des feſtins. Ie ſouhaiterois que vous ne fuſſiez pas obligé de vous mettre au lict toutes les apréſdiſnées, mais je louë Dieu que vous puiſſiez auſſi monter en caroſſe, & vous promener toutes les apréſdiſnées. Ie conſulteray là-deſſus noſtre Apollon Pythien, comme vous me l'ordonnez. Mais, MONSIEVR, ſçavez-vous que s'il fait de belles cures, il fait aussi de beaux vers & en quatre langues, *en Limosin, Poiteuin, François & Latin*, & qu'il surpasse en cela Ennius qui n'en faisoit qu'en trois, *Oscè, Græcè & Latinè*. En verité cela est merveilleux, & je ne sçache personne de qui l'on puisse dire si à propos, & avec tant de fondement que de luy,

Caro à le Muse ancor, m'à si compiacque
Nè la gloria minor de l'arti mute.
Sol curò torre à morte i corpi frali,
E potea far' i nomi anco immortali.

Ie m'estois trompé pour ce Virgile; c'est en Perigordin qu'il est traduit. Ie vous le porteray cet Esté, avec vn Catulle qui a esté mis depuis peu en bas Breton, par vn Eslu de Quimpercorantin. Adieu, MONSIEVR, je souhaite de bon cœur que vous soyez aussi gay que je le suis, & que j'aye autant de sujet de l'estre que vous en avez. C'est

Vostre, &c.

I'eusse attendu *Minet*, & ne me fusse pas hasté de vous faire ce gros volume, sans vne lettre que je receus Lundy de Monsieur de Voiture, sur laquelle il faut, s'il vous plaist, que vous parliez. En voicy la copie.

MONSIEVR,

Ce n'eſt pas que je trouve mauvais que vous ſoyez auſſi pareſſeux que moy, mais &c. C'eſt la lettre XXXII.

Vous verrez, ou aurez veû, MONSIEVR, ce que j'ay répondu ſur ce paſſage. Ie vous ſupplie tres-humblement de m'en vouloir écrire voſtre avis, afin que je l'envoye à noſtre Amy. Pour tout le reſte, vous m'y ferez réponſe au mois de Iuillet; *Quanquam ô ! ſed tacito ſuſpendam vota labello.*

Vous trouverez dans la lettre que j'écris à Monſieur de Voiture, beaucoup d'eſtranges digreſſions, & particulierement dans les premieres pages, où je fais à peu prés comme vn homme qui s'égareroit dés la ſortie du logis. Mais, MONSIEVR, vous vous ſouviendrez que ce n'eſt pas vn voyage que je fais, & que c'eſt ſeulement vne promenade, qui ſeroit moins agreable, ſi elle eſtoit plus reglée; & qu'ainſi il me doit eſtre permis n'eſtant pas preſſé, & ne voulant que paſſer le temps, de me détourner de mon chemin, pour aller cueillir vne fleur que j'apperçoy à coſté de moy: ou meſme ſi je le veux, de courre aprés des papillons. I'entens les beaux, & qui ſont dignes de la curioſité des *Papillomaniſtes* du ſiecle. (Ce mot là ne vous ſemble-t-il pas joly? il n'y a que dix jours que je l'ay appris.) Il y a des endroits qui m'y déplaiſent plus que les autres, & que vous jugerez peut-eſtre que je n'y devois pas ſouffrir. Mais qu'y ferois-je? j'aime à cauſer long-temps avec mes amis, & ne ſçaurois ſonger long-temps à ce que je leur veux dire. C'eſt à peu prés, comme eſtoit fait le bon homme Lucilius:

Garrulus atque piger ſcribendi ferre laborem,
Scribendi rectè; nam ut multùm nil moror.

Et cependant,

Cùm flueret lutulentus, erat quod tollere velles.

Mais que m'importe, MONSIEVR, tant que je ne feray que de ces fautes-là, n'eſt-il pas vray que je n'en ſeray pas moins en vos bonnes graces: Et que ſçay-je ſi je ferois mieux quand j'y taſcherois, & ſi je ne ſerois point de ceux *Che ſaltane meno in camicia, che in farſetto.*

MONSIEVR COSTAR,

A MONSIEVR DE SEVRHOMME Chanoine de l'Eglise d'Angers, & Chancelier de l'Vniversité.

LETTRE XXXV.

MONSIEVR,

Puisque vous ne croyez pas que ce soit faire de grandes fautes que de faire de grandes lettres, & que vous n'estes pas de l'avis de ce Poëte Grec, qui tient qu'vn gros livre, est vn gros peché; je m'en vay vous entretenir dorénavant de la mesme sorte que je fais Monsieur de Voiture, & vous faire part de ce que je trouveray de beau dans mes livres, aux heures que je dérobe à Aristote & à Sainct Thomas.

τὸ μέγα βιβλίον ἴσον τῷ μεγάλῳ κακῷ. Callimach. apud Athen. lib. 3. cap. 1.

Ie passay hier vne partie de l'aprésdinée, aveque beaucoup de plaisir, quoy que sans livre & sans compagnie. I'estois dans vn cabinet d'aubépin assis sur vn siege de gazons au bord de nostre petite riviere, où j'entendois quatre rossignols qui se font tous les jours de nouveaux défis, & qui sembloient estre animez plus qu'à l'ordinaire, & avoir quelque sentiment que j'estois là pour l'amour d'eux. Le temps estoit merveilleusement serein, & je me trouvois dans cette μελλιτό- ϵσσαν ϵὐδίαν Od. I. tranquillité d'esprit, que Pindare appelle *confite en miel*, & qu'il eust appellée sucrée, si Madere eust esté connu de son temps. En cet estat-là vn des premiers souvenirs qui me vint, ce fut d'vn Senateur Romain qui s'estant mis à peu prés en la posture que je viens de vous décrire, le cœur 2. de Orat. tout épanoüy d'aise s'écria, *Vellem hoc esset laborare.*

Cesar qui rapporte ce mot dans Ciceron, & qui se connoissoit assez bien en railleries, comme vous sçavez, met celle-là entre les bonnes. Il est certain, MONSIEVR, qu'il seroit à desirer que la Nature qui a mis les plus sensibles plaisirs dans les fonctions de la vie les plus necessaires, les eust attachez aux plus honnestes actions, & que ce mot de Quintilien fust tousiours vray: *Dedit hoc providentia hominibus munus, ut honesta magis oblectarent.* Mais quoy qu'il en die, la pluspart des vertus sont si ameres, qu'il faut beaucoup d'assaisonnement pour en oster le mauvais goust. Sallust. *Ipsa per se virtus amara, atque aspera est.* Neantmoins à qui est bien blessé de la gloire,

——— magno laudum percussus amore,

les peines mesmes, les difficultez & les resistances, ſont des appas, & ce ſouhait de Marcus Lepidus (c'eſt le nom de ce Senateur) eſt ſans doute le ſentiment d'vn homme qui commence à reſpirer la douceur d'vne vie aiſée & commode, à la ſortie d'vne occupation épineuſe, pleine de chagrins, d'embarras & d'inquietudes. Car alors ſans autre divertiſſement, *ne rien faire eſt vne choſe voluptueuſe :* HOC *ipſum nihil agere & planè ceſſare, delectat.* C'eſt à ces heures-là, que le grand Scipion paſſoit admirablement vne apréſdinée entiere à conter les flots de la mer, & à conſiderer les coquilles du rivage. C'eſt à ces heures-là, que les plus maigres plaiſirs ſont auſſi delicieux, que le fut à vn Roy de Perſe, preſſé de la ſoif, ce verre de mauvaiſe eau ſi renommé dans l'Hiſtoire Greque. Cic. 2. de Orat.

Mais je m'aſſeure que ſi les Dieux en faveur de noſtre Senateur, euſſent changé l'ordre des choſes, il euſt bien-toſt accuſé leur facilité, & ſe fuſt repenty d'avoir eſté exaucé. Les gens de cette humeur nourris dans le bruit & dans le tumulte, s'ennuient pluſtoſt d'vn profond repos, qu'ils ne ſe laſſent du trouble & de l'agitation ; & vn vieillard de quatre-vingts dix ans, diſpenſé par l'Empereur de l'exercice d'vne charge laborieuſe, ſe met au lit, & commande à toute ſa famille, de le pleurer comme mort. *Lugebat domus otium domini ſenis, nec finivit antè triſtitiam, quàm labor illi* In fine lib. de breu. vitæ.

suus restitutus est. Là-dessus Seneque fait ces exclamations. *Est-ce une chose si plaisante, que de mourir chargé d'occupations & d'affaires?* ADEÓNE *juvat occupatum mori?* &c. *La loy ne contraint point un soldat d'aller à la guerre passé cinquante ans, ni un Senateur qui en a soixante, de se trouver aux deliberations du Senat. N'est-il pas estrange, que les hommes ayent plus de peine d'obtenir d'eux-mesmes la douceur du repos & de la retraite, que de l'obtenir de la loy?* LEX *à quinquagesimo anno militem non cogit, à sexagesimo Senatorem non citat: difficiliùs homines à se otium impetrant, quàm à lege.*

Et cependant aprés tout cela, le corps à la fin emporte l'esprit; & l'oisiveté dont l'abord paroist effroyable aux ames nobles ou ambitieuses, a des charmes secrets & inevitables, quand on a loisir de la pratiquer. Quoy que le premier aspect en soit hideux & épouventable, sa compagnie est toute pleine d'agréemens: *Et invisa primò desidia, postremò amatur.* C'est ainsi que j'entends ce mot,

Tac. in vit. Agr.

——*Vitanda est improba Siren*
Desidia.

Horat. lib. 2 sat. 3.

L'oisiveté est appellée Sirene, parce que ces Sorcieres n'enchantoient pas les cœurs de ceux qui les regardoient, mais de ceux qui les écoutoient. Homere dit qu'au lieu où elles demeuroient, toute la campagne d'alentour n'estoit que le Cemetiere de leurs amans, & que toute la terre estoit

Ὀδυσ. μ.

cou-

couverte de leurs cendres & de leurs os. Mais leurs yeux estoient innocens de tous ces meurtres, & il n'y avoit que leur voix qui en fust coupable, & que l'on pûst nommer

—— hilarem navigantium pœnam
Blandásque mortes gaudiúmque crudele. Mart.

ou si vous le voulez en vne autre langue,

Soavissimo rischio a naviganti
Doloroso piacer, scherzo funesto. Le Marin.

Ces imaginations-là m'entretinrent assez long-temps, & je me sceus bon gré de ne ressembler pas à celuy, à qui son valet fait ce reproche dans Horace, *Vous ne sçauriez demeurer seulement vne heure aveque vous*

Non horam tecum esse potes.

Et peut-estre que je fusse demeuré davantage dans cette complaisance de moy-mesme, si mes quatre rossignols ne m'en eussent retiré. Ils estoient si prés de moy, que je les voyois fort bien. Tantost je considerois la beauté de leur plumage, & approuvois ce qu'vn Grec en a dit, qu'il estoit *comme vn habit toûjours neuf qui ne s'vse ni ne perd jamais son lustre, & qu'à en voir l'éclat on le pourroit prendre pour vne fleur.* Tantost je trouvois que ce Spartiate avoit eu raison de dire, *qu'il n'estoit que voix*, & m'estonnois *qu'elle fust si forte & de si grande estenduë dans des corps si foibles & si petits.* TANTA *vox in tam parvo corpusculo, tam pertinax spiritus*: ce qui a

νεαρὰ ἐσθῆτος δίκην ἐξανθοῖ βαφὴν πτερῶν. Clem. Alexand.

donné la hardiesse au Marin de l'appeller *atomo sonante*. (Si cette façon de parler est courageuse ou temeraire, je le sçauray quand vous me l'aurez appris) Il dit en suite que c'est

Vna voce pennuta, vn suon volante
E vestito di penne vn vivò fiato.
Una piuma canora, vn canto alato. Il adjouste:
Diresti mai, che tanta lena vnisse
In si poca sostanza vn spiritello,
Un spiritel, che d'armonia composto
Vive in si anguste viscere nascosto.

Sur tout j'admirois leurs cadences si nettes, si vives & si longues: Cependant ils n'ont esté instruits que de la Nature. On siffle les linottes, & on ne siffle point les rossignols, & ils sont l'image de ces esprits du premier ordre dont parle Hesiode, qui n'ont point besoin de preceptes ny de regles, qui à juger sainement, se ressouviennent des choses, plustost qu'ils ne les apprennent, qui ont trompé Platon, & qui luy ont fait croire que toutes nos disciplines n'estoient que des reminiscences,

Ouid. Eleg. 12. lib. 3. Trist.

Indocilique loquax gutture vernat avis.

Comment expliquez-vous, MONSIEVR, cet *indocili?* Il me semble qu'il ne le faut pas entendre au mesme sens qu'Horace a dit du Marchand,

Od. 1. lib. 1.

Indocilis pauperiem pati.

Ses pertes ne le font point sage. Il ne se corrige point pour les naufrages. Il craint la pauvreté plus que la tempeste. Il ne sçauroit apprendre à la souffrir, à se contenter de peu, & à moderer ses desirs. *Indocili*, signifie donc là, *qui n'est enseigné de personne, & qui n'a que faire de maistre.* Et c'est comme Properce le prend en ce vers,

Aspice &c. Eleg. 2. lib. 1.

Vt sciat indociles, currere lympha vias.

Il ne faut point monstrer le chemin aux fleuves & aux fontaines, ils le trouvent bien tout seuls. Et bien plus clairement Ovide quand il dit,

Hoc est cur cantet vinctus quoque compede fossor

INDOCILI NVMERO *cùm grave mollit opus.*

Aussi, non seulement les rossignols, mais generalement tous les oyseaux qui sont chantres, n'apprennent rien de leurs siffleurs qui soit comparable à leur ramage:

Et volucres, nullâ, dulciùs, arte, canunt. Propert. loco laud.

Ce que j'applique à certains esprits que la Nature fait, & que l'Art défait; comme seroit à mon avis le *P. M.* ou quelque autre de cette sorte, à qui le Latin feroit perdre peut-estre ce qu'il a de naïveté & de genie, pour vn peu d'ornemens affetez, & vn peu de force qu'il conduiroit mal.

Indocili gutture. Il n'apprend rien des autres oyseaux, & quelques-vns des autres taschent inutilement de luy dérober quelques passages. Euripide appelle vn certain Palamede, *le Rossignol des Muses*. Il me semble que ce titre-là n'estoit dû qu'à ἀηδόνα μουσῶν.

Homere, qui n'a imité personne, & que personne n'a pû imiter. *Neque ante illum quem ille imitaretur, neque post illum qui eum imitari posset, inventus est.*

Velleius lib. 1.

Indocilique loquax, remarquez ce *loquax*. Il est extrémement causeur, & il se raquitte bien de son silence de neuf mois. Vous diriez que ç'ait esté plustost vne meditation, qu'vn silence, & qu'il n'ait fait dans tout ce temps-là que composer les airs qu'il nous chante. C'est ainsi à peu prés que les Escholiers de Pythagore se taisoient sept ans, pour n'estre pas reduits à se taire toute leur vie, & pour apprendre à bien parler de toutes choses. Cependant, MONSIEVR, ce petit rossignol que vous voyez si babillard, fut autrefois vne belle Princesse que son beau-frere força, & à qui il coupa la langue. (Car en ce temps-là on ne sçavoit point d'autre invention pour empécher de parler le monde) & c'est ce qui a fait dire à Martial,

Epig. 14. Lib. 75.

Flet Philomela nefas incesti Tereos, & quæ
Muta puella fuit, garrula fertur avis.

Considerez qu'il veut-là, que le rossignol se plaigne *flet Philomela &c.* Neantmoins à mon gré, son chant est trop animé, pour estre celuy d'vn malheureux, ou d'vn affligé. Cette imagination est venuë de Grece. Penelope dans Homere, tant que son mary est absent, passe sa vie comme le rossignol en de continuels regrets. Electre dans

Odyss. 7.

Sophocle persecutée de sa mere pendant qu'Agamemnon son pere estoit au siege de Troye, se sert de la mesme comparaison. Elle appelle aussi cet oyseau, *l'oiseau triste*, & le *Chorus* de la mesme Tragedie, luy donne l'epithete de *pleureur perpetuel*.

ὄρνις ἀτυζομένη. ἁ πανόδυρτος ἀηδών. Voyez dans l'Ajax du mesme Poëte.

A leur imitation Catulle promet aux Manes de son frere, de ne se consoler jamais de sa mort, & ajouste,

Semper mœsta tua carmina morte canam
Qualia sub densis ramorum concinit umbris
Daulias, assumpti fata gemens Ityli.

Carm. 65.

Et Orphée dans Virgile ayant perdu pour la seconde fois Eurydice,

Septem illum totos perhibent ex ordine menses &c.
Flevisse &c.
Qualis populea &c.

Georg. 4.

Les Poëtes Italiens ont suiuy les Latins; & le Tasse dit,

Come usignol, cui'l villan duro invole
Dal nido i figli non pennuti ancora,
Che in miserabil canto afflitte, e sole
Piange le notti, e n'empie i boschi, e l'ora.

Et le Chevalier Marin,

Qual de la dolce sua tenera prole
Orbato Rossignol, che d'alte strida,
Edi gemiti acuti il Cielo assorda &c.

Toutefois je demande congé à tous ces Mes-

In Phædone. sieurs, d'estre de l'avis de Platon, qui ne croit point que le rossignol se plaigne, ni l'hirondelle, ni les cygnes, οὐδὲ ταῦτα φαίνεταί μοι λυπούμενα ᾄδειν, &c.

Il faut pourtant que leur fiction soit appuyée de quelques raisons qui la rendent vray-semblable. N'est-ce point que cette Philomele ne chante que quand elle est en amour, & que l'Amour est naturellement plaintif, & qui pis est, pour peu de chose, comme l'exprime l'epithete, que les Grecs luy ont donnée de μικραίτιος. Ils s'imaginent sans doute qu'elle est du naturel des veritables Amans, en la personne de qui Properce a dit,

Eleg. 7. lib. 3.

Aut in amore dolere volo, aut audire dolentem,
Sive meas lacrymas, sive videre tuas.

Et de fait Philostrate, dans son tableau des Amours, témoigne que les perles estoient consacrées à ce Dieu, parce qu'elles signifient les larmes. C'est vn tribut qu'il exige de ses sujets. Les autres Dieux se desalterent de nectar, & le nectar de celui-cy sont les pleurs, qui sont le sang des playes amoureuses.

δηλοῦσι μαργαρεῖται δακρύων ῥέον.

Virg. Eclog. vlt.

NEC LACRYMIS CRVDELIS AMOR, *nec gramina rivis,*
Nec cytiso saturantur apes, nec fronde capellæ.

Le Tasse en son Aminte.

Pasce l'agna l'herbette, il lupo l'agne
MA IL CRVDO AMOR DI LAGRIME SI PASCE

NE SE NE MOSTRA MAI SATOLLO ---.

Mirtillo, il crudo Amore
Si pasce ben, mà non si sazia mai
Di lagrime, e dolore

Guarini. Petrarque appelle l'Amour, *Il Rè sempre di lagrime digiuno.*

Ce petit Dieu a souvent promis dans les Prologues & dans les Intermedes des Comedies Italiennes, qu'il deviendroit Dieu de caresses & de plaisirs, & qu'il ne se serviroit plus de son flambeau, que pour brusler ses aisles & son carquois: Mais il n'a point tenu sa parole. Il a depuis rallumé son feu dans le fleuve de Phlegeton, & rappellé la jalousie du fond de l'enfer, pour tourmenter les cœurs & pour les remplir de fureur. Il est bien vray que les animaux n'en sont pas si cruellement traitez que les hommes, qu'il est leur Roy, & que ce n'est que de nous seulement qu'il est le Tyran. Toutefois quelque doux qu'il soit, c'est toûjours Amour qui n'est jamais sans fleches & sans feu, —— *ferus & Cupido*

Voyez entre autres Cesar Cremonin en l'intermede de sa pompe funebre.

Semper ardentes acuens sagittas
Cote cruenta.

Horat. Od. 8. lib. 2.

Voyez vn peu dans Virgile la description des cruautez qu'il exerce sur les bestes.

Omne adeò genus in terris, hominúmque ferarúmque,
Et genus æquoreum, pecudes, pictæque volucres,
IN FVRIAS, IGNEMQVE *ruunt &c.*

Georg. 3.

Considerez, je vous prie, *furias* & *ignem*, & lisez ce qui suit,

Tempore non alio catulorum oblita leæna
Sævior erravit campis &c.
—— Tum sævus aper, tum pessima tigris.
Heu malè &c.

Voilà, MONSIEVR, ce que j'en puis deviner. Au reste, dans les comparaisons que j'ay rapportées de Catulle & de Virgile, du Tasse & du Chevalier Marin, le rossignol se plaint de ce qu'on luy apris ses petits; & cependant j'ay ouï souvent prescher, que depuis qu'il les a faits il ne chante plus. Il paroist par là, que ce n'est pas le sentiment de tout le monde. Et puis Aristote, & Pline aprés luy, disent qu'il façonne ses petits, & qu'il leur apprend sa methode de chanter: *Versus quos imitentur accipiunt. Audit discipula, intentione magna & reddit, vicibúsque reticent. Intelligitur emendatæ correctio, & in docente quædam reprehensio.*

Lib. 4. animal. sub fin. cap. 9.

Lib. 10. cap. 20.

Ie n'ay plus là-dessus qu'à vous avertir que *Philomela* en quelques endroits signifie l'hirondelle, afin que vous n'alliez pas vous y méprendre. Ie ne vous en rapporteray qu'vn exemple, & je suis trompé s'il ne vous semble joly. Il est tiré de la Rhetorique d'Aristote. *Gorgias*, dit-il, *voyant qu'vne hirondelle en volant avoit emeuty sur luy, se retournant devers elle*, CELA EST BIEN VILAIN PHILOMELE, luy dit-il. Aristote ajouste que cette raillerie eust esté froide, s'il eust dit *hirondelle*, parce que cette action n'estoit point honteuse.

Lib. 3. cap 3.

αἰσχρόν γε ὦ φιλομήλη.

ſe à vn oiſeau, mais qu'elle l'eſtoit à vne belle fille, & qu'ainſi il avoit fait judicieuſement de la faire ſouvenir en cette occaſion de ce qu'elle avoit eſté, & non pas de ce qu'elle eſtoit.

Puiſque j'ay commencé à vous entretenir des réveries de mon apréſdinée, il faut que j'acheve.

Martial dit d'vn Médiſant qui ne pardonnoit à perſonne, & qui expliquoit malicieuſement toute ſorte d'actions, Epig. 29. lib. 5.

Hominem malignum forſan eſſe tu credis,
Ego eſſe miſerum puto, cui placet nemo.

Chacun jugera par là que c'eſt vne nature extraordinairement maligne; mais pour moy je le tiens encore plus miſerable que meſchant, de ce qu'il ne trouve perſonne qui ne luy déplaiſe. Son imagination reçoit de la douleur de tous les objets, parce qu'il n'y en a point qui ne luy ſoient deſagreables. Il eſt touſiours en mauvaiſe humeur, & le mal que vous luy entendez dire, eſt la meſure de celuy qu'il ſouffre.

Ce ſentiment-là m'a ſemblé fort beau. Il eſt donc certain, MONSIEVR, que ceux qui n'aiment rien, n'ont jamais de contentemens: Mais il eſt encore plus vray, que ceux qui aiment quelque choſe ont ſouvent des déplaiſirs; & ſi le roſſignol n'euſt point eſté mon inclination, je n'aurois pas eu l'extréme dépit que j'ay, de l'injuſtice que luy font les Poëtes. Auſſi n'eſt-elle pas supportable. Ils ont preferé le cygne, à luy, & l'ont pris pour leur devise & pour leurs armes. Horace appelle Pindare, *le Cygne de Thebes.*

Od. 2. lib. 4.

Multa DIRCÆVM *levat aura* CYCNVM
Tendit, Antoni, quoties in altos
Nubium tractus &c.

Ailleurs il veut estre changé en cygne,

Od. 20. lib. 2.

Iam jam residunt cruribus asperæ
Pelles, & ALBVM *mutor in* ALITEM, *&c.*

Callimaque appelle les Cygnes, μουσάων ὄρνιθες.

Theocrite donne hardiment aux Poëtes la qualité *d'oiseaux des Muses,* μούσων ὄρνιθες, c'est à dire *les Cygnes*, comme le veulent les Interpretes. Et Virgile ne fait point de difficulté de les appeller de ce mesme nom,

Eclog. 9.

Vare tuum nomen, superet modo Mantua nobis, &c.
Cantantes sublime ferent ad sydera Cycni.

Le Chevalier Marin aussi invoquant Venus dans le commencement de son Adonis, luy fait cette priere,

E tu de' Cigni tuoi m'impetra il canto.

Il dit ailleurs parlant des ames des Poëtes,

L'anime di costor, poiche disciolte
Son d'ei legami del corporeo velo
Passano in Cigni, e che'n tal forma involte
Vivan poi sempre, hà stabilito il Cielo.

Dans le livre qu'il a fait du progrez des sciences.

Et là-dessus je vous feray part d'vne fiction que j'ay trouvée bien delicate, & que le Chancelier Bacon allégue d'vn poëte de son siecle qu'il ne nomme point. Il feint, dit-il, qu'il y a toûjours vne medaille qui pend au bout du fil des Parques, où est gravé le nom de celuy dont elles ont ourdy la vie; que lors qu'Atropos doit couper la trame de nos jours, le Temps y accourt & se tient auprés d'elle, attendant qu'elle donne le coup de cizeau, & qu'aussi-tost il ramasse ces medailles, & les ayant emportées, les va jetter dans le fleuve de l'oubly. Il ajouste, qu'alentour de là il y a tousiours quantité d'oiseaux de riviere qui se jettent incontinent dessus, & que celuy qui les prend les ayant portées quelque temps à son bec, les laisse retomber par mégarde dans le mesme fleuve. Mais que parmy eux il se trouve quelquefois des cygnes qui vont aussi-tost porter celles qu'ils rencontrent, à vn temple qui est consacré à l'eternité. Ce Poëte que Bacon ne nomme point, c'est l'Arioste que bien connoissez.

Vous voyez donc, MONSIEVR, que les Poëtes s'accordent en ce que je dis : Mais vous vous estonnerez peut-estre, que les Philosophes ayent les mesmes sentimens pour ce bel oiseau. Diogene Laërce rapporte en la vie de Platon, que Socrate songea vne nuit qu'vn cygne avoit laissé tomber entre ses mains vn de ses petits, à qui les aisles estoient venuës en vn moment, & qui avoit pris son vol en l'air, où il avoit chanté avec vne harmonie merveilleuse; &

que le lendemain matin voyant Platon qu'on luy avoit amené pour estre son escolier, il dit aussitost à ceux qui se trouverent auprés de luy, que c'estoit là ce cygne qui luy estoit apparu en songe.

Mais, MONSIEVR, quelle effronterie de nous vouloir faire acroire, que les cygnes chantent agreablement, & de faire des comparaisons de cette sorte,

Virg. Æneid. 7.
Ceu quondam nivei liquida inter nubila cycni
Cùm se se è pastu referunt, & longa CANOROS
Dant per colla MODOS, &c.

Ce qui me console, c'est que celuy qui dit cela se contredit ailleurs, & qu'il les appelle *enroüez*,

Æneid. 11.
Dant sonitum RAVCI *per stagna loquacia cycni.*

Servius y trouve vn joly accommodement: Il veut que *raucus*, signifie en ce lieu-là *canorus*: Mais de quelque autorité qu'il soit dans la Republique des lettres, il n'y a que sa voix non plus que le moindre de nous, & cet Estat sera toûjours populaire, quelque changement qui arrive dans les autres. Et bien m'en prend, car si le bon homme estoit Roy, je serois rebelle, & ne respecterois point *ferulas tristes* SCEPTRA PÆDAGOGORVM. (Mart.)

Ie soustiens donc, quoy qu'il en puisse arriver à Virgile, qu'il a entendu *rauci* dans sa signification ordinaire, au mesme sens que Martial donne vne voix enroüée au vent de bise, & Horace aux flots de la mer Adriatique. On n'est pas toûjours en humeur de complaisance, & il échappe quelquefois des veritez aux menteurs, comme des menteries à ceux qui vous ressemblent le mieux & qui sont les plus veritables. Quoy qu'il en soit, il faut avouër, que quand ces Messieurs là y songent, ils font toûjours les cygnes les meilleurs chantres de la Nature. Callimaque pretend qu'Apollon mit sept cordes sur sa lyre, en reconnoissance de ce qu'ils chanterent par sept fois, lors que Latone accouchoit de luy. Vne Musique comme celle-là n'allegeroit guere au temps où nous sommes, les douleurs d'vne femme en travail d'enfant : Mais il est vray que nous ne sçaurions juger de cela, & que nous ne connoissons pas le goust des Deesses :

Lib. 1. Epig. 50. Od. 14. lib. 2.

τοσσάκι δὲ λύρῃ ἐνεδήσατο χορδὰς Αστερον, ὁσσάκι κύκνοι ἐπ' ὠδίνεσσιν ἄεισαν.

Nec divis homines componier æquum est. Catull.

Sur tout, ces Musiciens font merveille quand ils sont prés de leur mort, & sans m'arrester à tant d'autres descriptions, celui-cy a dit fort plaisamment,

Dulcia, defectâ, modulatur carmina, linguâ
CANTATOR *Cycnus* FVNERIS IPSE SVI.

Mart. lib. 13. Epig. 77.

Et cet autre,

Canta trà questi il MVSICO *pen[illegible]to,*
L'augel, che piuma innargentata veste,

Le Marin.

Quel che con canto mortalmente arguto
Suol CELEBRAR L'ESSEQVIE SVE FVNESTE.

Ce qui est considerable, c'est que les Auteurs les plus serieux consentent à cette fourbe & autorisent la fable. Ciceron dit d'vn excellent Orateur, qui fit au Senat vne action de grande eloquence, vn peu avant que de mourir, *illa tanquam* CYGNEA *fuit divini hominis* VOX ET ORATIO.

Plutarque au traité qu'il fait, *que les vieillards ne se doivent point retirer du maniment des affaires publiques. Puisque les cygnes*, dit-il, *chantent jusques à la mort, il seroit honteux aux hommes de ne faire pas des actions de vertu jusqu'à la fin de leur vie.* Et Socrate dans Platon, estant sur le point de prendre le poison que le bourreau luy preparoit, pour justifier à ses amis la gayeté qu'il témoignoit en cette extremité, dit que si les cygnes chantent plus agreablement estant prés de leur fin, comme par quelque sentiment qu'ils ont, qu'ils vont trouver le Dieu auquel ils sont consacrez, les gens de bien, pour la mesme raison, doivent estre plus aises qu'à l'ordinaire, quand ils se voient en cet estat-là. C'est bien encherir par dessus les visions de la poësie, de faire les cygnes raisonnables, prophetes, & immortels. Et c'est là cet homme, qui vouloit qu'on crûst *qu'il ne faisoit point de vers, parce qu'il ne pouvoit mentir.* Plutarque.

N'eust-il pas esté plus seant à vn Philosophe,

de dire que le sang de ces oiseaux estant fort pur, & se retirant vers le cœur, comme il fait à tous les autres animaux à l'heure de la mort, les réchauffe doucement, & leur inspire je ne sçay quelle joye qui leur fait jetter des cris moins rudes qu'auparavant : comme au contraire les monstres marins crient effroyablement en cet estat-là, parce que leur sang estant venimeux, & venant au secours de leur cœur mourant, l'empoisonne au lieu de le soulager.

Ie ne voudrois pas garantir cette raison pour bonne : Mais tousiours est-elle moins mauvaise que celle *du plus sage des hommes*. C'est le témoignage qu'Apollon rendit de Socrate.

Lucien se moque de la fable dont nous parlons, & rapporte que les Liguriens croyoient communément qu'il s'estoit fait sur le Pô vne metamorphose *de Musiciens en Cygnes*, qui en cette figure-là n'avoient pas oublié leur note. Elien refute aussi ce petit conte ; & il n'est pas mesme jusqu'à Pline le plus menteur, ou au moins le plus credule des Anciens, qui tient cela fabuleux, & qui dit qu'il en a fait des experiences. I'ay pensé oublier Scaliger, qui croit que pour le chant, *les cygnes ne sont rien que des oisons*. QVID *dicam tibi ? anseres sunt*,* dit-il à Gardan. N'en déplaise pourtant au Lycidas de Virgile, qui y met vne notable difference :

Lib. περὶ τοῦ ἠλέκτρου, ἢ τῶν κύκνων. C'est peut-estre pour cela que le Tasse apelle le Cygne *Musicien*, *Edi* MVSICO CIGNO *il flebil canto*. Et que le Marin a dit de ceux qui traisnoient le char de Venus, I MVSICI *corsieri*.

* Exercit. 232.

Eclog. 9. *Nam neque adhuc Varo videor, nec dicere Cinna*
Digna, sed argutos inter strepere anser olores.

Ce sont des cygnes, & je ne suis qu'vn oison. Que cette humilité est grande! Elle me fait souvenir de celuy, qui me dit cinq ou six fois en vne aprésdinée *qu'il estoit vne pauvre espece d'homme.* De tant que nous estions en la compagnie, il estoit le seul qui ne le croyoit pas, & qui l'osoit dire; & il me fit songer à cette Epigramme d'vn vers qui est de Martial,

Pauper videri vult Cinna, & est pauper.

Revenons à nos oisons, & à cette opinion si fausse & si vniverselle que l'antiquité a euë d'eux. C'est sans doute que la fiction estoit agreable, & que chacun aidoit à se tromper, pour ne perdre pas le plaisir de croire ce qu'il prenoit plaisir d'imaginer. C'est par ce principe que l'on quitte la verité pour la vray-semblance, quand celle-cy est la plus belle; & non seulement les Poëtes de qui Seneque a dit ce plaisant mot, *Poëtæ, verum dicere non putant ad se pertinere;* mais aussi les Historiens, comme Xenophon, qui nous veut persuader que Cyrus soit mort dans son lit, haranguant & preschant toute sa Cour, luy qui fut tué en vne bataille qu'il perdit contre vne femme. Ciceron aussi dans le discours qu'il fait des celebres Orateurs, voulant comparer Coriolanus avec Themistocle, demande congé de conter

ter l'histoire de sa mort vn peu autrement qu'elle n'est, afin que sa comparaison soit plus juste. A quoy Atticus à qui il parloit, sousriant (comme de raison, car si j'eusse esté en sa place, j'en eusse ry tout à fait & de fort bon cœur) luy répond qu'il en peut disposer comme il luy plaira, & qu'il est permis aux Orateurs, si la verité les incommode, de passer par dessus & dans les histoires mesmes, afin de dire quelque chose de plus joly. *At ille ridens, tuo verò, inquit, arbitratu, quoniam quidem concessum est Rhetoribus mentiri, & in historiis, vt aliquid dicere possint argutius.* Il ajouste, que Clitarchus & Stratocles font mourir Themistocle d'vne façon bien plus noble & plus illustre que n'avoit fait Thucydide ; qu'ils le representent s'empoisonnant avec le sang d'vn taureau qu'il venoit de sacrifier, & expirant au pied de l'autel : *hanc enim mortem*, continue-t-il, *Rhetoricè & Tragicè, ornare potuerunt : illa mors vulgaris nullam præbebat materiem ad ornatum.* Il poursuit: *Quare quoniam tibi quadrat omnia fuisse in Themistocle paria & Coriolano, pateram quoque à me sumas licet, præbebo etiam hostiam, vt Coriolanus sit planè alter Themistocles.*

Aprés cela j'ay envie de pardonner aux Poëtes, en faveur des Orateurs, & je pense que vous me le conseillerez, vous qui estes sage, qui sçavez qu'il est dangereux de vouloir punir tant de coupables, & que c'est vne maxime qui se pratique,

Lucain. ——— *Quicquid multis peccatur, inultum est.*

Cherchons à cette heure pourquoy ces beaux esprits ont tant favorisé les cygnes. N'est-ce point qu'ils les voyoient traisner le char de Venus, & qu'ils vouloient se mettre bien dans l'esprit de cette Deesse; car c'est vn quolibet receu parmy les divinitez des fables, *qui m'aime, aime mon oiseau*, comme parmy nous celuy du *chien?* C'est d'elle qu'Horace a dit,

Auriga Amor &c. và flagellando ai vaghi Cigni il dorso. *Le Marin.*

Od. 28. lib. 3.

——— *Quæ Gnidon*
Fulgentésque tenet Cycladas, & Paphon
Iunctis visit oloribus.

Et ailleurs,

Od. 1. lib. 4.

PVRPVREIS *ales* OLORIBVS.

Le Marin en son Adonis fait des cygnes rouges. Hauvi poi d'Adria ancor canoro mostro, *Purpureo Cigno*, e nobile, e gentile Che la lingua hà di latte, *e'l manto d'ostro, Rossa la piuma, &c.*

En passant, cette epithete est assez estrange. Pourtant il ne faut s'estonner de rien aveque ces gens-là, puisqu'Albinovanus en sa consolation à Livia, appelle la nege *purpuream*,

—— PVRPVREA *sub* NIVE *terra latet.*

Il y a apparence qu'ils ne veulent dire par ce mot, que ce qu'ils appellent *pulchrum*. Ainsi dans Virgile la jeunesse a vn *éclat de pourpre*,

Æneid. 1.

——— *Luménque juventæ*
PVRPVREVM,

aussi bien que le Soleil des champs Elysées,

Æneid. 6.

Largior hîc campos æther & LVMINE vestit
PVRPVREO, &c.

Et dans Ovide Cupidon est de mesme couleur,

Carmina PVRPVREVS *quæ mihi dictat* AMOR. Eleg. 1. lib. 1. amor.

Peut-estre aussi que c'est en ce sens-là qu'il faut entendre ce vers,

Cùm se PVRPVREO VERE *remittit humus.* Tib. Eleg. 5. lib. 3.

Leur *aureus* a souvent la mesme signification, quand ils appellent *le Soleil doré,*

——— *vbi pulsam hiemem* SOL AVREVS *egit Sub terras &c.* Virg. Georg. 4.

On ne traduira pas *le beau soleil* si l'on ne veut. Mais aussi, quand on lira Idem Georg. 1.

—— *vento semper rubet* AVREA PHOEBE,

il ne faudra pas mettre *la Lune d'or*, car ce n'est qu'vn globe d'argent : ni mesme quand on verra

——— *At non* VENVS *AVREA *contrà.*

ou sur le sujet d'vne belle personne,

Qui nunc TE *fruitur, credulus* AVREA.

Au contraire l'*anus aurea* de Tibulle, n'est pas *vne belle vieille*, il n'en fut jamais : ni aussi vne vieille *jaune comme de l'or*, il s'en louë trop pour luy dire cette injure; c'est asseurément vne bonne femme, bien facile & bien commode.

* Ὡς οὐδὲν μοι τερπνὸν ἄτερ χρυσῆς ἀφροδίτης. Mimnermus. Μοῦσά μοι ἔννεπε ἔργα πολυχρύσου ἀφροδίτης. Homer.

Ils mettent l'or par tout ; jusqu'à en dorer les aisles de Cupidon, quoy que ce metal soit le plus pesant de tous, & par consequent vn ornement empeschant, & qui charge plus des aisles qu'il ne les pare. Philostrate au tableau des Amours.

A propos d'aisles, je vole bien de branche en branche, & n'obserue guere le precepte, *qu'il faut suivre son sujet où il nous mene, & non pas où il nous convie. Quò ducit materia, sequendum est, non quò invitat.*

Senec. lib. 5. de benef.

Ma seconde conjecture sur la preference des cygnes à tous les autres oiseaux, c'est que les beaux sont toûjours favorisez. Les cygnes ont vne blancheur,

Mart. Epig. 38. lib. 5.

Cui nec lapillos præferas Erythræos,
Nec modo politum pecudis Indicæ dentem,
Nivésque primas, liliúmque non tactum.

Or la blancheur est la couleur de la beauté, ce qui est si vray que Theocrite appelle *le Printemps blanc*, λευκὸν ἔαρ χειμῶνος αὔξοντος. Et Hesiode parlant du Ciel a dit, ἤχει δ' κάρη νιφόεντος ὀλύμπου, ce qu'il repete encore vne fois vne page aprés.

Idyll. 18.

En sa Theogonie.

Il demeure donc constant, que les cygnes sont fort beaux. Mais pour monstrer qu'il n'y a qu'heur & malheur au monde, les paons n'ont point leurs honneurs ni leurs privileges. Et cependant leur queuë est toute couverte de diverses pierreries, *gemmei pavones*. Achilles Tatius a dit qu'elle estoit *une prairie de plumes*, πτερῶν λειμών: vn autre que *c'en estoit vn jardin*. Lucien est plus hardy, & veut *que c'en soit vn printemps tout entier*, ἔαρ τῶν πτερῶν: vn Poëte Italien l'appelle *æmulator del prato di fiori incorrottobili gemmato*. Le mesme dit en suite, *Vago giardin dietro si tira*, &, *de suoi tantocchi la stellata sfera*, & ailleurs,

Pline à dit de ces couleurs-là, *gommantes colores.*

Constant. Man.

Le Marin.

—— *Quasi vn' Aprile, ò vn Ciel novello,*
Di cento fior, di cento stelle adorno.

A la verité sa voix est tant soit peu detestable, mais celle des cygnes l'est-elle de beaucoup moins? Eux auprés de qui les chouëttes & les corbeaux sont des Sirenes, au jugement d'vn Sophiste Grec?

Καὶ κρώζουσιν οὗτοι πάνυ ἄμουσον, καὶ ἀσθενές, ὡς τοὺς κόρακας, ἢ τοὺς κολοιοὺς, σειρῆνας μὲν εἶναι πρὸς αὐτούς. Lucien.

Ma derniere conjecture, & qui est la plus vraysemblable, c'est que les cygnes estoient consacrez à Apollon le President du Parnasse. Voyez s'il vous plaist là dessus Platon *in Phædone*, & Ciceron au premier des Tusculanes.

Callimaque les appelle, Ἀπόλλωνος παρέδρους, Assesseurs & compagnons d'Apollon.

Neantmoins ils ne furent jamais si aimez d'Apollon, que le paon l'estoit devant qu'avoir changé de condition. Le Chevalier Marin en conte l'histoire dans son Adonis, & dit que c'estoit vn jeune Gentilhomme d'excellente beauté, favory de ce Dieu, & extrémement amoureux d'vne Nymphe de Venus, appellée Colombe, pour laquelle il se paroit tous les jours, & changeoit d'habits riches & superbes; qu'vne fois cette Maistresse cruelle & dédaigneuse, pour se défaire de luy, ou pour tirer vne extraordinaire preuve de son amour, luy ordonna de luy apporter vne estoille, pour satisfaire à la curiosité qu'elle avoit de sçavoir si elles estoient d'or ou de feu. Il adjouste, que cet Amant épiant l'occasion que les astres se retirent à la haste de devant le Soleil

Tertullien au chap. 33. du liure *de anima* dit quelque chose qui semble rendre raison de nostre doute.

lors qu'ils le voyent revenir, & qu'en se pressant de fuïr, quelques-vns se laissent tomber; il estendit son manteau & en déroba vn des plus beaux & des plus brillans: Mais que par malheur Iupiter l'ayant pris sur le fait; & s'estant apperceu de ce larcin, pour punir vne si haute insolence, il le changea tout aussi-tost en oiseau; & qu'Apollon qui l'aimoit, remplit son plumage d'estoilles, pour marque eternelle de son genereux dessein, & pour luy donner quelque consolation dans son infortune.

Quoy qu'il en soit, pour les raisons que j'ay dites, ou pour quelques autres, les pauvres rossignols sont contraints de souffrir d'autres oiseaux qui valent moins qu'eux, dans vn rang & dans vne estime qui leur estoit deuë. Voilà vn bel exemple du pouvoir de la Fortune, & comme sa tyrannie s'estend iusque sur la reputation & la renommée qu'elle distribue selon son caprice. *Qui est heureux passera par tout pour estre beau & pour avoir de l'esprit, & quand mesme il seroit enrumé, on luy trouveroit la voix excellente.*

——— felix & pulcher, & acer,
Iuven. sat. 7. *Et, si perfrixit, cantat benè.*

Ce *perfrixit*, ne revient pas mal à nostre *rauci cycni*, car communément on s'enrouë de froid. Nous pouvons tirer de là cette instruction, de ne mettre point nostre felicité dans l'approbation vniverſelle. Pour moy je ſuis bien reſolu de chercher ailleurs mon contentement. I'en ay mis vne bonne partie dans vos bonnes graces: & ſoit que l'on me faſſe faveur comme aux cygnes, ou injuſtice comme aux roſſignols, n'ayez pas peur que je me plaigne, tant que vous continuerez de me croire

Voſtre, &c.

MONSIEVR DE VOITVRE,

A MONSIEVR COSTAR.

24 Janv 1642

LETTRE XXXVI.

MONSIEVR,

Ie voulois rompre, pour quelque temps, le commerce que j'ay aveque vous, & en vne saiſon où l'on doit faire penitence, je faiſois ſcrupule de me trouver à ces grands feſtins que vous me faites: mais aprés avoir beaucoup ſouffert, j'ay connu que je ne m'en pouvois paſſer. I'ay demandé diſpenſe de recevoir de vos lettres, & l'on me l'a donnée. Pour vous, vous pouvez ſans ſcrupule recevoir ce que je vous envoye ; à peine ay-je dequoy vous faire vne legere collation. Au lieu de ces *mullos trilibres* que vous me preſentez, je n'ay que des *Tiberinos catillones*, qui ne font que lécher les bords du Tybre, & ſe nourriſſent du limon du païs Latin,

Poſtquam exhauſtum eſt noſtrum mare.

Encore n'en auray-je pas pour ce coup pour faire vn plat, & je ne vous ſerviray que des legumes:

Impunè te paſcent olivæ

Te cycoræa, levéſque malvæ.

Il faut que vous vous accommodiez à ma diſette, je ne puis pas faire d'avantage; je n'ay pas ces grands parcs ni ces païs que vous avez à chaſſer, ni ces vaſtes mers, où vous peſchez tout ce que vous dites. *Hortulus hic &c. vnde epulum poſſis ſolis dare Pythagoreis.* Il vous ſouvient bien de ce *Cecilius*, *Atreus cucurbitarum*, je ſeray contraint de faire ainſi ; car, pour vous dire le vray, mon fonds eſt épuiſé. Et

Mihi omne penu ex fundis amicorum hic affertur

A vous autres *Piſcinaires* (Ciceron appelle ainſi je ne ſçay quels riches de ſon temps, écrivant à Atticus) *Quantùm* PISCINARII *mihi invideant, aliàs ad te ſcribam.* A vous autres, dis-je, il vous eſt bien aiſé de traiter vos amis, vous n'avez pas beſoin pour cela de faire les efforts que nous faiſons,

Nec

Nec ſeta longo quærit in mari prædam,
Vous avez toûjours des reſervoirs tout pleins,
Piſcina rhombum paſcit, & lupos vernas:
vous n'avez qu'à ſiffler,
Natat ad magiſtrum delicata murena.
On ne vous ſçauroit jamais ſurprendre, vous *cui eſt varius penus*, ou *varia*, ſi vous voulez, ou *varium*, ou *penum* ou *penu* (Ce drole-là eſt plaiſant, il eſt de tous les genres, il ſe fourre preſque dans toutes les declinaiſons, & eſt indeclinable quand il luy plaiſt). Moy qui ſuis de ceux, *quibus ſunt verba ſine penu & pecunia*, ne trouvez pas eſtrange que je me trouve eſtonné. Encore pour me mettre plus en peine, vous m'amenez Monſieur de Balzac, le plus friand & le plus delicat homme du monde, *quâ munditiâ, quâ elegantiâ hominem?* Ie m'eſtois accouſtumé à vous, & peut-eſtre auſſi l'eſtiez-vous à ma table; mais elle ne peut pas recevoir vn ſurvenant comme cela,
—— *ingentem non ſuſtinet vmbram.*
Sans mentir en vous voyant tous deux, vous m'avez fait ſouvenir de Iupiter & de Mercure, quand ils furent embaraſſer le pauvre Philemon; (& cela ſoit dit pourtant ſans vous offenſer ni l'vn ni l'autre, car toutes comparaiſons ſont odieuſes) & en effet, ce bon homme n'avoit pas plus de raiſon d'eſtre empeſché que moy. C'eſt, en verité, vne cruauté à vous, de m'avoir engagé à

cela, & vne cruauté de Neron, *Indicebat familiaribus cœnas, quorum vni mellita quadragies H S. constiterunt; alteri pluris aliquantò rosaria.* Pour vous dire le vray, c'est ce qui m'a retenu si long-temps. I'ay dit beaucoup de fois à moy-mesme,

—— numquám-ne reponam?

Mais vostre consideration & la sienne me retenoient,

Cupio enim magnificè accipere summos viros,
Vt mihi rem esse reantur.

Enfin, aprés avoir bien cherché, sans rien trouver, il m'a semblé que l'on me pouvoit dire comme à cet autre: *Nunquid adolescens, melius dicere vis quàm potes?* Et encore,

Quid mullum cupias cùm sit tibi gobio tantùm
In loculis?

Ie me suis donc resolu à faire ce que je pourray, & contentez-vous en s'il vous plaist,

——— rebúsque veni non asper egenis.

I'ay honte, je vous l'avouë, de vous découvrir ma pauvreté; & pour estre pauvre, je ne laisse pas d'estre ambitieux,

—— Hîc vivimus ambitiosâ
Paupertate.

Ie voudrois de bon cœur

Ad Palatinas acipensera mittere mensas,

ou vous faire vn soupper comme celuy, auquel *duo millia lectissimorum piscium, septem avium apposita traduntur*. Mais dites-moy, je vous ſupplie, mangez-vous force *acipenſers*, vous autres en Poitou? I'en ay envoyé demander icy, mais on ne les connoiſt point aux halles. Il eſtoit pourtant autrefois fort eſtimé à Rome; *Huic tantus olim habebatur honos*, ce dit Macrobe; (Penſiez-vous que j'euſſe leû Macrobe?) *vt à coronatis miniſtris, & cum tibiis in convivium ſoleret ferri*. C'eſtoit là vn beau privilege pour vn poiſſon. C. Duilius en avoit à peu prés vn pareil, *Caium Duilium, qui primus Pœnos claſſe devicerat, redeuntem à cœna ſenem ſæpè videbam puer:* DELECTABATVR *cereo funali &* TIBICINE, *quæ ſibi nullo exemplo privatus ſumpſerat; tantùm licentiæ dabat gloria.* Ce n'eſt pas moy, non, qui le voyois comme cela, c'eſt Caton le Cenſeur; & Ciceron qui nous fait ce conte-là, rendoit auſſi comme je croy, grand honneur à ce poiſſon & en mangeoit volontiers: car il ſe ſouvient de luy en ſes Tuſculanes, & le nomme ſur tous les autres, comme vn bon morceau: *ſi quem igitur tuorum afflictum mœrore videris, huic* ACIPENSEREM *potiùs quàm aliquem Socraticum libellum dabis?* Cependant on n'en dit plus pas vn mot. Iugez par là ce que c'eſt que de la gloire des choſes humaines, & quel cas on en doit faire aprés cela,

I demens, & ſævas curre per Alpes,
Vt pueris placeas, & declamatio fias.

Quoy qu'il en ſoit (ce *quoy qu'il en ſoit*, vient vn

peu de loin, car il se rapporte à ce que je disois que je n'avois rien à vous donner) je vous traiteray de ce que j'ay, & je diray comme cet autre: *Vide audaciam, etiam Hircio cœnam dedi sine pavone.* Il dit en vn autre endroit, à quelqu'vn qui se vantoit qu'il luy feroit aussi mauvaise chere que je vous la feray, *Si perseveras me ad matris tuæ cœnam vocare, feram id quoque; volo enim videre animum, qui mihi audeat ista quæ scribis, apponere, aut etiam polypum, Miniani Iovis similem; crede mihi, non audebis: ante meum adventum, fama ad te de mea lautitia veniet, eam extimesces.* Mandez-moy, je vous supplie au vray quelle beste c'est que ce *Polypus Miniani Iovis similis:* Sans mentir, je ne sçay plus rien depuis que je ne reçoy plus de vos lettres. Pour *la promulside*, cela n'est pas trop mal jusqu'icy, mais vous ne vous en contenterez pas, *non enim vir es qui soleas* PROMVLSIDE CONFICI, *integram famem affers.* Venons donc au reste.

Pour ce qui est de ce que vous-vous plaignez de ceux qui ne font pas les Graces assez grandes, je pense qu'ils n'ont pas trop de tort; & la raison est, que les veritables graces, & qui touchent le plus, consistent principalement en de petites choses, en certaines actions, certains mouvemens du corps & du visage, dans lesquels sans estre quasi apperceuës, elles font leur effet,

Componit furtim, subsequitúrque decor.

Ce *furtim* veut dire, ce me semble, cela & ce que les Espagnols appellent *el no se que* : elles sont si petites, que mesme on ne sçait ce que c'est. Et ne vous mettez pas non plus en peine de leurs maris : Dequoy vous avisez-vous de vouloir rompre des mariages, qu'il y a si long-temps qui sont faits ? Les Dieux, comme vous disiez sur vn autre sujet, en font bien d'autres. Le monde est plein de ces mariages-là. N'ont-ils pas marié *la peine* au *plaisir*, *le travail* à *la gloire*, *le Ciel* à *la terre*, & Mademoiselle de * * * à Monsieur son mary ?

Sic visum Veneri, cui placet impares
Formas atque animos sub juga ahenea,
Sævo mittere cum joco.

Ie ne sçay si je vous avois dit qu'il y a long-temps que nous ne nous écrivions plus, & que l'on m'avoit dit qu'elle se plaignoit fort de moy. Elle est en cette ville, & je l'ay esté voir. Nostre entreveuë a esté à peu prés comme celle de Didon & d'Enée quand ils se rencontrerent aux Enfers. I'ay fait tout ce que j'ay pû pour l'appaiser, je luy ay dit, *verus mihi nuntius ergo*, &, *per sidera juro*, &, *nec credere quivi*.

Illa solo fixos oculos aversa tenere,
Nec magis incœpto vultum sermone moveri,
Quàm si dura silex, aut stet Marpesia cautes.

Le Sommeil, au reste, n'est pas vn si mauvais

mary que vous dites, & cette Grace, je ne sçay comme elle s'appelle, ne pouvoit pas estre mieux, pour estre en repos & à son aise. Il est doux comme vn mouton, c'est le plus paisible de tous les Dieux,

—— Placidissime Somne Deorum,
Pax animi, quem cura fugit.

& hors qu'il n'y avoit point de portes à son logis, c'estoit vn fort bon party. Voyez vn peu dans Lucien la description de sa ville, & comme il estoit accommodé. Quand il ne sçauroit autre chose que de racommoder le teint, remettre les yeux battus, & embellir les Dames, pensez-vous que ce ne soit pas assez pour estre bien avec elles? C'est vn grand distillateur de pavots & de mandragores, & il sçait faire des fards, qui valent mieux, sans comparaison, que tout le blanc & tout le rouge d'Espagne, *no vsava afeytes Dorinda, y assi despertò con los que el sueño le avia dado.*

Il n'est pas non plus si pesant que vous pensez,

Tum levis æthereis delapsus somnus ab astris,

& n'eust pas fait tant d'enfans, s'il eust esté si foible,

Tum pater è populo natorum mille suorum.

Et quand mesme il seroit aussi froid que vous le croyez, pensez-vous que ce soit vn petit secours que tous ces songes qu'il manie à baguette, & dont il dispose comme il luy plaist? Ne vous souvient-il plus de celuy de Fleur-d'espine?

Se son sogni questi,
Chio dorma sempre, e mai non mi desti.

Et de cet autre,

Proh Venus & tenera volucer cum matre Cupido
Gaudia quanta tuli, quàm me manifesta libido
Contigit!

Contez-vous cela pour rien, & ne croyez-vous pas qu'vne honneste femme s'en pourroit contenter? Quant à ce que vous dites, que les Graces ne doivent jamais dormir, allez vn peu voir nos Dames le lendemain d'vn bal, quand elles ont veillé, & dites-moy aprés vostre avis là-dessus.

Vostre Empereur de Lampridius, me semble homme de fort bon goust, & si Heliogabale avoit fait vne vintaine d'ordonnances comme celle-là, je le mettrois à costé de Tite, & de Trajan. Ie m'estonne que vous ayez oublié cet autre de Tibere, *Asellio Sabino H S. ducenta donavit pro dialogo, in quo boleti, & ficedulæ & ostreæ, & turdi certamen induxerat.* C'estoient des Empereurs cela. I'ay regret, sans mentir, que ce Dialogue se soit perdu; & n'eussiez-vous pas esté bien aise aussi de voir discourir vne huistre avec vn champignon? Cet *Asellius* devoit estre vn galant homme, & je luy eusse donné de bon cœur vn chapeau de castor.

Vous avez merveilleusement bien taillé, & admirablement mis en œuvre ces pierres que je vous avois envoyées toutes brutes. Elles sont devenuës des pierres precieuses entre vos mains, & vous en avez fait vn des meilleurs plats de vôtre festin, *fecisti vt lapides illi panes fierent*. Sans avoir l'estomach de Saturne, ni les dens de la Lune, j'en ay tres-bien mangé, & avec grand plaisir. C'est cette viande-là, *quam nemo coquus hactenus in jus vocaverat*.

Mais vous faites des sausses, avec lesquelles on mangeroit des cailloux. Ie ne croyois pas que de si graves Auteurs eussent rapporté cette histoire. Ie ne fais pas de doute aprés cela, que les pierres n'ayent oüi autrefois le son de la lyre; & de fait encore aujourd'huy nous croyons, que *les murailles ont des oreilles*.

Ie vous avouë que je fais plus de cas d'Ausone, que je n'en faisois: vous me l'avez fait voir en son lustre, en me le monstrant dans sa poësie: C'estoit, sans mentir, vn fort honneste homme, & je croy que sa harangue eust esté fort bonne, s'il l'eust traduite en vers. Ceux que vous m'avez fait voir de luy, me semblent merveilleusement beaux. Ie connois des hommes comme cela, qui vont fort mal à pied, & qui font des merveilles à cheval; Mais je voudrois bien que ces gens-là ne fissent que ce qu'ils sçavent faire, & que

que Ciceron n'euſt jamais écrit de vers, ni Auſone de proſe.

Si vous me demandez (pour parler à cette heure de cet autre feſtin, dont vous m'avez fait part)

Vt Naſidieni juvit me cœna beati;

C'eſt à dire, comme je me trouve de la bonne chere de Monſieur de Balzac? je vous répondray, *vt nunquam in vitâ fuerit meliùs.* L'Apollon de Luculle, ni l'Apollon meſme de Delphes, ne pourroient rien faire de ſi magnifique; il n'y a point de ſi petit mets, qui ne vaille mieux que le *Dodecathée* d'Auguſte, (vous ſcavez bien

Cùm primum iſtorum conduxit menſa choragum,
Sēxque Deos vidit Mallia, ſéxque Deas.)

qui ne merite des loüanges admirables. C'eſt d'vn feſtin comme celuy-là que l'on peut dire,

I lauri di Permeſſo, ę di Parnaſo
Andorno à coronar la Gelatina.

Cet homme, ſans mentir, eſt incomparable en tout ce qu'il fait. Ie voy de temps en temps des vers de luy, qui ſont ſans doute, beaucoup au deſſus de ce que ie croyois que noſtre ſiecle pûſt produire, & qui donneroient de la jalouſie, je ne dis pas à Lucain ni à Claudien, mais à Lucrece & à Virgile. Mais demandez luy, je vous prie, ſurquoy il ſe fonde de croire que j'aye tiré de ſes entrailles, l'explication du paſſage d'Auſone, &

pourquoy il me tient de ceux *qui plus ex jecore alieno sapiunt, quàm ex suo*. Il pense donc, que je ne sçay rien que par reminiscence des choses que mon ame a apprises autrefois dans sa conversation. Son plat de vent, aussi-bien que vostre plat de pierres, m'a plû extrémement, & ç'auroit esté vne excellente viande en l'Isle de *Ruac*. (Ie ne sçay MONSIEVR, si vous le sçavez) c'estoit vne Isle où les habitans ne vivoient que de vent, *& on n'y donnoit aux malades que des vens coulis.*

Sans mentir, vous estes de merveilleux ouvriers, vous assaisonnez les choses de sorte, qu'il n'y a rien que l'on ne mangeât quand vous l'avez apresté, & que vous ne fissiez avaler avec plaisir. Vous sçavez donner

Cuerpo à los vientos y a las piedras alma.

C'est vn vers de Louïs de Gongora, que vous ne connoissez peut-estre pas.

I'ay esté bien-aise d'apprendre l'alliance que les Atheniens avoient avec Borée, & de sçavoir qu'il y ait eu vn Norvegien qui ait esté citoyen d'Athenes: Celuy-là, ce me semble, se pouvoit dire Citoyen du monde, avec autant de droit, que cét autre des leurs qui s'en vantoit. Les Atheniens, au reste, avoient là pris vn Bourgeois bien turbulent.

Ie ne croyois pas, je vous l'avouë, que la mer fust vne larme de cet autre qui mangeoit des pierres encore mieux que moy. Il la jetta, sans doute, lors qu'il fut chassé & garroté par son fils. Ne vous semble-t-il pas (au moins si cela est vray) que l'on peut dire de Saturne, aussi bien que du cheval du pauvre Pallas,

guttis humectat grandibus ora.

A la verité, on luy fit de mauvais tours, mais bien a pris pour le genre humain, que comme il estoit fort melancolique, il n'estoit pas grand pleureur; car s'il eust jetté seulement deux larmes, où en serions-nous? *Omnia pontus erant.* On peut dire en cette occasion, qu'il *pleura amerement.* Mais dites-moy, je vous prie, si vous le sçavez, *pleura-t-il la mer & les poissons?*

—————— immania Cete

Tritonésque citos, Phorcíque exercitus omnes.

I'avois oublié à vous parler de vostre passage de Seneque: *Valde me torsit illa podagra, adeóque impliciti mihi videntur hi pedes, ut ad illos* VTROSQVE DEXTROS *explicandos, nullum dextrum pedem habeam.* Si ce n'est qu'il voulust dire que la goutte tourne quelquefois en dedans le pied gauche qui doit estre en dehors, & qu'ainsi estant tourné du mesme costé que le pied droit, il dit *utrosque dextros.* Mais aussi ne pourroit-elle pas tourner le droit du costé gauche, & ce seroit *utrosque sinistros*? Sans mentir, cela est bien difficile: si vous y voyez quelque chose de mieux,

Si quid dextro pede concipis, dites le moy.

I'ay appris vostre maladie avec beaucoup d'allarme, quoy que je ne l'aye sceuë qu'aprés qu'elle estoit passée; & j'ay esté estonné d'apprendre le peril où j'ay esté sans en rien sçavoir. Ie vous prie, mon cher MONSIEUR, de croire qu'il n'y a rien au monde qui me soit plus cher que vous, ni que j'aime & que j'estime davantage. Ie n'ay, que je meure, point de joye si sensible, que lors que je pense (& je le pense souvent) que la Fortune nous donnera moyen quelque jour de passer le reste de nostre vie l'vn avec l'autre, & de vous avoir *in seriis jocísque, amicum omnium horarum*. Ie vous jure qu'il n'y a rien que je souhaite tant, & que je suis & seray toûjours à vous avec autant de passion, que lors que je vous voyois tous les matins.

Ie vous fais cette protestation à la veille d'vn voyage de six mois; car je pars avec le Roy pour aller en Catalogne. Ne m'écrivez donc pas, s'il vous plaist, que lors que vous sçaurez que sa Majesté sera de retour. I'aurois plus d'impatience de revenir, si je croyois vous retrouver icy cet Esté. Ie vous exhorte à faire tout ce que vous pourrez pour cela. *Qui benè latuit, benè vixit*, n'est pas vn precepte qui vous regarde: laissez-là

Panáque, Syvanúmque senem, Nymphásque sorores.

Vous vous devez au public, & il faut que les hommes comme vous, ſoient connus de tout le monde, *omnis autem peregrinatio*, comme vous ſçavez, *eſt obſcura*. Haſtez donc voſtre retour, je vous en conjure encore vne fois; & dés que voſtre terme ſera expiré, revenez icy me revoir, ou M. * * * * * ou quelque * * * * * & prenez garde, *ne quid temporis addatur ad hanc provincialem moleſtiam*.

Ie vous envoye vn livre de Mademoiſelle de Gournay, qu'elle m'a donné pour vous faire tenir. Adieu, MONSIEVR, aimez moy toûjours, je vous en ſupplie, ſouvenez vous ſouvent de moy, & ſoyez aſſeuré que je ſeray toute ma vie, & de tout mon cœur

Voſtre, &c.

Voſtre *infelix Theſeus* m'a ſemblé merveilleuſement heureux; & Hercule, ſans mentir, ne le tira pas des Enfers plus heureuſement ni plus glorieuſement que vous.

BILLETS
DE MONSIEVR
DE VOITVRE,
ET DE MONSIEVR
COSTAR.

MONSIEVR DE VOITVRE,

A MONSIEVR COSTAR.

IE perdis hier tout mon argent, & deux cens pistoles au delà que j'ay promis de rendre dés aujourd'huy. Si vous les avez, ne manquez pas de me les envoyer. Si vous ne les avez point, empruntez les. De quelque façon que ce soit il faut que vous me les prestiez, & gardez vous bien de souffrir que quelque autre vous enleve sur la moustache, cette belle occasion de me faire plaisir. I'en serois fasché pour l'amour de vous. Comme je vous connois, vous auriez de la peine à vous en consoler bien-tost. Afin d'éviter ce malheur, vendez plustost tout ce que vous avez jusqu'à Monsieur Pauquet, & mesme jusqu'au *petit Nau*. Vous voyez comme l'amour est imperieux. Ie prens vn certain plaisir à en vser de la sorte aveque vous, & je sens bien que j'en aurois encore vn plus grand, si vous en vsiez ainsi aveque moy.

Mais vous estes trop poltron. Iugez s'il ne faut pas que je m'asseure bien de vous. Dans le temps que j'en ay affaire, j'ose vous dire des veritez desobligeantes. I'en ajousteray vne qui vous sera plus agreable, & qui reparera cette injure ; c'est que je vous aime plus que tous les hommes du monde, & autant que toutes les femmes, sans en excepter ma nouvelle inclination. Ie donneray ma promesse à celuy qui m'apportera vostre argent. Bonjour mon tres-cher MONSIEVR.

RESPONSE.

I'AY vne extréme joye d'estre en estat de vous rendre le petit service que vous desirez de moy. Iamais je n'eusse pensé qu'on pûst avoir tant de plaisir pour deux cens pistoles. Aprés l'avoir éprouvé, je vous donne ma parole que j'auray toute ma vie vn petit fonds tout prest aux occasions où vous en aurez affaire. Au pis aller, cet homme de bonne mine que vous vites l'autre jour dans ma chambre, & à qui vous trouvates l'esprit si present, a vne presence d'argent qui n'est pas moins estimable que celle de son esprit, si ce mot est vray , *præsens nummus præsens Deus est.* Il pratique vne fort bonne maxime de n'estre jamais sans quatre ou cinq mille francs en bourse ; & de ces quatre ou cinq mille francs j'en puis disposer aussi librement, que s'ils estoient dans vostre cassette. Il approuve extrémement ce Gentilhomme de vostre connoissance, qui disoit si agreablement, que *feu son bien estoit le meilleur amy de la terre; que c'estoit vn amy qui luy donnoit absolument tout ce qu'il luy demandoit, & qui ne le refusoit jamais de rien.* Il croit aussi bien que cet autre, que *d'avoir bien de l'argent dans ses coffres, c'est y tenir enfermé sous la clef vn Jupiter secourable, qui exauce en vn moment toutes nos prieres.* CLAVSVM *possidet arca Iovem.* Avec cette excellente qualité, il possede encore toutes les autres en perfection; & je pourrois dire de luy, ce que vous m'avez dit de Monsieur de Serisay, que *c'est vn vray homme du siecle d'or.*

I'y trouve pourtant cette petite difference, c'est qu'il n'est pas d'humeur à vivre de gland, ni à se desalterer dans les fontaines. Il aime les bisques, & le vin de Beaune, que le Cardinal de Pellevé vouloit qu'on appellât de *beau né*, parce qu'il faisoit le né beau, & qu'il luy donnoit vn agreable colory. Mais laissons ce bon homme en paix, comme il y avoit laissé à Rome son Callepin. Vous voyez, MONSIEVR, que je ne suis point reduit à vendre Monsieur Pauquet. Aussi n'est-il pas à vendre, il ne sçauroit se payer, dont bien me prend, car si on avoit pû l'acheter, il y a bien long-temps qu'il ne seroit plus à moy. Pour *le petit Nau*, quoy qu'il soit bien joly & bien éveillé, je n'en trouverois presque rien, *vt nunc sunt mores.* Aussi ay-je d'autres resources qui ne sçauroient me manquer, comme vous voyez. Ordonnez moy donc hardiment ce qu'il vous plaira, vous ne sçauriez prendre tant de plaisir à me commander, que j'en auray à vous obeir. Neantmoins quelque soûmis que je sois, je me revolteray si vous voulez m'obliger à prendre vne promesse de vous, moy qui sçay que vous n'en voulutes point de Monsieur de Balzac en vne pareille occasion *ho cor anch'io*, je veux que vous le sçachiez, & que vous croyiez que si Monsieur de Chaudebone a pû vous apprendre à estre genereux, je suis aussi docile que vous, & vous aussi bon maistre que luy. Cela estant, vous me ferez quelque jour reparation de m'avoir appellé poltron. Il est vray que je le suis bien d'estre encore au lit à dix heures. Bonjour, MONSIEVR, je vay me lever en diligence,

Santa Pigritia madre de' poltroni
Date mi licenza di pigliar giuppone.

MONSIEVR COSTAR,

A MONSIEVR DE VOITVRE.

CE n'eſt pas aſſez que je vous cherche des paſſages bien obſcurs pour exercer voſtre eſprit, il faut auſſi que je vous cherché des affaires bien difficiles, pour exercer voſtre vertu, & voſtre humeur bien-faiſante. Madame de *** n'a rien touché de ſa penſion cette année ; cependant elle a aſſigné là-deſſus le loüage de ſon logis, qu'on luy vint demander hier au ſoir devant moy d'vne façon peu reſpectueuſe,

PENSIO *me coram petitur claréque palámque.* Mart.

Iuſqu'icy elle a eſté bien payée par le credit de Monſieur le Commandeur de Souvré, qui a eu la bonté de s'y employer. I'eſpere qu'il ne ſe laſſera pas d'eſtre bon & genereux, principalement pourveu que vous ajouſtiez vos ſollicitations aux prieres de Madame la Marquiſe de Sablé qui m'a promis de luy en parler à ſa mode, c'eſt à dire de la meilleure façon qui ſe puiſſe. Ie vous prie, MONSIEVR, de travailler à cela dés aujourd'huy, & de n'y perdre pas vn moment de temps,

Improbus es, cùm poſcis, ais, ſed PENSIO *clamat* POSCE. Iuven.

Si je vous preſſe vn peu trop, ſongez s'il vous

plaist, que la necessité qui m'y oblige est encore plus pressante, & que je ne sçaurois estre si importun, que la pauvreté ne le soit bien davantage. Vous ne m'accuserez pas de me servir de termes impropres, puisque nostre Horace a dit *importuna pauperies*, aussi-bien que *pauperies immunda domus*.

Mais quand je parlerois improprement, je renonce de bon cœur à la gloire de bien dire, pour avoir celle de bien servir Madame de * * *. Ie n'en ferois pas tant pour moy, vous le pouvez croire. I'aurois moins de peine à me passer des choses, que je n'en aurois à les demander, au moins à vn autre qu'à vous. Et quoy qu'Hesiode m'ait appris, que *c'est une sote vertu que la honte, à qui n'a pas dequoy subsister*; je m'imagine qu'il ne me seroit pas possible de m'en défaire. Bien me prend de n'en estre pas reduit là; & de pouvoir dire fierement avec Monsieur de Balzac, *I'obtiendray de la moderation de mon esprit, ce que je n'ay pû obtenir de la liberalité de la Fortune*: ou plus simplement avec Ciceron, *Ie vivray doucement de mon petit revenu, & j'en auray de reste au bout de l'an, pourveu que je me puisse empescher d'avoir des desirs & des passions qui soient de dépense.* Ex *meo tenui vectigali, detractis sumptibus cupiditatis, aliquid etiam redundabit.* Mais je vous amuse, & je retarde d'autant le contentement que vous aurez à faire vne bonne action. Ie ne voudrois pas que ce billet fust vû de la Dame, en faveur de qui je l'écris. Elle aimeroit mieux n'avoir point de pension, que d'étre appellée pauvre.

RESPONSE.

IE feray ce que vous m'ordonnez, fidelement, soigneusement & promptement : Mais je vous prie de croire que j'y auray bien plus de peine que vous ne pensez. Monsieur le Commandeur de Souvré est le seul de toute la Cour, au moins de ceux de qui j'ay l'honneur d'estre connu, qui ne m'a donné aucune marque d'affection dans mon déplaisir. Et cependant je suis persuadé qu'il a le cœur bien fait, qu'il sçait que je suis à luy, & que son souvenir & ses soins se sont quelquefois abaissez jusqu'à des personnes qui n'avoient rien au dessus de moy. Ces raisons m'avoient fait resoudre de vivre vn peu plus reservé aveque luy, & de ne m'en rapprocher pas qu'il ne luy plût de me rappeller, & de me rendre la familiarité que son procedé m'avoit ostée : Mais de bon cœur je change de resolution, puisqu'il y va de vostre service, & je suis bien aise que vous me commandiez vne chose où vous pouvez juger que je dois avoir de la repugnance ; car cela vous fera connoistre que je suis capable de tout faire,

& de tout souffrir pour vostre contentement, puisque je sacrifie à vos interests des ressentimens si justes.

MONSIEVR DE VOITVRE,

A MONSIEVR COSTAR.

IE vous envoye vn billet de Mad. de *** où vous verrez qu'elle veut absolument rompre aveque moy, si je ne fais rompre bras & jambes à cet homme qui l'a faschée. Il y a trois jours entiers que je la combas là-dessus de toute ma force : mais plus je veux l'emporter sur elle, & plus elle s'emporte contre moy. Tout ce que je fais pour l'adoucir, c'est comme si je jettois de l'huile dans le feu : cela ne sert qu'à l'enflammer davantage. Elle se plaint que je n'entre point dans ses interests, & que je manque d'affection ; & moy qui ay bien pû luy persuader de m'aimer, je ne sçaurois à cette heure luy persuader que je l'aime, parce que je ne veux pas faire vne lascheté qui me rendroit indigne de son amitié. I'ay beau luy representer que des coups de bâton feroient bien du bruit, que l'éclat en seroit grand ; que cette violence estant sceuë luy feroit plus de tort & plus de honte qu'à celuy qui l'auroit soufferte ; que ce seroit l'offenser à le bien pren-

prendre, que de la venger comme elle veut, & que c'est la servir que de la conseiller comme je fais. Ie luy traduis le plus intelligiblement qu'il m'est possible, ces belles paroles, *Rogantibus pestifera largiri, blandum & affabile odium est.* Et ces autres, *Exorari in perniciem rogantium, sæva bonitas est.* Mais elle n'écoute point ce que dit Seneque, elle n'écoute que ce que luy dit sa passion & sa colere. En verité j'en suis en toutes les peines du monde, car je l'aime cherement; & quoy que je la trouve fort déraisonnable, je ne laisse pas de la trouver encore fort belle. Cependant si elle s'opiniastroit dans cette cruelle fantaisie, j'aimerois mieux arracher de mon cœur cette affection, & arracher mon cœur mesme, que de consentir à vne brutalité comme celle-là. Assistez moy, mon cher MONSIEVR, je vous en conjure. Voyez la le plustost que vous pourrez, & tâchez de guerir cet esprit malade: c'est vne operation digne de vous, vous luy sauverez l'honneur, & vous me sauverez la vie.

RESPONSE.

IE vous l'avois toûjours bien dit, que les Dames qui font tant les douces le sont quelques fois moins que les autres. Elles estalent toute leur douceur sur leurs visages, dans leurs actions &

dans leurs paroles, & n'en gardent point dans leur ame. C'est à peu prés ce qu'on dit de Domitien, *qu'en rougissant il jettoit dehors tout ce qu'il avoit de pudeur, de honte & de modestie, & qu'il ne luy en restoit plus.* Ce n'est pas d'aujourd'huy que je connois l'aigreur & le fiel de la Dame dont vous vous plaignez. Vn matin que je l'allay voir, je la surpris soufflettant *Toanon*, & au travers de tous ses pretextes, j'apperceus que la veritable cause de sa colere, estoit venuë de ce qu'en se mirant, son nez luy avoit semblé plus desagreable que de coustume; ce qui me fit souvenir de ces mots de Iuvenal: *Qu'a fait la pauvre fille? Est-ce elle qui est cause que vous ne vous trouvez pas le nez si bien fait que vous voudriez?*

Quid Psecas admisit, quænam est hîc culpa puellæ
Quod tibi displicuit nasus tuus?

Dés ce temps-là je jugeay qu'elle en feroit autant en vn besoin, que la Demoiselle dont il est dit,

——— *Nam si latratibus alti*
Rumpuntur somni, FVSTES HVC OCIVS, *inquit*,
AFFERTE, *atque illis dominum jubet antè feriri*,
Deinde canem.

Neantmoins, puisque vous ne laissez pas de l'aimer toute déraisonnable qu'elle est, & que pour estre injuste elle n'en a pas les yeux moins beaux, ni la bouche moins vermeille, je l'iray voir dés cette apresdinée, & feray tous mes efforts pour la ramener à elle & à vous. Ie ne desespere pas d'y reüssir. Elle vous aime mieux que moy, mais elle me craint plus que vous, & il y a certaines choses qu'elle feroit plus volontiers pour vn Amy que pour vn Amant. Quoy qu'il en arrive, comme je ne la sçaurois assez blasmer, je ne sçaurois vous loüer assez; vous faites connoistre que vostre ame est douce sans estre foible, & forte sans estre rude. Que si vous aimez vostre plaisir vn peu plus qu'il ne faut, vous ne laissez pas d'aimer la vertu autant qu'il faut, puisque vous la preferez à la beauté, & que vostre devoir vous est plus cher que vos plus tendres inclinations. Vne raison si puissante, meriteroit d'estre maistresse absoluë chez vous, & n'en devroit point souffrir d'autres. Quand attendez-vous à briser vos fers, à rompre vos chaisnes, & à dire avec vn galant homme qui n'avoit pas plus de cheveux gris que vous en avez?

Vixi, puellis, nuper, idoneus
Et militavi non sine gloriâ,
Nunc arma, &c.

ou plus intelligiblement avec cet autre,

Quand le sang boüillant en mes veines
Me donnoit de jeunes desirs,
Tantost je souspirois mes peines,
Tantost je chantois mes plaisirs;

Mais aujourd'huy que mes années
Vers leur fin s'en vont terminées
Sieroit-il bien à mes écris;
D'ennuyer les races futures,
Des ridicules aventures,
D'vn amoureux en cheveux gris?

Songez-y serieusement, MONSIEVR : Retirez vous sur vostre gain : Gagnez le port pendant que vostre vaisseau est encore entier, & vous souvenez que dans la morale mesme des Poëtes payens, *l'amour qui est vne action de vertu aux jeunes gens, est vn crime pour les vieillards,*

Amare juveni fructus est, crimen seni.

Mais c'est vne affaire importante à traiter dans vne longue conversation, & ce n'est pas la matiere d'vn billet.

Dans deux heures, je seray chez vostre belle Megere, & sur le soir je vous iray rendre compte de ma commission.

MONSIEVR DE VOITVRE,

A MONSIEVR COSTAR.

IE vous envoye des vers qui ont esté faits contre moy, où l'on fait rimer *Voiture* avec *roture*. Cette rime ne vous semble-t-elle pas bien riche, & ne vaut-elle pas bien celle d'*Estampe* & de *goutte crampe*, qui est dans la chanson,

Quand nous fûmes dans ESTAMPE
Nous parlâmes fort de vous,
I'en souspiray quatre coups,
Et i'en eus la GOVTTE CRAMPE, &c.

Il me prend envie de monstrer à Monsieur Chapelain cette belle poësie qu'on a composée à ma loüange, afin qu'il se sçache meilleur gré de m'avoir comparé à Horace. En effet nous nous ressemblons en roture, si nous ne nous ressemblons en autre chose ; & si nostre genie est different, nostre naissance est assez pareille. Et il me semble que lors que j'auray fait vn livre, je pourray bien luy dire ce qu'il dit au sien. *Si tes lecteurs s'informent de ma condition, tu leur respondras qu'estant né d'vn pere qui estoit homme de peu, & qui n'avoit guere de bien, j'ay pris & soustenu vn vol plus haut que ne portoit la petitesse de mon nid.*

Me libertino natum patre, & in tenui re
Majores pennas nido extendisse loquéris.

Ie n'oserois ajouster ce qui suit,

Vt quantum generi demas, virtutibus addas.

Dites le pour moy, si vous jugez que je le merite. En verité, MONSIEVR, ceux qui me font de semblables reproches, me connoissent bien mal, s'ils pensent me faire dépit. Ie vous proteste que je voudrois que tout le monde sceust qui je suis. On me blasmeroit moins si je valois peu, & si j'avois du merite il en seroit plus estimé. A la verité la noblesse tient vn grand rang dans l'ordre des biens de fortune, & c'est vn avantage qui sert à en acquerir beaucoup d'autres. Mais il y a bien des choses plus desirables en la vie, & ce seroit vne des dernieres que je m'aviserois de souhaiter. Si on ne pouvoit estre genereux sans estre ce que les Latins appellent *generosus ;* si on ne pouvoit avoir l'esprit beau, l'ame forte, grande & relevée; si la santé, la reputation & les richesses dépendoient de là necessairement; alors il n'y auroit point de consolation pour Horace ni pour moy. Mais il n'en va pas ainsi, graces à Dieu, & je sçay sur ce sujet toute vne Satyre de Iuvenal, & vne harangue entiere de Marius dans Salluste. Vous, MONSIEVR, qui vous plaisez tant à faire des paraphrases, & qui en faites aussi qui plaisent tant, je ne fais point de doute que vous n'ayez traduit tous ces beaux endroits, & que vous ne les sçachiez par cœur. Mais vous ne sçavez peut-estre pas ce proverbe Castillan, *chacun est fils de ses œuvres ;* ni le mot d'vn brave de ce païs-là, parlant à vn Seigneur Italien, *moy & mon bras droit, que je reconnois à cette heure pour mon pere, valons mieux que vous.* Ie pense que vous trouverez bon que j'ajouste, qu'en Espagnol *Hidalgo,* qui signifie *Gentil-homme*, vient de *hijo d'algo*, comme qui diroit *fils de quelque chose ;* pour marquer que la veritable noblesse vient des actions de vertu qui nous donnent vne seconde naissance, meilleure & plus glorieuse que la premiere. Cela estant, MONSIEVR, celuy qui est né roturier peut renaistre Gentil-homme, & remplir sa vie de lumiere, malgré l'obscurité de son origine. Mais pour cela il faut posseder les qualitez éclatantes qui me manquent, & qui me manqueront toûjours. Ie suis bien-heureux qu'elles ne soient pas absolument necessaires pour avoir vos bonnes graces. Ie perdrois l'esperance que j'ay de les pouvoir conserver, & c'est vne des plus agreables pensées dont je m'entretienne.

RESPONSE.

IL est vray que *roture* & *Voiture* font vne rime assez riche, mais celuy qui l'a trouvée ne laisse pas d'estre vn pauvre Poëte. Il n'est rien de plus fade ni de plus dégoustant à mon gré que de sotes médisances: c'est tout ce que je puis faire, que de les souffrir quand elles sont ingenieuses. Sans mentir, MONSIEVR, vous devez estre bien glorieux, qu'on ne trouve rien à dire en vous que ce qui n'est pas de vous; & que l'on cherche des defauts dans vostre naissance, qu'on chercheroit inutilement en vostre personne & en vostre vie. Ie connois le fils d'vn begue, qui n'en est pas moins eloquent. Aussi, quoy que vous soyez né d'vne personne obscure, vous n'en estes pas moins illustre, ni vostre nom moins celebre par toute la France. Il y a des noblesses de plus d'vne sorte: La noblesse du sang est du dernier ordre; celle de l'esprit & du cœur sont au dessus d'elle. Ie ne sçay mesme s'il ne vaudroit point mieux *estre noble par la bourse* (c'est le mot de Suidas γενναῖος ἐκ τοῦ βαλαντίου), que de ne l'estre seulement que par vne longue suite d'ayeuls, dont on ne tient rien qu'vn beau nom & de belles armes. Quand vous pourriez monstrer trente-deux quartiers de roture, & que vous en auriez bien plus qu'il ne vous en faudroit pour estre *Ammaistre* à Strasbourg, il n'est point de gens raisonnables, qui ne vous considerassent davantage que tel que je pourrois nommer, qui se fait descendre en droite ligne des Empereurs de Constantinople & de Trebizonde. C'est vn beau titre, MONSIEVR, que celuy de *virtute nobilissimus*, que Velleius donne au sage & vaillant Agrippa. Ce brave pourtant, le plus noble des hommes, en vertu, quoy qu'il eust conduit, si long-temps les armées Romaines, qu'il eust esté fait Consul, & qu'Auguste luy eust fait l'honneur de le choisir pour son gendre, n'estoit cependant qu'*vn des enfans de la terre,* comme parloient les Romains d'alors. Mais c'étoit vn enfant de la terre qui n'avoit rien de terrestre, sur qui le Ciel avoit versé à pleines mains,

ses

ses plus douces influences, & qu'il avoit remply de sens, de prudence & d'heroïques resolutions. Aprés tout, MONSIEVR, de quelque condition que fussent vos grands-peres, ou vos peres-grands, il en faut toûjours revenir là; Il n'y avoit que trois personnes dans l'Arche de Noé; vous venez necessairement de l'vne des trois, aussi-bien que le premier Baron de la Chrestienté. Si ce mot ne vous semble bon, vous n'estes pas du goust de François premier, qui le recompensa d'vn Evesché & de la charge de Grand Aumosnier. Ie souhaiterois que tous vos bons mots fussent aussi bien payez, vous seriez bien-tost le plus riche homme du Royaume, & par consequent le plus Gentilhomme, selon la regle de Monsieur de * * * qui ne reconnoist de vilains ni de poltrons, que ceux qui n'ont point d'argent. Et veritablement cette opinion n'est pas si nouvelle que vous le croiriez d'abord, & je me souviens qu'vn Philosophe dans Aristote definit *l'ancienne noblesse, vne richesse ancienne*. Pour moy je pense que l'antiquité n'y fait pas grand' chose, & je suis trompé si vous n'estes bien aussi aise de jouïr paisiblement de vos dix-huit mille livres de rente (tant en gages qu'en pensions & en autre revenu), que d'avoir eu vn parent *au siecle des vieux Palardins*, qui ait eu autant de bien qu'en a volé Monsieur de * * * & qu'en a mangé Monſieur de * * *. Il en eſt à peu prés de meſme de voſtre nobleſſe. Vous l'aimerez mieux fille de voſtre eſprit, que ſi elle l'eſtoit du bras de quelque Sacripant de Picardie (car vous eſtes de ce païs-là) qui ſe fuſt ſignalé en la bataille de Crecy. Vous voyez, MONSIEVR, comme j'imite le ſtile du Capitaine Caſtillan, & comme je fais mon profit des choſes curieuſes que vous m'apprenez. Cela vous doit obliger à continuer de m'inſtruire & de me rendre digne de vous.

MONSIEVR COSTAR,

A MONSIEVR DE VOITVRE.

IE n'entreprens point d'arreſter des larmes, qu'il m'eſt impoſſible de condamner, & qui ne ſont pas moins legitimes que veritables. Vous avez perdu en Monſieur le Marquis de Piſany ce que vous ne ſçauriez retrouver nulle part ailleurs; & ſi le temps vous fait oublier voſtre perte, il ne vous aidera pas à la reparer. Il avoit vne beauté d'eſprit, & vne nobleſſe d'ame à pouvoir ajouſter encore beaucoup d'éclat & beaucoup de gloire, aux illuſtres noms d'Angenes, de Vivonne & de Savelle ; ou pour en parler plus dignement, il meritoit l'honneur qu'il avoit d'eſtre frere de Madame la Marquiſe de Montauſier, & fils d'vne Romaine, qui ſans rien dire de ſon excellente beauté, poſſede toutes les grandes qualitez de la femme de Brutus, & de la mere des Graques. Iamais homme ne vous comprit mieux tout entier, &ne fut plus touché de voſtre rare vertu, & il me ſemble meſme que depuis quelque temps, il vous redoubloit ſes careſſes, & les demonſtrations de ſon amitié; comme ſi la Fortune euſt fait deſſein d'attendrir voſtre cœur, afin que le trait dont elle avoit reſolu de le percer, y pûſt penetrer plus avant. Neantmoins, MONSIEVR, encore n'avez-vous que la moitié de la douleur, &ce n'eſt que pour voſtre propre intereſt que vous pleurez vn genereux Amy, qui en vous diſant ſon dernier adieu, vous declara ſolemnellement que la Mort, quelque vilain viſage qu'elle pûſt prendre, ne luy faiſoit point de peur, & qu'il ne craignoit rien que la honte & l'infamie d'vne vie obſcure. En ce cas-là il s'eſt acquis la reputation qu'il recherchoit, & s'eſt delivré du mal qu'il apprehendoit. C'eſtoit vn mot du grand Guſtave: *I'eſtime bien-heureux tous ceux qui meurent en faiſant leur charge.* Selon cette belle maxime, ne pouvant douter du bon-heur de Monſieur le Marquis de Piſany, pourriez-vous ſouffrir qu'on vous reprochât de porter impatiemment ſa felicité? Ie m'aſſeure que vous lirez ces raiſons dés aujourd'huy, mais peut-eſtre que vous ne les gousterez pas encore de quelques semaines. En attendant qu'elles produisent leurs effets, pratiquez le remede que vostre Ciceron essaya sur soy-mesme si vtilement, aprés la mort de la personne du monde, qui luy estoit la plus chere. Il se mit à écrire & à composer, & employoit les jours entiers dans cet exercice; par ce moyen il endormoit vne douleur qu'il n'estoit pas en estat de pouvoir guerir, & ostoit le feu d'vne playe, dont il ne pouvoit oster le venin secret. *Mon mal*, dit-il quelque part à son Confident Atticus, *ne s'en va pas tout à fait, mais il s'éloigne, il s'égare, il se dérobe à ma veuë, il ne se presente plus devant moy comme de coustume, & s'il ne me quitte entierement, au moins il cesse de me poursuivre avec tant d'ardeur, & souffre que je le laisse, & que je l'oublie pour quelques momens.* Croyez-moy, MONSIEVR, c'est là l'vnique soulagement de vos déplaisirs, & il n'est point pour vous de consolation pareille. Entreprenez vne longue elegie, comme celle de *Belise*, qui soit digne de la fertilité de vostre esprit, & de la fecondité de la matiere. Aussi-bien vous n'oseriez manquer de consacrer vne vertu, dont vous avez jouy si agreablement plusieurs années, & dont l'idée ne doit jamais s'effacer de vostre memoire. Il ne faut pas que les grands hommes qui vous ressemblent, pleurent & se plaignent comme le vulgaire; ce seroit dommage que leurs precieuses larmes fussent perduës, elles doivent estre immortelles: Il faut que la posterité en soit amoureuse, & qu'elle envie le bon-heur de la glorieuse mort, qui aura donné sujet à des plaintes si belles & si eloquentes. Songez y tout de bon, MONSIEVR, & comme les Conquerans se consoleroient en forçant des villes & en gagnant des batailles, consolez vous en faisant des choses qui vous acquierent l'admiration generale, & (ce que j'estime bien autant) qui augmentent l'affection dont la divine Artenice & son incomparable fille vous ont toûjours honoré.

RESPONSE.

DANS l'affliction horrible où je suis, je ne me croyois capable d'aucun plaisir: Et cependant j'en ay receu de vostre lettre. I'en aurois quelque honte s'il venoit d'ailleurs, mais il me semble que je ne dois rien refuser de si bonne part, & qu'en quelque temps que ce soit, il est honneste de se réjouïr d'vne affection comme la vostre. Ce que vous desirez de moy est fort juste, & plût à Dieu qu'il me fust possible! Mais j'éprouve bien la verité d'vn mot que vous m'avez appris de Sidonius Apollinaris, que *l'esprit des Poëtes dans les déplaisirs, estoit aussi empestré que les poissons dans les filets.* INGENIA *Poëtarum mœroribus, vt pisciculi retibus amiciuntur.*

Si je puis jamais me déveloper & me débarasser de là, je feray ce que vous me conseillez, & ce que mon devoir m'ordonne. A cette heure vous me pardonnerez bien si je dis, *Nil nisi flere libet &c.*

Fine carent lacrymæ, nisi cùm stupor obstitit illis.

Si cette source qui couloit autrefois avec vne facilité que vous estimiez, estoit aussi vive que celle de mes larmes l'est maintenant, vous auriez bien-tost le contentement que vous souhaitez. Mais, MONSIEVR, la tristesse & la douleur sont bien pires que cette bourbe & ce limon qui bouchent quelquefois le conduit de nos fontaines, & qui empeschent leur cours:

Scilicet vt limus venas excæcat in vndis,
Læsáque suppresso fonte resistit aqua.
Pectora sic mea sunt, limo vitiata malorum,
Et carmen venâ pauperiore fluit.

Ie feray pourtant tous mes efforts pour satisfaire Madame de Ramboüillet, à qui je dois plus qu'à tout le reste du monde ensemble. Et si je ne puis rien tirer de mon malheureux esprit, c'est alors que j'auray besoin de tout le vostre, pour me consoler; & ce me sera vne seconde affliction, plus grande encore que la premiere.

MONSIEVR COSTAR,

A MONSIEVR DE VOITVRE.

DEPVIS hier au ſoir j'ay bien appris de vos nouvelles. Quoy, MONSIEVR, vous ne m'aviez pas dit qu'il y a huit jours que vous voulutes preſter mille piſtoles à Monſieur de la ***, que vous les luy fites porter dans ſa chambre, que vous le preſſates extrémement de les prendre, & de s'en ſervir juſqu'à l'entier reſtabliſſement de ſes affaires. Vous pouvez croire que je ne m'eſtonne pas de vous voir faire vne action de generoſité : Ie m'eſtonnerois bien davantage ſi vous en laiſſiez échapper vne ſeule occaſion. Ie ne ſuis pas ſurpris non plus, que vous n'appelliez point de témoins à ces choſes-là, que vous vous en payiez par voſtre ſeule conſcience, & que vous vous cachiez pour bien faire, comme les autres pour faire mal. Ie me ſouviendray toûjours de ce pauvre eſtranger qui s'en retournoit en ſon païs, & que vous aſſiſtates ſi liberalement l'année paſſée, quoy que vous n'en pûſſiez eſperer aucune ſorte de reconnoiſſance, & qu'il ne pûſt rien faire pour vous que de charger les Dieux de ſa debte, comme dit Seneque, & de vous aſſigner voſtre payement ſur leur bonté. *Debitores* *tibi Deos delegare.* Ie sçay bien qu'il y a des rencontres où il faut dérober les bienfaits à la veuë de tout le monde, & ne souffrir pas que d'autres en ayent connoissance que ceux qui en doivent recevoir le fruit. Mais oseray-je vous dire, MONSIEVR, que rien de tout cela n'excuse le procedé dont vous avez vsé envers moy. Aviez-vous peur que si vous me reveliez vostre secret, je ne l'allasse publier dans les carrefours, & qu'il ne changeast de nature en peu de temps, & ne devinst vn bruit de ville? Craigniez-vous que les loüanges que je vous eusse données, ne diminuassent le merite de vostre action? ou enfin apprehendiez-vous que je profitasse de vostre exemple? En verité, MONSIEVR, j'ay quelque sujet de me plaindre, & il est de vostre bonté de me satisfaire.

RESPONSE.

IE n'auray jamais de secret pour vous où il ira de vostre service & de vostre contentement. Ie ne vous ay rien dit de l'affaire dont vous me parlez, parce que je ne voulois pas vous donner de la peine sans necessité, & je sçavois que ce vous en seroit vne de celer vne chose qui me pourroit estre avantageuse si elle estoit sceuë, vous qui avez tant de passion de m'acquerir & de de me faire des amis. Ie n'ay garde d'apprehender vos loüanges, *Neque enim mihi cornea fibra est.* Pour mes bons exemples, ils ne vous sont point necessaires pour vous confirmer dans la vertu, c'est assez de vos bonnes inclinations. Ie ne sçay si celle que vous avez pour moy se peut nommer bonne; mais telle qu'elle est, je vous prie de me la conserver toûjours.

MONSIEVR DE VOITVRE,

A MONSIEVR COSTAR.

VOvs serez bien aise d'apprendre que Mad. de * * * a gagné son procés avec dépens & restitution de fruits depuis vingt cinq ans. I'en suis ravy comme vous pouvez penser, moy qui regarde ses interests comme les miens propres, & qui n'y fais point de distinction. Cependant, MONSIEVR, ma joye n'est pas toute pure, parce que j'ay sceu des gens du mestier, que nostre Rapporteur a fait vne tres-haute injustice en ma consideration, & qu'il nous a donné beaucoup plus que nous ne pouvions pretendre legitimement. Pour moy, puisque je suis cause en quelque sorte de la perte que souffriront nos parties, je suis resolu de les dédommager par quelque voye indirecte, & j'en ay trouvé des moyens que je veux vous communiquer à nostre premiere veuë. Ce qui m'embarasse le plus, c'est que Monsieur de * * * qui m'a fait ce qui s'appelle vn tour d'amy, me croit sans doute obligé d'estre le sien tant que je vivray, & je vous avouë que je ne le puis, & que mesme il m'est impossible de n'avoir pas pour luy du mépris & de la haine. A la verité j'approuve ce que disoit vn Ancien, *qu'il ne voudroit pas estre assis sur vn tribunal, où ses amis ne trouvassent pas plus d'accés & plus de faveur que les estrangers*; & je condamne fort cet impertinent Athenien, qui estant prest d'entrer en charge, fit assembler tous ses amis & renonça publiquement à leur amitié. Il eust bien mieux fait de renoncer à l'avarice, à l'orgueil, à l'opiniastreté, & à plusieurs autres vices qu'il fit paroistre pendant son gouvernement. Et il est certain, qu'il y a des graces que les Magistrats peuvent faire sans blesser leur honneur & leur conscience. Mais quand ils vendent nos fortunes & nos vies, ou qu'ils les sacrifient à la passion & aux interests des autres; alors j'en ay autant d'aversion & d'horreur, que ce bon Empereur qui disoit souvent, *qu'il avoit tousiours vn doigt tout prest pour crever vn œil à vn mauvais Iuge.* Et sans mentir, je suis au desespoir, que le nostre ait acquis sur moy vne sorte d'obligation, que je ne sçaurois payer sans crime, & que je ne sçaurois manquer de reconnoiſtre ſans ingratitude. Vous connoiſſez, MONSIEVR, ce Seigneur Romain que Caligula fit mourir, *parce qu'il avoit plus de vertu qu'vn Tyran n'en peut ſouffrir en vn ſujet, avec ſeureté.* Quoy qu'il fuſt dans vn beſoin fort preſſant, il ne voulut point d'vne ſomme notable que luy offrit vn mauvais riche de ce temps-là, & répondit à ceux qui s'eſtonnoient de ce refus: *Ie ne veux rien devoir à vn homme avec qui j'aurois honte qu'on me vit boire.* I'en dirois bien autant de Monſieur de * * * ſi les choſes eſtoient à recommencer. Conſeillez moy, MONSIEVR; I'ay grande envie de vous entendre là-deſſus.

RESPONSE.

VOvs n'avez que de beaux & de loüables ſentimens. Il eſt certain que vous ne ſeriez pas obligé en conſcience, de reparer vn dommage dont vous n'avez eſté que l'occaſion, & vne occaſion tres-innocente. Mais ce n'eſt pas aſſez pour vous, de ſatisfaire à la iuſtice rigoureuſe, & vous croyez que les devoirs de la loy naturelle s'eſtendent plus loin que l'obligation de la loy écrite. A ce conte-là, MONSIEVR, vous n'auriez garde de vous dire à vous meſme, ce que Madame P. diſoit à ſon fils, qui eſtoit trop devot à ſon gré, *Ne te doit-il pas ſuffire ſi tu vas en Paradis?*

As-tu dessein d'aller par delà? Pour vostre Conseiller, si j'estois en vostre place, je n'en serois guere en peine. Il faut recevoir les faveurs d'vn homme de cette sorte, non pas comme des bienfaits qui demandent de l'amitié pour reconnoissance; mais comme des prests, qui se doivent contenter de quelque revanche. Quand nous avons emprunté de l'argent, nous sommes obligez de rendre le mesme prix; mais il n'est pas necessaire que ce soit en mesmes especes. Ainsi, quoy que celuy qui vous a favorisé l'ait fait par affection & par estime, s'il est indigne que vous en ayez pour luy, la raison ne vous ordonne pas de l'aimer & de l'estimer; elle veut seulement que vous le serviez si vous le pouvez, & rien davantage. Au pis aller, MONSIEVR, quand vous seriez obligé de le voir souvent, vous pourriez dire aprés ce Philosophe dans Diogene Laërce: *Ie le hante comme les Medecins hantent les malades.* Ie m'asseure que vous n'aurez pas oublié ce beau passage de Pline sur le sujet du fleuve Penée. *Il prend en passant celuy d'Eurotas, mais à proprement parler, il ne le reçoit pas au dedans de soy, & l'ayant porté peu de temps sur la surface de ses eaux, à peu prés comme de l'huile qui surnageroit vne autre liqueur, il s'en défait aussi-tost, refusant de mesler ses ondes d'argent parmy celles d'vne vilaine riviere, qui tirant sa source des Enfers, se sent de l'horreur de ce lieu de peines & de supplices, dont elle est venuë.* ACCIPIT

Lib. 4. cap. 8.

amnem Eurotan, nec recipit; ſed olei modo ſupernatantem, brevi ſpatio portatum, abdicat: pœnales aquas, diriſque genitas, argenteis ſuis miſceri recuſans. Voilà proprement l'image de la converſation que nous devons avoir avec les meſchans. Il faut qu'ils ſoient parmy nous ſans eſtre avec nous; ou s'ils ſont avec nous, que nous ne ſoyons pas avec eux. A toute extremité, MONSIEVR, voſtre conſtitution eſt ſi forte, & vos preſervatifs ſi excellens, que vous n'avez point à craindre la contagion des mauvais exemples. Et ainſi je puis en toute ſeureté me repoſer ſur vous de voſtre conduite. Ie m'y repoſerois bien auſſi de la mienne, ſi vous vouliez en prendre le ſoin; mais vous n'eſtes pas aſſez bon, ou vous ne m'en jugez pas digne. Neantmoins chacun prend ſoin de ce qui luy appartient, & rien n'eſt à perſonne ſi parfaitement que je ſuis à vous pour toute ma vie.

MONSIEVR COSTAR,

A MONSIEVR DE VOITVRE.

VOSTRE grand Lacquay ne s'entend pas trop mal à faire des comparaiſons, quand il dit à ſon compagnon, *tu es vn opiniaſtre, tu veux tout emporter comme noſtre Maiſtre.* Pour dire le vray, MONSIEVR, je trouvois hier que vous preſſiez vn peu trop le pauvre Monſieur de * * *, & que vous ne craigniez pas aſſez de mettre en colere vn homme qui a vne bile fort amere, & qui au jugement de Monſieur de * * * eſt quelquefois *Sardoïs amarior herbis*. C'eſt vne choſe loüable que de vaincre, mais c'en eſt vne bien odieuſe que de pouſſer trop loin ſa victoire, & de fouler aux pieds ſon ennemy aprés l'avoir abbatu.

Νικᾷν μὲν καλὸν, ὑπερνικᾷν δ' ἐπίφθονον.

Vous n'aviez pas là vn combatant qui fuſt de vôtre force, & dont la défaite vous pûſt faire honneur. Il me ſembloit que je voyois le petit Troïlus qui avoit la temerité de meſurer ſes armes avec Achille,

Infelix puer atque impar congreſſus Achilli,

ou pluſtoſt, *Dares* qui eſtoit ſi oſé que d'attaquer *Entellus*. Et veritablement, il y eut pluſieurs evenemens aſſez ſemblables. La faute que vous fites d'abord en la ſupputation des temps, enfla merveilleuſement le courage de voſtre Adverſaire. Il voulut ſe prevaloir de voſtre cheute, & vous donna quelques coups à terre : Mais, bon Dieu ! comme vous le menates batant aprés vous eſtre relevé ;

At non tardatus caſu, neque territus heros
Acrior ad pugnam redit ; & vim ſuſcitat ira,
Tum pudor incendit vires & conſcia virtus.

Vous l'accablates *d'vne greſle de raiſons*. (C'eſt vn

mot du Chancelier Bacon) Ie n'en vis jamais de ſi fortes ni en ſi grande quantité,

Nec mora nec requies, quàm MVLTA GRANDI-
NE *nimbi*
Culminibus crepitant, ſic denſis ictibus heros
Creber vtraque manu, pulſat verſátque Dareta.

Ie voulus faire comme Enée, & m'efforçay de ſauver quelques coups à ce malheureux : je luy criay,

Infelix, quæ tanta animum dementia cepit?
Non vires alias, conversáque numina ſentis?
Cede Deo.

Mais tout cela fut inutile, & il me fut impoſſible de luy faire quitter vne partie ſi mal faite. Serieuſement, MONSIEVR, vous avez grand tort. La verité pour qui vous vous eſchauffates ſi fort, n'eſtoit pas plus de voſtre connoiſſance, ni plus de vos amies que Monſieur de * * *. Elle ne vous ſçaura point de gré de l'avoir ſi bien defenduë, elle ne ſçauroit jamais vous ſervir, & elle n'eſt point de la Cour comme luy, qui entretient ſouvent la Reine, & qui meſme luy parle à l'oreille. Vous ſçavez que ceux qui veulent toûjours avoir raiſon, ne ſont pas les plus raiſonnables, & vous avouërez qu'on pourroit appeller cela *cum ratione inſanire*. A la verité, il ſe rencontre dans les compagnies, des perſonnes faſcheuſes, incommodes & inſupportables, qui gaſtent toutés les belles conversations, qui contredisent tout indifferemment, avec qui l'on n'a jamais ni paix ni treve, & qui ressemblent à cet Escolier de Rome, qui voulant répondre de toute la Philosophie, fit des theses qui ne contenoient que ces mots : *De quacunque re ibis ad dextram, ibo ad sinistram.* *DE quelque costé que vous soyez, je seray de l'autre : Si vous allez à droit, j'iray à gauche :* Ce qui revient à la devise qu'avoit prise le Chevalier Navarrois, *que si, que non.* Sans doute ces gens-là meritent qu'on les traite à toute rigueur, & qu'on les poursuive à toute outrance. Il ne leur faut point donner de quartier, non plus qu'à ces ennemis indomptables, qu'on peut vaincre; mais qu'on ne sçauroit gagner ni reduire, & qui reviennent encore à la charge aprés avoir esté batus la centiéme fois ; comme estoient ces peuples sauvages, dont nous voyions l'autre jour que Germanicus disoit dans Tacite : *Il faut exterminer cette nation toute entiere, si nous voulons voir la fin de la guerre.* SOLAM *internecionem gentis, finem bello fore.* Mais, MONSIEVR, nostre homme de Cour n'est pas de ce nombre; il ne dispute qu'vne fois le mois, & c'est par l'ordonnance de son Medecin, qui a crû que cet exercice seroit moins violent qu'vne débauche, & qu'il luy serviroit autant: Ie pense qu'il ajoustera, pourveu que ce ne soit point avec vous qu'il s'exerce de cette sorte, car

je

je ne ſçay rien de plus capable de luy échauffer le ſang. A l'avenir, MONSIEVR, j'eſpere que vous vſerez plus moderément de vos avantages. Et certes, s'il vous arrivoit ſouvent de vous en ſervir ainſi, ce grand eſprit que vous avez au deſſus de nous, ne ſerviroit qu'à vous faire craindre & à vous faire deteſter. Auſſi pratiquez-vous vne conduite bien differente, & il y paroiſt par la bienveillance vniverſelle que vous vous eſtes acquiſe, & par la bonté que vous avez de vous abaiſſer juſques à moy, & de vous défaire d'vne partie de voſtre éclat & de vos lumieres afin que je n'en ſois point ébloüy, & que je puiſſe approcher plus prés de vous. C'eſt comme Apollon traita le petit Phaëton, il quitta ſa couronne de rayons dont ce jeune garçon ne pouvoit ſupporter la veuë,

—— At genitor, circum caput omne micantes
Depoſuit radios; propiúſque accedere juſſit.

Ie ne ſuis pas meſconnoiſſant de cette grace, & vous le confeſſeriez, ſi je pouvois vous faire connoiſtre à quel point je ſuis voſtre ſerviteur.

RESPONSE.

IAMAIS Monſieur de * * * ne me voudra tant de mal, que je m'en veux à moy-meſme, de l'avoir faſché. Ie ne reſſemble pas à ce Mævius d'Horace, qui se pardonnoit avec tant d'indulgence, les mesmes fautes qu'il reprenoit si aigrement dans ses amis,

——— *Egomet mî ignosco, Mævius inquit.*

Au contraire, il s'en faut bien que les vices des autres me choquent & me déplaisent comme les miens propres ; & quelque honte qu'on me fasse de mes sotises, elle n'égale point les reproches que j'en reçois de ma conscience. Ie ne sçaurois vous dire, MONSIEVR, comment je m'échauffay si fort hier au soir. Ordinairement mon pouls est aussi reglé à la fin de la dispute qu'au commencement : Ie n'en change ni de voix ni de couleur, & les contradictions éueillent mon esprit sans exciter ma colere. A n'en point mentir, j'aime vn peu plus la verité quand c'est moy qui la trouve, que quand c'est vn autre qui me la montre : Mais quoy qu'il en soit, je cede & me rens tout aussi-tost que je l'apperçois, & souvent dans la chaleur de la contestation, je me suis arresté tout court, me contentant de remporter sur moy, la victoire que je n'avois pû gagner sur l'opiniastreté de mon Adversaire. Depuis vingt ans que je me mesle de ce mestier-là, je ne me souviens pas d'avoir hazardé vne seule fois les bonnes graces des personnes avec qui j'ay eu ces sortes de conferences. Pour ce coup, MONSIEVR, j'ay peché contre mes maximes, & j'en suis assez puny par le regret & la confusion qui m'en demeurent. Ie ne répons rien aux railleries que vous faites de moy, elles feront vne partie de ma penitence, & je les souffriray patiemment pour la reparation de ma faute. Si vous voyez Monsieur de * * *, je vous prie de le preparer à recevoir bien mes excuses & mes satisfactions. I'attens ce bon office de vous, de qui j'en reçois vne infinité à toutes les heures.

MONSIEVR DE VOITVRE,

A MONSIEVR COSTAR.

VOvs connoissez bien ce malheureux homme, qui vous dit vne fois qu'il estoit Grec, & à qui vous répondites si plaisamment qu'il avoit l'œil rond, à la verité, mais que sa bouche ne l'estoit pas comme celle des Grecs,

——— Graiis dedit ore rotundo
Musa loqui.

Il s'est avisé de me faire Auteur d'vne Epistre burlesque qui court depuis quelque temps, où il est parlé de *Gregues Chabotines*, & de *Nourrisson de Hollande*. En verité je voudrois qu'il m'eust dérobé la moitié de mes vers, & qu'il ne m'eust point donné ceux-là. I'ay toûjours apprehendé cet impertinent Grec, mais je l'apprehende encore plus que jamais, puisqu'il fait de ces sortes de presens,

—— *Timeo Danaos & dona ferentes.*

Mais, MONSIEVR, croyez-vous qu'on se puisse imaginer jamais que j'aye esté capable d'vne si haute extravagance? Cette piece est extrémement injurieuse, & offense des personnes qui me sont sacrées & inviolables, & pour qui l'on sçait que j'ay toûjours eu vne particuliere veneration. Il ne m'est jamais arrivé de faire le moindre mot de satyre ou d'epigramme contre la reputation de qui que ce soit. Quelle apparence que j'eusse voulu commencer par là. *Nemo repentè fuit turpissimus.* O N *n'arrive pas d'abord au sommet de l'infamie, on y monte par degrez.* Neantmoins la pluspart n'examinent pas les choses; & devant eux c'est assez d'estre accusé pour estre coupable. Rasseurez-moy, MONSIEVR, de la frayeur où je suis, & publiez par tout où vous irez, l'insolence de cette nouvelle calomnie. Vous y avez interest; afin que vous le sçachiez: Si on dit aujourd'huy que j'ay fait des vers médisans, on dira demain que vous avez fait des libelles diffamatoires, & vous aurez beau crier,

Procul à libellis nigra sit meis fama,
Quos rumor alba gemmeus vehit penna.

il n'en sera autre chose; vous demeurerez *inchiostré*; Toute l'eau de la mer ne suffira pas pour vous laver, & il seroit plus aisé de blanchir vn

More. Travaillez donc, s'il vous plaiſt, à la juſtification de mon innocence, afin d'aſſeurer la vôtre. Vous ne ſçauriez me faire plus de plaiſir, vous de qui j'attens les plus grands & les plus ſolides contentemens de ma vie.

RESPONSE.

MOCQVEZ-vous, MONSIEVR, *du Grec aux yeux ronds & à la bouche de travers.* Il eſt ſujet à n'eſtre pas crû, quand meſme il dit des veritez apparentes, vous pouvez juger s'il le ſera, en diſant vne menterie qui n'a pas ſeulement la vray-ſemblance de la pluſpart des fables d'Eſope. En effet, MONSIEVR, il ſeroit plus aiſé de s'imaginer que les beſtes euſſent parlé, que de ſe perſuader que vous euſſiez parlé mal de tant d'excellentes perſonnes. Quand le Grec jureroit qu'il ſçauroit d'original ce qu'il dit de vous, on l'accuſeroit d'avoir falſifié les originaux,

La fede Greca à chi non è paleſe?

Si tous ceux qui ſçavent cette langue, reſſembloient à celui-cy, il faudroit prendre à la lettre, ce mot qui eſt dans Ciceron, *vt quiſque Græcè ſcit, ita eſt nequiſſimus.* Mais nous avons des amis, quand ce ne ſeroit que le ſçavant Monſieur Menage, qui font bien connoiſtre que cette regle n'eſt pas generale, & qu'on peut eſtre auſſi Attique qu'Athenes mesmes, & ne laisser pas d'avoir vne probité & vne franchise du siecle de Louïs douziéme. Ie m'en vay dés à cette heure retenir quatre porteurs pour cette apresdisnée, afin d'aller dans tous les quartiers de la ville, donner vn démenty à nostre Pedant d'espée. Et puis j'iray voir vn Gentilhomme, qui m'a dit souvent que s'il ne pouvoit estre mon coutelas, au moins il seroit mon trompette quand je le voudrois. Ie le sommeray de sa parole, & luy diray le plus intelligiblement qu'il me sera possible, le *signa canant* de Cesar Auguste; ou le *sonne-trompette* de feu Monsieur de Guise. A la charge que ce bruit ne vous éveillera pas, & que vous n'en dormirez pas moins de ce somne agreable, que Martial appelle *ingentem & improbum.*

Ingenti fruor, improbóque somno,
Quem nec tertia sæpe rumpit hora.

Dieu vous en fasse la grace. C'est parler proprement, car vous sçavez que le sommeil est vn don du Ciel,

Tempus erat, quo prima quies mortalibus ægris
Nascitur, & DONO DIVÛM GRATISSIMA SERPIT.

Ou si vous aimez mieux en croire la Sainte Escriture, (comme de raison) ne vous souvenez-vous pas de ces paroles? *Quand le Seigneur aura fait present du sommeil à ses bien-aimez.* CVM *dederit dilectis suis somnum.* En ce cas-là vous estes de ceux qui ſont cheris de Dieu ; & outre cette marque, vous en avez encore d'autres qui ſont plus viſibles & plus certaines, dont je le louë de tout mon cœur.

MONSIEVR COSTAR,

A MONSIEVR DE VOITVRE.

I'AY eſté voir ce matin Mademoiſelle de Gournay, que j'ay trouvée malade d'vne fiévre, qui à la verité n'eſt pas bien forte, mais qui pourtant eſt encore plus forte qu'elle de la moitié, & qui pourroit bien l'emporter dans peu de jours, à ce que m'a dit ſon Medecin. Cependant, elle n'a point eſté payée de ſa penſion; & Monſieur Bartillac que j'ay vû là-deſſus *di buona voglia*, & ſans en eſtre prié, m'a promis de luy donner de l'argent, ſi toſt qu'il en auroit receu le commandement de la bouche de la Reine. C'eſt à vous, MONSIEVR, à faire le reſte, & à ne laiſſer pas échaper cette occaſion d'exercer voſtre charité, qui auſſi-bien que vos autres vertus, a beſoin d'exercice pour s'entretenir & pour ſe fortifier. Ie vous demande pour mon droit d'avis, que vous me ſçachiez gré de vous en donner de ſi bons, & que vous m'en aimiez vn peu davantage. Sans mentir, j'auray regret à cette pauvre Demoiſelle ſi nous la perdons. C'eſt vne perſonne d'vn rare merite, & elle tient vne place en France qui apparemment sera long-temps sans estre remplie. Ie n'entreprendray pas de defendre icy ses patins, ni le ton de sa voix, ni quelques autres irregularitez de sa personne & de ses habits. Mais je puis dire, qu'outre la grandeur & la beauté de son esprit, elle a plus de probité, de foy, d'humanité, de justice & de veritable generosité, que n'en eurent peut-estre jamais ni la Sapho des Grecs, ni la Sulpitie & la Theophile des Romains. Ie sçay des actions d'elle, que j'estime presque autant que tous ses ouvrages, & qui auroient eu beaucoup d'admirateurs, si elle avoit eu plus de fortune & plus de rang dans le monde. Car comme a dit cet Auteur, dont vous donneriez toute la succession, quelque riche qu'elle me paroisse, non pas pour vne soupe de lentille, à la verité, mais pour vn de ces potages qui se mangent à Balzac: *Qu'il y a de choses que l'on éleve bien haut, ou que l'on abaisse bien bas, à proportion de l'éclat ou de l'obscurité des personnes qui les ont faites: comme si la mesure des bonnes actions se devoit prendre sur la dignité & sur la condition du vertueux, plustost que sur la propre excellence de la vertu.* QVAM *multum interest, quid à quoque fiat, eadem enim facta, claritate vel obscuritate facientium aut tolluntur altissimè aut humillimè reprimuntur.* Il fait cette remarque sur le sujet d'vne femme de la lie du peuple, qui estoit sa voisine à la

Lib. 6. epist. 24.

cam-

campagne, & dont le nom n'estoit point connu, quoy qu'elle eust donné vn exemple illustre d'vne amitié & d'vne resolution aussi heroïque, que celle de la celebre Arria, si bien marquée & si renommée dans l'Histoire. Et à propos d'Arria, le pere d'alliance de Mademoiselle de Gournay a-t-il tort, ou ne l'a-t-il pas, de soustenir que Martial affoiblit la force du mot que cette genereuse Dame dit en mourant, au lieu de l'embellir comme il le pretend? La verité est, qu'Arria pour encourager son mary de prevenir par vne mort volontaire la condamnation de l'Empereur, se donna d'vn poignard au travers du corps, & le retirant tout chaud de sa playe, *tien Pætus*, dit-elle en le luy donnant, *cela ne fait point de mal.* Mais voicy comme Martial le rapporte: *La chaste Arria presentant à son mary le poignard qu'elle s'estoit plongée dans le sein, & qu'elle en avoit retiré: Croyez moy, dit-elle, & ne doutez point de la foy de mes paroles, le coup que je me suis donné ne m'a point fait de douleur, mais je sentiray bien celuy que vous donnerez.*

Casta suo gladium cùm traderet Arria Pæto,
Quem de visceribus traxerat ipsa suis:
Si qua fides, vulnus quod feci non dolet, inquit,
Sed quod tu facies, hoc mihi, Pæte, dolet.

Devant que de sçavoir vostre avis, je me hazarde de dire le mien. Il me semble que de la forte que parle icy Arria, elle euſt attendry Pætus qu'elle vouloit fortifier. Et puis elle ne pouvoit pas appeller mal, vne legere douleur qui devoit donner de la gloire à ſon mary, & le ſauver de la honte & de l'infamie d'vn ſupplice. Si ce n'eſt pas là voſtre opinion, je vous declare que ce ne ſera plus la mienne: Ie n'en veux point avoir qui ſoient contraires aux voſtres; auſſi-bien je ne les pourrois garder qu'autant que vous voudriez: Ie n'aurois pas la force de les defendre contre vos raiſons. Ie ne veux point avoir de combat avec vous, & je ſerois vn fou incurable, ſi l'exemple de Troïlus, de Dares, & de Monſieur de * * * ne m'avoit fait ſage. Encore vne fois, MONSIEVR, je vous recommande noſtre pauvre malade, & je vous prie qu'Arria ne vous la faſſe point oublier.

RESPONSE.

I'AY fait l'affaire de Mademoiſelle de Gournay; & meſme j'ay receu ſon argent dont j'ay donné quittance en mon nom. Ie vous l'envoye, MONSIEVR, afin qu'elle ait le plaiſir de le recevoir de vos mains. Ie voudrois bien que ce ne fuſt pas le dernier qu'elle euſt en ſa vie; mais je n'oſe en prier Dieu, de peur qu'elle ne m'aille deſavouër, & qu'elle ne juge comme moy, que les douceurs dont elle est capable en son âge, ne valent pas le demander. Neantmoins, peut-estre que j'imagine mal les choses, & que je n'estime pas assez la satisfaction d'vne bonne conscience, & les contentemens de l'esprit, qui quelquefois n'est pas encore tout vsé ni entierement au bas à quatre-vints dix ou douze ans; témoins Isocrate, Sophocle & plusieurs autres illustres de l'antiquité. Et veritablement, il faut bien que la vie ne soit pas tousiours ennuieuse dans la derniere vieillesse, puisqu'on a remarqué que le Disciple bien-aimé de nostre Seigneur, n'avoit pas vescu moins de cent ans, & qu'il avoit achevé son siecle aussi-bien que le Phœnix. En ce cas-là, MONSIEVR, ce n'est pas vne regle vniverselle que celle-cy,

Celuy qu'aiment les Dieux, ne dure pas long-temps.

Ou si vous l'aimez mieux en Grec (vous verrez que j'en sçay plus de trois mots)

Ὃν οἱ θεοὶ φιλοῦσ' ἀποθνήσκει νέος.

C'est sans doute que ces Poëtes ne mettoient point de difference entre la felicité des bestes & celle des hommes, ni ne connoissoient d'autre plaisir que celuy des sens, ni d'autre misere que la privation des voluptez. Et c'est dans ce sentiment qu'vn autre disoit, ainsi que vous me l'avez appris, *Qu'y a-t-il de beau dans le monde, qu'y a-t-il de plaisant hors les divertissemens de l'amour & de la galanterie? Puiſſay-je perdre le jour quand j'en auray perdu le gouſt!* Seray-je aſſez oſé pour le mettre en Grec? Ie m'en vay m'y hazarder, quoy qu'il en arrive,

Τί καλὸν, τί δ' τερπνὸν ἄνευ χρυσῆς Ἀφροδίτης·
Τεθναίην ὅτε μοι μηκέτι ταῦτα μέλοι.

Sur ce meſme principe, noſtre Horace parlant de deux femmes de ſon temps, dit de l'vne, *que les Deſtins favorables luy avoient accordé la grace de ne ſurvivre point à ſa beauté; & de l'autre, qu'ils la laiſſoient ſur la terre autant qu'vne vieille corneille, afin d'eſtre expoſée au meſpris & à la riſée de la jeuneſſe, qui voyoit avec joye les triſtes & les froides cendres d'vn flambeau qui avoit mis autrefois le feu dans toutes les ames.*

——— Sed Cynaræ breves
Annos fata dederunt
Servatura diù parem
Cornicis vetulæ temporibus Lycen,
Poſſent vt juvenes viſere fervidi
Multo non ſine riſu
Dilapſam in cineres facem.

Vous ſerez peut-eſtre bien aiſe de voir comment Deſportes a traduit ces vers:

C'eſt pourquoy les Deſtins amis
Peu de jours à Ieanne ont permis,
Et l'ont d'entre nous retirée
Avant que ſa jeune vigueur
De l'âge eſprouvaſt la rigueur,

Et maints amans l'ont souspirée.
Mais les Dieux qui ne t'aiment pas,
Lyce, te font vivre icy bas
Autant qu'une vieille corneille,
Afin que l'Amant s'effroyant
Voye sa faute en te voyant
Surpris de honte & de merveille.

Vous observerez, s'il vous plaist, que Desportes n'a pas rendu cette jolie pensée de son Auteur,

Dilapsam in cineres facem,

& qu'il en a mis vne autre en sa place qui ne la vaut pas, & qui mesme à la bien examiner ne semblera pas fort raisonnable: Car si Lyce est si decrepite, pourquoy parler de ses Amans, qui devoient estre morts de vieillesse dés le temps du premier Consulat de Marius? Ou si par grand hazard il en estoit resté quelqu'vn, n'auroit-il pas assez dequoy s'entretenir de ses propres infirmitez, sans penser à celles de cette miserable vieille? Et puis, les Dieux ne conservoient Lyce que pour la punition de ses pechez, afin qu'elle en fust chastiée par les moqueries continuelles de tous les Galans, *Possent vt juvenes &c. multo non sine risu.* Ce n'estoit donc pas *afin que l'Amant s'effraiant, se repentist de sa faute, & qu'il en eust honte*, autrement la laideur & la deformité de Lyce, ne seroit pas tant sa peine, que celle des jeunes gens qui la verroient, & ainsi les Dieux seroient frustrez de leur intention & de la fin qu'ils se proposoient. Quoy qu'il en soit, MONSIEVR, la longue vie est le supplice des femmes qui ont mis tout leur bon-heur à traisner aprés elles vne foule de captifs & d'adorateurs : Mais Mademoiselle de Gournay n'est pas de ce nombre, elle a des avantages plus durables & plus solides, & vne sorte de beauté qui se defend bien mieux des années. Vous n'avez rien dit d'elle dont je ne sois fort persuadé ; & si vous entreprenez quelque jour de faire son oraison funebre, je m'offre à vous fournir de memoires. Pour le doute que vous me proposez, il ne reçoit point de doute, à mon avis ; vous & Montagne avez raison : Martial a imité ceux que les Romains appelloient *Mangones*, qui pour rendre plus beaux les jeunes enfans qu'ils vendoient, les faisoient Eunuques, *formæ puerorum, virilitate excisâ, lenocinabantur.* Ie perdrois beaucoup si vous ne vouliez plus disputer avec moy, & je vous dirois comme cet Orateur chagrin dans Seneque : *Dites quelquefois non, afin qu'il paroisse que nous soyons deux.* Il ne pensoit pas estre en compagnie si on ne le contredisoit. Quoy que je ne sois pas tout à fait de mesme, quand je suis avec vous, il est certain que vos contradictions me plaisent davantage que vos complaisances. L'exemple de Troïlus & des autres ne doit point vous faire de peur ; Aussi ne vous en servez-vous que pour me faire la guerre. Cela n'est pas beau pourtant, de vous divertir à mes dépens, & de vous réjouïr de mes fautes. Pour vous en punir je tascheray de vous oster ces sortes de joye ; encore que vous soyez la personne du monde à qui j'en desire le plus & de meilleur cœur.

MONSIEVR DE VOITVRE,

A MONSIEVR COSTAR.

IE viens d'apprendre que vous aviez esté volé cette nuit dans le Cours en revenant de Saint Clou. Ie m'imagine que vous vous estes laissé foüiller doucement & paisiblement, comme vn petit mouton qui se laisse tondre. C'est avoir bien du pouvoir sur soy, & je ne sçaurois assez loüer vne si grande moderation. Vn autre pour defendre sa bourse auroit hazardé sa personne ; vous en avez vsé avec bien plus de sagesse, & il paroist que vous vous possedez admirablement. Vous avez voulu reserver vostre valeur en vne occasion plus importante, & n'avez pas eu l'imprudence, pour faire paroistre vne de vos vertus, de mettre en danger toutes les autres. Aussi-bien vostre courage n'eust point paru dans les tenebres; & quel dommage que de si belles actions se fussent passées sans témoin?

Degne d'vn chiaro sol, degne d'vn pieno
Teatro opre sarian sì memorande.
Au poinct qu'on vous fit cet outrage,
Le Dieu de Seine estoit dehors
A regarder sur le rivage
La Lune qui luisoit alors:
Il se resserra toute à l'heure
Au plus bas lieu de sa demeure.

En conscience, MONSIEVR, n'en fites-vous pas à peu prés autant, que le Dieu du fleuve? Ne vous cachates-vous point dans vne des portieres du carosse? Ou du moins, n'est-il pas vray que vous vous envelopates la teste de vostre manteau, comme fit Iule Cesar pendant qu'on l'assassinoit? Vous aimez tant ce heros, que je ne doute point que vous n'ayez voulu l'imiter. Mais enfin, MONSIEVR, combien vous en couste-t-il? Vous estes sujet à porter sur vous vne partie de vostre argent; ces honnestes gens ont-ils eu la courtoisie de vous en laisser vn peu? Dans l'apprehension que j'ay qu'ils ayent manqué à cette civilité, je vous envoye cent pistoles, & vous en garde encore deux fois autant, en cas de besoin. Au reste ne trouvez pas estrange que je rie aveque vous de cet accident; ceux qui me l'ont

conté

conté ce matin, m'ont asseuré que vous vous en portiez fort bien, & mesme que dans vn peril si evident, vous n'aviez pas eu la moindre émotion de crainte. Ie l'avois tousiours bien jugé que vous estiez vn vray Tancrede,

Se non teme Tancredi, il petto audace,
Non fè natura di timor capace.

En passant, ou plustost pour passer à vn autre discours, & vous laisser en paix, comme vous y avez laissé les filous ; trouvez-vous que le Tasse ait gardé la mesure qu'il falloit, de faire Tancrede incapable de toutes sortes de peur, à la veuë mesme de tout ce que l'Enfer a de plus horrible? Et au contraire que dites-vous de Virgile, chez qui Enée est saisi d'vne telle frayeur dans vne tempeste, que le frisson luy en prend & qu'vn glaçon luy court par tout le corps?

Extemplò Æneæ solvuntur frigore membra.

I'ay bien de plus grandes difficultez à vous proposer, mais c'est assez vous tourmenter pour aujourd'huy.

RESPONSE.

VOus me faites la faveur de m'envoyer cent pistoles : vn autre de mes amis en a fait autant, & j'ay receu de grandes offres de plusieurs endroits sur le bruit qui s'est répandu de mon accident. Ainsi il ne tient qu'à moy que je ne me trouve fort bien d'avoir esté volé, & que je n'y gagne notablement. Iuvenal parle d'vn Grand de son temps, à qui l'on fit de tous costez de si magnifiques presens aprés qu'vne de ses maisons eust esté bruslée, qu'il fut soupçonné d'en avoir esté luy-mesme le boute-feu.

——— meliora & plura reponit
Persicus orborum lautissimus, & meritò jam
Suspectus, quasi ipse suas incenderit ædes.

Peut-estre aussi, MONSIEVR, que vous m'accuserez de m'estre entendu avec les filous du Cours pour profiter de cette occasion : & sur tout pour me mettre en estime de hardiesse & de resolution. Moquez vous en tant que vous voudrez, mais je suis asseuré que ni vostre Tancrede ni vous mesme, quelque brave que vous soyez, particulierement aux flambeaux, n'eussiez pas eu l'esprit plus present que je l'ay eu dans ce peril. D'abord je me representay quelle honte ce me seroit de recevoir seulement vne egratigneure en vne rencontre si peu honnorable, où je ne pouvois attendre que de ces playes que Virgile appelle *inhonesta vulnera*, & le Tasse *brutte ferite*. Ie me souvins que vous m'aviez souvent prié de conserver ma santé, & que vous ne m'aviez point recommandé de garder ma bourse au prix de mon sang, & de me signaler par des actions militaires.

Là-dessus je fis dessein de vous laisser cette gloire pour vostre partage, & me resolus, pour le mien, à vn genereux mépris de mon argent, & à vne sage imitation du Castor, que la Philosophie nous propose pour exemple, en de semblables accidens,

———— decidere jactu
Cœpit eum ventis, imitatus Castora, qui se
Eunuchum ipse facit, cupiens evadere, &c.

Vn Senateur, dans le Pline que vous aimez, fut plus beste que ce petit animal & moy. Il avoit vne merveilleuse opale, dont Antoine avoit envie. Il la luy refusa si opiniastrément, qu'il aima mieux laisser mettre sa teste à prix, que de luy donner cette bague, & de se priver d'vne chose où il avoit si sottement attaché son affection. *Ce fut*, dit cet Auteur, *vne brutale & prodigieuse avarice que celle d'Antoine, de proscrire vn homme de condition pour vne opale: Mais l'opiniastreté de Nonius, ne l'estoit pas moins, de preferer la mort à la perte d'vne chose si superfluë, veu que parmy les animaux mesmes, il s'en trouve, qui pour racheter leur vie, se coupent avec leurs propres dens, les parties du corps qu'ils connoissent par vn instinct de la Nature, estre l'vnique sujet de la poursuite des chasseurs.* MIRA *Antonij feritas atque luxuria, propter gemma proscribentis: nec minor Nonij contumacia, proscriptionem suam amantis, cùm etiam feræ abrosas partes corporis relinquant, propter quas se periclitari sciant.*

Ie vous avouë, MONSIEVR, que je me sçay bon gré de voir qu'vn Senateur Romain ait esté plus fort que je ne le suis, & que j'aye mieux connu que luy, le juste prix des biens, & leurs differens degrez. Ne dites point, s'il vous plaist, que ce fut l'obscurité des tenebres qui empescha mes proüesses; la nuit estoit aussi claire qu'estoit celle dont Desportes se plaint dans les stances qui commencent,

O nuict jalouse nuict, contre moy conjurée.

La Lune luisoit, comme le disent vos vers; & les astres qui ont esté souvent pour moy vn agreable spectacle, eussent esté les spectateurs de mes belles actions, & j'aurois pû dire,

Nocte quidem; sed Luna videt; sed sydera testes
Intendunt oculos.

Mais je vous jure que tout cela ne me tenta point, & que j'éprouvay que la vaine gloire n'avoit guere de pouvoir sur mon esprit. Hors du peril, je me trouve assez vaillant, mais quand il est present, il me prend vne certaine tendresse pour la vie, qui modere mon ardeur, & qui reprime mon courage: De sorte qu'il s'en faut peu que je ne ressemble à celuy dont il est dit,

Era fuor de' perigli vn vero Sacripante,
Mà ne' perigli haveva cara la vita.

Au reste je ne veis rien de tout ce que vous me contez du Dieu de la Seine, & je penserois bien que ce ſeroit vne fiction poëtique, tout de meſme que ce qu'on diſoit l'année paſſée d'vn Sylvain, plus propre & plus poly que les ordinaires, qui vous apparut dans * * * * *. Vous m'offenſez de croire que je me ſuis enveloppé la teſte, comme Ceſar, pour ne voir point le danger: Ie le conſideray d'vne veuë ferme & tranquille, & n'en détournay point les yeux. En quoy j'imitay ce heros, ce fut en la hardieſſe que je témoignay parmy nos voleurs, toute ſemblable à celle qu'il fit paroiſtre parmy les Corſaires qui l'avoient pris; avec cette difference pourtant que je ne les menaçay point de les faire pendre, & que je ne m'amuſay pas à declamer devant eux, ni meſme contre eux. Ie n'ay point de peine à deviner pourquoy vous m'appellez Tancrede, c'eſt de la meſme ſorte que les *Romains donnoient le nom d'Atlas à vn Nain, de Cygne à vn Ethiopien, de Lion, de Tigre & de Leopard à vn chien peureux.*

—— Nanum cujuſdam Atlanta vocamus,
Æthiopen Cycnum &c.
——— Canibus pigris, &c.
Nomen erit pardus, tigris, leo, ſi quid adhuc eſt
Quod fremit in terris violentiùs.

N'importe, MONSIEVR, ſi j'avois eſté autrement, je ne ſerois peut-eſtre plus icy liſant vos railleries avec plaiſir, & recevant avec des reſſentimens extrémes les témoignages de voſtre amitié. Pour la difficulté que vous me proposez, il est facile d'y répondre. Aristote aprés avoir dit de son Magnanime qu'il est, ἀνέκπληκτος, *intrepide* (il faut que vous mettiez ce mot en credit) ajouste ὡς ἄνθρωπος, comme vn homme le peut-estre, signifiant par là, qu'il y a des choses si terribles, & si au dessus des forces humaines, que les plus courageux ne sçauroient s'empescher d'en avoir peur. Il paroist donc par là, que le Tasse n'a point parlé en Philosophe, quand il a fait vn de ses braves incapable de toutes craintes. Mais il ne faut pas que les Poëtes soient si modestes que les Philosophes, il leur est permis d'estre entreprenans & d'avoir vne hardiesse plus approchante de la temerité que de son contraire. Il semble plus estrange, que Virgile ait fait trembler son Enée, & qu'il l'ait representé saisi d'vne frayeur extréme. Neantmoins on peut dire que ce heros n'apprehendoit pas si fort de mourir, mais seulement de mourir par vn naufrage, d'vne façon obscure & vulgaire, sans rendre aucun service au monde, & sans donner aucune preuve de sa vertu. Ie pourrois m'estendre là-dessus, si je voulois vous repeter ce que je vous ay écrit vne fois sur le sujet de ceux qui se noyent. Mais il est juste que je craigne de vous ennuyer, comme vous craignez de me tourmenter. Ie n'ay point pris l'argent que vous m'offrez. Ie vous prie, MONSIEVR, de me le garder pour quelque autre occasion, & de m'en offrir quelqu'vne où je puisse vous témoigner combien je suis à vous.

MONSIEVR DE VOITVRE,

A MONSIEVR COSTAR.

PREMIEREMENT & devant toutes choses mandez moy, s'il vous plaist, des nouvelles de vostre santé; & si vous pourrez ce soir vous tenir assez bien en carosse pour venir au Cours.

Secondement, prenez la peine de me faire chercher vne lettre que vous écrivites autrefois en vn âge où vous pouviez dire *excusez mon duvet*, avec autant de raison que Monsieur * * * le disoit en chaire. Il est parlé là dedans de l'amour d'vn grand Ministre, & vous luy appliquez ces vers d'Ovide,

—— —— Quique omnia cernere debet
Leucothoen spectat, &c.

Tiercement, je voudrois bien aussi voir vne autre lettre, où vous traitez qui est le plus miserable de l'Avare ou du Prodigue, & plaidez la cause de l'vn & de l'autre en Advocat general.

Quartement (pour parler comme le Cardinal du Perron, & pour l'imiter de la sorte que je le puis) je voudrois bien que nous disnassions demain ensemble dans ma chambre, ou dans la vôtre, je vous en laisse le choix. Neantmoins j'aimerois mieux que ce fust chez moy, parce que j'ay besoin de faire vn peu de diete. I'aurois esté ce matin vous dire toutes ces choses de consequence, si nostre malheureuse horloge ne m'eust trompé, & n'eust sonné dix heures qu'il en estoit onze & demie. Il est vray que c'est moy qui suis le malheureux, & non pas elle, puisque j'ay fait en cela vne perte dont il n'y a que vous seul qui me puisse raquiter.

RESPONSE.

IE suis si parfaitement guery & me sens si fort, que bien loin d'apprehender le bransle du carosse, je pourrois aller au Cours *en Zerbin*, monté sur vn barbe ou vn coursier de Naples, si la mode en estoit en France comme en Italie. L'honneur d'vne si belle & si prompte cure, est deu tout entier à vostre charmant entretien de l'autre jour. Il eut autant de vertu qu'en avoient eu l'année passée les yebles dont je m'estois servy pour le mesme mal. De sorte que je pourrois dire de vostre langue (que Madame B. trouve si bien penduë) ce que Lucain a écrit de celle des Psylliens,

—— *Par lingua potentibus herbis.*

Que

Que feray-je MONSIEVR, quand mon esloignement m'aura privé d'vn remede si souverain, & que je seray reduit à me contenter de quelques lettres de temps en temps,

——— *Exigua ingentis solatia luctus.*

Il me faut exciter par cette fascheuse pensée à bien ménager les precieux restes du temps bienheureux que je puis passer avec vous, comme les voluptueux s'excitent par la consideration de la brieveté de la vie, à se presser d'en gouster les plaisirs & les delices. Ie vous envoye les deux lettres que vous m'avez demandées ; Elles ne ressemblent pas aux harangues de Demosthene, dont la meilleure estoit la plus longue ; au contraire la plus courte m'a semblé plus supportable, & j'ay trouvé l'autre peu digne de vostre curiosité. Ie serois bien aise que vous en jugeassiez autrement, & que vous eussiez sujet de m'accuser de ressembler à cet ancien Peintre, qui satisfaisoit tous les autres, & n'estoit jamais content de soy-mesme, & qu'on appelloit pour cette raison, *son propre calomniateur.*

Pour vostre disner de demain, il faut, s'il vous plaist, que vous le remettiez à Ieudy, car il y a trois jours que je suis engagé d'aller manger chez vn de mes plus anciens amis, à qui je n'oserois manquer, & qui pourroit bien me manquer luy mesme. C'est vn homme qui aprés avoir estudié deux ans en Medecine, ne voulut plus estre Medecin : aprés avoir fait son cours en Theologie, changea le dessein qu'il avoit eu pour l'Eglise. Il apprit en suite le Droit, & puis il se dégousta du mestier. Enfin, à force de deliberer ce qu'il seroit, il ne sçauroit plus rien estre :

Dum dubitat quid sit, jam nihil esse potest.

A vostre avis, MONSIEVR, mon disner est-il bien asseuré avec vn homme de cette humeur, qui m'en a convié trois jours devant ? Quoy qu'il en soit, je suis resolu de m'y hazarder ; ou je feray vn bon repas avec luy (car il fait bonne chere à ses amis), ou j'en feray vn bon conte qui vaudra mieux que son repas. Celuy qui vous rendra cette lettre, est vn jeune homme qui a de l'esprit, & qui n'a rien voulu apprendre : Comme je l'en blasmois, il m'a dit que ce qui l'avoit dégousté d'estre homme de lettres, c'est qu'il avoit oüi prescher, que la *lettre tuoit, & que l'esprit vivifioit.* Si ce n'est point vn quolibet, le mot est joly & me plaist bien autant que la fin de cette Epigramme Latine, sur ce mesme sujet. *N'apprehende point, tu ne cours point de fortune, la lettre ne te tuera point, car tu n'en connois pas vne.*

——— Te occidet littera certè

Nunquam, nam nulla est littera nota tibi.

Cela ne seroit pas mauvais pour celuy dont il est dit,

Cy-dessous gist Monsieur l'Abbé
Qui ne sçavoit ny A ny B,
Dieu nous en doint bien-tost vn autre
Qui sçache au moins sa patenostre.

Ie voy bien qu'on pourroit dire que la pointe de cette epigramme Latine, est tant soit peu fausse, & qu'on est quelquefois tué par des gens qu'on ne connoist point. Mais il ne faut pas examiner à toute rigueur ces petites subtilitez; & c'est assez pour sauver celle-cy, de ce que nous n'avons guere de démeslez ni de querelles qu'avec des personnes de connoissance. Nous en parlerons ce soir, & d'autres choses aussi qui nous toucheront plus prés au cœur. Ie vous attendray, ou vous m'attendrez. Voyez lequel vous aimez mieux estre, ou l'attendu, ou l'attendant.

A MONSIEVR DE L'ESSAV CHANOINE ET PREVOST de l'Eglise d'Amiens.

MONSIEVR,

Est-il bien vray ce qu'on m'a voulu persuader, que nostre grand B. est devenu amoureux de***, luy qui est les yeux de son Prince, qui veille incessamment pour le salut de l'Estat, & qui gouverne le destin & la fortune de toute l'Europe? Est-il possible que celuy qui doit regarder à tout, ne regarde plus que Leucothoé, & qu'il arreste sur vn beau visage, des yeux qui doivent leur service à tout le monde, & qui sont destinez à conduire l'Vnivers?

——— Quique omnia cernere debet
Leucothoen spectat, & virgine figit in vna
Quos mundo debet oculos.

Ne vous trompez pas, MONSIEVR, à ce mot de *virgine*, le nom de *vierge* se donne quelquefois à vne femme, témoin Pasiphaé pour qui Virgile employe ces termes,

Ah virgo infœlix, &c.

encore qu'elle eust vn mary, & vn Amant de plus, qui estoit vn des plus beaux taureaux de l'Isle de Crete. Mais, MONSIEVR, nos Philosophes diront-ils encore que la passion dont nous parlons, est la maladie des ames oisives, aprés avoir vû que celle-cy qui est si noblement occupée, a encore du loisir de reste pour faire vne galanterie? Nous aurons le divertissement de considerer comment s'accordera la plus imperieuse des passions, avec le plus imperieux de tous les esprits. Pour moy, quoy qu'en dient les speculatifs, je croy que ce grand Ministre fera vne esclave d'vne Maistresse, & qu'il la fera servir à ſon intereſt & à ſon ambition. Son amour reſſemblera non pas à celuy d'Antoine, mais à celuy du premier Ceſar ; ce ne ſera pas vn feu commun, ce ſera vn feu artificiel qui produira quelque choſe d'extraordinaire & de ſurprenant. Et pourquoy non, MONSIEVR, puiſque le ſage ſe ſert quelquefois de la colere meſme aveque ſuccés, comme vn homme adroit ſe ſert des armes à feu, qui ſont ſi dangereuſes entre les mains des enfans? B. eſt bleſſé de l'amour de la gloire & de l'immortalité,

——— *Magno laudum percuſſus amore,*

& qui eſt bleſſé de la ſorte, ne ſonge guere qu'à ſa playe & ne ſent pas vne legere piqueure. Mais quand il auroit le cœur percé de part en part, & qu'il ſeroit auſſi bien qu'Enée,

——— *magnóque animum labefactus amore,*

je ne laiſſerois pas de pouvoir ajouſter ce qui eſt en ſuite. *Et cependant il execute courageuſement les commandemens des Dieux, & accomplit leurs volontez.*

Iuſſa tamen Divûm exequitur.

Mandez moy, MONSIEVR, ſi je dois croire cette nouvelle, ſi importante & ſi agreable. Ie n'ay plus de creance qu'en celles qui viennent de vous. Toutes les autres ſont alterées & ſophiſtiquées, ſi j'oſe parler ainſi, & j'y remarque toûjours quelque teinture des inclinations ou des averſions de ceux qui me les écrivent. Et certes, ce que les Italiens disent du Peintre, qu'il se peint ordinairement soy-mesme dans ses ouvrages, *ogni pittore pinge sestesso*, se peut dire aussi de tout faiseur de relations: sinon que le peintre pour representer son humeur & son esprit, n'en represente pas les choses moins parfaitement; au lieu que l'historien passionné, ressemble à ces miroirs qui meslant leur figure avec celles des objets, les font voir tous differens de ce qu'ils sont veritablement. Vous estes exempt, MONSIEVR, de ce defaut & de plusieurs autres. I'aurois dit de tous sans exception, si pour vous exciter à souffrir les imperfections de vos amis, vous n'aviez souvent ce mot en la bouche,

Nam vitiis sine nemo nascitur: optimus ille
Qui minimis vrgetur.

Il me prend bien que vous ayez ces considerations-là; pour le moins je puis esperer que vous ne vous rebuterez pas de mes passions & de mes erreurs, & qu'elles ne vous empescheront pas d'avoir agreable que je continue de me dire,

MONSIEVR,

Vostre, &c.

AV MESME.

MONSIEVR,

Puisque la prescription dont je voulois me prevaloir, n'est pas receuë chez vous ; & que l'on se sert contre moy de la rigueur de la loy, qui ne permet pas aux vassaux de prescrire contre leurs Seigneurs : il faut me preparer à rendre vn ancien hommage, & à m'aquitter d'vne vieille dete, dont je pensois que le temps m'auroit dégagé. Monsieur de * * * en a jugé autrement, & ce que j'appellois des fruits hors de saison, il luy plaist de les nommer des fruits tardifs & des fruits de garde les plus delicieux & les plus exquis.

Pour commencer donc sans preface & sans façon, & pour suivre l'ordre des memoires que j'avois dressez, je vous diray, MONSIEVR, que vous m'obligez infiniment de me faire part des bons mots qui se disent à la table de vostre Prelat. Ie lisois l'autre jour dans Philostrate, que l'Empereur Adrien appelloit la sienne *vne estude & vn cabinet*, à cause des excellentes choses qui s'y disoient. A ce que je voy, ce nom-là appartiendroit aussi justement pour le moins, à la bonne table dont nous parlons. Ce que vous dites du supplice de Tantale qui fut puny pour avoir fait part aux hommes du nectar & de l'ambrosie, qui estoient la viande & le bruvage des immortels, n'est point à craindre pour vous; car vous considererez que ce temeraire en vsa de la sorte sans la permission de Iupiter, au lieu que vous ne faites rien sans le consentement du vostre. Ne me condamnez pas de parler improprement; vn Historien Grec nomme le Roy Xerses *le Iupiter des Perses;* & la qualité de *juvans pater,* qui est l'interpretation du mot de Iupiter, ne convient pas mal à vn grand Evesque, aussi bien-faisant qu'est le vostre.

C'est vne belle question que celle qui s'est proposée à son disner, *lequel estoit le plus miserable, de l'Avare, ou du Prodigue.* Mais ce qui a donné lieu à la faire, me paroist estrange. Ie disois vne fois à vn de mes amis, que je faisois tout ce que je pouvois pour m'aquiter, & que j'esperois en venir à bout; *Et moy,* me dit-il, *je fais tout ce que je puis pour m'endeter, & ne sçaurois y reüssir.* Ce bel esprit ne trouvoit pas des creanciers si commodes & si faciles, que Φ. Φ. en a trouvez dans vostre ville. Si le prodigue est miserable, à mon gré ceux qui luy prestent le sont pour le moins autant, & s'il est fou, il n'est pas le seul, ceux qu'il ruine aveque luy ne sont pas plus sages. C'est ce

que

que veulent dire ces mots d'Horace,

Insanit veteres statuas Damasippus emendo,
Integer est mentis, Damasippi creditor?

Au reste je suis bien marry que Monsieur de * * * n'ait point pris de party dans le different dont il s'agit, car je n'aurois point de peine à choisir. Et si je croyois qu'il le deust à la fin decider, je dirois comme Monsieur le * * * dit vne fois dans le Conseil: *Je suis de l'avis dont Monsieur le Cardinal sera.* Vn Senateur du temps de Tibere, voyant que cet Empereur vouloit opiner en vne certaine affaire d'importance, luy dit franchement: *En quel rang opinerez-vous, Cesar? si vous parlez le premier, vostre avis sera la regle du mien; mais si vous ne parlez qu'aprés les autres, j'apprehende que sans y penser je ne sois d'vn sentiment esloigné du vostre.* QVO *loco censebis, Cæsar? si primus, habebo quod sequar: si post omnes, vereor ne imprudens dissentiam.*

I'aurois presque envie d'en dire autant. Neantmoins à tout hazard, je mettray icy mon opinion, sans pretendre de vous rendre des oracles, ni prononcer, comme vous le dites, sur le trepié. I'aime mieux estre moins infaillible, & estre assis plus à mon aise; le trepié, fust-il d'or, seroit incommode en cette saison.

Ie dis donc, MONSIEVR, qu'il semble que du consentement de toutes les nations, *l'Avare soit plus miserable que le Prodigue.* Les Espagnols, pour dire *vn avare*, disent *vno miserable*, les Italiens *vn misero*; & *misertà* leur signifie *avarice*. Parmy les Latins ils ne parlent presque jamais *d'avare*, que le mot de *miser* n'y soit employé,

Quærit, & inventis MISER *abstinet, ac timet vti.*

Et vn autre,

Quod ille vnciatim vix de demenso suo
Suum defraudans genium, comparsit MISER &c.

En vn mot tout en est plein. Et veritablement, si la misere consiste, comme on n'en sçauroit douter, dans la privation des commoditez & des douceurs de la vie; & si d'ailleurs on a raison de croire que la pauvreté comprend toutes ces privations-là, il faut avouër que l'Avare est le plus miserable des hommes, parce qu'il est le plus pauvre. En effet, les gueux mesmes qui demandent l'aumosne, ne sont necessiteux que des choses qui leur manquent; *& celui-cy l'est autant de celles qu'il possede, que de celles qu'il n'a pas: Il ne jouït pas davantage des vnes qu'il fait des autres.*

Tam deest avaro quod habet, quàm quod non habet.

Le pauvre a besoin de beaucoup de choses, l'avare de toutes generalement.

Inopiæ multa desunt, avaritiæ omnia.

Opimius, dit vn Poëte, *estoit pauvre de l'or & de l'argent qu'il avoit dans ses coffres:*

Pauper Opimius argenti positi intus & auri.

Il en conte en suite vne histoire assez plaisante.

*Ce malheureux tomba une fois en une grande lethargie, & desia ses heritiers joyeux & triomphans couroient se saisir des clefs du Cabinet: mais son Medecin, homme fidele & de bon sens, se servit de cette occasion pour le sauver. Il fit approcher une table du lit du malade, & sur cette table il fit répandre plusieurs sacs d'argent. Ses valets estoient tout alentour qui le contoient & qui le faisoient sonner. A ce bruit, ce miserable s'éveille, & se leve à son seant; Monsieur Monsieur, luy crie le Medecin, si vous n'y prenez garde, vous avez là des affamez d'heritiers qui vous pilleront. Quoy, dit-il, devant que je sois mort? Ouy, si vous ne vous empeschez de dormir: Mais si vous me croyez, vous serez bien-tost debout, & vous vous moquerez bien de ces meschans-là. Que faut-il que je fasse? Il vous faut bien traiter & prendre un peu plus de nourriture. Et pour commencer, voila un * consommé que je vous ay fait faire. Combien a-t-il cousté? Peu de chose. Mais combien encore, je ne le prendray pas que je ne le sçache. Il a cousté huit sols. Huit sols, grand Dieu! Ah que j'aime bien mieux mourir de lethargie, que mourir de faim, comme j'y serois reduit infailliblement si je continuois cette dépense.*

* Ie n'ay pas rendu mot à mot *ptisanarium oryzæ.*

Quondam lethargo grandi est oppressus: ut heres
Iam circum loculos, & claves lætus ovánsque
Curreret. hunc medicus multùm celer, atque fidelis
Excitat hoc pacto: mensam poni jubet: atque
Effundi saccos nummorum, accedere plures
Ad numerandum: hominem sic erigit. addit & illud,
Ni tua custodis, avidus jam hæc auferet heres.

Men' vivo? vt vivas igitur, vigila : hoc age. quid vis?
Deficient inopem venæ te, ni cibus, atque
Ingens accedat stomacho fultura ruenti.
Quid cessas? agedum sume hoc ptisanarium oryzæ.
Quanti emptæ? parvo. quanti ergo? octo assibus. eheu!
Quid refert, morbo: an furtis, perimique rapinis.

Ce mesme Poëte n'a-t-il pas raison de dire d'vn homme de cette humeur, *qu'il a autant de peur de toucher à son argent, que si c'estoit vne chose sacrée qu'il craignist de profaner,*

——— *Metuénsque velut contingere sacrùm?*

Voila ma premiere raison. Voicy la seconde. Entre ceux qui sont privez de la jouïssance d'vn obiet, celui-là est le plus miserable qui en a la veuë sans le pouvoir posseder : car la veuë de l'objet irrite la faculté, & rend les desirs plus allumez, plus cuisans & plus inquiets. Et de fait, vostre Tantale, quelque enorme que fust son crime, n'est point puny d'vne autre sorte de supplice dans les Enfers des fables, & l'antiquité s'est imaginée cette peine, comme vne peine de damné. Or il est dit de l'avare, *qu'il est pauvre, qu'il est necessiteux, qu'il est mendiant parmy les richesses, au milieu de l'or & de l'abondance.*

Magnas inter opes inops,
Congesto pauper in auro,
Inter opes mendicus opum.

De sorte que celui-cy n'a pas tort de dire s'addressant à vn homme de cette humeur : *Si on te conte que Tantale mourant de soif, s'efforce inutilement de se desalterer dans vne fontaine dont les eaux le fuyent, tu ne sçaurois t'empescher de rire : & cependant on parle de toy, il n'y a que le nom de changé; tu demeures couché sur vne pile de sacs d'argent, la bouche ouverte & beante, témoignant ton avidité insatiable.*

Tantalus à labris sitiens fugientia captat
Flumina, quid rides? mutato nomine, de te
Fabula narratur. congestis vndique saccis
Indormis inhians: &c.

La faim est appellée *genus pœnæ miserabile*, & ce fut autrefois la punition d'vn impie qui avoit offensé vne grande Deesse. Voyez, s'il vous plaist, la description de ce tourment, dans Ovide, à la fin du livre huitiéme des Metamorphoses. La soif n'est pas vn supplice moins cruel, & on ne sçauroit voir sans horreur, la peinture que Lucain en fait dans le livre neufiéme de sa Pharsalie. Cependant, MONSIEVR, Virgile appelle l'avarice, *vne execrable faim de l'or,* AVRI *sacra fames :* Et Claudien a dit, *crescebat scelerata sitis,* VNE *soif toute criminelle.*

Au reste cette faim, & cette soif sont insatiables, & ce n'est pas à ces gens-là, qu'on peut appliquer le passage que vous m'avez allégué si à propos, & si avantageusement pour moy. *Beati qui esuriunt, quoniam ipsi saturabuntur.* Au contraire c'est vn mot de la mesme Escriture, *Avarus non implebitur pecunia.* Par le manger on guerit la faim, par le boire on guerit la soif ; mais par la possession de l'or & de l'argent on n'esteint pas la passion d'avoir de l'or & de l'argent,

Cupit hic gazis implere famem,
Nec tamen omnis plaga gemmiferi
Sufficit Istri, nec tota sitim
Lydia vincit &c.

Toutes les terres qui portent l'or & les pierres precieuses ne sçauroient contenter vne faim si prodigieuse. Tout le Tage, l'Hebrus, l'Hydaspe & le Gange, en vn mot tous les fleuves qui roulent l'or parmy leur sable, ne sçauroient estancher vne soif contre nature, comme celle-là. Enfin

Avidis, avidis, natura parum est.

Toute la Nature ne suffiroit pas à contenter des desirs qui sont contre la Nature. En voicy vn autre qui dit la mesme chose fort noblement,

Non Tartessiacis, illum satiaret arenis
Tempestas pretiosa Tagi &c.

I'ay crû que cette *tempeste precieuse* ne vous déplairoit pas. Ie ne sçaurois m'empescher d'y ajouster encore la pensée de Boëce, qui dit que la Corne d'abondance elle mesme, ne sçauroit remplir les vastes desirs de ces miserables ames, ni faire cesser leurs plaintes.

Si quantas rapidis flatibus incitus
Pontus versat arenas &c.
Tantas fundat opes, nec retrahat manum
PLENO COPIA CORNV.
Humanum miseras haud ideo genus
Cessat flere querelas.

Il paroist par là que celuy qui a nommé cette passion *l'hydropisie de l'ame*, l'a fort bien nommée. L'hydropique malheureux accroist son mal en le flattant, le nourrit par son indulgence, & est d'autant plus cruel à soy-mesme, qu'il est plus complaisant & plus facile à ses desirs propres. Il boiroit toutes les fontaines; il tariroit toutes les rivieres, que sa soif ne passeroit pas, parce que la corruption est dans la masse du sang, & que le foye gasté n'envoye plus qu'vne humeur aqueuse par toutes les parties du corps; & voila la source de cette maladie qui a plus besoin de purgation que de nourriture. Ie m'apperçois que j'ay fait sans y penser la paraphrase de ces vers d'Horace,

Crescit indulgens sibi dirus hydrops,
Nec sitim pellit, nisi causa morbi
Fugerit venis, & aquosus albo
Corpore languor.

Finissons cet endroit par ce mot du Sage: *Qui aime les richesses, ne joüira jamais du fruit de son amour.* QVI *amat divitias, fructum non capiet ex eis.* C'est vne cupidité qui s'oppose à son assouvissement, au lieu d'y aider comme font toutes les autres. Si vn friand refuse vn bon morceau, ce n'est pas parce qu'il le trouve à son goust. Si vn homme au fort de l'hyver, refuse vne robe fourrée, ce n'est pas parce qu'il est transi de froid : C'est pourtant ce que fait l'Avare, il s'abstient des biens, parce qu'il les aime passionnément.

Voicy vne autre raison. Aristote ne croit pas *que la vie soit plus desirable que la mort, si on la passe sans amitié.* Il dit ailleurs, *que la felicité elle mesme ne sçauroit rendre vn homme heureux sans l'amitié, parce que l'homme est né sociable aussi-bien que raisonnable ; & qu'à le bien prendre, il n'y a de veritable societé qu'entre des personnes amies.* Vn grand homme de l'antiquité estime *qu'vne vie sans amitié, est vn monde sans Soleil.* Et le Sage appelle l'Amy, *medicamentum vitæ & immortalitatis;* & adjouste que c'est vne recompense que le Seigneur donne à ceux qui le craignent : *Et qui metuunt Dominum, invenient** ILLVM. Concluez de là, MONSIEVR, quelle misere c'est que celle de l'Avare, qui n'aime personne, & n'est aimé de personne.

*amicum.

Non vxor salvum te vult, non filius : omnes
Vicini oderunt, noti, pueri, atque puellæ.
Miraris, cùm tu argento post omnia ponas,
Si nemo præstet, quem non merearis amorem.

Considerez, s'il vous plaist, cette imprecation de Iu-

Iuvenal, contre vn homme de cette humeur. *Ie consens que Pacuve vive autant que Nestor; qu'il ne possede pas moins d'or que Neron en a volé en son temps; qu'il en ait des monceaux aussi hauts que le sont les plus grandes montagnes du monde*, POVRVEV QV'IL N'AIME, NI NE SOIT AIMÉ.

Vivat Pacuvius quæso, vel Nestora totum:
Possideat quantum rapuit Nero, montibus aurum
Exæquet; NEC AMET QVEMQVAM NEC AMETVR AB VLLO.

Il pouvoit dire plus, car ce mot est aussi veritable, que Scaliger le trouve joly. *On ne sçauroit presque s'imaginer combien peu il est amy de soy-mesme.*

——————— *Hic vix credere possis*
Quàm sibi non sit amicus.

A quoy revient ce vers,

In nullum avarus bonus est, in se pessimus.

L'avare ne fait de bien à personne, & se fait plus de mal qu'à tous les autres. Mais passe encore d'estre haï des hommes: Quelle misere de l'estre des Dieux, & d'estre mal avec son bon genie?

Dîs inimice senex &c.
——— *Hunc Diis iratis, genióque sinistro.*

Venons à la quatriéme raison. *La liberté*, dit vn Ancien, *vaut mieux que tout l'or que fait le Soleil*, & qui acheteroit celle d'vn honneste homme à ce prix-là, en auroit trop bon marché. Cependant, MONSIEVR, il n'y a point d'Esclave en Afrique, qui soit moins libre que l'Avare ; & voicy ma preuve.

Quî melior servo, quî liberior sit avarus,
In triviis fixum cùm se demittit ob assem,
Non video. nam qui capiet, metuet quoque : porro
Qui metuens vivet, liber mihi non erit vnquam.

Où vous pouvez remarquer en passant, que les petits enfans de la vieille Rome estoient aussi badins que ceux de Paris, & que dés ce temps-là on s'amusoit à cloüer des sous dans les ruës pour y attraper les passans, & avoir sujet de crier au Renard, ou quelque chose de semblable.

Perse fait vn plaisant dialogue de l'Avarice, & du Marchand que cette passion tyrannise. *Tu dors au point du jour, & penses joüir de la fraicheur de la matinée ? l'avarice te commande de te lever. Debout ce dit-elle. Si tu refuses de le faire, elle recommence encore à crier plus fort. Sors du lit, habille-toy viste. Ie ne sçaurois. Il le faut. Il est temps que tu t'embarques pour aller au Pont Euxin charger ton vaisseau de marchandises estrangeres.*

Mane piger stertis, surge inquit avaritia, eia,
Surge, negas : instat, surge inquit : non queo : surge,
Et quid agam ? rogitas ? saperdas advehe Ponto.

Il poursuit. *Vne autrefois elle te dira imperieusement, parjure toy. Mais Iupiter l'entendra, diras-tu. O pauvre sot, respondra-t-elle, que veux-tu faire de cette conscience si scrupuleuse ? Défay-toy de cette probité niaise. Il n'y a rien de si incommode à qui pretend faire fortune. Si tu veux te conserver bien auprés de Iupiter, resous-toy de vivre miserable, & de ne taster jamais de vin de Falerne qu'avecque le bout du doigt.*

——— Iura. sed Jupiter audiet: eheu
Varo regustatum digito terebrare falernum
Contentus perages, si vivere cum Iove tendis.

En dernier lieu, (Car encore faut-il abreger & ne me laisser pas emporter à vn sujet si vaste, de peur de me lasser en vous ennuyant) c'est l'extréme misere que la folie, puisque la souveraine felicité selon toute la Philosophie, consiste dans la sagesse, c'est à dire dans le droit vsage de la raison. Or selon le jugement d'vn homme qui sçavoit bien juger des choses, entre tous les fous qui ont besoin d'ellebore, les avares sont ceux ausquels il en faut donner vne plus grande doze,

Danda est ellebori multo pars maxima avaris.

Il poursuit. *Et mesme je ne sçay si l'Isle où croist ce remede, ne leur devroit point estre reservée toute entiere, & si tout ce qui s'en tire suffiroit pour leur provision.*

Nescio an Anticyram ratio illis destinet omnem.

En effet si vn homme, dit ce mesme Auteur, *qui ne sçauroit pas vne seule note de musique, qui ne se plairoit ni à la voix ni aux instrumens, achetoit des luths, des espinettes & des violes, & en faisoit vn grand amas. Si celuy qui n'est point cordonnier faisoit prouision de trenchets, d'alaines & de formes; Ou vn autre qui n'aimeroit point la navigation, de toute sorte de voiles & de cor-*

dages, ne diroit-on pas que ces gens-là seroient hors de sens. Cependant l'Avare fait la mesme chose, il met ensemble beaucoup d'or & d'argent, & n'en sçait ni n'en aime l'vsage. Il n'y peut toucher sans frayeur non plus qu'à des choses sacrées.

Si quis amet citharas, emptas comportet in vnum
Nec studio citharæ, nec Musæ deditus vlli;
Si scalpra, & formas non sutor; nautica vela
Aversus mercaturis: DELIRVS, ET AMENS
VNDIQVE DICATVR MERITO. *quid discrepat istis,*
Qui nummos aurúmque recondit, nescius vti
Compositis. metuénsque velut contingere sacrum.

Quel pervertissement, s'écrie vn autre, *quelle frenesie, de vivre pauvre & necessiteux pour avoir la gloire de mourir riche?*

Cùm furor haud dubius, cùm sit manifesta phrenesis,
Vt locuples moriaris, egenti vivere fato.

Mais encore passe, si cette folie estoit innocente; si elle faisoit seulement rire, & qu'elle ne fust point cruelle & barbare. *Pourquoy te parjures-tu*, demande Horace, *pourquoy pilles-tu la veufue & l'orfelin? Peut-on dire que tu sois en ton bon sens? Si tu jettois des pierres à tous les passans, si tu assommois tes esclaves que tu as achetez bien cher, tu passerois pour vn fou declaré; & quand tu estrangles ta femme, que tu empoisonnes ta mere pour avoir son bien, on ne dira pas que tu as perdu l'esprit?*

——— Perjuras, surripis, aufers

Vndique? Tun' ſanus? populum ſi cædere ſaxis
Incipias ſervóſque tuos, quos ære pararis;
INSANVM *te omnes pueri, claméntque puellæ.*
Cùm laqueo vxorem interimis, matrémque veneno,
INCOLVMI CAPITE ES?

Et veritablement l'avarice eſt preſque la ſource de tous les crimes, & il n'y a point de paſſion qui employe plus ſouvent le fer & le poiſon, que cette cruelle cupidité des richeſſes: Cupidité que rien n'eſt capable de domter, & qui ſe fortifie par l'abondance.

Inde ferè ſcelerum cauſæ, nec plura venena
Miſcuit, aut ferro graſſatur ſæpius vllum
Humanæ mentis vitium, quàm ſæva cupido
Indomiti cenſus.

Iuvenal adjouſte: *Celuy qui a la paſſion de ſe faire riche, a auſſi celle de le devenir bien-toſt. Il ſe faſche d'attendre long-temps, & a cette impatience qui eſt naturelle à tous les appetits dereglez.*

——— *Nam dives qui fieri vult*
Et citò vult fieri.

Il pourſuit: *Mais quelle honte des loix, quelle pudeur, quelle reverence, & quels reſpects ſont capables de retenir vn avare qui ſe haſte tant qu'il peut d'arriver aux grandes richeſſes?*

——— *Sed quæ reverentia legum,*
Quis metus aut pudor eſt vnquam properantis avari?

Concluons donc que l'Avare eſt le plus miſerable des hommes, parce qu'il eſt *le plus pauvre; le plus incurable, le plus odieux, le plus esclave & le plus fou* de tous les hommes; & qu'il est vray de dire, que de tous les maux imaginables, il n'y a qu'vne longue vie qu'on luy puisse souhaiter, parce qu'il se fait tous les autres,

Avaro quid mali optes, nisi vt vivat diu.

POVR ce qui est du Prodigue, il est exempt de tous ces reproches. Voicy ce qu'Aristote en dit de bien & de mal. A proprement parler, ce n'est pas estre prodigue, que de faire de grandes dépenses pour contenter son intemperance & son luxe, mais seulement de dissiper & de consumer son bien par vn certain appetit & vne certaine humeur de dépenser beaucoup. Le Prodigue est en quelque sorte son meurtrier & se défait soy-mesme, car c'est se défaire soy-mesme, que de dissiper ses biens, puisque c'est d'eux que dépend necessairement l'entretien & la conservation de la vie.

En passant, je remarque que Sainct Bernard dit de l'Avare, ce que nous disons icy de son contraire. *Quid est avarus? sui homicida:* Et l'vn & l'autre est vray selon divers sens.

La profusion, ajouste Aristote, est moins vicieuse que l'avarice, car c'est vn mal qui n'est pas absolument incurable. Il se guerit par l'âge, ou par la necessité: Car le riche qui est grand donneur, ne sçauroit estre long-temps donneur,

& le bien abandonne fort viſte (ce ſont les meſmes mots de ce Philoſophe) les particuliers qui donnent trop. Et puis, le Prodigue eſt plus aiſé à reduire à la mediocrité & à ce juſte temperament qui eſt le ſiege de la vertu ; Car il a déja ce qui eſt propre au Liberal, de donner aveque plaiſir & de recevoir avec peine ; il ne faut plus que l'accouſtumer à donner bien, & à propos. Cela eſtant il ſemble que cette habitude ne ſoit pas abſolument mauvaiſe ni vicieuſe, ſes excés ni ſes dereglemens ne partant point d'vn meſchant naturel ni d'vne ame baſſe, mais ſeulement d'vn eſprit inconſideré, & qui manque de prévoyance.

Vne autre raiſon encore, c'eſt que le Prodigue fait du bien à beaucoup de gens, & que l'Avare n'en fait à perſonne. (Il pouvoit ajouſter, *ſi ce n'eſt peut-eſtre par ſa mort*, ſelon cet excellent mot,

Avarus, niſi cùm moritur, nihil rectè facit.)

Le plus grand defaut qu'il y ait dans la profuſion, c'eſt que la pluſpart des prodigues tombent dans l'autre extremité, & qu'ils font des ordures, des injuſtices, des violences & des concuſſions, pour avoir dequoy nourrir & entretenir cette maladie qu'ils ont d'vne fole & deſordonnée dépenſe. Ainſi quand ils ne peuvent plus donner leur bien, ils donnent celuy d'autruy ; & pour avoir dequoy faire des preſens ils font des larcins. Ils pechent au choix des perſonnes, & ils enrichiſſent des gens qui devroient demeurer pauvres, parce que leur pauvreté leur oſteroit les moyens de faire du mal. Au contraire ils ne donnent rien aux perſonnes de vertu, qui ſe ſerviroient vtilement des richeſſes, & dont la bonne fortune eſt vne proſperité publique. Ils font toutes leurs liberalitez à leurs ſervils, & laſches flateurs, ou aux miniſtres de leurs ſales & deshonneſtes plaiſirs. Et veritablement la pluſpart de ces vicieux-là ſont intemperans, & rapportent toutes leurs dépenſes aux plaiſirs des ſens; & ainſi ne ſe propoſant point pour fin la vertu, il eſt force qu'ils ſe jettent & s'abandonnent aux voluptez. Que s'il arrive qu'ils ſe laiſſent conduire à la raiſon & à la ſageſſe, ils reviennent aiſément de la profuſion à la liberalité, ſinon ils paſſent dans l'intemperance.

Il pourſuit. L'avarice eſt incurable, car la vieilleſſe, la foibleſſe & l'impuiſſance, qui ſembleroient devoir diminuer ſa violence auſſi-bien que celle des autres vices, l'augmentent & la fortifient.

Ce ſentiment eſt auſſi celuy de Saint Auguſtin, qui dit *que tous les vices vieilliſſent dans l'homme, & que l'avarice ſeule s'y maintient touſiours fraiſche, jeune & vigoureuſe.* OMNIA *in homine ſeneſcunt vitia, ſola avaritia juveneſcit.*

L'exemple contraire que Monſieur de *** a rapporté

rapporté de l'avaritieux de Syracuse, est vn exemple singulier, & vn original dont on trouvera peu de copies dans toutes les Histoires vieilles & modernes.

De tout ce discours que j'ay tiré d'Aristote, on ne sçauroit inferer que le Prodigue soit miserable: mais seulement qu'il est sot & imprudent, d'vser si mal d'vne si bonne chose qu'est l'or & l'argent discretement & sagement dispensez. Et de fait, Horace met toûjours ensemble *prodigus* & *stultus*, aussi-bien que *vir bonus* & *sapiens*. Pour ne vous assassiner pas d'allegations, (Ie crains que vous ne disiez que je m'en avise bien tard, & que vous n'appelliez cela avec Seneque, *vne cruauté lassée, plustost qu'vne veritable clemence*) quoy qu'il en soit, pour me corriger au moins sur le tard, je me contenteray de ce vers,

Prodigus & stultus donat, quæ spernit & odit.

Quelle sotise de mépriser vn bien qui est presque toutes choses en puissance, comme l'a dit Aristote, & de haïr ce qui nous peut rendre si aimables: Estant vray selon le mesme Philosophe, que le liberal est de tous les vertueux le plus aimé & le plus agreable aux hommes. Seneque a parlé encore plus efficacement, quand il a dit d'vn prodigue, *Pecuniæ suæ iratus. Il semble qu'il soit en colere contre son argent, & qu'il ne puisse souffrir de le voir long-temps chez soy. Il sçaura perdre & dissiper*, dit Piſon dans Tacite parlant d'Othon, *mais il ne ſçaura pas donner.*

Aprés tout cela, il faut dire, ce me ſemble, que l'Avare eſt plus miſerable que le Prodigue, mais que le Prodigue s'expoſe au danger de devenir plus miſerable que l'Avare : Car c'eſt vne verité generalement reconnuë, *qu'il n'y a point de plus mauvaiſe accouſtumance que celle des bonnes & agreables choſes*, parce qu'on n'en peut pas toûjours joüir, & que la perte en devient inſupportable.

Bonarum rerum conſuetudo, peſſima eſt.

Et ainſi le Prodigue s'eſtant accouſtumé aux delices & aux voluptez de la vie, & s'eſtant rendu abſolument neceſſaire ce que les autres regardent comme ſuperflu, s'il vient à tomber dans la pauvreté, comme il luy eſt preſque impoſſible de l'éviter, il eſt reduit dans l'eſtat le plus deplorable de la condition humaine. L'Avare n'eſt point dans ce danger-là. Il n'a rien laiſſé à faire à la mauvaiſe fortune : il ne luy ſçauroit arriver plus de mal qu'il s'en eſt fait à ſoy-meſme. Il a fait habitude de ſouffrir, & s'eſt endurcy à toutes les incommoditez que les hommes craignent; Et peut-eſtre meſme n'eſt-il pas ſans quelque plaiſir, & plaiſir qui n'eſt pas moins ſenſible pour eſtre moins raiſonnable. En effet, vn de nos Peres a dit avec raiſon, *Nemo alieno ſenſu miſer eſt, ſed ſuo.* PERSONNE *n'eſt miſerable* (nous pouvons ajouſter ni heureux) *par le ſentiment d'autruy, mais par le ſien propre.* Eſcoutez, s'il vous plaiſt, cet Athenien,

——— Populus me ſibilat : at mihi plaudo
Ipſe domi, ſimul ac nummos contemplor in arca.

Le peuple me ſiffle, diſoit-il, *mais je m'admire, mais je m'applaudis à moy meſme, quand je contemple dans mon coffre tant de ſacs d'argent l'vn ſur l'autre.*

C'eſtoient-là ſes ſpeculations : il meditoit ſur ce ſujet ; & je m'imagine qu'il s'écrioit ſouvent dans les raviſſemens où il eſtoit : *Ie les tiens, je les poſſede*, comme faiſoit ce Philoſophe que vous connoiſſez, *Ie l'ay trouvé, je l'ay compris.*

A la fin, MONSIEVR, me voila au bout de mes memoires & de mon Latin. Vous me direz au premier voyage, ſi ces memoires vous ont paru ſemblables à la monſtre du Marchand dont vous me faites ſouvenir ſi agreablement. Ie ſouhaite de tout mon cœur, qu'il ait bien-toſt ſujet de ſe réjoüir aveque vous de voſtre *agrandiſſement*, comme il fit en ce temps-là du mien. I'eſpere que vous m'entendrez, & que Dieu m'exaucera. Ie voudrois bien vous pouvoir témoigner plus ſolidement que par des ſouhaits combien je ſuis,

MONSIEVR,

Voſtre, &c.

MONSIEVR DE VOITVRE, A MONSIEVR COSTAR.

ESTANT obligé de vous quitter pour vn peu de temps, je vous laisse en ma place cette harangue de Monsieur le Mareschal de Schomberg que vous m'aviez demandée, & qui vous dira de plus belles choses en vn quart d'heure, que je ne vous en dirois en vn an. Pour continuer à faire plus que vous ne desirez & à passer vos esperances, j'ay mis dans vn autre paquet deux Discours de Monsieur de * * *; à la charge que vous m'écrirez vostre sentiment de tout cela par vn Lacquay que je vous dépescheray exprés dans deux ou trois jours: Mon petit voyage n'en durera que huit justement; Ie seray à vous, ou pour parler plus proprement, auprés de vous, le neufiéme au soir. I'ay tant d'interest à vous tenir de semblables paroles, que je n'ay garde d'y manquer. Pour empescher mon retour à jour nommé, il faudroit au moins que je fusse bien malade.

RESPONSE.

C'A esté avec vn plaisir extréme que j'ay leû la belle harangue de Monsieur le Mareschal de Schomberg. I'y ay veû d'abord ce mesme air de grandeur, ce genereux orgueil, & cette noble fierté temperée de douceur & de courtoisie, qui reluit sur son visage & dans toutes ses actions. Son discours m'a paru beau de cette sorte de beauté qu'Homere donne à son Achille, Elien à son Athalante, & le Tasse à sa Clorinde,

Armò d'orgoglio il volto e si compiacque
Rigido farlo, e pur rigido piacque.

Ie pourrois dire de luy ce que Quintilien a dit de Cesar, *qu'il parloit avec autant de courage, qu'il combatoit; & que ses armes n'estoient pas plus invincibles que ses raisons.* Sur tout, MONSIEVR, ses comparaisons sont incomparables, & il semble que les ouvrages les plus achevez & de la Nature & de l'Art, soient peints dans son imagination, & qu'ils se presentent à luy toutes les fois qu'il en a besoin. Et veritablement, comme en l'âge d'or de la Republique Romaine, la terre faisoit paroistre par vne extraordinaire fecondité, la joye qu'elle avoit d'estre labourée par des Consuls & des Dictateurs, tout comblez de gloire & tout couverts de lauriers; ainsi les sciences & les disciplines, se plaisent d'estre cultivées par des Generaux d'armée victorieux & triomphans; & sont bien de plus grand rapport entre ces mains illustres, qu'entre celles du vulgaire. I'ajouste, MON-

SIEVR, que les fruits qui naissent à l'ombre ne sont pas de si haut goust que les autres qui sont venus au grand soleil, & en plein vent, comme parlent les Iardiniers. Il en est bien souvent de mesme des fruits de l'esprit; ceux qui sont produits à la Cour & dans le grand monde, ont ordinairement je ne sçay quoy de relevé, que nous ne rencontrons guere dans l'obscurité de nos cabinets & parmy la poussiere de nos livres. I'ay fait encore vne autre observation sur cet eloquent ouvrage. Son incomparable Auteur (ce mot ne vous choquera pas, vous qui avez leû, *summus auctorum divus Iulius*) a plustost recherché la dignité des pensées, qu'il n'a songé au choix & à l'arrangement des mots. Et cependant la splendeur des choses donne vn merveilleux éclat à sa diction, & traisne aprés soy la magnificence des paroles, comme vne grande ombre suit necessairement vn grand corps. Et ainsi, quoy qu'il ne veüille que raisonner aveque force, il ne laisse pas de s'expliquer avec ornement & avec grace. Cette charmante lecture m'a tellement arresté, que je n'ay pû me resoudre de la quitter, ni de développer seulement vostre autre paquet, car je suis pour les friandises de l'esprit, comme pour celles du goust, & dis de bon cœur aprés Martial,

Dum pinguis mihi turtur erit, lactuca valebis:
Et cochleas tibi habe: perdere nolo famem.

AV MESME.

I'Ay trouvé fort beaux les deux discours que vous m'aviez laissez, mais je ne les ay point trouvez agreables :

Non satis est pulchra esse poëmata, dulcia sunto,
Et quocunque volent animum auditoris agunto.

Ce que nostre Horace dit là des poëmes s'estend à toutes les pieces d'eloquence generalement. Il ne suffit pas qu'elles soient belles & regulieres, il faut qu'elles ayent vne douceur piquante qui chatoüille l'esprit, & quelque chose de tendre qui touche le cœur. Vostre Orateur parle d'or à ce qu'on dit ; & veritablement ses pensées sont de grand prix, & ses expressions sont bien riches. Mais je voudrois qu'il eust meslé vn peu de soye parmy son or, & que pour le rendre plus vif & plus gay, il eust imité les nuances des Brodeurs, & l'invention qu'ils ont de l'ombrager, de le glacer & de l'émailler en cent differentes manieres. Mais pour cela il faut sçavoir des secrets que vostre homme ignore, & avoir vne addresse qu'il ne s'est pas encore acquise. Pour sa diction, elle est masle & virile, & ne laisse pas d'estre chaste. Je souhaiterois qu'il affectast moins certains mots, comme ceux de *creve-cœur*, & de *desastre*, qu'il employe cinq ou six fois sans necessité ; peut-estre parce qu'à son gré, ils ont plus de force, d'efficace & d'energie, que les mots communs de *malheur* & de *déplaisir*; & que d'ailleurs ils remplissent l'oreille d'vn plus grand son. Neantmoins, MONSIEVR, en tout cela il ne faut suivre que l'vsage, & il sera toûjours vray que le peuple donne le prix aux paroles, comme le Prince à la monnoye. Qui auroit en Tartarie beaucoup de morceaux de carte & d'écorce de meurier, ou en Ethiopie force grains de sel, seroit aussi riche que s'il avoit en France force pistoles. Aprés la mort du Roy Iean, celuy qui avoit quantité de ces petites pieces de cuir qui estoient la seule monnoye de ce miserable siecle, n'estoit pas moins accommodé que l'est à cette heure vn financier qui a ses coffres pleins d'or & d'argent. Aussi, à le bien prendre, ce ne sont pas ceux qui se servent des paroles les plus significatives, qui parlent le mieux & le plus eloquemment; mais ceux qui se servent des plus vsitées. A vostre retour, MONSIEVR, je vous monstreray deux ou trois raisons de vostre amy, qui ont, ce me semble, plus de subtilité que de force, & qui pour estre aiguës sont tellement minces & deliées, qu'elles reboucheroient à la moindre resistance & se repliroient sur elles-mesmes. Ie pense que vous serez de mon avis, & que vous vous souviendrez là-dessus du mot de Seneque, *quædam inutilia & inefficacia, ipsa subtilitas reddit*,

dit, nihil acutius aristâ &c. Nous vous attendons demain au soir à souper Mad. *** & moy. Vous sçavêz qu'elle ne se plaist pas d'attendre à faux; & aprés avoir éprouvé les effets de sa colere, je pense que vous ne vous y exposerez pas vne seconde fois.

MONSIEVR DE VOITVRE,

A MONSIEVR COSTAR.

ENFIN l'apostume a crevé. Mademoiselle de *** n'a pû retenir davantage son ressentiment; elle a écrit à son Desloyal *tout ce que fait dire la rage &c.* Mais je ne pense pas que jamais enragé ni enragée ait dit de plus belles choses. Il faut necessairement que la meilleure partie de son esprit soit dans sa bile, puisqu'en émouvant cette humeur on éveille sa vivacité. N'est-ce point comme cet Orateur Romain (comment est-ce qu'il s'appelle, vous qui sçavez tout par nom & par surnom?) que ses adversaires n'osoient fâcher, parce qu'il disoit le Diable quand il estoit en colere; comme si cette colere eust esté vne possession, ou vne de ces fureurs que les Dieux inspiroient aux Poëtes & aux Devins. Vous jugerez, MONSIEVR, de celle de nostre Demoiselle; car elle a voulu que je visse sa lettre, & que je vous en fisse part. Monsieur * * * veut aussi que je vous envoye ses vers Latins, & que je vous die qu'il n'estime pas tant que nous faisons vous & moy, ceux de Monsieur Feramus. Que je serois trompé, si son autorité vous faisoit rien rabatre du prix où vous les avez mis. Ie ne suis guere satisfait de cet homme. Il m'est arrivé de luy faire voir deux ou trois choses, qui ne me plaisoient pas dans son Elegie; & au lieu de se servir de son esprit pour les corriger, il s'en est servy pour les defendre, avec tant d'opiniastreté & tant d'aigreur, que j'en ay eu quelque honte. I'ay mieux aimé luy ceder & me monstrer le plus sage; à l'exemple du Quintilius d'Horace;

Quintilio si quid recitares &c.
Si defendere delictum quàm vertere malles,
Nullum vltrà verbum aut operam insumebat inanem,
Quin sine riuali, teque & tua solus amares.

Pour moy, je serois bien marry qu'on me pûst reprocher ce renversement de cervelle, d'aimer mes fautes, & d'aimer moins en mesme temps celuy qui me les auroit découvertes. Vous estes l'homme du monde le moins sujet à ce defaut; & la deference que vous rendez en cela au jugement de vos amis, est vne des qualitez que j'estime autant en vous, & qui m'oblige le plus d'étre, comme je suis, vostre tres-passionné & tres-fidele serviteur.

RESPONSE.

CE que vous appellez apostume, seroit digne d'vn plus beau nom, puisqu'il en est sorty des choses qui vous sont plû. Neantmoins le musc qui tient vn des premiers rangs parmy nos parfums, & qui est bien du prix & du merite des belles paroles, n'a pas vne origine plus honneste, & vne naissance plus noble ; s'il est vray qu'il ne vienne que du sang pourry d'vn abcés de je ne sçay quels animaux des païs estranges. Et encore que Quintilien blasme vn Orateur, qui avoit dit de quelqu'vn, qu'il estoit *l'apostume de la Republique. Vomica Reipublicæ;* je pourrois répondre qu'il le condamne, parce que cette façon de parler n'estoit pas receuë chez les Romains, comme parmy nous ; & que ce beau diseur l'avoit fait venir de loin, & l'avoit entraisnée là par force, comme quelque chose de rare & de precieux. Quoy qu'il en soit, MONSIEVR, il est certain que la colere de Mademoiselle de * * * est plus ingenieuse que sa complaisance. Son esprit vaut mieux troublé que rassis, & en s'aigrissant il devient meilleur, aussi-bien que ce vin du Nil dont parlent les Anciens,

Amphora Niliaci, non sit tibi vilis aceti,
Esset cùm vinum, vilior illa fuit.

Ou pour me servir d'vne comparaison plus relevée, cet esprit ressemble à ces rubis que les Lapidaires trempent dans le vinaigre pour en allumer l'éclat, & leur donner plus de lustre. Cependant, MONSIEVR, Mademoiselle de *** m'estant vne personne tres-chere, j'aime bien mieux qu'elle paroisse moins spirituelle, & qu'elle soit plus tranquille. En effet, la reputation de bien parler & de bien écrire n'est pas comparable au repos de l'ame ; & je sçay bon gré à Ciceron, qui dit quelque part si galamment, *qu'il a moins de regret, de n'avoir pas la conception si vive & si prompte, depuis qu'il a sceu d'Aristote, que sans estre d'vne complexion melancolique on ne pouvoit pretendre à ces avantages.* ARISTOTELES *ait, omnes ingeniosos melancholicos, quo me minus pœnitet paulò tardiorem esse nutum.* Il prefere sa belle humeur au grand entendement des speculatifs, & pour avoir plus de lumiere & d'intelligence, il ne voudroit pas avoir donné seulement vne partie de sa gayeté. Ie suis, MONSIEVR, de l'avis de Ciceron, & je souhaite que tous mes amis en soient. Toutefois la maladie de Monsieur de *** est encore pire que celle-cy : Il ressemble à ce lethargique d'Horace, qui veut faire à coups de poings contre le Medecin qui le traite,

Vt lethargicus hic, cùm fit pugil & medicum vrget.

Il est bien malaisé qu'vn homme qui reçoit si mal les bons avis, reçoive jamais de veritables loüan-

ges. Il merite qu'on l'abandonne à son mauvais sens, & qu'on luy laisse ses sotises & ses erreurs, qu'il aime plus que ses amis. Est-il possible, MONSIEVR, qu'il ne trouve que mediocres les vers de Monsieur Feramus, qui au jugement des Maistres du mestier, sont dans vn degré de bonté fort approchant de la derniere perfection ? Cet exemple me fait bien voir, que Montagne a raison de dire qu'il y a plus de Poëtes, que de bons Iuges de la poësie : & certes, comme il se trouve des gens qui se connoissent aux bonnes choses, & qui ne les sçavent pas faire; il s'en trouve qui les sçavent faire, & qui ne les connoissent pas ; semblables à quelques cuisiniers qui apprestent bien à manger, quoy qu'ils n'ayent pas le goust excellent. Si cette comparaison vous semble trop basse, souvenez-vous, MONSIEVR, que Martial n'a point fait de scrupule de s'en servir, & qu'il a dit devant moy : *I'aime mieux que mon disner plaise aux conviez, qu'aux faiseurs de sausses & de ragousts.* —— *nam cœnæ fercula nostræ*
Malo convivis quàm placuisse coquis.

Ie suis ravy que vous soyez satisfait de la docilité de mon esprit ; Ie me consoleray plus facilement de n'avoir pas les qualitez du premier ordre, puisque celle-là me suffit pour avoir vos bonnes graces, & pour me conserver l'honneur que vous me faites de me croire, Vostre, &c.

MONSIEVR COSTAR,

A MONSIEVR DE VOITVRE.

I'ENTENDIS hier le sermon du Pere * * * comme vous m'en auiez prié. Il fit d'abord vne si impertinente apostrophe à *Monseigneur*, & le loüa si mal à propos, que Monsieur l'Euesque de Lizieux, qui estoit auprés de son Eminence, ne pût s'empescher de luy dire en Latin, auec sa grace & sa liberté ordinaire : *Profectò aut hic stultus est, aut te stultum putat.* Bon Dieu, MONSIEVR, quelles loüanges ! Il n'est point d'injures qui à mon gré ne fussent plus supportables & moins offençantes. Il me fit souuenir de cette femme de nostre connoissance, qui fait la moüe quand elle veut faire l'agreable & qu'elle a dessein d'obliger. Il oublia tout ce qu'il falloit dire ; & ne dit rien qu'il ne fallust taire. Il peignit son heros en porfil, mais en vn porfil tout contraire à celuy de ce peintre ingenieux, qui inuenta cet artifice pour representer au naturel le visage de son Prince qui estoit borgne, sans faire paroistre pourtant la difformité de son mauuais œil. Peut-estre que la suite de son discours m'eust semblé fort belle, si la pluspart de ses pensées n'eussent esté cachées & comme estouffées sous vn monceau, ou pluſtoſt ſous vn tas de paroles ſuperfluës, & ſi je n'euſſe eſté choqué du faſte & du luxe de ſa diction, ſi peu convenable à l'auſterité de ſon habit. Sur la fin il voulut faire le pathetique: Mais les paſſions ſont des cordes qui pour eſtre bien touchées demandent la main d'vn bon Maiſtre. Ses grands *helas*, & ſes hautes & fortes exclamations, donnoient dans la teſte, & n'entroient point dans le cœur: Son zele quelque bruſlant qu'il fuſt, n'alluma pas la moindre eſtincelle dans les ames des auditeurs, & chacun vit d'vn œil ſec, les larmes qui couloient ſur le viſage du bon Pere. Ce qui nous ſcandaliſa davantage, ce fut que dans ſa chaleur, il s'emporta eſtrangement contre les Religieux, qui s'intriguent dans les affaires, & qui preferent au ſilence de leurs cellules, le bruit & le tumulte de la Cour. Et là-deſſus il fit vne deſcription ſi naïve du * * * que tout le monde fut perſuadé que c'eſtoit de luy qu'il vouloit parler. A la ſortie de la chaire vn de mes amis luy en voulut faire reproche, mais il luy répondit qu'il n'avoit nommé perſonne, & que ce n'eſtoit pas ſa faute ſi on l'avoit mal entendu & mal expliqué. En conſcience, MONSIEVR, n'eſt-ce pas à peu prés comme ſi du-Mouſtier ſe defendoit d'avoir eu deſſein de repreſenter vn More, parce qu'il l'auroit peint avec vn craion blanc, & qu'il n'y auroit point employé de noir, quoy qu'il luy euſt fait de groſſes levres, vn nez plat, des ſourcils épais, des cheveux friſez, & le reſte des traits particuliers qui rendent reconnoiſſable vn viſage de ce païs-là? Vous ſerez bien ſurpris, MONSIEVR, de m'entendre parler de la ſorte, moy que vous avez repris ſi ſouvent de ne condamner jamais rien, de chercher des couleurs & des excuſes à tout generalement, d'eſtre le Defenſeur de tous les accuſez, & l'Advocat de tous ceux qui n'en pouvoient trouver d'autres. Vous pouvez juger par là, que ce ſermon m'a eſté d'auſſi mauvais gouſt, que l'eſtoient ces hiſtoires ameres dont le Druſon d'Horace puniſſoit la negligence de ſes debiteurs, qui manquoient de luy apporter juſtement au terme, l'intereſt de ſon argent:

——— *vt Druſonem debitor æris*
Qui niſi cùm triſtes miſero venere Calendæ
Mercedem aut nummos unde unde extricat, AMARAS
Porrecto jugulo HISTORIAS, *captivus vt, audit.*

Si mon Confeſſeur m'ordonnoit d'aller à vne predication comme celle-là, je taſcherois d'obtenir de luy qu'il luy plûſt me changer ma penitence. I'eſpere, MONSIEVR, que vous ne m'y renvoirez plus, & que vous traiterez moins cruellement à l'avenir Voſtre, &c.

RES-

RESPONSE.

IE vous demande pardon du mal que je vous ay fait, quoy qu'à bon dessein & à bonne intention. Ie vous avois proposé vne chose dont j'esperois que vous recevriez du divertissement & du profit en mesme temps. A l'avenir je ne vous convieray plus de rien ouïr ni de rien lire, que je ne vous en aye fait l'essay, de peur que vous n'en soyez empoisonné. Ce n'est pas parler improprement, car vous sçavez le mot de Catulle, *Suffenum omnia colligam venena.* Or il y a des *Suffenes* de toutes sortes, des Poëtes & des Orateurs, & des Orateurs sacrez, aussi-bien que des profanes, qui adorent les ouvrages de leurs mains, qui sont des estimateurs injustes & des amoureux aveugles de tout ce qu'ils font. Il faut que cet homme dont vous me parlez soit estrangement insupportable, puisque vous ne l'avez pû souffrir, & puisqu'il a mis à bout vne patience infinie, & épuisé vne complaisance que je ne croyois pas moins inépuisable que la science de ce Iurisconsulte, qui est appellé *vn puis qui n'a point de fond : Puteus sine fundo.* L'importance est, que la verité n'est pas à toute heure dans ce puis-là, comme dans celuy de Democrite, au lieu que je suis obligé de rendre ce témoignage de vous, que vous voulez toûjours plaire, & ne voulez jamais mentir. Vous voyez, MONSIEVR, que je tasche par mes douceurs à vous faire passer l'amertume que vous a laissée ce meschant sermon, que vous comparez si plaisamment aux *histoires ameres* d'vn recitateur cruel, s'il en fut jamais en Libye. Pour vous oster tout à fait ce mauvais goust, si vous voulez nous irons cette apréſdinée entendre Monsieur de Lingendes. S'il ne vous remet en appetit, je ne sçay point de meilleure invention de vous guerir; au moins en faudroit-il chercher hors du Royaume.

MONSIEVR COSTAR,

A MONSIEVR DE VOITVRE.

VOICY comme j'ay traduit le passage que je vous disois ce matin. (Il est de Pacatus dans son Panegyrique à Theodose, où il parle aux Poëtes de cette sorte.) *O Poëtes divins & sacrez qui honorez les Dieux & qui en estes cheris, c'est icy vn tres-digne employ de vos meditations & de vos sçavantes veilles; c'est icy que vous devez chanter en toutes langues & de toutes les manieres les actions glorieuses de nostre Prince, & ne soyez point en peine de l'eternité de vos écrits; cette mesme immortalité que vous donniez autrefois aux histoires, vous la recevrez à cette heure de celle de Theodose.* HVC *huc totas, pij vates, doctarum no-*

ctium conferte curas, hoc omnibus linguis litteriſque celebrate, nec ſitis de operum veſtrorum perennitate ſolliciti: Jlla quam præſtare hiſtoriis ſolebatis, ab hiſtoria veniet æternitas. N'eſt-il pas vray, MONSIEVR, que ſi Pacatus eſtoit du temps du grand Armand, il en diroit autant qu'il en a dit du grand Theodoſe, & ſe plaindroit de vous autres beaux eſprits, qui pouvant travailler ſur de ſi nobles ſujets, conſumez toutes vos forces à immortaliſer *des Beliſes, des Philis & des Climenes.* Et veritablement, quand l'amour de la patrie n'auroit point de pouvoir ſur vous, & que vous ne ſeriez excitez que par voſtre propre gloire, ne devriez-vous pas conſiderer que la matiere fait vne partie du prix des ouvrages excellens; qu'il n'eſt point au monde de ſi bon Sculpteur qui ſceuſt faire rien de durable avec du plaſtre & de la terre, toutes les façons de ſon art ſe perdant auſſi-toſt faute de fond capable de les ſouſtenir? En effet dans les choſes naturelles, c'eſt la forme qui maintient l'eſtre, & qui eſt le principe de la durée, mais dans les ouvrages de l'art, la matiere conſerve la forme. Pline nous parle d'vn certain Damophile, d'vn Gorgaſus & de quelques autres qui travailloient en argille: A l'ouïr dire, il ſemble qu'ils animaſſent la terre, & qu'ils euſſent trouvé le ſecret du Promethée de la fable. Cependant toutes ces merveilles ne ſe trouvent plus que dans les Hiſtoires, & n'ont pû reſiſter au temps; au lieu que ces nobles ſtatuaires qui tailloient le marbre & qui jettoient en metal, ont fait des ouvrages preſque incorruptibles. Ce Cupidon Theſpien fait de la main de Praxitele, que Pauſanias nous décrit dans ſes Attiques dormant ſur vne dépouïlle de lion, ſe voit encore dans le Cabinet des Ducs de Mantouë. Cette Venus Gnidienne, qui eſt ſi belle dans Lucien au dialogue des Amours, & qui eſt ſi heureuſement copiée à Fontainebleau, paroiſt à Rome toute entiere dans le Iardin de Belveder; au contraire celle de ce fameux Archeſilaus, qui vivoit du temps de Lucullе, n'eſtant formée que de terre n'a duré que fort peu d'années, & ne ſe voit plus que dans les écrits de ceux qui l'avoient veuë dans la place de Ceſar où elle fut miſe. Cependant, c'eſt cet Archeſilaus, dont les ſimples modeles ſe vendoient plus cher, que les plus riches ſtatuës de tous les autres ouvriers, quoy que la vieille Rome fuſt deſia épriſe de l'amour de ces curioſitez Greques, & que Mummius l'euſt enrichie des dépoüilles de Corinthe. Peut-eſtre, MONSIEVR, qu'il ne vous déplaira pas, que je vous die ce que Velleius m'a appris là-deſſus de ce grand preneur de villes. *Faiſant mettre ſur les vaiſſeaux de quelques Marchands vne infinité d'antiques des plus anciens ouvriers de toute la Grece, il en fit dreſſer vn inventaire en ſa preſen-*

ce, & voulut que ceux qui s'estoient chargez de les transporter les prissent par compte, & s'obligeassent par leur marché, qu'au cas qu'il s'en perdist quelques-vnes ils en feroient faire de nouvelles à leurs dépens. MVMMIVS *tam rudis fuit, vt captâ Corintho, cùm maximorum artificum perfectas manibus tabulas ac statuas in Italiam portandas locaret, juberet prædici conducentibus, si eas perdidissent, nouas eos reddituros.* Mais, MONSIEVR, pour revenir à ce que je vous disois au commencement, si vous aviez eu le courage de composer quelque belle Ode pour Monsieur le Cardinal, comme ont fait tant d'autres illustres esprits, n'auriez-vous pas droit de prétendre que vostre travail dureroit davantage encore que celuy de Praxitele, & qu'il se conserveroit aussi long-temps que la memoire de ce grand Ministre, qui ne sçauroit finir qu'aveque le monde? Songez y serieusement, je vous en conjure, MONSIEVR. Il n'y a guere de choses que je souhaite avec plus de passion, & je pense que si j'avois receu de vous ce contentement, j'en serois encore plus que je ne le suis

Vostre, &c.

RESPONSE.

VOvs m'écrivez de tres-belles choses, & m'en apprenez de tres-curieuses: Mais quand vous m'exhortez, par l'exemple de mes Confreres les beaux esprits, à travailler aux Autels qui sont deus à la gloire de son Eminence, il me semble que je voy Trebatius qui dit à Horace,

——— aude
Cæsaris invicti res dicere, multa laborum
Præmia laturus.

A quoy vous trouverez bon que je réponde ce qui est en suite,

——— Cupidum pater optime vires
Deficiunt, neque enim quivis &c.

Pour vous dire la verité, Monsieur le Cardinal aprés s'estre mis au dessus de l'Envie, s'est mis au dessus des loüanges. Dans la doctrine d'Aristote, il est ridicule de louër les Dieux, & ils demandent de nous quelque chose de meilleur & de plus grand. Il en est de mesme des hommes divins, ils sont dignes de nostre admiration, & nos loüanges sont indignes d'eux. I'approuve fort ce que dit le jeune Pline à son Empereur. *Ce seront les annales qui rendront des honneurs immortels à vostre nom.* TE *æternus honor annalium colet.* Et ailleurs: *Il n'est point de meilleur panegyrique de nostre Prince, qu'vne fidele histoire de ses actions.* OPTIME *illum laudaveris, si narraveris fidelissimè.* Les derniers efforts de la poësie, toutes nos Stances & nos Odes serviront davantage à faire paroistre l'esprit des Poëtes, que la vertu de leur Heros. Et puis, MON-

SIEVR, le noſtre n'eſt pas de l'humeur d'Alexandre, qui recompenſa avec tant de magnificence & ſi peu de jugement, des vers *malfaits & mal nez* : INCVLTOS *& malè natos*, que Cherilus avoit composez pour luy. Il ne reſſemble pas non plus au Iupiter des Payens, qui laiſſe louër ſa divinité à qui le veut entreprendre, & qui ſouffre que toutes les bouches indifferemment luy chantent des hymnes,

Iuppiter ingeniis præbet ſua numina vatum,
Séque celebrari quolibet ore ſinit.

Au contraire, on peut dire à Monſieur le Cardinal, ce que diſoit à Auguſte vn homme qui ſçavoit auſſi bien faire ſa Cour que faire des vers,

——*ſed neque parvum*
Carmen, Majeſtas recipit tua.

Cela eſtant, MONSIEVR, ſouffrez, s'il vous plaiſt, que je demeure dans vn ſilence religieux ; & ne ſoyez pas ſi injuſte que de m'en aimer moins.

MONSIEVR COSTAR,

A MONSIEVR DE VOITVRE.

IE vous avois promis, que lors que je n'aurois rien à vous écrire, pour entretenir toûjours le commerce, je vous envoyrois le plan des Châteaux que je ferois en Eſpagne. Iuſqu'icy je n'en ay point fait dont la ſtructure ſoit aſſez belle pour vous donner du plaiſir: Mais en leur place il m'eſt venu force reſveries en l'eſprit, dont j'ay envie de vous faire part. Ce qui donne le prix aux choſes, ce n'eſt pas tant leur perfection, que leur rareté. Il prit fantaiſie à Marc Antoine d'ôter à l'or le rang qu'il tenoit parmy les metaux, *pour faire affront à la Nature, & pour avilir & dégrader l'ouvrage le plus achevé que le Soleil puiſſe former.* ANTONIVS *in contumeliam naturæ, vilitatem auro fecit.* Les Chinois ſans avoir vn deſſein ſi criminel & ſi ridicule, ne laiſſent pas d'en faire autant, & de luy preferer l'argent; parce qu'il eſt moins commun parmy eux. Au contraire chez les Abyſſins l'argent y eſt ſi peu eſtimé à cauſe de ſon abondance, qu'il ne ſe trouve qu'entre les mains du menu peuple & n'entre point dans les coffres du Prete-Ian. Du temps que les Eſpagnols conquirent les Indes, entre les autres dépoüilles que Fernand Cortez gagna ſur les ennemis, il eut pour ſa part du butin, vne grande émeraude taillée en forme de taſſe, dont vn Lapidaire Genevois luy offrit quarante mille ducats. Mais s'il euſt eu envie de la vendre à quelque Indien, il n'en euſt pas trouvé la valeur de quarante maravedis. C'eſt pour cette meſme raiſon que Tacite en ſa Germanie, rapporte de quelques peuples maritimes d'Allemagne, qui ramaſſoient quantité d'ambre

bre

bre jaune ſur leur rivage ; que lors que les Romains l'achetoient d'eux *ils en recevoient le prix, pour petit qu'il fuſt, avec eſtonnement & avec admiration.* PRETIVMQVE *mirantes accipiebant.* Cependant, MONSIEVR, cette regle ſi generale pour toutes les marchandiſes, & pour quantité de choſes qui n'entrent point dans le trafic, ne s'eſtend pas juſqu'aux grandes qualitez de l'ame. Il y a des ſiecles tres-fertiles en vertus, & d'autres qui leur ſont tellement contraires, qu'il ne s'y en voit preſque point. Durant ces miſerables temps, ſi quelques-vnes viennent à s'élever & à paroiſtre, elles demeurent ſans credit & ſans recommandation; & ſi elles ne ſont l'objet de la perſecution, du moins le ſont-elles de l'averſion & du mépris. Rome a vû de grands hommes ſous de meſchans Princes; & dans la depravation des mœurs preſque generale, les Thraſées, les Soranes & les Corbulons, ont fait éclater leur valeur & leur generoſité. Mais il s'en faut bien que leur reputation ait égalé celle d'vn Camille, d'vn Regule & d'vn Fabrice, qui eſtoient venus dans l'âge floriſſant de la Republique, lors que les vertus eminentes eſtoient auſſi communes, que les vices extremes le furent depuis.

Tacite, que je viens d'alléguer, ſe plaint au commencement de la vie d'Agricola, qu'on n'entreprend plus d'écrire les belles actions des perſonnes : *Autrefois*, dit-il, *comme il eſtoit plus ordinaire de faire des choſes memorables ; auſſi les beaux eſprits prenoient plaiſir d'en perpetuer la memoire, ſans autre intereſt que celuy de la verité, & ſans autre paſſion que celle qu'ils avoient pour la vertu. Iuſque-là que pluſieurs écrivoient eux meſmes leur hiſtoire, ſans apprehender de rien perdre de la reputation de leur modeſtie. Et de fait les Rutiles & les Scaures en ayant vſé de la ſorte, ont eſté crus, & n'ont point eſté deſapprouvez, tant il eſt vray qu'il ne ſe trouve point de meilleurs ni de plus favorables Iuges des actions vertueuſes, que dans les ſiecles où elles ſont les plus communes. APVD priores, vt agere memoratu digna pronum, magiſque in aperto erat : ita celeberrimus quiſque ingenio, ad prodendam virtutis memoriam ſine gratia aut ambitione, bonæ tantùm conſcientiæ pretio ducebatur. Ac plerique ſuam ipſi vitam narrare, fiduciam potiùs morum quàm arrogantiam arbitrati ſunt. Nec id Rutilio & Scauro citra fidem, aut obtrectationi fuit. Adeò virtutes iiſdem temporibus optimè æſtimantur, quibus facillimè gignuntur.* Cela eſtant, MONSIEVR, il s'enſuit neceſſairement par la loy des contraires, que lors que les vertus ſont rares, elles ſont expoſées au mépris, au blaſme & à la médiſance des hommes ; au lieu d'attirer leur reſpect & leur veneration.

En recherchant ſoigneuſement les cauſes d'vn deſordre ſi bizarre, j'ay trouvé qu'elles ſe pouvoient toutes rapporter à deux, que noſtre Hiſtorien a remarquées : la premiere, *l'ignorance du beau & de l'honneste;* & la seconde, *l'envie qui s'attache toûjours à ce qu'il y a de plus éclatant & de plus pompeux.* IGNORANTIA *recti*, *& invidia.*

Quel moyen que la Vertu soit estimée, si elle n'est bien connuë ; & quel moyen qu'elle soit connuë par les vicieux, puisqu'il n'y a proprement que ceux du mestier qui jugent sainement des choses ? Les ignorans en cette matiere sont si esloignez de pouvoir executer les grandes actions, qu'ils ne sont pas seulement capables de les imaginer possibles. Vn Caton se déchirant les entrailles, vn Regulus s'offrant volontairement à la cruauté de ses ennemis barbares pour dégager sa parole ; vn Mutius tenant constamment sa main dans les flammes, resolu de la brûler pour se punir de son erreur ; tout cela, dis-je, passe pour fable dans l'esprit du pusillanime. Et comme dit Pericles dans Thucydide, en l'oraison funebre des braves Atheniens qui estoient morts pour la defense de leur patrie, *la plus-part du monde mesure le merite d'autruy à la portée de sa puissance, se figurant que tout ce qui est au dessus de sa force, est au-dessus de la verité. Il ne peut souffrir dans ses citoyens, que les loüanges vulgaires qu'il s'estime capable de meriter, & juge incroiables toutes celles dont il se reconnoist indigne.* En effet, si nôtre volonté n'est bien saine, nostre jugement ne le sçauroit estre ; & si nos mœurs sont corrompuës, il faut de toute neceſſité que noſtre gouſt ſoit depravé : & il y en a peu qui puiſſent dire aveque Montagne: *Ma foibleſſe n'altere aucunement les opinions que je dois avoir de la force & de la vigueur de ceux qui meritent: Pour le moins, j'ay le jugement reglé, ſi les effets ne le peuvent eſtre, & je maintiens cette maiſtreſſe partie, exempte de corruption.*

Pour ce qui eſt de l'Envie, voicy mon raiſonnement. La reſſemblance eſt naturellement vn ſujet de bienveillance & d'amitié ; & cependant elle eſt quelquefois cauſe de la jalouſie & de la haine. Selon le proverbe Grec, *le Potier a de l'averſion du Potier :* Et generalement parlant, tous les ouvriers de meſme meſtier, s'ils ſont auſſi de meſme merite, ſe regardent avec jalouſie, parce que cette reſſemblance eſt meſlée de contrarieté, & qu'ils s'entrempéchent dans la pourſuite qu'ils font d'vne meſme fin, qui eſt le profit & l'honneur. Neantmoins ceux qui ne ſont que les ſpectateurs de leurs ouvrages, ne ſont point au nombre de leurs envieux : car il ne s'enſuit pas que ſi vne ſtatuë eſt parfaitement loüable, celuy qui l'a faite le ſoit auſſi ; du moins d'vne ſorte de loüange qui puiſſe donner de l'emulation à vn magnanime ; & il n'y a point d'homme de grand cœur, comme dit Plutarque, qui vouluſt eſtre Phidias ou Polyclete, quoy qu'il admire le Iupiter de celuy-là qui eſt en la ville de Piſe, & la Iunon de ce dernier, qui eſt en celle d'Argos.

Il en va bien autrement de la Vertu : le veritable vertueux ne hait jamais ceux qui luy reſſemblent ; & c'eſt vn mot de Sophocle, Ἀνὴρ δὲ χρηστὸς χρηστὸν οὐ μισεῖ ποτέ. Ceux qui aiment la Vertu pour l'amour d'elle meſme, ſe réjouïſſent de la rencontre de leurs pareils & de leurs competiteurs ; ce ſont voyageurs qui tiennent la meſme route, qui s'aſſiſtent, qui ſe donnent courage, qui ſe preſtent la main aux occaſions. Quiconque a de la paſſion pour cette belle Maiſtreſſe, taſche toûjours de luy acquerir le plus de ſerviteurs qu'il luy eſt poſſible. Iamais il n'eſt plus content que quand il a pluſieurs rivaux, parce qu'il eſt aſſeuré qu'il ne la poſſedera pas moins, & qu'elle ne laiſſeroit pas d'eſtre toute entiere à luy, quoy que tout le monde y euſt part ; non plus que la lumiere qui ne s'affoiblit pas pour éclairer plus d'objets. Mais, MONSIEVR, il n'en eſt pas de meſme des ſpectateurs de la Vertu ; ce ſont eux ordinairement, qui portent envie aux vertueux, dautant qu'ils ne les peuvent eſtimer qu'ils ne deſirent en meſme temps de les imiter, n'y pouvant manquer ſans honte & ſans blaſme. De ſorte que pour n'en avoir pas la peine, ils en diminuent le merite, donnant aux grandes actions, des interpretations viles & baſſes, & s'en figurant des motifs & des cauſes vaines & frivoles. Et certes, il eſt plus aiſé d'abaiſſer vne grande choſe juſqu'à noſtre taille, que de nous élever juſqu'à ſa hauteur. C'eſt pour cette raiſon que Seneque fait *l'oiſiveté malheureuſe, la nourriſſe de l'envie.* ALIT *livorem infelix inertia.* Vn autre appelle cette maligne paſſion, *vn vice de pareſſeux, qui comme vne vipere va toûjours rampant, & prend les ames baſſes pour ſa demeure.*

Livor iners vitium, mores non exit in iſtos,
Vtque latens imâ, vipera ſerpit humo.

Et Florus rapporte, que *lors que les armes Romaines eſtoient triomphantes par toute la terre, & que la ville de l'Empire univerſel chantoit aux theatres publics les victoires que Pompée avoit remportées au Pont & en Armenie, le grand credit & la grande autorité que tant de beaux exploits avoient gagnez à ce Conquerant, luy attirerent l'envie de ſes oiſifs & inutiles concitoyens.* CVM *Romana majeſtas toto orbe polleret, recentéque victorias, Ponticos & Armenios triumphos, in Pompeianis theatris Roma cantaret, nimia Pompeij potentia, apud otioſos, vt ſolet, cives, movit invidiam.*

Le pareſſeux, dit Salomon, *veut & ne veut pas:* Et pour m'expliquer aveque Saluſte, *il recherche en meſme temps deux choſes fort incompatibles, les plaiſirs de l'oiſiveté, & les recompenſes d'une vertu active & laborieuſe.* NÆ *illi falſi ſunt, qui res diverſiſſimas, pariter expectant ignaviæ voluptatem, & præmia virtutis.* Vn Philoſophe bien confirmé dans la ſageſſe, a confeſſé, que lors qu'il entroit dans les ſuperbes Palais des Grands, il eſtoit ébloüy de tant de richeſſes & de tant de magnificences; & que ſi elles n'avoient aſſez de force pour le débaucher, elles en avoient aſſez pour le rendre vn peu plus triſte, & pour meſler parmy le plaiſir de les voir, le regret de ne les poſſeder pas, *& ab illis recedo non pejor, ſed triſtior.* Martial aprés s'eſtre moqué d'vn homme qu'il appelle Eros, & qui pleuroit à chaudes larmes voyant dans vne foire vne infinité de raretez qu'il n'avoit pas le moyen d'acheter, & qu'il ne pouvoit ſe defendre de ſouhaiter. *Qu'il y a de gens*, continue-t-il, *qui reſſemblent à Eros; la pluſpart ſe rient de ſes larmes & ne laiſſent pas de les avoir dans le cœur, quoy qu'ils ayent les yeux fort ſecs.*

Quàm multi faciunt quod Eros, ſed lumine ſicco
Pars major lacrymas ridet & intus habet.

N'eſt-il pas vray, MONSIEVR, que nous en pourrions dire autant d'vn grand nombre de ceux qui applaudiſſent le plus aux actions glorieuſes. L'admiration qu'ils en ont, eſt accompagnée d'vn ſecret déplaiſir de n'en eſtre pas les auteurs. La reputation des Illuſtres eſtant leur honte & leur infamie, ils les regardent comme leurs ennemis mortels, & les déchirent par toute ſorte de médiſances. Neantmoins aprés tout cela, encore y a-t-il des perſonnes ſi extraordinaires, & dont le merite eſt en vn ſi haut degré d'élevation, que les coups de l'Envie ne sçauroient porter jusques là :

Est quoddam meriti spatium, quod nulla furentis
Invidiæ mensura capit.

Et la loüange que Claudien a donnée à Stilicon, est bien deuë plus justement à nostre grand Cardinal : *Il est le seul qui a laissé bien loin derriere luy les dernieres bornes de l'envie, aussi-bien que des vertus purement humaines.*

Solus hic invidiæ fines virtute reliquit,
Humanúmque modum.

Ie suis asseuré, MONSIEVR, que vous n'avez point là-dessus d'opinion differente, & je ne serois peut-estre pas si ferme dans ces bons sentimens, si je n'estois persuadé que ce sont les vôtres.

MONSIEVR COSTAR,

A MONSIEVR DE VOITVRE.

CET homme qui s'habille toûjours à la Friperie, & qu'on n'eust jamais souffert dans ce temple des Tarentins où l'on n'estoit point receu sans avoir vn habit neuf ; cet homme-là, dis-je, a dautres defauts encore, & je reconnus hier qu'il estoit du nombre de ceux, *qui*, comme dit vn de vos amis de l'Antiquité, *pour s'acquerir la reputation*

tion d'estre plus éclairez que les autres, ont la temerité de blasmer le Ciel, & de trouver quelque chose à dire à la conduite des Dieux. ET *vt putentur sapere, cœlum vituperant.*

Nous eûmes là-dessus vne fort grande contestation, qui n'auroit point eu de fin, si la nuit, qui a separé tant d'autres combatans, ne fust venuë aussi terminer nostre dispute.

Mà fuor' vscì la notte, e'l mondo ascose
Sotto il caliginoso horror de l'ali:
E l'ombre sue pacifiche interpose
Frà tant' ire de' miseri mortali.

Vous, MONSIEVR, qui haïssez les Epitomes des bons livres, je pense que vous ne desapprouvez pas ceux des longues conversations, & que vous aurez agreable que je vous die en peu de paroles les réponses que je fis à nostre faux Politique, qui ne peut souffrir que dans le Gouvernement present, on songe à rendre le Roy tres-absolu, & qu'on ne pense point à rendre le peuple heureux. Il allégue sur ce sujet du Grec, du Latin & de l'Espagnol, & raisonne mal en trois langues. D'abord il soustient qu'il n'y a point de Princes plus dangereux, que ceux qu'vn Poëte Latin appelle *nimiùm reges: des Souverains qui sont trop souverains, & des Rois qui sont trop Rois.* Ce n'est pas mon avis, & voicy surquoy je me fonde. Manilius.

Selon Aristote, toutes les especes de gouvernemens ont leurs images dans les familles particulieres. La tyrannie ressemble à l'empire d'vn Maistre sur ses valets, parce que le Tyran ne regarde ses sujets que de la mesme sorte qu'vn artisan considere ses outils ; l'esclave n'estant à le bien prendre qu'vn outil qui est animé, & qui a le principe de son mouvement en soy-mesme. Mais la Royauté est vne veritable societé d'vn pere envers ses enfans. Et c'est pour cette raison qu'Homere donne à Iupiter le titre de pere,

——— πατὴρ δ' ὡς ἤπιος ἦεν.

Et certes, la mesme affection & le mesme soin qu'vn pere a pour ses enfans, vn Roy la doit avoir pour son peuple : Et le sage Chrysante dans Xenophon, estime qu'vn bon Prince n'est point different d'vn bon pere, & ajouste que Cyrus n'employe jamais ses sujets pour son service, que ce ne soit aussi pour leur interest. Cette proposition bien establie, qui peut douter qu'à prendre les choses au pis, il est plus supportable que le defaut de l'empire paternel vienne du costé du pere, que s'il venoit de la part du fils ? qui peut douter que la desobeissance des enfans ne fust suivie de plusieurs inconveniens plus considerables, qu'on n'en devroit apprehender, si le pere vsoit tyranniquement de son autorité, comme il fait chez les Perses, au rapport du mesme Aristote ? Il s'ensuit de là, que le pouvoir absolu d'vn Prince est moins à craindre dans vn Estat Monarchique, que l'extremité qui luy est contraire. Le Spartiate répondit fort à propos, à celuy qui disoit que Sparte se maintenoit si florissante, *parce que les Rois y sçavoient bien commander*, c'est plustost *parce que les sujets y sçavent bien obeïr*. Vn Prince pour peu qu'il ait de douceur & de bonté, s'il ne trouve point d'opposition, ne se proposera que de faire éclater sa justice & sa clemence; mais s'il rencontre des obstacles, quelque bon qu'il soit, il sera presque reduit à la necessité d'estre meschant, & il ne luy sera pas permis d'vser de la douceur de son naturel. L'exemple d'Auguste est vne preuve visible de la verité de cette maxime. Il fut contraint au commencement de faire beaucoup de violences, pour establir son autorité. Mais si tost qu'il l'eut affermie, il ne songea plus qu'à s'acquerir de la gloire, & à gagner la bienveillance des peuples; ce qui a fait dire depuis, *qu'il estoit à desirer pour le bien general du monde, ou qu'il n'eust jamais vescu, ou qu'il ne fust jamais mort*.

Sous les regnes foibles, les guerres estrangeres & domestiques sont inévitables. Si vn Roy n'est bien absolu chez soy, il est impossible qu'il soit redouté chez ses voisins, & le mépris que les ennemis feront de ses forces, excitera necessairement leur ambition & leur avarice. D'ail-

leurs le mot du Poëte Grec est tres-veritable;
Pluralité de Seigneurs n'est pas bonne:
Οὐκ ἀγαθὸν πολυκοιρανίη &c:
Pourveu qu'on laisse faire Monsieur le Cardinal; pourveu que Dieu ne se contente pas de l'avoir monstré aux hommes, & qu'il nous laisse jouïr longues années du beau present qu'il nous a fait en le donnant à la terre; tous ces petits Tiercelets de Rois, qui partageoient en quelque sorte le Royaume, verront leur tyrannie détruite; & s'ils sont encore considerables, ce ne sera plus par la puissance de mal faire, mais seulement par le merite de leur personne, & l'utilité de leurs services. Ils ne trouveront plus leurs interests que dans l'obeïssance & dans le devoir; & pour arriver à la Fortune, il ne faudra plus qu'ils aillent prendre les détours ni les chemins de traverse; les plus droits seront les plus courts. Si les meschans veulent reüssir, il faudra pour le moins qu'ils ressemblent aux gens de bien, & qu'ils fassent de bonnes actions, quoy qu'elles ayent de mauvais motifs & que les principes en soient vicieux. Les mécontens n'auront pour retraite que leurs maisons; & leur mauvaise humeur ne produira de fascheux effets, que contre leurs gens: Enfin les Grands ne se reconnoistront d'avecque les autres, qu'à la magnificence de leur equipage & de leur train. Nous ne craindrons plus les cruelles tem-

pestes qui ont tousjours agité nostre vaisseau. Il y a long-temps qu'on a comparé le peuple à la mer, qui est naturellement tranquille & qui jouit d'vne bonace continuelle, si elle n'est troublée par la violence des vens. Mais nostre sage Pilote a trouvé l'invention de les lier, de les enfermer, & de s'en rendre le maistre. De façon qu'en l'estat où il nous a mis, s'il se pouvoit élever encore quelque trouble ou quelque sedition, manquant de chefs pour la conduire & la soustenir, les remedes en seroient aussi aisez que les causes en seroient legeres. Car cette multitude dont nous parlons, est vn monstre qui a son cœur dans la teste, aussi-bien que son esprit. Et Tacite a dit de la populace, *que n'ayant point de conducteur* elle est toute tremblante, toute effrayée & toute estourdie : *Vulgus sine rectore, pavidum, socors.*

Ce sont-là des fondemens bien solides & bien massifs d'vne longue paix, & la paix le sera de l'abondance & de toute sorte de biens. Dans les maladies intestines dont la France estoit travaillée, il a fallu pour la sauver luy reïterer les saignées. Mais elle en est si attenuée, si abatuë & si affoiblie, que les derniers maux ne luy seroient guere plus insupportables, que la continuation du mesme remede. Il est vray qu'elle n'a plus de corruption au dedans ; il est certain qu'on a chassé tout ce qu'elle avoit de vicieuses humeurs ; mais il faut avouër aussi, que tout ce qu'elle a de sang est retiré au tour du cœur & des parties nobles, que les forces luy manquent visiblement, & que pour les reparer elle a necessairement besoin de repos. *Expediebat ægræ sauciæque Reipublicæ requiescere quomodocumque, ne vulnera curatione ipsa rescinderentur.* Ceux qui gouvernent le sçavent bien, & n'ignorent pas non plus, que dans la doctrine d'Aristote, ce qui est la fin generale de toutes les autres sciences, est la fin particuliere de la Politique, & que le but où elle vise, est la felicité de l'homme. Mais ils ont consideré, que les sages Ministres devoient embrasser dans leur esprit tout l'avenir, & ne regarder pas seulement le temps present ; que les bons ménagers s'incommodoient quelquefois pour reparer soigneusement leurs maisons, & qu'ils font des dépenses dont il n'y aura que leur posterité qui sente le fruit. I'espere pourtant, que si les mauvais François n'empeschent l'effet des bonnes intentions de nostre grand Cardinal, nos vœux seront bien-tost exaucez, & alors toutes les bouches le beniront, & l'amour des peuples se viendra joindre à l'admiration des sages, pour rendre son nom adorable à tous les siecles.

Ne vous semble-t-il pas, MONSIEVR, que j'ay du droit & de la raison de reste? Et cependant, ce qui est raison pour vous & pour moy, ne le fut pas pour Monsieur de * * * Quoy que je puſſe dire, il remporta ſon opinion chez luy, comme il l'avoit apportée, auſſi corrompuë & auſſi mal ſaine : Et j'éprouvay que ce n'eſtoit pas ſans fondement, que Quintilien avoit écrit, *qu'on ne perſuadoit point les gens malgré qu'ils en euſſent.* NIHIL *perſuadetur invitis.* Aprés cette experience, je me promets que ma teſte s'en trouvera mieux à l'avenir, & qu'vne autre fois je me garderay bien de me la rompre inutilement. Ie taſcheray de la bien remplir & de me la rendre la meilleure que je pourray ſans me tourmenter fort de celles des autres, & particulierement de ces teſtes incurables, qui tiendroient bon contre l'Ellebore de trois Anticyres, s'il y en avoit autant dans le monde, *Tribus Anticyris caput inſanabile.* Dieu Horat. vous garde, MONSIEVR, d'vne rencontre pareille à la mienne. Si vous ſçaviez quel bien je vous ſouhaite en cela, vous m'en aimeriez davantage, & me croiriez encore plus que vous ne faites,

Voſtre, &c.

FIN.

TABLE DES LETTRES DE CE VOLVME.

TABLE.

TABLE DES BILLETS.

ERRATA.

Pages	*Lignes*	*Fautes*	*Corrections*
77.	1.	mal inovqué	mal invoqué
81.	6 & 7.	remarquerons	remarquons
107.	6.	*ἀλλ' ου' ουῦ*	*ἀλλ' ἐκ ουῦ*
129.	6.	*rabello*	*labello*
136.	1.	*Non eſt quòd mihi invideas hoc cœlum ?*	*Non eſt quòd mihi invideas hoc cœlum.* (Il faut oſter l'interrogant qui oſte le ſens)
Ibid.	19.	*quàm illam ego, hanc identidem &c.*	*quàm illam ego: Hanc identidem &c.* Il faut au moins deux points aprés *ego*)
144.	24.	homme. (Ce jeune Prince de Macedoine ne s'imagine pas qu'vn *homme* ſeul, ſoit aſſez grand pour ſon courage.)	monde. (Ce jeune Prince de Macedoine ne s'imagine pas qu'vn *monde* ſeul ſoit aſſez grand pour ſon courage.)

Pages	Lignes	Fautes	Corrections
160.	6.	*Vincentem Victurum*	*Vincentem Victurum*
168.	17.	*... per laborem plurimum &c.*	*... per laborem Plurimum, &c.*
172.	24.	les Crocodiles & Hippopotames	les Crocodiles & les Hippopotames
174.	4.	le commandement & souveraineté	le commandement & la souveraineté
205.	4.	*rerum*	*reum*
224.	7.	*Hasta tremit*	*Acta tremit*
Ibid.	*à la marge*	vers. *64*.	vers. 645.
241.	1.	entre ces deux diseurs de nèges	entre ces diseurs de nèges
Ibid.	13.	*Furius hibernas, canâ nive conspuit Alpes*, Ie ne suis pas de vostre advis, &c.	*Furius hibernas cana nive conspuit Alpes.* Ie ne suis pas de vostre advis, &c. (Aprés ce mot *Alpes*, il faut vn gros poinct, & que ce qui suit, *Ie ne suis pas de vostre avis, &c.* soit à la ligne & le commencement d'vn autre sens)
272.	2.	Ce sont les meilleures filles, & meilleures meres qui furent iamais	Ce sont les meilleures filles & les meilleures meres qui furent iamais
318.	22.	*Auzi*	*Anzi*
331.	28.	*volesso*	*volesse*
335.	21.	*Priscè*	*Prisce*
383.	23.	*petito*	*petitos*
390.	12.	*rintorza*	*rinforza*
Ibid.	14.	*riempendo*	*rimpiendo*
427.	6 & 7.	leur *aureus* a souvent la mesme significa-tion, quand ils appellent *le Soleil doré, &c.*	leur *aureus* a souvent la mesme signification. Quand ils appellent *le Soleil doré, &c.* (Ce *Quand* &c. doit estre à la ligne & commencer vn autre sens)
444.	28.	*Syvanúmque*	*Sylvanúmque*
489.	21.	vous donnerez	vous vous donnerez
499.	8.	*Cœpit eum ventis*	*Cœpit cum ventis*
500.	3.	fort	fou
522.	5.	*capiet*	*cupiet.*

PRIVI-

PRIVILEGE DV ROY.

LOVIS par la grace de Dieu Roy de France & de Navarre, à nos amez & feaux Conseillers les gens tenans nos Cours de Parlement, Maistres des Requestes ordinaires de nostre Hostel, Baillifs, Seneschaux, Prevosts, leurs Lieutenans, & à tous autres de nos Iusticiers & Officiers qu'il appartiendra; Salut. Nostre bien amé AVGVSTIN COVRBE' Marchand Libraire en nôtre bonne ville de Paris, nous a fait remonstrer, qu'il a recouvré vn livre intitulé, *les Entretiens des sieurs de* VOITVRE, & COSTAR, consistant en diverses Lettres qui concernent seulement les Langues, & l'Eloquence; lesquels il desireroit mettre en lumiere: ce qu'il ne peut faire sans avoir nos Lettres sur ce necessaires, lesquelles il nous a tres-humblement supplié de luy accorder. A CES CAVSES, Novs luy avons permis & permettons par ces presentes, d'imprimer, vendre & debiter par tous les lieux de nostre obeissance ledit livre, en vn, ou plusieurs volumes, en telles marges, & en tels caracteres, & autant de fois que bon luy semblera, durant dix ans entiers à compter du jour que ledit livre aura esté achevé d'imprimer pour la premiere fois. Et faisons tres-expresses defenses à toutes personnes de quelque qualité & condition qu'elles soyent, d'en rien imprimer, vendre, ni distribuer en aucun lieu de nostre obeissance, sous pretexte d'augmentation, correction, changement de titre, ou autrement en quelque sorte que ce soit, sans le consentement de l'exposant, ou de ceux qui auront droit de luy; à peine de trois mil livres d'amende payables sans deport par chacun des contrevenans, & applicables vn tiers à Nous, vn tiers à l'Hostel Dieu de Paris, & l'autre tiers audit exposant; de confiscation des exemplaires contrefaits, & de tous dépens, dommages & interests. A condition qu'il sera mis deux exemplaires de chacun desdits livres en nostre Bibliotheque publique, & vn en celle de nostre tres-cher & feal le sieur Molé Chevalier Garde des Seaux de France, avant que de les exposer en vente: & que ces presentes seront registrées gratuitement dans les Registres de la Communauté des Libraires de nôtredite ville de Paris, suivant le Reglement fait sur ce sujet par nostre Cour de Parlement, à peine de nullité desdites presentes: du contenu desquelles nous voulons, & vous mandons que vous fassiez iouïr pleinement & paisiblement l'exposant & ceux qui auront son droit, sans qu'il leur soit fait aucun empéchement. Voulons aussi qu'en mettant au commencement, ou à la fin de chacun desdits livres, vn Extraict des presentes, elles soyent tenuës pour deuëment signifiées, & que foy y soit ajoustée, & aux copies collationnées par vn de nos amez & feaux Conseillers Secretaires, comme à l'original. Mandons au premier nostre Huissier ou Sergent sur ce requis, de faire pour l'execution d'icelles tous exploits necessaires sans demander autre permission: CAR tel est nostre plaisir: nonobstant Clameur de Haro, Chartre Normande, & autres Lettres à ce contraires. DONNÉ à Paris le septiéme iour de Mars, l'an de grace mil six cens cinquante-quatre, & de nostre Regne l'onziéme. Signé LOVIS: Et plus bas, Par le Roy en son Conseil, CONRART: Et seellé du grand seau de cire jaune.

Registré sur le livre de la Communauté, le dernier jour d'Avril 1654. Signé BALLARD.

Achevé d'imprimer pour la premiere fois le 16. May 1654.